Insolación

Manuel Pereira
Insolación

Índice

Al sabio le basta con escapar

Louis-Ferdinand Céline

Una noche de septiembre de 1965 Joaquín Iznaga y Fidel Castro se encontraron por casualidad en el soportal del restaurante El Patio, en la Habana Vieja. Joaquín iba a cumplir diecisiete años y era recluta del Servicio Militar Obligatorio, pero andaba vestido de civil porque estaba escapado de su Unidad Militar. De pronto, en el transcurso de la conversación, Fidel Castro le ofreció una beca para estudiar pintura en Polonia. Pero Joaquín dijo que no.

«¿Por qué coño le habré dicho que no?», se preguntaba media hora más tarde, cuando se quedó solo en la Plaza de la Catedral. A él le gustaba pintar desde niño y sin embargo había declinado la oferta. De haberla aceptado, se hubiera ahorrado los dos años y medio de servicio militar que le faltaban por cumplir. ¡Adiós a las armas, al pesado casco ruso, a la máscara antigás entalcada con su trompa de elefante, a las botas que apestaban a grasa de foca siberiana, al sueldo de siete pesos mensuales, a las literas de hierro, a las fumigaciones con DDT dentro de tiendas de campaña! Pero había dicho que no.

Aquel era su gran chance para librarse de las marchas, de las clases de arme y desarme, del cañón chino de 75 milímetros sin retroceso, de las aburridas charlas de instrucción política, de los entrenamientos, las movilizaciones, los simulacros, las letrinas desbordadas de mierda; era la gran ocasión para no tener que seguir cavando trincheras, ni emplazamientos artilleros, para escapar de una disciplina tan férrea como absurda... sin embargo, había dicho que no.

¿Cómo había dejado escapar esa oportunidad de oro? De haber aceptado la beca, de golpe y porrazo ya no hubiera tenido que madrugar con

los toques de diana (¡de pieeeeee!), ni tampoco acostarse tan temprano con los toques de retreta. Si hubiera dicho que sí, se habría evitado las cortes marciales, el conducto reglamentario, la cortesía militar, la tediosa vida en el barracón, las colas a la hora del rancho frente a las marmitas humeantes, rebosantes de un apestoso pescado llamado «troncho» o de esa gelatinosa pata y panza que le daba sueño a los demás y a él ganas de vomitar.

Hubiera bastado un simple «sí» para librarse en el acto de los cortes de caña quemada con alacranes y otros bichos que salían huyendo en tropel por los surcos y trepaban por las botas. Con un simple «sí» se hubiera librado de las guardias con un FAL belga al hombro, una canana repleta de peines, un impermeable verde cuando llovía. Se hubiera librado también de las «guardias imaginarias», que eran como novatadas: custodiar por ejemplo una palma, («¡que no se mueva esa palma!», gritaba el oficial burlándose), o vigilar a una hormiga dentro de un círculo trazado en la tierra («¡que no se escape esa hormiga!», gritaba el oficial, riéndose).

De haber aceptado esa dádiva se habría redimido para siempre de los turnos de cuartelero, trapeando de rodillas el suelo de la barraca, o recogiendo colillas en el polígono... y a pesar de todo eso, había dicho que no.

Becado en Varsovia no hubiera tenido que volver a oír nunca más las falsas alarmas de combate —sirenas para ataques químicos, campanadas para ataque aéreo—; allá en Polonia no tendría que aguantar los incesantes reportes de los sargentos, ni que le quitaran el pase cada dos por tres, ni los diversos castigos, como poner a toda una escuadra a cargar enormes pedruscos de aquí para allá varias veces al día.

En aquel país socialista tan lejano no hubiera tenido que volver a soportar las intempestivas inspecciones durante el día ni las requisas a cualquier hora de la noche. En Varsovia —frente a un caballete, pintando a una despampanante polaca desnuda— nunca más hubiera tenido que andar por ahí pelado al cero, hubiera podido peinarse a lo Beatle; pero había dicho que no.

Estaba hasta la coronilla de que le dijeran que «la voz del jefe encarna el mandato de la patria», hastiado de que le arrojaran un FAL al pecho y le gritaran: «ese fusil que ahora tienes en tus manos vale más que tu *padre, más que tu madre, más que tu hermana...»; estaba cansado de tener que pedir permiso para todo: permiso para sentarme, permiso para hacer una necesidad fisiológica de primer grado (orinar), de segundo grado (defecar), permiso para rascarme, permiso para retirarme, permiso para hablar... y, sin embargo, había dicho que no.*

Presentes durante la entrevista estaban algunos amigos suyos, y todos acababan de decirle que era un comemierda, y él también estaba a punto de creerlo. Ahora que se había quedado solo en la Plaza de la Catedral, Joaquín se devanaba los sesos tratando de averiguar por qué diablos había soltado aquel «no» que le salió del fondo del alma. Pero mientras más se lo preguntaba, menos conseguía encontrar una respuesta convincente. Entonces llegó a la conclusión de que quizá hubiera que buscar la explicación seis años atrás, a tan sólo trescientos metros de allí.

Sí, tenía que remontarse a la Nochevieja de 1958, en el Solar del Reverbero.

I.

IMPERA LA FUERSA

La primera que se lanzó al suelo fue Polenta arrastrando consigo a su nieto Joaquín. Lo agarró por la mano obligándolo a meterse debajo de la mesa. Casi todos los vecinos del Solar del Reverbero despedían el año en el cuarto de Cesárea, no porque la apreciaran mucho, sino porque era la única en el edificio que tenía televisor. El Solar del Reverbero era uno de esos palacios coloniales convertidos en cuarterías que tanto abundan en la Habana Vieja. Cesárea era una gallega tetona, paisana de Polenta. Treinta y dos años antes habían llegado juntas a La Habana, en el mismo barco, procedentes de Vigo. Desde entonces eran inseparables, tal vez porque eran las dos únicas «blancas como el coco» en aquella casa de vecindad. El resto de los inquilinos eran negros y mestizos: cobrizos de pelo aindiado, mulatas achinadas, blanconazas de piel acanelada, jabados de ojos verdes y pasas rojas, cuarterones, ochavones, trigueños color cartucho, terce-rones medio albinos y, por supuesto, algún que otro «salto-atrás», esa variante étnica tan temida por quienes en materia de pigmentación no querían «atrasar», sino «adelantar».

Había un montón de gente apretujada en el cuarto de Cesárea, pero eran más los que permanecían arracimados en su puerta, y muchos más aún los que se asomaban a la ventana que daba a la cocina, enca-ramándose en las sillas o en las cajas de cervezas vacías que habían arrastrado hasta el pasillo, porque esa noche tan especial iba a cantar Joselito. Para festejar el fin de año, la televisión había anunciado una gala con «La Voz de Oro de España», y todos querían oír al niño prodigio llegado de la Madre Patria.

Cesárea tendría su televisor de segunda mano, pero Polenta no se quedaba atrás, pues era la feliz propietaria del único refrigerador de la cuartería. Ella hablaba de su «frigidaire General Eléctrico» como quien se refiere a un blasón. Sin embargo, por muy blancas que fueran, ninguna de las dos gallegas tenía baño privado. Ni ellas, ni nadie allí, ni en ningún otro solar de la barriada, disponía de semejante lujo. Las duchas, los inodoros y los fregaderos siempre eran colectivos y solían estar instalados en el patio o al final de algún pasillo.

Sentado entre su madre Numancia y su abuela Polenta, Joaquín Iznaga mordisqueaba una tableta de turrón. Detrás estaba la concurrencia, unos sentados, otros de pie. Más que un cuarto, aquello era un cuartucho, como el resto de los cuchitriles de esa casona donde todos vivían hacinados como sardinas enlatadas. Algunos brindaban por el año nuevo alzando copas de sidra, pero sin dejar de mirar a la pantalla gris donde aparecería el cantante Joselito de un momento a otro.

Afuera, en un recodo del corredor, estaba el fogón de carbón con tres hornillas de Cesárea. De la pared colgaban sus cacharros como una panoplia de armas tiznadas. Allí se amontonaban más vecinos estirando los cuellos, dándose codazos y empujones, ansiosos por ver –aunque fuera de lejos– un trocito de televisor.

Numancia Alcántara –la madre de Joaquín– era sorda, así que ocupaba un sitio de honor. Sentada en primera fila, frente al aparato, tenía prácticamente la nariz pegada a la pantalla. Por todas partes se oían carcajadas, tamboreos, rumbantelas, parrandeos, bailoteos, cantaderas; los niños correteaban de un cuarto a otro, por los pasillos, por la azotea, por el patio central; entraban y salían como ráfagas por el gran portalón que daba a la calle; subían y bajaban raudamente por la escalera principal señoreada por dos arcos de mediopunto con sendos vitrales. A pesar de estar apedreadas, esas vidrieras de colores decoradas con motivos florales derramaban sus irisaciones sobre las baldosas gastadas de la escalera cuando el sol les daba de lleno.

Pero ahora era más de medianoche y el diminuto balcón de Cesárea estaba tapado con una cortina deshilachada para que no entrara el friecito del diciembre habanero. «¡Ñooooo, caballero, ahora sí que está chiflando el mono!», exclamó alguien en el pasillo. Entonces apareció Joselito en la pantalla y empezó a cantar en falsete. Pero apenas lo dejaron gorjear, porque enseguida surgió un locutor que lo sacó del escenario casi de un empujón. Le quitó el micrófono al niño y empezó a gritar cosas inconexas de cara a la cámara.

Casi al instante se fue la luz, no sólo en el cuarto de Cesárea, no sólo en aquel solar, sino en todo el vecindario. Al poco rato se escucharon las primeras detonaciones: unas más lejanas, otras más cerca. Joaquín tenía diez años y no sabía muy bien si lo que oía eran disparos, fuegos artificiales o las ristras de cohetes, siquitraques chinos y petardos que él y sus amigos ponían en las aceras, o debajo de los automóviles, cuando se acercaba el Día de Reyes. Su abuela lo cogió de la mano y lo obligó a meterse con ella debajo de la mesa.

Desde su trono pestilente, aureolado de moscas, el Capitán Abelardo gritó: «¡A degüello, carajo!». Sentado en un sillón de limpiabotas, borracho como siempre, aferraba en una mano la botella de Palmita mientras en la otra empuñaba su oxidado machete de mambí. Hoy quizá estaba un poco más bebido que de costumbre, por ser una fecha tan señalada.

El Capitán Abelardo era un veterano de la Guerra de Independencia contra España. Pero desde que Joaquín tenía uso de razón siempre estaba despotricando de Batista, porque el gobierno nunca le pagaba la pensión. Jamás se quitaba la indumentaria mambí, ni el jipijapa desflecado con la ajada escarapela tricolor, ni la guayabera empercudida de la que colgaban un par de medallas. A pesar de sus canas, el mulato todavía conservaba algo de su desvanecida corpulencia.

Aunque todos le llamaban «capitán», no ostentaba grados militares visibles. Vivía con su mujer a dos puertas de Cesárea, en un cuartico sin balcón a la calle. Pero Luisa nunca lo dejaba entrar a dormir con ella, así que por las noches ella cerraba la puerta dejándolo fuera, en el rellano de la escalera donde estaba ese viejo sillón cubierto de mantas pestilentes que era su trono. «¡Luisa, ábreme la puerta, carajoooooooo!», se oía cada noche en todo el solar.

En cuanto sonaron los primeros disparos, Abelardo empezó a vociferar su rima favorita: «¡Batista, negro bembón, págame la pensión!» Desde por la tarde estaba aullando ese pareado compitiendo con la estrepitosa rumba de cajón de los que bailaban abajo en el patio. Siempre gritaba lo mismo a los cuatro vientos.

En más de una ocasión los vecinos habían tenido que detenerlo en medio de la Loma del Ángel para impedir que llegara hasta las puertas de hierro del mismísimo Palacio Presidencial con el machete desenvainado, el guarandol de su guayabera estrujado y los pantalones meados. Pero los policías del barrio ya lo conocían. Sabían que siempre estaba insultando a Batista y como no era más que un veterano borracho, se echaban a reír y no le hacían nada.

Batista vivía a tan sólo dos cuadras del Solar del Reverbero. Su suntuoso Palacio Presidencial se alzaba nada más rebasar la Loma del Ángel. A Joaquín le extrañaba que siendo Batista millonario y presidente, el hombre más poderoso de la isla, siempre con su traje blanco de dril 100, viviera tan cerca de los solares de los mataperros, donde malvivían los negritos maleantes y los blanquitos churriburris, como él.

«¡Batista, remaricón, págame la pensión!», se desgañitaba el veterano poco antes de que empezara el tiroteo. Algunos lo habían mandado a callar. «¡Cállate, comemierda, mira que te van a meter preso!».

«¡Batista, negro cabrón!», gritaba ahora en medio de la balacera mientras su cotorra aleteaba graznando: «negroooo cabroooón». La mascota desplumada del capitán Abelardo siempre estaba subiendo y bajando por el pasamanos de la escalera, cagándolo de arriba a abajo. El graznido del pájaro era lo único que se oía ahora, porque en cuanto se fue la luz, hasta los tambores enmudecieron.

Desde la Nochebuena los cueros no habían dejado de sonar en el patio del solar, donde también habían estado matando cochinos desde primeras horas de la mañana. A Joaquín no le gustaba aquella hecatombe de cerdos. Le angustiaba oír sus chillidos, tan largos y penetrantes como los cuchillos que clavaban en sus gargantas. Le desagradaba ver correr el riachuelo de sangre hasta el desagüe. Todo el suelo se cubría de una nata de pelitos negros cuando afeitaban a los puercos con un machete después de meterlos en agua hirviente. Un vaporoso olor a pelo chamuscado ascendía al cielo a través del ojo de patio.

De pronto Abelardo y su cotorra también se callaron. Ahora sólo se oía la voz de Numancia. «¿Dónde está Joselito?» «¿Quién apagó la luz?». Era la única que seguía sentada frente el televisor, completamente a oscuras. Todos los demás andaban gateando, arrastrándose con los codos por el suelo, o habían salido corriendo como almas que se lleva el diablo.

La madre de Joaquín era modista. «Modista de alta costura», como le gustaba precisar. Solía quedarse tan embelesada ante las puntadas que daba su máquina *Singer* como ante cualquier imagen en movimiento, ya fuera en el cine o en la televisión. Como hipnotizada, Numancia seguía clavada frente a la pantalla en negro.

—Pobrecita —musitó Polenta contemplándola desde debajo de la mesa.

En el cuarto de Cesárea estaban todos los seres queridos de Joaquín. Todos menos Coliseo Iznaga. Su padre era *persona non grata* en el solar de Polenta. Tampoco era bienvenido en la cuartería de enfrente, donde vivía su esposa con su hijo Joaquín. Polenta no podía verlo ni en pintura. Decía que era un «guajiro bruto», «un burro», «un acémila»... improperios que su hija Numancia repetía de vez en cuando, sin mucha convicción.

Joaquín se acordaba ahora de su padre ausente porque los negros de los bajos llevaban varios días dedicados a las «matanzas». Unas «matanzas» que le recordaban el nombre de la provincia Matanzas, donde había nacido Coliseo, en un bohío de guano con piso de tierra, en un pueblito oficialmente llamado Jovellanos, pero al que todos decían «Bemba», porque —según le contaba su padre— allí había muchos negros. «Yo era uno de los pocos blancos nacido y criado allí», explicaba Coliseo.

«¡La matanza, ya empieza la matanza!», exclamaba Polenta con fruición cuando llegaban las Navidades y los vecinos se reunían en el patio de abajo para matar cochinos, tocando tumbadoras y bailando frenéticamente alrededor de los animales amarrados. Enseguida ella bajaba, no para bailar con los negros, sino para «hacer bailar la sangre».

Su nieto la veía desde arriba, asomado a la balaustrada de hierro de la galería corrida del primer piso. La abuela bajaba al patio empuñando una sartén. Se agachaba a horcajadas sobre el arroyo escarlata para recoger la sangre del verraco recién degollado. Luego subía exultante por la escalera, sin dejar de mover la sartén, haciendo bailar la sangre todavía caliente para que no cuajara. Entraba volando en la cocina y empezaba a batirla con huevos y harina para luego freír esos coágulos echándoles puñados de azúcar prieta. Así hacía sus famosas «filloas», el postre gallego por excelencia en las fiestas de fin de año. El humo sanguinolento que salía por la ventanita de la cocina de Polenta era como un sacrificio a los dioses en medio del tamboreo, los cantos, las danzas y el prolongado chillido de los puercos.

Ahora, a pesar del tiroteo, Polenta seguía partiendo nueces y avellanas debajo de la mesa. A falta de cascanueces, usaba un exprimelimones y un martillo. Toda esa ferretería portátil la llevaba en el gran bolsillo de su delantal, como un marsupial. El locutor que había aparecido en pantalla sacando de escena al niño prodigio había anunciado eufóricamente que Batista acababa de abandonar el país: «¡Pueblo de Cuba, el dictador se ha dado a la fuga y el ejército rebelde avanza victorioso desde Oriente hacia la capital!…»

Después de ese anuncio, un silencio sepulcral se había adueñado del solar extendiéndose por la barriada. Casi al mismo tiempo se fue la luz. Luego se armó tremenda balacera. Todo ocurrió tan de sopetón que al principio Joaquín creyó que los vecinos estaban lanzando cubos de agua por los balcones cumpliendo así con una larga tradición habanera para despedir el año. Pero pronto comprendió que esta vez no eran cubazos de agua, ni fuegos artificiales, ni petardos, ni cohetes chinos… Más bien parecía que de nuevo estuvieran asaltando el Palacio Presidencial, como ya había ocurrido hacía un par de años.

Entonces volvió a acordarse de Coliseo, porque cada vez que en el vecindario había un golpe de estado, ambiente de guerra o alguna trifulca, su padre enseguida venía a buscarlo para sacarlo a la calle e impartirle una lección de historia sobre el terreno.

Dos años atrás, un 13 de marzo por la tarde, Joaquín estaba en el aula de cuarto grado de un colegio situado al pie de la Loma del Ángel. El calor hacía aún más soporífera la clase de «Moral y Cívica» que impartía la maestra cuando de pronto en la calle empezó otra clase de moral y cívica de lo más curiosa. Primero se oyó una ráfaga y enseguida estalló la refriega. La profesora se metió debajo de la mesa. Todos los alumnos la imitaron, tirándose al suelo, entre los pupitres.

En la primera fila un niño empezó a cagarse en los pantalones. Desde donde estaba agachado, Joaquín podía oler la peste mezclada con un tufillo a pólvora quemada. Los disparos retumbaban en la ventana del aula que daba a la calle, resonando en la barriga de Joaquín como si su estómago fuera una caja de resonancia.

En eso llegó Socorro, la hermanastra de Joaquín y se llevó al niño bajo las balas. Frente al colegio, rodilla en tierra, había un policía apuntando con una Thompson humeante hacia la Loma. Estaban atacando al Palacio Presidencial.

Socorro y Joaquín llegaron corriendo al solar donde vivía Numancia. Pero no estaba en casa porque andaba por ahí haciéndoles pruebas a sus clientas. Aunque ya no vivía con ellos, la hermana de Joaquín se quedaba a veces cuidando de él. Nada más entrar en el cuarto, Joaquín sacó del escaparate sus revólveres de cowboy y su ametralladora de plástico que echaba chispas por el cañón. Desplegó en el suelo sus soldaditos de plástico, sus indios empenachados, sus vaqueros. Improvisó una trinchera con almohadas, detrás de la cual se parapetó para jugar a la guerra, mientras oía las ráfagas de fuego real sonando allí mismo, a menos de trescientos metros de su casa.

De pronto el niño se quedó más quieto que un muerto. En el patio resonaron unos pasos apresurados. Una pareja de soldados sudorosos venía registrando todos los cuartos del edificio. Dando zancadas pasaron por encima de su parapeto de almohadas. Estaban muy nerviosos.

Casi tan asustados como Joaquín y Socorro. Una bota aplastó a un indio siux que enarbolaba un hacha mientras otra bota con polaina color caca de mono pateó a un *cowboy* que arrojaba un lazo.

En ese momento llegó Numancia, un poco sofocada. Como de costumbre, estaba en Babia y no entendía nada de lo que estaba pasando. Sólo se preocupó cuando vio a los soldados registrando su escaparate, que según ella era de estilo rococó. Numancia le llamaba «mi Luis xv». Aquel mueble era su fetiche, un poco lo mismo que para Cesárea su televisor y para Polenta su refrigerador.

En cada una de las tres puertas del escaparate rutilaba una luna de cuerpo entero. Los espejos multiplicaban a los soldados haciendo que fueran seis. Numancia veía horrorizada sus uniformes caqui sudados con manchas oscuras como lamparones de alquitrán. Las cananas, los cascos y los Garands contrastaban con la ondulante moldura de inspiración vegetal que coronaba el armario. La profusión de volutas, hojas de acanto y guirnaldas escopleadas en la cornisa no tenía nada que ver con aquellos soldados que hedían a grajo.

El tiroteo había cesado y buscaban a alguno de los asaltantes del Palacio Presidencial que se habría escapado por las calles de la barriada. Pero en el cuartucho no había mucho que registrar. Era un cuatro por cuatro, como todas las habitaciones de la cuartería. Todo estaba a la vista. No había teléfono, ni televisor, ni baño, ni closet, ni lavamanos, ni ventilador, ni refrigerador, ni siquiera había cocina. Sólo cuatro paredes, un techo de puntal alto con vigas de madera, todo del tiempo de España. Allí sólo había una cama camera y la *Singer* en la que Numancia pasaba horas y horas pedaleando.

Aparte de eso, sólo había otro mueble digno de mención, el pim—pam—pum de Joaquín que de día permanecía doblado y oculto detrás del enorme Luis xv. Ese catre plegable el niño sólo lo usaba de Pascuas a San Juan, cuando su padre pernoctaba en casa. Por lo general, Joaquín dormía en la cama con Numancia. Pero en los breves períodos de reconciliación conyugal, cuando Coliseo reaparecía, el niño se iba a dormir en esa colombina que se cerraba con los tres movimientos que exigía su articulación: ¡pim—pam—pum!

La puerta del cuartico daba directamente al traspatio del solar donde crecían los «Jardines Colgantes de Babilonia», como les llamaba Numancia, orgullosa de haber tapizado las paredes con multitud de enredaderas. Allí había una mesita destartalada con un colador de café y un reverbero de alcohol. Supuestamente era «la cocina», aunque lo único que Numancia se dignaba hacer era café con leche.

En medio de los Jardines Colgantes subía una escalera de caracol que conducía al piso de arriba. Toda de hierro, ascendía desenroscándose como un vegetal más, una gigantesca planta trepadora mineralizada. Las enredaderas caían en cascadas por las paredes, entrelazándose como trenzas hasta confundirse con los herrajes ornamentales de la escalera. Numancia plantaba principalmente malangas, a las que Polenta –más castizamente– llamaba «potos». Las sembraba en latas que ella pintaba de rojo buscando la vibración óptica que suele producirse entre ese color y el verde de las plantas. Le gustaba extasiarse contemplando el contraste tembloroso que suscitan estos colores complementarios, como si copularan entre sí. Todo aquel laterío con sus estremecimientos cromáticos colgaba de clavos oxidados a lo largo y ancho de las tres paredes del traspatio señoreado por la espiral de peldaños quejumbrosos que subía hasta los cuartos de arriba, donde estaba la azotea.

Por esa escalera subieron corriendo los dos soldados no sin antes registrar entre los vestidos que colgaban dentro del Luis xv y echar un vistazo debajo de la cama. Entonces apareció el padre de Joaquín con su filipina blanca y la pajarita negra de cantinero. Traía un palillo de dientes en la boca.

Como de costumbre, Numancia y él estaban separados. A veces se reconciliaban, pero eso duraba poco y volvían a pelearse. Se llevaban peor que el gato y el perro. «Incompatibilidad de caracteres», decía Numancia poniendo cara de jurisconsulta.

Por entonces Coliseo trabajaba de camarero en el «Bar Palacio», llamado así porque quedaba a dos pasos del Palacio Presidencial que acababa de ser atacado por un puñado de estudiantes universitarios. Allí lo sorprendió la balacera, y cuando vio que todo había acabado, enseguida fue corriendo a buscar a su hijo. Quería llevarlo a pasear por el escenario del combate. Lógicamente, eso le costó una tángana con Numancia, pero al final consiguió sacarlo a la calle. Le enseñó a su hijo una tanqueta apostada en una de las esquinas del Palacio, pasaron cerca del camión rojo de una tintorería que se anunciaba en inglés «*Fast delivery*», se asomaron a la fuente siempre seca del Parque Zayas donde vieron un charco de sangre. Dentro del estanque había una flaca agachada empapando un pañuelo en la sangre. Lo guardó como si fuera un exvoto, de un salto salió de la fuente ovalada y se alejó corriendo. Joaquín se acordó de Polenta agachada con su sartén ante el río de sangre de los cochinos degollados.

Algunos mataperros de la cuadra donde vivía Joaquín andaban por allí recogiendo casquillos de balas, o mirando curiosos los rastros de sangre en el Parque de las Misiones. Coliseo y su hijo también recogieron casquillos todavía tibios. Más tarde los niños del barrio intercambiaban esos cartuchos metálicos vacíos como si fueran postalitas o trofeos de guerra. A cambio de cuatro casquillos de Colt 45 Joaquín llegó a conseguir uno de ametralladora del calibre 50. Si el casquillo todavía olía a pólvora quemada, su valor aumentaba.

Joaquín no sabía que los asaltantes del Palacio Presidencial querían matar a su vecino más famoso: Batista. Su padre le explicó algo, pero él seguía sin entender. No era la primera vez que Coliseo sacaba a su hijo a la calle en momentos de peligro para que viera desfilar el turbulento río de la historia. En el álbum familiar que Numancia guardaba como un tesoro había una foto fechada en marzo de 1952, cuando Batista dio el golpe de estado.

Aquel día Evangelina se puso a cantar en el patio del solar. La vecina de la puerta de al lado de Numancia era una negra tan vieja que ya tenía los ojos azules. Fumaba tabaco, andaba en chancletas y siempre llevaba varios collares de santería. Se le veía feliz cuando se encaramó en el muro del fregadero y delante de los vecinos empezó a cantar: «Amalia Batista, Amalia Mayombe, ¿qué tiene esa negra, que amarra a los hombres?».

Sin embargo, Joaquín no lograba precisar del todo ese recuerdo porque sólo tenía cuatro años. En realidad no sabía si su vecina había cantado aquella canción de moda o si simplemente gritaba: «¡Amar a Batista!».

Fuera de eso, Joaquín no recordaba nada de aquel día, aunque su padre lo hubiera sacado a pasear por el «campo de batalla». Pero allí estaba la foto en la que él aparecía sentado en uno de los bancos de piedra del Parque del Ayuntamiento. Disfrazado de *cowboy*, con pantalones de tirantes, tenis y su revólver de fulminantes, detrás de él había un marinero empuñando un fusil con la bayoneta calada. Vestido de blanco, con polainas y canana verde, el marino custodiando con arma larga la entrada del Tribunal Supremo revelaba que se vivía un ambiente golpista. La foto la había tirado Coliseo, quien escribió en el reverso estas faltas de ortografía: «Marso de 1952. La Habana y toda Cuba esta bajo la dictadura militar. Impera la fuersa».

Así que ya Joaquín estaba acostumbrado a los tiros, a las tanquetas y a los movimientos de tropas desde que tenía cuatro años, y ahora que tenía diez, debajo de la mesa de Cesárea, parecía que iba a tener que seguir acostumbrándose a tanta violencia. En 1952 su vecino más famoso había entrado por la *fuersa* en el Palacio Presidencial. Un Palacio que el 13 de marzo de 1956 fue asaltado, también por la *fuersa*. Un Palacio del que ahora –la noche del 31 de diciembre de 1958– parecía que de nuevo querían sacarlo, también por la *fuersa*.

Debajo de la mesa de Cesárea todo era confusión. ¿Estarían atacando la jefatura de policía que estaba en la esquina, o el Palacio Presidencial que estaba a unos doscientos metros de allí? En realidad el tiroteo podía estar teniendo lugar en varios escenarios a la vez, todos en las inmediaciones de la calle Cuarteles donde se alzaba el Solar del Reverbero. Quizás la calle se llamaba así precisamente por estar rodeada de fortificaciones que la ceñían como un anillo de benceno: el Morro con su faro, la fortaleza de la Cabaña, el Castillo de la Punta, el de la Fuerza, el Palacio Presidencial y la estación de policía de la esquina.

A lo lejos se oían sirenas: ¿perseguidoras, carros de bomberos o ambulancias? Un tableteo de ametralladora agujereó el aire, como si alguien en el cielo hubiera sacudido una caja de dominó. Polenta alargó un brazo para agarrar a su hija por el codo y arrastrarla hacia debajo de la mesa. La sorda seguía ensimismada frente al televisor. Su hijo hizo el intento de salir gateando para ir a buscarla, pero Polenta le metió un cocotazo: «¡agáchate, puñetas!».

Joaquín conocía muy bien ese coscorrón y esa orden perentoria. De pequeño, ella lo llevaba al Cine Actualidades, pero sea porque eran películas prohibidas para menores, sea porque se negaba a pagar la entrada de su nieto, lo cierto es que siempre lo colaba. Polenta lo iba adoctrinando por el camino, le decía que tenía que agacharse antes de llegar a la taquilla y pasar así, encorvado, por debajo de la ventanilla, para que la taquillera no lo viera.

El niño obedecía a regañadientes, le daba vergüenza entrar en el cine a hurtadillas, como un ladrón. Su abuela nunca entraba por la puerta principal, sino por una pequeña taquilla anexa, donde se sacaban las entradas para el piso de arriba. ¿Por qué su abuela sería tan tacaña? Ya que lo llevaba al gallinero, ¿por qué no pagaba el ticket si era más barato? Pero qué va, al llegar a la taquilla, le daba un coscorrón en la cabeza: «¡agáchate, puñetas!». Gracias a esos cocotazos había visto películas de terror, prohibidas para su edad, como *El Monstruo de la Laguna Negra* o *La Tarántula* que luego no lo dejaban dormir durante noches seguidas.

Pero un terror mucho más verídico se adueñó de todos cuando en la calle sonó un zimbombazo que estremeció los cimientos del Solar del Reverbero haciendo que de las vigas de madera cayeran más piedrecitas que de costumbre. Polenta cogió a su hija por el codo y empezó a forcejear con ella para atraerla hasta su refugio. Pero Numancia era tan sorda que ni siquiera oía el Cañonazo de las Nueve, a pesar de vivir muy cerca de la Fortaleza de la Cabaña desde donde hacía más de un siglo disparaban esa salva ceremonial cada noche, como un regaño, o un exabrupto nacional.

Imperturbable, frente a la pantalla apagada, en la Luna de Valencia, ella seguía esperando a que reapareciera Joselito. «¡Quita, allá!», protestó la modista dándole manotazos a su madre para que la soltara. Sólo tras mucho tirar de su saya, Polenta consiguió sacarla de su embeleso de esfinge. Numancia se bajó de la silla y se arrodilló. Pero como todo estaba a oscuras, gateó tropezando con las sillas yendo a parar a los pies de la cama de Cesárea que ocupaba casi un tercio de la habitación.

Alguien encendió un quinqué y Joaquín vio a su madre retrocediendo a gatas hacia el pasillo donde estaba la improvisada cocina de Cesárea. De todos modos, a él no le hacía falta la luz de la lámpara para saber por dónde andaba extraviada Numancia, porque –como de costumbre– ella llevaba el Partagás encendido en la mano. Cuando él era más pequeño creía que las uñas de su madre echaban humo o se estaban quemando. Ella sólo dejaba de fumar en la vía pública, porque «las mujeres decentes no fuman en la calle».

El cigarrito Partagás en su mano era un peligro público, sobre todo cuando se quedaba arrobada, mirando a un punto indescifrable situado más allá del espacio. Podía permanecer mucho tiempo así, envuelta en gasas de humo, sosteniendo el cigarro como si fuera un lápiz o un pitillo de plata, en una pose a lo Coco Chanel. Y así era como lo quemaba todo: desde rollos de tela hasta la madera del tablero de la máquina de coser pasando por sus blusas o a su propio hijo, quien todavía conservaba cicatrices de quemaduras en brazos, codos, muñecas y manos.

A la luz del candil, Joaquín pudo ver a su madre remangándose la saya hasta los muslos para gatear mejor. Otros bultos se movían alrededor, otros vecinos atrapados en el apagón. Algunos pasaban gateando por debajo de la mesa, tropezando con las patas del mueble, haciéndola temblar entre penumbras, como en una sesión de espiritismo.

Quinqué en mano, Doña Cesárea no paraba de repetir: «¿por qué me han cortado la luz? He pagado hasta el último recibo». Registraba las gavetas de su escaparate. «¿Dónde habré puesto el puñetero recibo?», refunfuñaba sacando cosas y tirándolas hacia atrás, como una gallina escarbando. Por el aire volaban blumers, pañuelos, enaguas, sayuelas, corpiños, escarpines, medias de nylon… Un ajustador blanco fue a caer en la cabeza de Numancia que ahora parecía llevar una cofia holandesa con blondas. Polenta le alargó a su nieto un pedazo de turrón:

–¡Come, Joaquiniño, come, mira que el mundo se va a acabar!– y de un martillazo rompió una nuez. Su abuela era una comelona. Más aún en tiempo de guerra. En tiempos de paz, cada vez que terminaba de almorzar o de cenar, daba un puñetazo en la mesa exclamando: «¡Comí yo: comió el mundo!».

Afuera tan pronto se hacía el silencio como se reanudaba el tiroteo. Los pocos vecinos que todavía quedaban desperdigados en el suelo se levantaron sigilosamente y salieron del cuarto echando un pie. Entre tantas piernas y patas de muebles, Joaquín vio a Numancia venir a gachas hacia la mesa. Ahora que por primera vez la veía gateando con aquellos ojos tan grises le pareció que había algo felino en la expresión de su madre. A lo mejor esa afinidad se debía a que tenía el labio partido, como los gatos o los conejos.

–¿Se puede saber a qué viene tanto fandango?– preguntó Numancia extrañada, como si todo no fuera más que una broma. Hizo una mueca de asco y se quitó algo viscoso que se le había pegado a la cara. Era una de las muchas telarañas que tapizaban por debajo la mesa de Cesárea.

Debajo de la mesa, a oscuras, en cuatro patas, estaban sus seres más queridos: su abuela, su madre y su perro Titán, pero faltaba Coliseo, el eterno desterrado del hogar dulce hogar. Sólo faltaban seis días para que llegaran los Reyes Magos y Joaquín ya había escrito su carta. La tenía escondida para que su madre no la leyera. En el sobre ponía «Polo Norte». El día cinco metería la carta dentro de los zapatos que dejaría afuera, en los «Jardines Colgantes de Babilonia».

Cansado de pedir en vano juguetes caros que nunca le traían, ya no pedía nada de eso. En la carta de ese año sólo pedía un regalo: que sus padres volvieran a vivir bajo el mismo techo, a su lado. Muy pocas veces los había visto juntos. Ni siquiera en el álbum de fotos aparecían unidos. Allí siempre estaba él con su mamá en una foto, y él con su papá en otro retrato aparte. Eternamente separados, hasta en efigie, como si tuvieran sarna y temieran contagiársela uno al otro.Y cuando por casualidad en alguna instantánea aparecían los tres juntos, bastaba que tuvieran una bronca para que la tijera de Numancia se encargara de recortar diestramente la imagen de Coliseo amputando esa Santísima Trinidad.

En algunas fotos de grupo asomaba una cabecita vaciada –sin ojos, ni nariz, ni boca, ni orejas– una testa cercenada, silueteada a punta de tijera sobre fondo negro. Era la cabeza de Coliseo decapitada. En otras se veía una mano encima del hombro de la modista, o bien una rodilla asomándose en la esquina de la fotografía. Esos fragmentos anatómicos pertenecían invariablemente a su padre. Coliseo mutilado por la tijera de su esposa…

Numancia estrechó a Joaquín contra su pecho y le dio un beso de liebre, un beso de gata. El niño vio acercarse aquella nariz deformada por la cicatriz que le partía en dos el labio: el costurón chapucero que le había infligido en La Coruña un cirujano que más bien era un zapatero remendón. El zurcido protuberante salía de un orificio nasal cruzándole el labio superior como la costura de una pelota de béisbol. Paradójicamente, la sutura resultó profética, pues aquella niña a la que cosieron tan mal dedicaría el resto de su vida a coser bien, como si su destino consistiera en corregir toda puntada mal dada para así resarcirse de aquel estropicio perpetrado en su boca.

Numancia siempre hablaba con sus clientas de pespuntes, bolsillos de plastón, mangas ranglán, dobladillos, plisados, hilvanes, pinzas… En cierta forma, era como si su labio leporino fuera la prefiguración de todo ese vocabulario textil, como si tuviera la boca plisada, pespunteada, rematada con un zíper vertical. Cada vez que ella le daba «besiños», su hijo se preguntaba si no le dolería la cicatriz.

En compensación, Numancia tenía un cuerpo bien esculpido que cultivaba con esmero. Delgada, pero ancha de caderas y con un gran culo, siempre vestía sayas ajustadas, ciñéndose la cintura con cintos de grandes hebillas. «Mi cintura de avispa», decía orgullosa, adoptando una postura de modelo, con las manos en jarra. Luego estaban sus inevitables blusas de popelín blanco siempre chorreando encaje por los puños y por el cuello. Y si en la garganta nunca faltaba algún camafeo de fantasía comprado en el *Ten Cent* –preferiblemente con un perfil a relieve de María Antonieta–, tampoco olvidaba bordar, a la altura del corazón, un monograma negro con sus iniciales: N.A.

A pesar de ser pobre como todos en la barriada, era la mujer más elegante en varios kilómetros a la redonda. Con sus modales de marquesa desterrada, gastaba unos aretes de perla en combinación con unos «yugos» o gemelos de perlitas incrustadas en rectángulos de nácar con los que se cerraba los puños de sus impolutas blusas de mangas largas. En invierno nunca se quitaba de los hombros la estola roja con flecos negros. Se peinaba con una crencha, siempre hacia atrás, y se recogía el pelo –quebradizo como pelusa de maíz– en un moño. El peinado y su escualidez facial recordaban un poco a Katharine Hepburn en *La reina de África*. Obviamente Numancia no era lo que se dice bonita, pero sí era muy distinguida, sobre todo en medio de tantos solares llenos de chusmas chancleteras.

Él la observaba cuando se acicalaba frente a la luna biselada del escaparate rococó. Se echaba coloretes en las mejillas y se pintaba los labios de rojo. Cuando terminaba de ponerse la redecilla en el moño, solía sacarse en la frente un «buscanovios» que se pegaba sobre la ceja derecha con un dedo ligeramente ensalivado. Un buscanovios como el de Georgia Hale, la novia de Chaplin en *La Quimera del Oro*. A ella le divertía sacarse ese rizo ensortijado, como un anzuelo orlando la frente, un anzuelo para pescar hombres.

Ése era su uniforme. O su disfraz. Tenía cuarenta y siete años. Era una mujer antigua, pero no anticuada. Antigua y moderna a la vez. Más bien sin edad. Una especie de niña eterna extraviada en el tiempo. Sus sueños más secretos tenían que ver con María Antonieta, con las empolvadas torres capilares de la reina, con sus pelucas, sus lazos y sus plumas de avestruz. Soñaba con los aristócratas de Versalles, con las novelas de capa y espada y con los perfumes franceses. Sus palabras favoritas eran «alcurnia» y «abolengo», dos vocablos enigmáticos que nadie entendía en el vecindario y cuyas facultades consideraba tan suyas como la sordera y el labio leporino, respectivamente.

Al arrastrarse hasta la mesa se había desgarrado una media a la altura de la rodilla. ¿Qué hacía una mujer de su linaje en cuatro patas debajo de aquella mesa con mantel de hule a cuadros rojos, una mesa que por debajo estaba llena de telarañas y nidos de cucarachas? Así que repitió su pregunta: «¿Se puede saber a qué viene tanto fandango?»

Polenta no le hizo caso y siguió comiendo. Comparada con su hija tan estilizada y tan fina, Polenta era una gorda tetona, como Cesárea. Se había llevado para debajo de la mesa una copa de sidra y una botella de Anís del Mono. Del inmenso bolsillo de su delantal tan pronto sacaba un puñado de dátiles como un racimo de uvas o una filloa más fría que la pata de un muerto. Protegía ese bolsillo como haría un marsupial con su bolsa ventral. La abuela de Joaquín siempre tenía mil escondrijos, no sólo en su habitación, sino en todo su cuerpo: se metía el dinero entre las tetas, o en los muslos, oculto en las ligas de las medias. A veces llevaba monedas encajadas en el hueco de la oreja, donde también solía ponerse una ramita de albahaca, para perfumarse el pelo.

Diríase que toda su familia tenía una relación erótica con el dinero. Coliseo también tenía una bolsa llena de monedas que siempre llevaba colgando en la entrepierna. Condenado a vivir errante de hotel en hotel, había optado por ceñirse a la cintura una especie de cíngulo terminado en badajo. Al caminar se oía sonar su tercer testículo tintineante. «Mi banco está aquí –y señalaba para sus huevos–: ¡a ver quién es el cojonúo que se atreve a robarme el tercer cojón!». Polenta también guardaba níqueles, reales, pesetas y pesos machos debajo de una baldosa suelta que estaba debajo de su cama. Como un mago sacando conejos de la chistera, de pronto extrajo del delantal una tajada de membrillo y se lo ofreció a su hija quien la rechazó con melindres versallescos:

–¿Se puede saber a qué viene tanto fandango, mamá?– insistió Numancia. Como apenas había luz, Polenta sabía que su hija no podría leerle los labios ni descifrar sus gesticulaciones, así que optó por gritarle al oído más o menos lo que antes había oído por televisión.

—Llegaron los antibatistianos —resumió la abuela de Joaquín, pero su voz quedó apagada por el ruido que hacía Cesárea sacando y metiendo gavetas en su chiforrober: «¿Dónde carajo habré metido el recibo de la luz?» —cloqueaba estropajosamente, tambaleándose por toda la sidra que había ingerido.

—¿Qué? —preguntó Numancia frunciendo el ceño.

—¡Los antibatistianos! —se desgañitó Polenta cuando acabó de zamparse un pedazo de turrón regado con el último resto de sidra que quedaba en su copa.

—¿Los haitianos? —indagó la modista cariacontecida.

—¡Qué haitianos ni qué ocho cuartos! —refunfuñó Polenta quitándole el corcho a la botella de Anís del Mono. Se recostó contra una pata de la mesa, llenó la copa y le brindó a su hija, quien aceptó un buchito.

«¡Batista, negro cabrón! ¿Cuándo cojones me vas a pagar la pensión?», volvió a resonar a lo largo de la escalera en medio de la balacera que de pronto se reanudó en la calle. Titán empezó a ladrar y la Putica gruñó enseñándole los dientes. La Putica era la perra «pequinesa» de Polenta que no era pequinesa ni la cabeza de un guanajo. Más que un chiqueo, el diminutivo era un eufemismo, como quedaba patente cuando la gallega se sulfuraba con el animal. Días atrás la perra se le había escapado en el parque y ella la persiguió gritándole «¡puta, putaaaaa!», pero con tan mala suerte que en ese momento pasaba por allí una negra culona que se volvió airada hacia Polenta: «¡Más puta será usted, señora!».

Debajo de la mesa, los dos perros mantenían su coloquio a distancia, cada uno en un extremo, vigilándose. Se llevaban tan mal como Numancia y Coliseo. La madre de Joaquín se encogió de hombros:

—No te oigo bien — le dijo a su madre haciendo pabellón con la mano en la oreja.

—¡Puñetas! ¡Los antibatistianos! — exclamó la gallega separando a la Putica y a Titán que seguían ladrando por un pedazo de filloa que había caído al suelo.

–¡Qué va, aquí hay demasiada bulla! ¡Esto es de échale guindas al pavo! –dijo Numancia solemnemente mientras se sentaba en el suelo de medio lado, cargando en brazos a Titán, como si fuera un niño de teta.

–¡An– ti– ba– tis– tia– nos! –deletreó Polenta hastiada porque estaba convencida de que su hija era menos sorda de lo que daba a entender.

–¿Tizianos? ¿Titán? – la modista acariciaba al perro que agitaba la cola–. ¡Ah… Titán! ¿Qué pasa con Titán?

–¡An–ti–ba–tis–tia–nos… coño! –reiteró Polenta, desesperada.

–¿Antitetánico? Titán no tiene la rabia ni ha mordido a nadie…

–¡An–ti–ba–tis–tia–nos, carajuuuu!

–¡Ahhhh! Titánicos. Duelo de Titanes… ¿El Titanic? ¡Oh, dios mío! –exclamó Numancia alzando los ojos al cielo, más bien hacia las telarañas que algodonaban la mesa por debajo–. ¡Esta es la última noche del Titanic!

2.

La última noche del Titanic

Numancia estaba obsesionada con la película inglesa *La última noche del Titanic* estrenada en el Cine Actualidades aquel año de 1958. Iba dos veces por semana a verla. Y, por supuesto, siempre llevaba a Joaquín con ella. Cualquiera diría que le fascinaba ver a tantos millonarios ahogándose, disfrutar del espectáculo del barco hundiéndose.

En ocasiones, repetía hasta tres veces la tanda sin salir de la sala, entre otras razones, porque se quedaba dormida en la butaca. Indefectiblemente, al llegar a la tercera pirámide de «Toblerone», echaba la cabeza hacia atrás y se quedaba traspuesta mirando al techo de la sala, con la boca abierta manchada de chocolate.

Puesto que roncaba, su hijo se moría de vergüenza y la despertaba a codazos. «No estoy dormida», protestaba adormilada. Y si él le decía al oído que se despertara, rezongaba: «¡no me grites, que no soy sorda!». Entonces tenía que repetir la película para recuperar las secuencias que se había perdido. Pero al ratico volvía a quedarse dormida.

De modo que ella iba hilvanando esos fragmentos de película dispersos. Desde luego, se trataba de un loco hilván que nada tenía que ver con la precisión y la limpieza de sus puntadas. Entremezclaba las escenas de la primera parte de la película con los diálogos del último rollo, entreverando aquí y allá las secuencias intermedias. Lo que ensamblaba al final en su cabeza era un rompecabezas tan descabellado que no había Dios que lo entendiera. De hecho, creaba su propio guión, su propia banda sonora, sus propios diálogos, hasta concebir una única, exclusiva e irrepetible versión de *La última noche del Titanic*.

Era como si estuviera leyendo una novela por entregas, pero trastocando los fascículos, a semejanza de un cadáver exquisito. En la moviola de su imaginación, llevaba a cabo de nuevo la edición y el montaje de la película. De modo que no era extraño que luego confundiera al capitán del «Titanic» con el del «Carpathia», o que pensara que el fatídico témpano había llegado flotando a Inglaterra...

Por si fuera poco, a veces las carcajadas del público resonaban con tanta fuerza en la sala que la despertaban en mitad de una comedia de los Tres Chiflados. Siempre ponían algún *sketch* cómico antes o después de la película anunciada en la cartelera. Pero en realidad no eran las risotadas las que despertaban a Numancia, sino las patadas que los espectadores más excitados daban en los respaldos de las butacas haciendo temblar toda la fila de lunetas.

Numancia se desperezaba y miraba perpleja a los tres payasos dándose cocotazos, metiéndose los dedos en los ojos, tirándose cakes a la cara. «¿Qué pasa?», balbuceaba. «Son los Tres Chiflados, mamá», vociferaba Joaquín en medio del rebumbio. «¡No me grites, que no soy sorda!», replicaba la marquesa y con la misma volvía a dormirse echando la cabeza hacia atrás.

Lo peor era que luego, al salir del cine, le preguntaba a su hijo: «Oye, dime una cosa... ¿qué hacían los Tres Chiflados a bordo del Titanic?».

Poco después, cuando ya estaban llegando al Parque Zayas, Numancia volvía a preguntarle a Joaquín: «Ven acá, chico, ¿por fin el Carpathia también se hundió?», y su hijo se desesperaba tratando de sacarla de su error. «¡Ah, no? ¿Tú estás seguro? Pues yo juraría que también chocó con un témpano». Y al cabo de un rato, cuando pasaban entre la fachada posterior de la Iglesia del Ángel y el Palacio Presidencial: «y entonces... ¿quiénes eran esos marineros con las caras embarradas de merengue?». «¡Los Tres Chiflados, mamá!». «¿Tú estás seguro?».

Sorda, y encima dormida, ni los gritos de los náufragos lograban despertarla. Y eso que siempre se sentaba en la primera fila de la platea, nada de subir al gallinero, esas vulgaridades se las dejaba a su madre Polenta. Se sentaba allí para estar más cerca del amplificador situado en el escenario: un bafle enorme al que ella llamaba «Vitafón». Lo de vitafón le sonaba a Joaquín a nomenclatura farmacéutica, como si fuera el nombre de algún complejo vitamínico, pero era la denominación comercial del primer sistema del cine sonoro: «*Vitaphone*». Cuando ella era una jovencita aparecieron aquellos altavoces situados a ambos lados del proscenio de los teatros recién adaptados como salas de cine.

El bafle era una reminiscencia de la brusca transición del cine mudo al cine hablado. A los quince años aproximadamente ella había visto muchas películas mudas de Chaplin, con esos letreritos en blanco y negro encuadrados en marcos ornamentados. Por entonces era más feliz sin saberlo, porque el cine silente, de alguna manera, convertía a todos los espectadores en sordos. Era algo así como la democratización de la sordera.

Pero las cosas cambiaron repentinamente cuando las películas empezaron a sonorizarse coincidiendo pocomás o menos con su llegada a la isla de Cuba. Como por entonces todavía oía por un oído, tenía que sentarse lo más cerca posible del Vitafón. Y así disfrutaba al menos a medias del nuevo invento. Pero justo entonces recibió el segundo susto que la dejó sorda también del oído bueno.

Ella se había quedado sorda de resultas de dos sustos, uno para cada oído. El primero tuvo lugar siendo una quinceañera, en el año 1926, cuando desembarcó en la isla. Venía de Galicia donde nunca había visto a un negro de cerca. Ni de lejos. El primero lo vio en la bahía de la Habana y del susto soltó un grito tan ensordecedor que le «rompió el tímpano», como afirmaba ella, sin duda exagerando. Los médicos le dijeron que la sordera en su oído izquierdo no era física, sino psicológica, y que sólo se le curaría si recibía otro susto tan grande como aquel que la había dejado medio sorda. Durante años ella esperó en secreto ese segundo susto salvador, y cuando se produjo, lo que pasó fue que se quedó sorda del oído derecho también.

Ese segundo susto tuvo lugar cuando su primer marido —el padre de Socorro— sacó un día a pasear a la niña. Numancia y aquel señor estaban tramitando el divorcio. El hombre —que también era gallego—

preparaba en esos días su vuelta a España. Se demoró más de lo acordado en traer a Socorro a casa. Numancia vigilaba el minutero del reloj cada vez más desesperada, retorciéndose las manos. Empezó a ponerse paranoica. Sin saber por qué, subió a la azotea del solar, y de pronto lo vio. Vio un barco saliendo por la bahía y con su único oído sano oyó la sirena prolongándose como un lamento. ¿Era el «Marqués de Comillas» o el «Oropesa»? Del susto se le había olvidado, pero daba lo mismo, porque en cualquiera de los dos casos se trataba del buque que siempre hacía la travesía de ida y vuelta entre la isla y España, llevando y trayendo a los emigrantes gallegos.

Numancia siempre veía funestos augurios en todo lo relacionado con un barco o una navegación. Así que inmediatamente pensó que su marido había raptado a la niña, imaginó que se la estaba llevando para España en aquel mismo barco, delante de sus narices, pues ya en alguna de sus muchas discusiones él la había amenazado con secuestrar a Socorro. Empezó a gritar «¡Socorro, Socorro!», pero ningún vecino le hizo caso pues al tener la niña ese nombre tan peculiar nadie sabía a derechas si pedía auxilio o simplemente estaba llamando a su hija en la azotea. Chilló y chilló con tanto ahínco que el aullido le penetró en el tímpano dejándola sorda del único oído bueno que le quedaba. Mientras tanto, padre e hija se habían entretenido en una heladería. El gallego regresó con Socorro al cabo de una hora y se encontró con su ex mujer desmadejada, atendida por las vecinas, y más sorda que una tapia.

En fin, que cualquiera diría que estaba condenada a quedarse anclada en el cine silente para siempre, eternamente sumida en un silencio abisal, como el que reina en el Titanic. Para todo el mundo se había producido un gran salto tecnológico, menos para ella. Y aunque las películas estuvieran subtituladas y podía leer más o menos de prisa los subtítulos, Numancia quería oír algo más que los diálogos, quería escuchar la música de fondo, el bullicio de las calles, el ruido de los automóviles, el impacto del témpano contra el casco del barco sentenciado. Así que para ella el «vitafón» era algo más que un sistema, una patente o una marca, era su último reducto, la única manera de aferrarse al sonido para no sentirse distinta de los demás. Por eso buscaba siempre la butaca más cercana al Vitafón, frente al escenario, al lado de un enorme ventilador de pie.

Desde hacía años se sentaba en la misma butaca, siempre despeinada por ese ventilador, con los pelitos sueltos del moño agitándose en la redecilla. Más que una luneta, para ella ese asiento era un trono, el palco reservado de una marquesa. Joaquín entraba temblando en la sala cuando la acompañaba al cine Actualidades. Sabía que si por casualidad encontraban a alguien sentado en esa butaca, habría problemas. En más de una ocasión Numancia había echado de allí con cajas destempladas a algún espectador que al final cedía por cortesía aunque sumido en la perplejidad. «¡Esta luneta es mía, señor! ¡Hace más de veinte años que me siento aquí! ¡Desde el machadato este es mi lugar! ¡Así que siéntese más allá… más allá!».

Por esa misma razón Coliseo había dejado de ir al cine con ella hacía mucho tiempo. Cuando ella montaba uno de esos numeritos, Joaquín quería que la tierra se abriera y se lo tragara. Pero aparte de que se quedaba dormida perdiéndose secuencias enteras, el verdadero motivo de que repitiera tanto la película del Titanic tenía su origen en un pasado mucho más remoto. Numancia Alcántara había nacido en 1912, el mismo año del naufragio del famoso barco. Para colmo, había venido al mundo en una aldea cercana al Finisterre (*finis terrae* o «el fin de la tierra» para los romanos), en un litoral que no por gusto se llama la Costa de la Muerte.

Dado que en aquellas costas de Galicia zozobraban constantemente las embarcaciones de marinos y pescadores, la niña se había criado entre familias enlutadas, rodeada de plañideras, siempre lamentando la muerte en el océano de algún pariente, acurrucadas a la lumbre de las chimeneas, oyendo una y otras vez los aterradores cuentos del mar. Y esa interminable lista de naufragios gallegos también explicaba, al menos en parte, su hidrofobia, los «lavados de gato» que ella se daba echándose tan sólo un poco de agua en la cara y en los sobacos.

En Galicia nunca había visto una ducha, allá se bañaban en el río cuando llegaba el verano. La primera ducha la descubrió en Cuba, al poco de llegar, pero cuando vio salir el impetuoso chorro por la alcachofa le cogió pánico a esa regadera. Así, en vez de ducharse como todo el mundo en el baño del patio, lo hacía siempre a escondidas, encerrándose en su cuarto, en la alta noche, metida dentro de una palangana.

A diferencia de Coliseo –que era tan solar–, ella era lunar, y por eso jamás iba a ninguna de las playas de la ciudad. No es que fuera cochina, simplemente apenas sudaba, a pesar de sus blusas de puños cerrados con gemelos y abrochadas al cuello. Menos mal que no oía muy bien, porque eso le ahorraba tener que oír las insolencias de ciertas vecinas que, como nunca la veían entrar en la ducha del patio, se reían embozadamente al verla pasar y canturreaban esta rima: «¡España, España, los gallegos no se bañan!».

Pero volviendo a Galicia, la noticia del hundimiento del Titanic corrió de boca en boca por las rías hasta llegar a oídos de la niña. Creció oyendo los cuentos de ese pavoroso naufragio. A punto de cumplir los catorce, cuando Polenta la llevó a la isla de Cuba, Numancia hizo la travesía presa del pánico, pensando que en cualquier momento aquel barco repleto de gallegos también se hundiría. Los fantasmas de los mil quinientos ahogados del Titanic, más los espectros de todos los gallegos naufragados frente al Cabo Finisterre, la acosaban día y noche. Creía oír sus lamentos en el viento que soplaba de popa. Y así llegó al puerto de la Habana, en un puro sobresalto. Para empeorar las cosas, nada más desembarcar la sorprendió allí el huracán más devastador en los anales meteorológicos de la isla, el famoso ciclón del 26.

Numancia no podía dar crédito a sus ojos. Olas de seis metros invadían el litoral habanero inundando las calles hasta convertirlas en canales navegables. El agua cubría los leones de bronce del Paseo del Prado. Parecía un maremoto. «Un ras de mar», como decía la modista cada vez que evocaba esas visiones. Los barcos daban bandazos en la bahía, había cadáveres flotando en el mar. Nadando por las calles habaneras –casi a la altura de los balcones–, remando en botes o braceando sobre puertas desgajadas de sus goznes por el viento, la gente trataba de salvarse aferrándose a cualquier cosa que flotara. Igual que en la última noche del Titanic.

Los vientos racheados de más de doscientos kilómetros por hora arrancaban de raíz los árboles elevándolos hacia los nubarrones, convirtiendo el cielo en un bosque de intermitentes relámpagos arborescentes. Caían rayos y centellas por doquier. Numancia vio una viga de madera atravesar el tronco de una palma real, y quedarse allí clavada como una agujeta traspasando un huso. Los techos de zinc silbaban en el aire como navajas voladoras, y la niña vio saltar la cabeza de un hombre, cortada de cuajo.

Pero a la idea obsesiva de naufragio iba a añadirse la de incendio. Al llegar a la Habana, los gallegos pasaban la cuarentena en Triscornia, un campamento situado en la orilla oriental del puerto. Allí estaba Polenta con Numancia y otros dos hijos varones cuando les sorprendió el ciclón del 26. El edificio donde se albergaban empezó a inundarse y tuvieron que subir a la azotea huyendo del agua. Con tan mala suerte que un poste del tendido eléctrico se desplomó y las chispas provocaron un incendio.

Más que desembarcar, aquella pequeña familia de emigrantes tenía la sensación de estar naufragando en una isla que se iba a pique. Finalmente, antes que morir calcinados, Polenta pensó que sería mejor saltar a la calle anegada desde donde unos negros a bordo de unos botes les hacían señas con los remos.

Polenta ya había visto otros negros en un viaje anterior a Argentina, durante una escala en Brasil. Pero para Numancia el encuentro con los negros era todo una novedad. Uno de los botes se acercó y al verlos tan tiznados y con el pelo tan achicharrado dedujo que eran sobrevivientes del incendio o que estaban medio chamuscados. Cada vez se acercaban más y más con su lancha. Con las manos le hacían señas para que saltara al agua. Cogida entre la espada y la pared, ya no sabía qué era peor: si morir ahogada o carbonizada, o perecer en aquella embarcación a manos de unos seres que curiosamente no dejaban de reírse, exhibiendo el teclado de sus dentaduras, mirándola con unos ojos muy blancos y saltones.

Presa del pánico, la niña empezó a chillar. Y de tanto chillar se quedó sorda del primer oído. Polenta la cogió de la mano y la obligó a saltar al agua. Mientras la subían al bote, Numancia sintió –con un escalofrío no exento de fruición– aquellas poderosas manos negras sobándole las nalgas, los muslos y las teticas. En medio del fragor de las olas, se preguntaba si los hombres que la toqueteaban por todas partes, esos seres oscuros con dientes de tiburón, se la iban a comer…

La embarcación de los negros era tan frágil que más bien semejaba un ataúd flotante. Sin embargo, todos los que iban a bordo no eran negros como parecía a primera vista. En el centro de la chalupa sin palos ni velas, un hombre de pelo lacio azabachado y nariz aindiada rezaba arrodillado, juntando las manos hacia el cielo encapotado. Sin dejar de remar, los negros descamisados se burlaban de él. Cada vez que las olas irrumpían en una bocacalle, el bote crujía de popa a proa a punto de estrellarse contra los edificios que se levantaban en la orilla de la bahía.

Viendo los relámpagos, las olas gigantescas, los negros remando y el indio rezando, Polenta se acordó de la Caridad del Cobre, tan parecida a la Virgen de Illescas, pero en versión mestiza. Conocía a esa virgen cobriza por las estampitas que los gallegos residentes en Cuba mandaban a su aldea dentro de las cartas. Sabía que al pie de la imagen de la patrona mulata de esta isla, siempre había un bote con tres náufragos: un negrito, un indio y un gallego.

Polenta le susurró a su hija que la virgen vendría a socorrerlas. Pero la niña ya no la podía oír bien. Estaba sombría, no hacía más que pensar en su aldea natal que acababa de dejar atrás. Evocaba la noche mágica de San Juan, cuando los vecinos del caserío se reunían en la Calle de los Pulpos para saltar por encima de las hogueras mientras ella rompía un huevo y lo echaba en un vaso de agua. Según decían las Meigas, el porvenir podía adivinarse por la forma que adoptara al siguiente día la clara del huevo dentro del vaso. La clara de su huevo siempre presentaba el mismo aspecto: un buque hundido, desarbolado. Era una fatal profecía escrita en las estrellas. O en el fondo del vaso. Visto y comprobado, su destino era zozobrar. Por eso, aunque la némesis del Titanic no la hubiera atrapado cruzando el océano, lo hacía ahora, nada más desembarcar en esa maldita isla, cuando ya se creía a salvo.

Traumatizada, a partir de entonces Numancia siempre estaba viendo naufragios por todas partes. De ahí su obsesión con la película *La última noche del Titanic*. Una monomanía que contagió a Joaquín a tal punto que cuando su abuela le regaló un perrito, él le puso «Titanic». La gente no captó la alusión náutica, empezaron a llamarle «Titán» y se le quedó.

Pero en materia tan titánica Numancia no ganaba para sustos. Poco antes de la despedida del año 1958 en casa de Cesárea, una noche, en el cine Actualidades, mientras ella y su hijo veían por enésima vez la película de marras de pronto la sala se estremeció con una explosión que la modista no distinguió de las detonaciones de los cohetes de bengala que lanzaba el trasatlántico pidiendo auxilio a otros barcos.

Joaquín sí se dio cuenta de la diferencia. Aquel estruendo no venía de la pantalla, ni del vitafón, sino de atrás, del vestíbulo del cine. La humareda que invadía la sala no procedía de los cigarros de los fumadores cuyo humo engendraba en lo alto fantasmagorías traspasadas por el chorro de luz del proyector. Tampoco Numancia supo discernir entre la gritería de los espectadores y los alaridos de los pasajeros del Titanic. Confundía los gritos de las mujeres que se apretujaban queriendo salir del cine con los chillidos de los viajeros que trataban de abandonar desesperadamente el buque, saltando por la borda, descolgándose por los cabos, arrojándose al mar...

Al lado del Vitafón, las tres aspas del ventilador *Westinghouse* seguían girando indiferentes en medio del desconcierto general, dando vueltas igual que las hélices de tres paletas del Titanic cuando se empinaba de popa en la pantalla, irguiéndose hacia un cielo tenebroso. Los espectadores empezaron a correr enloquecidos de aquí para allá como ratas atrapadas en un laberinto. Algunos saltaron al foso de la orquesta del antiguo teatro convertido en cine que aún conservaba la concha del apuntador en el centro del escenario. Unos cuantos lograron salir del foso trepando hasta el tablado donde empezaron a corretear por delante de las imágenes que seguían proyectándose en la pantalla, mezclándose con ellas, en una especie de fundido encadenado. En medio de la barahúnda ya no se sabía muy bien si los que allí corrían eran los espectadores del Actualidades o los pasajeros del Titanic.

Alguien gritó: «¡Cojooo, suelta la botellaaaaaa!». Ese alarido era tan frecuente en los cines habaneros que había alcanzado la categoría de superstición. Todo el mundo parecía pensar que el proyeccionista siempre era un cojo sin que importara el cine en cuestión. Daba lo mismo si era el Payret o el Majestic, el Duplex o el Campoamor, la gente siempre gritaba aquello como si todos los proyeccionistas de la ciudad fueran rencos de nacimiento o por decreto divino. También se daba por sentado que ese Cojo tan ubicuo siempre estaba borracho. Del público brotaba ese grito cuando se producía algún desperfecto en la proyección: un parpadeo de imágenes, una distorsión acústica, un fotograma que se quemaba abriendo un súbito agujero que se derretía en la pantalla… Bastaba con que un espectador gritara esa frase para que otros lo imitaran entre carcajadas.

Pero esta vez no hubo risotadas ni la culpa fue de ningún Cojo supuestamente ajumado en la cabina de proyección. El suelo de la sala se había estremecido haciendo temblar las filas de butacas, incluso la pantalla se bamboleó suavemente –como una sábana al viento– deformando fugazmente las imágenes.

Como era de suponer, Numancia no se había enterado de nada y su hijo le daba codazos para sacarla del limbo, pero ella seguía mirando boquiabierta a la pantalla, donde algunos espectadores corrían metiéndose por detrás de las cortinas. Parecía que el cine estuviera quemándose o algo así. La platea se había transformado en la cubierta del famoso transatlántico, era como si la acción que transcurría en la pantalla se hubiera desbordado hasta el patio de butacas inundándolo con todo su horror. La platea convertida en plató, con todo el público corriendo hacia la puerta de incendios, agolpándose en los servicios, aglomerándose al borde del foso de la orquesta, todos trotaban despavoridos igual que los pasajeros en la pantalla.

Habían dejado de ser espectadores pasivos de un drama de ficción para convertirse en protagonistas involuntarios de un drama demasiado real, habían dejado de contemplar cómodamente desde sus butacas la historia de una tragedia para devenir víctimas impotentes de la historia en vivo y en directo.

«¡Primero las mujeres y los niños!», gritaba en la pantalla un oficial del Titanic cuando la gente se mataba a golpes para subirse a los botes salvavidas. «¡Primero las mujeres y los niños!», gritaba ahora la acomodadora, atravesada en la puerta de incendios, resistiendo los empujones de la gente desesperada por salir de aquella ratonera.

Los antibatistianos del clandestinaje acababan de poner una bomba en el vestíbulo del cine. Por suete el artefacto casero no era potente. Aparte de la puerta de cristal hecha añicos, un par de cortinas quemadas y la taquillera desmayada, sólo hubo una víctima: el proyeccionista que –como si estuviera escrito en las estrellas– quedó lisiado de una pierna.

Numancia y Joaquín salieron por una puerta accesoria que daba a un bar que estaba al lado. La gente rumoreaba que la bomba la habían puesto unos estudiantes universitarios, otros decían que era obra de los *mau–maus*, de los *tira–tiros*, de los *pone–bombas,* o de los «muerde–y–huye»… Joaquín todavía no sabía qué significaba toda esa fauna, sólo sabía que a la salida del cine, imponente, se levantaba la Baticueva, como si en vez de vivir en La Habana estuviera en Gotham. Era un edificio muy alto, de estilo art–déco, con una torre coronada por un murciélago de cristal amarillo que él veía encenderse cada noche desde la azotea de su casa. Por si fuera poco, en todos los herrajes de las ventanas y las puertas de ese inmueble se multiplicaba una B de hierro forjado, como si aludiera a Batman. En su imaginación infantil, él creía que de allí iba a salir Batman, o Robin, al timón del batimóvil para salvarlos a él y a su madre del incendio. Pero aquello no era la Baticueva, era el Edificio del ron Bacardí.

En ese año de 1958 cada vez con más frecuencia explotaba una de esas bombas en la ciudad. Lo mismo estallaban en un banco canadiense que en una tienda por departamentos que en un túnel fluvial. Por eso la madre le aconsejó al niño que no le diera patadas a ningún paquete, lata o cartucho que se encontrara en la calle, si no quería perder una pierna como el Cojo del Cine Actualidades… *Impera la fuersa.*

Aquella noche, madre e hijo, se alejaron del cine humeante y regresaron a casa impresionados por algo más que las imágenes de la película. Ahora sabían lo que era el terror de verdad. Después de rodear por detrás la Iglesia del Ángel, llegaron a la cumbre de la Loma que recibía prestado su nombre del templo.

La Loma del Ángel era una pendiente asfaltada al final de la cual estaba el Solar de la Chancleta donde ellos vivían. Siempre iban y venían del cine cogidos del brazo, como novios. Y siempre se detenían allá arriba, en lo alto de la Loma, para contemplar la cuesta pavimentada que bajaba hasta perderse en el Parque del Anfiteatro. Detrás de las arboledas, se veía el muro del malecón, las luces parpadeantes de la Avenida del Puerto.

Súbitamente, vieron un barco saliendo por la bahía, haciendo sonar la sirena. Desde la perspectiva de la Loma del Ángel, madre e hijo veían resbalar la doble hilera de ventanitas iluminadas del buque, como escamas de luz vibrando entre el follaje.

Visto desde la Loma del Ángel, daba la impresión de que el navío estuviera deslizándose entre los árboles, rodando por el asfalto de la avenida, como si avanzara encima de una cinta transportadora. Su desplazamiento era tan veloz que parecía que lo que se movía no era el barco, sino la Loma del Ángel. En aquella escenografía nocturna, y debido a la inclinación del terreno, tanto la calle como el barco se movían simultáneamente en direcciones opuestas.

Ya no se sabía dónde acababa el agua y dónde empezaba la tierra. Todas las fronteras quedaban abolidas, eran movedizas o estaban sometidas a una permanente indefinición. Razón tenía Polenta cuando decía que todo el Barrio del Ángel no era más que puro «relleno». Contaba que al llegar a la Habana, cuando entró por la bahía, toda esa franja de terreno que se extendía al pie de la Loma del Ángel no era más que agua. El canal de la bahía no era entonces tan estrecho como ahora. Por aquellos días empezaban a rellenar todo ese espacio con piedras, tierra, grava. Por eso nunca se refería al «Parque del Anfiteatro» por ese nombre, sino que le llamaba «el Parque del Relleno», o el «Relleno» a secas. Porque todo ese territorio le había sido robado al mar.

Numancia apretó la mano de su hijo y señaló la calle que descendía abruptamente hacia el canal de la bahía:

–¿A ti no te parece que esta loma está medio escorada?

Joaquín miró para abajo, luego a su madre, y se encogió de hombros.

–Sí, chico… hace ya treinta años que vivo en esta calle y te juro que cada año que pasa es como si se empinara un poquito más.…

Joaquín volvió a mirar y no vio más que la loma asfaltada en la que había nacido. No vio nada que despertara su curiosidad y volvió a encogerse de hombros.

–Sí, –insistió ella–, fíjate bien, cuando veo esta calle desde aquí, con el agua de la bahía allá abajo, parece que toda la loma está hundiéndose en el mar, igual que el Titanic.

3.

EL NIÑO DE LOS MIL DISFRACES

Cuando se acabó el tiroteo y volvió la luz, todos salieron de debajo de la mesa de Doña Cesárea. Numancia y su hijo salieron del Solar del Reverbero y cruzaron corriendo la calle, hasta su casa, que estaba enfrente, en el Solar de la Chancleta. Esa última noche del año 1958 apenas durmieron, no sólo por el nerviosismo, sino porque la modista siempre se levantaba a las seis de la madrugada para regar sus Jardines Colgantes de Babilonia. Subía hasta el tercer tramo de la escalera de caracol y desde allí empezaba a lanzar jarros de agua contra los muros cubiertos de enredaderas. Luego se ponía a coser. En cuanto al niño, quería despertarse temprano porque sabía que su padre aparecería de un momento a otro. No porque fuera el día de año nuevo, sino porque —fiel a sus principios pedagógicos— vendría sin falta para sacarlo a dar una vuelta por el paisaje después de la batalla. Siempre que había tiros en el barrio Coliseo venía a buscarlo para sacarlo a pasear.

Numancia ya estaba pedaleando en la *Singer* desde las seis y media. Coliseo apareció a eso de las siete, con su inevitable gorra de pelotero y dándole vueltas a un palillo de dientes en la boca. Al hombro traía una mandarria. ¿Para qué querría aquel mazo?, se asustó el niño.

Pero entonces sucedió algo de lo más extraño. La modista no hizo ninguna mueca de disgusto al ver llegar a su marido —o ex marido—, sino que lo saludó jovialmente. Ningún revirón de ojos, ningún ademán de desprecio por parte de ella. Al revés, se abrazaron dándose rígidas palmaditas en la espalda, no con amor, sino más bien como viejos conocidos. Todo un acontecimiento. Hacía más de un mes que

Coliseo estaba desaparecido y durante todo ese tiempo Joaquín no lo había visto. Había algo raro en ese recibimiento tan efusivo.

Después de todo, era el primer día del año y hasta los enemigos solían felicitarse tibiamente en esa fecha. Pasaba igual que con octubre, cuando venían los ciclones y hasta los vecinos que peor se llevaban se ayudaban unos a otros a clavetear tablas en ventanas, a reforzar puertas y tejados. Los llamados «cicloneros» iban de casa en casa vestidos con chubasqueros y empuñando linternas, ofreciéndose para ayudar en cualquier cosa a los demás.

Un curioso sentimiento de solidaridad se apoderaba de la gente cada vez que empezaba a soplar un ciclón. En una ciudad tan pegajosamente tórrida, el más mínimo cambio climático (friecito navideño, ventarrones octúbricos) siempre introducía una brusca brusca alteración no sólo en el paisaje, sino también en la conducta de sus habitantes.

A Joaquín le encantaban los ciclones, porque cuando llegaban sus padres volvían a juntarse aunque fuera por unos días. Coliseo venía con serrucho, clavos y martillo para asegurar la ventana del cuarto, y Numancia un poco como que se volvía a enamorar de él.

Pero esta vez Coliseo traía un martillo demasiado grande. Y tampoco pareciera que la efusión era meterológica: aquel saludo mutuo de sus padres revelaba que ella lo había estado esperando a esa hora precisa. «¡Sólo faltan un par de puntadas y sanseacabó!», dijo Numancia mostrándole al recién llegado la prenda que confeccionaba con tanta prisa.

¿Quién sabe? A lo mejor a primera hora de la mañana, o en medio de la noche, Coliseo le había mandado a ella uno de sus papelitos garabateados con algún mensajero. Él siempre se comunicaba con su esposa por medio de notas, en parte para evitar malentendidos a causa de la sordera de ella, en parte porque se llevaban tan mal que no querían ni hablarse. Hablar con Numancia era una ardua tarea. Siempre estaba tan abstraída que cualquiera diría que era muda. Coliseo nunca había aprendido a dejar que ella le leyera los labios, cosa que Joaquín sí sabía hacer a la perfección. Había que saber colocarse frente a ella, o en un ángulo de tres cuartos, para ponérselo más fácil a a la modista.

En fin, que con los papelitos garabateados, Coliseo la privaba de su pretexto más socorrido consistente en argumentar que no lo había oído bien o que le había entendido mal. Si él le dejaba dinero para comprar víveres, y luego ella se lo gastaba en el cine o en perfumes franceses, Numancia siempre tenía la excusa de su sordera. Cansado de gritar y de gesticular haciendo muecas simiescas para que ella lo entendiera, Coliseo empezó a dejarle papelitos colgando en la tendedera del patio. Luego se los dejaba encima del colador de café, en la máquina *Singer*, en las repisas, pegados con almidón en el marco de la puerta o con *scotch tape* en los espejos del Luis XV...

Así, durante las breves temporadas que su padre vivía con ellos, el cuarto empezaba a tapizarse de papelitos que se multiplicaban como por arte de magia. Coliseo era un guajiro semianalfabeto cuando llegó a la Habana, a pie, por la recién estrenada Carretera Central, allá por el año treinta. Había llegado a la gran urbe con un morral al hombro y más de veinte años de hambre vieja acumulados en el estómago. Tras incontables esfuerzos, como autodidacta, había aprendido a leer de corrido y a escribir con una caligrafía torturada y plagada de faltas de ortografía.

Se había alfabetizado a sí mismo tan tardíamente que ahora estaba deslumbrado con el arte de escribir. Sentía un placer casi orgásmico en garabatear todo lo que se ponía al alcance de su mano, cualquier superficie en blanco era inmediatamente escriturada. Su grafomanía galopante hacía que escribiera en las paredes del baño del solar, en los rollos de papel higiénico, en las etiquetas de las latas de leche condensada, en los almanaques, en el interior de las cajas de fósforos y de cigarros, en los márgenes de libros y revistas pero, sobre todo, escribía en el reverso de las innumerables fotos que le había sacado a su único hijo cuando se dedicaba a la fotografía ambulante.

En cuanto a los contenidos de sus notas, podían ser simplemente domésticos, como: «ay que comprar leche para el niño» o «Numa, no olvides pagar el recivo de la lus». Otras veces eran advertencias a su esposa para que no regara las plantas a medianoche ni cantara a esa hora porque los vecinos protestaban, o bien le preguntaba dónde estaban los cinco reales que faltaban del bolsillo de su filipina.

Pero, aparte de eso, estaban los mensajes redactados en un estilo más elevado, a caballo entre el tono discursivo y el epistolar, en los que daba rienda suelta a su retórica, derrochando máximas, comentarios, pensamientos de autores famosos, amén de refranes populares, consejos para la salud extraídos de revistas, exhortaciones al ahorro, preceptos morales, reglas de urbanidad y hasta normas de jurisprudencia…

Los recados domésticos siempre estaban destinados a Numancia. Los mensajes de carácter más trascendental iban dirigidos en primer lugar a su hijo y, en segundo lugar, al resto de la Humanidad. Éstos últimos solían adoptar la forma de interminables cartas, o bien quedaban registrados como apostillas en libros y revistas, o glosando imágenes por detrás de las fotos que él le sacaba a su hijo.

Al principio, estas notas se limitaban al cuarto, pero pronto su grafomanía se extendió a las áreas comunes de la cuartería llegando incluso hasta las paredes del excusado aljamiadas con garabatos que decían: «Por fabor, hechen los papeles dentro de la tasa» o «Sin Igiene no hay Hurbanidad ni cultura».

Numancia era un poco más instruida que Coliseo, así que se burlaba de los gazapos de su marido. Le decía que no aprendería a escribir correctamente hasta que no leyera a Benito Pérez Galdós o a Blasco Ibáñez mientras que él se obstinaba en sostener que José Martí y José Ingenieros eran mejores escritores que aquel par de gallegos. «Lector de sastrería», le apostrofaba ella, porque en la sastrería de un amigo suyo era donde él solía leer periódicos y revistas.

Los padres de Joaquín constituían una mezcla imposible, como el agua y el aceite, siempre discutiendo por cualquier bobería. Sin embargo, estas rivalidades, esa guerra sorda –peor que un diálogo de sordos– en cierto modo los unía, o los complementaba, porque en el fondo ambos padecían la misma enfermedad, esa especie de *horror vacui* que él combatía cubriendo cualquier superficie con sus jeroglíficos y ella tapizando los muros del patio con enredaderas de malangas o amontonando tacitas rajadas en repisas, o bien decorando las paredes del cuarto con los figurines y modelos arrancados de las revistas de moda y con láminas que reproducían obras maestras de grandes pintores.

Al igual que Coliseo, ella no soportaba los espacios vacíos. Él no perdonaba ningún espacio en blanco y sus herramientas abarcaban desde la punta roma de un mocho de lápiz hasta una pluma fuente mientras que ella se valía de los alfilerazos. Numancia diseminaba su escritura secreta a fuerza de alfilerazos. Siempre les clavaba alfileres a sus clientas como sin querer, aunque Joaquín sospechaba que lo hacía adrede, porque cuando éstas se quejaban, él advertía en la cara de su madre la sombra fugaz de una sonrisita. También a él lo pinchaba con los alfileres en los sobacos o en las costillas cuando le probaba una camisa.

Numancia lo claveteaba todo con alfileres y agujas, desde la carne de sus clientas hasta los figurenes que colgaban de la pared frente a la *Singer* pasando por los paquetes de celofán de café Pilón para que no perdieran su aroma. Y en esta pinchadera incesante imitaba (acaso sin saberlo) a su heroína, María Antonieta, quien mandaba mensajes secretos desde su prisión de la Conserjería, papelitos perforados con agujas a guisa de esquelas cuando sus carceleros la privaron de pluma, lápiz y tinta.

Hubiera o no mandado Coliseo uno de esos papelitos garrapateados a media noche o a primera hora de la mañana, lo cierto era que Joaquín no podía dar crédito a sus ojos. Ya estaba tan acostumbrado a las broncas de sus padres, tan habituado a sus largas separaciones, a sus interminables silencios, a sus recíprocos refunfuños, a que no se saludaran en la calle, a que cambiaran de acera o incluso doblaran bruscamente en una esquina cuando se veían de lejos; estaba tan cansado de todo eso que ahora, al verlos tan risueños, no salía de su asombro. ¿Habrían leído los Reyes Magos su cartica cinco días antes de la fecha de su llegada? ¿Aquella en la que les pedía que sus padres volvieran a vivir juntos con él?

Lo que Numancia estaba cosiendo a toda prisa era un nuevo disfraz para su hijo. Uno nunca visto por él, de color verde. De pequeño, en la barriada a Joaquín le llamaban «Retacitos», porque toda su ropa –incluidos los disfraces– se la hacía Numancia con los retales que sobraban de sus clientas. De hecho, él había nacido en ese cuarto que tan frecuentemente se transformaba en una pasarela de modelos. Y ¿qué es una pasarela de moda sino un desfile de disfraces? A pesar de ser un espacio tan reducido, a veces coincidían allí dos o más clientas que se quitaban la ropa para probarse los nuevos vestidos. Se quedaban en refajos, en sayuelas y en ajustadores, cubiertas a medias con telas acribilladas de alfileres. Iban y venían de aquí para allá, contemplándose en las lunas del Luis xv, contoneándose, como si estuvieran posando para *Vogue* o para *Vanidades*.

Muchas veces Joaquín se hacía el dormido para rascabucharlas. Tirado boca abajo en su pim–pam–pum, tapándose la cabeza a medias con una almohada, espiaba la anatomía de esas mujeres, vislumbrando un fragmento de teta por aquí, una nalga por allá. A los ocho años, y mucho antes de que se inventara, él ya tenía su *peep show* particular. Para él todo aquello era como un baile de máscaras. Había nacido rodeado de fantasías textiles y también de antiguallas, ya que uno de sus tíos maternos era anticuario y decorador de vidrieras. Numancia adoraba a ese hermano a través del cual permanecía en contacto con todo un universo de maniquíes, rollos de telas desplegados alrededor de columnas jónicas de cartón pintado imitando mármol, muebles antiguos que en su mayoría eran falsificaciones –quemados ex profeso y luego patinados con barníz–, bustos de yeso pintados de verde pompeyano para simular bronce, candelabros, jarrones, relojes de pared que nunca daban la hora, *chinoiseries*, bibelots, tacitas de café y teteras expuestas en vitrinas o en repisas, y mil bagatelas más por el estilo. Muchas de las supuestas «antigüedades» que la modista acumulaba en su cuchitril eran obsequios de ese tío anticuario. Todo eso influía en Numancia y, por carambola, en Joaquín.

Por eso en cierta forma estaba condenado a ser el niño de los mil disfraces. Porque además, entre su madre y su padre siempre estaban disfrazándolo, a tal punto que veces llevaba al mismo tiempo más de un disfraz. Lo mismo le ponían una boina de gallego que un sombrero de yarey o un penacho de plumas, a veces del cinto le colgaba un revólver de *cowboy* mientras que los pantalones tenían flecos, al estilo sioux. El niño era un espantapájaros ambulante.

No le hacía ninguna gracia que lo tuvieran en perpetua exhibición, pero tampoco podía impedirlo, porque notaba que su madre era feliz confeccionando los disfraces y que su padre luego disfrutaba retratándolo. Ambos se realizaban en sus respectivos oficios cada vez que lo disfrazaban. Coliseo era camarero, pero entre sus múltiples maneras de ganarse la vida hubo un tiempo en que le dio por la fotografía dominguera. Primero se compró una *Leica* de segunda mano y luego consiguió que un amigo boticario le dejara usar el laboratorio de la farmacia como cuarto oscuro.

Coliseo hacía fotos de bodas, bautizos y cumpleaños. Era lo que en el argot se llamaba un «lambio» o «lambión». Gracias a su temperamento ahorrativo, recortaba aquí y allá los trozos de papel fotográfico que sobraban de sus encargos. De ese modo, siempre podía imprimir las fotos que le hacía a su hijo. En eso también se parecía a su esposa cuando aprovechaba los retazos de las clientas para vestir a Joaquín.

Así que con una madre modista y un padre aficionado a la fotografía, a Joaquín siempre estaban disfrazándolo y usándolo poco menos que como maniquí. Lo mismo daba si había o no carnavales, no importaba si era o no su cumpleaños, ni si tenía que participar o no en una obra de teatro infantil de la escuela, hubiera o no fiesta en el Centro Gallego o en los Jardines de la cervecería «La Tropical», el hecho era que siempre, inexorablemente, encontraban un pretexto para disfrazarlo.

Toda esa locura de disfraces, exhibiciones y fotos desembocó en los Concursos de «Homicultura» patrocinados por el alcalde de la ciudad. En el Ayuntamiento, un viejo palacio colonial, presentaban a Joaquín para someterse a los exámenes médicos junto con los otros concursantes de su misma edad entre los cuales, por cierto, él nunca vio a ningún negrito.

Lo de «homicultura» venía a querer decir «cultivo de los hombres», como si las personas fueran boniatos. La búsqueda de la perfección de la especie humana era una moda importada de Estados Unidos, que a su vez venía de Inglaterra, concretamente de Sir Francis Galton, el primo de Darwin.

Por desgracia para Joaquín, ganó cuatro concursos seguidos. Y cada vez que ganaba, Coliseo lo sometía a una andanada de fotos, algunas de las cuales salían publicadas en los periódicos. Estaba tan enloquecido que, de haber podido, hubiera hecho un vaciado en bronce de su hijo para instalarlo en cualquier parque público

El viejo siempre repetía aquello de «mente sana en cuerpo sano» o se pasaba horas practicando el «Método de Tensión Dinámica de Charles Atlas», un culturista americano de moda también. Toda esa obsesión por el cuerpo, las pesas, la gimnasia, iba a repercutir en su hijo, a quien enseñaba a hacer calistenia por las mañanas y a ejercitarse en infinitos deportes físicos, como jugar a la pelota o nadar en las pocetas del malecón, donde Joaquín cogía tremendas insolaciones.

Henchida de orgullo, Numancia les enseñaba a sus clientas los cuatro diplomas de Homicultura ganados por su hijo. Pero a Joaquín tanta ostentación le daba un poco de vergüenza ajena. Por cada uno de esos diplomas le habían dado una caja de Trimalta más cincuenta pesos en efectivo, pero nada más… sí, muchos premios, pero de aquel solar no salían ni a jodidas y seguían siendo más pobres que las ratas.

Por suerte, en el quinto Concurso de Homicultura, los médicos le descubrieron un lunar negro entre dos dedos del pie derecho. Un puntico apenas perceptible, pero fue como si hubieran detectado que tenía lepra o algo peor. Coliseo se indignó, Numancia se lo tomó con filosofía, y Joaquín se sintió aliviado. Lo descalificaron y ese año no ganó nada.

Al fin se veía a salvo de tanta exhibición, ya no tendría que volver a permanecer allí desnudo durante horas, dejándose escudriñar por todos esos hombres de batas blancas. Le revisaban los dientes, las encías, el ojo del culo, el pito y hasta las pestañas. Se sentía exhibido, como un esclavo en venta en la tarima de un mercado, delante de una muchedumbre de curiosos que pujaban como en una subasta. Y cuando el alcalde le colgaba la medalla del cuello, se sentía como un caballo de carreras en un hipódromo. Luego sonaban al unísono veinte o más flashazos. Los bombillitos azules de magnesio caían rebotando en el suelo de mármol mientras él guiñaba los ojos como un albino deslumbrado por los destellos. Todo aquel espectáculo le producía sentimientos encontrados de estupor y miedo escénico.

Lo que más le disgustaba era que inmediatamente Coliseo lo sacaba a pasear por ahí, medalla al cuello, disfrazado de mambí o de cowboy, haciéndole fotos sin cesar. Consiguió publicar algunas de las fotos del premiado en periódicos y en revistas aprovechando para –de paso– anunciarse él también como fotógrafo lambión. «¡SEÑORA, SI SU NIÑO LLORA, COLISEO LO HARÁ REÍR!». Así rezaba su eslogan acuñado con sello gomígrafo al dorso de todas sus fotos.

En el álbum de Numancia quedaban algunos recortes de periódicos amarillentos donde el niño aparecía disfrazado de granjero ordeñando una vaca de plástico (para un anuncio de una marca de leche), en otro se le veía encaramado en un árbol, enseñando unos raquíticos bíceps al estilo de Tarzán, con un pullover estampado con la cabeza de un perro bulldog (para la publicidad de un programa de televisión llamado «Cabeza de Perro»), en otro periódico aparecía vestido de gaitero (para el anuncio de un baile en el Centro Gallego), etcétera.

De la noche a la mañana había dejado de ser «Retacitos» para convertirse en un niño–anuncio. Ahí empezó el frenesí de su madre y de su padre. Se dieron gusto vistiéndolo de *Mickey Mouse*, de pirata, de *cowboy*, de diablo, de indio apache, de Pinocho, de enanito de Blanca Nieves, de Supermán, de angelito emplumado con una aureola de alambre encasquetada que le salía de la cabeza como la antena de un televisor...

Después de todo eso, ¿qué tenía de raro que ahora, ese primero de enero de 1959, su padre y su madre quisieran disfrazarlo de Robin Hood? Numancia había aprovechado la tela verde de un viejo disfraz de Peter Pan. Lo que salía de su máquina se parecía al atuendo del héroe del bosque de Sherwood, pero sin la gorra ni la pluma. La modista cogió la gorrita de pelotero de Joaquín y la forró por fuera con tela verde. Aquello empezaba a encajar, pero de pronto le puso un brazalete rojo y negro con un número 26 de tela blanca. Que él supiera, ni el Príncipe de los Ladrones, ni Peter Pan, llevaban ningún trapo con un número ceñido por encima del codo. Por lo demás, ¿qué significaba esa cifra tan enigmática? ¿No era el 26 el año del famoso ciclón?

Hacía un poco de frío, pero disminuía a medida que el sol iba saliendo. Su padre no se quitaba la mandarria del hombro, como si fuera a demoler una muralla. Hablaba sin parar con Numancia, sin importarle si le oía o no, refiriéndose a una cosa llamada «revolución». Cuando el niño estuvo disfrazado de verde, Coliseo bajó con él a la calle.

Pero esta vez no lo llevó a hablar por teléfono con el Santa Claus que se encerraba en la vidriera de la tienda «Sánchez Mola» repleta de juguetes. Los niños hacían cola para hablar por teléfono con ese barbudo barrigón de la casaca roja. «¿Estás comiendo todos los días?», «Desde aquí veo a tu mamá al otro lado del cristal que me dice que no estás comiendo», «¿Estás sacando buenas notas en el colegio?»… eso preguntaba el Santa Claus con su barba de algodón. Esa era una cola que Numancia sí le dejaba hacer. Era una cola de niños finos, no como la otra, la que bajaba por la Loma del Ángel, la de los niños pobres que esperaban en fila india a que la Primera Dama les diera un regalo.

Numancia le había prohibido a su hijo que se sumara a esa cola que se formaba el Día de Reyes delante del Palacio Presidencial. La esposa de Batista se asomaba a un balcón para repartir juguetes entre los mataperros de la barriada. Aunque en esa cola estaban sus mejores amiguitos, Numancia le había enseñado a rechazar cualquier tipo de limosna. «Somos pobres, pero decentes», decía la modista moviendo en el aire un dedo admonitorio.

No, Coliseo no lo llevó a ver al barbudo de Sánchez Mola, pero sí lo llevó a ver a otros semibarbudos que estaban en la bodega de la esquina. De buenas a primeras, en aquel país tan dado a los disfraces y a la impostura, tener una sombra de barba, aunque fuera de tres días, se había convertido casi en un emblema heráldico. Antes –y ese «antes» significaba veinticuatro horas atrás– en aquella ciudad tan moderna y poblada de deidades áticas, para ser una persona decente había que estar afeitado y gastar cuello duro con corbata, pero a partir de aquel primero de enero, todo sería al revés. Tener cuello y corbata, estar demasiado acicalado, incluso perfumarse, empezaba a ser sospechoso.

La moda a partir de ahora era tener barba y melena y andar por ahí todo lo peor vestido que se pudiera. Veinticuatro horas antes, el único barbudo que había en la Habana era un mendigo llamado «El Caballero de París» que se paseaba por el Paseo del Prado con una larga barba canosa y una melena a la espalda tan apelmazada a fuerza de churre que parecía la cola de un castor. En aquella ciudad tan elegante la barba era sinónimo de pordiosero. Pero esa noción estaba cambiando a ojos vistas. Muy pronto la gran urbe sería invadida por legiones de gloriosos indigentes.

Ya desde Nochebuena algunos despabilados en el barrio sabían que los rebeldes estaban combatiendo en el centro de la isla, y oportunamente habían dejado de afeitarse. Por eso ahora había unos cuantos civiles armados en la esquina de La Moneda de Oro exhibiendo barbitas de cinco o seis días. Joaquín conocía a algunos, muchachones que ahora llevaban, como él, casi el mismo disfraz. No vestían de verde, pero sí llevaban unos brazaletes idénticos al suyo, con aquel enigmático número 26, y empuñaban revólveres, machetes y escopetas de perdigones. Estaban en todas las esquinas de la Loma del Ángel, como si dirigieran el tráfico, o esperando algo, o acechando a alguien.

Frente a la bodega La Moneda de Oro estaba la Jefatura, de donde habían desaparecido todos los policías de Batista que hasta la noche anterior estaban allí apostados, con sus uniformes azules. La estación había sido asaltada y saqueada la noche anterior.

Perfumito –un vecino del Solar del Reverbero– parecía dirigir a todos esos jóvenes enardecidos. Daba voces, iba de aquí para allá, enarbolando un revólver. Tres días antes de la última noche del Titanic,

Perfumito había dejado de afeitarse y empezó a untarse la cara con mierda de gallina y con la sangre menstrual de su mujer –la negra Sabor– para que la barba le creciera más rápidamente. Desde el 28 de diciembre ya sabía que la ciudad de Santa Clara, en el centro de la isla, había caído en manos de los insurgentes.

Perfumito colocó varias vallas de madera en la Loma del Ángel para impedir que el tráfico bajara hacia la estación de policía. A su lado había varios milicianos espontáneos como él, surgidos de no se sabía dónde. En medio de su ajetreo, desviando el tráfico, Perfumito lanzó un estentóreo «¡Abajo Batista!». Inmediatamente otros lo secundaron, coreando la nueva consigna.

Tan sólo doce horas antes, el único que se atrevía a gritar eso en medio de la calle era el borracho Abelardo. ¡Qué extraño! Hasta ayer el único antibatistiano que había en la barriada era el capitán Abelardo, pero ahora, de buenas a primeras, todos eran antibatistianos. La gente gritaba la nueva consigna desde los balcones, desde los automóviles, en las azoteas, en las barras de las bodegas… De golpe y porrazo, nueve horas después de la fuga del Presidente, los mismos vecinos que antes eran tan cautelosos que incluso mandaban a callar al veterano Abelardo, estaban en las esquinas organizando cacerías de esbirros y chivatos, levantando barricadas, poniendo barreras, cortando las calles, controlando el tráfico, manteniendo el orden, disfrazados de revolucionarios, de milicianos, de fidelistas, o de lo que fuera….

Joaquín estaba fascinado ante esa facultad tan repentina de disfrazarse. ¿Acaso no era él el Niño de los Mil Disfraces? Aquella era su especialidad. ¡Ahora sí que le habían salido unos competidores de ampanga! Esos súbitos milicianos sí que le habían ganado en eso de enmascararse. Eran insuperables practicando el mimetismo, la capacidad de adaptación, la vocación de travestismo y de simulación. En el barrio del Ángel, en la ciudad, en la isla entera, todo había cambiado de la noche a la mañana, literalmente, sin metáforas. La metamorfosis, la mímesis y el camuflaje eran totales en la Isla de los Camaleones.

Así, en medio de aquel rebumbio de consignas gritadas y disparos aislados, Joaquín entró en aquel año, de la mano de su padre, disfrazado como los demás. Y él creyó que aquel año el Día de los Reyes se había adelantado, por el ambiente de jolgorio imperante en las calles y por el hecho de que sus progenitores parecían haberse reconciliado como él les pedía en su carta a Melchor, Gaspar y Baltasar.

De pronto, Coliseo y Joaquín se vieron envueltos en una turba de mataperros vociferantes. Todos los delincuentes juveniles –y no tan juveniles– del barrio estaban allí: Malanga, Compota, El Chama, Tanganica, Potaje, el Quimbo, Callejita y otros… Todos aquellos tarajalludos que un minuto antes de que se fuera Batista sólo sabían bailar y beber Palmitas en las bodegas, jugar al dominó en camisetas con las mesitas puestas en las aceras, fumar mariguana en el parque, hacer pesas en las azoteas, agruparse en las esquinas para piropear –a veces groseramente– a las mujeres que pasaban, jugar al billar y al cubilete, andar enredados a navajazos o robando carros, todos, de buenas a primeras, eran milicianos. Los más grandulones esgrimían orgullosos escopetas de caza o viejos revólveres despavonados. En sus rostros vibraba una nueva temperatura, entre marcial y radiante con una pincelada de encanallamiento. La calle Cuarteles, con tanta gente armada, parecía recuperar de repente su más auténtica idiosincrasia, como si la calle viviera bajo un permanente cuartelazo.

Perfumito siguió gritando «¡Abajo Batista!», y sólo se calló para saludarlos al verlos pasar. Coliseo le devolvió el gesto agitando la mandarria en el aire. Se oían mil rumores, entre otros, que los clandestinos del «26 de julio», los «pone-bombas», ahora convertidos en milicianos, recorrían la ciudad enfrentándose a los batistianos que quedaban por ahí resistiendo. También se decía que el Che –a quien muchos confundían con Cantinflas– ya estaba en la fortaleza de la Cabaña y que Camilo Cienfuegos había tomado el Campamento Militar de Columbia. Corrían muchas bolas. Nada era seguro.

Mucha gente se había echado a la calle, algunos salían con banderas cubanas, otros cantaban y saltaban de alegría en los balcones. Por doquier aparecían banderas del 26 de Julio, con los mismos colores del brazalete que le habían puesto a Joaquín. ¿De dónde diablos habían salido en tan poco tiempo tantas banderas y brazaletes rojinegros? ¡Con qué velocidad cosían las habaneras, y eso que él creía que Numancia era la más rápida con la *Singer*!

Al mismo tiempo empezaba a oírse una nueva canción, que no era un bolero ni un cha cha chá, sino un himno de timbres luctuosos que ya transmitían sin cesar por radio y por televisión: «El puebloooo de Cuuuuba, sumido en su dolor se siente heriiidoooo, y ha deeeecididoooo hallar sin tregua alguna soluciooooón, queee sirvaaaaa de ejeeeemplooo a esos que no tienen compasiooooón, y arriesgaremos decididos por esta causa hasta la vida, qué viiiva la revolucioooooooón!».

Contagiado por el júbilo generalizado del vecindario, Joaquín empezó a tararear ese himno, pero al final siempre decía «insolación» en vez de «revolución».

«¡Qué viva la insolaciooooooón!»

Su padre lo corrigió. Pero cuando el niño trató de subsanar el error, sólo consiguió que le saliera un largo gruñido: «¡Qué viva la grrrrrrrevolución!»

4.

ERRE CON ERRE...

A pesar de sus cuatro premios de Homicultura, Joaquín tenía un problema de articulación. No sabía –o no podía– pronunciar la doble erre. Esa letra se le enrrrrredaba entre la laringe y la campanilla haciéndole hablar como si fuera un francés. Durante toda su niñez había tenido que soportar las burlas de los otros niños cuando lo oían arrastrar las erres. En el colegio le llamaban «franchute». Su padre luchaba tenazmente contra ese vicio de dicción. Durante las vacaciones escolares, cuando lo llevaba a aquel pueblo llamado «Bemba», en la provincia de Matanzas, le pedía que oyera el ruido del tren (chucuchucuchucuchú...) y marcando el compás con el traqueteo de las ruedas del vagón, le obligaba a declamar en voz alta: «erre con erre, cigarro; erre con erre carril; rápido corren los carros por la línea del ferrocarril».

El niño tenía que repetir esa cantilena, y con todos los pasajeros mirándolo. A Joaquín le daba un poco de vergüenza, porque se le encasquillaba la lengua entre los incisivos y lo único que le salían eran gruñidos. Pero Coliseo estaba decidido a erradicar esa anomalía, y seguía insistiendo sin conseguir que el niño dejara de hablar como si fuera un borracho, con la lengua estropajosa, tropezando en las erres que se le amontonaban en el cielo de la boca obligándolo a producir sonidos nasales, guturales, fricativos, de todas clases menos la ligera vibración dental que su padre tanto anhelaba.

De ahí que toda palabra que contuviera una erre se le antojara al niño demasiado agresiva, hostil, casi amenazadora. Así, decidió evitar las palabras con esa consonante atroz. Por ejemplo, en vez de «ratón», decía «guayabito»; en vez de «rayo», decía «trueno»; si tenía que decir «roña», decía «furia»; si tenía que decir «raro», decía «extraño»; en lugar de «rojo», prefería decir «colorado», nunca decía «revólver», sino pistola… Sin querer, su vocabulario se iba ampliando. Sin saberlo estaba penetrando en el vasto y tembloroso universo de los sinónimos.

Ahora que había triunfado la revolución, su problema fonético era todavía más grave, pues todos los sinónimos de aquella palabra parecían incluir la maldita doble erre: «rebelión», «revuelta», «insurrección»… Por otra parte, al estar ahora ese vocablo en boca de todos, ¿qué iba a hacer para eludirlo? Ese término nuevo («grrrevolución») parecía destinado a humillarlo o a corregir su defecto fonético de una vez.

Al principio Coliseo pensó que lo de la erre podía ser una tara, la maléfica herencia genética de Numancia con su labio leporino. ¿No habría heredado su hijo una malformación similar en el paladar o debajo de la lengua? Empezó a revisarle la garganta a Joaquín con una linterna y una lupa. Según Polenta, el labio partido de su hija se debía a un accidente. En uno de sus viajes entre América y España, de regreso de Argentina, ya estaba embarazada. Cuando desembarcó en la Coruña, la inminente madre de Numancia se cayó al bajar del barco. Al resbalar se dio un golpe en la barriga contra la barandilla de la pasarela. Los médicos dijeron que ese golpe le había partido el labio al feto.

Pero aunque no fuera genético ni hereditario, Coliseo seguía pensando que aquel paladar mal suturado en la madre podía haber tenido repercusiones en la estructura de la lengua de su hijo, sin embargo, más tarde descartó esa conjetura. Socorro también era hija de la modista y no tenía ningún problema con la erre.

De todas maneras estaba encabronado con su esposa, porque entre que era sorda, y encima entretenida, no se había fijado a tiempo en la pronunciación del niño. Siempre estaba cosiendo, o en el cine, o leyendo la biografía de María Antonieta, o visitando a sus clientas, o metida en casa de su hermano el anticuario… En resumidas cuentas, que la madre de su hijo desaparecía del hogar durante horas y horas, y en todo ese tiempo no se ocupaba del niño. En más de una ocasión él había llegado al cuarto y se lo había encontrado gateando alrededor de la *Singer* con la boca llena de alfileres. Numancia los dejaba caer sin tomarse luego la molestia de recogerlos del suelo. El niño ya se había tragado ni se sabe cuántos botones. Una vez Coliseo llegó a tiempo para sacarle un zíper de la garganta. Como él casi nunca estaba en la casa –siempre expulsado–, el niño pasaba la mayor parte del tiempo a solas con una sorda que no se enteraba de nada, o peor aún, que se hacía la sorda para no enterarse de nada. En esas condiciones, ¿cómo rayos iba a hablar correctamente si ni siquiera tenía con quién hablar? Por eso Joaquín hablaba tanto en clases y se inventaba amiguitos imaginarios que según decía salían de las lunas del escaparate, como ese tal Lucio y ese otro llamado Leonel. Para colmo, cuando Numancia sorprendía al niño hablando con Evangelina –la vecina del cuarto de al lado– lo regañaba, porque esa señora era negra. ¿Y con quién rayos iba a hablar entonces si en aquellos solares casi todo el mundo era negro? «Pero es una negra brujera», contestaba Numancia airada. «¿Y cómo sabes tú eso?». «Porque de noche ella tira huevos podridos en mis Jardines Colgantes de Babilonia»….

En fin, que el asunto de la «egrrrrrre» devino en otra fuente de desavenencias conyugales. A Coliseo se le metió en la cabeza que el bilingüismo era el culpable de todo. Cuando en casa de Polenta se reunían más de dos gallegos, todos empezaban a hablar en esa lengua. Al niño también le enseñaban ese idioma. La madre le decía cada noche «*apaja*» la luz, en vez de «apaga» la luz. Coliseo se ponía que echaba chispas. Si el niño hablaba gallego en casa y español en la calle, no era extraño que pronunciara cada vez peor. «¡Aquí se habla español, carajo!», estallaba. «Por eso España está tan atrasada, con esos provincianismos de ustedes, siempre divididos, siempre en guerra: asturianos contra gallegos, éstos contra vascos, andaluces contra catalanes»…

–¿De dónde sacas todas esas mandangas? –le espetó un día Numancia.

–De un librito que escribieron dos españoles…

–¿Quién? ¿Blasco Ibáñez… Benito Pérez Galdós?

–¡Qué va!… Ortega y Gasset.

—¿Quién tú dices? ¿Gaceta? —dijo Numancia encogiéndose de hombros—, no lo conozco, pero miente más que la gaceta.

Y así, hasta que un médico le dijo a Coliseo que lo mejor sería cortarle el frenillo a su hijo. A Coliseo le encantaban los médicos y los hospitales públicos. Para él la Casa de Socorros era un sagrado centro de peregrinación. Eso de estar operado, en la cama de hierro de una sala, le seducía. Allí tenía tres comidas calientes al día garantizadas, incluso se las traían en bandeja a la cama. Además estaba atendido por enfermeras amables, risueñas, hasta coquetas. Entablaba nuevas amistades con los otros convalecientes. Allí no tenía que preocuparse de llevar su ropa al tren de lavado de los chinos, ni tenía que limpiar la casa. En el hospital el suelo brillaba como un espejo, le daban un pijama limpio cada dos días, cambiaban las sábanas a diario, y todo eso lo hacían otras personas mientras él seguía acostado y leyendo… vaya, como si estuviera en un hotel. Casi siempre errante y solitario, casi siempre viviendo en casas de inquilinato, comiendo por ahí, en las fondas baratas —porque Numancia se negaba a freirle un huevo—; la idea de estar ingresado en un hospital le fascinaba, aunque fuera al precio de someterse a una operación.

Ya a los cuarenta años lo habían operado de mil cosas. Acumulaba tantas cicatrices de viejas suturas (apendicitis, hernia, quistes…) que cuando Numancia lo vio desnudo por primera vez, deslizó un dedo por aquellas costuras imaginando que eran valles, ríos, desfiladeros y cadenas montañosas, las fronteras de un país dividido en innumerables regiones. Y a continuación exclamó: «¡Coli, pero si pareces el mapa de España!».

Así que cuando el médico habló de operar a su hijo, los ojos de Coliseo brillaron de entusiasmo. Enseguida lo dispuso todo, pero Joaquín se negó rotundamente. Y eso ocasionó otra bronca entre los esposos. Numancia consideraba excesivo apelar al bisturí por tan poca cosa. Total, como ella no oía si decía erre o eggrrre… Trataron de atar al niño a una silla de dentista, pero salió corriendo de la clínica con la ayuda de Numancia quien le gritaba a su marido: «¡Burro, no eres más que un guajiro burro!».

Así las cosas, aquel primero de enero su padre se detuvo a hablar con un grupo de milicianos en la bodega La Moneda de Oro, frente a la Jefatura. A Joaquín le desesperaba que su padre se parara en la calle cada dos por tres a hablar con sus conocidos, que eran innumerables. Coliseo hablaba y hablaba sin parar. Joaquín se pegaba a su pierna y empezaba a tirarle del pantalón. Su padre parecía un maestro ambulante, siempre dando explicaciones, consejos, discursos…

De pronto, Perfumito le preguntó qué quería decir «revolución». Coliseo se puso muy serio: «revolución viene de revolver», dijo. Pero Joaquín entendió «revólver», entre otras cosas porque como ahora todos en la calle andaban con revólveres, pensó que algo tendría que ver aquella revolución con tantos revólveres surgidos aquí y allá, de pronto, como de la nada.

¿Por fin qué era?… ¿Revólver o revolver? ¿Por fin qué cantaba Evangelina cuando Batista dio el golpe de estado? ¿Cantaba «Amar a Batista» o «Amalia Batista»? ¿Por fín qué era lo que había dicho Numancia debajo de la mesa, «La última noche del Titanic» o «la última noche de Titán»? ¿La última noche de los batistianos o de los haitianos? Todo en aquel país se reducía a un trabalenguas. Allí la historia no era más que una sucesión de malentendidos.

Entonces Joaquín se acordó de que ya había oído fugazmente aquella palabreja tan novedosa. Parece que la palabra «grrrevolución» tenía algo que ver con los discos de la victrola de La Flor Asturiana, la bodega que estaba en la otra esquina de su cuadra. Su hermana bailaba allí el *Rock de la Cárcel*. Él debía de tener unos siete años, porque todavía Socorro vivía con ellos. Bailaba con un muchacho que usaba unos mocasines americanos con sendas monedas de cobre, de a centavo –también americanas– metidas en las tiras de cuero de sus zapatos. El joven tenía una mota elvispresliana rociada con gomina. Su hermana no sólo era bonita, sino que tenía buen cuerpo, y para colmo siempre iba muy bien vestida gracias a las destrezas textiles de Numancia.

Joaquín se paraba en la puerta de la bodega a verla bailar con la música de la victrola. La saya de amplio vuelo se arremolinaba como un trompo. Los borrachos acodados en la barra, medio cayéndose, dejaban de jugar al cubilete babeándose al verla bailar, más bien comiéndosela con los ojos. Cuando Socorro se ponía a bailar allí, ya nadie más bailaba, todo el mundo se apartaba, haciendo un corro, para admirar no se sabe muy bien si la soltura de sus caderas, o las caderas en sí. O ambas cosas a la vez. Los mocasines de su pareja de baile levantaban al girar pequeñas nubes del aserrín que cubría el suelo de la bodega. Joaquín aspiraba la fragancia a viruta de pino que ascendía del suelo. Había un borracho vomitando, reguindado de la barra, lo que no le impedía seguir con ojos libidinosos el movimiento de las nalgas cimbreantes de la hermana de Joaquín. De pronto, cuando Socorro acabó de bailar y se acercó la barra para tomarse una Coca-Cola, el curda le dijo: «niñaaaa, tú sí que… ¡hip!… giras a más de 33 revoluciones… ¡hip!… por minuto!» Y todos los hombres que estaban allí se echaron a reír.

¿A cuántas revoluciones por minuto giraba su hermana cuando bailaba *rock and roll*? Por lo visto, los discos tenían muchas revoluciones. El rock se bailaba dando vueltas, lo que venía a ser algo así como un revolverse, como el tambor de un revólver girando en la ruleta rusa, o como un platillo volador. Discos, revólveres, revolveres, todo se revolvía como le sucedía ahora a la isla entera, estremecida bajo la furia impetuosa de un ciclón… ¿Otro ciclón del 26?

5.

LOS PARQUÍMETROS

Coliseo y Joaquín se dejaron llevar por la turba de mataperros. Todos los negritos, blanquitos y mulaticos pendencieros del barrio habían dejado de romper faroles en el parque, habían dejado de jugar a la pelota en medio de la calle, y ahora todos empujaban carretillas, cargaban cubos vacíos, armados de martillos, cabillas, cadenas y palos. Todos seguían a alguien que gritaba: «¡A los parquímetros!»

Dando alaridos y saltos a lo Tarzán la horda avanzaba hacia la calle Chacón. Pasaron por delante del falso puente levadizo de la Jefatura. Bordearon el muro del foso y se dirigieron hacia la parte trasera de la Catedral donde empezaba una larga hilera de parquímetros. Sembrados en la acera del Seminario de San Carlos y San Ambrosio, frente al Parque de Luz y Caballero, los parquímetros parecían marcianos.

Cuando llegaron, ya algunos adultos estaban allí golpeando los aparatos. Coliseo también la emprendió a mandarriazos con una de aquellas cabezas de relojería. Las monedas rutilantes saltaban por los aires, como un surtidor de plata. El pavimento se alfombró de pesos machos, pesetas, reales y níqueles. Rápidamente Joaquín se agachó a recogerlos antes de que otros mataperros se los arrebataran en un «manigüiti un peo». El «manigüiti un peo» consistía en arramblar con la propiedad ajena. Cuando unos niños estaban en una esquina jugando a las postalitas –estampadas con imágenes de peloteros– barajándolas e intercambiándolas, de pronto aparecía un mataperros que, de un manotazo, se llevaba todos los cromos y se alejaba corriendo y gritando: «¡manigüiti un peo!».

Esa curiosa asociación entre la velocidad y la escatología estaba profundamente instalada en la imaginación infantil de la barriada, pues había otro juego que consistía en salir corriendo todos hacia una meta dada (el muro del malecón o un árbol) al grito de: «¡la peste el último!». Así, nociones como peste y peo quedaban de algún modo solidarizadas con la celeridad a la hora de correr y a la hora de robar.

Joaquín siguió recogiendo dinero del suelo, para que no le hicieran maniguiti un peo. Aquello era más fácil que bucear monedas en el fondo de las pocetas, unas piscinas naturales excavadas en el litoral habanero a las que su padre lo llevaba constantemente. De vez en cuando se oía hablar inglés arriba, en el muro del malecón, donde se asomaban los rostros pecosos de los turistas americanos con sus sombreritos y sus camaritas Kodak.

Tres metros más abajo estaba el arrecife, la orilla pespunteada de esas rocas afiladas que Coliseo llamaba «dientes de perro». Las olas rompían resollantes, como si el mar fuera un insondable animal disneico. La espuma avanzaba y retrocedía rodeando las piedras esmaltadas de algas, como amortajándolas. Entre los «dientes de perro» asomaban las negras púas de los erizos mientras los diminutos cangrejos correteaban de medio lado de aquí para allá.Allí abajo estaban los mataperros –Joaquín entre ellos–, practicando el clavado o jugando a la «guerra de pan duro» en el oleaje. Desde el muro, los turistas tiraban monedas al agua para que los niños se lanzaran a bucearlas. Bastaba una moneda lanzada a la poceta para que cinco mataperros cayeran al agua en picado, como pelícanos. Era como tirarle maní a los monos en el zoológico.

Cada vez llegaba más gente en busca de parquímetros. Traían hachas, llaves inglesas, picos, palas, patas de cabra… ¡Bing, bang… bing, bang!… y las monedas brotaban como de un géiser para luego llover del cielo, como un maná crematístico. A ese paso, pronto ya no quedaría en pie ni un solo parquímetro en toda la Habana Vieja.

Sin embargo, ninguno de los que participaban en aquella orgía de mandarriazos tenía automóvil, ni siquiera un fotingo de esos a los que había que darle cranque, ninguno podía ni siquiera soñar con tener un vehículo motorizado. Así que no se podía decir que fueran víctimas del expolio cotidiano de esos traganíqueles y, no obstante, aquellas hileras de máquinas de repente se habían convertido en blanco del furor popular, como si fueran el enemigo público número uno, o huestes de soldados metálicos del fugitivo Batista.

Al principio, cuando vio a su padre con la mandarria y se vio a sí mismo inmerso en aquella turba armada de palos y cabillas, Joaquín pensó que iba a asistir al choque de las dos pandillas rivales de la zona. En La Loma del Ángel había una pandilla, pero nada más cruzar el Paseo del Prado, a trescientos metros, había otra: la temible Pandilla del Barrio de Colón. Los mataperros del Ángel y los de Colón siempre estaban enfrentados. Por si fuera poco, otras bandas callejeras incluso más violentas solían desafiarse en aquella parte de la ciudad. Venían del sur, eran los pandilleros del Parque Habana encabezados por un tal Tarzanito y los energúmenos de la Pandilla de Popeye. Pero esta vez no habría bronca. Milagrosamente, ahora todos parecían estar unidos. Había una euforia salvaje en todos los rostros y el enemigo ahora no eran pandilleros de otros barrios, sino aquellos aparatos alargados, grises y cabezones.

Veinticuatro horas antes de estas tropelías, esos parquímetros y otros distribuidos por la ciudad formaban parte del paisaje urbano y no parecían preocupar a nadie ni suscitar la ira de ningún vecino. Pero de buenas a primeras, sin que al parecer nadie diera la orden, había que arrancarlos de raíz, como si fueran árboles malditos. No se trataba solamente de romper sus alcancías para recoger el dinero, sino también de tronchar, doblar, retorcer y despachurrar los tubos que les servían de apoyo, hasta arrasarlos por completo.

Coliseo era como un rey Midas, todo lo que tocaba su mandarria se convertía en oro. Los mataperros corrían de aquí para allá con las manos llenas de dinero, las monedas ya no les cabían en los bolsillos. Algunos incluso la emprendían a martillazos contra los teléfonos públicos, otros incendiaban los latones de basura amontonados en las esquinas, y los más grandulones, los que pasaban de los quince años, saqueaban las estaciones de policía o las armerías pertrechándose de armas.

Los mataperros se lanzaban a la rebatiña, revolcándose en el suelo, quitándose unos a otros los puñados de monedas, como en una piñata, igual que en las pocetas, cuando se abracaban y se tiraban de los pelos bajo el agua disputándose la última moneda lanzada por algún turista.

Coliseo ya iba por el segundo parquímetro, Joaquín a su lado, llenándose los bolsillos y los de su padre también. Cuando los tuvieron repletos, Coliseo se quitó la gorra de pelotero decorada con una gran H roja y un león rugiente del mismo color. Se la dio a su hijo para que siguiera echando allí las monedas.

A lo lejos se oían sirenas de ambulancias, campanadas de carros de bombero. De vez en cuando, algún tiro suelto. Ya no quedaba ningún parquímetro que romper, ninguna moneda que recoger. Padre e hijo regresaron a la Loma del Ángel y la subieron en medio del júbilo popular. Los mataperros iban con cubos y carretillas llenas de dinero. Después de transponer la iglesia, llegaron al Palacio Presidencial, cuyo inquilino se había fugado la víspera. Se oyó una gritería en el balcón de la fachada principal de la mansión. Muchos tuvieron que apartarse porque por allí salió volando un sofá de cuero destripado a navajazos. Una lluvia de guata, como nieve artifical, cayó sobre el gentío. Detrás le siguió un piano de cola que al estrellarse contra el pavimento se rompió en mil pedazos, como un ataúd musical.

En Palacio no quedaba ningún soldado, ningún tanque de guerra, sólo una perseguidora abandonada, vacía. Frente a la puerta trasera de la iglesia del Ángel había otra máquina vacía, de la policía secreta, con las cuatro puertas abiertas. En el maletero se leía SIM (Servicio de Inteligencia Militar). En el asiento trasero había una ametralladora de la que enseguida un mataperros se adueñó.

El Palacio había sido tomado por «la chusma», como diría Numancia. La turba seguía buscando más parquímetros en la Avenida de las Misiones, pero era inútil, ya todos estaban desconchinflados. Así que padre e hijo siguieron hasta el «Bar Palacio», donde todavía Coliseo trabajaba algunas noches a destajo. Se podía decir que en aquel bar había nacido Joaquín, porque once años atrás se conocieron allí Numancia y Coliseo. La modista gallega iba a tomar helado con su hijita Socorro, y el guajiro semiurbanizado se los servía sin dejar de soltarle piropos. Piropos que ella no oía, pero que adivinaba.

Los cantineros lo saludaron: «¡Coñooooo, Coli, ahora sí que eres millonario!». Coliseo le quitó al pasar una servilleta al lunchero y entró en el servicio seguido por Joaquín. Vaciaron en la servilleta el contenido de la gorra y de los bolsillos del niño. Coliseo cogió la servilleta por las cuatro puntas e hizo un nudo, se bajó los pantalones y añadió esa bolsa a su tercer testículo tintineante. Cuando volvió a subirse el pantalón, el bulto era tan grande que parecía que estaba herniado.

Enfrente del Bar Palacio estaba el Parque Zayas, donde la gente empezaba a amontonarse. Al lado del bar había una gasolinera donde Coliseo dejó la mandarria pues allí se la habían prestado. Hasta los perros lo conocían en el barrio. En la gasolinera había dos bombas rojas, con sus mangueras negras enrolladas alrededor. Los surtidores, coronados por unas cabezas de cristal blanco, también parecían marcianos. Joaquín siempre estaba viendo marcianos por todas partes, incluso creía haber visto un platillo volador sobrevolando la azotea de su casa.

«¡Al Hotel Plaza!», gritó alguien encaramado en la estatua de Zayas y todos empezaron a avanzar hacia el Museo de Bellas Artes. Se rumoreaba que otras turbas habían asaltado la finca «Kuquine» de Batista, decían que allí no había quedado títere con cabeza, ni siquiera la grulla coja que era su símbolo presidencial. Coliseo ya había vivido una experiencia muy similar, cuando tumbaron a Machado, allá por el año 33. Las multitudes también se habían echado a la calle para saquear las residencias de destacados machadistas, y él andaba en una de aquellas fincas, en medio de la barahúnda. Se había adueñado de una silla de patas elegantemente torneadas. Era uno de los pocos muebles de la quinta que no estaba roto, pero otro tipo también se antojó de cogerla, así que intentó arrebatársela y se revolcaron en el jardín a piñazo limpio. Era de noche, había fuegos por todas partes, y el tipo sacó una navaja que destelló bajo un rayo de luna. Coliseo pensó: «¡los fósforos, mi vida vale más que una silla!» y la soltó y el tipo se la llevó corriendo. Poco después se oyó un disparo y el navajero cayó con la silla. Asomado entre los arbustos, Coliseo vio cómo venían otros dos hombres y le quitaban la maldita silla al muerto. Coliseo siempre le hacía ese cuento al niño.

Aquellas tempestades populares podían llegar a ser muy peligrosas. Pero, como de costumbre, él quería que su hijo viera lo que pasaba en la calle, quería que viera pasar el río de la historia. Eso sí, a media distancia, porque … «*impera la fuersa*». En sus planes no estaba ir hasta el Hotel Plaza, pero el torrente humano que subía por la Avenida de las Misiones llegó a ser tan impetuoso que Coliseo y su hijo fueron arrastrados. Todos coreaban: «¡al Casino del Plaza, al Casino del Plaza!».

El Hotel Plaza quedaba cerquita, al doblar en la esquina del Cine Actualidades. Cuando padre e hijo llegaron, se encontraron con una muchedumbre rompiendo las ventanas y la puerta de cristal. Coliseo también había trabajado allí como camarero años atrás. Los dos entraron por la alfombra roja cubierta de cristales. El elevador estaba roto, así que subieron por la escalera al casino, que estaba en los altos. Más que subir, fueron empujados por la multitud que corría escalera arriba atropellándolo todo a su paso.

La gente enloquecida arrojaba las máquinas traganíqueles por los amplios ventanales del tercer piso. Niqueladas y con sus palanquitas negras otra vez a Joaquín le pareció que esas máquinas eran seres de otro planeta. Todo era sistemáticamente despedazado a batazos, cabillazos, cadenazos, machetazos, patadas: los espejos, las lámparas, los sofás, los butacones, los candelabros de aplique dorados desgarrados de las paredes, las alfombras, las mesas de bacará, las cortinas de terciopelo, los tapetes verdes de las mesas de *blackjack* rasgados a navajazos… y todo lo botaban por las ventanas. Abajo, otra muchedumbre había empezado a trasladar y acumular todos esos tarecos para alimentar una hoguera gigantesca en el Parque Central, que estaba enfrente.

«¡Candela, candela!», gritaban algunos con una excitación casi sexual. «¡Qué viva la insolacióooooon!», seguía murmurando el niño en medio del molote. Una mujer se subió en una silla y arrancó de cuajo una cortina estampada con dibujos multicolores. El crupier, encaramado en una mesa de billar, gritaba: «¡Abajo Batista!», a pesar de lo cual seis hombres lo levantaron en peso con mesa y todo y lo lanzaron por un balcón. Aquel hombre estaba demasiado elegantemente vestido para ser de fiar. El tipo que hacía girar la rueda de la fortuna tuvo suerte. Se quedó reguindado en el rótulo luminoso del casino empotrado en la fachada lateral del hotel que daba a la calle Neptuno. Ahora se aferraba espantado a la frágil estructura de neón. El anuncio estaba lleno de bombillitos y reproducía la imagen de una ruleta y la silueta de un hombre trajeado, con sombrero, que señalaba con el pulgar hacia el casino. El pulgar se movía al compás de las luces intermitentes. El crupier allí colgado, pataleando en el aire, contribuía con una inesperada carga de realismo a la materialización de esas alegorías publicitarias.

Joaquín se asomó a una ventana y, al verlo allí colgando, se acordó del «Hijo de la Patria», un niño del colegio antes llamado Bayoya. El tal Bayoya estaba en sexto grado, en las aulas del último piso de la Escuela Pública. Y siempre estaba fajándose con Tanganica, otro alumno que parecía un gorila. Lo mismo dentro del aula que en las pocetas, lo mismo a la hora del recreo que en el parque al salir de clases, aquellos dos siempre estaban enredados a piñazos. Se arrojaban sillas, rompían pupitres, rodaban abracados escaleras abajo… El año pasado, en una de esas broncas dentro del aula, Tanganica lo había levantado en peso y luego lo tiró por el balcón. Bayoya se salvó en tablitas, porque en su vertiginosa caída se enredó con la bandera cubana. De pura milagro se había quedado colgando del asta que sobresalía del balcón del primer piso. La bandera le había salvado la vida. Los bomberos lo bajaron envuelto en el pabellón nacional, como un recién nacido entre pañales tricolores. De hecho, podía decirse que del susto había vuelto a nacer. Desde entonces nadie le llamaba Bayoya, ahora le decían el «Hijo de la Patria», aunque, para simplificar, los más audaces le llamaban el «HP».

Con tanto ajetreo, a un negro flaco y largo se le quitó el frío, y se quitó el saco y la camisa. Tenía el pecho completamente entalcado.

Parece que acababa de bañarse. Los negros solían entalcarse abundantemente el pecho y la espalda después de ducharse, quizá para tornarse blancos por un rato. De pronto el empolvado se encaramó en una mesa y desgajó del techo una lámpara de araña que se puso en la cabeza, como un sombrero de tintineantes lágrimas de cristal. Todo él parecía la farola de una comparsa de carnaval. Su cabeza despedía destellos mientras saltaba y giraba como un trompo. A su lado otro tipo brincaba agitando en el aire dos cocteleras, como si fueran maracas. Contagiado con la euforia colectiva, un botones volcó una mesa y empezó a arrojar por la ventana ceniceros, naipes, dados, todo lo que caía en sus manos. Insaciable, arrastró una areca sembrada en un enorme jarrón chino, y también la lanzó al vacío. Cuando el botones se asomó para ver caer el jarrón, la expresión de su rostro era como si acabara de experimentar un orgasmo.

Parado en una esquina de la sala de juegos, boquiabierto, Coliseo apretaba en su mano la de su hijo, como diciéndole: «peligro, no te muevas de mi lado». Su padre era de lo más extraño, hacía una hora lo había llevado a romper parquímetros y ahora estaba como paralizado, alelado, vacilante, dudando ante la posibilidad de seguir inmerso en el frenesí.

De aquel espectáculo emanaba una fuerza irresistible, pero al mismo tiempo había algo imperceptiblemente aciago en todo aquello. En cierto modo la escena recordaba aquella otra mil veces contada, o recreada en películas y en grabados, que evocaba a Jesucristo irrumpiendo con un látigo, volcando mesas, flagelando y expulsando a los mercaderes del templo.

Veinticuatro horas antes ni Joaquín, ni su padre, ni ninguno de los que estaban allí dando gritos hubieran podido ni siquiera soñar con pisar las alfombras de aquel salón. Para entrar allí había que tener mucho dinero, o ser un sirviente, como Coliseo. Varias noches había estado allí sirviéndoles daiquirís a los jugadores de pocker, repartiendo sonrisas, recogiendo y limpiando ceniceros, barriendo la alfombra mientras los demás se divertían ganando o perdiendo dinero a manos llenas.

Dos ruletas salieron disparadas por las ventanas del casino y giraron en el aire como platillos voladores, rebotaron en el asfalto y rodaron hasta la calle Zulueta. Las bolas de billar saltaban allá abajo en el asfalto o entrechocaban haciendo carambolas en las esquinas mientras un diluvio de fichas de colores descendía, como el confeti en los carnavales. Una lluvia de barajas y dados, en cascada multicolor.

Para Joaquín todo era como una fiesta. En realidad, la gente había pasado de festejar el fin de año a festejar la huida de Batista. El niño no sabía lo que estaba pasando, pero veía a su padre tan enardecido, y a todos tan alborozados y alebrestados, que aquello no podía ser sino una fiesta: una prefiguración del Día de Reyes, una piñata o un carnaval a gran escala.

Entonces empezaron a elevarse las llamas en el Parque Central. Coliseo y Joaquín bajaron a la calle para ver la pira. Aquí y allá se improvisaban mítines relámpagos. Efímeros oradores encaramados en los bancos del parque arengaban a las masas, unos azuzándolas a la violencia, otros haciendo llamadas al orden para detener el estropicio. Mientras tanto, las llamaradas de la fogata empezaban a lamer las ramas de los laureles, reverberando en la estatua de Martí que señoreaba el parque.Con el gobierno acéfalo y un ejército de rebeldes acercándose, el caos, la anarquía y la euforia se apoderaban por minutos de la ciudad. Aunque desde las provincias orientales llegaban mensajes pidiendo que se mantuviera la calma, casi nadie hacía caso y las turbas seguían desbocadas, rompiéndolo todo.

¿De dónde salía toda esa explosión de furia destructiva? ¿Sería el mismo resentimiento, la misma cólera cotidiana que animaba a los mataperros a romper a pedradas las farolas del Parque del Anfiteatro como parte de un pasatiempo? Joaquín también rompía los cristales de las faroles sin saber muy bien por qué, sólo por no ser menos que sus amigos. ¿Cuál era la fuente de todo ese afán de transgresión? ¿Sería la misma irreverencia que hacía que los mataperros cagaran en las gradas de la réplica del teatro romano o que mancillaran las estatuas griegas que adornaban el parque, pintarrajeando de rojo el sexo de la Venus y pintándole bigote con carbón al Apolo? Cuando aparecía Lapicito –el guardaparques– todos echaban a correr.

Ahora pasaba lo mismo con los adultos. En cuanto había desaparecido la autoridad –el «Lapicito» de los mayores– aquel desprecio hacia todo lo ajeno se había incrementado hasta alcanzar proporciones insospechadas. Era una ira casi inconsciente, visceral, acaso acumulada durante siglos de esclavitud en el caso de los más oscuros de piel, pero que también se hacía patente entre los blancos, pues aunque no tuvieran ancestros libertos ni cimarrones eran igualmente pobres y, por lo visto, estaban también muy irritados. Aquel rencor largamente larvado, emponzoñado y enquistado, venía de muy atrás. Y solía traducirse antaño en una violencia que no se ejercía sólo contra monumentos públicos y propiedades ajenas, sino también contra los semejantes. En aquel vecindario era algo cotidiano entre los menores un rito para alcanzar la «virilidad» que consistía en sonarle un galletazo a otro niño sin ton ni son. La tribu de los mataperros fomentaba esa liturgia del gaznatón, cuya filosofía se resumía en esta regla de oro: «el que da primero, da dos veces». Curiosamente, en medio de tanta violencia, se hacían algunas concesiones filantrópicas, por ejemplo, si el candidato a ser agredido llevaba gafas graduadas, no se le podía pegar. «Si es un cuatro–ojos, primero hay que pedirle que se quite los espejuelos, y luego le das el sopapo», instruían los mataperros mayores a los niños que se iniciaban en las mataperradas.

Para Joaquín, sumido a los diez años en aquel pandemónium, era difícil saber si toda esa gente saltaba tan contenta alrededor de la hoguera porque era Año Nuevo, porque se acercaba Santa Claus en su trineo, porque se había ido Batista, o por las tres cosas a la vez.

A través de la humareda padre e hijo veían temblar la fachada del Hotel Inglaterra con su cúpula medio persa, tan parecida a una mitra arzobispal.En esa contemplación estaban extasiados cuando unas crepitaciones más resonantes que los chasquidos de las llamas se dejaron oír. Acababa de empezar allí mismo un nutrido tiroteo. Los que participaban del aquelarre se dispersaron. Todos corrían agachados entre los arbustos. Padre e hijo gatearon por el césped hasta esconderse detrás de un banco de piedra. Por lo visto, las revoluciones empezaban poniendo a todo el mundo a gachas, ya fuera debajo de la mesa de Cesárea, ya fuera debajo de los pupitres o detrás del banco de un parque.

6.

Tiroteo en el Parque Central

De poco valía esconderse, porque estaban atrapados en un fuego cruzado. Al parecer disparaban desde el Hotel Inglaterra hacia la Manzana de Gómez, un edificio monumental repleto de oficinas, peleterías, tiendas de ropa, sastrerías y farmacias, en cuya azotea se alzaba un gigantesco anuncio lumínico con el perrito de RCA Victor. Detrás de esa valla publicitaria se movían unos hombres con armas largas. Pero el niño pensó que estaba asistiendo a la vieja batalla entre gallegos y asturianos de que hablaba Numancia.

Parece que había una especie de odio ancestral que enfrentaba a esas dos regiones peninsulares desde tiempos inmemoriales, por causas que para Joaquín eran absolutamente enigmáticas. Al lado de la Manzana de Gómez estaba el Centro Asturiano, y justo enfrente, a menos de cien metros, se levantaba el Centro Gallego. Cada vez que Numancia pasaba cerca del Centro Asturiano se apartaba del edificio haciendo una mueca de desdén. «¡Ufff, mira para eso, qué cosa más fea!», decía,» ¡Si parece una mesa patas arriba!», y señalaba burlona al descomunal edificio que, en efecto, con sus cuatro torres –una en cada esquina– parecía una mesa volcada. Acto seguido la modista señalaba a una mole de piedra menos gris y más blanca, menos sobria y repleta de ángeles con trompetas. Era la fachada del Centro Gallego, recargada como un cake de boda. «Mira, mira –le decía Numancia a su hijo cuando se acercaban a esa escenografía churrigueresca–, éso sí que es un edificio bonito, no en balde lo hicimos nosotros, los gallegos, ¡já!».

La tirria que le tenía Numancia a los asturianos llegaba al punto de que nunca entraba en la bodega de la esquina, La Flor Asturiana, cuyos dueños eran gijonenses. Por eso siempre mandaba a Joaquín a comprar el café o el azúcar allí. El niño no entendía por qué si los gallegos y los asturianos eran primos hermanos se llevaban tan mal. Coliseo tampoco lo entendía. Ambas regiones compartían un mismo mar, eran territorios limítrofes, tenían las mismas comidas más o menos, tocaban la gaita y bebían sidra por igual, eran buenos comerciantes, habían construido en la Habana aquellos dos centros donde hacían por separado sus fiestas, organizaban banquetes, y se dedicaban a añorar el terruño entre aquellas paredes. Quizá se odiaban tanto precisamente porque se parecían tanto.

Coliseo siempre lo decía: «estos gachupines, con sus odios regionalistas, no saben hacer otra cosa que pelearse entre ellos. Fíjate que España es el único país del mundo con un himno nacional que no tiene letra. ¿Y sabes por qué? Porque ninguna letra satisface a todos por igual al mismo tiempo. Y como se llevan tan mal, entonces han decidido dejar el himno sin letra, sólo con música». Y se echaba a reír meneando la cabeza. A lo que Numancia replicaba: «¿cómo que no tenemos letra?». Y acto seguido cantaba a todo galillo: «La virgen María es nuestra protectora, nuestra defensora, a nada hay que temer, vete del mundo diablo al infierno, ¡guerra guerra gueeeerra contra Lucifer!».

Criado en ese ambiente, oyendo esas discusiones, ahora el niño creía ver gallegos apostados entre los ángeles trompeteros que coronaban el edificio que tanto deslumbraba a Numancia. Creía verlos disparar hacia el Centro Asturiano. También le pareció ver a algunos hombres armados al pie de la cúpula en forma de semilla de aguacate del Hotel Inglaterra. Incluso a ratos parecía que estuvieran disparando desde los altos del Cine Payret. Como quiera que fuera, el tiroteo tenía lugar entre dos bloques de manzanas enfrentadas, con el Parque Central por el medio, donde una multitud de pirómanos había quedado atrapada.

En ese momento llegó el hombre-rana dando saltos hasta donde estaba Joaquín. Aquel descoyuntado siempre estaba en el Parque Central interpretando su numerito: se doblaba hacia atrás hasta quedar arqueado, a cuatro patas, con el tórax mirando al cielo, y sacaba la cabeza por entre las piernas. Caminaba así, como un cangrejo. También metía la cabeza por debajo de una pierna mientras se doblaba el brazo por la espalda. Aquel tipo era de goma, elástico, irrompible. La gente hacía corro para verlo y arrojarle unos níqueles entre risotadas, trompetillas y burlas sangrientas. Pero ahora nadie estaba de humor para reírle sus murumacas.

Pese a la solemnidad de la estatua de José Martí, en el centro del parque, aquel lugar era un circo con sus funámbulos y saltimbanquis. Escondido detrás de una palma también estaba el hombre–orquesta, quien de pronto salió corriendo hacia el Hotel Inglaterra. Era un negro que hacía un ruido infernal. Soplaba una filarmónica unida con alambres a un redoblante, y al mismo tiempo que tocaba el tambor, agitaba los cascabeles que llevaba en los pies. Eso sin contar la guitarrita que llevaba atada a la espalda y un platillo en la cabeza que hacía «chas, chas» cada vez que él abría o cerraba la boca.

El Parque Central era también el parque de las imágenes, porque abundaban los fotógrafos ambulantes. Con sus cámaras de trípode hacían fotos al minuto: de turistas, de enamorados enmarcadas en corazones de cartón, de carnet, de pasaporte... Uno de esos fotógrafos estaba ahora medio escondido entre el Cine Rialto y la Cafetería Miami. Desde donde estaba, el niño también podía ver a Juana la Ostionera, que era la mujer del dueño de un puesto de ostiones situado en los bajos del Hotel Plaza. Cuando su marido se ausentaba, ella vendía las ostras servidas en vasos llenos de puré de tomate, limón y picante. Una de las tantas mitologías habaneras afirmaba que la ingestión de esos moluscos favorecía la potencia sexual. Coliseo de vez en cuando se tragaba esos moluscos, razón por la cual Joaquín conocía a esa Juana que era una flaca malencabada de pelos flechudos, aunque había en ella algo perturbador, quizá por el hecho de que preparara y despachara esos afrodisíacos sólo para hombres. En la esquina del hotel estaba ella, medio escondida, con su *jacket* de cuero negro agrietado, al lado de un cubo de hielo frapé incrustado de conchas rugosas.

Saltando de columna en columna, en los soportales de la Manzana de Gómez, andaba el descamisado que antes se había robado la lámpara del casino. Todavía llevaba aquella araña de lágrimas tintineantes en la cabeza. Seguía con la espalda medio empolvada, pero con tanto correcorre, los hilillos de sudor habían abierto varios surcos verticales en la espesa capa de talco que lo empanizaba, dejando al descubierto unas largas rayas negras que ahora le daban la apariencia de una cebra.

De pronto un miliciano salió cojeando de detrás del pedestal de la estatua de Martí. Al ver que renqueaba, Joaquín pensó que era el proyeccionista de algún cine, tal vez el Cojo realmente Cojo del Cine Actualidades. El tipo sacó un revólver y apuntó al anuncio luminoso del Perrito de la RCA Victor que estaba en la azotea de la Manzana de Gómez. Pero el revólver se le engatilló.

El perrito parpadeaba de noche inclinándose hacia el gramófono mientras oía «La voz de su amo». El altavoz del fonógrafo se abría en flor como un bostezo de neón. El gramófono le recordó a Joaquín otra vez a su hermana girando frente a la victrola de la Flor Asturiana. Tenía hambre y por un instante fantaseó con un disco volador –un sandwich circular– girando a muchas revoluciones, tostado, rebosante de jamón y queso derretido.

Detrás del perrito seguían moviéndose los hombres armados. No iban uniformados, vestían de civil. Entre la gente que se escondía en el parque los había que decían que eran militares batistianos que no habían tenido tiempo de escapar del país y se habían despojado de sus uniformes, según otros se trataba de agentes de la policía secreta, del SIM, y por eso iban de paisano. Unos insistían en que eran chivatos o esbirros «sacauñas», «sacaojos»; otros aseguraban que eran «los Tigres de Masferrer», a quienes Joaquín confundió inmediatamente con peloteros, porque todos los equipos de béisbol de la isla tenían símbolos totémicos. Por ejemplo, el león rojo con la letra H correspondía al Club Habana, que era el símbolo que ostentaba la gorra de «habanista» que Coliseo sólo se quitaba para ir a trabajar. Luego estaban los azules del equipo Almendares, cuyo animal emblemático era un alacrán. Otro *team* tenía por símbolo un elefante verde y luego estaban los del Club Marianao con la imagen del tigre. Por eso relacionó a esos «tigres» de los que tanto se hablaba con el deporte nacional, porque además en aquel parque siempre había peñas de aficionados a la pelota, discutiendo, gritando, inmersos en fuertes debates. Tremendo arroz con mango el que tenía Joaquín –y los que no eran Joaquín– en la cabeza.

En aquella escaramuza nadie estaba uniformado. Los policías de Batista se habían esfumado. Los soldados también. Todavía no se veía ningún rebelde por ninguna parte. Esa ausencia de trajes militares incrementaba la confusión. El único distintivo era el brazalete rojo y negro. Cualquiera que estuviera armado y no lo llevara puesto, podía ser atacado como supuesto batistiano. Y, por la misma razón, todo aquel que lo llevara, podía ser agredido como «fidelista» –una palabra nueva que ya empezaba a circular. En rigor, el único que en aquella balacera estaba uniformado –o disfrazado– era Joaquín. ¿Acaso no era el niño de los mil disfraces?

Coliseo se dio cuenta enseguida y pensó que su hijo podría ser un blanco ideal. Por si las moscas, le quitó el brazalete rojinegro con el número 26 y la gorrita verde. Las balas silbaban por encima de sus cabezas rechinando en los bancos e incrustándose en los árboles. Algunos milicianos dispersos entre el gentío respondían disparando contra las ventanas de la Manzana de Gómez. En realidad allí nadie sabía muy bien quién le tiraba a quién...

El miliciano renco seguía escondido detrás del pedestal. En lo alto, Martí, ataviado con una especie de toga de magistrado, extendía el brazo derecho señalando a un horizonte polémico. La mano de mármol apuntaba a la Habana Vieja, donde él había nacido. Martí le daba la espalda al Hotel Inglaterra y al Centro Gallego, porque según decían algunos no quería saber nada ni con ingleses, ni con americanos, ni con gallegos. En rigor, era como si le diera la espalda a la Habana republicana, que él había contribuido a fundar, prefiriendo la Habana españolizante –el casco antiguo– donde vivieron sus padres y donde él nació. De prolongarse la dirección marcada por aquel dedo de mármol, se llegaba a la provincia de Oriente, donde los españoles lo habían matado. Si su dedo señalaba un futuro luminoso… ¿era ese porvenir su tumba?

La línea imaginaria que trazaba ese dedo marmóreo pasaba entre el Centro Asturiano y la Manzana de Gómez yendo a parar a otra estatua, la de Albear, el ingeniero que había construido el primer acueducto de la ciudad. ¿Señalaba Martí a un representante del poderío colonial contra el cual había luchado? Casi todo en José Martí era contradicción marmorizada. Su gesticulación remedaba a un capitán de navío avistando tierra tras una azarosa travesía, o a un general en ademán de lanzar sus tropas al combate. A Joaquín más bien se le antojaba que estaba jugando a «allí fumé» o al «quemao».

Sin embargo, el gesto de esa mano, tan grandilocuente como enigmático, parecía indicarle las coordenadas del enemigo al miliciano agazapado detrás de la estatua. Parece que advirtió un movimiento sospechoso en la esquina de la Manzana de Gómez y se sacó algo del bolsillo: una pelota o una piedra. Entonces adoptó la pose de un pitcher. Mirando en esa dirección, asumió una actitud reflexiva, como si estuviera pensando, al acecho, empinando un poco el culo y con la mano izquierda a la espalda, igual que Martí allá arriba que ocultaba la zurda detrás de la toga. Con el rabillo del ojo el miliciano miraba hacia atrás –por si le disparaban por la espalda– y de nuevo ponía los ojos en *home*. De pronto, se llevó rápidamente las manos a la altura del plexo solar levantando al mismo tiempo una rodilla, y lanzó la bola. Que en realidad era una granada.

En Cuba todo pensador no es más que un pitcher esperando la señal del *catcher*. Todo pensamiento es una curva de humo, una bola amarrada, o un roletazo que avanza a trompicones a ras de tierra. Arriba seguía el Apóstol, con el brazo derecho extendido, y ahora su gesto adquiría una nueva significación. Era como si de la mano del prócer hubiera salido despedida aquella pelota explosiva. Joaquín pensaba que el Cojo iba a pitchear hacia la azotea de la Manzana de Gómez, donde estaba el lumínico del perrito. Pero por culpa de su cojera, resbaló, y la granada se desvió hacia donde apuntaba el índice de mármol, hacia aquel *home* imaginario situado aproximadamente en la esquina del Centro Asturiano.

Cuando la gente vio que aquello era una granada, se armó un correcorre del carajo. De los bajos de la Manzana de Gómez salió corriendo el negro cebrado con la araña de cristal en la cabeza y aterrizó en la primera base, o sea, en la esquina del Hotel Plaza. Casi simultáneamente desde allí mismo salió disparada Juana la Ostionera y llegó a segunda, en el Bar Partagás. Al mismo tiempo, de la Cafetería Miami, salió echando un pie el fotógrafo ambulante con su trípode bajo el brazo, recorrió los portales del Hotel Inglaterra y llegó jadeante a tercera, en la esquina de San Rafael, mientras que de allí salía trotando el hombre–orquesta hacia *home*, que era la esquina del Centro Asturiano, pero con tan mala suerte que por el camino se dio tremenda matada con toda su parafernalia y, en el revolcón, salieron despedidos el platillo, la guitarrita y el redoblante. Mientras tanto, Juana la ostionera cruzó la calle Neptuno, pero de pronto una ráfaga de ametralladora la dejó paralizada, medio agachada, titubeando en el Cuchillo de San Miguel, como si la hubieran cogido robando base en la Esquina del Pecado.

A vista de pájaro, el parque se había convertido en un diamante con la estatua de Martí en el centro como un montículo. El lanzamiento de la granada había activado un mecanismo secreto de rotación. Alrededor de ese espacio los diversos corredores habían recorrido en tiempo récord todas las bases en dirección contraria a las agujas del reloj. En cierta forma, el Parque Central giraba vertiginosamente, como el disco en el gramófono de RCA Victor. ¿A cuántas revoluciones por minuto daba vueltas aquel extraño juego de pelota?

Toda la elegancia inicial del *pitcher*, tanto ritmo y fluidez, se habían ido al carajo por culpa de su cojera, ya que al perder el equilibrio, se quedó dando salticos en un pie, girando de medio lado sobre sí mismo, como la réplica en yeso del *Discóbolo* que Joaquín siempre escudriñaba en la Casa de Antigüedades de su tío materno. A él siempre le había parecido que aquel atleta griego estaba medio cojo.

Un cojo lanzando un disco: otro platillo volador girando a no se sabe cuántas revoluciones por minuto.

Joaquín había visto ascender la granada entre los árboles, describiendo una parábola, fácil de atrapar como un *fly* o un globito. Todo el mundo se tapó los oídos esperando la explosión, pero la granada no estalló, simplemente rebotó un par de veces en el adoquinado (¡quin, quin!), y siguió rodando por inercia hasta la puerta del restaurante Floridita, donde se detuvo sin detonar.

¿Qué había sido aquello? ¿Un jonrón con las bases llenas? Coliseo podría decirlo, él sabía mucho de pelota, y agobiaba al niño obligándolo a jugar durante horas y horas aquel deporte. Quería hacer de su hijo un Babe Ruth o un DiMaggio. «¡Le zumba el mango, caballero, sesenta jonrones en ciento cincuenta y cuatro partidos!», decía siempre elogiando a su ídolo.

La respuesta al lanzamiento de la granada fue una lluvia de balas que cayó desde lo alto de la Manzana de Gómez y el *pitcher* frustrado tuvo que volver a esconderse detrás de José Martí. Entonces llegaron más milicianos en una camioneta, bien pertrechados, y abrieron fuego hasta que el perrito de neón de RCA Victor empezó a echar chispas. Cuando los tubos fluorescentes del anuncio saltaron por los aires, cesó la balacera. Ni es noche, ni ninguna otra noche, el perrito volvería a ladear la cabeza, y el fonógrafo se había apagado para siempre. La fachada occidental de la Manzana de Gómez quedó acribillada como un colador. El aire olía cada vez más intensamente a pólvora quemada.

¿Por qué le había dicho que no a Fidel Castro?, seguía preguntándose Joaquín en la alta noche. ¿Sería por orgullo? ¿Porque Numancia le había enseñado que nunca aceptara limosnas caídas de las alturas, ni siquiera las de la Primera Dama, cuando repartía juguetes entre los mataperros del barrio? ¿Sería por eso? No... tenía que haber algo más. Pero... ¿qué?

Dándole vueltas a esa idea, Joaquín salió de la Plaza de la Catedral y se asomó a la calle Mercaderes, desde donde veía la acera del Seminario de San Carlos y San Ambrosio. Allí estaban aún los muñones de los parquímetros que él había ayudado a romper seis años atrás. Seis años no era mucho tiempo, y sin embargo, a él le parecía que había pasado una eternidad.

La eternidad... no parecía que fuera una noción muy apropiada para su edad. Biológicamente tenía diecisiete años, pero emocionalmente era un viejo. A los diez años había asistido al derrumbamiento de todo un mundo y al surgimiento de otro orbe. El hecho de haber vivido esa brusca transición entre dos sistemas sociales tan distintos, le hacía sentir como si ya hubiera vivido más de una vida. En rigor, era un archivo ambulante. La revolución, con su vértigo impetuoso, le había hecho envejecer prematuramente. No sólo a él, sino a todos los miembros de su generación, la generación de los niños-viejos.

En hilera, cada dos metros y medio, allí permanecían empotrados los restos de los parquímetros. A ras del suelo, los trozos de tubos reventados apenas sobresalían tres o cuatro pulgadas del cemento formando una larga fila de tocones, como un bosque de plomo talado. En medio de la oscuridad, de vez en cuando algún transeúnte distraído tropezaba con ellos «sacando boniatos», como se suele decir. Más de uno aterrizaba de bruces en la acera. Esos que tropezaban con lo que quedaba de los parquímetros no eran del barrio, por lo menos no eran niños–viejos. Lo más probable era que fueran recién llegados de las provincias orientales: holguineros, santiagueros, camagüeyanos… que no habían estado allí rompiendo parquímetros. Aquellos vestigios metálicos eran para Joaquín reliquias de otra época. Adivinándolos incluso en medio de la noche más impenetrable, sabiendo lo que significaban, se sentía como un abuelo. Ahora caminaba a oscuras entre ellos, sorteándolos, sin tropezar con ninguno. Asomaban en el pavimento como flores metálicas de espoleta retardada. A veces les daba paraditas…

Frente a la acera de los parquímetros despachurrados se desplegaba la Avenida del Puerto. Por allí acababa de desaparecer hacía unos minutos el Oldsmobile verde olivo del Primer Ministro seguido por la caravana de carros de su escolta. Exactamente allí mismo, seis años antes, Joaquín había visto por primera vez a aquel barbudo tan enigmático. Fue cuando Coliseo y Numancia lo llevaron al malecón para que viera pasar una caravana que él confundió con la cabalgata de los Reyes Magos entrando en la Habana.

7.

LA LLEGADA DE LOS REYES MAGOS

Sí, para Joaquín Iznaga aquella caravana de barbudos desfilando por su barrio había sido la cabalgata de los Reyes Magos, entre otras razones, porque esa entrada triunfal coincidió más o menos con el Día de Reyes. En realidad los rebeldes habían entrado en la Habana dos días después de la Epifanía, pero... ¿qué podía significar esa tardanza para un niño de diez años? Más bien prolongaba la alegría, porque implicaba dos días más sin tener que asistir a clases, cuarenta y ocho horas más de mataperreos, de juegos, de aventuras y travesuras excitantes en aquellos primeros días de enero del año 1959. Así que a él le daba lo mismo seis que ocho de enero. Ni siquiera sabía que el día tenía 24 horas.

¿Qué más daba que los Reyes hubieran llegado el 8 en vez del 6 de enero? ¿Acaso no eran magos? ¿No decía Numancia que podían volverse chiquiticos como hormigas y entrar por la ranura de su ventana con camellos y todo? Y si eran magos, ¿qué importancia podía tener el tiempo para ellos? El tiempo era para ellos como un chicle que podían estirar a su antojo. Ellos eran el Tiempo.

Para Joaquín lo único que contaba era que por fín allí estaban sus padres, junto a él, los tres abrazados, los tres felices, recibiendo a los Reyes Magos en el malecón. Después del tiroteo en el Parque Central, Coliseo se había quedado a dormir con su esposa y su hijo un par de noches seguidas. ¡Eso ya era un milagro! Significaba que Santa Claus, o los Magos de Oriente, le habían traído el regalo que él le había pedido en su carta. Y no sólo estaban contentos Coliseo y Numancia, sino todas las personas —muchos miles de personas— que se amontonaban a lo largo de la Avenida del Puerto —en parques, azoteas y balcones— para ver pasar a los recién llegados y saludarlos jubilosamente.

¿Qué otra cosa podían ser esos barbudos sino los Reyes Magos? Algunos parecían los pastores de Belén con sus hirsutas cabelleras, empuñando fusiles en vez de cayados. Los rebeldes no sólo ejercían su hechizo sobre Joaquín y otros niños, sino también sobre las personas mayores. Por ejemplo, los babalaos —esos sacerdotes de Ifá que tanto abundaban en la Habana Vieja— decían que las banderas y los brazaletes de los milicianos y de los rebeldes, al ser rojos y negros, tenían los colores emblemáticos del dios yoruba Elegguá. Hacían interpretaciones lucumíes y leían símbolos nigerianos por todas partes mientras que los católicos apostólicos y romanos no se quedaban atrás, pues consideraban que la entrada de esos barbudos en la ciudad equivalía a la entrada triunfal de Jesús en Jerusalén. ¿No se retiraba Jesús a meditar al monte de los Olivos? ¿Y no habían bajado del monte aquellos hombres vestidos de verde olivo? ¿Acaso no tenían barbas mesiánicas y cabelleras como Cristo? Y cuando Fidel Castro pronunció su primer discurso en la Habana, ¿no había revoloteado a su alrededor una paloma que se le posó en el hombro, como si fuera el Espíritu Santo descendiendo sobre Jesús en el Jordán? Aunque luego se rumoreó que aquel pájaro era un *deus ex máchina,* ya que los que habían soltado las palomas cerca de la tribuna previamente les habían llenado los buches con perdigones, la gente seguía viendo milagros por todas partes. No faltó quien comparase aquel primer discurso con «el Sermón de la Montaña», porque el orador acababa de bajar de una montaña. Todo coincidía —o parecía coincidir— a las mil maravillas.

No sólo creían estas cosas los creyentes y los supersticiosos, también los más cultivados: periodistas, profesores, abogados, intelectuales —la *intelligentsia* insular—, todos seguían viendo más parusías tropicales por doquier. De hecho, la revista «Bohemia» —la de mayor tirada de todo el país— publicó una portada con un retrato al carboncillo de Fidel Castro en el que éste aparecía como un Jesucristo, rosario al cuello, ojos elevados al cielo, al estilo de los inmaculados personajes de

El Greco. Era una imagen tan impactante que Numancia la recortó en forma de óvalo, rodeándola de encajes hasta formar una especie de medallón nobiliario. Luego clavó el retrato orlado de Fidel a la pared, entre un busto de Nefertiti y otro de Dante. Por supuesto, los dos bustos eran obsequios del tío anticuario. Dante parecía de bronce, pero en realidad era de yeso. Otra de sus falsificaciones. En cuanto a la reina egipcia, su busto también era de yeso laqueado en blanco. Antes de regalárselo, el decorador lo había usado como adorno en alguna vidriera. Pero ahora –por obra y gracia de la imaginación de la madre de Joaquín– Nefertiti se había convertido en un *spotlight* de cabaret. El alto tocado de la esposa del faraón obsesionado con el sol era hueco por dentro, como un vaciado a la cera perdida. Con un destornillador la modista había perforado lo profundo de aquel cono abriendo un agujero por el que introdujo el cable de un bombillo pintado de rojo. De noche la egipcia proyectaba hacia el alto techo de vigas un haz rojizo que le confería un halo de misterio a toda la habitación. Entre esos dos fetiches de su panteón particular, Numancia colocó el nuevo ícono. Debajo de la estrenada deidad pegó con almidón un titular de grandes letras a cinco columnas también recortado de la prensa: «CREO EN TI, FIDEL».

No sólo la modista sucumbía al embrujo, también las familias más pudientes pegaban calcomanías y clavaban en las puertas de sus casas unas plaquitas de metal que rezaban: «FIDEL, ESTA ES TU CASA». Las mentes supuestamente más preclaras de la nación –las llamadas «fuerzas vivas»– empezaron a hablar con fervor de «los doce». Resulta que cuando desembarcó en Cuba, procedente de México, Fidel Castro se había quedado sólo con doce guerrilleros. Y ahora todo el mundo decía que aquellos primeros «doce» barbudos eran como los doce apóstoles de Cristo. Por lo demás, aquel líder entraba triunfante en la Habana a la edad de 33 años. ¿No era esa la edad de Jesucristo cuando fue crucificado y resucitó ascendiendo a la gloria de su poder? También decían los adultos más sesudos que aquel Fidel Castro había adoptado «Alejandro» como nombre de guerra. ¿Y no había muerto también Alejandro Magno a los 33 años? Para los adictos a la charada china, Fidel era «el Caballo», animal que corresponde al número uno en ese juego de azar.

Joaquín se daba cuenta de que Fidel había pasado por delante de él en la Avenida del Puerto encaramado en un tanque de guerra y no montado en un asno como Jesús cuando entró en Jerusalén. Pero los adultos insistían en hacer cuadrar sus cábalas. Los símbolos seguían multiplicándose. En una isla donde por lo general las neuronas están siempre medio almidonadas de comer tanta yuca, o medio derretidas a golpes de insolación, la superstición y los metaforismos más descabellados estaban a la orden del día. ¡Hasta los americanos –supuestamente tan pragmáticos, tan poco apostólicos y romanos, pero no por ello menos infantiloides– habían comparado a Fidel Castro con Robin Hood en sus periódicos y revistas más prestigiosos. ¿Acaso no había realizado su gesta en los bosques igual que el héroe de las baladas inglesas? ¿No se proponía quitarles todo a los ricos para dárselo a los pobres?

Por lo visto, en materia de imaginación, había para todos los gustos. Y todas estas charadas místicas, todas esas exégesis eran repetidas a diario por la radio, la televisión, los periódicos, las revistas… En esas condiciones, ¿qué tenía de raro que un niño de diez años creyera que los barbudos eran los Reyes Magos? ¿No decían que los Reyes Magos eran de Oriente? ¿No les llamaban «Sus Majestades de Oriente»? ¿Y acaso no venían aquellos barbudos de la provincia de Oriente?

Para los ojos infantiles de Joaquín Iznaga, todos esos barbudos y melenudos desharrapados y desgreñados eran como seres venidos de otro mundo, sabios del Oriente, astrólogos caldeos llegados de Persia o de Babilonia. No traían incienso ni mirra, no incensaban con sahumerios, pero sí con el humo de sus tabacos, y el aire olía a un nuevo tipo de gomorresina, a pólvora quemada. En vez de oro, traían plomo en sus cananas cruzadas en bandolera. ¿Y la estrella de Belén… dónde estaba la famosa estrella? Pues en sus gorras, principalmente en las de los tres reyes magos principales: Fidel, Camilo y el Che. La estrella la llevaban en los hombros, en las solapas o en sus gorras y boinas.

Para confirmarle y demostrarle que aquello no era un espejismo nacido de su candor, por la radio, en la calle, en la televisión, en todas partes, tanto adultos como niños cantaban a coro en aquellos días de enero: «*¡jingle bell, jingle bell, ya llegó Fidel..!*» . La letra del villancico a veces cambiaba castellanizándose para que sonara más patriótica: «Cascabel, cascabel», pero en vez de «lindo cascabel», la siguiente estrofa seguía siendo: «...¡ya llegó Fidel!». Eso se cantaba junto con himnos y marchas militares, mezclado con consignas y eslóganes coreados a voz en pecho por las multitudes, y siempre con un telón de fondo que era como un tintineo de campanillas. Para Joaquín Iznaga sólo faltaba que cayeran copos de nieve y que un trineo tirado por renos de cristal surcara el cielo, procedente del Polo Norte, adonde él mandaba sus cartas.

Si la revolución nada más empezar ya tenía esa temperatura bíblica y mesiánica, era invencible, porque contaba con la ayuda de Dios. Esa era la deducción lógica, el subtexto ideológico, que fomentaban todas aquellas imaginerías e iconografías nacientes. En ese ambiente impregnado de romanticismo, en medio de esa fiebre tan fervorosamente mística, ¿quién diablos no iba a creer en la revolución? Menos Batista y los cuatro gatos que se habían ido con él al exilio, en aquel país todo el mundo fue revolucionario –o «fidelista»– como mínimo tres días seguidos.

Pero el misticismo seguía retoñando por doquier. Al comandante Camilo Cienfuegos, que siempre estaba sonriendo, le llamaban el «Cristo Rumbero». El fulgor de su blanquísima dentadura iluminando su barba patriarcal y su guedeja rivalizaba con el rostro torturado de Jesús en todas las iglesias, añadiéndole una jovialidad, un desenfado mucho más amable y seductor.

Aquellos ocho primeros días de enero habían sido un carnaval permanente. Un día de los Reyes que había durado más de una semana. Todos los niños ponían ristras de cohetes debajo de las máquinas o bajaban corriendo por la Loma del Ángel haciendo girar, por encima de sus cabezas, las luces de Bengala cuyos chisporroteos de vivos colores despedían un tufillo que se combinaba en el aire con el de los rollitos chamuscados de los fulminantes de las pistolas de juguete y el hedor a pólvora quemada que aún persistía tras los últimos tiroteos en aquella barriada portuaria.

La isla era hembra, toda la ciudad lo era, en particular aquel puerto cuyos contornos, a vista de pájaro, describían la forma de un útero. Agua y sol: humedad. Una isla húmeda, mojada, femenina, pegajosa, babosa, uterina y vaginal. La misma estrechez del canal de la bahía ya sugería la morfología de un conducto vaginal por el que entraban o salían gigantescos barcos humeantes. A medida que penetraba tierra adentro la ensenada se rompía en varias bolsas, como una flor estrujada cuyos pétalos adoptaban la forma de trompas de Falopio y de ovarios. Así que allí, donde el aire siempre olía a ostiones, a almejas, a berberechos, a cálida humedad salitrosamente uterina, de pronto se imponía, cada vez con más *fuersa*, un nuevo olor a pólvora quemada esta vez mezclada con un tufillo a brea de calafate.

Una brisa navideña entraba desde el norte soplando por el Castillo de la Punta, pelándole a Joaquín los labios embadurnados con crema de cacao. El fantasma fugaz del vaho de la nieve polar entraba por la bocana del puerto, un friecito como de aparato de aire acondicionado averiado que hacía que aquellos nuevos efluvios permanecieran mucho más tiempo impregnando la atmósfera, como congelados.

Todo el mundo había acudido a darles la bienvenida a los rebeldes que se habían adueñado del país en las últimas veinticuatro horas. Agitando banderitas rojinegras, saltando de júbilo, aplaudiendo y vitoreando, en medio de un paroxismo indescriptible, todos a una se desgañitaban coreando las nuevas consignas de rigor.

Sí, eran los Reyes Magos, aunque en vez de turbantes emplumados, llevaran gorras verdes con largas orejeras, sombreros Stetson, boinas, quepis, sombreros de yarey, pañuelos rojos a la cabeza, como si fueran filibusteros. Eran los Reyes Magos aunque algunos lucieran tocados más académicos que contrastaban grotescamente con el resto de sus indumentarias, como gorras de plato y cascos al parecer requisados a los militares que se rendían o quizá sustraídos a los cadáveres del ejército derrotado que iban quedando atrás, despojados, saqueados, en los diversos campos de batalla. Algunos rebeldes, con sus sombreros alones de cowboys, eran para Joaquín como versiones tropicales de Roy Rogers y de Hopalong Cassidy. No traían grandes bolsas al hombro, como Santa Claus, pero sí mochilas a la espalda.

Él veía ese desfile como una película pasando ante sus ojos deslumbrados. Aquellos guerreros eran tan extravagantes que lo mismo podían traer racimos de granadas colgando de los hombros que banderas rojinegras anudadas al cuello, como si formaran parte de una comparsa. Joaquín nunca había visto tanta gente junta, ni siquiera en los carnavales cuando desfilaban las carrozas por el Paseo del Prado. Y todo aquello tenía mucho de carnavalesco, pues incluso había gente lanzando serpentinas y confeti al paso de la caravana rebelde. ¿Cómo no iban a ser los Reyes Magos si a guisa de estolas algunos lucían pañuelos triangulares estampados con la imagen de la Caridad del Cobre mientras otros traían colgando del cuello medallitas de la virgen y escapularios? ¿Cómo no iban a ser ellos si traían collares de santería hechos con abalorios de colores y otros de semillas ensartadas, además de amuletos, dijes y talismanes capaces de desviar las balas y protegerlos de las bombas?

«¡Apoteósico!», exclamaba Numancia viéndolos pasar. Comercios, oficinas, iglesias, cines, garitos, prostíbulos, billares, todos habían cerrado sus puertas ese día para recibir a los Reyes Magos. Decenas de mujeres se abalanzaban sobre los vehículos para encaramarse en ellos. Subían a los camiones, a los jeeps, a los blindados, para besar a los azorados barbudos. Se reguindaban de los cañones, trepaban como monas, frenéticamente. No sólo besaban a los guerreros en las mejillas, sino en la boca, entre los aplausos y las ovaciones de la multitud congregada al paso de aquella tropa. Aquel era el país de los besos, todos se besaban, y lo besaban todo. La gente se daba besos casi sin conocerse, los novios se daban la lengua en el muro del malecón y en los parques, enroscados como culebras, a la vista de todos, a plena luz del sol. Y a partir de aquel día, Numancia besaba la pantalla del televisor cada vez que en ella aparecía Fidel. Joaquín nunca la había visto besar así –ni de ninguna otra manera– a Coliseo. Ahora tenía un nuevo novio hecho de ondas electromagnéticas y dejaba el cristal abombado de la pantalla embarrado de pintura de labios. Polenta besaba a la Putica en la boca, los padres exhibían a sus hijas recién nacidas y les besaban el bollito delante de sus amigos diciendo: «me la comería»; en los restaurantes y en las fondas, los clientes requerían la atención del camarero tirándole besos, como si estuvieran llamando a un perro. Algunos cantantes componían sus melodías a base de sonoros besos. Su abuela le decía a Joaquín que había que besar el pan antes de comérselo, porque era el cuerpo de Cristo. Los ociosos arracimados en las esquinas solían tirarle besos a la primera desconocida que pasara por allí, y hasta sacaban la lengua emitiendo sonidos salivosos: «mamiiiii»… El besuqueo y el toqueteo campaban por sus respetos en la isla.

Viendo sus estrafalarios atavíos, a Joaquín se le antojó también que los rebeldes eran medio piratas, algo así como vikingos tomando por asalto una ciudad que se rendía a sus pies, una ciudad encantada de ser violada. Alí Babá y los cuarenta ladrones. Sucios, apestando a bostas de vaca, con las botas enfangadas, empuñaban herrumbrosas escopetas de caza, alguna que otra bazuca, la mayoría traía viejos máusers, fusiles Garands, Springfields, carabinas dominicanas San Cristóbal, cuyos cañones se doblaban medio derretidos tras la segunda ráfaga. Aquel armamento era tan heterogéneo y algunos insurrectos estaban tan desaliñados que, de no ser por la temperatura de triunfo que brillaba en sus rostros, cualquiera diría que más que un ejército victorioso aquellas huestes eran los restos de una tropa diezmada en franca retirada. Su arsenal era tan pobre que cuando por casualidad asomaba una ametralladora Thompson, eso sólo podía significar que su portador era un jefe, un comandante, como mínimo un capitán.

Entonces Joaquín vio que se acercaba una montaña de melenudos y barbudos, todos armados hasta los dientes. Dada su estatura, para el niño aquella montaña o pirámide humana resultaba todavía más imponente y elevada. Y de pronto surgió, como en la cresta de una ola, de pie en la torreta de un tanque, rodeado por la escolta de peludos. Allí iba encaramado el Rey Mago Principal, apoyándose en sus escoltas para no caerse con el tambaleo del vehículo blindado. Era un macilento Fidel Castro al que todavía algunos llamaban «doctor», pero que ya para todos era «El Caballo», y muy pronto el «Primer Ministro». Llevaba colgado al hombro un fusil de mira telescópica. Su uniforme era el único que estaba planchado y almidonado en toda aquella hueste. Su gorra, la única que no estaba arrugada. Era el único que estaba pelado. Ojeroso pero risueño, extendía la mano saludando a ambos lados de la avenida abarrotada de gente. Giraba ligeramente sobre sí mismo, a izquierda y a derecha, como si después de haber repetido ese saludo a lo largo del camino hasta la Habana, su cuerpo se hubiera automatizado.

Los que rodeaban a Joaquín gritaron enloquecidos. Todos estaban allí: desde los más adinerados hasta los más pobres, pasando por los de medio pelo. Allí estaban las dos hermanas dueñas de la quincallería de la Loma del Ángel, de lo más emperifolladas y pintorreteadas, como si acudieran a una cita amorosa, pues ambas eran solteronas.

Por supuesto, en el gentío no podía faltar Perfumito, con su chivo ahora más poblado. Exhibía esa barbita de doce días como un expediente de limpieza de sangre mirando ya por encima del hombro a los que todavía iban afeitados. La suya no era la única neobarba que se paseaba por allí, de modo que cada vez era más difícil distinguirlas de las auténticas recién bajadas de la Sierra Maestra.

Aquel año se estrenaba como un baile de máscaras. Incluso había surgido un nuevo tipo de careta: la máscara capilar. A partir de aquel día la barba sustituiría a todo tipo de antifaz, porque es la máscara por antonomasia: una cara más, una + cara, algo que se añade al rostro, un segundo semblante, una caretudez o una manera de tener más cara, pues como se suele decir: «¡tiene más cara que el cará!».

En aquel mar de gentes Numancia se encontró con Adelita, una de sus clientas más asiduas. La muchacha agitataba una banderita cubana de papel y llevaba una foto de Fidel pegada con alfileres a la altura de la teta izquierda. Daba brincos de alegría, como una cabra primaveral. Allí estaba también Daisy, la gordita teñida de rubio platino que a veces le daba clases de inglés a Joaquín. Era tan bajita que prácticamente iba envuelta como un tamal en una bandera roja y negra echada por encima de los hombros, a modo de estola.

Gentes de dinero de otros barrios también andaban por allí con sus descapotables de lujo acompañando a los rebeldes por el paseo marítimo, haciendo sonar rítmicamente sus bocinas. Los barcos fondeados en el puerto activaban sus sirenas y hasta las iglesias lanzaban las campanas al vuelo.

Ahora que había aparecido el Rey de los Reyes Magos, para verlo mejor, unos se encaramaban en los capós de las máquinas parqueadas a lo largo de los parques, otros se subían en las fuentes, o trepaban a las palmas y a las farolas como monos, había gente en las copas de los árboles y en las estatuas ecuestres; las matas de almendras y las uvas caletas de los parques no soportaban ya el peso de tantas personas; algarrobos, ceibas, flamboyanes… cualquier árbol era propicio para convertirse en mirador. Había tanta gente que los granizaderos, los heladeros, los maniseros, los piruleros, los melcocheros, los mamoncilleros, apenas podían deambular y, al no poder abrirse paso, vendían menos de lo que esperaban. Había tantas personas apiñadas encima del muro del malecón, cada cual empinándose para ver mejor, que algunos se caían de espaldas al agua en medio de multitudinarias carcajadas. Pero enseguida todos se olvidaban del náufrago y volvían sus miradas hacia el Gran Rey Mago. Era el delirio. El éxtasis. La adoración de los Reyes Magos. «Apoteósico», como decía Numancia cada dos por tres.

El gentío llegó a ser tan compacto que el tanque *Sherman* donde venía Fidel Castro se detuvo rugiendo. La gente aprovechó para tratar de subirse al tanque. Decenas de manos extendidas se elevaban hacia él para estrechar su mano. Joaquín estaba deslumbrado. De pronto, entre Numancia y Coliseo, lo cogieron por los sobacos, lo alzaron en volandas, y sus pies calzados con los tenis *US Keds* se depositaron levemente en la estera llena de fango endurecido. El motor del vehículo bramaba en seco haciendo vibrar aquella cadena sin fin, especie de zíper metálico que formaba un circuito cerrado con sus dientes metálicos engarzados. Aquellas escamas de hierro encastradas y vibrando bajo el sol, hicieron sentir al niño que estaba encima de un reptil antediluviano que se enroscaba en sí mismo mordiéndose la cola.

Joaquín nunca había visto en persona a Batista, a pesar de que era vecino suyo. Sólo lo había visto en fotografías de viejos pasquines y en abanicos electorales. En cambio, ahora estaba muy cerca del nuevo vecino que venía a sustituir al fugitivo. «¡Dale la mano, dale la mano!», le gritaban sus padres desde abajo mientras lo alzaban por la cadera y por las nalgas empujándolo hacia el Rey Mago. Pero él no podía oírlos en medio de la gritería. Se sentía incómodo en el aire, como un pelele en medio de mil manos que aplaudían o se extendían arañando el aire...

De pronto el tanque reanudó la marcha, y él tuvo la impresión de que aquel barbudo que se alejaba saludando con la mano a diestro y siniestro era un sacerdote impartiendo su bendición sobre las muchedumbres. Las orugas del vehículo blindado iban dejando atrás un largo rastro en la Avenida del Puerto, inaugurando así una nueva caligrafía en el asfalto destrozado.

***

¿Por qué habría dicho «no»siendo tan fácil decir «sí»? Un sibilante monosílabo hubiera bastado para cambiar por completo el rumbo de su vida. Sobre todo, lo que más intrigaba a Joaquín era por qué había reaccionado tan visceralmente cuando Fidel Castro pronunció la palabra «beca».

Cuando el recluta soltó aquel no, el jefe de estado lo miró extrañado. Todos los presentes lo miraron asombrados, casi horrorizados. ¿Cómo se atrevía a decirle que no al jefe máximo? Andréi Gromiko estaba allí también, de pie, detrás de Fidel Castro. Ya no representaba a Nikita Kruschev (defenestrado un año antes), ahora era el enviado de Brezhnev. El Ministro de Asuntos Exteriores de la Unión Soviética fue el último en mostrar su perplejidad porque necesitó unos segundos para que su intérprete —o «piriboche»— le tradujera aquella parte de la conversación entre el comandante y el recluta. El piriboche era un rubio extremadamente pálido, de ojos verdiazules, nariz y quijada alargadas, flaco y gótico como un vampiro disecado recién salido del sarcófago. El piriboche también se quedó pasmado cuando oyó al joven decir «no».

Los amigos de Joaquín lo miraban boquiabiertos, removían nerviosamente las cucharitas dentro de las tazas de té ya vacías. ¿Estaría loco para rechazar una oferta del tipo que había despotricado en público de Nikita Jruschov hacía tres años cuando aquél le había quitado los cohetes? Tenía que faltarle un tornillo si era capaz de decirle que no al hombre que no hacía mucho, también en público, le había llamado «viejo chocho» a Mao Tse Tung. Tenía que estar chiflado para menospreciar una invitación del hombre que había insultado a Kennedy tildándole de «burro», al hombre que había expulsado de la isla a cajas destempladas al embajador español Lojendio. Aquello era una temeridad. Fidel no era hombre al que se le pudiera decir que no, con él no valían los «peros», cogía unos encojonamientos de padre y señor mío cada vez que alguien le llevaba la contraria. Eso era algo sabido por todos. Camilo Cienfuegos —uno de los Reyes Magos de la Santísima Trinidad primitiva— dijo en una ocasión: «¿Contra Fidel? Ni jugando a la pelota».

Todos los que rodeaban a Fidel fruncieron el ceño mirando a Joaquín. Todos esperaban la peor reacción de su jefe. En cambio, éste se limitó a enarcar las cejas: «¡Ah, no?».

Curiosamente, ese «no» tan rotundo se parecía mucho a aquel otro «no» que Joaquín le había soltado a su padre en Manzanillo unos años atrás…

8.

Dos veces no

A raíz de la llegada de los Reyes Magos, Coliseo Iznaga empezó a convertirse en un perseguidor cada vez más implacable. Primero atosigó a su hijo para que se metiera en las Patrullas Juveniles, luego lo embulló para que ingresara en los Cadetes Cívicos Nacionales y, finalmente, consiguió convencerlo para que se metiera en la Brigada de Alfabetizadores.

Los Reyes Magos, nada más llegar al poder, emprendieron la creación de un montón de nuevas asociaciones políticas. Las Patrullas Juveniles eran como una sucursal simbólica de la recién improvisada Policía Nacional Revolucionaria. Se suponía que de allí saldrían los futuros policías del nuevo gobierno.

La mayoría de los niños del barrio del Ángel se apuntaron a esas patrullas, porque corría el rumor de que iban a darles pistolas. Y en ese vecindario tan violento todos los niños –incluido Joaquín– soñaban con tener un arma de fuego. Los patrulleros marchaban todo el día, bajo el sol, en el Parque del Anfiteatro o en los alrededores de la Jefatura. Por lo general, los patrulleros eran mataperros, algunos eran simplemente traviesos, otros tenían ya rango de delincuentes y unos cuantos eran tan agresivos que entraban de lleno en la categoría de asesinos en potencia. Pero a partir de enero del 59, por obra y gracia de los Reyes Magos, todos aspiraban a ser policías. Los ladrones convertidos en policías era la primera transmutación alquímica de Melchor, Gaspar y Baltasar.

Aquellos pelotones desorganizados de patrulleros enloquecidos y bullangueros gritaban: «¡Izquierda, izquierda... izquierda-derecha-izquierda: un, dos, tres, cuatro!». Daban patadas en el asfalto durante horas, sudando la gota gorda mientras los curiosos que los veían desfilar se reían y les gritaban: «¡un, dos, tres, cuatro... comiendo mierda y rompiendo zapatos!».

Al principio Joaquín no quería pertenecer a las Patrullas, porque enseguida vio que había que marchar demasiado y no le hacía ninguna gracia eso de que el sol le achicharrara la cabeza provocándole insolaciones, como cuando su padre lo llevaba a nadar en las pocetas. Pero al final, como siempre, se dejó embullar por su padre y por el ambiente de entusiasmo que había entre los niños de la barriada.

De paso, así tenía contento a Coliseo. Pero Numancia estaba horrorizada de ver a su hijo cada vez más mezclado con los mataperros. Después del Tiroteo en el Parque Central Joaquín había participado en diversas mataperradas. Junto con los pandilleros del Ángel se había divertido quemando la gorra de plato de un oficial que encontraron en el foso enyerbado de la Jefatura, también les pedían balas a los rebeldes para sacarles la pólvora y provocar pequeños incendios, y durante toda una tarde se dieron gusto rompiendo los cristales del tragaluz de la azotea de la casa del jefe de la policía. Tenía dos pisos y llevaba varios días abandonada, muchos muebles habían desaparecido. Sólo quedaba un enorme retrato de Batista. Después de descolgarlo y saltar encima rompiendo el cristal, los mataperros en corro mearon la fotografía.

En su fuero interno Joaquín se resistía a abrirse la portañuela. Sin embargo, le llamó la atención ver con cuánto entusiasmo los demás se prestaban a orinar la imagen de aquel mulato sonriente y con pelo de indio. Él no tenía nada contra Batista, aunque ahora todos decían que había sido un asesino y un ladrón. De todos los presentes él era el único niño que podía perpetrar ese ultraje sin experimentar ningún remordimiento. Porque era el único que nunca había hecho cola frente al Palacio para recibir los regalos que repartía el Día de Reyes la esposa del señor orinado. Y a pesar de eso, se resistía a participar en la meadera colectiva del retrato.

Numancia iba enterándose de todas las trastadas en las que andaba implicado su hijo, así que empezó a perder la paciencia. Coliseo se estaba aprovechando del caos reinante en aquella primera quincena de enero para aflojar las riendas y dejar que Joaquín se juntara con los niños más maleantes de la cuadra. «¡Por tu culpa anda en malas compañías, tú lo animas a mataperrear, y lo único que vas a conseguir es que lo encierren en el Reformatorio de Torrens!», se sulfuraba Numancia.

Ella era Atenas, él era Esparta. Coliseo quería sacar a su hijo a la calle para que tuviera una vida activa, al aire libre, haciendo ejercicios, relacionándose con todo lo bueno y lo malo que pululaba por ahí... Pensaba que si Joaquín se criaba exclusivamente bajo la influencia de la modista, acabaría convirtiéndose en un bitongo o en un cundango. Si seguía rodeado de las clientas cursis de Numancia su hijo podría contagiarse y acabar siendo modisto o algo peor. Consideraba que de todo aquel ambiente de maniquíes, revistas de moda, estampados, tules, moñas, lentejuelas, mostacillas, pinceles, alfileres y carreteles de hilo, emanaba un influjo demasiado ambiguo. Lo que más sacaba de quicio a Coliseo eran algunos decoradores de la tienda «Fin de Siglo» –amigos de Numancia– que irrumpían de vez en cuando en el solar en medio de un revuelo de plumas: «¡Ay, Numa, chica, quiero una hebilla dorada en mis zapatos, y también una moña de colores en el ojal! ¡Regiaaaaa! ¡Fabulosoooo!». Todo eso con voces aflautadas y caídas de ojos a lo Greta Garbo. Cuando Coliseo los veía llegar, cogía al niño por la mano y se lo llevaba a la calle, exasperado. «¡Picúos, mariquitas!», mascullaba alejándose como una exhalación.

Así que Coliseo prefería mil veces adiestrar a su hijo en el mataperrismo, quería que fuera pelotero o boxeador. Sin embargo, no siempre podía sacarlo a pasear, ya porque estuviera expulsado del hogar, ya porque anduviera de viaje en su provincia natal, ya porque estuviera trabajando en algún restaurante lejano o simplemente porque Numancia le había prohibido que visitara al niño.

Dado que no podía ni aparecer por el solar, Coliseo estableció una contraseña con su hijo. Consistía en un silbido especial. En cuanto Joaquín escuchaba el chiflido de su padre, bajaba a hurtadillas a la calle. Al principio chiflaba desde la escalera, pero Polenta vivía en la acera de enfrente. Un día se asomó a su balcón y descubrió al «guajiro» con su filipina blanca y la pajarita negra trinando como un jilguero en la puerta del Solar de la Chancleta. Enseguida se lo contó a su hija. Así que Coliseo cambió de lugar y empezó a silbar desde un basurero situado en una calle lateral que daba a la ventanita enrejada de los Jardines Colgantes de Babilonia.

Cada vez que el niño oía el silbido, se escabullía de la madre y bajaba para encontrarse con Coliseo al doblar de la esquina. Sabía que el chiflido significaba dos o más horas de diversión con Coliseo, sabía que podía costarle una insolación en las pocetas o una fajazón en el parque, pero estaba loco por ver a su padre. Sabía que obedecer a esa llamada podía costarle varias hostias cuando volviera a casa. Pero hacía tanto tiempo que no veía a su mejor amigo, que estaba dispuesto a pagar ese precio.

En efecto, cuando regresaba de sus correrías con Coliseo, enseguida Numancia sabía dónde y con quién había estado. Le bastaba ver lo sucio que venía, con los brazos jaspeados de arañazos, las rodillas y los codos con postillas, la camisa por fuera, todo despeinado, con hierba entre los pelos, los bombachos estrujados. Seguro que venía de fajarse a las trompadas en el parque con algún mataperros, se habrían estado revolcando a piñazos y a patadas en la hierba. A veces el niño venía con un labio sangrante. El sabor de la sangre y el gustillo de la clorofila de la hierba se mezcblaban en su paladar.

Entonces Numancia montaba en cólera y le cruzaba la cara con un par de bofetadas. «¡Esta por llegar tarde, y ésta otra por escaparte otra vez con tu padre!»

Pero Joaquín permanecía de pie, impertérrito. Sobre todo si había alguna clienta presente. «Dame otra vez», sonreía desafiando a su madre, quien tras leerle los labios le daba otro tortazo: ¡plaf! «No me dolió», insistía el niño y... ¡plaf!

Vibrante, con los cachetes al rojo vivo, tambaleándose como un *punching—bag,* Joaquín veía venir la mano veloz de su madre chorreando encajes. Sus dedos eran largos y afilados, como los del *Caba-*

llero de la Mano en el Pecho del Greco, cuya reproducción colgaba clavada con alfileres en la pared, frente a la *Singer*. ¡Plaf, plaf!

Las uñas pintadas de escarlata combinaban con un sortijón de fantasía engastado en una piedra verde. Rojo y verde, colores complementarios, como la sangre y la hierba. ¡Plaf, plaf! La mano que lo abofeteaba era un relámpago verdirrojo, vibrante, como las matas sembradas en latas rojas en los Jardines Colgantes de Babilonia. ¡Plaf, plaf!

«Numa, por favor, no sigas», gritaba Adelita, su clienta favorita. Frente al espejo del Luis XV, en ajustadores, la rubia despampanante se llevaba las manos al pecho en un gesto de pudor. Debajo de la lluvia de tapabocas, Joaquín intuía que su madre no estaba pegándole a él, sino a Coliseo a través de él. Esos eran los soplamocos que a ella le hubiera gustado propinarle a su marido. Él nunca le contaba nada de aquellos galletazos a su padre, para no echarle más leña al fuego.

Cuando cayó Batista entre Numancia y Coliseo se produjo una especie de luna de miel, pero muy fugaz. Las desavenencias conyugales no tardaron en reanudarse. Sus padres volvieron a separarse. El regalo de Santa Claus había sido efímero como un suspiro. Los progenitores de Joaquin vivían inmersos en un permanente espíritu de contradicción. Si ella quería una cosa, a él se le antojaba todo lo contrario. Y viceversa. Y entre esos dos antagonismos estaba Joaquín, desgarrado, como atrapado entre dos fuerzas irreconciliables —una centrífuga, la otra centrípeta—, dos fuerzas siempre a punto de descuartizarlo, tironeando de él en direcciones opuestas.

Así, la creación de las Patrullas Juveniles le vino a Coliseo como anillo al dedo en su batalla matrimonial por alejar a Joaquín de la influencia de su madre. El niño estuvo unos meses con los Patrulleros «comiendo mierda y rompiendo zapatos», y llegó a marchar a la perfección copiando el peculiar estilo de marcialidad callejera que vibraba en aquellos pelotones tan bisoños como revoltosos.

Los patrulleros desfilaban marcando una especie de paso de conga, más que marchando, bailando. Cada vez que los patrulleros daban una patada en el suelo, subrayaban la cadencia agachando ligeramente un hombro. Con aquel tumbao de guapos y su alarde bravucón, moviéndose como muñequitos de cuerda, transmitían una sensación de desenfadada chusmería no exenta de comicidad. Sin embargo, pronto Joaquín se aburrió de tanta marchadera. Por suerte, súbitamente la organización se disolvió sin que él supiera cómo ni por qué.

Pero poco después, Coliseo empezó a atosigarlo para que se metiera en los Cadetes Cívicos Nacionales, otra organización juvenil recién creada. Las agrupaciones juveniles de corte patriótico o semimilitar se multiplicaban como la yerba de guinea. Ya nadie se acordaba de los *Boy Scouts*, en su lugar estaban ahora la Asociación de Jóvenes Rebeldes (AJR) y sobre todo los «Cinco Picos», que eran un montón de muchachos locos por subir cinco veces la montaña más alta de la isla, el Pico Turquino, a dos mil metros sobre el nivel del mar. Esa fiebre de alpinismo revolucionario se había vuelto indispensable para alcanzar el más elevado grado de fervor y de superstición nacional en aquellos tiempos tan revueltos.

Coliseo insistió tanto que finalmente Joaquín se inscribió en los Cadetes Cívicos para, de nuevo, verse sometido a más marchas interminables. A Numancia le gustaba más esta organización que los patrulleros, no sólo porque casi no había negros en sus pelotones sino porque tenían un estilo más elegante al marchar. Nada que ver con el ritmo chusmita de los mataperros uniformados. De hecho, los cadetes ejecutaban unos pasos de fantasía tan elaborados que eran dignos de una tracería ojival. A una voz del jefe de pelotón, todos daban unos saltos como de caballitos piafantes y pateaban el asfalto al unísono. Pero Joaquín enseguida se aburrió de tantos trotes, himnos y voces de mando. Por suerte, al poco tiempo también los Cadetes desaparecieron sin más.

Sin embargo, a principios de 1961, los Reyes Magos –insaciables– crearon otra entidad juvenil: la Brigada Nacional de Alfabetización. Como de costumbre, Coliseo volvió a acosar a su hijo para que se metiera a brigadista. Sin embargo, esta vez la cosa era muy distinta. Ya no se trataba de marchar en los parques que rodeaban la Loma del Ángel, ahora la misión consistía en irse a vivir a las montañas remotas para enseñar a leer y a escribir a un millón de campesinos. Esa campaña iba a durar casi todo un año, lo cual significaba una larga separación familiar con cientos de kilómetros de por medio.

Desde luego, Numancia se opuso a los planes de su marido. «¿Qué tú dices? ¿Alfabetizar? ¡Ni hablar del peluquín! El niño acaba de cumplir doce años. ¿Cómo se te ocurre mandarlo tan lejos? ¡Eso sólo puede ocurrírsele a un guajiro burro como tú!»... y así empezó otro largo altercado.

Al principio Joaquín tampoco quería ir a alfabetizar. Ya estaba cansado de marchar, harto de cambiarse de uniformes, de sudar, de obedecer atronadoras órdenes militares: «¡arretaguardia, march... media vuelta, march!». Entre pitos y flautas, llevaba dos años marchando, durante tantas horas seguidas, que hasta tenía ampollas en los pies y había gastado dos pares de botas.

Pero para no defraudar a su «papaopo», acabó por ceder. Aparte de eso, también se incorporó en la Brigada de alfabetizadores para no tener que oír más discusiones entre sus padres. Quería poner punto final a todo aquello y la mejor manera de hacerlo era subiéndose a una guagua llena de brigadistas, irse bien lejos de los dos, poner tierra de por medio. A lo mejor sus padres se reconciliaban cuando él hiciera «mutis por el foro», como decía Numancia, que era muy teatrera. Tal vez sus ánimos se apaciguaran cuando él dejara de ser la manzana de la discordia.

Estaba harto de tanta lucha, cansado de tener que oír siempre la misma preguntica de las clientas de Numancia con sus sonrisitas de sorna: «¿Y tú a quién quieres más? ¿A tu papá o a tu mamá?». Estaba aburrido de verse sometido a tantas presiones insoportables, incluso chantajes: «si tantas ganas tienes de ver a tu padre, puedes ir a verlo a su cuarto, pero si vas a verlo, a mi casa no vuelves nunca más», llegó a decirle Numancia una noche hastiada de oírlo llorar preguntando por Coliseo.

Intuitivamente Joaquín aprovechó la coartada de la alfabetización para irse pa'l carajo, o para «espantar el mulo», como decía Coliseo cada vez que hacía la maleta y se iba de la casa dando un portazo.

No había dado aquel paso de resultas de un cálculo frío, consciente, sino obedeciendo más bien a un ímpetu. Y, al mismo tiempo, también lo había dado por contagio ambiental, pues había mucha animación entre los mataperros de su barriada. Ir a alfabetizar a los lugares más inhóspitos era una prueba de heroísmo, un certificado de virilidad al que ningún mataperros podía renunciar. Así, de paso, él podría también realizar los sueños que le inspiraban las novelas de aventuras que leía por entonces. Sólo siendo alfabetizador podría emular a un Robinson Crusoe, o vivir una hazaña como la de *Los hijos del capitán Grant*. Sólo así podría imitar la gesta de los Reyes Magos que tanto lo habían impresionado apenas un par de años atrás, cuando entraron en la Habana. Todavía estaba bajo el impacto de aquella visión emocionante. Al igual que muchos miles de menores, él quería ser como aquellos aguerridos barbudos que parecían salidos de una de las páginas de *Las mil y una noches*. Para conseguirlo, nada mejor que subir a la Sierra Maestra en un gesto de epopéyica abnegación.

Pero antes de escalar las cumbres orientales de la isla todavía tenía que vencer algunos obstáculos. El gobierno exigía la rúbrica de ambos progenitores al pie de la planilla de inscripción. Numancia se negó en redondo a firmar aquel «papelucho» y siguió cosiendo. Entonces Coliseo concibió una idea magistral. Sabía que su hijo dibujaba bastante bien. Había visto lo bien que imitaba la firma de su madre, aquel «Numancia Alcántara» que ella trazaba con las letras inclinadas hacia la izquierda, como los mástiles de un clíper barridos por las galernas.

Siguiendo instrucciones de su padre, el niño falsificó la firma de su madre. Pero quedaba otro escollo. Para participar en la alfabetización, Joaquín tenía que haber terminado el sexto grado, y él estaba todavía en quinto. No tenía la edad requerida. Pero cuando a su padre se le metía algo entre ceja y ceja, era difícil disuadirlo. Tenía mucha labia. Numancia siempre decía que si lo dejaban hablar, no había juez que lo condenara. Así que habló con varios profesores y consiguió falsificar un certificado escolar. También cambió la fecha de nacimiento del niño en la planilla. Coliseo no quería que su hijo se perdiera aquello de la alfabetización por nada del mundo.

Y así, finalmente, Joaquín se montó en una guagua (prácticamente su padre lo empujó escalerilla arriba) llena de muchachos y muchachas bullangueros que iban cantando: «¡Oh, Carol, cómo te fueeeee, cuando te fuisteee, para no volver?....» Había empezado un largo viaje iniciático, pero los problemas entre Numancia y Coliseo no terminaban ahí.

La guagua dejó a Joaquín en el Campamento de los brigadistas, ubicado en la famosa playa de Varadero. Allí los alfabetizadores tenían que marchar –¡otra vez!– durante un par de semanas antes de partir hacia sus destinos definitivos. Allí recibían instrucciones diversas, cursillos pedagógicos, charlas políticas... Hasta allí fue Coliseo en un taxi, para animar a su hijo, que estaba entre los más pequeños de toda la brigada, y también para evitar que su esposa frustrara sus planes.

De hecho, Numancia llegó en otro taxi pisándole los talones a su marido. Llegó más furiosa que un basilisco. Iba decidida a rescatar a su hijo de aquella tropa de comemocos uniformados con boinas verdes. Qué va, de eso nada, su hijo no iría a alfabetizar a las montañas de Oriente, y mucho menos con el desembarco armado que acababa de tener lugar en Playa Girón, a tan sólo unos cien kilómetros al sur de aquel campamento de alfabetizadores.

Pero Coliseo estaba allí para impedir que ella secuestrara a su hijo llevándoselo para la casa, él no iba a permitir que ella lo sacara de lo que él calificaba emocionado como «el ejército más bonito del mundo, armado con lápices, libretas y faroles».

En Varadero el matrimonio protagonizó varias tánganas. Hasta entonces Joaquín siempre había corrido detrás de sus progenitores, tratando de juntarlos, complaciéndolos a los dos con la secreta esperanza de obtener a cambio algún milagro en forma de reconciliación. Y ahora descubría desconcertado que la situación se había invertido drásticamente, ahora eran sus padres quienes corrían detrás de él.

Por fin dejó atrás a sus padres discutiendo y se subió a un tren lleno de alfabetizadores estrepitosos que lo llevó a la provincia de Oriente. Pero ahí tampoco terminaron sus conflictos familiares. En el último minuto, Coliseo también se coló en aquel tren. Numancia se quedó atrás, llorando. A Joaquín le molestaba que su padre lo siguiera persiguiendo a lo largo de la isla. Quería sentirse independiente. La crisis estalló en Manzanillo, una ciudad cercana a las montañas de la Sierra Maestra. En vísperas de la escalada final, los lugareños habían alojado por unos días en sus hogares a los alfabetizadores. A espaldas de su hijo y valiéndose de su pico de oro, Coliseo había conseguido para Joaquín una de las mejores casas del pueblo, la vivienda de un dentista. Todo un palacio para él que hasta entonces siempre había vivido en una cuartería cochambrosa y promiscua de la Habana Vieja.

—Quédate a alfabetizar aquí, albergado en casa de este dentista —le dijo su padre—. Ya lo tengo todo apalabrado con el jefe de tu pelotón. Aquí tendrás baño con agua fría y caliente, luz eléctrica y una cama cómoda, nada de faroles chinos, nada de hamaca, nada de tener que bañarte en el río, aquí no hay alacranes, ni mosquitos, aquí no pasarás hambre, el refrigerador está lleno de comida…

Esa monserga sacó de quicio a Joaquín. ¿Alfabetizar en Manzanillo? Eso no era heroico. Allí no había montañas, ni tampoco analfabetos. Para eso mejor se hubiera quedado en la Habana. Él quería aventuras heroicas: precipicios, selvas impenetrables, peligros, ríos crecidos, alacranes, serpientes, arañas peludas, jejenes, niguas… incluso tigres y plantas carnívoras si fuera posible.

Le daba roña que después de haber estado educándolo durante años en el estilo mataperros —para llevarle la contraria a Numancia— ahora su padre lo tratara como si él fuera un niño bitongo. Le fastidiaba que después de haberlo perseguido para que se metiera a alfabetizador, al cabo de tantos discursos sobre los pobres campesinos que vivían sumidos en la ignorancia, ahora quisiera que él se quedara a alfabetizar allí, cómodamente instalado en la espléndida casona de un dentista, como si él fuera una hembrita. La norma gubernamental establecía que las alfabetizadoras eran destinadas a los llanos mientras que a los varones los mandaban a las montañas.

¿No era el deseo de Coliseo que su hijo fuera alfabetizador? Pues ahora se iba a enterar de lo que era ser alfabetizador de verdad. ¿No había hecho lo imposible por separarlo de su madre enviándolo al Campamento de Varadero, incitándolo incluso a falsificar la firma de Numancia? Pues ahora también se alejaría al máximo de él. Alejarse de sus dos progenitores por igual, ése era su afán más secreto en aquel momento. Quería con locura a su padre, pero no podía soportar sus contradicciones, su paternalismo a veces asfixiante. Y entonces, por primera vez en su vida, Joaquín le dijo que no a su padre. Fue un no rotundo que le salió del alma. Coliseo se quedó boquiabierto cuando aquel mocoso le replicó que quería seguir subiendo hasta la Sierra Maestra, igual que los demás, que no quería privilegios, que no pensaba convertirse en un rajado. Era como si el niño le dijera a su progenitor: «al que no quiere caldo, tres tazas».

Veinticuatro horas después, aprovechando un descuido de su padre, el alfabetizador se escapó de Manzanillo en un camión lleno de brigadistas y fue a parar —por voluntad expresa— a una montaña perdida en la cordillera que no en balde se llamaba «El Veneno» porque era uno de los lugares más inhóspitos del planeta. Joaquín escogió quedarse en «el Veneno» porque ese nombre prometía muchos peligros, tal vez lo hizo para jeringar más aún a su padre.

Ahora sí que se convertiría en un Robinsón Crusoe. Por fin estaba en el mismo corazón de la Sierra Maestra, en el escenario original de los combates de los barbudos y los peludos a los que quería imitar. Ahora sí podría dejarse crecer la melena y hacerse collares de semillas igual que aquellos Reyes Magos. Al cabo de una semana y pico —cuando ya estaba instalado en una casa con techo de guano, paredes de tablas de yagua y piso de tierra, cuando ya empezaba a considerar ese bohío como su hogar, cuando por fin empezaba a adaptarse a la ruda vida de los campesinos— Coliseo apareció en aquellos recónditos parajes dejados de la mano de Dios.

Apareció esmirriado, encima de una yegua renqueante, con el rostro estragado, la camisa empapada de sudor, la gorra de pelotero deflecada. Venía gritando por los bosques «¡Comandante Veneno, Comandante Venenooooo!». Joaquín estaba en un aguacatal comiéndose un aguacate verde que estaba más duro que una piedra. Pero tenía tanta hambre que le sabía a gloria. Al oír el eco de la voz de su padre resonando por la manigua, se sintió sobrecogido de emoción y corrió a abrazarlo.

–Yo no sabía que tenía un hijo tan comemierda –le dijo Coliseo más tarde a orillas del río Vicana, –. Me desvelo por buscarte comodidades y tú vas y te encaramas en la montaña más alta, donde están los guajiros más pobres de toda la Sierra Maestra. Yo quería que te quedaras en la casa del dentista, y que alfabetizaras allí, por ejemplo, a los pescadores de Manzanillo. En esa ciudad no ibas a pasar tantas calamidades como en esta montaña. Allí hay leche, carne, luz eléctrica, y ambiente de ciudad…

–Estás igualito que mamá cuando quiso que me quedara a alfabetizar en una fábrica allá en la Habana –respondió Joaquín.

–De tu madre ni me hables. Está bien que quieras alfabetizar, pero este lugar está muy aislado, es muy peligroso. Yo no quiero tener un hijo mártir, no quiero ver tu nombre escrito en la puerta de una granja…por muy glorioso que eso sea. Es mejor que digan «aquí corrió Joaquín Iznaga» a que digan «aquí murió Joaquín Iznaga»… Hay que saber nadar y guardar la ropa.

–Pero, papá… ¿tú no eres comunista?

–Yo seré comunista, pero no soy comemierda.

Joaquín se encogió de hombros y miró hacia el río pedregoso que se perdía culebreando en la selva. Las raíces aéreas y las lianas formaban columnas en ambas orillas pobladas de matorrales y helechos arborescentes. Mientras contemplaba el espectáculo, pensaba que de aquella montaña no había Dios que lo bajara. Primero era Numancia tratando de sacarlo de Varadero, ahora era Coliseo intentando sacarlo del Veneno… ¿quién coño entendía a aquellos dos locos?

–El Veneno, El Veneno… –rezongó su padre–. ¿Cómo se te ocurrió pedir que te destinaran al peor lugar. Podías haberte quedado por lo menos en Media Luna, o en Dos Bocas de Caldero. Pero no… tú quieres hacerte el héroe, tú de verdad te has creído que eres un comandante. Esto ni siquiera es un caserío, chico. Esto es un cuartón, unos cuantos bohíos desperdigados entre las lomas. No me extraña que a este lugar le llamen «el Veneno». Yo creo que no había necesidad de tanto sacrificio, Comandante Veneno.

El viejo trataba de ser afectuoso, intentaba engatusarlo llamándole «Comandante Veneno», un apodo jovialmente irónico que insinuaba sutilmente que no tenía que imitar tan a pecho a los comandantes rebeldes, que él nunca llegaría a ser como ellos, que era muy niño para eso. Pero a pesar de sus adulaciones y sus peroratas, cuando Joaquín comprendió que su padre insistía en llevárselo para el llano, volvió a decirle que no.

Coliseo se fue derrotado para La Habana. Y el alfabetizador se quedó solo en el Veneno.

***

¿Por qué le habría dicho que no a Fidel Castro? ¿Sería porque desde hacía mucho tiempo detestaba la palabra «beca» y todo lo que ésta significaba?¿Y de dónde provenía esa fobia a las becas? Ah, sí, ahora recordaba… eso había empezado tres años atrás, en enero de 1962.

9.

La beca de Miramar

Cuando la campaña de alfabetización terminó, Joaquín regresó a su casa habanera. Más bien a su refugio, que era la azotea del Solar de la Chancleta. Casi todos los días tenía que esconderse allá arriba, porque Coliseo seguía persiguiéndolo con alguna de sus pejigueras.

Sabía que el viejo no subiría la escalera de caracol hasta la azotea, porque acababan de operarlo de hemorroides. Numancia no sólo había acogido a su esposo de nuevo en la casa, sino que lo curaba dos veces al día con unos algodones que terminaban ensangrentados. Mientras tanto había llegado un telegrama oficial concediéndole una beca a Joaquín por haber alfabetizado. Coliseo estaba enloquecido, enarbolaba el telegrama, se lo enseñaba a todos en la cuartería, como si fuera un título nobiliario.

Pero Joaquín no quería ni oír hablar del tema. Hacía más de un mes que la alfabetización había concluido y todavía él no se había despojado del uniforme de brigadista que ya empezaba a oler a berrenchín de chivo. Tampoco se había cortado la melena que se había dejado crecer en las montañas y que ya le daba por los hombros, ni se había quitado los collares de semillas de Santa Juana, peonías, ojos de buey y cayajabos que exhibía con orgullo.

También por eso lo perseguía su padre, para que se quitara el uniforme empercudido, para que botara los collares a la basura y para que se pelara. En la beca de Miramar había que estar pulcro y pelado al rape, allí le darían otro uniforme, nuevo de paquete, que en esencia era el mismo sólo que con unas tiras anaranjadas en las mangas. Allí recibiría cursos de artillería o lo prepararían para luego ir a estudiar las armas estratégicas en la Unión Soviética… pero nada de eso seducía a Joaquín.

Sentado en el muro de la azotea, con los pies colgando al vacío, el niño contemplaba la Loma del Ángel mientras se preguntaba en qué momento su padre se había convertido en un perseguidor tan tenaz. Coliseo estaba de muy mal genio últimamente. Sobre todo a raíz de su discusión con Numancia cuando en la prensa anunciaron que iban a dar esas dichosas becas en el reparto de Miramar. Coliseo enseguida manifestó su alegría, pero Numancia objetó:

–A los niños que se becan, se los llevan para Moscú. Allí los rusos se los comen.

–¡Estás hablando de lo que pica el pollo, Numa! ¡Eso es una bola! –replicó Coliseo.

–¿Me estás llamando «comebolas»?

–¡Un rumor, digo que es un rumor!

Pero como no hay peor sordo que el que no quiere oír, ella seguía:

–Dicen que les quitan a los padres la «patria potestad» y allá en Rusia trituran a los niños en unas máquinas y luego nos los devuelven envasados en latas de carne rusa. ¡O si no, los mandan a las creches, esos almacenes de niños donde les lavan el cerebro!

A Coliseo no le hacían ninguna gracia aquellos comentarios. Tenía un pasado de luchador sindicalista, incluso decía que allá por los años cuarenta había llegado a militar en el Partido Comunista, algo de lo que Joaquín no estaba muy seguro.

Cuando por fin llegó el telegrama de la beca, estalló otra discusión. Joaquín no quería becarse. Acababa de regresar de una experiencia agotadora, que había durado diez meses, a unos setecientos kilómetros de su casa, a mil quinientos metros de altura sobre el nivel del mar en aquella montaña llamada «El Veneno» donde no había luz eléctrica, ni agua por tuberías, ni espejos, ni radio, ni televisión, ni teléfono, ni cines, puro monte sin calles, ni casas de mampostería, rodeado de aquellos campesinos analfabetos a los que él había enseñado las primeras letras. Por tanto, estaba cansado de tantos sacrificios, y lo único que quería era estar tranquilo en su casa, con sus padres, con su abuela, con su perro, en su barrio con sus amigos de la infancia, no tenía ni el más mínimo deseo de volver a meterse en otra de las aventuras patrióticas que a Coliseo se le antojaban cada dos por tres.

—No puedes dejar de coger esa beca —le aconsejó su padre.

Joaquín movió la cabeza lentamente, como si fuera un ventilador. Era el tercer no que le daba a su padre.

—Pero, chico, ven acá... ¿tú eres bobo o te chupas el dedo? ¿No ves que en la beca no pasarás hambre ni necesidad? En esas becas no hay libreta de abastecimiento —añadió en voz baja para que ningún vecino lo oyera—. Allí tendrás tres comidas al día garantizadas, una dieta balanceada, equilibrada. No olvides que la sabucha (y se llevó los dedos juntos a la boca abierta) es lo principal (y aquí le dirigió a Numancia una mirada de reproche porque ella nunca cocinaba).

Al regresar de la Sierra Maestra, entre otros muchos cambios, Joaquín había descubierto que todos los víveres estaban racionados. Pero eso no le importaba demasiado. Después del hambre que había pasado en las montañas, comiendo yucas sancochadas a diario, no le asustaba demasiado la famosa Libreta de Abastecimientos. En la loma del Veneno había tenido que comer incluso jutías fritas en manteca de majá, y cuando no había ni yuca, tenía que conformarse con comerse el cangre hervido con sal. Después de eso, ya cualquier cosa —hasta una lata de carne rusa apestosa— le parecía un manjar de los dioses. Así que el argumento alimenticio de su padre no le convencía.

—¡No seas tan cabezón! —prosiguió Coliseo—. En la beca de Miramar no tendrás que bañarte en una ducha cochambrosa como la de este asqueroso solar, no tendrás que cagar en un inodoro como éste de aquí, que siempre está sucio, porque lo usan más de diez personas y nadie lo limpia.

Miramar era una zona residencial de la Habana repleta de mansiones vacías abandonadas por los ricos que se habían ido para Miami durante los últimos dos años. Allí estaban las playas más lujosas, como el Yacht Club o el Country Club. En esas residencias con piscina y jardín, vivirían y estudiarían los alfabetizadores súbitamente convertidos en becados gracias a miles de telegramas como aquel que él acababa de recibir.

Era lógico que Coliseo estuviera loco de contento con la perspectiva de esa beca, porque ese era el sueño de toda su aperreada vida de campesino semiurbanizado y de camarero semianalfabeto, un sueño que ahora por fin estaba a punto de materializarse en su hijo. Él sólo había conseguido llegar a ser camarero, a lo sumo había llegado a conserje de un banco desde el año pasado, gracias a la palanca de un amigo que era guardia jurado allí. Como era natural, ambicionaba para su único hijo un destino mejor. Sin embargo, Joaquín no participaba de esa alegría.

–En Miramar los baños no son comunes como en los solares – remachó Coliseo.

A Joaquín la palabra «común» le sonó a comunista, a propiedad comunitaria. De modo que el inodoro comunitario del Solar de la Chancleta que él usaba desde que tenía uso de razón era un retrete comunista ya desde mucho antes de la revolución. ¿Cómo podía su padre afirmar que era comunista y al mismo tiempo aspirar a que su hijo renunciara a las virtudes de un excusado colectivo –o «común» o «comunista»– para ir a hacer sus necesidades fisiológicas en un baño de millonarios?

–Bueno –matizó Coliseo–, allí también tendrás que compartir la ducha, el inodoro, pero siempre será mejor que aquí… no es lo mismo, porque serán muchachos como tú, no gente chusma como en estos solares (aquí bajó otra vez la voz, y Joaquín advirtió por primera vez que a su padre se le movían las orejas cuando hablaba, como si fuera un conejo)… serán muchachos como tú, estudiantes y eso… Además el baño de la beca seguramente es de mármol. En esas casonas de Miramar los baños tienen hasta llaves y pilas doradas o de plata.

A Joaquín le cansaba aquella perorata. Le recordaba las dos discusiones que había tenido con su padre, primero en Manzanillo y luego en el río Vicana. Como de costumbre, volvía a tentarlo con las ventajas de la vida fácil para salirse con la suya. En el fondo, le chivaba que Coliseo se mostrara tan paternalista a destiempo. ¿Dónde estaba su padre cuando, siendo él chiquito, lo veía marcharse dando un portazo para no aparecer hasta semanas o meses después? Su padre se encabronaba con Numancia, bajaba la maleta de lo alto del escaparate, la llenaba precipitadamente con su ropa, la cerraba de golpe –un golpe seco de ataúd– y se iba dando un portazo. Joaquín se quedaba llorando, viendo los percheros vacíos de Coliseo que quedaban dentro del escaparate. Nunca le cabían dentro de la maleta a reventar, así que los dejaba allí colgando, como las costillas yertas y descarnadas de un esqueleto sepultado en un sarcófago rococó.

En vez de venirle ahora con tantos desvelos, él hubiera preferido menos desavenencias entre Numancia y él, le habría gustado que se llevaran mejor, que no fueran tan intransigentes, ni tan egoístas, y que Coliseo nunca hubiera tenido que irse de la casa. A él le importaba tres pitos la «incompatibilidad de caracteres», esa frasecita de leguleya detrás de la cual siempre se escudaba Numancia. Si en verdad eran tan incompatibles, eso era algo que tenían que haber advertido antes –y no después– de traerlo a él al mundo. ¿Acaso no eran adultos cuando se conocieron en el Bar Palacio? Entre los dos sumaban por aquel entonces más de ochenta años. Joaquín era hijo de viejos. ¿Por qué no fueron más responsables antes de traerlo al mundo? Ya todas las atenciones, todos aquellos miramientos, llegaban tarde para Joaquín. Ya nadie podría quitarle toda la tristeza acumulada en el alma. Estos sentimientos no figuraban en un primer plano ni en su mente ni en su corazón, pero bullían en su fuero interno, insinuándose como una energía oculta actuando a la sombra cada vez más intensamente.

A Joaquín no le molestaba tener que esperar a que saliera Evangelina del inodoro para poder entrar él. Estaba acostumbrado desde niño. Lo que sí le daba pánico era tener que hacer una cola –seguramente en formación militar y con horarios de cuartel– para compartir con un hatajo de perfectos desconocidos un baño de Miramar. En el Solar de la Chancleta por lo menos todos los vecinos lo conocían desde que nació, allá en Miramar tendría que entablar nuevas amistades, y sólo de pensar en eso ya le entraba tremenda pereza.

—Los baños en Miramar tienen agua fría y caliente –seguía Coliseo con su matraquilla– y también hay piscinas. Y terrenos para jugar a la pelota, al balompié, al tenis… ¿Te imaginas eso, Comandante Veneno? Aquí tenemos que turnarnos para dar de cuerpo y hasta para cepillarnos los dientes –dijo señalando al inodoro y al fregadero del patio.–Allí los baños no tienen goteras ni las paredes están descascaradas y mohosas, allí todo está azulejeado. Allí no falta el papel higiénico. Allí impera la disciplina y la higiene.

Disciplina… Eso era precisamente lo que Joaquín más temía de la beca. Eso significaba más marchadera. Por mucho que Coliseo le dorara la píldora, lo de la beca de Miramar le sonaba a Reformatorio de Torrens. El «Reformatorio de Torrens» era un lugar odioso no sólo porque era el correccional con el que siempre estaba amenazándolo Numancia, sino porque además entrañaba dos veces el sonido hostil de la maldita doble erre. Esa beca de Miramar se le parecía cada vez más a una cárcel para menores camuflada de internado. La beca era un encierro, una uniformización, algo que atentaba contra la individualidad y –lo que era peor– un pupilaje que implicaba otro desgarrador alejamiento de la familia y del hogar.

Ya todo eso lo había sufrido en El Veneno, rodeado de extraños, de haitianos que practicaban el vudú, de alzados y milicianos que se batían a tiros en las lomas, entre curanderas y fantasmas, o jinetes sin cabeza, oyendo los silbidos de los sijúes plataneros que le ponían los pelos de punta cuando tenía que atravesar solito aquellos montes en medio de la noche. Ya bastante había tenido que trabajar allá arriba, recogiendo café con un catauro que era más grande que él, picando leña con un hacha que también era más grande que él, ayudando a los guajiros a cortar árboles, llevando los troncos con una yunta de bueyes hasta el aserradero que estaba en el río, cortando caña, sembrando o sacando yucas de la estancia, recogiendo habichuelas y café, ordeñando vacas en el corral, arreando las reses hasta el río para que abrevaran, secando al sol los granos de café o pilándolos en el fondo del tronco de un granadillo ahuecado con una mano de pilón que también era más grande que él.

Después de pasarse casi todo un año cargando agua desde el río hasta el bohío, siempre cuesta arriba, en un trayecto a pie de más de trescientos metros, ¿para qué quería pilas de oro en la bañera? Después de haber llevado tantos «viajes de agua», subiendo por aquel terreno escabroso, resbaloso, cargando una percha al hombro con dos latas de aceite de diez litros cada una, rebosantes de agua… ¿para qué coño quería los baños de lujo de Miramar? A él le bastaba la pila de cobre del patio de su solar. Una pila machucada, con la llave floja, de la que salía el agua más sabrosa de toda la Habana Vieja.

No quería saber nada de becas. Sólo tenía trece años y ya bastante había llorado en aquellas maniguas, extrañando a los suyos, echando de menos las potajadas de su abuela. Había sufrido recordando a sus amigos del barrio, añorando ir al cine Majestic con los mataperros para ver una película de Tarzán. Cada vez que le llegaba una carta de la Habana, se apartaba de los guajiros, para que nadie lo viera sollozar mientras la leía. Las cartas llegaban con semanas de retraso, y a veces nunca llegaban.

Coliseo y su hijo hablaban dentro del cuarto, pero en uno de los espejos del Luis xv se reflejaba el baño en el patio soleado. Era una caseta medio destechada tras el paso del último ciclón, con una puerta de madera desvencijada y un pestillo oxidado. Pero a Joaquín le parecía un retrete esplendoroso, porque en la Loma del Veneno había tenido que acostumbrarse a hacer sus necesidades a la intemperie. De noche hacía tanto frío en el bohío rodeado de neblina que no daban ganas de salir, así que él orinaba bajo techo en una botella vacía. En cuanto a dar de cuerpo, eso era aún más complicado. Como allí el terreno era muy accidentado, resultaba imposible encontrar una superficie llana. Salía al campo y se ponía en cuclillas, pero como allí todo era en declive, parte de los excrementos iban rodando cuesta abajo y al principio siempre se le manchaban las botas y los bajos del pantalón.

Cuando él regresó a la ciudad, ya empezaba a escasear el papel higiénico. Coliseo cortaba con una tijera los periódicos en octavos para luego clavar esas hojas en un clavo enorme que sobresalía de la pared del excusado. Como padecía de hemorroides, estaba obsesionado con su higiene anal. Pero a Joaquín esas resmas de papel entintado también le parecían todo un lujo. Porque en El Veneno ni siquiera había periódicos. Allí había que usar tusas de maíz. Siempre llevaba un par de mazorcas desgranadas en los bolsillos de campaña. Pero a veces se le olvidaba, así que tenía que coger lo primero que encontraba a la mano: una hoja de malanga, de yagruma, o un trozo de penca de guano. Si era de noche, no podía ver con claridad el yerbajo que cogía, y alguna vez tuvo la mala suerte de coger alguna ortiga. Así que se pasaba días enteros con urticaria allá atrás.

De modo que recordando todo eso, tampoco le impresionaba que en la beca de Miramar hubiera rollos de papel higiénico. Porque para él era poco menos que una bendición poder limpiarse ahora con un trozo del periódico *Revolución* donde aparecía Gagarin sonriendo, o donde se podía leer: «SOBRECUMPLIDAS LAS METAS DE PRODUCCIÓN EN LA INDUSTRIA LÁCTEA».

Pero Coliseo no se daba por vencido tan fácilmente, y del tema de la beca pasó al espinoso asunto del uniforme raído de Joaquín. Empezó a recriminarle que ya todos los brigadistas, menos él, se habían pelado. Noventa y cinco mil setecientos setenta y seis alfabetizadores se habían quitado aquel uniforme, excepto él. Todos habían vuelto a vestirse de civil quitándose los collares, reintegrándose en la normalidad. La inmensa mayoría de aquellos muchachos y muchachas aceptaban de buen grado la famosa beca de Miramar, todos recibían alegres aquel telegrama. Únicamente él se obstinaba en prolongar y eternizar aquella Campaña de Alfabetización, negándose a aceptar que se había acabado, como si intuyera que con ella terminaba algo esencial, una especie de encantamiento.

¿Beca para qué?, refunfuñaba el ex Comandante Veneno en la azotea. Ya él había estado diez meses becado en la Sierra Maestra. Ahora le tocaba descansar. En cuanto al uniforme y el pelo largo, demasiados sacrificios y demasiada hambre le habían costado ganarse aquella melena, ese traje de brigadista y los collares para que ahora vinieran a quitárselos así como así. Aquellos eran sus trofeos. Ese uniforme era su disfraz más auténtico, el de más larga duración, el único que había escogido voluntariamente, el único que se había ganado de verdad.¡Ni a jodidas pensaba quitarse el uniforme por muy mugriento que estuviera! ¿Y a él qué coño le importaba que la campaña de alfabetización ya se hubiera acabado, como argumentaba su padre? La guerra contra España también se había terminado hacía más de medio siglo y, sin embargo, el capitán Abelardo nunca se había quitado su uniforme de mambí. Ni siquiera se lo quitaba para dormir. Aquel veterano que siempre estaba borracho había muerto el año pasado, durante la ausencia de Joaquín, y según le contaron lo habían enterrado con su uniforme raído y sus medallas. Si Abelardo jamás se separaba de su machete oxidado, él tampoco iba a quitarse del cinto su glorioso cuchillo de ferretería mellado.

A pesar de que corría el mes de febrero, el sol caía a plomo haciendo reverberar las baldosas rojas de la azotea. En el suelo podía freírse un huevo. A partir de las doce el solar se convertía en solario. Era la hora más peligrosa para Joaquín porque aumentaba el riesgo de insolación. Tenía que cambiarse de sitio. Por suerte se sabía de memoria la evolución de las sombras en aquella terraza. Hora por hora. Gracias a un par de edificios altos situados en las inmediaciones, siempre había alguna sombra alargándose en algún rincón.

Casi toda su infancia se la había pasado con insolación. Y todo por culpa del amor que su padre le profesaba a las pocetas del malecón. Cuando todavía no había cumplido un año, Coliseo lo llevaba a la primera poceta que había bajando la escalera de piedra. Era la menos profunda y se llamaba «Los Pollitos» porque allí llevaban los padres a los niños de meses. Joaquín aprendió a nadar en «Los Pollitos» antes que a caminar. Al lado de «los Pollitos» estaba la «Cueva de la Bruja», una oquedad medio submarina producida al parecer por la erosión. En esa gran caverna las olas golpeaban constantemente, excavando en las rocas, penetrando en la ciudad por debajo de la tierra, y algunas noches se oía allí un aullido como de lobo. Decían que eran los gritos de una bruja que los españoles habían ahogado allí siglos atrás.

Cuando su hijo creció un poco, Coliseo lo sacó de «Los Pollitos» y lo puso a nadar en la «Cueva de la Bruja», para que le perdiera el miedo a esa gruta. Al cabo de un tiempo, lo trasladó a otra poceta más honda –«La Cachimba»–, para que aprendiera a bracear y a aboyarse. Luego venían otras pocetas, cada vez más profundas, como la «Veintiuno». Decían los vecinos más viejos que las pocetas eran las canteras de donde los españoles habían extraido las piedras para construir los castillos, los palacios, la muralla y la catedral.

Pasar de una de estas «piscinas» a la siguiente era como pasar de grados en la escuela. Si los «Pollitos» era el kindergarten, la «Veintiuno» era el sexto grado. A veces su padre lo cargaba en peso y lo arrojaba al otro lado de la poceta, mar afuera, adonde no daba pie. Entonces hacía bocina con las manos, y le gritaba: «¡Cuidado, ahí viene el tiburón!». El niño se asustaba tanto que, más que nadar, corría sobre las aguas, mejor que Jesucristo.

Joaquín era «pichón de gallego», tenía poca melanina, era casi tan blanco como un pomo de leche aunque sin llegar a ser albino. Después de media hora en aquel cementerio de esqueletos de coral, se ponía rojo como una langosta a la bordelesa cocida a fuego lento. Durante horas se tostaba al sol sin sombrero, sin gafas oscuras, sin cremas protectoras. Su padre no compraba *Coppertone,* bien porque era muy caro, bien porque ignoraba su existencia. El hecho es que Joaquín admiraba en secreto a los negritos, porque con su piel, de suyo tan carbonizada, ni se enteraban de lo que era una insolación. Los negros y los trigueños eran inmunes a aquel sol como un soplete de acetileno perforando el azul del cielo, un chillido de luz, una ráfaga de fuego quemando las nubes que se derretían, pegajosas, como algodón de azúcar.

Obsesionado con el sol, Joaquín llegó a pensar, durante algún tiempo, que las cuarterías donde vivían los mataperros como él se llamaban «solares» por la cantidad de rayos solares que irrumpían en sus patios. Así que encima de padecer insolaciones, había nacido y estaba condenado a vivir en un jodido solar que era como un solárium.

De la insolación a la salación no había más que un paso. La peor insolación es la que proviene de la mar salada. La sal, el sol: mala combinación. El sol reverberando en un espejo de sal, o en el salao patio de un solar. Nada es tan insular como una insolación. En Cuba todo es solar solarizado. .

En el lenguaje habanero la palabra «solar» ha sobrevivido como una reminiscencia meramente fonética de lo que alguna vez fuera la «casa solariega», o sea, la más antigua y noble de una familia. El significado original de esa voz se trastocó cuando los aristócratas abandonaron sus palacios que pasaron a ser habitados por los más pobres. Por inercia, o por pereza, todos seguían llamándole «solar» a algo que se había convertido más bien en todo lo contrario. Paradójicamente, ahora «solar» significaba el lugar donde vivían los «solariegos», es decir, «la chusma» y «los maleantes».

Así, tanto «solar» como «solariego» eran voces que habían sufrido en la isla una quemadura de segundo grado, una ligera inflamación, una insolación lexical. El solar era como una corrala con patio principal donde tenía lugar una incesante tragicomedia que fluía como la vida misma. Los solares de la Habana no tenían blasones en las fachadas. En vez de escudos de nobleza, estaban blasonados con palanganas y tendederas llenas de ropa en sus balcones, sin contar la heráldica de las telarañas que medraban en las vigas, los enmarañamientos de cables eléctricos que salían de los contadores de la luz reptando por las paredes, zigzagueando a lo largo de las escaleras, hasta coagularse en racimos de gutapercha que colgaban de los techos.

A pesar de todo eso, en ciertos solares aún quedaban algunos vestigios de un antiguo esplendor, cierta majestuosidad que aumentaba en contraste con tanta cochambre. Aquí y allá todavía asomaban destellantes vitrales, algún pasamanos de mármol, guardavecinos entre los balcones, rejas elegantemente forjadas, vasijas de cerámica vidriada coronando las esquinas de las azoteas, cenefas que afloraban a lo largo de los muros cuando se desconchaban las capas de lechada acumuladas, suelos de mosaicos con motivos geométricos o botánicos, la mayoría rajados; aldabas con cabezas de león o delicadas manos de mujer sosteniendo manzanas de bronce.

De niño él había llegado a pensar que sus vecinos negros eran blancos que se habían puesto así, renegridos, de coger tanto sol en los patios de los solares. Si él seguía achicharrándose, tiznándose con el sol de las pocetas, ¿se pondría negro también algún día?

Lo peor era que Coliseo no se enteraba de las consecuencias de estas prolongadas exposiciones al sol. Primero, porque él era trigueño y su piel resistía el asoleamiento, de modo que pensaba que el sol no le hacía daño a nadie. Segundo, porque casi nunca compartía domicilio con su hijo. Pasaba a recoger al niño, lo llevaba a las pocetas un día entero, y luego hacía mutis por el foro para reaparecer al cabo de una semana o diez días. Así, pues, no se enteraba de nada.

Joaquín regresaba de las pocetas sudando sal como un calamar. Literalmente salado. Cada insolación era una salación en sentido recto y figurado. Regresaba a casa cojeando por culpa de los erizos que se le clavaban en los pies, y además venía con las orejas, el pelo y el culo llenos de arena. Enseguida empezaba a despellejarse: primero la nariz, luego la espalda donde el sol con sus flechas incendiarias le levantaba ampollas. Los hombros y el pecho se le llenaban de erupciones.

Algunas insolaciones llegaban a ser tan graves que pasaba días sin poder caminar porque se le ampollaban los empeines. La piel se le ponía tan tirante en los pies que cada vez que intentaba dar un paso recibía un latigazo de dolor.

Ajeno a todo esto, Coliseo abría los brazos frente al mar, como si quisiera abarcar el mundo entero, y le gritaba a su hijo: «¡respira, respira el yodo del mar!». Pero a Joaquín no le entraba el yodo por los pulmones, sino por los pies cuando más tarde Numancia le pasaba un algodón enchumbado en esa tintura con la esperanza de que hiciera salir las púas de los erizos que le acribillaban las plantas. De nada servían sus tenis *US Keds*. Las púas de los equinodermos traspasaban incluso las suelas de goma. Su madre le echaba el desinfectante mientras soplaba y susurraba: «sana, sana, culito de rana». El niño siempre tenía las plantas teñidas como esas caligrafías de henna que decoran los pies mahometanos.

Viéndolo tan quemado y tan lleno de ronchas, la modista primero pensó que ese eritema solar era simple sarampión. Luego creyó que era varicela o sarpullido. Más tarde se preguntó si no sería la rubeola.

Y por último, viendo que las erupciones cutáneas no cesaban, supuso que era escarlatina. Pero, en cualquier caso, siempre se contentaba con entalcarlo de la cabeza a los pies dejándolo rebozado como un bistec empanizado. O bien le ponía compresas de agua con vinagre en los empeines completamente abrasados por el sol.

En cambio, la abuela Polenta tenía otra técnica. Decía que aquellas calenturas solares se le quitaban cubriéndolo con una sábana mojada. Y así lo tenía, sentado a la sombra, amortajado de arriba a abajo, como una momia ensopada. Incluso su vecina Evangelina, a escondidas de Numancia, le restregaba a Joaquín la espalda con hojas de escoba amarga cuando tenía fogajes y picazón, confundiendo con un impétigo o herpes, o sarna, lo que no era más que pura insolación.

No era que su padre se empeñara en martirizarlo llevándolo a las pocetas. Simplemente quería que se entrenara en la lucha y en la natación con los negritos más pendencieros del Barrio de Colón que eran los que más frecuentaban el litoral. Soñaba con convertir a Joaquín en una especie de Tarzán o en un Johnny Weissmuller, quería que fuera boxeador como Rocky Marciano. Le llamaba «campeón», «aguilucho»…

Los grandulones del Solar de la Chancleta y de otras cuarterías anexas tenían pesas en las azoteas adonde Coliseo subía con Joaquín para que se fuera familiarizando con los «hierros». Allí lo ponía a hacer *dumbbell*, primero con unas mancuernas pequeñas, luego más grandes. Incluso llegó a comprarle un *puching–bag* de tamaño infantil. Más tarde lo inscribió en un gimnasio para que practicara judo después de que cayera en una encerrona de los pandilleros de Colón que le dieron tremenda mano de golpes.

Diríase que lo estaba preparando para un combate infinito, pero en secreto su plan era alejarlo de las funestas influencias de Numancia y de su hermano el decorador de vidrieras con sus maniquíes, sus lazos, sus moñas, sus bibelots. Para conseguirlo, nada mejor que mezclarlo con los niños más solariegos de la barriada, incitándolo a competir con ellos no sólo en natación, sino también fajándose con ellos por gusto, sólo por el placer de rivalizar en fuerza y arrojo.

Mientras tanto, Joaquín seguía yendo a las pocetas, deslumbrado por el reflejo del sol en el espejo del mar, sintiendo que todo a su alrededor se difuminaba. Los contornos de las cosas se evaporaban. Él mismo se esfumaba. Cerraba tanto los ojos para impedir que el sol lo cegara que cuando los abría recibía un relumbrón enceguecedor.

En su cuarto oscuro improvisado en el laboratorio de una botica, Coliseo experimentaba a veces haciendo lo que él llamaba «solarizaciones». Era una técnica mediante la cual se invertían los márgenes de luz y sombra de las fotografías. Las instantáneas de Joaquín solarizadas emergían de las cubetas como ectoplasmas de hidroquinona. Y así mismo salía él de las pocetas, chorreando tiosulfato de sodio, como una imagen reverberante surgiendo del fondo de la cubeta de revelado. Sumergido en una disolución de nitrato de plata, emergía fulgurante, envuelto en vapores de yodo, impregnado de bromuro, fijado con sal, para ser inmediatamente secado por un viento solar.

La azotea donde Joaquín se escondía de su padre parecía una goleta con tantas sábanas infladas por el viento. Toda la calle estaba llena de azoteas con tendederas, como un clíper desplegando sus oriflamas y banderolas al viento. No en vano Numancia siempre estaba comparando la Loma del Ángel con un barco cabeceando en medio de una tormenta. Según soplaran los terrales o las brisas, las camisas y los pantalones colgados se levantaban en el aire y volvían a caer desmadejadamente, como fantasmas llorando lágrimas de almidón.

A lo mejor, pensó Joaquín, su padre estaba tan encabronado últimamente por las curas de caballo del postoperatorio. Le daba pena decirle que «no» a su padre, pero no le había quedado más remedio. Tenía trece años, pero ya no era un niño. No en balde, lo primero que hizo Numancia cuando él bajó de las montañas fue darle un juego de llaves: una de la puerta de la calle y otra del cuarto. Si ya podía regresar a casa a cualquier hora de la noche –como le dijo ella– entonces ya podía decirle que no a la beca de Miramar. Aquel era el tercer no que le daba a su padre en menos de un año. Sin saberlo, ese tercer no, le confirió una especie de mayoría de edad.

Ya había entregado un año de su vida «a la causa», como se decía. Ahora sólo quería que lo dejaran en paz, entre otras razones porque esa beca llegaba en una etapa de la revolución que a él empezaba a parecerle más bien gris. Aquello ya no era lo mismo que al principio, todo estaba pasándose de rosca. Aunque Joaquín no tenía edad para comprender lo que estaba sucediendo a su alrededor, notaba que algo primordial había cambiado en el ambiente. Muchas personas pensaban que la revolución se contentaría con derrocar a Batista, darles tierras a los campesinos más humildes, alfabetizarlos, y poco más. Pero aquello estaba yendo demasiado lejos, ya «pasaba de castaño oscuro», como decía Numancia. Muchas cosas habían cambiado drásticamente en la ciudad durante los diez meses que él estuvo ausente. Otras simplemente habían desaparecido. Cada día que pasaba él iba detectando poco a poco todas esas transformaciones radicales. El primer cambio lo había notado hacía un mes y pico, en La Flor Asturiana.

10.

La loma desangelada

Cuando Joaquín Iznaga regresó de las montañas, después de soltar la mochila, besar a su perro y a sus padres, lo primero que hizo fue bajar a tomarse un refresco en La Flor Asturiana, la bodega de la esquina de su casa.

En la Loma del Veneno bebía exclusivamente agua del río, casi siempre turbia, o enfangada, con guajacones y gusarapos que a veces se tragaba sin querer. Si la sed lo sorprendía lejos de un río, trepaba a un jobo y se bebía el agua de lluvia depositada en los curujeyes. Así que después de tanto tiempo sin probar un refresco, estaba loco por tomarse una Coca-Cola que sudara frío.

Pero al entrar en la Flor Asturiana sintió que todo allí era más pequeño. La barra de caoba estaba más baja de lo que él recordaba, como si la hubieran serruchado a ras del suelo. Las dimensiones de la victrola frente a la que su hermana bailaba rock and roll también parecían haberse reducido. Todo se había enanizado, como si él fuera Gulliver llegando a Liliput. En realidad, todo seguía igual, sólo que él había dado un estirón con tanto ejercicio físico en las montañas.

Joaquín pidió una Coca Cola. El bodeguero –que lo había visto nacer– lo miró acongojado: «¿Una Cocaqué?», y esbozó una sonrisa que era más bien una mueca de conmiseración. No había Coca Cola. Tampoco Pepsi.

Después de tanto tiempo en la Sierra Maestra, Joaquín no había reparado en el hecho más que probable de que aquellos refrescos «imperialistas» –como se decía ahora– ya no se vendieran en la isla. En la remota loma del Veneno no había bodegas ni tiendas, no llegaban las noticias de los cambios en el resto del país. En realidad él venía de otro planeta, era un guajiro de monte adentro aterrizando de pronto en la Habana.

Los estantes de la bodega ya no estaban repletos de latas de conserva como él los recordaba. Los anaqueles de los licores estaban desiertos como si las botellas hubieran sido arrasadas por un ciclón. Asomado a la barra –ahora que podía acodarse en ella sin tener que empinarse–, Joaquín constató que del otro lado del mostrador, el barril de la manteca estaba más vacío que el bostezo de un muerto. Tampoco se veían sacos de arroz, ni de frijoles, como antaño. El año pasado, antes de irse a alfabetizar, él había oído decir por el radio que toda la manteca vendría de la U.R.S.S. y también que el gobierno revolucionario estaba cebando un millón de cochinos, así que habría grasa de sobra. ¿Dónde estaban esos cochinos, dónde esas toneladas de manteca?

Joaquín se dijo, «bueno, pediré algún refresco cubano». Pidió una Salutaris. Pero, para su asombro, el bodeguero lo miró como si fuera un bicho raro: «tampoco hay». Joaquín observó que de las vigas del techo ya no colgaban longanizas de chorizos, ni salchichones, ni ristras de ajo, ni patas de jamón, ni pencas de bacalao salado como hasta no hacía mucho tiempo.

–¿Y Materva? ¿No tienes una Matervita?

–¡Qué va!… ni Royal Crown, ni Ironbeer, ni Cawy, ni Jupiña, ni Nao Capitana… Si quieres, te puedo dar un vasito de agua –dijo el asturiano sacándose un lápiz de detrás de la oreja y rascándose la cabeza con la punta de grafito.

Joaquín miró de reojo la parte del mostrador reservada a las mil chucherías que tanto habían endulzado su niñez, pero al ver que la vitrina estaba vacía, ya ni siquiera se atrevió a preguntar. Allí faltaba una alegría, se echaba de menos el estallido multicolor de las envolturas de las golosinas. En más de un aspecto, él seguía siendo un niño, así que la extinción de los peters de chocolate o de los boniatillos le dolía más que la desaparición de los chorizos o de la manteca. En aquella cristalera ahora brillaban por su ausencia los

M&M, los bombones de licor, las naranjitas confitadas, las chambelonas, las crujientes africanas, los chicles, los rompequijadas de a quilo. En la Loma del Veneno a Joaquín se le hacía la boca agua recordando todos esos dulces. Allá arriba, a veces, conseguía desgajar algún anón, algún mango; de postre, solía comer larvas de avispas, pero eso no impedía que siguiera soñando con las golosinas de su infancia. Así que ¿cuál no sería su frustración al comprobar que allí no quedaba ni una sola botellita acaramelada rellena de anís, ni un salvavidas de menta, ni galletas Gildas, ni siquiera un cucurucho de maní garapiñado? También se habían volatilizado los «besitos de chocolate» –que eran como pezones de negra envueltos en papel de plata–, ya no había «mojones de negro» –que eran unos cilindros alargados, más o menos fusiformes, hechos de coco rallado teñido con azúcar prieta– ni tampoco «mojones de blanco», que eran lo mismo, pero hechos con azúcar blanca.

Entonces activó un mecanismo de adaptación, como si le diera a un interruptor de la luz en lo profundo de sí mismo. Si en el Veneno no había chucherías y aun así había sobrevivido, ¿qué importancia podía tener que ahora en la Habana no las hubiera? Era su manera de adaptarse. Olvidarse de todo ese inventario de colores, sabores, texturas y fragancias, desistir de recuerdos tan entrañables equivalía a renunciar a su niñez. Pero no tenía elección. Estaba condenado a dejar de ser niño antes de tiempo. Tenía que envejecer prematuramente y a todo tren. Aún no había cumplido los catorce años y ya tenía la memoria encasquillada por los recuerdos.

El suelo de la bodega estaba sucio, ya no lo alfombraba el fragante aserrín. La escupidera había desaparecido. No había nadie jugando al cubilete en la barra pulimentada con el buqué de rones añejos. Nadie bebiendo palmita, ni bailando. Antes, en cada esquina de aquel barrio había una bodega, y en cada bodega, una rumbantela. Joaquín se acercó a la victrola cuyas luces de neón estaban apagadas, al igual que la guirnalda de bombillitos de colores que antes iluminaban el altar con la Caridad del Cobre colocado encima del tocadiscos. El pequeño nicho acristalado practicado en la pared seguía allí, pero la virgen junto con sus flores de plástico había desaparecido como por arte de magia.

Buscó en el teclado del aparato la combinación B–5. Sabía que allí estaría *Venus*, la canción que le hacía soñar con Doris antes de irse a alfabetizar. Pero el disco de Frankie Avalon ya no estaba allí. Por curiosidad, siguió buscando en el listado de canciones cuyas carpetas antes se abrían entre reflejos iridiscentes y descubrió que ya no había ningún disco de Elvis Presley, ni de los Platters, ni nada que oliera a americano. Todos eran ahora cantantes proscritos, igual que los refrescos.

Aquel tocadiscos de reflejos cromados, con su cristal abombado y sus luces de colores, marcaba antaño el compás de la esquina y, por extensión, la cadencia de todo el barrio, incluyendo la manera de andar de la gente. ¿Qué había sido del ritmo de aquella esquina, adónde había ido a parar el neuma de toda la ciudad? Su hermana Socorro ya no bailaba rumba ni rock and roll –ni allí, ni en ningún otro lugar–, ahora marchaba con las Milicias, con una cantimplora a la cadera que iba sonando hueca, como campana sin badajo.

La victrola ya era una pieza de museo. La habían desconectado, tal vez estaba rota. ¿Y dónde estaban todos los asiduos que antes bailaban allí y en otras esquinas no sólo rock and roll sino también boleros, danzones, cha–cha–chás, rumbas y mambos? Estaban afuera, en la acera, en fila india, marcando el nuevo paso que se había apoderado de la ciudad, una lenta cadencia hasta hace poco inédita: el ritmo soñoliento, sonambúlico, de las colas.

Antes, por cualquier motivo –y no sólo en carnavales– la gente se ponía en fila, los de atrás colocando las manos en las caderas de los de alante, formando un trencito, y empezaban a bailar a ritmo de conga. Pero, últimamente, del paso de conga se había pasado al paso de cola, no sin antes transitar por las ineludibles marchas militares a modo de transición. Del «uno, dos y tres, qué paso más chévere, qué paso más chévere, el de mi conga es...» se había pasado al «un, dos, tres, cuatro, comiendo mierda y rompiendo zapatos». Y de ahí, se había saltado al marasmo de las colas, al alarido que ahora se oía en todas partes cada dos por tres: «¿quién es el últimooooo?» Esa pregunta, gritada a voz en cuello, se había convertido en la palabra de orden, en el santo y seña de la vida cotidiana.

Casi todos los vecinos estaban allí, de pie, esperando durante horas, pacientemente, a que llegara algún camión cargado con cualquier mercancía: arroz, leche condensada, un poco de frijoles negros, aceite, detergente... A veces avanzaban pasito a pasito y otras permanecían sin dar ni un paso, estáticos y como clavados en las aceras. Era el mundo al revés, porque hasta no hacía mucho los bodegueros esperaban ansiosamente a que los clientes vinieran a comprarles sus mercancías mientras que ahora eran los clientes quienes tenían que esperar a que el gobierno mandara un camión con algunos víveres para ser repartidos en la bodega. Todo estaba patas arriba... ¿no decía Coliseo que revolución venía de revolver?

De pronto Joaquín descubrió que había otra cola en la esquina de enfrente, donde estaba la carnicería del gallego Máximo, quien por cierto era medio abuelastro suyo. Más aún le sorprendió ver otra cola en el puesto de frutas del chino. Y un poco más allá, en la panadería La Catalana, crecía otra bulliciosa hilera de personas. Al final de la cuadra, en La Moneda de Oro, divisó otra interminable fila de vecinos, todos con jabas en las manos.

Estaba rodeado de colas. No había Coca-Cola, ni Pepsi-Cola, pero sí muchas colas. A Joaquín no se le había quitado la sed con el vasito de agua que le había dado el asturiano. Así que se dirigió a la guarapería de Cheo, a cuatro zancadas de allí. Cuando pasó por la carnicería de Máximo, le extrañó no ver allí a aquel gallego cascarrabias que era medio novio de Polenta. Dentro de la carnicería no había nadie. Afuera había una cola como de quince personas a pesar del cartel que colgaba de la reja: «no hay carne hasta próximo aviso».

A través de los barrotes plateados vio el hacha clavada en el tajo. El tocón sobre sus tres pies impregnado de sangre reseca indicaba que hacía tiempo allí no se picaba carne. De los ganchos ya no colgaba ninguna res abierta en canal. Alrededor de la balanza zumbaban un par de moscas. El local, totalmente revestido de mosaicos blancos, parecía un quirófano, y tanta blancura no hacía sino aumentar la sensación de vacuidad que emanaba de allí.

Seguro que con Cheo podría tomarse un buen vaso de guarapo, pensó. Un vaso con hielo frapé y unas goticas de limón. Caña de azúcar era lo que sobraba en aquel país. Pero al entrar en el timbiriche lo primero que vio fue el trapiche apagado, yerto, como un cadáver de hojalata.

Al igual que en la bodega, las estanterías estaban vacías. No había masarreales, ni matahambres, ni aquellos pasteles de guayaba tibios, derretidos por dentro, con los que tanto había soñado en la Loma del Veneno. No había guarapo. «No está llegando caña», bostezó Cheo mostrando el único diente que le quedaba en la encía superior.

Joaquín no entendía nada. Coliseo siempre decía que «Cuba era la azucarera del mundo». La caña no venía importada de Estados Unidos, de modo que no podía estar sometida a las vicisitudes del «bloqueo» norteamericano del que todo el mundo hablaba como el origen de todos los males. La batidora dormía ociosamente sumida en su satinado esplendor metálico. Tampoco había batidos de mamey ni de trigo. Ni siquiera había abejas revoloteando por allí, como antes.

El guarapero le explicó que cuando por casualidad llegaban algunas brazadas de caña, venían raquíticas y estaban avinagradas. Lo peor era que cuando había cañas, entonces no pasaba el camión del hielo, y si había hielo, entonces no había cañas, y así sucesivamente. En cuanto a los mameyes, los mangos y los limones, se habían evaporado como si fueran frutas exóticas importadas de algún país de nieve.

La carnicería y la guarapería estaban pegadas una al lado de la otra. De pequeño, Joaquín intuía el contrapunto que se establecía entre la sangre goteando en el tajo de Máximo y el jugo de la caña que espumeaba al lado, en la máquina de moler de Cheo. Sangre y guarapo. La oposición entre lo salado y lo dulce, entre el dolor y el placer. O entre las moscas y las abejas. Cada vez que Máximo descargaba un hachazo, Cheo empujaba una caña larga como una lanza introduciéndola en el agujero del trapiche para exprimirla y sacarle su jugo. Máximo era un gallego aplatanado, si bien nunca se quitaba la boina, mientras que Cheo era un criollo rellollo, con su machete y su sombrero de yarey.

El trapiche era un artefacto dotado de cilindros dentados. Ocultos en sus entrañas, esas mazas giraban horizontalmente dejándose adivinar a través del orificio por donde entraba la caña, como si aquel ingenio en miniatura fuera una vagina provista de dientes triturando el dulce falo que la penetraba. Tenía dos orificios: uno de entrada y otro de salida, igual que una mujer. Cuando Cheo empujaba la caña por la vagina dentada, por la canal de cobre que había debajo salía una especie de esperma espumosa, burbujeante. En cierta forma, el trapiche ordeñaba la caña sacándole su leche secreta. Ese caldo verdiplateado se derramaba en una jarra de peltre con la que Cheo servía el guarapo a sus clientes mientras las abejas perforaban el aire.

Antes de que llegaran los Reyes Magos, la pulsación más secreta de la Loma del Ángel emanaba de la victrola de la Flor Asturiana, de la carnicería de Máximo y del trapiche de Cheo. Los hachazos del carnicero, el crujido de las cañas estrujadas y las melodías que salían de la gramola dominaban aquella calle, marcaban un compás, entremezclándose en una respiración polifónica. A estas sonoridades se sumaban otras como un telón de fondo: los tamboreos de los negros en los solares y el latido de los carros que desfilaban durante los carnavales por el Paseo del Prado, o por el malecón, siempre tocando el claxon: pá–pá–papá–, en un ritmo de tres por cuatro. Esas máquinas americanas, larguísimas, tenían formas ligeramente abombadas, interplanetarias, al estilo del cohete de Flash Gordon. A veces bajaban por la Loma del Ángel a millón, ¡fiuuuuú!

De buenas a primeras, todos esos compases conjugados habían cesado en la esquina donde nació Joaquín. Tampoco se oían rumbas de cajón, ni se cantaba ni se bailaba guaguancó en los patios de las casas de vecindad. La mayoría de los rumberos habían dejado los tambores para irse a marchar con las milicias o estaban por ahí perdidos, «en un lugar de Cuba» –como decían algunos para darse importancia añadiéndole a cualquier misión militar un matiz de secretismo que sonara más trascendental– o bien estaban estudiando técnica de cohetería en Moscú. Otros cumbancheros estaban combatiendo en la Sierra del Escambray, donde al parecer había cada vez más alzados.

Era como si la calle Cuarteles estuviera acuartelada. Y no sólo ésa, sino todas las calles de la ciudad por las que se veían montones de milicianos armados de pepechás chinas o con metralletas checas cuando salían de pase de sus acantonamientos. De vez en cuando, por la Loma del Ángel, bajaba un camión lleno de milicianos de ambos sexos cantando himnos o bailando alguna conga improvisada encima del vehículo: «¡somos socialistas, pa'lante y pa'lante, y al que no le guste, que tome purgante!».

Las costumbres más ancestrales de la barriada habían sido sustituidas por la nueva rutina de las perennes colas. Salvo algún alboroto entre los coleros, la gente parecía resignada ante esa nueva realidad. Joaquín no salía de su asombro. Por otra parte, la euforia popular de los primeros tiempos también había disminuido considerablemente. Al principio muchos pensaron que todo aquello de la libreta y las colas sería transitorio, una contrariedad pasajera para paliar una escasez provisional, pero aquello amenazaba con prolongarse hasta el día del Juicio Final.

Había en la gente algo así como una aquiescencia ponzoñosa, tal vez debida a la vergonzante convicción de haber sido engañados. Todo había empezado con una gran mentira. En uno de sus primeros discursos el Rey Mago Principal había afirmado que la revolución era «verde como las palmas», también había prometido elecciones, pero muy pronto se vio que no eran más que falsas promesas para ganar tiempo. A nadie le gusta que le tomen el pelo, y menos aún confesar que se ha dejado engañar. Ahí radicaba una de las claves de la supuesta adhesión popular al régimen. Muchos ya sabían que habían caído en una trampa, pero por la negra honrilla, por no dar el brazo a torcer, optaban por apechugar con aquello. Lo cual fomentaba una doble moral: la mayoría de los que iban a los mítines para aplaudir, más tarde, en la casa, protestaban (en voz baja) por la escasez de alimentos o de ropa…

Ajeno a esas contradicciones, sinsabores y reconcomios de los adultos, el ex Comandante Veneno lo veía todo desde una perspectiva si se quiere más dramática, debido a que durante una larga temporada había estado ausente. Al regresar, como caído de un limbo, descubría todo aquello de sopetón y en toda su crudeza.

De vuelta a la ciudad, Joaquín descubrió que aquel ya no era su barrio. No sólo la bodega, la guarapería y la carnicería habían cambiado, sino que todo había experimentado una serie de profundas transformaciones al parecer irreversibles. Le habían secuestrado el escenario de su infancia. Era como si, al retornar del extranjero, se hubiera equivocado de rumbo desembarcando en otra ciudad; como si un prestidigitador –por arte de birlibirloque– le hubiera escamoteado su Habana Vieja tal y como él la recordaba suplantándola por un paisaje ajeno.

En cierto modo se sentía un forastero en su propio barrio. Sí, allí estaban sus padres, su hermana, su abuela, su perro; los edificios y las calles seguían estando en el mismo lugar, así como las antiguas fortalezas o el mar, y sin embargo, ya nada era igual. La Loma del Ángel ahora estaba desangelada. Se identificaba ya tan poco con ella que ni siquiera tenía ganas de recorrerla, le bastaba con verla desde lo alto de la azotea.

Allá abajo estaba el nuevo paisaje de las colas culebreando por las aceras, desbordándolas, doblando en las esquinas, dándole la vuelta a las manzanas, multiplicándose en los portales, internándose en los callejones, reptando por la Loma del Ángel hasta formar un nudo gordiano al pie del campanario de la iglesia.

Antes allí se hacía una sola cola al año: la de los mataperros el día de Reyes para recibir los regalos de la Primera Dama. Ahora había que hacer cola para todo, en todo momento y en todo lugar, lo mismo para comprar un alfiler que para comprar un pan.

Una sombra acústica se cernía sobre la barriada haciendo que desaparecieran hasta los pregones. Por la Loma del Ángel ya no bajaba el billetero que antes voceaba versos surrealistas como «puta con marinero», «la piedra fina y la monja», «toro con corbata», «la mariposa y la viuda», «el Majá navegando»… Su abuela Polenta era muy supersticiosa, y si soñaba con un caballo, jugaba el 1 a la charada china, si soñaba con una mariposa, apostaba al número 2. Nunca ganaba gran cosa, pero se divertía con aquellas metáforas. «Anoche soñé con un gato caminando por el tejado», comentaba e inmediatamente concebía una combinación de números de la suerte. Soñaba con un diamante y corría al puesto de apuntaciones de la bolita: «¡La piedra fina, el veinticinco!».

Pero ahora todos los juegos de azar estaban terminantemente prohibidos. Así que soñara con lo que soñara, ya no podía jugar. Joaquín echaba de menos a aquel negro flaco y largo, con un gran número mágico enganchado en su sombrero de paja estilo canotié, y una tabla al hombro llena de números de colores rotulados en cartones rectangulares.

Por la Loma del Ángel tampoco bajaba ya el lechero con su carro, dejando litros en las puertas cada amanecer. Tampoco bajaba aquel señor que cambiaba pirulíes por botellas vacías. Los caramelos venían clavados en una larga caña de bambú que él sostenía en alto haciéndola girar como si fuera el farolero de una comparsa. Tampoco bajaba por allí el hombre empujando una carretilla que aullaba: «¡Estiiiiiro bastidores, para niiiiños y mayores!», ni el manisero con su lata caliente, que tenía debajo una candelita que se veía de lejos, y cuya copla decía: «¡No hay amor como el de madre, ni maní como el de Acetolia!». Ya no bajaba por aquella calle el amolador soplando su flauta, abejeando el aire con las notas de un alegre arabesco. Las amas de casa corrían detrás de él empuñando cuchillos como ninfas enfurecidas o seducidas por la siringa de un fauno. En cuanto Joaquín escuchaba esa melodía bajaba corriendo con las tijeras de Numancia para que las afilaran. Le encantaba ver al amolador pedaleando mientras la piedra giratoria despedía chispas. Un chisporroteo de oro viejo, como arrancado a la Lámpara de Aladino. Ya no bajaba por la Loma del Ángel el vendedor de prú oriental con sus botellas oscuras atadas con ariques, ni el heladero de «Guarina» con su carrito que era un temblor de campanillas, ni tampoco el tamalero: «¡tamaaales, pican y no pican!».

Por la Loma del Ángel ya no bajaban los voceadores de periódicos ni los vendedores de muñequitos. Tampoco bajaban los que repartían la prensa en bicicletas. Pasaban como relámpagos tirando periódicos enrollados a los balcones con increíble puntería. Ya no bajaba el churrero con su carrito humeante. Ya ni siquiera se oía por la noche la voz del sereno, que parecía un carcelero con aquel mazo de llaves colgando del cinturón. También había desaparecido el eco de los cascos del caballo que pasaba por la calle tirando del carretón del carbonero. Ya no bajaba por la cuesta el equilibrista disfrazado de payaso, montado en zancos, que vendía globos. ¿Dónde se habría metido el chinito de los merengues? Bajaba por la loma con un ataúd de cristal encima de la cabeza. La cristalera era más grande que él y estaba llena de dulces. El chino gritaba: «¡duche, maní ajonjolí, duche!». Entraba en los solares y hasta subía las escaleras con aquella urna a la cabeza.

¿Adónde habían ido a parar el melcochero, el vendedor de durofríos, el que vendía raspaduras, el mamoncillero, el granizadero? Ya no bajaban por allí ni el yerbero, ni aquel otro que voceaba «¡mango, mango, manguito, mango, mangüé!», ni ninguno de los innumerables carretilleros cuyos pregones configuraban la música interior, la topografía más entrañable del alma de Joaquín.

Había crecido oyendo esos clamores callejeros salpicados por las campanadas de la iglesia del Ángel que también habían enmudecido. Las campanas ya no tocaban a muerto cuando un vecino fallecía, ni repicaban alegremente porque tampoco se celebraban bodas ni bautizos en el templo. Ya ni su abuela –ni nadie– colgaba de los balcones las cruces de guano bendito trenzado. La Semana Santa empezaba a ser relegada al olvido. Los Domingos de Ramos los curas ya no repartían, ni bendecían, aquellas fibras de palma. Ni en el cine ni en la televisión ponían películas sobre Jesucristo.

El año pasado, la Pascua de Resurrección había coincidido más o menos con la invasión de Playa Girón, de modo que ahora el gobierno declaradamente ateo aprovechaba para celebrar en esas fechas su victoria militar eclipsando así la liturgia, los repiques y los ritos del calendario gregoriano. Algo parecido ocurría con el día de Año Nuevo.

Como Batista había puesto pies en polvorosa un primero de enero, ahora los Reyes Magos festejaban ese día como el aniversario de su ascenso al poder.

La iglesia seguía en el mismo sitio, pero era como si no existiera. Por la Loma ya no bajaban ni subían ni monjas, ni curas ni los monaguillos en fila tocando la campanilla, ni los niños y las niñas vestidos de blanco llevando cirios morados como cuando se celebraban las primeras comuniones. Todo eso estaba ahora prohibido, al igual que las procesiones con vírgenes o santos llevados en andas. El atrio enrejado del templo permanecía desierto a todas horas. Los domingos ya no emitían el programa de un cura que daba sermones por televisión.

La otra gran confesión de la isla –la santería– también estaba medio proscrita. Ya no se veía en la calle a tantos santeros, santeras ni babalaos. Las negras fumando tabaco, dándose sillón en las aceras, con sus pañuelos rojos, azules o amarillos a la cabeza habían quedado arrumbadas como reliquias mohosas. De pequeño, Joaquín veía constantemente brujerías al pie de los árboles de los parques, en las esquinas, en las azoteas, en los patios de las casas. Unas veces eran palomas o gallos negros decapitados, otras eran racimos de platanitos manzanos atados con cintas rojas, otras eran apestosos huevos culecos, otras, puñados de quilos prietos, aquellos centavos de cobre americanos con la efigie de Lincoln oxidada, diseminados entre velas derretidas.

Como Numancia nunca cocinaba y Polenta sólo lo invitaba a comer en su casa de pascuas a san juan, Joaquín casi siempre tenía un hambre del carajo, como si tuviera una solitaria alojada en el intestino. En más de una ocasión había cogido aquellos quilos prietos para comprarse un guarapo y un masarreal en el timbiriche de Cheo. También de vez en cuando –si no estaban podridos– se comía los platanitos embrujados depositados entre las raíces de las ceibas. Afortunadamente Numancia no lo sabía, porque si se enteraba de que su hijo digería aquellos bilongos hubiera caído fulminada por un infarto.

Pero ahora ya no se veían esas brujerías en ninguna parte. Ya no se oían toques de santo en los solares. De golpe y porrazo se habían acabado las fiestas de negros a las que su hermana lo llevaba siendo él muy chiquito. Allí, entre danzas y cantos coreados, lo despojaban con yerbajos, le echaban humo de tabaco en la cara y lo salpicaban con sangre de gallos muertos si bien luego le daban dulces y frutas del altar. A veces algún bailador con los ojos inyectados de sangre, o una mujer echando espuma por la boca, caían revolcándose en el suelo porque se les subía el santo.

A su hermana le encantaban esos bembés. Numancia decía: «parece mentira que sea hija mía y que haya salido tan chancletera y tan negrera». Los altares ya no estaban repletos de frutas, ni se perpetraban sacrificios de chivos, al menos no ostensiblemente, porque, con tanto racionamiento, ¿quién iba ofrecerles a los dioses unos alimentos que escaseaban entre los mortales?

Subrepticiamente muchos altares habían desaparecido de la noche a la mañana, otros fueron trasladados a los rincones más ocultos de las casas. Las únicas que conservaban a la vista esos retablos recargados de tallas, velas, soperas, flores artificiales y litografías eran las viejas, como Polenta o la brujera Evangelina. El altar de Polenta resplandecía en un nicho practicado en la pared, y era católico, aunque tenía, aquí y allá, algunos elementos africanos disimulados. El altar de Evangelina en realidad era todo su cuarto. Colgando del dintel estaban sus dardos emplumados, cuatro plumas de tiñosas girando en el aire como un ventilador de techo. En una repisa tenía una jícara con un tabaco a medio fumar. Detrás de la puerta, su idolillo Elegguá junto a un pan atravesado por un clavo, y un garabato. En otro rincón había un caldero lleno de cadenas, hachas, clavos, cuchillos oxidados. Era el caldero del dios africano Ogún, pero para Numancia era «el caldero de las brujas» a secas.

El esposo de Evangelina acababa de morir y ella no pensaba renunciar a ponerles sus ofrendas a sus muertos. Allí estaban las fotos de sus dos difuntos más entrañables: su marido, Mario el estibador, y su abuelo, Brindis de Salas, el famoso violinista a quien en las cortes europeas del siglo XIX llamaban «el Paganini Negro».

«Sí, señor, yo soy Evangelina Brindis de Salas, la nieta de Claudio José Domingo, el gran violinista que tocó en las mejores cortes de

Europa, inclusive hasta en el palacio de los zares de Rusia», le decía Evangelina a Joaquín enseñándole la foto de su abuelo apoyando el mentón en un violín.

–¡Bah!– exclamaba Numancia cuando su hijo le comentaba las glorias ancestrales de la vecina de al lado–. La mona aunque se vista de seda, mona se queda.

–¿Ya viste la foto? –le preguntaba su hijo. Pero Numancia se negaba a mirar para el cuarto de su vecina.

–¿Para qué? Si es el Paganini Negro es el diablo en persona. A Paganini no lo enterraron en suelo consagrado, porque estaba bajo el influjo del demonio.

Pero todo lo que había dejado de bajar por la Loma del Ángel no eran cosas de grato recuerdo, también había dejado de bajar por allí José Ramón tan temido por algunos vecinos. Cuando el cobrador del alquiler aparecía en la cuadra de los mataperros, muchos se echaban a temblar.

No es que fueran agarrados, simplemente no siempre tenían dinero para pagar. Al igual que el resto de los inquilinos, Numancia pagaba siete pesos al mes por un tugurio sin baño ni cocina, donde a duras penas cabían la cama, la máquina de coser y el escaparate rococó. Para ella siete pesos era mucho dinero.

José Ramón siempre traía una maleta de colegial, de cuero cuarteado, llena a reventar de documentos. «¡Ahí viene José Ramón!», era el grito de guerra que entonces se oía, otros vecinos vociferaban la letra de una canción: «¡A esconderse, que ahí viene la basura!».

Cuando José Ramón irrumpía en el patio de cualquier cuartería, el griterío, las palabrotas, los golpetazos, los radios a todo volumen, y hasta los perros y los gatos, se callaban. Era como si hubiera entrado la muerte con su guadaña, y sobre el solar caía un silencio sepulcral. Muchos vecinos se escondían en los baños, apagaban los radios, acallaban a los niños berreantes, hacían cualquier cosa con tal de retrasar el pago del alquiler y no ser desalojados.

Siendo un fiñe, Joaquín había sido testigo de un par de desahucios en aquella cuadra. Recordaba a aquellas gentes con sus trastos en la acera. Siempre algún chistoso gritaba «¡agua!» cuando un desalojado salía del solar cargando la colchoneta o el bastidor de su colombina. «¡Agua, que tiene chinches!», y muchos se reían. Recordaba las caras grotescas de aquellos hijos de puta aglomerados en la esquina contemplando el espectáculo. Y le espantaba la perspectiva de verse con todos los muebles en medio de la calle, con la gente curioseando, burlándose al ver cómo la policía los echaba a la calle. ¿Qué tenía de cómico que alguien fuera echado de una covacha por no poder pagar el alquiler?

Numancia se encerraba con su hijo en el cuarto poniendo por fuera el falso Yale, un ardid que les había enseñado Sergio el Truquero, un vecino que hacía mojones de engrudo barnizados para venderlos en la Casa de los Trucos como artículos de broma. A veces el patio del Solar de la Chancleta amanecía alfombrado de esas pagodas carmelitas en miniatura que él desplegaba en el suelo, en hileras, para que se secaran al sol. Esas deyecciones se encaracolaban hacia arriba terminando en espiral, como las ensaimadas que vendían en la Panadería La Catalana.

Al salir para el colegio, Joaquín pasaba de puntillas entre esas cacas, como si el patio fuera un campo de minas. Al principio creía que eran tan reales que evitaba pisarlas. Sergio siempre estaba haciendo trucos, sacándose monedas de las orejas o huevos de la manga de la camisa. Así, le enseñó a Numancia el truco del candado falso para evadirse no sólo del cobrador del alquiler sino también de algunas clientas que venían a protestar porque la modista se demoraba mucho en terminar sus vestidos.

Mediante un sistema de cáncamos, espigas atornilladas, agujeros, alambres y dos candados colgando en la puerta, en caso de necesidad, Numancia ponía un candado Yale que no era el habitual, del cual tiraba, desde adentro, con un alambre cuando quería esconderse. Por fuera parecía que estuviera puesto el candado, y por tanto, que no había nadie dentro del cuarto. Madre e hijo se divertían en silencio mientras tiraban con fuerza de ese alambre desde el interior de la habitación. José Ramón se detenía rezongando ante la puerta supuestamente cerrada mientras Joaquín rezaba para que al cobrador no se le ocurriera jalar del falso candado. Al cabo de un rato el enviado del casero se iba, no sin antes dejar una nota que siempre sonaba a ultimátum.

Pues bien, José Ramón ya no bajaba por la Loma del Ángel con su maletín y nadie lo echaba de menos. Más bien era un alivio para la mayoría de los vecinos en los solares. Joaquín había oído hablar vagamente de una ley recién promulgada llamada «reforma urbana», y aunque no sabía muy bien en qué consistía, sí había oido decir que ya no se pagaba alquiler en los solares, o se pagaba muy poco. Por todas partes la gente gritaba esta consigna contra los que anunciaban su deseo de irse del país: «¿Te vas, ahora que bajaron los alquileres?».

Una de las novedades más desconcertantes para Joaquín al regresar de la alfabetización fue la ausencia de Sergio el Truquero. Se había ido para Miami, con su mujer y su hija, que era su mejor amiga. ¿Qué habría en ese Miami que cada vez más gente quería irse para allá? Nadie volvía de allí. Era como si estuvieran muertos. Para Joaquín, aparte del nombre de una cafetería, Miami era un lugar situado al norte de la isla adonde su tío el anticuario se iba cada dos por tres. Según su madre y su abuela, el tío iba a aquel lugar a comprar telas, maniquíes, diversos andariveles y otros accesorios para decorar las vidrieras de las tiendas en las que él trabajaba.

El tío siempre estaba yendo y viniendo entre la isla y Miami. Miami estaba a media hora de vuelo de la Habana. Si se iba un viernes, regresaba el lunes. Si se iba un lunes, regresaba el miércoles. Cuando Joaquín llegó a la Habana, su tío el decorador–anticuario estaba «de compras».

«Se fue de compras», decía Polenta, pero ya llevaba más de un año en Miami «haciendo compras» y no daba señales de querer regresar.

Que se hubiera ido el decorador, era hasta cierto punto comprensible. Era medio ricachón, o eso aparentaba ser. Vivía en el Vedado, una zona de gente bien alejada de la Habana Vieja. El hermano de Numancia decoraba las vidrieras de las tiendas más lujosas de la ciudad: «Fin de Siglo», «la Época», «El Encanto». Pero esos establecimientos habían sido nacionalizados y ahora estaban casi vacíos, o habían sido pasto de las llamas en actos de sabotaje. ¿Qué vidrieras iba a decorar si ya no había telas ni vestidos ni zapatos ni nada que mostrar como no fueran bustos de José Martí, letreros con consignas patrióticas, banderas y maniquíes uniformados de milicianos? ¿Qué antigüedades iba a vender en una ciudad donde ahora todo era novedad?

La revolución se proclamaba a sí misma como una modernidad. Lo primero que entra en crisis cuando se construye una utopía es el pasado. Todo lo que huela a antigualla es ideológicamente sospechoso, no sólo los objetos sino también las costumbres, las tradiciones y nociones tan generales como la propiedad privada, la familia o la higiene. Los dos oficios del tío materno de Joaquín eran esencialmente antifuturistas, y por tanto, esencialmente contrarrevolucionarios. Así que tenía bastante lógica que hubiera abandonado el país siguiendo los pasos de su clientela.

Pero que se hubiera ido Sergio el Truquero era algo que intrigaba a Joaquín. Porque no era ningún ricachón, sino un hombre pobre. «¿Te vas, ahora que bajaron los alquileres?», dicen que le gritaron cuando iba a coger el avión. Y él contestó: «Lo barato sale caro».

A lo mejor el más simpático de sus vecinos se había ido para no tener que hacer tantas colas. Si había sido por eso, Joaquín podía entenderlo. Viendo a la gente allá abajo esperando en fila india, acababa de jurarse que él jamás haría colas.

Eso era una perdedera de tiempo, no soportaba permanecer más de cinco de minutos en un mismo sitio sin nada que hacer. No aguantaba que le hicieran perder el tiempo. «*Time is money*», como le había enseñado su maestra de inglés, Daisy, la gordita teñida de rubio platino que tres años atrás había ido a recibir a los Reyes Magos envuelta en una bandera del 26 de Julio y que ahora también se había ido para el famoso Miami.

Al igual que todas las escuelas privadas, la academia de inglés de su *teacher* había sido clausurada. Joaquín llevaba más de un mes en la Habana y todos los días descubría la dimensión del vacío dejado por los desterrados. Por ejemplo, Máximo el carnicero, su abuelastro, se había ido para España. Los que se habían marchado eran tantos que no debería haber tanta gente haciendo cola. Sin embargo, los que habían salido por el aeropuerto de Rancho Boyeros, volando en los «*Constellations*» de aluminio remachado, parecían haberse multiplicado por mil en las interminables colas que se renovaban allá abajo sin cesar.

Eso se debía a otra novedad. La llegada masiva de campesinos a la ciudad. Muchos vinieron al principio con Camilo Cienfuegos, aquel comandante tan popular que luego desapareció en una avioneta en circunstancias más bien extrañas. Joaquín lo había visto llegar a la Habana al frente de una caballería formada por guajiros a caballo. Eso había sido un par de años atrás. ¡Cientos de caballos saliendo de debajo del mar! O por la boca del túnel submarino de la Habana. Cientos de campesinos con sus sombreros de yarey, sus guayaberas y sus machetes, cabalgando en aquellos caballos que iban dejando atrás un rastro de cagajones en las principales avenidas. Camilo iba a la cabeza, con su barba, su melena y su sombrero de vaquero. Enseguida los vecinos acudieron para saludar al Comandante. Formaron un corro a su alrededor. Joaquín estaba allí, al pie de la yegua blanca del más risueño de los Reyes Magos.

De pronto, a Camilo se le cayó el tabaco que estaba fumando, y entre los presentes alguien entonó una canción de moda: «se te cayó el tabaaaaaaco, Camilo, se te cayó…». Inmediatamente el gentío empezó a marcar el compás dando palmadas y todos corearon aquella letra improvisada. El comandante, en vez de irritarse por lo que hubiera podido ser interpretado como una burla, empezó a reír y a bailar una rumbita a horcajadas en la yegua.

Así llegaron los primeros guajiros a la capital. Estuvieron unos días en la ciudad. No sabían cruzar las calles llenas de automóviles, ignoraban las señales de los semáforos, se asustaban con los elevadores, cuando veían las puertas de cristal del Havana Hilton abrirse solas, desenvainaban el machete. Estaban jíbaros. Algunos volvieron a sus lugares de origen, pero otros se quedaron a vivir en la Habana y no tardaron en traer a sus parientes, quienes a su vez trajeron a otros parientes, y así sucesivamente, poco a poco, la ciudad se fue rellenando. De modo que por cada habanero que se iba para Miami llegaban diez campesinos. Todo apartamento o cuarto de solar que se vaciaba era inmediatamente ocupado por algún guajiro.

A Joaquín no le molestaban. Su padre mismo era guajiro. Pero muchos habaneros no podían verlos ni en pintura. Había de todo, guajiros nobles, gente de la tierra de verdad, y también muchos pueblerinos, guajiros léperos llegados de villorrios que no eran del todo ni ciudades ni maniguales. La mayoría venía de poblaciones orientales, y se les conocía enseguida por su manera de hablar, como si cantaran, y también por su forma de caminar. Se expresaban además en una extraña jerga. En vez de «soga», decían «cabuya», a la frutabomba le llamaban «papaya», (palabra que entre habaneros es altisonante pues equivale a «bollo» o «vagina»), al mamey le decían «zapote», y en vez de «comemierda» decían «comefana»; a la pila del agua le llamaban «pluma», a los niños les llamababan «vejigos», en lugar de «chancletas» decían «cutaras»…

Los más astutos, a los seis meses, ya estaban habanerizados, urbanizados… aunque muchos de ellos despotricaban de la ciudad, todos hablaban pestes de la Habana, pero querían ser enterrados en la Habana.

Joaquín había oído hablar de algunos desastres relacionados con aquella ruralización de la urbe. Los guajiros que llegaban a la ciudad descubrían los inodoros, pero no tardaban en tupirlos. Se fascinaban con las persianas, con las puertas de cerraduras doradas, las sillas de cómodos respaldos, pero enseguida las desguazaban para cocinar con leña, a pesar de que ahora tenían luz eléctrica y gas por tubería. Algunos incluso criaban cochinos dentro de las bañeras. La mayoría eran como termitas que iban pulverizándolo todo a su paso.

Más allá de los eclipses acústicos verificados en la víctrola, el tajo del carnicero y el trapiche de Cheo, más allá de las privaciones y de las colas, la ausencia de los que se habían ido mientras él alfabetizaba era el cambio más duro para Joaquín. Que se hubieran ido los ricos de Miramar no le daba ni frío ni calor, no los conocía, jamás había entrado en ninguna de aquellas suntuosas residencias, ni siquiera le interesaba entrar en ellas ahora que le ofrecían una beca en una de esas casonas. Pero que se fueran los de su misma cuadra, la gente que lo había visto nacer, eso sí que le dolía.

Todos desaparecían. Doris —su novia platónica— también había levantado el vuelo desde su balcón del tercer piso. También se había ido Sergio el Truquero, aventado en una espiral de mojones de engrudo que formaban un torbellino en el cielo, y su tío el anticuario revoloteando entre maniquíes y hasta el carrito de las fritas se había ido volando en un remolino de plumas de auras tiñosas…

***

¿Sería por eso que le había dicho que no a Fidel Castro, porque justo aquella noche él acababa de anunciar que todo el que quisiera irse del país podía hacerlo por el puerto de Camarioca? Camarioca significaba más madres llorando —como Polenta—, equivalía a la ausencia de más hijos desterrados, entrañaba más hermanas entristecidas —como Numancia—, en fin, Camarioca implicaba más separación, más desgarramiento, más división de la familia. ¿Sería por eso que rechazó la beca en Polonia?

Fidel había bajado del mezzanine del restaurante «El Patio», donde estuvo cenando con sus invitados de honor: Gromiko y su comitiva. De pronto apareció solo, en la puerta principal que daba al pórtico, pero inmediatamente lo rodearon los miembros de su séquito, como alfileres alrededor de un imán. Enmarcado en el frontispicio ornamentado del restaurante, entre las dos columnas a guisa de jambas, con sus más de seis pies de estatura y su uniforme verde olivo contrastando con la blancura del cornisamento de oleajes barrocos, Fidel Castro parecía un boy scout aquejado de acromegalia con las botas de media caña meticulosamente acordonadas y los pantalones de campaña abombachados.

De un par de zancadas llegó hasta donde estaban tomando té con bizcochitos Joaquín y sus amigos. Se plantó en actitud desafiante frente a los jóvenes, con las manos a la cintura, y les soltó: «¿Ustedes son de Camarioca, o qué?».

—No, comandante —dijo Joaquín poniéndose de pie.

Ninguno de sus amigos sabía qué era esa «Camarioca». Hasta ese momento casi nadie en Cuba conocía el nombre de ese pequeño puerto situado al este de la Habana. Un punto insignificante, perdido en la geografía insular, que ese mismo día se había hecho repentinamente famoso. Un simple topónimo que sonaba a mezcla de camarote con camarón, pero que desde hacía unas horas se había impregnado de sustancia ideológica, politizándose como todo en aquel país. Camarioca... la sola mención de ese nombre era ya una grave impugnación política. Sobre todo en labios del Primer Ministro.

Ninguno de sus amigos había oído el discurso que Fidel Castro acababa de pronunciar hacía apenas un par de horas. Sólo Joaquín había escuchado algunos fragmentos en una guagua, porque un pasajero llevaba un radio portátil encendido. Sólo él sabía que Fidel les estaba preguntando si ellos eran gusanos o contrarrevolucionarios. Así que se levantó –como le habían enseñado en las clases de cortesía militar– para responder: «No, comandante».

Llevaba casi medio año recibiendo esas instrucciones que decían que cuando un oficial se acerca a un soldado raso que está sentado –por ejemplo en una guagua– éste debe levantarse, ponerse en atención y brindarle su asiento al militar de mayor rango, como si fuera una anciana o una mujer embarazada.

Joaquín no le ofreció su silla al comandante, tampoco se cuadró ni sonó los talones, sólo se levantó obedeciendo a un acto reflejo que ya le habían incrustado en lo más profundo de su psiquis. Después de todo, estaba en presencia del Comandante en Jefe de las Fuerzas Armadas y él no era más que un «elemento» –un «número»– en aquel ejército, un simple recluta, un «siete-pesos», la última carta de la baraja. Joaquín ocupaba el eslabón más bajo de la cadena de mando mientras que el Comandante en Jefe era el eslabón más alto de esa estructura jerárquica.

Cuando él se puso de pie, algunos de sus amigos lo imitaron a medias. Pero el Rey Mago, con un gesto de aquiescencia, los mandó a sentar.

«No, Comandante», dijo Joaquín y sus amigos lo miraron perplejos porque ignoraban qué diablos significaba eso de Camarioca.

Frunciendo el ceño, Fidel consultó uno de sus dos lujosos relojes de pulsera: «¿Y entonces qué hacen en la calle a esta hora? Ya son casi las doce de la noche… ¿Ustedes no estudian ni trabajan?».

***

Que se hubiera ido del país su Tío el Anticuario tampoco le acongojaba mucho. Casi nunca lo veía. Él tenía once años cuando dejó de verlo. Sólo aparecía muy de vez en cuando en el Solar de la Chancleta para visitar a su hermana, o en el del Reverbero, para ver a su madre. Casi nunca faltaba a los cumpleaños de Joaquín, ocasión en que mandaba por delante un cake de chocolate dentro de una caja enorme llena de hielo seco. La caja la traía un chofer negro, con gorra de plato y librea. Al poco rato el tío hacía su entrada triunfal en el solar, trajeado de blanco, mocasines náuticos, repartiendo sonrisas, abrazos y miradas azules entre las negras del barrio que lo conocían desde niño. Aquel *gentleman* iba dejando atrás oleadas de perfume que forcejeaban con los miasmas de los inodoros medio tupidos o de las cloacas casi siempre atascadas. Para Joaquín era como el Tío Rico Mac Pato de los muñequitos de Walt Disney porque siempre que lo veía –fuera o no su cumpleaños–, le deslizaba un dólar en el bolsillo de la camisa. Un billete nuevecito, que olía a recién impreso. Pero en cuanto su tío se daba la vuelta, Numancia enseguida le quitaba el billete al niño guardándolo apresuradamente en su cartera llena de carreteles, alfileres, dedales, cintas métricas…

No, no le dolía esa ausencia, en cambio, sí le dolía mucho ver a su abuela llorando la pérdida de ese hijo, sí que le dolía ver a su madre entristecida por la ausencia de ese hermano tan querido. Por eso Numancia ya no besaba a Fidel cuando salía por televisión. Lógicamente ella no podía oírlo, pero se contentaba con comtemplar a su héroe. «¡Qué tipazo de hombre, qué buen mozo, qué apuesto!», exclamaba frente al televisor de la gallega Cesárea y le daba besos a la pantalla. Se quedaba embelesada con las gesticulaciones del orador.

«¡Qué memoria, fíjate que no lee el discurso, no lo tiene escrito, lo va hilvanando!» , y volvía a abrazar el televisor cayéndole a besos.

Coliseo en cambio decía que Fidel movía sus largos dedos en la tribuna como si fueran agujetas. «¿Has visto cómo teje?», se burlaba, acaso un poquito celoso del nuevo novio de Numancia. «¿Has visto cómo se saca los mocos delante de las cámaras de televisión?», le decía su padre a Joaquín.

A veces Fidel se llevaba una mano a la espalda adoptando una pose de tribuno romano. De vez en cuando se acariciaba la barba como si estuviera sumido en una profunda meditación capilar. Antes de empezar a hablar, se ponía a toquetear sin cesar los micrófonos, como si fueran flores de metal. Todo eso le encantaba a Numancia, porque en cierto modo esa gramática gestual era como un lenguaje de signos para sordos.

El líder hablaba durante horas y horas hasta quedarse afónico y, mientras tanto, ella iba dejando en la pantalla las huellas de su labio leporino, una sucesión de relámpagos carmesíes vibrando en el cristal. La gorda Cesárea pasaba un trapo por la pantalla para poder ver la imagen con nitidez.

Pero todo eso se terminó cuando Numancia comprendió que su hermano más querido se había ido para siempre. No sólo dejó de besar la imagen electromagnética del Líder, sino que también quitó todas las fotografías suyas que colgaban en las paredes del cuarto. La otra causa del repentino antifidelismo de la modista era que estaba muy disgustada porque de la noche a la mañana había desaparecido el Café Pilón. A ella podían quitárselo todo, menos a su hermano y su buchito de Café Pilón. No podía vivir, ni trabajar, sin su tacita de café y su cigarro Partagás.

Ahora Numancia no tenía que pagar alquiler, no tenía que esconderse de José Ramón, pero no tenía Café Pilón, y había perdido a su hermano. Dejar de pagar siete pesos mensuales le había costado perder las dos cosas que más quería en la vida. «Lo barato sale caro», como profetizó Sergio el Truquero.

Estaba profundamente decepcionada, pero no decía nada, sólo de vez en cuando ironizaba (en privado) a propósito de alguna carencia doméstica. Mientras tanto, Joaquín seguía haciendo descubrimientos. Las quincalleras de la esquina, las dos hermanas solteronas que se pintaban corazones de carmín en la boca, también se habían ido de la isla. Todavía las recordaba llorando de alegría ante la imagen del guerrillero flotando encima de la muchedumbre, en el malecón, el día que llegaron los Reyes Magos. Ahora la quincallería estaba cerrada y en la puerta alguien había pintarrajeado una nueva palabra: «gusanas».

A Joaquín no le gustó ver esa palabra pintada en la puerta de la quincallería. Su madre era cliente asidua de ese pequeño establecimiento donde compraba carreteles de hilos, botones, agujas… Él quería a aquellas «gusanas» casi como si fueran parte de su familia. Desde que tenía uso de razón, las dos solteronas le regalaban caramelos, y luego lo besaban al unísono dejándole estampados sendos corazones púrpuras en ambas mejillas. ¿Cómo iban a ser gusanas?

En la clausurada «academia de inglés» de Daisy nadie había pintarrajeado ningún letrero insultante, pero habían descolgado el letrero del colegio. No sólo su escuela, sino todas las demás en las que se enseñaba inglés, estaban ahora cerradas. Ya nadie en Cuba estudiaba inglés. Ahora la moda era estudiar ruso. De hecho, Coliseo había iniciado las gestiones para matricular a Joaquín en una Academia de Idiomas recién inaugurada en lo que hasta hacía poco era el Capitolio Nacional. En esa escuela –llamada «Jan Amos Comenius»– se suponía que Joaquín olvidaría el poco inglés que Daisy le había enseñado sustituyéndolo por voces y letras cirílicas. Había que ponerse al día.

Por doquier se percibían cambios y más cambios, principalmente en el lenguaje cotidiano. En su afán por modificar una realidad que se muestra tenazmente refractaria, los utopistas finalmente deben consolarse con cambiar únicamente el léxico. Por ejemplo, las lecherías habían sido rebautizadas como «puntos de leche». No se decía ya «voy a la fábrica» o «voy a la oficina», ahora había que decir: «voy al centro de trabajo». En vez de «creches», se decía «círculos infantiles».

Las playas ya no tenían nombres poéticos como «La Concha» o «El Náutico», ahora se llamaban «Círculos Sociales Obreros». A los dirigentes les llamaban «cuadros». Y cuando esos «cuadros» se reunían para leer textos de los clásicos marxistas se decía que estaban en un «círculo de estudios». Algunos planes agropecuarios del gobierno recibían denominaciones como «triángulo arrocero» o «triángulo lácteo». Puntos, centros, círculos, cuadros, triángulos... toda esta novedosa nomenclatura revelaba a las claras una voluntad de geometrización de la vida.

Por lo demás, ahora las fiestas en los «centros de trabajo» se llamaban «actividades político–culturales». En vez de «clientes», se hablaba de «usuarios». En las páginas de la Libreta de abastecimientos, en vez de carne, leche, o ropa a secas, se leían estos tecnicismos: «productos cárnicos», «productos lácteos», «productos industriales». Las empresas ahora eran «Consolidados» y tenían «administradores». El *kindergarden* se había convertido en «preescolar». Los bancos se llamaban «Agencias bancarias». En vez de «rusos» había que decir «soviéticos», por respeto a Lenin, ese gran forjador de utopías que había decidido cambiar incluso el gentilicio de su propia nación. Ya no se decía «señor», ni «señora», mucho menos «señorita». Esos términos de cortesía habían sido suprimidos de un plumazo y quien los usara corría el riesgo de ser considerado ideológicamente sospechoso. En su lugar, la etiqueta revolucionaria imponía el uso de «compañero» y «compañera», no sólo en el habla cotidiana, sino también como fórmulas de tratamiento políticamente correctas en documentos oficiales y hasta en la correspondencia privada.

Estas y otras muchas innovaciones semánticas actuaban un poco como la magia simpática, la recitación de conjuros o los encantamientos de un grupo de taumaturgos utopizantes que retrocediendo en el tiempo querían dar la impresión de estar construyendo el futuro. Como si todo lo «nuevo» fuera forzosamente «bueno», ya en su día los revolucionarios franceses habían suprimido el *«monsieur»* y el *«madame»* imponiendo los desabridos «ciudadano» y «ciudadana», del mismo modo que habían cambiado los nombres de los meses. Los

Reyes Magos no podían quedarse atrás y también habían bautizado los años con diversos nombres de resonancia patriótica iniciando así una nueva era inspirada en el calendario republicano francés con sus disparatados Vendimiarios, Termidores, Fructidores y Brumarios. ¡Hasta el tiempo había sido nacionalizado! También la eternidad era ahora una propiedad del Estado. De modo que ahora en la isla los años, más que números, tenían nombres preñados de optimismo: «Año de la Educación», «Año de la Reforma Urbana», «Año de la Reforma Agraria»… El año que corría (1962) había recibido el pomposo sobrenombre de «Año de la Planificación». Eso sin contar el interminable inventario de siglas que la Revolución había estrenado: INRA por Instituto de Reforma Agraria, ANAP por Asociación Nacional Agricultores Pequeños, MININT, Ministerio del Interior, MICONS, Ministerio de la Construcción, etcétera….

También plagiando a los burgueses franceses, los antiburgueses cubanos tan pronto tomaron el poder habían instalado un Reinado del Terror en versión tropical. Si en Francia habían convertido la guillotina en un espectáculo popular, en Cuba se publicaban fotos de fusilamientos o se televisaban largos juicios, como el de Sosa Blanco, que Joaquín recordaba vagamente y con desagrado.

El fusilamiento de aquel alto oficial militar del régimen de Batista no fue televisado, pero sí el proceso durante el cual algunos campesinos lo insultaban en público, ante las cámaras, como en un circo romano. Joaquín recordaba en particular a una mujer que escupía al coronel, casi arañándolo, gritándole: «¡tú mataste a mis coquitos!», en alusión a sus hijos. Poco después Joaquín vio en alguna revista una fotografía de aquel Sosa Blanco, ojeroso, tras los barrotes. El titular decía: «Yo también tengo mis coquitos». Joaquín tenía diez años y al leer esa queja del condenado a muerte, le dolió la suerte de aquel hombre entre rejas, por muy asesino que hubiera sido.

Esa siniestra evocación se enlazaba en su memoria con un recuerdo más reciente, acaecido en la Loma del Veneno, al final de la alfabetización. El Juicio de los Escupitajos fue un suceso tan vergonzoso que él nunca se lo contaba a nadie. De pronto surgió un grupo de alzados en las montañas. En realidad no eran más que campesinos que de noche se convertían en sublevados. Los insurrectos capturaron a los alfabetizadores. No pensaban matarlos, sólo querían asustarlos, o conseguir que se sumaran al alzamiento. Al final los soltaron, pero hubo un alfabetizador que se unió a los insurgentes, al parecer encandilado con una pistola que le ofrecieron. Era un adolescente taciturno, un pecoso oriundo de Media Luna, población oriental. Joaquín lo conocía desde el Campamento de Varadero.

Hubo combates entre los milicianos y los alzados, y éstos perdieron. El pecoso medialunero cayó preso. Joaquín y el resto de los alfabetizadores habían sido evacuados a un caserío apartado de las escaramuzas. Y allí empezaron a darle unas fiebres que lo tumbaban durante horas en la hamaca.

Todavía estaba medio enfermo cuando el Maestro Voluntario Jesús Navarrete y un alfabetizador lo visitaron para informarle que iba a celebrarse un juicio contra el alfabetizador «traidor». El Maestro Voluntario era el jefe de los brigadistas y pronunció la palabra «traidor» con fruición. Luego añadió que no lo iban a fusilar, porque era menor de edad, como casi todos los alfabetizadores.

—Simplemente —explicó Navarrete— lo van a condenar a arresto domiciliario, en su pueblo de Media Luna. No podrá salir de ese pueblucho hasta dentro de un par de años.

Joaquín era el más chamaquito y el más flaquito de todos los alfabetizadores en aquel lomerío. Acababa de cumplir los trece años en las lomas, pero a pesar de su edad, una voz interior le dijo que en todo aquello había algo desproporcionado. ¿Cómo se iba a pensar en fusilamiento si el pecoso no había apretado ni una sola vez el gatillo de la pistola *Luger* que los alzados le habían regalado? El pecoso no llevaba ni una semana alzado y sin embargo eso no impedía que por la cabeza de Navarrete pasara la feroz idea de fusilarlo.

El hilo de sus ideas fue interrumpido por la voz del alfabetizador que acompañaba el Maestro Navarrete. Joaquín nunca lo había visto, debía de estar designado en otro lomerío de las serranías. Era bizco. Estaba colérico:

—¡Sí, estará dos años en una Cooperativa agrícola de Media Luna! Pero en el juicio lo vamos a escupir, y tenemos que gritarle «traidor», «maricón», «rajado»…

Desde la hamaca empapada por sus sudores, Joaquín hizo un gesto que traslucía hastío. Llevaba muchos días allí tumbado, casi sin poder dar un paso, pues también tenía mazamorra en los pies. El bohío olía a leña quemada, estaban haciendo carbón allí cerca. Un rayo de luz entraba por un huraco que había en el techo.

—Cuando él pase entre los bancos donde nosotros estaremos sentados —siguió el estrábico— la orden es que tenemos que levantarnos todos al mismo tiempo para escupirlo y mentarle la madre.

¿La orden? ¿Quién había dado esa orden? Joaquín no sabía nada de leyes. Pero el sentido común le decía que aquello era una arbitrariedad. ¿Qué clase de juicio era ése en el que ya todo estaba previsto? Si la condena, su duración y el lugar donde el acusado debía cumplirla ya estaban predeterminados, ¿qué sentido tenía celebrar el juicio? ¿Sólo para escupir y rebuznar? Con él que no contaran para eso. Él había subido hasta aquella montaña para enseñar a leer y a escribir a los guajiros, no para lanzar gargajos ni insultar a nadie, mucho menos a alguien que había sido hasta hacía tan sólo unos días su compañero.

Como si le hubiera adivinado los pensamientos, el bizco prosiguió:

—Así que prepárate, el juicio es mañana, en Media Luna. Pasará un *jeep* a buscarte. Y el que no lo escupa, será tan traidor como él —añadió en tono conminatorio, de evidente coacción.

La insinuación del bizco no podía ser más directa. Ahora resultaba que el traidor era él.

—Estoy enfermo. No voy a poder ir —Joaquín buscó la mirada del Maestro Voluntario solicitando algún tipo de complicidad, pero Navarrete miró a otra parte. Si el Maestro —que tenía más de veinte años y una pistola al cinto— tenía miedo, ¿cómo coño no iba a tenerlo Joaquín a sus trece años?

—Mañana estarás mejor —dijo el bizco antes de salir del bohío seguido por el Maestro Voluntario.

Aquella misma noche Joaquín fingió un empacho con retortijón de tripas. Los guajiros que lo atendían se asustaron y trajeron a una curandera haitiana que le sobó la espalda estirándole la piel como si fuera la goma de un tirapiedras. La piel alargada por las manos de la negra volvía a su sitio sonando como un latigazo embadurnado en manteca de corojo. Disimuló tan bien que su salud había empeorado que de verdad empeoró. Al día siguiente, cuando pasó el jeep a buscarlo, los guajiros se negaron a que lo llevaran al juicio. Y así, fingiendo estar más enfermo de lo que estaba, se libró de tener que asistir al Juicio de los Escupitajos.

Aunque no hubiera asistido, para Joaquín aquel juicio era una mancha degradante en los anales de la alfabetización. Y la alfabetización, para él, era algo casi sagrado. Consideraba que ése había sido el único momento poético de los Reyes Magos. Pero por encima de todo eso, para Joaquín el verdadero resplandor de aquella cruzada contra la ignorancia residía en un hecho que no tenía nada que ver con la política, ni con la cultura, ni con las consignas, un hecho estrictamente personal. En realidad la alfabetización para él, sin saberlo, había sido su primera fuga de las eternas pugnas entre sus padres. En cierta forma, una liberación.

Gracias a la alfabetización, sus padres habían vuelto a compartir el mismo techo aunados por la añoranza de aquel hijo medio extraviado en las montañas. Ese era el auténtico atractivo de su fuga a las cordilleras: haber conseguido que Coliseo y Numancia se reconciliaran… al menos por un tiempo.

Por todo ello no quería ni acordarse de aquel Juicio de los Escupitajos, pero había otra razón para evitar ese recuerdo. Veinticuatro horas después de celebrado el juicio reaparecieron Navarrete y el estrábico para comunicarle que habían recibido instrucciones terminantes de que ningún alfabetizador podía comentar nada en sus cartas sobre los alzados, ni sobre el caso del pecoso «traidor» de Media Luna. Había que evitar que cundiera el pánico entre los familiares de los brigadistas en la Habana. Ésas eran las instrucciones.

–¿Instrucciones de quién?– se atrevió a preguntar el Comandante Veneno.

–Vienen de muy arriba –dijo el alfabetizador bizco apuntando con el índice al cielo.

–No vayas a poner ni una palabra de lo ocurrido en tu diario –puntualizó Navarrete, en tono conminatorio, porque sabía que Joaquín llevaba un diario de campaña.

Joaquín aún no lo sabía, pero por primera vez en su vida, a los trece años, se estaba enfrentando a la noción de «secreto militar». De hecho, acababa de recibir su primera lección de censura. De modo que llegó a olvidarse de aquel suceso a tal punto que era como si nunca hubiera pasado nada. Le habían metido el miedo en el cuerpo. A él y a los demás brigadistas. Tanto había enterrado esos hechos en su subconsciente, que ya ni siquiera estaba seguro de ciertos detalles circunstanciales, por ejemplo, no recordaba muy bien si el «traidor» era de Media Luna o de Campechuela. En su memoria, todo estaba desdibujado, emborronado. Más que de olvidar, se trataba de un ejercicio sistemático para no recordar. Algo así como una insolación intelectual, como si la reverberación creara un contorno vaporoso alrededor de los recuerdos, derritiendo ciertas neuronas con sus contenidos, envolviéndolas en una neblina, pero sin llegar a borrarlos del todo, sino dejándolos más bien en una especie de *sfumato*.

Ahora, en la azotea, recordaba todo esto porque aquel Juicio de los Escupitajos había sido una repetición a pequeña escala del proceso a Sosa Blanco, otro espectáculo circense. Así, de juicio en juicio, y de paredón en paredón, se había ido inoculando poco a poco el terror en la psiquis colectiva de la población. Ese pánico era otro de los factores que hacía que la gente en las colas protestara en voz baja, ese miedo era el que hacía que nadie quisiera enfrentarse al gobierno y prefiriera escapar de la isla en cuanto surgía la primera oportunidad. Era ese pavor el que producía esa engañosa sensación de paz, o de obediencia, o de estabilidad y adhesión al nuevo gobierno de los Reyes Magos.

En realidad, irse de la isla era otra forma de paredón. Era como si todos los que se iban para Miami hubieran fallecido. Miami era el cementerio de los elefantes, o la ciudad de los muertos, el lugar de donde nadie nunca volvía. A veces Joaquín se imaginaba ese Miami como una especie de Más Allá donde estaban reunidos todos los cubanos muertos que tan súbitamente habían desaparecido de su entorno. Y entre tanta gente del barrio que se había ido, estaba Doris, la niña más bonita de la Loma del Ángel. Doris tenía una cara tan blanca y un pelo tan negro que su boquita parecía una fresa. Doris era la novia platónica de Joaquín, incluso era menos que eso, pues nunca habían cruzado ni una palabra. Sólo tímidas miradas que ella rehuía, acaso porque él era un mataperros.

¿De qué color tenía los ojos Doris? No lograba recordarlo, siempre la veía de lejos, él allá abajo en la calle, ella en su balcón del tercer piso. Él solía subir a lo alto de la Loma del Ángel para verla. Subía cada noche con el pretexto de comerse un pan con bistec y papas fritas allá arriba en el puesto de fritas.

El fritero con su delantal, detrás del humo que salía de la sartén, sonreía cada vez que lo veía subir. Aparte de las fritas (especie de albóndigas aplastadas), el fritero vendía perritos calientes, cortados al medio y con mostaza, minutas de pescado, tortillas, todo eso acompañado de cebollas, pepinos y tomates bien picaditos. Pero el plato fuerte era el bistec –delgado y de tonalidades plomizas– metido en un pan de Toyo cortado por el medio, untado con salsa de tomate, y con un puñado de crujientes papas fritas muy finitas. Una frita costaba diez quilos, y el bistec, veinte centavos.

Antes de irse a alfabetizar, algunas noches su madre le daba los cuatro níqueles para que fuera a «cenar» en aquella esquina de la Loma del Ángel. La mayoría de las veces sólo podía darle un real para la frita. Pero tuviera o no dinero, él siempre se daba una vuelta por el puesto de fritas, sólo para ver a Doris asomada en su balcón. La miraba desde abajo, alelado, pero en cuanto ella lo detectaba, daba media vuelta y se metía en su casa. A veces le dedicaba un revirón de ojos, un desaire típico de una niña gótica como ella. Él era, en cambio, un mataperros –o al menos vivía en la cuadra de los mataperros. A lo mejor, al obligarla a irse con sus padres, la revolución, sin querer, le había ahorrado a Joaquín mil sufrimientos. Pero aun así le dolía que su novia platónica se hubiera ido tan de repente, mientras él estaba en las lomas, sin darle siquiera tiempo a despedirse. Aparte de Doris, también había desaparecido el fritero de la plazoleta que coronaba la Loma del Ángel. La escasez de carne en la ciudad era tan grande que según las malas lenguas los friteros vendían albóndigas hechas con pechugas y muslos de auras tiñosas. Más de un fritero había ido a parar a la cárcel por esa razón. Al parecer muchos consumidores de fritas enfermaron del estómago por comer carne de aves carroñeras. En la azotea de Joaquín había un palomar que ahora estaba vacío. Sólo quedaban las cagadas y algunas plumas. Los vecinos decían que las palomas también se habían convertido en fritas durante los meses que él había estado ausente.

Por la Loma del Ángel ya no bajaba Voysinfreno, el más audaz de los mataperros. Con su gorra de pelotero siempre puesta del revés, llevaba la visera sobre la nuca, como si fuera un *catcher* en dos ruedas. Solía aparecer en lo alto de la loma, con su bicicleta de carrera, como una estatua ecuestre. Entonces todos los vecinos se quedaban expectantes hasta que de pronto emitía su alarido: «¡Voysinfrenooooooooooo!», y se lanzaba cuesta abajo pedaleando frenéticamente. Todos en la calle se apartaban, otros se asomaban a las ventanas, en los balcones, para verlo bajar a millón por la cuesta desigualmente asfaltada, con baches aquí y allá. Tenía un galillo tan potente que su grito se oía en toda la bahía.

Unos decían que era un repartidor de periódicos, otros, que era mensajero de botica. Elegante como un husar o un jinete de alcurnia, una de sus acrobacias favoritas consistía en alzar el manubrio, sin dejar de pedalear, rodando solo sobre la rueda de atrás, elevando la de delante, como un caballo encabritado, y así durante tres cuadras enteras, sin frenar.

Era un relámpago, ni siquiera frenaba un poquito en las intersecciones, ni siquiera con los pies, sin importarle que una máquina pudiera surgir de repente por una calle transversal arrollándolo. Cuando llegaba a la esquina de La Moneda de Oro, frente al parquecito de las tres ceibas, frenaba en abanico, patinando y rechinando gomas antes de chocar con el contén de la acera. Un suicida sobre ruedas. Estaba tan loco que había cortado los cables del freno de manos y también había reducido a siete dientes el piñón, para alcanzar la máxima velocidad. Decían que lo mismo que hacía en la Loma del Ángel lo hacía en la colina escalonada de la Universidad. Bajaba a trompicones por la escalinata universitaria. Dando saltos de chivo descendía los más de cien escalones de aquella copia del Partenón. Luego seguía pedaleando San Lázaro abajo, hacia Centro Habana, hasta llegar al Paseo del Prado y finalmente a la Loma del Ángel.

Los fiñes del barrio del Ángel lo imitaban lanzándose por aquella loma en carriolas, en patines o en chivichanas. Por culpa de Voysinfreno todos allí habían adquirido la manía de la velocidad. La velocidad era la diosa fugaz del vecindario. Los mataperros jugaban por las noches en el parque del anfiteatro a adivinar las marcas de los carros que venían a lo lejos, en medio de la oscuridad. Lo conseguían sólo guiándose por algunos rasgos como los faros o el diseño de las defensas niqueladas: «Ese es un Chevrolet, apuesto un níquel», decía Cawy. «No, es un Pontiac», porfiaba Salutaris.

Joaquín casi nunca apostaba porque ni siquiera de cerca era capaz de distinguir un Cádillac de un Ford. Confundía los adornos, a él le daba lo mismo si en el capó de una máquina había un águila estilizada, una especie de cohete alargado, o una cabeza de indio reducida y niquelada... todos esos atributos automovilísticos le dejaban indiferente. No se excitaba con la cantidad de caballos de fuerza, ni con los pistones, las bujías, ni los acumuladores. No sabía nada de eso, ni le interesaba, le aburría profundamente todo lo que tenía que ver con las máquinas: los motores, los cigüeñales, las bielas.

Menos él, en la pandilla del Ángel todos querían ser mecánicos, taxistas, chóferes. Hasta Joaquín decía de vez en cuando que cuando fuera grande quería ser guagüero, pero lo decía medio en broma, para quedar bien con la tribu.

Por la Loma del Ángel ya no bajaba Voysinfreno, porque según decían, el año pasado, en una de sus cabriolas, lo había matado un camión lleno de milicianos. Otros decían que se había metido a miliciano, otros que estaba estudiando armas estratégicas en Leningrado, otros que se había suicidado toreando una guagua, lo cual era falso, porque el que murió así fue «Guagüita», otro mataperros que creía que era un ómnibus.

Ya en cuarto grado Joaquín veía al Guagüita entrar en el aula haciendo explosiones con la boca, como si todo él fuera un motor de carne y hueso. A medida que fue creciendo, iba a todas partes acelerando y frenando, sacando la mano cuando iba a doblar en las esquinas. Cuando Joaquín se fue a alfabetizar, todavía el Guagüita corría como un tranvía por las avenidas más peligrosas de la ciudad, pisando un freno imaginario, manipulando la invisible palanca de cambios. Llegó a imitar tan bien con la boca todos los sonidos de una guagua –la arrancada, las expectoraciones del tubo de escape–, que los guagüeros de verdad reducían para dejarlo pasar, saludándolo como a un colega desde la ventanilla. El año pasado se llevó la luz roja de un semáforo y un ómnibus veinte veces más grande que él lo aplastó en el malecón.

Así que por la desangelada Loma del Ángel ya no bajaban ni Voysinfreno ni el Guagüita. Y, por tanto, tampoco bajaba ya por allí la ráfaga de niños sentados en sus trepidantes chivichanas, lanzándose por la pendiente asfaltada. Versión pobre de la carriola, la chivichana era una tabla –o una caja de refrescos– sobre cuatro ruedas de patín. El rústico vehículo infantil tenía delante una especie de timón, un madero móvil con dos ruedas y unas sogas que, empuñadas como riendas, servían para dirigirlo a izquierda o a derecha.

Montados en las chivichanas, vibrando sobre los adoquines y dándose culazos cada vez que rebotaban en los baches, Joaquín y los mataperros habían podido comprobar, en sus propias carnes, que la Loma del Ángel no tenía una sola cuadra de largo, sino tres. Los turistas y los que venían de otros barrios siempre se dejaban engañar por sus sentidos. Pensaban que la Loma empezaba en la tercera cuadra, sin duda la más empinada. Pero los que habían nacido en la calle de Cuarteles sabían que en realidad la cuesta nacía casi imperceptiblemente a la sombra de las tres ceibas que crecían frente a la jefatura de la policía y La Moneda de Oro.

A veces, cuando Joaquín bajaba la loma rodando a toda velocidad sentado en su chivichana, Polenta lo veía venir desde su balcón haciendo visera con la mano. Cuando él pasaba por debajo del balcón, su abuela gritaba: «¡Viva Madeira, puñetas!». Lo de Madeira era porque en una de sus travesías entre Galicia y América ella había vivido una temporada en esa isla. Según contaba, allí también usaban chivichanas, aunque no les llamaban así. Eran unos «taxis» hechos de mimbre, donde la gente se transportaba por las lomas, cuesta abajo, empujadas por dos paisanos que iban corriendo y frenando con los pies.

Un niño había muerto por culpa de las chivichanas, arrollado por un carro que se le atravesó en la esquina de Aguiar. Otro había logrado sobrevivir, pero con un trozo de platino incrustado en el cráneo. Aunque siempre había niños apostados en las tres esquinas, a veces la vigilancia fallaba. Bajar por la Loma del Ángel en una chivichana era una de las aventuras más emocionantes de los mataperros y formaba parte del culto a la velocidad junto con lo de viajar encaramados en los guardafangos de las guaguas o reguindados de sus ventanillas.

La chivichana de Joaquín se la hizo su padre con una caja de cervezas vacía, tachonada con chapitas de refrescos de diversos colores. Los mataperros no sólo competían en velocidad lanzándose loma abajo, sino también derrochando imaginación a la hora de decorar sus vehículos. Cada niño adornaba su chivichana a su manera: unos con letreros como «CENTELLA» o «FANGIO», otros poniéndoles espejos retrovisores de bicicletas, reguiletes y diversos accesorios.

En menos de tres años, la chivichana se había convertido en un cacharro prehistórico que ya sólo rodaba en el palacio de la imaginación. Con las chivichanas a Joaquín le pasaba lo mismo que con los parquímetros, porque esos dos fósiles incrustados como trilobites en su memoria le hacían sentirse niño y viejo a la vez.

Ahora, en vez de chivichanas, lo que bajaba por la Loma del Ángel eran sendas colas, una en cada acera: una cola para comprar el pan por aquí, otra para el pescado por allá, otra para la carne un poco más allá, otra para la luzbrillante al doblar de la esquina…

11.

LOS NIÑOS GÓTICOS

Joaquín miró desconsolado su calle llena de colas. Hasta no hacía mucho casi siempre había una ráfaga de niños bajando por la cuesta asfaltada, gritando, tirándose piedras, botellas y escupitajos, mentándose la madre unos a otros. Unos iban en carriolas, otros corriendo descalzos, otros sentados en las estrepitosas chivichanas. Muy pocos niños en la Loma tenían bicicletas marca *Niágara*, sólo los góticos.

En las tres cuadras de la Loma del Ángel vivían, por orden ascendente, tres clases de niños: los mataperros, los bitongos y los góticos. En la cuadra de abajo –donde nació y se crió Joaquín– vivían los mataperros; en la del medio, la gente de medio pelo, cuyos hijos eran los bitongos; y en la más empinada –la Loma propiamente dicha– moraban los niños góticos. Curiosamente, en lo alto de esta última cuadra se alzaba la Iglesia del Ángel que por caprichos del azar era neogótica.

La Loma del Ángel era una pirámide social que a su vez reproducía lo que ocurría a gran escala en toda la ciudad. Como en los fractales, si la Loma era la hoja, la ciudad era el helecho entero. En cierta forma La Loma era una biopsia del tejido de la nación, una especie de columna estratigráfica donde se registraban las diversas capas geológicas de la sociedad. Aquellos trescientos metros equivalían a un corte transversal de la estructura económica de la sociedad dividida en clases, como diría uno de los tantos marxistas académicos que pululaban ahora por doquier.

¿De dónde rayos salía esa denominación de «niños góticos»?, se había preguntado Joaquín más de una vez. ¿Era una presunción de nobleza, o tal vez les llamaban así porque vivían más cerca de esa iglesia cuya torre remedaba el estilo flamígero de las agujas góticas?

Por ejemplo, Doris, su novia platónica, no sólo era una niña gótica porque residiera en la cumbre de la Loma, sino también porque las líneas de su cara eran tan perfectas que parecían dibujadas por Dios. ¿Acaso no vivía en los altos de un edificio frente a la Casa de Dios?

Sin embargo, Numancia habitaba en la parte más baja de la Loma, a doscientos metros del templo, en un solar cochambroso, sin que ello impidiera que fuera gótica por antonomasia.

Según la modista aquejada de titanimanía, las tres cuadras de la Loma del Ángel equivalían a las tres cubiertas del Titanic, una para cada clase. Los vecinos se dividían en pasajeros de primera, de segunda y de tercera. Así, los mataperros se hacinaban en tercera clase mientras que los bitongos navegaban holgadamente en segunda y los góticos viajaban regaladamente en primera. Estos últimos no sólo vivían cerca de la iglesia, sino también a tan sólo unos pasos del Palacio Presidencial, de modo que además de disfrutar de la vecindad de Dios, contaban con la proximidad del Presidente de la República. Poder celestial y poder terrenal se daban la mano allí, en lo alto de la Loma del Ángel.

Para confirmar la metáfora naval de Numancia, las tres cuadras funcionaban casi como los compartimentos estancos de un barco. Los niños de una manzana rara vez se mezclaban con los de la cuadra de más abajo. Para empezar, ni los bitongos ni los góticos iban a escuelas públicas, así que no jugaban con los mataperros, que eran los dueños de la calle. Los góticos y los bitongos se conocían entre sí en los colegios particulares o se codeaban en las playas privadas, allí tenían piscinas, canchas de *squash* y terrenos de pelota. Joaquín y sus amigos jugaban a la pelota en medio de la calle.

Los góticos y los bitongos pasaban horas y horas jugando en sus espaciosas casas al *Monopoly*, a la siete y media o al parchís, pero no se atrevían a retozar con los niños callejeros. Pudiera pensarse que ese distanciamiento era pura altanería, pero más bien era que tanto bitongos como góticos les tenían un miedo atroz a los pandilleros que vivían en las estribaciones de la Loma. Muchos cambiaban de acera cuando veían venir a algún mataperros. Los juegos de los niños callejeros eran más salvajes, su escala de valores, distinta.

De modo que hasta la topografía de la calle contribuía a subrayar aún más las diferencias de todo tipo entre los que moraban en cada uno de los tres tramos. En la cuadra de los góticos no había ni un solo solar. Las casas de los góticos, con sus elegantes fachadas de empaque colonial salpicadas de pinceladas neoclásicas, estaban amuebladas con mamparas de vidrios coloreados, algunas decoradas con escenas piadosas o bucólicas, otras ilustradas con imágenes doradas sobre fondos morados. Como para corroborar el goticismo reinante en esa cuadra, casi todos estos biombos tenían formas ojivales y su verdadera función consistía en impedir que los curiosos que pasaban por la calle pudieran mirar hacia adentro. «Distancia y categoría», parecían decir a los fisgones estos canceles movibles que actuaban como escudos o blasones.

La secuencia socioeconómica que discurría a lo largo de las tres cuadras podía medirse también por la cantidad de antenas de televisión. En las azoteas de los mataperros había pocas mientras que en los edificios de los bitongos ya empezaban a multiplicarse como insectos metálicos y en lo alto de los edificios de los góticos, los bigotes de aluminio proyectados al cielo competían con los veinte pináculos flamígeros de la iglesia en su mutuo afán de ascender a las alturas.

Las casas de los mataperros tenían dos o tres plantas mientras que en la cuadra de los góticos ya había edificios de hasta cinco pisos. Racialmente, las definiciones eran todavía más evidentes. En las manzanas de los góticos no vivía ningún negro mientras que en la zona de los bitongos podían verse unos cuantos y en la de los mataperros había tantos prietos que los únicos blancos eran Joaquín y un par de niños más. La Loma se blanqueaba a medida que ascendía, y viceversa.

El sofocante calor obligaba a las familias mataperras a vivir con puertas, ventanas y balcones abiertos de par en par, porque sólo disponían de abanicos de cartón. Sin embargo, los bitongos solían mantener entreabiertas o cerradas las ventanas, porque tenían ventiladores. Los góticos podían encastillarse no sólo con la ayuda de sus biombos, sino también gracias a sus aparatos de aire acondicionado. Bitongos y góticos tenían agua corriente y baños privados, lujos que ni en sueños existían en ningún solar de la última cuadra de abajo.

Había niños mataperros que eran pobres de solemnidad, incluso algunos vivían de la caridad pública, otros se ganaban los frijoles como voceadores de periódicos o limpiabotas, algo impensable entre los menores bitongos o los góticos. La mayoría de los mataperros andaban churriosos, casi harapientos, sin camisas, algunos incluso descalzos. Sus mayores no se quedaban atrás, en aquella cuadra podían verse adultos en camiseta, o descamisados, jugando dominó o matando el tiempo en medio de la calle. Casi todas las mujeres salían a la calle con chancletas de palo, algunas incluso lo hacían en refajos o en sayuelas casi siempre agujereadas o raídas.

La excepción que confirmaba la regla era, por supuesto, Numancia que era una gótica que vivía por equivocación entre mataperros. Ella vivía «en» la cuadra de los mataperros, pero no era «de» allí. No es lo mismo estar «en» que ser «de». ¿Y Joaquín, qué era Joaquín? Si Coliseo era mataperros y Numancia más gótica que la mismísima Iglesia del Ángel, lógicamente el hijo de ambos tenía que ser una mezcla.

Cuando las mataperras trapeaban el suelo, arrojaban el agua sucia a la calle gritando «¡Aguaaaaaa!». Otras exclamaban riéndose: «¡Llévatelo viento de agua!». Otras aullaban: «¡Solavaya!» . Entonces se formaban unos charcos medio perfumados con esencias de yerbas llamadas «siete potencias africanas», «rompesaragüey», «abrecaminos» y «escoba amarga». Otras hacían sus limpiezas lustrales con el agua mágica que llamaban «omiero». Así –a cubazo limpio– no sólo baldeaban sus casas, sino que también ahuyentaban a los malos espíritus. Los riachuelos de agua jabonosa bajaban por la calle hasta las alcantarillas situadas frente a la jefatura de policía.

Pero las amas de casa góticas y bitongas –o sus criadas– en vez de arrojar a la calle cubos de agua con creolina, trapeaban modosamente dentro de sus viviendas. Como nunca echaban el agua fuera de sus casas, en aquellas dos cuadras no era frecuente ver esos exorcizantes arroyos espumosos.

Joaquín Iznaga se daba cuenta de las diferencias existentes entre las tres cuadras de su calle sobre todo cuando llegaba el Día de Reyes. Los juguetes que recibían los mataperros eran los más baratos, pero en la cuadra de los bitongos ya se veían niños jugando con trenes eléctricos dentro de sus casas, o algunos con ametralladoras de plástico que funcionaban con pilas. ¿Y entre los niños góticos? Era difícil saberlo, porque nadie que no fuera gótico podía entrar en sus casas, y tampoco solían salir a la calle para exhibir sus juguetes, ni mucho menos para jugar en pandilla como hacían los mataperros. Sus casas eran tan amplias que podían jugar dentro de ellas con sus amiguitos de su mismo rango social sin tener que salir a la vía pública. Pero en el Parque de las Misiones se les podía ver montando sus bicicletas *Niágara* con frenos de mano, timbres niquelados y colas de zorro en los manubrios.

Muchos mataperros iban hasta aquel parque para quitarles las bicicletas a piñazo limpio. «Préstame la bicicleta para dar una vuelta», decía el mataperro con cara de pocos amigos. Y si el gótico se negaba, ya sabía que se la iban a quitar a trompadas. Por eso, cuando los góticos veían aparecer a los mataperros en el Parque de las Misiones, huían despavoridos con sus bicicletas nuevas de paquete.

Por ser un híbrido de gótico con mataperros, Joaquín experimentaba emociones encontradas. Advertía –pero no compartía– la mirada de rabia o de inquina de sus amigos cuando veían a un gótico luciendo su bicicleta. Joaquín vio dar muchos galletazos y vio quitar muchas bicicletas, pero nunca hizo tal cosa. Tampoco era tan comemierda como para tratar de impedir que sus amigos lo hicieran. Eso era romper la ley de la tribu, una ley que él no había inventado, pero que tampoco pensaba quebrantar. Esa situación hacía que a veces se sintiera extranjero en aquel barrio, como si hubiera nacido allí por casualidad o por equivocación.

Los mataperros tenían que contentarse con alquilar durante una hora una bicicleta en «Cuba Ocho», un local cercano situado entre dos bares. De allí siempre emanaba un persistente olor a goma recauchutada. De las vigas pendían ristras de llantas y en las paredes colgaban decenas de bicicletas. En hilera, con las ruedas delanteras mirando al techo, las bicicletas erguidas parecían caballos piafantes o leones rampantes que quisieran subir al cielo.

Todavía el año pasado alquilaban allí toda clase de velocípedos y jeeps en miniatura, pero cuando Joaquín regresó de alfabetizar descubrió que «Cuba Ocho» estaba cerrado. «Por culpa del bloqueo», oyó decir… «porque no llegan piezas de repuesto de Estados Unidos». Lo del «bloqueo» ya se había convertido en una cantaleta. Si no había azúcar en la bodega, la culpa era del bloqueo, si no había caña en la guarapería de Cheo, también, y así con todo, desde la falta de pasta de dientes hasta los calzoncillos racionados, todo era culpa del «bloqueo imperialista» al que a menudo se le añadía el adjetivo «criminal».

Para el pensamiento oficial el bloqueo había devenido la bestia negra por excelencia para justificar todas las carencias y las incompetencias habidas y por haber. Más que la bestia negra, en realidad el bloqueo era el totí. Porque en Cuba, como rezaba un antiguo refrán: «la culpa de todo, la tiene el totí».

En la calle de los mataperros vivían muchos estibadores y pescadores. Aquellos oficios tan rudos parecían impregnar la atmósfera del vecindario creando un fermento de violencia constante. Los pescadores salían muy temprano a alta mar, para capturar de todo –tiburones incluidos–. Los que trabajaban en los muelles –como Mario, el marido de la bruja Evangelina– también salían de madrugada empuñando sus garfios. Eran oficios cuyas herramientas sugerían –tanto por sus formas como por sus materiales– un elevado grado de agresividad: garfios, anzuelos, arpones, anclas…

Mario el estibador era un negro corpulento que dormía con una media de su mujer en la cabeza, tal vez para conservar alisadas las pasas, o para mantener una raya que trabajosamente se esculpía con el peine. Salía temprano del cuarto con aquel peculiar gorro de dormir y coincidía en el fregadero del patio con Joaquín cuando éste iba a lavarse la cara para ir al colegio. El estibador colgaba un espejo rajado de un clavo que había en la ducha. Tras afeitarse, se daba un masaje en las encías con un dedo untado de guayacol. Joaquín y él compartían el agua de la pila. Por las tardes, cuando regresaba de los muelles, Mario le traía caramelos o se ponía a bailar guaguancó en el patio para divertir al niño, quien a veces le llamaba «papá», porque su verdadero papá casi nunca aparecía por casa. Joaquín era tan chiquito que ni siquiera se daba cuenta de las diferencias entre las razas. «Yo soy tu papá negro, mijo», se reía Mario el estibador.

Pero en los solares vivían sobre todo buscavidas, pícaros de toda laya, eso que llaman lumpen–proletariado. Y lógicamente allí vivían también sus hijos, que por lo general solían ser los niños más malandrines, los candidatos a convertirse en carne de presidio.

En aquella primera cuadra siempre había una escandalera del carajo. De todos los solares salían lloriqueos de niños, alaridos, ladridos, martillazos, broncas entre vecinos, reyertas conyugales, trifulcas de borrachos, palanganeos, chancleteos, novelas radiales... Con el calor que hacía, todas las ventanas permanecían abiertas, de modo que la suma de esos estrépitos subía a través de los diversos ojos de patio hasta las azoteas, perdiéndose en el cielo.

La calle también era ruidosa. Era raro el día que no había una bronca al aire libre, o varios mataperros jugando a la pelota en la vía pública. Prácticamente todos los juegos de los mataperros terminaban en piñaceras. Si jugaban a las postalitas, sentados en el contén de una esquina, siempre había algún salado que pasaba volando y se robaba un puñado de postalitas gritando: «¡Manigüiti un peo!». Si jugaban a la pelota siempre aparecía algún malnacido exclamando «¡Vengo a malear!», después de lo cual se robaba el guante, la pelota o el bate, y con la misma salía corriendo.

Entre los adultos pasaba lo mismo. En cualquiera de las dos bodegas que limitaban la cuadra de los mataperros casi siempre había alguna mujer despeinada, bailando una rumba en medio de la calle. Borracha, vociferando malas palabras, de pronto le daba una sirimba, como si estuviera montada por un santo, se desplomaba en el pavimento, entre contorsiones, presa de un ataque epiléptico, poniendo los ojos en blanco. Y cuando no era eso, era una fajazón: dos borrachos abracados, enredados a piñazos, o dos mujeres tirándose de los pelos, o la policía repartiendo tolete entre los curiosos amontonados…

A sólo unos pasos, en la cuadra de los bitongos, todo era un poco más pacífico. Allí sólo había un solo solar, el resto eran edificios de apartamentos, con fachadas por lo general repelladas y pintadas, no como las de las cuarterías cuya apariencia carcomida y despellejada hacía pensar que esas piedras de cantería tenían lepra. Entre los «bitongos» ya abundaban los tintoreros, los policías, los ferreteros o los panaderos, todo eso le confería un sello particular a esa cuadra distinguiéndola de la anterior.

Un poco más arriba, entre los góticos, vivían procuradores, cartularios, empleados bancarios o de la Compañía de Teléfonos. Allí había una farmacia, un dentista, una fonda. Allí se podían ver parqueados carros americanos del último modelo.

La hermana de Joaquín, que era muy dicharachera, resumía así esas diferencias: «aquí abajo, en la cuadra más llana, vive el pueblo llano: los negritos churriburris y los blanquitos churrupieros. En la cuadra del medio viven los de medio pelo, y en la más empinada, los de mucho ringotalango». Por «ringotalango» Socorro quería decir «ringorrango».

Su hermana hablaba como los mataperros, pronunciando mal muchas palabras sea por descuido, sea por desdén o por desidia… o reinventándolas por mor de andalucería, chulería y canibalismo idiomático. «Es blanca por fuera pero negra por dentro», decía su madre Numancia, acongojada.

A los mataperros les encantaba hablar comiéndose trozos de palabras, sílabas, vocales. Articulaban tan atropelladamente y usando tantas palabras inventadas que los que no formaban parte de su mundo jamás podrían entender lo que se decían unos a otros en sus diálogos tan vehementes como gesticulantes.

Los niños góticos pronunciaban correctamente. Se les reconocía a la legua, sobre todo por sus zapatos siempre bien cepillados, como espejos, o por sus medias marca «Blanca Nieves» y el pelo engominado a lo *italian boy*.

Los niños góticos no rompían a pedradas las farolas de los parques, ni se encaramaban en los guardafangos traseros de las guaguas en marcha, tampoco nadaban en las pocetas compartiendo sus aguas con la «negrada», ni trepaban a los árboles y las palmeras del Parque del Anfiteatro, ni mataperreaban en las azoteas segueteando antenas para fabricar cerbatanas de chícharos, ni le ponían tachuelas en la silla a la sustituta cuando faltaba la maestra, ni se fajaban en el Prado con los pandilleros del Barrio de Colón, ni se aventuraban por las callejuelas de aquel vecindario donde estaban las putas. Los góticos no iban al cine Majestic ni al cine Verdún, porque cerca estaban los prostíbulos, era territorio comanche, lleno de negritos feroces con navajas, chavetas, punzones y cadenas.

Los niños góticos no empinaban papalotes en las azoteas, ni en la explanada de la Punta, ni se lanzaban en chivichanas por la Loma del Ángel. No jugaban al trompo ni a las bolas en medio de la calle, tampoco jugaban a los escondidos ni a la quimbumbia en los parques, ni a los policías y ladrones en el Anfiteatro, ni a las cuatro esquinas, ni al quíquiripisao. Los góticos no se entretenían con «una ruleta en el güiro» −que consistía en propinarse mutuamente tremendos cocotazos o «yitis»− no jugaban a «allí fumé», ni al «quemao», ni al «dale al que no te dio», ni a la viola, ni a jugar cabeza entre dos para ver quién se llevaba el pañuelo puesto en medio de la calle sobre una raya trazada con tiza…

Los niños góticos nunca tenían postillas en las rodillas ni en los codos, porque no se fajaban todos los días. Mucho menos exhibían cicatrices de pedradas o de cuchilladas, como los mataperros, para quienes esos tatuajes eran poco menos que distinciones heráldicas, escarificaciones rituales de una tribu extraviada o indescifrables escrituras sagradas en la piel. A los diez años, Joaquín era el mataperros que menos cicatrices atesoraba en la barriada y eso que ya ostentaba dos: un navajazo en un dedo y un ladrillazo en la cabeza. Nada comparado, por ejemplo, con el largo tajo que le habían inferido en la barriga a

Quilito, un amigo suyo que vivía en el solar de su abuela. Lo recordaba acostado en la cama, echando sangre, como una res abierta en canal.

Los góticos no se atrevían a tirarles siquitraques ni bombitas de peste a los chinos del tren de lavado. Los «paisas» trabajaban entre los sibilantes vapores que salían de sus planchas industriales, envueltos en nubes de bórax. Otras veces estaban acuclillados en el patio de la lavandería, en chancletas y con camisetas de botones dorados cerradas hasta el cuello, fumando opio con sus largas cañas de bambú. Los mataperros se asomaban sigilosamente a la puerta de la tintorería y les tiraban aquellos cohetes y bombas fétidas mentándoles la madre en cantonés: «¡Tucalimambó!». Era un alarido gritado a coro, y los «narras» salían detrás de ellos, arrojándoles planchas de hierro tiznado que pasaban volando por encima de sus cabezas. Ni los góticos ni los bitongos conocían esos desenfrenos. Tampoco robaban sacapuntas y lápices *Mirado* en el *Ten Cent* de Obispo.

Al principio de la revolución, los bitongos y los góticos formaron los Cadetes Cívicos Nacionales a diferencia de los niños solariegos que marchaban con las Patrullas Juveniles. Hasta en eso se veían las diferencias. Los patrulleros marchaban en el Parque del Anfiteatro, que era territorio exclusivo de mataperros. Los cadetes lo hacían en el Parque de las Misiones, frente al Palacio Presidencial.

Por eso a Numancia le gustaban más los Cadetes que los Patrulleros, porque aquellos eran mayoritariamente niños góticos. Incluso en los uniformes de los Catedetes se advertía cierta elegancia ausente en los trajes de los patrulleros. Los niños góticos presumían de «bonitillos» y sus motas siempre estaban bien impregnadas de brillantina. Peinados a lo Luisito Aguilé, o a lo Elvis Presley, caminaban dando un sutil brinquito. Los mataperros, al andar, balanceaban un brazo en actitud agresiva, o bien se pasaban un pañuelo por la cara, aunque no estuvieran sudando ni llorando.

Otra de las inescrutables gesticulaciones de los mataperros consistía en pararse en una esquina y rascarse los testículos cada vez que pasaba cerca algún enemigo potencial a quien había que mirar desafiante. Y luego estaba la manía de expectorar. Más que mataperros, eran como perros, marcaban su territorio escupiendo y a veces también orinando. Los góticos y los bitongos escupían como las embarazadas, dejando caer el salivazo perpendicularmente en un discreto rincón. Pero los niños callejeros incluso competían para ver quién escupía más lejos. Entre ellos, sorber sonoramente y luego gargajear de medio lado o apuntando a un blanco situado a cuatro metros de distancia, se había convertido en todo un arte. Y lo mismo hacían con la orina. Se ponían a mear en grupo a ver cuál chorro llegaba más lejos. Muchas paredes quedaban rubricadas con sus efímeras firmas de ácido úrico. Organizaban carreras para ver quién llegaba más lejos al grito de «¡la peste el último!», y en las pocetas, quien se zambullía más hondo, recogía el dinero lanzado por los turistas. El que tuviera el tirapiedras más potente, era admirado por todos, al igual que quien tuviera el papalote que se elevara más alto, o la cometa con el rabo más largo erizado de cuchillas oxidadas, o quien pitcheara o bateara la bola más lejos, o quien corriera más veloz en la bicicleta, como Voysinfreno.

Todo en sus juegos y travesuras tenía que ver con una avidez de proyección, con un afán de actuar a distancia, con una prolongación física y mental de sus cuerpos, como si al dictado de fuerzas invisibles se ejercitaran en una virilidad que ya presagiaba futuras dilataciones fálicas.

En resumen, se trataba de la guapería, que era un valor sagrado en la cuadra más pobre de Loma del Ángel. Los góticos lo sabían y algunos trataban de imitar las gesticulaciones de los mataperros. Pero a la legua se les notaba esa artificialidad consistente en caminar un poquito echados hacia adelante, separando ligeramente ambos brazos del costillar, como si siempre tuvieran golondrinos. Ese afán de mimetismo de los góticos no era más que un paripé que sólo conseguía subrayar la abismal diferencia entre ellos y los mataperros más feroces del barrio.

Los mataperros eran casi raquíticos, a tal punto que algunos negritos, cuando sacaban pecho imitando a Charles Atlas, mostraban esqueléticas costillas como teclados de marimbas. Los bitongos, en cambio, eran casi todos sin excepción gorditos, fofos, tanto ellos como ellas. Los góticos, haciendo honor a su sobrenombre, eran más bien altos, delgados, estilizados, en perfecta consonancia con las alargadas formas ojivales.

Sin embargo, a pesar de estar peor alimentados, cualquier mataperro vencía en una pelea a un gótigo o a un bitongo en menos de lo que cantaba un gallo. Eran flacuchentos, pero sus músculos eran como alambres trenzados, correosos gracias al constante ejercicio nadando en las pocetas, trepando a los cocoteros, corriendo siempre delante de la policía o de los chinos encabronados o del guardaparques que los perseguía soplando el silbato cada vez que rompían las farolas del Anfiteatro...

Pero de un tiempo a esta parte se habían acabado los mataperros, los bitongos y los góticos tal y como Joaquín los había conocido antaño. Las diferencias sociales, económicas, culturales, étnicas, estéticas y éticas que antes hacían que en aquella Loma vivieran tres clases de niños se habían reducido drásticamente hasta casi extinguirse, porque ahora –gracias a la alquimia de los Reyes Magos– «todos éramos iguales».

La mayoría de los mataperros se había dispersado en el torbellino revolucionario. Muchos habían desaparecido del barrio: unos porque estaban presos con condenas larguísimas, otros porque se habían incorporado a las milicias, a la alfabetización o estaban becados. Las bandas juveniles habían sido borradas del mapa, ya no existían ni la Pandilla de Felo, ni la de Macao, ni la de Popeye, ni la de Tarzanito, ni la del Ángel. Ya ningún niño iba a nadar a las pocetas. Era como si estuviera prohibido por decreto chapotear en aquellas aguas.

Por otra parte, en 1961 muchos góticos se habían ido para Miami. Primero abandonaban el barco los pasajeros de primera, igual que en el Titanic. También se habían ido algunos bitongos. Los pocos góticos y bitongos que quedaban, trataban de parecer lo menos bitongos y lo menos góticos posible. Por ejemplo, ninguno iba ya a las clases de catecismo en la iglesia. De hecho, la iglesia estaba medio clausurada. La mayoría de los curas eran españoles, y habían sido expulsados de la isla a cajas destempladas un par de años atrás. Por lo demás, el ateismo más radical –importado de la Unión Soviética– se había puesto de moda. Coliseo estaba encantado. Numancia estaba enfurruñada. A Joaquín le daba un poco lo mismo. ¿Se habría ido Dios también para Miami? Polenta decía: «los pobres niñitos que están naciendo ahora ya no serán bautizados. Cuando mueran, irán al limbo». ¿El limbo no sería ese famoso Miami?

Paradójicamente, algunos góticos y bitongos –que podían contarse con los dedos de las manos– se habían sumado a diversas tareas revolucionarias, como alfabetizar o recoger café en las montañas. Al mezclarse en estas misiones con los mataperros, ya no formaban un conjunto y su presencia como grupo social había dejado de sentirse.

Joaquín contemplaba desconcertado todos estos cambios, algunos de los cuales le hacían experimentar un gran alivio. Por ejemplo, se alegraba de que hubieran desaparecido los pandilleros más pavorosos de la zona. Aquellas riñas tumultuarias en la explanada de la Punta, en el Paseo del Prado, en el Parque del Anfiteatro o en el Parque Habana eran cada vez más frecuentes y encarnizadas. Las bandas de los más chiquitos usaban piedras y palos, pero las de los mayores ya chocaban armadas de cadenas, cabillas, navajas y hasta machetes. Unas veces eran los delincuentes del barrio de las putas contra los de la Loma del Ángel, otras eran los mataperros del Parque Habana contra los del Arco de Belén.

Joaquín sospechaba que, de haberse prolongado esa situación, a la corta o a la larga, por mera sobrevivencia, hubiera tenido que convertirse en un delincuente o en un cadáver. O en un candidato al reformatorio de Torrens.

Que muchos pandilleros se hubieran ido con los «Cinco Picos» a practicar el himalayismo revolucionario, que otros se hubieran metido a Maestros Voluntarios, o a Jóvenes Rebeldes, o que estuvieran ahora mismo con los milicianos que combatían en el Escambray contra los alzados, le parecía el mejor destino para todos los guapos que ejercían la violencia gratuita como si se tratara de una religión. Ahora gran parte de aquella carne de presidio se había convertido en carne de cañón debido al creciente proceso de militarización de la sociedad.

Las calles practicamente se habían pacificado de un plumazo. Alguna ventaja tenía que haber en compensación de tantas desventajas, dolores, sinsabores y vicisitudes…

Al fin podía ir solo a la barriada de Colón, cruzar la peligrosa frontera del Paseo del Prado sin necesidad de ir en pandilla. Hasta el año pasado, ni el más guapo entre los guapos de la Loma del Ángel se atrevía a aventurarse solo en las calles llenas de prostíbulos. Incluso la policía tenía que pensárselo dos veces antes de entrar allí.

Antes de los Reyes Magos, cada vez que él y sus amigos querían ir a la calle Consulado para ver una película en el cine Majestic o en el Verdún, tenían que cruzar por fuerza el Paseo del Prado. Tan pronto como dejaban atrás los laureles y los leones de bronce de esa alameda, Joaquín sentía un cambio en la densidad del aire. Eso tal vez se debiera en parte a la súbita transformación que experimentaba el paisaje arquitectónico. En el Barrio de Colón ya el estilo predominante no era el barroco, como en su vecindario. Tampoco había iglesias neogóticas, mucho menos niños góticos. Allí los edificios eran un amasijo ecléctico, a tono con el relajo imperante en el lugar ya que, según parece, toda falta de estilo implica una cierta relajación. También se debía a que en el Barrio de Colón había mucha más bulla que en la Loma del Ángel. El ruido salía de los billares, de los tiro–al–blanco, de los bares, de los bayúes, o bien directamente de las reiteradas reyertas de las fleteras con los chulos, o de éstos con los marineros americanos, o con la policía, o de todos a la vez…

Pero los mataperros del Ángel no se arriesgaban a cruzar el Prado sólo para ir a ver películas en un par de cines de la calle Consulado. Es verdad que allí se divertían de lo lindo tirándole hollejos de naranja a la pantalla cada vez que alguien gritaba: «¡Cojooooo, suelta la botella!». Es verdad que en el gallinero del Verdún, o en el del Majestic, al amparo de la oscuridad, reinaba un ambiente delirante. Muchos espectadores se quitaban las camisas y hasta los zapatos, ponían los pies descalzos en el respaldo de la butaca de alante, todo el mundo –incluyendo menores– fumaba formando una compacta nube de humo en el techo. De vez en cuando se veía un punto incandescente trazando una parábola chispeante en la oscuridad: algún fumador acababa de tirar una colilla de cigarro encendida hacia la platea. Los de abajo empezaban a gritar malas palabras y algunos hasta pitcheaban botellas hacia arriba.

A veces los mataperros del Ángel coincidían en el gallinero con miembros de otras pandillas, y entonces se armaban tremendas piñaceras. En medio de la trifulca, algunos arrancaban las lunetas del suelo para usarlas como armas arrojadizas. Aquellas sillas voladoras iban a parar muchas veces a la platea. Se tiraban unos a otros botellas de refrescos vacías, huevos podridos o piedras que ya traían en los bolsillos.

Los espectadores que estaban abajo salían huyendo y gritando improperios. En aquellos dos cines lo mejor era no sentarse jamás en la planta baja. Dos salas oscuras que eran auténticos campos de batalla para los mataperros excitados con las películas de *cowboys*, de Tarzán o con la canallesca banda sonora de *El Hombre del brazo de oro*, de Frank Sinatra.

Aparte de esas emociones, había otro imán mucho más poderoso que arrastraba a los mataperros del Ángel hasta el Barrio de Colón. Joaquín y un par de amigos estaban un día jugando a las postalitas en la calle cuando pasaron por allí tres marineros borrachos. «*¿Fuckin, fuckin, señorina, one dólar?*», preguntaron los tres americanos. Estaban perdidos en aquel laberinto de callejuelas, venían del puerto, caminaban haciendo eses. Por su experiencia con los turistas americanos en las pocetas, más o menos los niños sabían lo que significaba «*guan dólar*», pero aquel «*foquin, foquin*» les sonó a chino. Los tres marineros emprendieron una serie de movimientos pélvicos, abrazados entre sí, carcajeándose, cayéndose unos encima de los otros. Vestidos de blanco, con sus pañoletas negras, parecía un trío de cómicos bailando el *rock and roll*. Por fin uno de ellos hizo un círculo con el índice y el pulgar de la mano izquierda por el que empezó a meter y a sacar rápidamente el índice de la mano derecha: «*fuckin, fuckin, señorinas*»…

Los mataperros al fin entendieron y los llevaron hasta el Prado, arriesgándose a tener un encontronazo con la pandilla rival, pero como había una propina segura, valía la pena. No era un dólar, como pensaron al principio (el dólar era para la «señorina»), pero les dieron un par de monedas de veinticinco centavos… ¡una fortuna para cualquier mataperro!

Volvieron a hacer de cicerones de marinos en otras ocasiones. Y así descubrieron el otro gran atractivo de aquel barrio, la pista del sexo. Sólo con ver los lumínicos se excitaban. Había uno –en colores, parpadeante– que reproducía a una mujer desnuda dentro de una burbujeante copa de champán. Ahora iban hasta allí para ver a las mujeres de la calle, para asomarse a las ventanas de los burdeles y tratar de colarse en los *night–clubs* frecuentados por los marineros americanos, como el «Bar Arrecifes».

Por ser unos chamacos, siempre los echaban de todas partes, así que acababan entregándose al regocijo de llamar a las pocas puertas que ostentaban unos letreros que decían: «No molestar, aquí viven familias decentes». Tocaban la aldaba, o el timbre, y salían corriendo entre risotadas.

Las puertas de las casas donde no vivían personas decentes constituían la inmensa mayoría del barrio de Colón, y en vez de cartelitos tenían unas ventanillas con rejillas a las que se asomaban las prostitutas para catar a los clientes o negociar precios antes de dejarlos entrar. Esas celosías convertían las puertas de los bayúes en confesonarios al revés sin que quedara muy claro quién era el sacerdote y quién el pecador, si la puta o el putañero situados a ambos lados de la puerta.

Los pandilleros del Ángel tenían entre ocho y trece años. Estaban empeñados en ver a las putas, soñaban con la morbidez de esas carnes sospechadas, así que también tocaban esas puertas esperando sorprender alguna escena lujuriosa cuando les abrieran las ventanitas. Las prostitutas abrían los postigos y, al ver que eran unos mocosos, les tiraban tibores llenos de orina para ahuyentarlos.

Era un bautismo de lo más varonil. Y también una aspersión que hedía a sexo y a muerte, pues a la excitación producida por aquellos cuerpos femeninos entrevistos en las esquinas, en las cantinas o en algunas ventanas, se añadía la adrenalina secretada por el hecho de estar en territorio enemigo. En aquella barriada se respiraba un clima de violencia tan intenso que allí lo mismo se podía conseguir una noche de amor –o de sexo alquilado– que una puñalada –o un golpe mal dado– que te mandara directamente y sin escalas al otro barrio, al Cementerio de Colón.

Curiosamente los habaneros habían designado con el nombre del Almirante de la Mar Océana que los descubrió no sólo a su barrio de las putas, sino también a su barrio de los muertos. En aquella isla Eros y Tánatos se fundían en la ambigua reminiscencia onomástica de Cristóbal Colón.

Cuando regresó de alfabetizar, Joaquín fue a dar una vuelta por el Barrio de Colón y descubrió que ya no quedaba allí ninguna puta. Todos los prostíbulos estaban cerrados a cal y canto. También habían clausurado los billares, los garitos, los bares y, por supuesto, ya no se veían marinos americanos –ni borrachos ni sobrios.

Las prostitutas estaban ahora internadas en escuelas donde aprendían diversos oficios mediante apresurados cursillos llamados de «mínimo técnico». A marchas forzadas, el nuevo gobierno convirtió a la mayoría en taxistas. Circulaban por la ciudad –chocando las más de las veces– en unos carros morados una TP rotulada en las puertas. TP quería decir «Transporte Popular», pero los jodedores preferían traducirlo como «Taxis de Putas» o «Tristes Putas».

La alquimia de los Reyes Magos seguía dando sorpresas por doquier: no sólo convertía a los delincuentes en policías o artilleros, sino que transmutaba a las prostitutas en taxistas. Joaquín estaba un poco decepcionado con esta última metamorfosis, pues –como todos los mataperros– soñaba en secreto con ver llegar el día en que lo dejaran entrar en un bayú. Ahora que ya tenía llave de la calle, ésa era otra ilusión que se iba al garete.

Sí, parece que Numancia tenía razón. La Loma del Ángel era hasta hacía poco un barco con una eslora de trescientos metros en la que cada cuadra era un compartimento estanco que separaba las aguas de una clase social de las de las otras. Sin embargo, ahora, tras la desaparición de la mayoría de los góticos y de buena parte de los bitongos, muchos pasajeros de tercera clase habían pasado a ocupar los camarotes de los pasajeros de primera y de segunda que habían abandonado el barco.

Según aquella película que su madre y él habían visto tantas veces, el Titanic se había hundido porque el agua pasó de unos compartimentos a otros inundándolos. Y algo parecido empezaba a ocurrir no sólo en la Loma del Ángel, sino en toda la ciudad. Cada vez que se iba del país un «gusano», inmediatamente algún supuesto «revolucionario» ocupaba su apartamento, sus muebles, sus discos, sus libros, sus aparatos electrodomésticos…

Mientras Joaquín alfabetizaba, algunas familias mataperras se habían mudado para la cuadra de los bitongos. A su vez, algún que otro bitongo se había trasladado para la manzana de los góticos en cuyas casas abandonadas todavía podían verse clavados en las puertas los rótulos metálicos que decían: «FIDEL, ESTA ES TU CASA», como vestigios oxidados de un amor fracasado.

Sin embargo, los que más masivamente se instalaban en el barrio eran en realidad polizones, gentes venidas de otras provincias. Por ejemplo, el cuarto donde antes vivía Sergio el Truquero ya estaba ocupado por una familia recién llegada de Oriente. Sergio tenía una sola hija. El nuevo inquilino (Tomás) tenía tres, y se pasaba la mayor parte del tiempo martillando las paredes. Joaquín pensó al principio que el nuevo vecino era carpintero o algo así, pero todos comentaban que estaba construyendo un entresuelo dentro del cuarto. Aprovechando que la habitación –como todas en las cuarterías– era de puntal alto, estaba haciendo un dúplex de tablas con escalera para multiplicar por dos el espacio, ya que pensaba tener más hijos.

Como en un sistema de vasos comunicantes, ahora el agua del naufragio tenía el mismo nivel en todas las cuadras de la Loma del Ángel. A primera vista, era el triunfo de la igualdad. Ya no había diferencias entre lo que comía un niño –o un adulto– que viviera en la cuadra de los góticos y lo que comía cualquiera en la zona de los mataperros. Pero no porque los mataperros comieran ahora tan opíparamente como antes lo hacían los góticos, sino porque todo el mundo estaba obligado por decreto a comer exactamente lo mismo.

De modo que la igualación no se había verificado hacia arriba –como era de desear–, sino hacia abajo. La pirámide social que representaba esa calle empinada –y por extensión el espectro clasista del país– no se había alargado hacia la cúspide, sino que se había visto abruptamente rebajada hacia la base quedando cercenada, como un trapecio isósceles. La pirámide latente que subyacía en la Loma se había achatado hasta convertir a todo el mundo en mataperros. De la pirámide egipcia se había pasado súbitamente a la azteca, que es truncada, o sea incompleta, es decir, frustrada.

La invención de la Libreta de racionamiento fue el gran truco de magia de los Reyes Magos. Actuaba como una apisonadora cuyo rodillo implacable establecía una igualdad a la cañona. En todo caso, el supuesto triunfo de esa simetría no era más que una victoria pírrica obtenida al enorme precio de expulsar del país a sectores indispensables de la población como los góticos y los bitongos. Todo lo que atenta contra la diversidad, contra la diferencia, acaba conspirando contra la riqueza y fomenta la pobreza. Toda forma de igualitarismo implica en esencia un totalitarismo.

Sí, ahora todos eran iguales, pero igualmente pobres. Todos –en la isla entera– comían lo mismo y vestían igual, gracias a la invención de la Libreta de abastecimientos.

***

Bueno… eso de que gracias a la Libreta ahora todos comían lo mismo era una mentira que Joaquín sólo descubriría tres años después, cuando entró en el ejército. Lo primero que le llamó la atención en su Unidad Militar fue que había dos comedores bien separados: uno para los reclutas y otro para los oficiales. Los soldados rasos tenían que hacer cola bajo el sol, con sus bandejas de aluminio, para que les sirvieran sus raciones. Sin embargo, los cabos, los sargentos y todos los que tenían algún rango no hacían cola, simplemente entraban en su refectorio, se sentaban a la mesa y enseguida algún pinche de cocina corría solícitamente a servirles la comida. Los superiores disfrutaban de vajilla de porcelana mientras que los reclutas tenían que ir cogiendo sus bandejas de aluminio de una tonga expuesta al sol. Esos platos estaban tan calientes que al cogerlos quemaban los dedos.

Los reclutas sólo tenían una cuchara de aluminio que debían guardar en el bolsillo. Los oficiales, juegos completos de cubiertos. Los soldados tenían que limpiarse la boca con las mangas mientras que los jefes disponían de servilletas de tela primorosamente dobladas. Ningún recluta podía entrar en aquel comedor, ni siquiera asomarse a la puerta, pero Joaquín conocía todos estos detalles porque lo habían castigado un par de veces en la cocina, pelando papas, y el cocinero lo había mandado a entrar allí para que sirviera a los oficiales.

En el comedor de la oficialidad había manteles de hule estampados, algún cuadro colgando de las paredes y hasta búcaros con flores mientras que en el comedero de los soldados las paredes de basta madera estaban peladas y no había ni manteles ni búcaros. A los oficiales no les servían la misma comida destinada a la tropa. Aquí y allá, subrepticiamente, aparecían trozos de carne, de pescado, o de pollo que no recibían sus subordinados. Y cuando el menú era el mismo, entonces las raciones de los jefes estaban mejor cocinadas y eran más abundantes. Los reclutas siempre se quedaban con hambre, por eso volvían a hacer cola delante de las marmitas —cuando estaban en maniobras— o frente a la cocina —cuando estaban en el cuartel— para ver si tenían la suerte de obtener una segunda ración. En la jerga cuartelesca a eso le llamaban «reenganche». Pero los oficiales no tenían que «reenganchar» porque de entrada quedaban saciados, y nunca tenían que raspar con las cucharas el fondo de los calderos en busca de una raspa de arroz o de congrí requemada.

Los oficiales tenían derecho a unos panes calientes que no se repartían entre la tropa. En su comedor se servían postres que los soldados ni siquiera adivinaban. En aquel refectorio había bebidas embotelladas o jarras de agua llenas de tintineantes cubitos de hielo: exquisiteces que no estaban al alcance de los demás. Los «mayimbes» —como les decían— tenían vasos de cristal decorados, la guarnición sólo jarros de aluminio abollados.

Los reclutas tenían quince minutos para comer, prácticamente entraban en el comedor marchando, en fila india, y recibiendo órdenes: «¡sentarse!» y todos se dejaban caer en las banquetas de madera; «¡de pie!», y todos tenían que salir del barracón tanto si habían terminado de comer como si no.

A Joaquín ya le habían puesto un par de reportes por «comer sin cadencia», o sea, por comer más lentamente de lo debido. En cambio, la Plana Mayor podía incluso hacer sobremesa, y cuando los «mayimbes» salían del comedor, dejaban sus platos en las mesas para que los recogieran y los fregaran los cocineros. Sin embargo, los reclutas tenían que hacer otra larga cola delante de un tanque de agua hirviente para fregar sus bandejas metiéndolas en ese líquido saponáceo y restregándolas con un palo de cuya punta colgaba un estropajo mal atado.

Al oscurecer, los oficiales se permitían el lujo de encargar pizzas a una población cercana, pero ni Joaquín ni sus compañeros de armas tenían dinero para eso. Las tripas de todos ronroneaban cuando el camión de las pizzas pasaba por al lado de la barraca de la guarnición desplegando efluvios de queso derretido.

Había muchas más desigualdades, y saltaban a la vista por doquier. La tan cacareada igualdad era falsa. A Joaquín le había chocado mucho todo eso. ¿No decían que aquella era una sociedad nueva, sin diferencias de clases? ¿No decían que en el comunismo todos eran iguales? Si en el ejército —que por definición era la génesis y la vanguardia de esa sociedad— había tantas desigualdades, ¿qué podía esperarse que ocurriera con el resto de los ciudadanos?

Y a todas estas, se preguntaba Joaquín, ¿qué hacía el Máximo Líder en el restaurante El Patio a esas horas de la noche? Había invitado a cenar al ministro soviético de visita oficial en la isla. Pero no había llevado a Gromiko a los salones donde comía el resto de las personas, sino a un reservado instalado en el entresuelo de la mansión colonial recién transformada en restaurante. En aquel mezzanine no servían la misma comida que en los otros salones y, además, allí estaba bien protegido de miradas indiscretas.

Fidel hizo ademán de coger una silla vacía, pero un escolta se precipitó y se la acercó. Entonces el barbudo se sentó a la mesa junto con los mucha-chos. Se arrellanó al lado de Joaquín, que lo miraba de reojo mientras pasaba revista mentalmente a las desigualdades que había constatado en el ejército y a las que apreciaba ahora en la vida civil, porque para entrar a comer en aquel restaurante había que hacer largas colas, y tener más dinero que el sueldo de siete pesos mensuales de un recluta. Ni él ni sus amigos tenían suficiente dinero para comer allí como Dios manda. Pero sí para merendar algún tentempié afuera, en el soportal.

Joaquín no había comido nada aquella noche, sólo una vitamina que le dio su abuela. En casa de su madre no tenían nada que ofrecerle porque ya las raciones se las habían comido. Y allí, en el pórtico del restaurante, sólo servían té ruso con unos bizcochitos en forma de lengua de gato. Eso tenían él y sus amigos en el estómago, té aguado con bizcochos pasados.

Sin embargo, ¿qué había en los estómagos de Fidel y su séquito? En aquel reservado del entresuelo seguramente habían comido bistec con papas fritas, o faisán. Detrás del líder estaba su médico personal, el intér-prete ruso, y un montón de secretarios, guardaespaldas, jefes de despacho, diplomáticos extranjeros, funcionarios de alto rango… ¿tenían ellos una libreta de abastecimientos como Polenta, como Numancia, como Coliseo? Evidentemente no.

Se fijó en el uniforme de Fidel Castro. Otra gran diferencia. El uniforme de Joaquín era verde, pero se ponía gris después del tercer lavado o del tercer aguacero. En cambio, el de Fidel no desteñía, por-que no estaba hecho de barata tela soviética, sino de tela china. La calidad de esa tela se apreciaba ya en la textura de su trama. La gorra del máximo líder tampoco era soviética. No era blanda como la de Joaquín, no formaba un feo globo, ni la visera se abarquillaba como una canoa al quinto día de uso. No, qué va, la gorra de Fidel Castro era de la marca Thomas Coll, de visera corta y dura, con un diseño mucho más elegante. Una gorra que sólo usaban los altos oficiales, de capitán para arriba. ¿Era eso igualdad?

¿Sería por todas esas decepciones que había ido verificando en materia de igualdades que Joaquín rechazó la beca en Polonia?

12.

LA MULTIPLICACIÓN DE LOS PECES

Con la libreta de abastecimientos apareció una palabreja hasta entonces nunca oída: la «cuota». «¿Ya cogiste la cuota de café», «¿cuándo llega la cuota de arroz a la bodega?», «dicen que van a quitar la cuota de manteca»... frases como estas se oían cada vez con mayor frecuencia. Ciertamente con la ración o «cuota» nadie se moría de hambre, pero implantaba una mortificación gastronómica permanente, la desdicha doméstica de no poder elegir lo que se come, ni cuándo, ni cuánto, ni dónde se come. La cuota imponía una minuciosa tristeza vegetativa, una excesiva sobriedad programada que, si bien no era hambre, se le parecía bastante o incluso en cierta forma era peor, porque la libreta de racionamiento impedía elegir. Alguien (el Estado) elegía sin dar cuenta a nadie lo que seis millones de personas iban a comer, en qué momento y en qué cantidades.

Ya Polenta no podía hacer cada viernes su factura para toda la semana. Apenas un año atrás se sentaba a la mesa y, como no sabía escribir, le dictaba a su nieto lo que pensaba comprar: tantas libras de esto, tantas libras de lo otro... Una vez confeccionada la lista, Joaquín la acompañaba hasta la bodega La Moneda de Oro y allí lo compraban todo, sin colas, ni cuotas. A veces compraban tantos víveres que tenían que hacer dos viajes, ambos cargados. Ese simple recuerdo era ahora para Joaquín como una lección de Historia Antigua.

Él seguía mirando las colas desde su azotea. Eran como las caravanas de hormigas que de niño observaba en el patio del solar. Ponía una mosca muerta en la ruta habitual de los insectos, cerca de su hormiguero. Una hormiga chocaba con el cadáver, lo bojeaba, lo exploraba y a continuación avisaba a otra moviendo las antenas o las patas. Avisaban a las demás. Inmediatamente empezaban a salir de la grieta de la pared más y más hormigas, en fila india, rumbo a la mosca muerta. Entre todas la descuartizaban, ya que sólo así –en fragmentos– podrían meter toda esa cantidad de alimento en su cueva. Unas llevaban un ala, otras cargaban una pata, hasta el hormiguero.

Y así estaba la gente allá abajo, como hormigas, intercambiando avisos estentóreos: «¡Fefaaaaa, baja corriendo, que llegó la vianda!», gritaba una gorda desde la calle haciendo bocina con las manos. «¿Por la libre o por la libreta?», vociferaba otra mujer desde una cola en el puesto de viandas. «¿Qué tú dices, por la libre? ¡Qué vaaaa, chica, por la libreta!», respondía la obesa sin dejar de correr. Enseguida un tropel de mujeres y hombres se abalanzó hacia el puesto mientras otras vecinas se asomaban a puertas, ventanas y balcones: «¿y la carne, por fin cuando viene el carro de la carne?»... «¡oyeee, Herminiaaaaa, márcame en la cola de la luzbrillante!».

De pronto otra mujer lanzaba un grito en la lechería, y de nuevo todas corrían para allá con sus libretas, enloquecidas, algunas incluso riéndose, otras maldiciendo, desmelenadas y en bata de casa, en chancletas y hasta en sayuelas.

Desde luego, en los planes de Joaquín no entraba eso de convertirse en un insecto social. Nunca formaría parte del hormiguero, y si alguna vez lo obligaban a ser una hormiga obediente, fingiría serlo... hasta un día. Sólo hasta un día. Para no devenir una hormiga, lo primero era no andar por ahí con una «jaba».

Junto con la libreta había aparecido la jaba. Ahora todos iban por ahí siempre con una bolsa en la mano. Aparte de la libreta de los víveres, había otra para «artículos industriales», de modo que llevaban la jaba por si acaso se presentaba la oportunidad de comprar algo en una ferretería, en una tienda o en una peletería.

De la noche a la mañana la jaba había devenido un complemento de la indumentaria nacional, una prolongación del brazo de cada ser humano. Las había de diversos tipos: de tela de saco, de yagua, de yute, de fibras plásticas trenzadas de colores, a cual más sucia y deplorable.

La jaba también servía como atributo de poder social. No era lo mismo ir por ahí con una jaba esmirriada que con una llena de papas. El que llevaba la jaba con papas tenía más posibilidades de éxito en el trueque que se había generalizado como forma de intercambio comercial digna del comunismo primitivo. ¿No decían los Reyes Magos que estaban construyendo una sociedad comunista? Pues la jaba parecía conducir directamente al Pitecántropo de Java.

El trapicheo, la bolsa negra, los acaparadores, estaban a la orden del día. El dinero empezaba a perder rápidamente su valor para devenir algo meramente simbólico. Ahora Numancia le pedía a sus clientas que le pagaran con paqueticos de café. Ahora lo importante no era acumular dinero, sino tener una familia numerosa. Porque mientras más hijos o parientes estuvieran apuntados en la libreta de racionamiento, más productos le correspondían al titular de esa cartilla y, por tanto, más podría cambalachear. Ni corta ni perezosa, Polenta ya había inscrito en su libreta a su nieto incluso antes de que éste regresara de la alfabetización.

La escasez planificada había creado en la gente una psicosis por comprar, por acumular, por amontonar lo que fuera, sin que importara si era necesario o no, porque a lo mejor éste o aquél otro artículo nunca más volvía a aparecer a la venta. Lo mismo daba si era un rabanito, un ají o un par de zapatillas. Todos con su jaba al retortero lo compraban todo.

«Chica, antes no había dinero para comprar de todo, ahora tenemos dinero, pero no hay nada que comprar», decía Evangelina en el patio del solar mientras fregaba una sartén más negra que ella. «La felicidad en casa del pobre dura poco», le contestaba Isolina desde los altos. «Al que nace pa'martillo, del cielo le caen los clavos», replicaba risueña Evangelina. Y la flaca Pichichi abundaba: «Al que nace pa' tamal, del cielo le caen las hojas», a lo que respondía la vecina de más allá, llamada Herminia: «la yagua que está pa'uno, no hay vaca que se la coma», y de pronto salía Gertrudis de la ducha envuelta en una toalla: «nada, chica, que cuando el mal es de cagar, no valen guayabas verdes»…

Todos esos dicharachos eran intercambiados como destellos de sabiduría, y así, entre chistes y refranes, la gente iba aguantando, adaptándose, sobreviviendo. Porque si algo no estaba todavía en la isla por la libreta era el sentido del humor, único antídoto contra todas las salaciones e insolaciones habidas y por haber.

Una de las mayores tristezas de Joaquín en sus exploraciones fue descubrir que *Hobby Center* había cerrado. Antes de irse a alfabetizar, a fuerza de ahorrar en su alcancía, había comprado en esa tienda el B-24 y el B-25, la fortaleza volante B-29 y el Mustang P-51 con su nariz de cazón, aquel famoso tigre volador con su sonriente dentellada aérea, y el elegante Messerschmitt con la swástica en la cabina. Después de armarlos, los había colgado de unos hilos de nailon que pendían de las vigas del techo del cuarto. Pero mientras él estaba alfabetizando toda aquella guindaleja se había llenado de telarañas, así que Numancia descolgó los avioncitos y los pegó ordenadamente en una vieja pizarra previamente forrada con un paño verde. Luego añadió artísticamente los revólveres de *cowboy* de su hijo. Colgó en la pared la tabla así ornamentada y proclamó que era una «panoplia». Nadie en cinco kilómetros a la redonda sabía lo que significaba esa palabra. Tampoco Coliseo ni Joaquín, quienes tuvieron que consultar el diccionario para averiguarlo.

Pero en la panoplia de Joaquín faltaban algunos aviones, por ejemplo, el espléndido Jack Zero, tan amarillo y con discos rojos en las alas que parecía un plátano volador. Le dolía saber que ya nunca podría conseguir aquel sarcófago aéreo de los kamikazes japoneses. También se había quedado con ganas de adquirir el hidroavión Catalina. Detrás de la puerta metálica de *Hobby Center*, bajada, con el candado puesto y cubierta de polvo, se había quedado un trozo de su niñez abruptamente truncada.

Todo lo que oliera a americano había sido desterrado, y no sólo la tienda *Hobby Center*. ¡Hasta Rin-Tin-Tin estaba prohibido! Hacía un año y pico las multitudes habían desfilado llevando en andas ataúdes pintados de negro con letreros que decían «United Fruit Sugar Company», «Telephone and Company»... Joaquín había visto esas manifestaciones callejeras por televisión y si bien al principio creyó que eran entierros de verdad, pronto advirtió la atmósfera de parranda y comprendió que se trataba del sepelio simbólico de todas las empresas, bancos y compañías norteamericanas que existían en la isla.

Por entonces empezaba a corearse una nueva consigna «¡Cuba sí, Yanquis no!». Aparecía en los periódicos, la gritaban por radio y televisión, hasta le habían puesto música y la cantaban a ritmo de pachanga, reaparecía en las vallas de las carreteras, rotulada en carteles de diversas dimensiones instalados en los edificios más altos. Coliseo siempre estaba garabateando ese nuevo lema en todas partes: en las cartas, en los sobres, en los almanaques, en el Diario de Alfabetizador de su hijo, en las paredes del baño del solar.

A Joaquín le llamó la atención que ya la consigna no fuera «¡Abajo Batista!». Por cierto, ¿dónde rayos estaba Batista? ¿Muerto o en Miami? Ya nadie hablaba de él, era como si nunca hubiera existido. Ahora el enemigo eran los yanquis. En tan sólo tres años Batista había devenido un fósil. La isla necesitaba un adversario más gigantesco para paliar su eterno complejo de inferioridad. Y de resultas de tanta ojeriza contra los yanquis, hasta cierto punto resultaba lógico que *Hobby Center* estuviera cerrado, pero lo que no se entendía era que en la ciudad no hubiera ni yuca, ni café, ni malanga...

¿Adónde coño había ido a parar toda la yuca que él y otros miles de alfabetizadores habían sembrado y cosechado en las lomas el año pasado? ¿Adónde diablos había ido a parar todo el café que recogieron los brigadistas ayudando a los campesinos? Y lo mismo podía decirse de los mangos, de los plátanos, de los mameyes, de muchos más frutos y tubérculos que nunca habían llegado a la isla importados de Estados Unidos sino que eran productos autóctonos desde tiempos inmemoriales.

Decían que esos productos de la tierra no llegaban a la ciudad porque no había gasolina para los camiones, pero Joaquín Iznaga veía casi a diario a los barcos petroleros soviéticos entrando en la bahía. Con el símbolo de la hoz y el martillo pintado en sus chimeneas, los buques cisterna se dirigían al fondo del puerto donde estaba la refinería. Entraban con el agua casi por encima de la línea de flotación y luego salían con la obra viva al descubierto.

***

A la derecha de Fidel Castro estaba sentado el Cawy. El Cawy era el mejor amigo de Joaquín. Con su cara de pícaro risueño, se daba un aire a Mickey Rooney. Era el más jodedor de los mataperros, siempre estaba haciendo chistes, inventando juegos de palabras. Uno de sus retruécanos favoritos era: «¡jamás jamaré jamón!».

—A ver, tú, ¿a qué te dedicas? ¿Trabajas o estudias?»— le preguntó Fidel al Cawy.

—Yo estudio, comandante.

—¿Dónde?

—En la secundaria básica.

—¿En qué secundaria básica?

—En esa que está ahí... —el Cawy señaló hacia la esquina de San Ignacio y Tejadillo, a menos de cien metros de donde estaban sentados.

—Enséñame tu carnet de estudiante —le ordenó el otro.

El Cawy sacó algo de uno de los innumerables bolsillitos de su «guapita». Sin llegar a ser una guayabera, la guapita era una prenda de moda entre los jóvenes, una camisa repleta de botoncitos y plagada de bolsillos adicionales en las mangas o incluso en la espalda, para meter en ellos la caja de fósforos, los cigarros o los peines. El contraste entre los bolsillitos de la guapita del Cawy y los bolsillones de la guerrera de Fidel era en cierta forma divertido. Lo que el Cawy sacó de su bolsillo fue un cartón sudado y estrujado. El carnet era como un acordeón, allí aparecían los nombres y apellidos del alumno, el grupo, el aula, el nivel académico que cursaba, su firma, las asignaturas, los talleres, los arrastres, todo eso en largas columnas, como una libreta de racionamiento.

En ese año de 1965, ese carnet era indispensable para un adolescente que no trabajara. Tenía que llevarlo siempre encima porque la policía acosaba constantemente a los jóvenes en la calle pidiéndoles identifica-ción. Aparte de la ley del Servicio Militar Obligatorio y de otra llamada «Contra la Vagancia», el gobierno también había instaurado la UMAP (Unidades Militares de Ayuda a la Producción), esas granjas en las que se realizaban trabajos forzados. Al menos eso se contaba en la calle, porque ni en los periódicos ni en la televisión ni en la radio se hablaba de la UMAP. Así que los jóvenes estaban asustados. Cualquiera que no estuviera debidamente documentado podía ir a parar al Servicio Militar o a la UMAP. Por suerte esa noche el Cawy llevaba encima su deteriorado carnet.

—Esto casi no se puede leer —protestó Fidel cuando tuvo el documento en sus manos.

El Cawy era un excelente bailador de casino, era punto fijo en todas las fiestas de quince, formaba parte de la rueda del balneario «Patricio Lumumba», adonde iba sin cesar a recholatear, y lógicamente, su carnet había absorbido tantas cantidades de sudor que las notas que los maestros hacían con bolígrafos resultaban ilegibles.

—Es que... —empezó a justificarse el Cawy, pero Fidel lo interrumpió:
—Oye, aquí faltan los sellos de asistencia.

En efecto, en una de las caras del carnet los maestros pegaban unos sellos más pequeños que los de correo. Si el alumno asistía a clases, tenía sellos en su carnet, si no los tenía, significaba que era un ausentista. Fidel estaba enterado incluso de esos detalles de la vida escolar. Y ahora se comportaba como un policía o un cederista, interrogando al Cawy.

En realidad el Cawy hacía por lo menos seis meses que no iba a la secundaria, como no fuera a pararse en la puerta de salida para ligar con las pepillas cuando salían de clases. Así que no había ninguna estampilla en su documentación. Joaquín miró preocupado al Cawy. ¿Qué iba a decir su amigo, cómo iba a justificarse ahora?

—Mire, comandante, lo que pasa es que los sellitos se caen.

Fidel lo miró atravesado, desconfiando.

—Sí, por el sudor, ya sabe... y luego, esos sellitos casi no tienen goma por detrás... mira que les he echado saliva, y nada...

Fidel le devolvió el carnet:

—La próxima vez que yo te vea, quiero ver ese carnet lleno de sellitos, porque si no es así, entonces sí que vas a sudar trabajando en una granja.

***

En el famoso discurso de Fidel que algunos llamaron el «Sermón de la Montaña», él prometió que si en un futuro no había jamón, «comeremos malanga». Pero ni eso había al cabo de unos tres años, razón por la cual el Cawy decía «jamás jamaré jamón».

No se produjo el milagro de la multiplicación de los panes, pero sí el de los peces, porque la merluza se había convertido en el nuevo plato nacional. Últimamente, sólo daban eso por la libreta. La gente esperaba carne y llegaba merluza, que encima ni siquiera era merluza.

—¡Mira que llamarle a esto merluza! —comentaba un vecino de Joaquín el otro día—. Yo soy pescador y sé de lo que estoy hablando.¡Qué coño va a ser eso merluza! Una merluza de verdad mide hasta un metro de largo y es así de ancha, esto es pescadilla, hombre.

—Sí, chico —dijo Isolina—, este pescao es muy chiquito, medirá unos veinte centímetros.

—Pescadilla, y no merluza, pero como la gente aquí no sabe nada de pescados, les dicen que es merluza y se lo creen. ¡La merluza de verdad es un manjar de lujo en los países más civilizados! —seguía el pescador.

Un mes atrás, cuando Joaquín regresó de las montañas, lo que estaban dando por la libreta eran ancas de rana. Paradójicamente, a Numancia —que era tan quisquillosa para comer— le gustaban, porque decía que parecían bailarinas del Bolshoi. «¡La Pavlova —se reía—, me voy a comer una Pavlova!». Y ¡chuculún!, se zampaba las patas de una rana. Pero últimamente, de las ancas habían pasado súbitamente a la merluza, o pescadilla, o lo que fuera.

En la casa de Polenta la comieron ayer mismo. Era un pescado asqueroso, y había que consumirlo sancochado porque no había grasa para freír. Era poco nutritivo y a la media hora ya se volvía a tener hambre.

—Creo que pronto nos van a salir escamas de comer tanta merluza– comentó Polenta en voz baja.

–¿Ya no vienen ancas de rana?– preguntó Numancia frotándose los dedos índices y pulgares de ambas manos.

–¡Qué asco, mamá! –dijo Joaquín clavando el tenedor en la columna vertebral triangular y cartilaginosa de una merluza.

–¡Croac, croac! –dijo Numancia para hacer reír a su hijo.

13.

La emigración de los olores

Un olor a merluza podrida se extendía por la Loma del Ángel. Sentado en el muro de la azotea, el ex Comandante Veneno echaba en falta antiguos olores, empezando por aquella misma azotea que ya no olía al espumoso Fab. Del pelo de su padre ya no emanaba la penetrante fragancia de la *Rhum quinquina*, pues se le había acabado el último pomo de esa loción que usaba para combatir la caspa. A Numancia se le estaba vaciando el último frasquito de Chanel Nº 5.

Pero el afán de oler bien no era un rasgo exclusivo de la marquesa sorda. No hacía ni dos años las mujeres más solariegas cantaban hundiendo los brazos hasta los codos en la espuma de sus bateas. Él las veía restregando una y otra vez en las tablas de lavar. Daban tanto puño que el aire se impregnaba de escamas de jabón y las burbujas tornasoladas ascendían, flotando, traspasadas por los rayos del sol.

La mayoría de aquellas mujeres vivían de lavar y de planchar para la calle. Mientras lavaban en los patios, cotorreaban con la de al lado, ora intercambiando comentarios picantes, ora lanzándose entre ellas pullas o burlas que suscitaban carcajadas, incluso insultos cuando se ponían bravas de verdad. Pero de los altercados solían pasar súbitamente al jolgorio. De pronto, una empezaba a tararear y la de al lado la secundaba, ya fuera marcando el ritmo con sus chancletas de palo, ya fuera chasqueando la lengua. Enseguida otra se ponía a cantar, y todas empezaban a bailar alguna rumba, o un chachachá, chancleteando, sin moverse del mosaico donde estaban paradas. Con los brazos hundidos en la espuma de las palanganas, empinaban ligeramente los enormes culos, meneándolos, sin perder el compás.

En aquellos antiguos palacios, a medida que avanzaba el día, el sol traspasaba las vidrieras policromadas dibujando en el suelo extrañas formas geométricas y vegetales: rombos azules, cascadas de triángulos rojos, pétalos amarillos… todo un caleidoscopio en movimiento que se combinaba con los destellos de los mosaicos esmaltados –aljamiados de arabescos– que revestían las escaleras señoriales por las que antaño desfilaban duques, condesas y marqueses.

Lo mismo en el «Solar del Reverbero» que en el de «la Chancleta», ya fuera en el «Palacio de la Leche» o en la «Cueva de los Zombis», los vitrales de medio punto que rodeaban los patios actuaban como abanicos transparentes tiñéndolo todo con su estallido multicolor. De niño, Joaquín contemplaba extasiado aquellos rojos oxidados, los anaranjados agresivos, los azules vitriólicos, los verdes botella derramándose sobre la espuma de las bateas. Mientras tanto, las lavanderas blancas se tornaban azules como sus venas, y las negras se volvían violáceas, de un morado vaginal.

Pero la escasez de detergentes había cambiado todo eso. Ya no había Ace, ni Tide, ni Ajax. Ya nada olía a lavanda, ni a vetiver, ni a Crusellas, ni a pasta Gravi, ni a Colgate, ni a Sabatés, ni a Jabón Candado, ni a crema Max Factor, ni a Avon, ni a esmalte de uñas, ni a lápiz labial, ni a Old Spice, ni a talco Menen. Joaquín lo notaba ahora mismo en la azotea, pues las sábanas que colgaban vapuleadas por el viento no desprendían ninguna fragancia. Ya nadie olía a Camay, ni a «Palmolive, Palmoliveee, el jabón embellecedooooooor». ¡Ahora sí que era verdad que de todo aquello no quedaba ni Nananina y Jabón Candado! ¡Con lo que les gustaba a los cubanos la espuma, ese fugaz sucedáneo de la nieve! Con lo que les gustaba ducharse tres y hasta cuatro veces al día y oler siempre bien. Podían vivir en un solar rodeados de cloacas apestosas y baños tupidos, pero lo que era bañarse, perfumarse y entalcarse, sin eso sí que no podían vivir. Ahora, conseguir un champú, un desodorante o una cajita de polvos faciales se había convertido en una odisea.

La añoranza olfativa de Joaquín se extendía hasta el malecón que tampoco olía como antes. Los atracaderos no exhalaban aquel vaho a alquitrán caliente, acaso porque cada vez se veían menos pescadores y menos botes amarrados al muro. Según decían, el año pasado algunas personas habían tratado de robarse una de esas lanchitas para irse del país. A lo mejor habían confiscado algunos botes. ¿Dónde se habían metido todas aquellas lanchitas de remos con sus amorosos nombres de mujer? Idílicamente rotulados en las proas y en las popas, esos nombres podían leerse en bamboleante sucesión: «Anita», «Susana», «Cielito lindo», «Corazón de melón»…

El olor a brea caliente, hormigueando en el aire del puerto, se había volatilizado. Otro efluvio que había desaparecido era el de Perfumito, aquel vecino de la Loma del Ángel que con tanta vehemencia había organizado las milicias en la cuadra en vísperas de la llegada de los Reyes Magos. Después de tres años de intenso fanatismo, todo parecía indicar que se había vuelto gusano, según oyó decir Joaquín. Ya no vivía en el barrio. Era uno de esos mataperros que había experimentado un ascenso meteórico. Miliciano comecandela durante un par de años, se dedicó a delatar a algunos vecinos, y así llegó a ser teniente de la Policía Revolucionaria. Se mudó para el Vedado, todo un lujo para un mataperros. En sólo dos años de revolución a Perfumito le habían dado allí un apartamento que ni en sus sueños más quiméricos hubiera podido concebir cuando vivía en el Solar del Reverbero con la negra Sabor. Como decía Coliseo: «río revuelto, ganancia de pescadores».

Pero últimamente a Perfumito las cosas no le iban muy bien. Ahora estaba encabronado con el gobierno, primero le habían quitado los grados, luego lo habían expulsado de la policía, y se rumoreaba que estaba en gestiones para irse del país. ¿O ya se había ido?

¿Por qué de repente Perfumito quería emigrar como tantos otros olores? Joaquín había oído decir que era porque lo habían cogido *in fraganti* en una «fiesta de percheros». No era una fiesta en una sastrería, sino una casa cualquiera en la que los invitados iban quitándose la ropa al entrar, un poco como en la película *La dolce vita* que había causado furor en los cines habaneros. En esas *kermeses* devenidas bacanales no participaba la gente humilde. En esas orgías tomaban parte exclusivamente los dirigentes revolucionarios de cierto nivel para arriba. El Che montó en cólera y mandó a todos esos peces gordos a la Península de Guanahacabibes, en el extremo occidental de la isla, donde su castigo era sembrar eucaliptos como cortinas rompevientos.

Sin embargo, Joaquín sospechaba que lo que había disgustado a Perfumito fue que se acabaran los perfumes. A aquel mulato claro le llamaban así porque era un dandi de la indigencia, no tenía gusto para vestir, no sabía combinar los colores, era un chabacano, con sus cadenas, medallitas y dijes, pero siempre andaba enchumbado con cuantas colonias baratas estaban al alcance de su bolsillo. En cuanto a la negra Sabor, seguía viviendo en el Reverbero. Perfumito la había dejado por una blanconaza tan pronto como ascendió. Y a esa blanconaza también la abandonó cuando descubrió la fellinesca «dulce vida».

Pero más allá de esos rumores que él ni siquiera entendía muy bien, había otros perfumes más entrañables para Joaquín que también habían desaparecido. Por ejemplo, el olor de las frutas en el Cuchillo de Espada, a un costado de la Loma del Ángel. Esa callejuela de apenas cien metros siempre estaba llena de carretillas de fruteros y vianderos. Los perfumes más poderosos de la Loma emanaban de allí. Hacía un par de semanas él había pasado por esa callecita y comprobó que ya no quedaba ni rastro del perfume del anón.

¿Dónde estaban las carretillas rebosantes de naranjas, melones, mameyes, mangos, marañones, guanábanas…? De ellas salía una sinfonía de aromas afrutados cuya nota predominante correspondía a los anones. Toda la cornucopia frutal de la isla se concentraba en esa calleja: canisteles, tamarindos, mamoncillos, guayabas, papayas o frutas bomba… y también había tubérculos como yucas, malangas, boniatos, ñames… ¿Adónde había ido a parar aquella sucesión de toldos de colores que lo mismo hacía pensar en una procesión de palios que en la caravana de un sultán? ¿Qué había sido de los racimos de plátanos colgando de las carretillas como las manzanas de oro de las hespérides? ¿Adónde se habían metido las piñas coronando las pirámides de frutas amontonadas en las carretillas; dónde estaban los vendedores, tocados de yarey, machete al cinto, haciendo bocina con las manos para pregonar las virtudes de sus productos a voz en cuello?

A veces los mataperros incursionaban en el Cuchillo de Espada. Joaquín y sus amigos correteaban por allí, pasando como relámpagos entre las carretillas y aun por debajo de ellas, alborotando gallinas, derribando sacos de papas, robándose un mango aquí, una naranja allá, todos al grito de «¡manigüiti un peo!»…

El Cuchillo de Espada era ahora una calle como otra cualquiera, desierta, anodina. Allí no quedaba ni un canasto ni una semilla de mango asediada por las moscas. ¿Qué viento huracanado se había llevado volando hasta Miami aquellas carretillas entoldadas de colorines? En el suelo no quedaba ni un hollejo de naranja podrida.

En aquella calle también había una cerrajería, cuyo dueño había tenido un día una ocurrencia publicitaria genial. Viendo que pasaba la máquina humeante de asfaltar, salió a la calle y arrojó al pavimento vaporoso puñados de llaves de diversas formas, materiales y tamaños. Ese trozo de calle, frente a su negocio, había quedado alfombrado con llaves doradas, cobrizas, plateadas, que lanzaban destellos al sol. Cuando Joaquín pasaba por allí, las pisaba, como si fueran pepitas de oro. De noche, a la luz de la luna, todas esas llavecitas brillando parecían fragmentos de estrellas que hubieran caído del cielo incrustándose en el asfalto. Pero cuando él volvió de la Sierra Maestra, parece que habían vuelto a echar chapapote encima, y además, la cerrajería estaba cerrada. El cerrajero se había ido ya se sabe para dónde. Así que ahora no sólo no quedaba ni un hollejo de naranja en aquella calleja, tampoco quedaba ni un solo llavín.

La callejuela se había quedado sin alma ni personalidad. Pero la mayor desolación la experimentó Joaquín cuando llegó al final del Cuchillo de Espada, en la esquina con la calle Chacón, donde había un puesto de chinos. Aparte de frutas, hortalizas y verduras, allí también se podían comprar mantecados. Por supuesto, también estaba clausurado. ¿Qué había sido de las frituritas de bacalao que allí vendían los chinos todavía un año atrás? ¿Dónde se habían metido el «pito de auxilio» y «el chino con piojo», que era una bola de harina con ajonjolí? ¿Y las manjúas fritas? ¿Se habría ido el chino heladero también para Miami? ¿Qué coño iba a hacer en Miami un chino viejo con los dientes llenos de sarro?

Y junto con los olores, Joaquín comprobó que también habían desaparecido las flores. Todas las floristerías habían dado el cerrojazo, menos la del Cementerio de Colón, por respeto a los muertos, se supone. Las flores habían expirado incluso en el Parque del Anfiteatro donde hasta no hacía mucho crecían los arbustos de marpacíficos –o hibiscos– entre los bancos de piedra. Ya no quedaba ni una sola de esas flores rojas, lujuriantes, como sexos abiertos, expuestos a la actividad erótica de los insectos. ¿Dónde se había metido el perfume de las adelfas?

El guardaparques Lapicito también se había evaporado, quizá porque el Ayuntamiento ya no contrataba jardineros. Ni siquiera estaba claro para Joaquín si el Ayuntamiento seguía funcionando. Eso de cuidar un parque, la tradición de sembrar y atender las plantas ornamentales en los espacios públicos, eran actividades ahora consideradas dignas de la mentalidad pequeñoburguesa, lujos de la sociedad capitalista y, por tanto, habían sido abolidas. Las fuentes se habían quedado sin agua, acaso porque ese líquido era más necesario para los faraónicos planes arroceros que el gobierno emprendía. Todos los jardineros y guardaparques seguramente estaban marchando con las milicias o cortando caña en la zafra. El resultado era una grisura creciente en los parques, un paisaje sin ninguna nota de color. Salvo en el caso de los flamboyanes –que entre mayo y junio seguían echando sus flores incendiarias– el resto era una monotonía verde salpicada con manchas de sequía, áridas y carmelitas como caca de mono.

Otro olor desaparecido era el que antes salía por la puerta del *Tencent* de Obispo. A Joaquín le encantaba pasar por esa esquina en la que se detenía, todo sudado, porque cada vez que alguien abría la puerta de cristal, salía por allí un agradable soplo de aire acondicionado acompañado de una fragancia que olía como a acetona, a disolvente de pintura de uñas mezclado con manzanas acarameladas.

Pero el *Tencent* pertenecía a una cadena estadounidense y lógicamente había sido nacionalizado. Ahora le habían puesto otro nombre: «Variedades». Seguía abierto, pero con los anaqueles medio vacíos. De vez en cuando vendían allí algunas tristes mercerías. Las moscas y la desolación se enseñoreaban del establecimiento junto a un calor insoportable porque el aire acondicionado estaba roto y no venían de Estados Unidos piezas de repuesto. Tal vez por eso ya no salía del interior aquella bocanada de aceites esenciales cuyo olor era tan suave, incluso tan dulzón, que en otros tiempos a él le daban ganas de masticar el aire.

Para él, aquella puerta acristalada se había despoetizado, igual que La Flor Asturiana, el Cuchillo de Espada o la tienda de *Hobby Center*. Sentía que esos y otros sitios eran ahora mausoleos por los que evitaba pasar, para no sufrir. Ni siquiera quería mirar para ciertos lugares. Y si por fuerza tenía que pasar cerca de ellos, apartaba intuitivamente la vista, como el caballo del carbonero que antaño bajaba por la Loma del Ángel con sus anteojeras de cuero tachonadas de estrellas plateadas. Ojos que no ven, corazón que no siente.

Cada vez se sentía más un advenedizo paseándose con su melena de alfabetizador por un paisaje ajeno y adulterado, sembrado de panteones. Sin darse cuenta, ya estaba aplicando las enseñanzas búdicas de los tres monitos de porcelana que su madre atesoraba en una repisa junto a jarras talaveranas y mayólicas resquebrajadas. «Los tres monos sabios –le enseñaba ella–: el que no ve, el que no habla y el que no escucha el mal».

En realidad, hubiera querido ir más lejos que aquellos tres simios, y llegar a ser invisible. O al menos, sordo de verdad, como su madre. Los tres monitos –uno tapándose los ojos, otro las orejas y el otro la boca– lo perseguían desde que tenía uso de razón. A partir de ahora, acatando la sabiduría china, tendría que hacerse el sordo, el ciego y el mudo cada vez con más frecuencia si no quería sufrir.

Pero había otros olores que echaba mucho de menos. Antes las escaleras, los patios y los pasillos de los solares de su barriada siempre olían a mojo, a sazón y a sofrito. Esas sabrosas emanaciones brotaban como sahumerios por los balcones, las ventanas, las puertas y los ojos de patios. A partir de las doce del día, por doquier se olía la crepitante fragancia de los platanitos maduros fritos, los hervores del arroz congrí, las vaharadas de la ropa vieja. Aquí y allá se oían los chasquidos de las chicharritas de plátano y de las frituras de carita y de bacalao friéndose en las sartenes.

Eran unos efluvios tan suculentos y apetitosos que a Joaquín enseguida empezaban a sonarle las tripas, como al perrito de Pavlov. Casi siempre tenía que conformarse sólo con olisquear lo que cocinaban sus vecinas. A veces, Evangelina y otras negras que lo habían visto nacer lo invitaban a comer de sus condumios, lo cual enojaba a Numancia, que era como el perro del hortelano, porque no comía ni dejaba comer. No le hacía a su hijo ni un huevo frito, no estaba dispuesta a fregar ni un solo plato, pero se disgustaba si lo veía comiendo en mesa ajena, sobre todo si era en casa de una negra.

De vez en cuando su abuela Polenta lo llamaba para que fuera a comer a su casa. Lanzaba un grito desde su balcón que estaba al otro lado de la calle, frente por frente al solar de Joaquín. Pero eso sólo ocurría cuando Numancia le pagaba la comida del niño, un detalle crematístico que Joaquín ignoró durante mucho tiempo. Como no siempre la modista podía pagarle la mesada a su madre, Joaquín se pasaba días enteros esperando en vano a que su abuela lanzara aquel grito que se oía en todo el vecindario. Él sabía que no podía visitar a su abuela en horas de comida, a menos que ella lo llamara. Las más de las veces, tenía que consolarse con un pan con guayaba y un jarro de agua con azúcar prieta. Otras veces su almuerzo se reducía a un puñado de gofio con leche condensada, otras, a un vaso de malta también con leche condensada. Algunas noches, la modista compraba una lata de frijoles Kirby y otra de salchichas Swif, para no tener que cocinar. O le daba una peseta a su hijo para que fuera al puesto de fritas que estaba debajo del balcón de la gótica Doris.

Ahora no quedaba ni rastro del olor de los frijoles Kirby, ni de las salchichas Swift, tampoco vendían gofio ni guayaba envasada en cajitas de madera claveteadas. Y de todos los perfumes culinarios que invadían los solares al mediodía, el que más él extrañaba era el del fufú de plátano. De aquella pasta espesa emanaba la nota dominante en la constelación de olores que salía de los calderos de culos tiznados de las prietas, porque sólo ellas sabían hacer el fufú como Dios manda. Polenta ni se atrevía con esa receta de origen africano.

Pero no era sólo el fufú lo que había desaparecido mientras él alfabetizaba, tampoco se percibían ya las eufonías olfativas del puerco asado, del tasajo con boniato o del tamal en cazuela, todos los cuales eran platos de pobres. La Libreta había acabado también con toda esa sensualidad, con esa diversidad culinaria tan secretamente vinculada a la música insular. Las amas de casa eran las que más sufrían con todo esto, pues cuando había ají, no había orégano, cuando había cebolla, no había ajo, cuando había puré de tomate, no había hojas de laurel ni comino, y así sucesivamente en una permanente frustración gastronómica.

Como ahora todos yantaban lo mismo, todas las casas despedían el mismo olor como a tierra calcinada, porque no había ingredientes que echarle a los frijoles. Llevaban más de dos meses dando por la libreta frijoles negros alternados con la merluza. Dieron tantos frijoles negros que el humor popular los denominó «Seguimiento». El «Seguimiento» era la nueva meta del gobierno una vez terminada la alfabetización, o sea, que los recién alfabetizados «siguieran» recibiendo clases para pasar a niveles superiores. Y como daban frijoles tan «seguidos», la gente había encontrado el símil perfecto para ejercer el derecho a la burla.

La otra jocosidad nacional tenía que ver con las pastas italianas. Antes de los Reyes Magos esos fideos tan largos nunca había formado parte de la cocina insular. Pero el año pasado, después de la invasión de Playa Girón, el gobierno había estado dando solamente espaguetis durante meses. La invasión se había producido en la Ciénaga de Zapata, donde también había un sitio llamado Playa Larga. En una fulgurante asociación de cosas largas la gente empezó a llamarle «Playa Larga» a los espaguetis. Con estos chistes se entretenía al hambre y se exorcizaba tanta salación mediante el sarcasmo.

Había en toda esa planificación alimenticia un intento de robotización de la vida, lo cual no era de extrañar ya que la palabra «robot» venía del ruso «robota», que a su vez significa «trabajo». Así que el mundo del proletariado con el que soñaba Coliseo era un mundo de robots. Pero Joaquín aún no había empezado a estudiar ruso, e ignoraba esas etimologías eslavas.

Y hablando de eslavofilias, los viejos olores suprimidos habían sido sustituidos por otros nuevos. Los jabones rusos que ahora llegaban a las bodegas hedían a cucaracha muerta y destilaban una especie de ceniza líquida que apenas hacía espuma. No venían envueltos en ningún papel satinado, ni de colores, no ostentaban ninguna marca. Simplemente eran unas pastillas toscamente cuadradas, como cortadas a hachazos. La pasta de dientes checoslovaca (Denti-Speciala) que daban por la libreta tenía un olor desagradable, agresivo, con un ligero sabor a alcanfor. Los detergentes eran polvos de los Urales, una arenisca áspera, granulosa, como fertilizante nitrogenado.

Coliseo acababa de comprarle a su hijo un *Manual de Lengua rusa*, cuya autora se llamaba Nina Potapova. Joaquín había estado hojeándolo sin mucho entusiasmo, desconcertado con los caracteres cirílicos que veía por primera vez. Cada vez que pasaba una página recibía un soplo de tinta eslava. Antes los libros venían de Argentina, y olían a Buenos Aires. Buenos Aires olía suavemente a esmalte de uñas, pero el papel impreso en aquel lejano Moscú que de repente se había vuelto tan cercano para la isla, desprendía un olor bituminoso, como a gas de hulla.

Joaquín comparaba el aroma de la tinta de los libros soviéticos con el olor de los muñequitos de Supermán o del Pato Donald que todavía conservaba. Aquella era otra tinta, otro papel, otra noción de la vida. Él no sabía que esos olores tan diferentes le estaban diciendo que estaba transitando de un sistema político a otro, de un cosmos a otro. Como en una metempsicosis por vía nasal.

Antes de irse a alfabetizar, Coliseo le había comprado algunas novelas juveniles impresas en la Unión Soviética. Estaban llenas de ilustraciones. Joaquín notó enseguida que el estilo de aquellos dibujos no tenía nada que ver con el diseño comercial de Occidente. Aunque él no sabía lo que significaba Occidente, ni Oriente, sí que sentía que esos grabados tenían un aspecto anticuado y que, al mismo tiempo, transmitían un cierto candor rayano en lo patético. Todo lo que venía de aquel gigantesco país era rudo, desmañado, demodé, y sin embargo, también era tierno a fuerza de ser medio infantiloide. Pasar de leer los muñequitos del Pato Donald o del Pájaro Loco a sumergirse en esos libros rusos era para Joaquín un poco como salir de un parque de atracciones para entrar en un coro de monaguillos.

Pero esos libros medio apestosos eran regalos de su padre, y venían de la patria de los sueños de Coliseo, así que aunque olieran a grisú, él se esforzaba por leerlos con veneración. A decir verdad, no le gustaba el idioma ruso, hecho de letras como de palo, rígidas y toscas. Había visto ya un par de películas soviéticas, y tampoco le gustaba aquella jerigonza que sonaba tan explosiva. Pero ahora que acababa de rehusar la beca de Miramar, no pensaba desairar de nuevo a su padre negándose a asistir a las clases de idioma ruso.

Era la uniformización de los olores. El metabolismo colectivo impuesto por la Libreta hacía que hasta los eructos y los peos sonaran y olieran iguales en todos los edificios. De hecho, esa monotonía en los olores permitía saber al instante si alguien se dedicaba a acaparar. Por ejemplo, si hacía más de dos meses que no daban carne de puerco por la libreta y por la ventana de un vecino salía un olorcito a lechón asado, enseguida se sabía que esa persona estaba comiendo algo «ilícitamente» obtenido, algo que no había sido dado por la libreta. Y ese vecino podía ser objeto de una denuncia por trapichear en la bolsa negra. De la misma manera, si alguien estrenaba una camisa de nailon o un vestido estampado con flores, era sospechoso de estar haciendo negocios con los marinos mercantes que llegaban al puerto en los cargueros griegos, porque todos sabían que esos diseños y esos tejidos no habían sido dados por la Libreta. Así, la Libreta devenía en cierta forma una sutil herramienta de represión.

Pero la Libreta por sí sola no podía cumplir eficientemente con las tareas de vigilancia. Entonces los Reyes Magos inventaron su complemento perfecto: los Cedeerres (CDR) o Comités de Defensa de la Revolución. En cada cuadra había uno de estos Comités, como Argos vigilándolo todo. Las sedes siempre estaban en los domicilios de los vecinos más fanáticos, por lo general viejas chismosas. Las presidentas de los tres Cedeerres de la Loma del Ángel sumaban más de siglo y medio de edad. Ellas y sus acólitos eran como monstruos de cien ojos traspasando las paredes con sus miradas, oyéndolo todo a través de los muros.

14.

LAS GÁRGOLAS

Joaquín se descolgó un poco hacia el vacío para ver a una señora asomada en el balcón de abajo. Antes colgaba de ese balcón un anuncio de Pepsi Cola, justo encima de la Flor Asturiana. Pero nada más llegar de la Sierra, él había descubierto que aquel cartel de hojalata también había desaparecido. En vez del disco anunciando el refresco, ahora colgaba allí otro redondel de madera toscamente serruchado que ponía CDR. Odiaba esa nueva sigla, aunque tan sólo fuera por lo difícil de pronunciar que era para él. Cedeegggrrrre...

Los Cedeerres habían tenido un buen comienzo, con tareas filantrópicas como repartir caramelos entre los niños durante la Campaña de Vacunación Anti–Polio. Pero rápidamente habían multiplicado sus actividades. Además del trabajo voluntario, estaban las guardias nocturnas a nivel de cuadra, los círculos de estudio para potenciar la politización de los ciudadanos, y encima adornaban con banderitas y cadenetas de papel las calles cuando había fiestas patrióticas, que era cada dos por tres. Unos adornos que, lejos de embellecerla, afeaban la Loma desangelándola más todavía. Pero la verdadera misión de esa organización consistía en vigilar a los vecinos generando un ambiente de desconfianza colectiva en la que todos se sentían espiados por todos.

Los cederistas de mayor jerarquía se pasaban el día chismeando, chivateando, redactando informes para la policía, denunciando supuestos delitos o –lo que era peor– inventándolos o exagerándolos. Ya nadie se atrevía a decir lo que pensaba, no sólo delante de desconocidos, sino tampoco en presencia de los amigos, ni siquiera delante de ciertos parientes. Un hermano podía traicionar a otro, una prima a un primo, un sobrino a un tío… la sombra de la paranoia empezaba a planear sobre todos. Expresiones como «las paredes oyen» y «las paredes tienen ojos» habían perdido todo su metaforismo para adquirir un significado rigurosamente real.

Joaquín volvió a mirar para abajo. El cartel del CDR de su cuadra incluía una leyenda. Donde antes decía «Beba Pepsi», ahora decía «Con la guardia en Alto». La **C**, la **D** y la **R** eran negras y rígidas. Estaban presididas por un monigote burdamente dibujado, con sombrero de yarey y enarbolando un machete, como si estuviera a punto de degollar a alguien.

La vecina del balcón del segundo piso del solar de al lado era la Presidenta del CDR de la cuadra de los mataperros. Josefina tendría unos cuarenta años. Su oficio: manicura y peluquera. Antes siempre andaba de aquí para allá con su neceser, pintándoles las uñas a otras vecinas, o bien permanecía en su casa, haciéndole la permanente a alguna clienta. Pero eso también había cambiado. Ahora tenía una misión mucho más importante que cumplir. Se había convertido en la vecina más poderosa y temida de la cuadra. Consumía horas enteras asomada al balcón, observándolo todo, al acecho, inmóvil. Al parecer, eso de informar sobre sus vecinos era más entretenido que cortar cutículas o pasarle el peine caliente a las pasas de las negras para estirárselas.

Con sus dedos de largas uñas aferrados a la barandilla y metiendo su nariz aguileña en todo lo que no le importaba, Josefina parecía una arpía. Otras cederistas la imitaban en las demás cuadras. Numancia decía que a la iglesia del Ángel lo único que le faltaba para ser gótica de verdad eran gárgolas. Ahora la Loma del Ángel las tenía, gárgolas cederizadas que se desplegaban en las tres cuadras, como grifos o tarascas petrificadas en sus balcones de donde colgaban los logotipos circulares de los Cedeerres.

A lo largo y ancho de la isla había cuatro cedeerres por cada manzana. Todos los de un distrito formaban un Seccional, y de ese Seccional se ascendía al nivel Municipal, y del Municipal al Provincial, y del Provincial a la escala Nacional, y allá arriba, en la cúspide de esa estructura piramidal, la suma de todos esos Cedeerres formaban un cosa inmensa que no podía ser sino un gigantesco Cederrón.

Los Reyes Magos con su presciencia, habían inventado antes de tiempo el CD-ROM. Cada CDR registraba y almacenaba minuciosamente la información referente a todos los vecinos, desde sus amistades, sus gustos sexuales, sus lecturas, sus preferencias musicales hasta el color de su ropa interior pasando por la correspondencia que mantenían con el extranjero y lo que comían.

Todos esos datos formaban una memoria compacta, que se elevaba luego en forma de informes para ser analizados por las autoridades competentes, es decir, por los servicios secretos. Esa masa de información constituía una especie de memoria muerta, algo que *sólo servía para ser leído* (una auténtica *read-only-memory*) en las altas esferas.

De pronto la gárgola volvió su pico hacia arriba y clavó su mirada en Joaquín: «¿Qué tal, compañerito?». Él le devolvió el saludo con la mano y rápidamente se echó hacia atrás para no seguir viéndola. Se había quedado de piedra, como si lo hubiera mirado una gorgona.

Josefina no tenía serpientes en la cabeza pero sí la tenía llena de rulos y bigudíes, y envuelta en un pañuelo de seda estampado con manchas verdes de diversas tonalidades que se superponían, como amebas o paramecios. Era un trozo de paracaídas de camuflaje.

El último grito de la moda revolucionaria –el nuevo disfraz– era vestirse con los paracaídas y uniformes de campaña de los invasores derrotados en la Invasión de Playa Girón un año atrás. Ella no había estado en aquel combate. La tela se la había regalado un querindango que presumía de combatiente, pero que tampoco había luchado en Playa Girón, sólo había estado movilizado, como tantos otros miles. Ese trapo se lo había comprado por cinco pesos a otro miliciano que sí había participado del fragor de la batalla. Muchos militares habían traído a la ciudad pedazos de esa tela moteada como botín de guerra. Casi todas las habaneras llevaban pañuelos, blusas y hasta sayas hechas con aquel tejido sutil, como si todas fueran paracaidistas o hubieran caído del cielo.

—¡Felicidades por la beca! —chirrió una voz oxidada. Joaquín miró hacia uno de los balcones del solar de enfrente. Allí estaba Críspula, otra cederista, sacando la cabeza entre las toallas colgantes de su tendedera, como un muñeco de Guiñol.

—¡Vayaaaaa, una beca en Miramar! —chilló Josefina .

¿Cómo diablos se habían enterado las cacatúas? Su padre le había contado lo de la beca a todos en el solar, y el rumor había rodado por todas las cuarterías de la manzana. Los chismes se transmitían allí a la velocidad de la luz. Ya ni siquiera en la azotea podía estar en paz.

Joaquín les sonrió a las dos y se bajó del muro. Buscó refugio a la sombra del tanque del agua. Titán apareció de pronto con media lengua afuera. Desde allí, asomándose entre las cuatro columnas de cemento que sostenían el depósito, podía ver un trocito de mar. Mientras más lo miraba, más aburrido le parecía, el mar, siempre una olita detrás de la otra, siempre esas efusiones de espuma saltando entre los arrecifes. Por culpa de las insolaciones había llegado a odiar esa monotonía licuefacta. Sólo en época de ciclones esa superficie se volvía interesante, cuando el mar se picaba, y las olas rompían contra el malecón en explosiones de espuma, saltando varios metros por encima del muro, desbordándolo como en una sucesión de eyaculaciones.

A él le gustaba más ver la ciudad desde el mar, que ver el mar desde la ciudad. Eso lo descubrió en las pocetas, cuando tenía ocho años. Había un negrito ensartado en una goma de *Firestone*. Flotaba mar afuera, plácidamente acostado dentro del agujero de la llanta. Joaquín nadó hacia el mataperros. Vino una ola y lo sepultó. Cuando emergió escupiendo agua salada, descubrió la fachada litoral de la ciudad. Por primera vez veía la secuencia completa de arcos, balaustradas y columnas, como en un decorado teatral. Entre los balcones con ropa colgando, en medio de la reverberación, vio seis cariátides de piedra cruda, hieráticas, roídas, como picadas de viruela. La progresión de edificios carcomidos por el salitre desplegaba ante él una especie de teoría musical. Allí se erguía el rascacielos de «los ataúdes», cerca de la casa donde vivía su padre. A él le parecía que sus balcones eran como féretros subiendo escalonadamente al cielo, porque en sus catorce pisos sobresalían unos balcones voladizos, largos y acristalados, cuyas formas prismáticas les daban la apariencia de cajas de muertos. Los balcones estaban hechos de mosaicos azules tirando a morado, una tonalidad que evocaba la lividez de la muerte, como si el edificio entero estuviera cianótico. Al lado vibraba otro edificio no menos curioso con la fachada revestida de baldosas rosadas y azules como si fuera un gigantesco baño azulejeado. Todos los edificios reverberaban, temblorosos, vibrantes, como en un paisaje impresionista. Vista desde el mar, la ciudad era como La Atlántida emergiendo temblorosamente de las olas.

Joaquín se acercó más al niño de la goma Firestone y cuando estuvo a su lado vio que no era ni negro, ni mulato, sino más bien un trigueño bastante tostado por el sol. Era Jupiña, un mataperros de la Loma del Ángel.

En ese momento todo alrededor de Joaquín se ralentizó. Notó que las olas, los automóviles que pasaban por la avenida, su padre haciéndole señas con los brazos desde la costa, el pataleo de Jupiña en el agua, todo transcurría en cámara lenta. No sólo las imágenes, también los sonidos habían sufrido una súbita lentificación. El chapoteo del agua, por ejemplo, sonaba más espeso. Plofff, plofff…

Estuvo a punto de hundirse, pero Jupiña lo agarró y lo llevó a remolque de su goma hasta las rocas de las pocetas. Al cabo de un rato todo volvió a la normalidad. Pero a partir de ese día, sin que pudiera evitarlo, ni tampoco provocarlo, de vez en cuando solía asaltarlo esa perturbación sensorial. Lo mismo veía disminuir la velocidad del pie de su madre pedaleando la Singer que la velocidad de la cuchara de Polenta cuando batía unos huevos para hacer merengue. Hasta el aire se volvía poroso y los sonidos se deslizaban pastosamente. Era como si el mundo entero —todo lo que estaba fuera y dentro de él— pasara súbitamente de un *allegro* a un *adagio*. Consultó con sus amigos y a ninguno le pasaba nada ni remotamente parecido. Si sólo le pasaba a él, entonces eso tenía que ser una secuela de la insolación.

–¡Chico, hazme el favor, mira a ver si tú puedes abrir esto!

Isolina estaba plantada delante de Joaquín. Era la dueña del palomar. Con una mano le alargaba un frasco de compota rusa mientras con el otro brazo cargaba a su nieta de tres años. Joaquín tuvo ganas de preguntarle si era verdad que se había comido a las palomas convertidas en fritas el año pasado, pero prefirió no ser tan indiscreto.

La nieta de Isolina tenía la misma edad de la revolución. Una hija directa de los Tres Reyes Magos. ¿Qué comía aquella generación? La papilla que les daban por la libreta era indescifrable. Esos niños nacidos en 1959 o en 1960 ya nunca sabrían lo que era una champola de guanábana, no conocerían las compotas ni los jugos Libbys, porque ahora se alimentaban con aquellas compotas rusas (¿o había que decir *soviéticas*?) que venían en unos pomos tan herméticamente cerrados que Isolina estaba desesperada.

Joaquín se esforzó en abrir el pomo con las manos. Pero la tapa no era de rosca como los cierres de las confituras americanas de antaño. Pareciera que los sovieticos todavía no habían descubierto la rosca. Estaba brutalmente cerrada a presión. Y así eran todas las conservas que llegaban ahora: los pepinos búlgaros, por ejemplo. Serían envases diseñados para el sitio de Stalingrado, para ser llevados en mochilas, para comer en las trincheras, para que no se derramaran dentro de los vehículos blindados ni en lo profundo de las casamatas o a la sombra de los blocaos. Así que no había que desenroscar, sino más bien hacer palanca con algo. Joaquín desenvainó su cuchillo de campaña, metió la punta en el reborde de la tapa y empezó a presionar a riesgo de romper el cristal. La vecina señaló la etiqueta del frasco:

—¡Alabao sea Dios! ¡Qué niño más feo!

El niño que aparecía en la etiqueta de la compota, en vez de reír, parecía que estaba llorando.

—¡Parece un anciano desdentado! —se echó a reír Isolina.

Joaquín al fin consiguió destapar el pomo que despidió un vago recuerdo de manzanas fosfatadas. La nieta de Isolina se llamaba Katiuska. Como ahora estaba de moda todo lo que fuera soviético, a esa generación le llovían los nombres rusos: las Anastasias, Aniushkas, Petruskas, Sachas, Vladimires, Dimitris, Volodias, Irinas, Nataschas,

Niurkas se multiplicaban. Pero algunos padres iban aún más lejos en su fanatismo y estigmatizaban a sus vástagos con nombres aún más pintorescos, como las siglas de las nuevas instituciones revolucionarias. Había niñas que se llamaban ANAP (Asociación Nacional de Agricultores Pequeños) y niños que se llamaban INRA (Instituto Nacional de la Reforma Agraria)…

Katiuska se llamaría Katiuska, pero no le gustaba nada la compota rusa. Cuando su abuela mojó la tetera en el dulce y se la introdujo en la boca, ella escupió el chupete y se echó para atrás haciendo una mueca. La niña empezó a llorar, igual que el niño de la etiqueta del frasco.

Joaquín sonrió cuando vio alejarse a Isolina con los zapatos agujereados a la altura de los talones. Eran sus zapatos de ver la televisión en los que llevaba atadas sendas pitas de pescar que iba arrastrando tras de sí. Isolina también era la feliz propietaria de una televisión tan vieja que dejaba de verse cada dos por tres: nieve, parpadeos, apagones, rayitas de corduroy… Al principio, ella, o cualquiera de sus hijos, se levantaba del sillón y le daba un bofetón al aparato que enseguida volvía a verse bien, como si fuera hijo del maltrato. Pero con el paso del tiempo el televisor iba empeorando. Para no levantarse del sillón y darle un puñetazo, le tiraban un zapato al aparato. El zapatazo reanimaba al artefacto que volvía a verse bien. Pero al poco rato había que lanzarle otro zapato. Como todos estaban en el comedor frente a la pantalla, sus hijos e hijas se turnaban para ir tirando sus zapatos. Al final de la noche, el televisor parecía la entrada de una mezquita con tantos zapatos dispersos alrededor.

Pero poco a poco sus hijos se fueron casando, e Isolina ahora casi siempre estaba sola. Así que cuando ya había tirado sus dos zapatos, tenía que levantarse del sillón para ir a recogerlos, y al cabo de un rato, volvérselos a tirar al televisor, y de nuevo tenía que levantarse para ir a buscarlos. Estaba vieja y cansada para tanto ajetreo. Entonces les abrió unos agujeros a sus zapatos en los talones donde ató unos largos cordeles que cubrieran la distancia entre su sillón y el televisor. Ahora podía tirarlos cuantas veces quisiera y luego recogerlos tirando de las pitas, sin moverse del sillón, como si estuviera pescando.

15.

COLA DE COCODRILO

De pronto se armó un molote en la calle. Joaquín volvió a asomarse al muro, seguido por Titán. Había una bronca en una cola. «¡Colao, colao!», gritaban varias personas. Dos cederistas estaban allá abajo, separando a la gente. Otro cederista corría a la estación de la esquina para avisar a la policía. Enseguida llegó una pareja de uniformados. Un tipo que estaba en la cola le tiró un trompón a uno de los policías, el otro sacó su pistola y lo encañonó. Hubo un forcejeo. Entre los dos llevaron a empujones al «colado» para la Jefatura. Atrás iba la gárgola gritándole al detenido «¡acaparador!» mientras le tiraba puntapiés, tratando de patearle el culo. «¡Hijoeputa!».

La violencia afloraba de vez en cuando en las colas. Las largas hileras se agitaban allá abajo como colas de cocodrilos. Joaquín se acordó de la vieja definición geográfica de Coliseo: «Cuba no es una isla rodeada de agua por todas partes. Cuba es una isla rodeada de hijos de puta por todas partes». Siempre le decía eso, en tono de advertencia. Eso se parecía a lo que decía la brujera Evangelina, que Cuba y la Florida estaban bajo el signo de la violencia, que es el signo del cocodrilo.

La invasión de Playa Girón había tenido lugar en las marismas ensangrentadas de la Ciénaga de Zapata, donde pululaban los caimanes. En la Florida, cerca de Miami, estaba la zona pantanosa de los Everglades, donde también proliferaban los aligatores. Los dos puntos calientes del conflicto estaban dominados por el mismo animal.

Joaquín había observado ya que el mapa de Cuba tenía la forma de un cocodrilo. La provincia de Oriente, con su contorno triangular, evocaba la cabeza del reptil, sobre todo la Punta de Maisí, que es idéntica al hocico de un caimán. En el extremo occidental estaba Pinar del Río. Por ser la provincia más larga y estrecha correspondía a la cola. La provincia de Camagüey era la más «gorda» y el contorno de su costa sur semejaba el vientre de un gavial. La Península de Zapata, al sur de Matanzas, recordaba la pata trasera de un cocodrilo apoyándose en el Archipiélago de los Canarreos, a punto de saltar para devorar a su presa.

Cuba entera era un caimán dormido, o haciéndose el dormido para lanzar su dentellada. Un cocodrilo agazapado entre los sargazos. No en balde ese animal había alcanzado la categoría de símbolo nacional. En las tiendas para turistas americanos había antes un montón de artículos hechos con piel de cocodrilos: billeteras, carteras, cinturones, sandalias… Lo que más le llamaba la atención a él eran las crías de cocodrilos disecadas que los americanos compraban a manos llenas. Siniestramente erguidos y con sendas maracas en las patas delanteras, los pequeños reptiles parecían reír con la boca abierta repleta de dientes. ¿Sonreían alegremente o estaban a punto de lanzar una dentellada? Había algo perturbador, algo aciago en la morfología cocodrilesca de la isla.

Al tipo que se coló en la cola le pusieron unas esposas. El Estado no les pagaba nada a los cederistas por desempeñar sus funciones de vigilancia, y sin embargo algunos lo hacían con verdadero fervor. Había dos clases de cederistas. Estaban los que pertenecían a esa organización porque no les quedaba más remedio, para no señalarse como desafectos. Formaban la mayoría. Y luego estaban los que tenían una auténtica vocación de chivatos. Ellos decían que eran «ciudadanos cívicos», pero el Cawy decía jaraneando que eran «ciudadanos chívicos».

Había un montón de jabas allá abajo. Pero a Joaquín le atrajo una jeba, una muchacha. La jeba llevaba una jaba y acababa de doblar en la esquina. Rápidamente cambió de muro para seguirle la pista, pero la jeba ya se había perdido de vista. A lo mejor vivía en el solar de al lado. Nunca la había visto en el barrio. Pero sin duda vivía por allí, porque llevaba una jaba cargada. La nueva vecinita tenía un culo de potranca y estaba peinada con cola de caballo.

Apareció otra pareja de policías en el puesto de viandas. Ya los policías no eran como al principio, ya no iban peludos ni con barbas, sino requeteafeitados y pelados casi al rape. Tampoco llevaban collares. Desde luego, conservaban el uniforme verdeolivo, pero ahora sus trajes estaban planchados, los cuellos y puños almidonados.

A Joaquín le inquietaba esa radical metamorfosis de los rebeldes. ¿Qué había pasado con sus exuberantes cabelleras y sus barbas tan rabínicas? Los rebeldes habían perdido ese halo de romanticismo que tanto le había fascinado a él cuando llegaron a la Habana. Con aquel corte de pelo tan marcial se habían despoetizado.

Sólo los Reyes Magos Principales seguían con sus barbas. Había algo que él empezaba a intuir vagamente. El pelo largo –en cualquiera de sus variantes– era un rasgo de rebeldía. Y en Cuba se había acabado cualquier forma de rebeldía. De hecho, la AJR (Asociación de Jóvenes Rebeldes) había dejado de llamarse así para denominarse UJC: Unión de Jóvenes Comunistas.

Ahora ya nadie era rebelde, ahora eran comunistas. ¿El comunismo? ¿Y eso qué coño era?, se preguntaba Joaquín. Para Coliseo, una maravilla; para Numancia, poco menos que el Infierno. ¿A cuál de los dos creer? Como de costumbre, él estaba cogido entre dos fuegos, entrampado en las eternas discrepancias de sus progenitores. ¿Qué iba a hacer esta vez para quedar bien con los dos?

Sus padres eran antitéticos en todo. Si ella era católica-apostólica-y-romana, él decía que era ateo. Si ella era nocturna y lunar, él era diurno y solar. Si ella era refinada y elegante, incluso altanera, él era sociable, campechano, y hasta chapucero en más de un aspecto. Ella era una gata, él era un perro. Cuando Numancia quería rascarse la espalda, usaba una varita mágica terminada en una manita de madera mientras que Coliseo se frotaba la espalda contra el canto del escaparate rococó o contra el marco de la puerta. «¡No seas guajiro, pareces un caballo restregándote contra un árbol!», lo criticaba ella. «¡Buey solo bien se lame!», respondía él. Si él le regalaba a Joaquín un guante de pelotero, ella le regalaba novelas de aventuras. Coliseo nunca iba al cine, Numancia casi siempre estaba en el cine. A él no le gustaban las ficciones, ni que le tomaran el pelo con fantasías, era muy pragmático mientras que ella era soñadora, siempre embelesada. Por eso a ella le encantaban las novelas mientras que él era lector de revistas, o de libros de política. «Las novelas son cosas de modistillas —le comentó una vez Coliseo a Joaquín— y tu madre, perdona que lo diga, chico, es una modistilla novelera, sensiblera y llorona». «Tu padre es un guajiro inculto —le repetía Numancia—, sólo lee a ese José Martí, que es muy aburrido, y a ese otro, ¿cómo se llama?... ese que es ingeniero o se llama Ingenieros...» Y así era con todo, nunca se ponían de acuerdo en nada.

Joaquín era el hijo de una contradicción. Su carácter había sido esculpido por dos cinceles bien diferentes. Subsistía en un constante tira y encoge, sometido a presiones opuestas, como en un Lecho de Procusto. De alguna manera, esas fermentaciones emocionales le enseñaban a conservar un mínimo de equilibrio entre esas fuerzas antagónicas.

Ahora mismo él estaba sumido en una gran contradicción. La revolución había dejado de ser Sansón para asumir el papel de Dalila. Y Coliseo lo acosaba para que se pelara después de haberlo acosado el año pasado para que se dejara crecer la melena.

***

De todos los jóvenes que estaban en la mesita de El Patio, el único que tenía el coco liso era Joaquín con su pelado militar. Sus amigos lucían los peinados de moda. El Cawy con su mota, Boca Chula con su tupé al estilo escarabajo, El Monqui con su raya a la izquierda que parecía la Carretera Central atravesando un campo de caña quemada, Salutaris con su peinado a lo Mastroianni... Por suerte para ellos, todavía no los había cogido el Servicio.

De todas las cosas que detestaba en el Servicio Militar Obligatorio, lo que más le fastidiaba era estar con la cabeza rapada. ¿Le habría dicho que no al comandante porque precisamente él era el culpable de que estuviera pelado al cero desde hacía medio año?

Ahora que lo tenía delante, Joaquín examinó detenidamente al comandante. Era imposible verle el corte de pelo, porque no se había quitado la gorra, a pesar de estar bajo techo, donde todo militar debe descubrirse. Pero el que hace la ley hace la trampa, y el Comandante tenía ese privilegio, como el Caballero Cubierto podía permitirse el lujo de incumplir olímpicamente el código militar que él mismo había establecido. A través de la barba castaña tirando a rojiza se transparentaba un cutis asombrosamente rosado. No era una barba cerrada, como se veía en las imágenes de televisión y en las fotos de los periódicos, sino más bien rala.

Estaba rollizo, ya no era el guerrillero flaco y demacrado que él había visto en la Avenida del Puerto, hacía seis años, cuando entró en la Habana. Uñas largas y descuidadas. Sendos rombos rojinegros con estrellitas en las hombreras.

¿Por qué no se había afeitado él también? Ya estaba en la ciudad, ya no estaba en los maniguales donde era difícil encontrar tiempo para afeitarse en medio de las actividades guerrilleras. No hacía mucho un periodista americano– uno de los muchos que tanto placer experimentaban entrevistándolo– le había preguntado por qué no se quitaba la barba y él había declarado entre bromas y veras que no lo hacía para no tener que comprar cuchillitas Gillette.

Pero más allá del chiste, su verdadero afán era eternizarse en una imagen. Sabía que existía una antiquísima relación entre las barbas y el poder. Moisés con su barba, Cristo con su barba, Dios mismo con su barba, Confucio con su barba, Lao–Tsé con su barba, Mahoma con su barba, Ho Chi Min con su barba, Marx con su barba, Lenin con su barba… a esa tradición quería incorporarse Fidel.

Lo primero que hacían con los reclutas era pelarlos al cero. Los sentaban en taburetes alineados. Cientos de muchachos y decenas de barberos con sus maquinitas zumbando. Y mientras tanto, varios oficiales se paseaban por delante de los reclutas, mirándoles a las caras, riéndose de medio lado y diciéndoles: «¿no ves el peinado de mariconcito que tienes? ¡Mírate bien! —y les ponían un espejito delante—. Pues aquí te vamos a pelar como a un hombre»…

¿Sería por eso que no quiso aceptar la beca de Polonia? ¿Sería por esas y otras humillaciones?, se preguntaba Joaquín Iznaga en la Plaza de la Catedral.

***

Él por lo menos no pensaba pelarse. Pelarse hubiera sido perder su dignidad, su recién adquirida personalidad. Cortarse la melena —esa llamarada vegetal— equivaldría a volver a ser como antes de la campaña de alfabetización: un niño del montón. Por eso mismo no quería la beca de Miramar. Porque aceptarla era adentrarse en la grisura de los nuevos tiempos, formar parte de la uniformidad.

Aunque su padre montara en cólera, no iba a pelarse ni a quitarse el desteñido uniforme ni los collares. Si los demás alfabetizadores lo hacían, ¡allá ellos! Él quería detener el tiempo. Se aferraba a esos atributos como de un clavo ardiendo para prolongar la euforia de los primeros tiempos de los Reyes Magos, cuando sus padres se reconciliaron. Se resistía tenazmente a dejar de ser el Comandante Veneno.

—¿Cuándo diablos te vas a pelar? —le había reprochado Coliseo hacía unas horas cuando discutían sobre la beca de Miramar—. ¿Cuándo te vas a quitar el uniforme?

Joaquín guardaba silencio. Cuando su padre empezaba con la matraquilla, le gustaba hacerse el sordo, igual que Numancia.

—Cada día te pareces más a tu madre: gallego, sordo y cabezón… —rezongó Coliseo. Meneando la cabeza empezó a abanicarse con su gorra de pelotero. Estaba en pijama, recién operado de hemorroides, y ni siquiera así se quitaba la gorra con el monograma del león.

En el fondo, el viejo tenía razón. Incluso los maestros le decían que se quitara el traje y se cortara el pelo. Por lo demás, ya nadie se fijaba en el uniforme ni en su melena. Dos de sus más grandes ilusiones se habían frustrado. La primera era ir a ver al capitán Abelardo vestido de brigadista y saludarlo marcialmente. La segunda era impresionar a Doris con su heroica indumentaria. Pero el primero había muerto y la segunda se había ido para el Norte, que era como si se hubiera muerto también.

En ese momento oyó una algarabía en la carnicería. Allí estaba Polenta, colándose. Parece que estaban dando algo de carne por la libreta. Su abuela acababa de meterse por delante de dos negronas que le plantaban cara con los brazos en jarra. Sus miradas aviesas no prometían nada bueno. Los policías enseguida dirigieron su atención hacia la carnicería. Joaquín se temió lo peor.

La mayoría de las mujeres que esperaban su turno para entrar en la carnicería llevaban horas haciendo cola bajo un sol implacable. Estaban de mal genio. Algunas eran de armas tomar. Solían fajarse entre ellas tirándose de las greñas, incluso Joaquín había visto a una peleando con un hombre en medio de la calle. Sin embargo, Polenta siguió adelante, apartándolas a todas con los codos. En una mano llevaba la libreta, en la otra la jaba, como si fueran la espada y el escudo. Y así entró en la carnicería, como Pedro por su casa, exclamando en voz tan alta que su nieto pudo oírla desde la azotea: «¡Abran paso, que soy extranjera!».

Tras un brevísimo instante de silencio —que a Joaquín le pareció una eternidad— en la cola estalló una risotada. Sus vecinas la dejaron pasar, entre carcajadas, aguajes y palmaditas en la espalda. Polenta ni siquiera había recurrido al argumento de que Máximo, el carnicero que se había ido para España, había sido su amante, su querido o lo que fuera. No dijo que entraba allí sin hacer cola por derecho de antigüedad, pues llevaba más de treinta y cinco años comprando la carne allí. Le bastó una de sus jocosas ocurrencias que le habían dado fama de «gallega jodedora» en la barriada.

Su abuela Polenta era una señora antigua con una gran nariz medieval, como salida de un cuadro de Brueghel. Sí, Polenta era extranjera. Igual que Joaquín, quien cada vez se sentía más extranjero en su propio barrio. Aunque, desde luego, la más extranjera de toda la familia era Numancia. Polenta se había aplatanado bastante, siempre estaba jaraneando con todo el mundo. Pero, a diferencia de su madre, la modista no entraba en el cuarto de ninguna vecina, salvo en el cuchitril de Doña Cesárea. No hablaba con casi ninguna negra del barrio. A lo sumo las saludaba –«hola»– cuando se las cruzaba en la escalera. Por la calle caminaba sin mirar a los lados, la vista siempre al frente, con la nariz apuntando al cielo. Como era sorda, muchas personas le perdonaban esa altivez. A Coliseo esa actitud de su esposa le hacía echar chispas, y era una de las tantas causas de sus muchas discusiones.

16.

YA NO SE VEN PASAR LOS TOTÍES

Eran poco más de las seis de la tarde y ya empezaba a oscurecer. Joaquín miró hacia la fortaleza de la Cabaña. Nada, el cielo vacío. Eran las seis y cuarto y los totíes seguían sin aparecer. Esos pájaros negros eran puntuales como un reloj suizo. Desde que tenía uso de razón, él siempre los veía sobrevolar su azotea a las seis en punto de la tarde. Salían en bandadas desde detrás de las almenas de la Cabaña. Venían siguiendo el rastro del sol. Cruzaban el canal de la bahía, pasaban por encima de los solares de la Loma del Ángel y no paraban hasta llegar al Paseo del Prado y al Parque Central, en cuyas arboledas se posaban cagándolo todo, graznando, revoloteando.

Pero desde que regresó de la alfabetización Joaquín no había vuelto a ver a los mayitos. Desde hacía más de un mes subía a la azotea todas las tardes para verlos pasar. Pero ya no pasaban, ni uno solo. Ni a las seis de la tarde ni a ninguna otra hora del día. Ni de este a oeste, ni al revés. ¿Dónde se habrían metido los totíes? ¿Se habrían ido para Miami también? Imaginó aquella saeta negra surcando el cielo, desviándose hacia el norte.

De todas las transformaciones y desapariciones que habían tenido lugar en su barrio natal, ésta era la que más le intrigaba, la única que no parecía tener explicación. Ya le había preguntado a varias personas por los mayitos. Nadie le contestaba. Se encogían de hombros. Nunca miraban al cielo. Estaban todos demasiado atareados buscando comida con la jaba y la libreta. A todos les importaba un pito la extinción de los totíes.

Días atrás le preguntó a Coliseo por los totíes, y su padre le enseñó el centelleante reloj que se había comprado en la Exposición Soviética. «No necesito que pasen los totíes para saber que son las seis de la tarde. ¡Mira, fíjate qué reloj más bueno tengo ahora: un *Poljot* de veintiún rubíes!» Según él, estaba chapado en oro –como los dientes de Nikita Krushchev–, pero más bien parecía que sólo tuviera un baño de pocos quilates.

A su madre ni le preguntaba, ella siempre había detestado a esos pájaros negros a los que confundía con otros también negros que se llaman «judíos», porque siempre vuelan en grupo, yendo de aquí para allá en turbas. Numancia no podía ver a los judíos ni en pintura porque «mataron a Cristo». Sus amigos de la infancia –los pocos mataperros que aún quedaban por ahí– tampoco le decían nada sobre los totíes, porque andaban muy ocupados haciendo negocios en los muelles con los marinos mercantes griegos que traían cigarros y discos americanos, chicles, pañuelos, blumers, bisutería, mocasines y todo eso… gracias a lo cual ligaban mucho con las mulaticas y las blanquitas más ligeras de cascos que merodeaban por el puerto.

Cuando le preguntó a su abuela por los pájaros negros, Polenta contestó: «Chico, yo lo único que sé es que aquí la culpa de todo la tiene el totí». El totí era como el bloqueo imperialista, que tenía la culpa de todo. Incluso el totí tenía la culpa de la desaparición de los totíes.

Era como si nunca antes los totíes hubieran pasado a las seis de la tarde por aquel pedazo de cielo. Aquella calle, su loma asfaltada, era mágica para Joaquín, entre otras razones, porque era el corredor aéreo de los totíes a las seis en punto de la tarde.

Joaquín estaba en la azotea escondiéndose de su padre, pero al mismo tiempo albergaba la tenue esperanza de ver pasar a los totíes. Todas las tardes subía la escalera de caracol, a ver si por casualidad se habían desviado temporalmente, en busca de semillas o arrastrados por el último ciclón, a ver si milagrosamente volvían a pasar por encima de su casa. Pero nada, el cielo permanecía vacío. A veces esperaba hasta las siete, hasta las ocho, y cuando sonaba el Cañonazo de las Nueve, ya él sabía que no vendrían los totíes.

De niño, se tendía boca arriba en la azotea, con la cabeza orientada hacia occidente, cruzaba los manos detrás de la nuca, y esperaba a verlos pasar por encima de él.

Oleada tras oleada, el cielo se llenaba de aleteos y graznidos. Un borrón de plumas negras como un sol nocturno precipitando el crespúsculo. A veces se quedaba así dormido, y al despertar, descubría que allá arriba los totíes se habían transformado en estrellas.

Esa iniciación en la contemplación del firmamento coincidió más o menos con la meteórica visita del cosmonauta Yuri Gagarin a la ciudad el año pasado. De pronto todo el mundo parecía interesarse en las estrellas. Hasta Polenta lloraba escudriñando la noche estrellada, no por los totíes, sino por la perrita Laika. El esqueleto de la perrita dándole vueltas a la tierra a bordo de un satélite ruso. Polenta se asomaba al balcón cargando a la Putica en brazos. Con lágrimas en los ojos señalaba una estrella con su dedo índice que olía a ajo: «¿Esa es la perrita Laika? ¡Pobrecita!».

Pero desde que su hijo predilecto se había ido para Miami la gallega tenía motivos más poderosos para llorar. La idea del esqueleto de Laika flotando dentro de la esfera de aluminio de un Sputnik había pasado a un segundo plano. Ella sabía que no vería más nunca al anticuario. Los que se iban del país no podían regresar porque los Reyes Magos los dejaban salir a condición de que no volvieran jamás. Eso le recordaba a Joaquín la amenaza de su madre, cuando le dijo, siendo él un niñito: «si tantas ganas tienes de ver a tu padre, puedes ir a verlo a su cuarto, pero si vas a verlo, a mi casa no vuelves nunca más».

¿Se habrían comido los habaneros a los totíes convertidos en fritas igual que hicieron el año pasado con las auras tiñosas y con las palomas de su azotea? Pensó en escribirle una carta a Fidel preguntándole por los totíes. Su padre le había enseñado que cada vez que viera algo mal hecho, le escribiera a Fidel. Porque, según él, el Rey Mago leía todas las cartas que le mandaba el pueblo.

Al dictado de su padre, Joaquín había escrito ya una de esas cartas en la que preguntaba por qué había tantos baches en una carretera y por qué no le habían pagado su sueldo de alfabetizador. En realidad, eran preocupaciones del padre y no del hijo. Coliseo estaba muy encabronado con el Maestro Voluntario Jesús Navarrete, a quien acusaba de haberse quedado con parte del dinero de Joaquín: setenta pesos en total.

A los brigadistas les pagaban simbólicamente diez pesos mensuales. Joaquín sólo había percibido veinte pesos que él les dio íntegramente a los guajiros que estaba alfabetizando. Pero ya luego no volvieron a pagarle. Navarrete siempre daba largas: que si habían cambiado la moneda en todos los bancos, que si el pagador no había llegado a Manzanillo, que si los alzados, que si el correo era lento, que si esto que si lo otro…

A Joaquín no le importaban esos setenta pesos que le debían. Él no había ido a la loma del Veneno por dinero. Pero a finales de diciembre del año pasado, cuando él regresó a su casa y Coliseo se enteró de esa deuda impagada se puso como loco, y empezó a buscar al maestro Navarrete por toda la Habana. Fue a Miramar, donde daban las malditas becas. Y aprovechó para asegurarse de que a su hijo le darían una. Fue al Capitolio, donde había unas oficinas de la alfabetización. Y aprovechó para matricularlo en la escuela de idioma ruso. Fue al Ministerio de Educación, fue a mil lugares, y a todas partes llevaba a su hijo al retortero, casi a rastras.

–¿Vas a dejar que ese cabrón se quede con el dinero? –refunfuñaba su padre–. ¡De eso nada! ¡Todos los días sale un comemierda a la calle, pero ése no es Coliseo Iznaga!

Su padre seguía imparable, como un sabueso. A Joaquín le preocupaba más la desaparición de los totíes que la desaparición de los setenta pesos. Una desaparición que adquirió todo su esplendor cuando –después de buscarlo con saña por toda la ciudad– Coliseo supo que el maestro voluntario Navarrete –el mismo que había incitado a Joaquín a participar en el Juicio de los Escupitajos– se había ido para Miami, no sólo con los setenta pesos de su hijo sino con el dinero que le debía a los otros diez brigadistas que habían estado bajo su mando.

—¿Qué te dije? —exclamó Coliseo cuando se enteró—. ¿No te dije que Cuba no está rodeada de agua por todas partes como dicen tus libros de geografía? ¡Esta isla está rodeada de hijos de puta por todas partes, incluyendo sus cayos adyacentes!

Sí, pensaba Joaquín, iba a tener que escribirle una carta a Fidel preguntándole porque ya no se veían pasar los totíes a las seis de la tarde.

***

Tres años después, frente al Comandante en Jefe, Joaquín Iznaga volvió a acordarse de los totíes. Cuando rechazó la beca en Polonia, Fidel enarcó las cejas y se rascó la barba. Entonces el recluta aprovechó para hacerle una pregunta:

—Lo que sí me gustaría saber es...

Todos los presentes miraron asombrados a aquel joven tan irrespetuoso que no sólo se atrevía a desairar al Máximo Líder, sino que encima tenía la frescura de dirigirle una pregunta a aquel Dios de carne y hueso.

—¿... por qué usted no contestaba mis cartas?

—¿Qué cartas, qué decían las cartas?

—Nada... quejas por los baches en las carreteras, por un dinero que dejaron de pagarme en la alfabetización...

Pero no se atrevió a hablar de los totíes, no fuera cosa que se burlaran diciéndole que la culpa de todo la tenía el totí.

17.

Guajira desdentada

Al otro día por la tarde Joaquín subió hasta la cima de la Loma del Ángel. De pronto la vio. Doris asomada en su balcón del tercer piso. ¿Sería posible que hubiera regresado de Miami? ¿Se habría escapado de sus parientes para volver a la isla? La muchacha estaba acodada, tenía la misma estatura y el pelo azabachado como el de su novia platónica. Joaquín sintió un corrientazo en la rabadilla. Y algo aún más indescifrable en esa zona del pecho que identificamos con el alma. Pero no podía verle bien la cara. La chiquita estaba de lado, medio vuelta de perfil, mirando hacia el Palacio Presidencial que ya no era Presidencial porque los Reyes Magos no habían querido alojarse allí parece que para no contagiarse con el espíritu de su último inquilino, Fulgencio Batista.

Joaquín caminó apresuradamente hacia la fachada trasera de la iglesia para ver de frente a la jebita. Pero incluso antes de situarse en esa perspectiva, la joven hizo un gesto con la mano para apartarse el pelo de la cara y él notó enseguida que no era Doris. Su ademán revelaba una tosquedad que no era digna de una niña gótica. Doris era frágil, delicada, mientras que la del balcón era más bien cerrera y montaraz.

¡Era la jeba de la jaba! La que había visto ayer doblando en la esquina de su casa. La de la cola de caballo. Joaquín le sonrió desde abajo. Ella se empezó a reír de él. «Parece una hembrita... con esas greñas pareces una hembrita!», gritó.

Joaquín sintió vergüenza y un poco de roña. A la muchacha le faltaban los incisivos superiores. Y encima tenía bozo. Reía desvergonzadamente con aquellos dos colmillos colgando. Era una de las tantas campesinas que invadían la Habana. Una guajira desdentada. Pero estaba buenísima. No tenía nada que ver con Doris. ¿Cómo había podido confundirlas? Quizá el simple hecho de estar asomada en el balcón de Doris actuaba como si por ósmosis algo de la sustancia de la niña gótica hubiera pasado a la guajira, como en una transfiguración o una suplantación de imágenes. Así que Joaquín se alejó pensando que ya tenía novia. Esa misma noche le pidió dinero a Coliseo para ir a pelarse. Su padre se quedó agradablemente sorprendido, y le dio el dinero, pero por suerte ya no volvió a hablarle de la beca.

Al siguiente día Numancia lo acompañó a la peluquería de Cuco. Curiosamente para lo único que no había cola era para la barbería, un cuchitril constreñido en una accesoria del único solar que había en la cuadra de los bitongos.

Antes Cuco el peluquero casi siempre estaba sentado en la acera, esperando clientes y cogiendo el fresco. No lo hacía solamente él, sino todos los que tenían puerta a la calle, menos los góticos, porque vivían en un plano demasiado inclinado y las sillas se hubieran caído de lado. Pero ahora era practicamente imposible sacar las sillas a las aceras, porque éstas casi siempre estaban ocupadas por las colas. Ahora mismo pasaba frente a la barbería una cola para el punto de leche.

–¡Ñooo, ya era hora, compadre! –exclamó Cuco cuando lo vio entrar seguido de su madre–. ¡La verdad es que con clientes como tú no me gano ni pa'l chicle!

Cuco le dio una palmada invitándolo a subir al sillón. Joaquín se sentó allí como si lo hiciera en la silla eléctrica. Una negra culona se asomó a la puerta: «Cucoooo, lo prometido es deuda…», y le alargó una jaba. Cuco la cogió rápidamente y al mismo tiempo le entregó otra bolsa de asas churrientas a la fondillúa que desapareció no sin antes mostrar todo su teclado de marfil de su boca.

«Trapicheo», pensó Joaquín. El trapiche de Cheo estaba semi-paralizado por falta de caña, pero el trapicheo estaba a la orden del día. El trapicheo era la variante económica que ni Adam Smith ni Carlos Marx habían sido capaces de columbrar como fórmula para la construcción de un futuro luminoso.

Sin querer, Joaquín había visto de reojo el contenido de las dos bolsas. En una jaba había latas de carne rusa; y en la otra, latas de leche condensada del mismo país en cuyas etiquetas se leía: MOLOKO, MADE IN CCCP. ¿Por qué en el poderoso País de los Soviets pondrían ese «*made in*» en inglés? ¿Por qué en lugar de ese atroz «*moloko*» no ponían «*milk*» de una buena vez? ¿Por qué para exportar sus productos usaban el idioma de la potencia rival?

Las latas de carne rusa traían más manteca que carne. Pero la escasez de carne era tan grande que la gente se mataba por conseguir esas conservas. Con la leche condensada rusa pasaba lo mismo, también traía unos grumos demasiado amarillentos, pero aunque la gente hiciera muecas de asco, por cada lata daban dos jabones y hasta un litro de aceite.

Cada dos por tres los que hacían la cola metían la cabeza en la barbería para curiosear. Pero nadie se fijaba en los mechones de Joaquín que caían al suelo. Nadie salvo Numancia que andaba a cuatro patas alrededor del sillón recogiéndolos. Cogía las mechas y las ataba con unas cintas rojas, haciendo unos lacitos, como hacían antaño las santeras cuando preparaban un bilongo con un racimo de platanitos manzanos.

Ese mismo día Joaquín se había despojado también del anacrónico uniforme y de los mágicos collares. Ahora sí que se había acabado la alfabetización para él. Ahora sí que se había acabado la infancia consumada con la liturgia que oficiaba su madre mientras guardaba los mechones de pelos embrujados en su cartera negra. Había concluido lo que él suponía la «edad heroica» de la revolución y empezaba un tiempo preñado de incertidumbre. Junto con todo aquel mundo se desmoronaba su mundo infantil.

Al lado del sillón colgaba un largo trozo de cuero que era parte del decorado de la cámara de tortura. Cuco lo cogió y empezó a asentar el filo de su navaja mientras le preguntaba a Numancia:

—¿Y eso para qué es?—. Sabía que era sorda y lo preguntó gritando.

—¿Qué de qué?— sonrió la modista.

—Los pelos con los lacitos —precisó Cuco.

—De recuerdo —aclaró Joaquín para evitar un diálogo de sordo y malas interpretaciones.

Afuera estaba el poste tricolor, pero ya no giraba. Sus engranajes se habían oxidado o estaban rotos. Joaquín se miró de reojo en el espejo rectangular que cubría una pared. Lo estaban pelando a «la malanguita». O sea, al cero, pero dejándole un flequillo levantado sobre la frente. Joaquín odiaba ese pelado, pero «un par de tetas jalan más que una yunta de bueyes», pensó acordándose de la guajira desdentada.

Llevaba más de un mes evitando este momento, ya la melena le chorreaba por los hombros. Algunos creían que él le había hecho una promesa a algún santo. El chasquido de la tijera alrededor de sus orejas sonaba agresivo. Cuco era Átropo cortando el hilo de la vida. Numancia era Cloto, la hilandera, sacando largas cintas rojas de la cartera. Ahora estaba sentada, retocando con su propia tijera las guedejas. Le decía a su hijo: «este mechón es para tu abuela»… «y este otro para mí»… «y éste para tu hermana…».

A Joaquín todo aquel numerito lo abochornaba un poco. Volvió a mirar hacia el espejo donde observó la expresión del fígaro, en cuyo semblante se insinuó una sonrisa. El barbero iba a pensar que esos lazos rojos eran para evitar el mal de ojo. Cuando Sergio el Truquero se cortaba las uñas de los pies y de las manos en el patio, su mujer enseguida salía con una escoba y un recogedor y barría los trocitos de uñas. Para que con ellas no le hicieran brujería a su marido.

De pronto sintió un frío metálico en la nuca. La maquinita avanzaba como un animal de hielo mordiéndole el cogote. Cuco le entalcó abundantemente la nuca. En aquel barrio a todo el mundo le encantaba echarse talco: en los sobacos, en el cuello, en el pecho, en la espalda, en los huevos, entre las nalgas y entre las tetas. Se sudaba tanto y había tanta humedad que sólo entalcándose se tenía la sensación de no estar mojado.

Joaquín pagó. Numancia le entregó un mechón al barbero. «De recuerdo», dijo. Salieron de la peluquería y pasaron por la carnicería que alguna vez fue de Máximo, aunque en rigor nunca había sido de él, sino de otro gallego que también había salido del país echando un pie. Ahora había allí un desconocido encargado del despacho. El carro de la carne pasaba muy de tarde en tarde, pero siempre había algunas mujeres haciendo cola, por si acaso.

Con el rabito del ojo Joaquín notó que ya no había carne de primera, ni de segunda, ahora toda la carne que venía era igual de indescifrable, acaso mondongos molidos. La máquina de moler picadillo criaba telarañas, igual que la romana. Las neveras estaban apagadas. Detrás del cristal del mostrador ni siquiera había un cuarto trasero de res, ni un pedazo de tocino, ni una brizna de falda, ni una asquerosa gandinga, ni una piltrafa para echarles a los perros. La poca carne que de Pascuas a San Juan llegaba de los mataderos, se repartía en un santiamén, y estaba correosa.

El desconocido que estaba allí ya no era un carnicero profesional como Máximo. No tenía que descuartizar en piezas las piernas inmensas que antes venían del matadero, no tenía que cortarlas en el sentido transversal a sus vetas formando filetes, como si fuera un cirujano; ya nadie le decía «dame una libra de carne de ternera de la riñonada». Nadie entraba allí pidiendo una aguja para estofar, un tierno solomillo, unas faldas para hacer churrascos, un rabo para caldo, una espaldilla para asar entera... Simplemente entraban y cogían su «cuota», conformándose con una mera piltrafa sacada de cualquier región anatómica de la res. Ahora, en vez de un cartógrafo de la complexión de las reses, el hombre que estaba allí era más bien un simple despachador.

En la esquina de la carnicería se separaron. Numancia siguió para su casa y Joaquín fue al solar de enfrente, a visitar a su abuela. El zaguán del Solar del Reverbero estaba más cochambroso que nunca. Cuando subió la escalera descubrió que la balaustrada era una mortaja de telarañas. Se notaba la ausencia de Paulino, que era el encargado, algo así como un embajador del dueño de la cuartería. Paulino era el hombre–orquesta: barría las áreas comunes, limpiaba los baños, destupía los inodoros, cambiaba los bombillos y los fusibles cuando se fundían, arreglaba el motor del agua... Desde que el único casero era el Estado, ya no había encargados. Paulino se había metido a miliciano, como tantos otros «Paulinos». Paulino estaría pasando algún curso de mínimo técnico o estaría en las EBIR (Escuelas Básicas de Instrucción Revolucionaria), como tantos otros Paulinos.

El oficio de encargado, al igual que el de guardaparques o jardinero, también había pasado a engrosar la lista de profesiones extinguidas. El resultado era que en las casas de vecindad ya nadie se ocupaba de nada. Como decían los guajiros de la Sierra Maestra: «el ojo del amo engorda al caballo». Así que, al no haber «amos», las cuarterías, de suyo viejas y agrietadas, empezaban a resentirse a ojos vistas.

Ya nadie le daba una mano de pintura a las puertas y ventanas, una capa de lechada a los muros, nadie repellaba aquella grieta, o echaba unas gotas de aceite Tres en Uno en estas bisagras, o limpiaba a fondo los inodoros con creolina… entre otras razones, porque no había desinfectantes ni detergentes ni aceite ni pintura ni cemento…

De un vistazo, Joaquín constató cuánto se había descascarado el solar de su abuela en los últimos tres años. El edificio soltaba escamas de caspa de otros siglos. Las paredes rezumaban una especie de lepra. Los aguaceros, con sus goteras y sus filtraciones, ya empezaban a taracear la piedra esponjosa con sombras de musgo maloliente. Nadie barría nada. Los inquilinos barrían y baldeaban sus habitaciones, pero todo lo demás quedaba a la buena de Dios.

No había encargados porque, como decía la gente: «¡El tiempo de los esclavos ya se acabó!»… «¡Aquí ya no hay criados, chico!». De modo que Paulino –y todos los Paulinos– estaban ora persiguiendo alzados en la Sierra del Escambray, ora en Moscú estudiando algún curso de cohetería, ora pasando un curso para administrador de granjas porcinas…

En algunas cuarterías –como la Cueva de los Zombis o el Palacio de la Leche– los Cedeerres empezaban a experimentar con un nuevo invento. Organizaban horarios para que los vecinos se ocuparan de la limpieza de las áreas comunes. Incluso habían llegado a confeccionar unos tablones de anuncios, llamados «murales», donde desplegaban largas listas de nombres, calendarios y hasta relojes de cartón para que los vecinos supieran –con fechas y horas precisas– cuándo les tocaba limpiar los inodoros, la escalera o el patio, como en un campamento militar.

Algunos se resistían a esta nueva imposición, pero sin dar la cara, simplemente se escabullían, sobre todo se hacían los enfermos. Por eso se multiplicaban los policlínicos, porque la isla se había convertido en el Reino de Molière donde pululaban los enfermos imaginarios. Estar enfermo se convirtió en una bendición: porque daban alimentos extras. Polenta estaba encantada desde que supo que era diabética, gracias a lo cual tenía derecho a un litro diario de leche clase «A», la más pura. Ahora se pasaba el día hablando de la insulina… ¿la insulina ésa no tendría algo que ver con la insolación?

Los Cedeerres perseguían a los vecinos para que los domingos salieran a barrer las calles. Los cederistas también perseguían a los vecinos para que hicieran guardias nocturnas que consistían en protagonizar tediosas rondas por las esquinas, en parejas. Se suponía que con esas patrullas mantendrían a raya a los ladrones y a los «gusanos», pero no llevaban armas. Sólo su presencia bastaba para atemorizar a los enemigos de la revolución. Sin embargo, en realidad, esas guardias más bien servían para vigilar a qué hora entraban o salían los vecinos de sus casas, quién o quiénes los acompañaban, si fulana le pegaba los tarros a mengano, si zutano era maricón o esperanceja era tortillera…

Joaquín subió la escalera mirando el pasamanos y acordándose de las inmemoriales cagadas que la cotorra del Capitán Abelardo dejaba allí. ¿Se habrían comido también a esa cotorra convertida en fritanga, igual que a las tiñosas, las palomas y los totíes? En el primer piso seguía el butacón cubierto de viejas frazadas deshilachadas donde dormía Abelardo, el trono desde el que tronaba: «¡Me cago en Batista!» cuando nadie se atrevía a gritar eso.

Joaquín se adentró por un pasillo lleno de palanganas hasta el fondo del solar, donde vivía su abuela. La entrada era un doble bostezo de piedra con persianas azules empotradas. Parecía una casa de muñecas salida de un cuento de hadas. El primer arco de medio punto correspondía al comedor y sus persianas permanecían azules, pero en la segunda bóveda estaba la cocina y allí las persianas se habían puesto negras de puro tizne.

A Joaquín le extrañó encontrar la puerta cerrada, incluso con la tranca puesta. Polenta sólo ponía la tranca a mediodía cuando dormía la siesta o al caer la noche. Eran las cinco de la tarde y a esa hora su puerta permanecía abierta, sólo con una pequeña reja de madera para que no se le escapara la perra. Metió la mano por el ventanillo practicado a la altura de la cadena con el candado. Agitó la cadena.

–¡Calla, puta, carajo! –gritó Polenta desde adentro regañando a la perra.

Joaquín sonrió. A diferencia de su hija Numancia –incapaz de decir una mala palabra– Polenta era muy malhablada. La gallega le abrió. «¡Al fin te pelaste, coño!». Después de besarla, Joaquín se sentó en el sillón, de espaldas al frigidaire «General Eléctrico». Empezó a balancearse.

De pronto sintió un tufillo a berrenchín de chivo. «¡Fó!», exclamó y se tapó la nariz. La habitación de Polenta quedaba al fondo del solar, junto a las duchas, inodoros y fregaderos. La puerta de su cocina daba directamente a esas instalaciones sanitarias ahora desatendidas y casi siempre desbordadas o atascadas.

Cuando Polenta llegó a la isla en el año 1926 el primer trabajo que consiguió fue de «encargada» en esa cuartería de la Habana Vieja. Se pasó tres años limpiando inodoros ajenos y fregando suelos hasta que se dedicó a la venta ambulante de ajustadores y después empezó a cocinar para la calle. Así que recordando viejos tiempos enseguida salió por la cocina y empezó a trajinar en los baños. Muy pronto su nieto percibió que al hedor se sumaban los ímpetus de la creolina y del salfumán.

La gallega reapareció con una botella vacía y un palo de trapear, cerró la puerta de la cocina y se lavó las manos en una jofaina que siempre estaba sobre un trípode, cerca de las hornillas.

Afuera había un sol que rajaba las piedras, pero en el comedor reinaba una húmeda penumbra casi uterina. Las cortinas de la puerta estaban corridas y las contraventanas del balcón permanecían entornadas, con toallas colgadas a guisa de visillos, como para evitar que alguien pudiera verla desde los balcones de enfrente. Nada más entrar su nieto, Polenta había vuelto a poner la tranca en la puerta principal. ¿A qué venía tanta trancadera, tanta encerradera? ¿De quién se ocultaba Polenta?

Joaquín descifró el enigma en cuanto vio unos paquetes de carne desparramados en la mesa al lado de una tijera ensangrentada. La abuela se sentó y empezó a recortar uno de los bistecs. Bajo la sucia luz del bombillo amarillento que colgaba entre las vigas de madera entelarañadas, la verruga de la nariz de Polenta le daba un aspecto de meiga. Sobre la mesa, aquí y allá, pedazos de carne con tendones, grasa, nervios, pellejos, cartílagos y huesos descarnados... la mesa parecía una mesa de disección, casi era la prolongación del tajo de Máximo.

De pronto su abuela se quitó los espejuelos y se puso a llorar:

—¡Ay, Joaquiniño! —exclamó sacando un pañuelito del bolsillo del delantal–, perdona que me ponga a llorar cuando te veo, pero es que ahora que estás pelado te pareces tanto a mi hijo que cuando entraste me creí que era él que había vuelto. ¡Has crecido tanto, eres tan rubio y te pareces tanto a tu tío!... —y seguía sollozando, aunque sin dejar de darle a la tijera.

Polenta también había cambiado. Aquella gallega aplatanada, antes tan dicharachera, cantadora, bailadora y jodedora, desde que el anticuario se había ido, cada dos por tres se echaba a llorar o se le aguaban los ojos.

—Cuando mejor le iba en sus negocios —prosiguió la vieja–, cuando estaba creciendo como la espuma, cataplúm, llegó esta revolución y se tuvo que ir —sollozó soplándose los mocos en el pañuelo.

Era una mujer muy fuerte, acostumbrada a las adversidades, así que enseguida se repuso y, tras guiñarle un ojo a su nieto, subió el tono de voz, por si alguna vecina estaba oyendo a través de las paredes:

—¡Esto es de Patria o Muerte, Venceremos!– dijo, y enseguida añadió bajando la voz–: ¡Y si no... nos joderemos!...

Era un pareado de su invención que repetía de vez en cuando. Sólo ella podía convertir en chiste una consigna que ya pesaba como una losa sobre toda la población. Con ese eslogan terminaba Fidel Castro todos sus discursos. Y todos lo coreaban sin reparar mucho en su significado más profundo. Aquella disyuntiva entre la patria o la muerte había adquirido el don de la ubicuidad. En la radio, en la televisión, en los periódicos, en los cines, en las vallas de las carreteras, en los edificios públicos, en los árboles y hasta en las cuchillitas de afeitar figuraba esa consigna luctuosa como una inscripción sepulcral.

Joaquín seguía intrigado con los bistecs. ¿De dónde habría sacado Polenta tanta carne ahora que estaba milimétricamente racionada? Y sobre todo, ¿a qué frenética cirugía estética se entregaba tijereteando los bordes de los bistecs?

Como si le hubiera leído el pensamiento, Polenta lo miró:

—Piltrafa —suspiró. Esto no es más que piltrafa. ¿Qué ha sido de aquellos bistecs paletudos de media libra que nos daba Máximo? ¿Adónde han ido a parar mis ollas de potaje? ¿Te acuerdas de mis garbanzos? Ahora sólo dan chícharos en la bodega. Pero no importa (volvió a subir la voz): ¡esta es la bandera que nos da de comer!

Joaquín sonrió.

—¿Te acuerdas de las cantinas?

Claro que se acordaba. Ella cocinaba para la calle y él repartía las cantinas cuando tenía unos nueve años. Llevaba una fiambrera en cada mano, a distintos solares del vecindario. La comida que contenían esos recipientes cilíndricos estaba tan caliente que Joaquín se quemaba las manos. A veces tropezaba y se derramaban las sopas infernales quemándole las piernas, pues por entonces todavía usaba pantalones cortos. Era otra forma de insolación. Cuando Numancia no tenía dinero para pagarle la comida del niño a la abuela, ésta pedía que a modo de pago Joaquín repartiera las cantinas.

—¡Qué tiempos aquellos, verdad? —suspiró la vieja—. Pero de algo tenemos que vivir —sonrió mostrándole los famélicos «bistecs» que parecían trozos de frazada de trapear el suelo.

—¿Toda esa carne es nuestra? —preguntó el nieto sabiendo que era imposible, porque en la libreta de Polenta sólo había tres personas apuntadas: ella, Numancia y él.

–¡Qué va! Estas negras no tienen frigidaire y me traen sus cuotas para que se las guarde en mi *General Eléctrico* que me regaló tu tío –cuchicheó señalando para el refrigerador que ronroneaba en una esquina del comedor.

Aquel armatoste de color blanco hueso cuya formas redondeadas recordaban la carrocería de la nave espacial de Flash Gordon, tenía ya el esmalte desconchado, era de segunda mano, como todo lo que obsequiaba el anticuario desaparecido. Pero ahora que en el país no entraba ningún aparato de fabricación americana –ni siquiera un tornillo–, el «General Eléctrico» se mostraba en todo su esplendor y eficacia.

Joaquín examinó de cerca los paquetes ensangrentados.Tenían nombres escritos a mano. Cada envoltorio llevaba el nombre de una vecina para que luego no se confundieran dentro de la nevera.

–Pero, abuelaaaa…

Polenta, que era un lince, captó enseguida el tono de reproche de su nieto.

–¡No soy ninguna ladrona! En este solar hay veinte mujeres con un montón de hijos y ninguna tiene frigidaire. Y ahora ya no es como antes, ya no viene el camión que repartía el hielo, así que no hay quien consiga una puñetera piedra de hielo. ¿Qué quieres que haga? ¿Que no les guarde la carne en mi General Eléctrico? Eso sería peor. Con estas calores, se les echaría a perder en un santiamén. ¿Y yo qué gano en todo esto? Pues algo tengo que ganar… ¿no?

Joaquín meneó la cabeza.

¡Coño –siguió la abuela– no son más que unas tiras muy delgadas. Nada les quito, una bobería. Mas sin embargo, como son tantas las vecinas, al final cunde. Yo pongo mi *General Eléctrico*, pago la luz, todos estos paquetes ocupan mucho lugar en la nevera, y encima, cada vez que se les antoja comer carne, vienen y me tocan a la puerta, a cualquier hora, sin importarles si estoy durmiendo la siesta…

Y seguía tijereteando, cortando lascas cada vez más finas para que no se notara demasiado la sustracción.

–¿Qué es lo peor que puede pasar?–continuó como aguijoneada por un ligero remordimiento–: ¿Que alguna se dé cuenta y proteste? Pues que no use mi *General Eléctrico*. Fíjate si son listas, que hace meses que lo vengo haciendo, y ninguna se ha dado por enterada. Ninguna ha venido a quejarse todavía…

De repente soltó la tijera, y se puso a llorar otra vez recordando a su hijo el anticuario. Joaquín le pasó un brazo por el hombro. Ella se secó las lágrimas con el delantal.

Polenta no era una ladrona, simplemente hacía lo que hacían todos, aplicaba la picaresca para sobrevivir dentro del sistema impuesto por la Libreta. Los bodegueros, por ejemplo. Uno de sus innumerables trucos para «robar» consistía en poner doble papel de estraza cuando envolvían, por ejemplo, el arroz. Y así se iban quedando con un gramo de arroz por aquí, otro gramo por allá, pero al multiplicar todos esos gramos por la cantidad de libretas asignadas a su bodega, el resultado eran libras de arroz que luego ellos se comían, o las revendían o las cambiaban por otros víveres.

Así, el igualitarismo que supuestamente la Libreta iba a establecer, en realidad creaba una desigualdad todavía peor. Pero no sólo eran los bodegueros, también los jefes de almacenes, los camioneros, los administradores de granjas… todo el que podía daba un pellizco.

–Así que no me digas «pero, abuelaaaa»–. Polenta recortó una larga tira de un bistec correoso y cogiéndola con la punta de los dedos, la agitó en el aire: –¿Ves esto? Pues esto es lo que vas a comer mañana…

–Pero, abuela… mañana es viernes –se asombró Joaquín.

–¡Bah! –exclamó la gallega, cosa que le extrañó aún más a su nieto, porque los viernes ella no comía carne por nada del mundo. Siempre «guardaba el viernes», como decía solemnemente. Sólo pescado en escabeche los viernes. En una ocasión se le había clavado una espina en la garganta, se puso morada y le pidió a su nieto desesperadamente que le diera unas migas de pan. Según Polenta el pan era el cuerpo de Cristo. De pequeño le había pegado mil «hostias» a su nieto por tirar el pan al suelo para que lo comieran los gatos que venían en pandilla a maullar bajo la mesa. Y tragando esas migas se salvó de morir asfixiada. El cuerpo del Señor la salvó, resbalando por su esófago. Desde aquel día a Joaquín le daba pánico que llegara el viernes porque temía morir con una espina clavada en la garganta.

«Dios sabrá perdonarme si como carne mañana», dijo la gallega. Enfrente de su cama resplandecía el altar. En casi todos los cuartos de los solares había hornacinas que supuestamente habían sido oratorios de los antiguos habitantes de esos palacetes. Allí estaba el Niño de Atocha, que para la negra Evangelina era Elegguá. Joaquín no entendía cómo era posible que un niño tan rubio pudiera ser al mismo tiempo aquel idolillo de piedra negra, cónico, con un clavo oxidado saliéndole por la cabeza que tenía Evangelina detrás de su puerta. El ídolo africano tenía tres cauríes incrustados a guisa de ojos y de boca.

«Nada de Elegguá, ése es el Niño de Atocha, o el Niño de Praga», protestaba su abuela cuando Joaquín quería averiguar el misterio. Sin embargo, Polenta les ponía dulces a sus santos –platos de merengue con confites de colores–, una costumbre nada católica, más bien africana, ya que Evangelina le ponía caramelos a su Elegguá. «Y ése de ahí es San Rafael, y el pescadito es Jesucristo», le decía siempre su abuela catequizándolo.

Pero todo eso también había cambiado con la instauración de la libreta, ahora no se podía andar escogiendo el menú, no se podía comer de vigilia. ¿Cómo iba a conseguir alguien que dieran merluza por la libreta todos los viernes? ¿Quién iba a renunciar a comer carne durante los cuarenta días de la Pasión? Si el estado era el que determinaba qué comía la población día por día, y si ese mismo estado era ateo por definición, era imposible esperar que los diseñadores del racionamiento tomaran en consideración semejantes caprichos metafísicos en materia de dietética.

«¡Gallegaaaa!», se oyó en ese momento a través del balcón. Era Rebeca llamándola desde la calle. Polenta se asomó. «¿A que tú no sabes cómo se dice comprar en árabe?», le preguntó Rebeca masticando un mocho de tabaco. «¿Y yo qué carajo sé?», respondió Polenta mirando a la negra allá abajo con su turbante amarillo. «¡Baja–la–jaba!», dijo Rebeca echándose a reír.

Muchas vecinas guindaban las jabas de sus balcones para izarlas con sogas cuando llegaba algo a la bodega, o cuando algún conocido le hacía el favor de traerle algo de la bolsa negra, así no tenían que subir y bajar tantas veces al día las escaleras. Las feas jabas blasonaban las fachadas como un nuevo atributo de la heráldica *cubensis*. Había tantas jabas subiendo y bajando por los balcones, por las azoteas, por los huecos de las escaleras, por las ventanas, que aquello parecía la tramoya de un teatro.

Mientras la abuela bajaba la jaba, Joaquín le echó un vistazo a la alacena. Antes siempre estaba llena de paquetes de azúcar, ajos, chorizos, pomos de chocolate Kresto, ahora estaba casi vacía. Encima del aparador había un tríptico con tres indios mexicanos de perfil. Otro regalo del anticuario. Cada indio era de una etnia distinta. La tela estaba ennegrecida por los humos de la cocina y las caras alargadas de los indios, con sus grandes narices, parecían más apesadumbradas ahora que no había casi nada en alacena.

Cerca de los tres indios, en lo alto del mueble, estaba el exprime-limones que en Navidades hacía las veces de cascanueces junto a una botella vacía de vino del Ribeiro, ambos arrumbados, como artefactos antediluvianos.

–¿Qué carajo miras en el aparador?

–Nada, los indios…

–¡Ah, por cierto, ahí hay una carta para ti!

A falta de víveres, Polenta había convertido la alacena en un almacén de periódicos y revistas viejas. Joaquín cogió la carta. Estaba junto a una botella de aceite, más bien llena de un líquido pegajoso y turbio. La botella era de cerveza y ni siquiera tenía corcho ni tapa de rosca, sino un trozo de papel enrollado y metido a la fuerza en el gollete.

Turbado, Joaquín descubrió su propia letra en el sobre. Era una carta suya, fechada meses atrás y dirigida desde las montañas a su tío el anticuario. Primero pensó que la dirección de la Florida estaría equivocada y por eso en Correos la habrían devuelto al remitente. Pero eso era imposible, porque el remite no era la casa de su abuela en La Habana, sino la finca El Veneno en la Sierra Maestra.

Entonces descubrió que el sobre estaba abierto y se acordó de que Navarrete le había dicho que iban a revisar la correspondencia de los alfabetizadores para que no contaran lo del Juicio de los Escupitajos ni el lío aquel de los alzados. El Maestro Navarrete era uno de los que vigilaban las cartas de los brigadistas. Pero esta hipótesis tampoco explicaba la causa de la devolución, como comprendió al descubrir el matasellos de la Florida con las siglas USA perfectamente estampadas. Su abuela lo sacó de dudas:

—Me la devolvió tu tío... y dice que no le vuelvas a escribir más.

Joaquín sintió un tijeretazo en el alma. Su abuela seguía retaceando carne con la tijera. Cuco acababa de cortarle la melena con sus tijeras. Coliseo disfrutaba tijereteando los periódicos para paliar la escasez de papel higiénico. Mucho antes, en su improvisado cuarto oscuro, recortaba las fotos de sus clientes sacando retales para poder imprimir las fotos de su hijo. Numancia hacía exactamente lo mismo, robándoles retazos a sus clientas para poder vestir a su hijo. Cuando sus padres se separaban, ella censuraba las fotos donde aparecía Coliseo haciéndolo desaparecer del álbum familiar a punta de tijera. Las tijeras eran una tradición que parecía recorrer la genealogía de Joaquín. De pequeño, por lo menos un par de veces se había clavado en la mano la tijera de su madre dejada por descuido en la cama o en una silla. Nacido entre tijeras, Joaquín desconfiaba de las tijeras. La tijera era la imagen de la muerte para él.

Al ver el desconcierto de su nieto, Polenta le explicó que el anticuario se había asustado con las frases que aparecían al dorso del sobre. Allí Joaquín había escrito: «¡Viva la alfabetización!» «¡La reforma agraria va!». Eran los lemas de moda, todo el mundo los usaba, en todas partes aparecían. Coliseo le había aconsejado poner esas y otras frases similares en sus libretas, en su diario de campaña, en las cartas, en los libros, en los sobres... Coliseo era un grafómano empedernido y garabateaba consignas sin cesar, no sólo en las cartas, sino incluso en las paredes del excusado. Ya fuera por genética o por mímesis, el niño había heredado esa grafomanía de su padre. Para él todo lo que su padre hacía estaba bien.

Él no había escrito esas frases en el sobre con ánimo de ofender, simplemente lo hizo por seguir el consejo de su padre. Escribía esos lemas en todas las cartas, no sólo en aquella. Por otra parte, en el momento de escribir esa carta él ni siquiera sabía que su tío se había ido del país por motivos políticos. Pensaba que estaba de compras en Miami, como tantas otras veces, y lo pensaba además porque eso fue lo que el anticuario dijo antes de irse engañando a toda la familia. Lo del «viaje de negocios», obviamente, era una mentira piadosa como se supo al cabo de un tiempo.

Guardó la carta en un bolsillo no sin antes mirar de refilón el sello que él mismo había pegado en las montañas con resina de copey. Los sellos traían cada vez menos pegamento. Por eso él usaba el jugo resinoso de ese árbol para garantizar que no se despegaran por el camino. La estampilla reproducía una vaca traspasada por una roja curva estadística ascendente. Encima de la vaca ponía: CONFERENCIA DE PAISES SUB-INDUSTRIALIZADOS, ESTABILIZACION DE LOS PRECIOS DE LAS MATERIAS PRIMAS.

Joaquín no sabía qué significaba toda esa palabrería, pero la línea roja del gráfico remontaba el vuelo como una flecha hasta lo alto de la estadística con optimismo. Eso quería decir que la producción lechera iba a aumentar. Ese sello había sido emitido como mínimo un año atrás y hacía apenas una hora él acababa de ver la larga cola para coger la leche que pasaba frente a la peluquería de Cuco.

La gente protestaba porque la leche venía cada vez más aguada. Polenta protestaba diciendo que la tapita de cartón del litro había sido manipulada. Sospechaba que el lechero —o alguien en la vaquería— adulteraba la leche. «Esta leche está bautizada», refunfuñaba. Cada dos por tres Polenta iba al Punto de Leche a armar la bronca. Ya no había lecheros yendo de puerta en puerta con sus botellas tintineantes, ahora había que ir a buscar los litros al Punto de Leche que era un local improvisado donde antes había una talabartería.

«Fíjate, ya la leche no tiñe el vaso», le decía ella a su nieto. En realidad el gobierno inflaba las estadísticas dando leche aguada para poder afirmar que se cumplían las metas incumplidas. Eso sin contar que luego los administradores de los Puntos de Leche seguramente también añadían su gotica de agua. El fraude estaba a la orden del día. Aquel sello de correo impregnado de voluntarismo lácteo era una burla. Pero era su sello, pegado con resina de copey.

18.

Bar Petit

De la casa de su abuela fue directamente a la Loma del Ángel, a montarle una guardia a la guajira desdentada debajo del ex balcón de la ya casi olvidada Doris. Para que viera que con su nuevo pelado ya no parecía una hembrita. Estuvo merodeando por allí hasta que anocheció, pero la potranca sin dientes no apareció en el balcón.

Al otro día volvió a montarle una guardia, pero nada, sólo se asomaban otras campesinas que lo miraban e intercambiaban risitas entre ellas. Los apartamentos que los góticos habían dejado atrás estaban repletos de gente del campo. Y lo mismo ocurría en el resto de la ciudad. La Habana se aguajiraba a pasos agigantados. Los «guajimenes» −como les decían− llegaban en oleadas, como la marabunta de la película de Charlton Heston.

Al día siguiente, le montó otra guardia. Nada. Joaquín parecía un cederista en versión pastoril. Mientras más días pasaban sin verla, más quería verla. ¿Era eso el amor? ¿O simplemente estaba encaprichado con la guajira por una suplantación de imágenes ya que la había visto asomada en el balcón de Doris? Y si realmente era amor, ¿a quién amaba en verdad? ¿A la guajira o a la gótica? ¿No estaría alimentando la nostalgia de Doris a través de la guajira asomada en su balcón?

Pasó el tiempo y un día que él estaba en la azotea por fin vio pasar por la Flor Asturiana a la jeba de la jaba. Esta vez no subía la loma de los góticos, más bien parecía dirigirse a la calle Chacón. Joaquín bajó corriendo y la siguió, a corta distancia, hipnotizado por el movimiento de sus nalgas al andar. Su culo de potranca en celo se movía como el péndulo de un reloj −ding, dong, ding, dong− al compás de su rabo de mula. Entonces la vio entrar en un edificio que estaba al lado del Bar Petit, una de las pocas cafeterías donde todavía quedaba una victrola funcionando.

Como ya era habitual, los estantes estaban casi vacíos, sólo había algunas botellas de ron malo. La zona del *lunch* estaba desierta. Habían desaparecido las tenazas con las que hacían los «discos voladores» y la batidora, artefactos arqueológicos que tal vez habían mandado para algún museo. Las banquetas giratorias estaban medio desconchinfladas, con la tapicería rajada como a navajazos y desmondongada, pero él no le dio importancia a nada de eso, en ese momento sólo pensaba en la victrola.

El Bar Petit tenía pretensiones de modernidad. El mostrador era de formica y de *playwood*, las banquetas giratorias empotradas en el suelo, niqueladas, tapizadas con vinilo rojo imitando plástico, muy al estilo americano, nada que ver con La Flor Asturiana donde se respiraba una atmósfera más tradicional o hispánica.

Algunas noches de su infancia habían transcurrido en el Petit, de las que guardaba un recuerdo agridulce. Numancia lo llevaba a comerse unos emparedados de jamón con lascas de pierna de cerdo, cortados a lo largo en diagonal, que se llamaban «medianoches». Con tal de no cocinar, su madre lo invitaba a cenar esos sandwiches. Pero lo peor era que allí la modista –¡qué casualidad!– siempre coincidía con un relojero de la cuadra de los bitongos. El tipo era más elegante que Coliseo, lo cual ponía en desventaja a su padre. Se peinaba con una raya al medio, sacándose dos grandes crenchas entrecanas escrupulosamente crinadas. Piropeaba a Numancia, se empeñaba en pagar él. Siempre sonriente. Ella encantada.

Joaquín no las tenía todas consigo. En el Petit concibió por primera vez la posibilidad de que Numancia le otorgara un padrastro, lo que no le hacía ninguna gracia al niño que sólo deseaba que aquel mamarracho con su leontina de oro en el chaleco desapareciera cuanto antes. El relojero vivía solo, rodeado de gatos. Poco después de la llegada de los Reyes Magos por su puerta empezó a salir un hedor insoportable. Sus vecinos rompieron la puerta y lo encontraron en la bañera, desnudo, ensangrentado, completamente arañado por los felinos. A falta de algo mejor, se lo estaban comiendo.

Ahora en el Petit no había discos voladores, ni medianoches, sólo vendían unas croquetas prefabricadas que alguna empresa estatal distribuía en los contados cafetines que aún quedaban más o menos funcionando. Parecían hechas de cemento, pero aún así, a veces había matazón para comprar esas croquetas.

Joaquín tuvo suerte, acababan de sacar las croquetas. Antes de que se armara el molote, pidió una. El pan estaba viejo, zocato. La croqueta se le pegó en el cielo de la boca y tuvo que usar lengua y dedos para poderla despegar. Notó que la plancha de formica del mostrador empezaba a agrietarse, salpicada de desconchados. Por debajo de una lámina medio despegada ya asomaba la mugre, la grasa, el churre allí acumulado. Se sentó en una silla para girar en ella como antes, pero cuando fue a hacerlo por poco se cae. Los tornillos del pie metálico estaban flojos. Se pasó para la silla de al lado, pero estaba igual o peor. Con todo y eso, el Petit seguía teniendo cierto encanto.

En la barra estaba Toto sacando la lengua, para regocijo de la Mulata de Fuego. Toto era un bobo que vivía cerquita de la Loma del Ángel. Casi enano, tenía ojos achinados y las palmas de sus manos mostraban un único pliegue transversal. Casi no sabía hablar y siempre iba tocado con un «sombrerito de hambre», como decía Polenta. En la barra había unos borrachos riéndose del bobo, entre otros, Mentiolate y Chencha la Gambá.

La Mulata de Fuego le preguntaba a Toto si, aparte de tener la lengua tan larga, sabía introducirla enroscada como un taladro. Mentiolate era un palmolivero que no necesitaba emborracharse porque de tanto ingerir alcohol de reverbero ya era una destilería ambulante. Trataba de ligar con Chencha, estaba jamoneándola. Pero Chencha se alejó Chacón abajo haciendo aspavientos. Chencha tenía las piernas tan encorvadas que cuando los jodedores la veían caminar le gritaban como ahora: «Chencha, ¿dónde dejaste el caballo?». Las carcajadas de los curdas se oían dos manzanas a la redonda.

Toto seguía en su manoseo con la Mulata de Fuego. Todo en él era corto –sus extremidades, su cuerpo– menos la lengua que cuando la sacaba parecía una corbata. Tendría unos cincuenta años y la piel tersa como un niño de pecho. Entonces llegó uno de los mataperros sobrevivientes, Bombillo, un rubio muy flaco, muy alto y muy cabezón. En sus ojos brillaba la maldad. Tenía en su haber un largo historial de reyertas ya desde kindergarten. Los maestros no podían con él. Más de una vez Joaquín había visto cómo los maestros lo bajaban a rastras por la escalera hasta la dirección mientras Bombillo se enredaba a trompadas y a patadas con los profesores.

–Enséñame la lengua –le dijo el Bombillo a Toto.

Y Toto empezó a sacarla.

–Sácala más –pidió el Bombillo.

Y el bobo siguió desenroscando aquel tentáculo, porque sabía que al final de sus exhibiciones siempre alguien lo invitaba a una línea de ron o a una cerveza. La Mulata de Fuego abrió los ojos al ver esa serpiente poderosa saliendo de la boca de Toto.

–¡Más, sácala más! –gritaban dos borrachos derrumbándose en la barra.

Y cuando Toto la tuvo toda afuera, el Bombillo sacó del bolsillo una tachuela y se la clavó en la lengua, a la altura del esternón, como si fuera un alfiler de pecho.

Toto empezó a gritar. Joaquín no estaba prestando mucha atención, pero se sobresaltó y vio al bobo con su camisa blanca salpicada de sangre. Después de echarle tremenda descarga al Bombillo, la Mulata de Fuego se llevó a Toto, abrazándolo. Llevaba un vestido rojo sin espalda. Blasonaba de su lunar en el escote. Ya era una medio tiempo. Tenía el culo un poco caído, las nalgas entristecidas, pero aún podía encandilar a los hombres. Los curdas gritaban a la pareja que se alejaba: «¡cuidao con esa lengua que está ensangrentaaaa!»

Joaquín salió a la calle para explorar desde abajo los balcones del edificio en el que había entrado la guajira desdentada. Enseguida la vio en un balcón del segundo piso. ¿Se habría mudado para allí? En realidad nunca había vivido en el apartamento de Doris, simplemente días atrás había ido a visitar a unas primas del campo que sí vivían en la Loma del Ángel. La desdentada vivía en Chacón, encima del Petit, junto con su hermana y un montón de sobrinos venidos del monte.

Joaquín volvió a entrar en el bar, echó un vistazo al listado de canciones de la victrola. No había ninguna en inglés. Pero ya tampoco estaban allí Benny Moré ni Celia Cruz ni la Sonora Matancera. Se habían muerto, estaban moribundos o se habían ido, todo lo cual al fin y al cabo eran la misma cosa. Muchos personajes de la farándula radial y televisiva se habían volatilizado: Luisito Aguilé, La Lupe enloquecida que le daba escobazos a su pianista, Rolando Laserie con su gorrita de medio lado cantando: «A mí me dicen el negrito del batey, porque el trabajo para mí es un enemigo». Tampoco se oía ya otra tonada que proclamaba: «Yo no tumbo caña, que la tumbe el viento, que la tumbe Lola con su movimiento». Eran letras que obviamente se habían vuelto subversivas, porque ahora –como decían citando a Lenin– «aquí el que no trabaja, no come», aunque en realidad esa frase era de San Pablo, pero… ¿qué más daba un santo que otro?

Una austeridad casi monacal se extendía por el país. En el aire se respiraba una luctuosa solemnidad, la revolución invocaba sin cesar a sus mártires y se insistía en la idea de sacrificio con una machaconería lúgubremente doctrinal. La alegría se había vuelto poco menos que reaccionaria y, en su lugar, se intentaba instaurar una especie de *memento mori* permanente. Ahora había que ser rígidamente serio. Esa rigidez casi egipcia parecía venir de Moscú, o de Pekín. Había que crear al «hombre nuevo», como decía el Che, aunque también esa idea se la había robado a San Pablo en su Carta a los Efesios, pero, de nuevo… ¿qué más daba un santo que otro, verdad? Ya ni siquiera se cantaba la pachanga, tan de moda hasta el año pasado, porque también el Che había criticado «el Socialismo con pachanga». Tal vez –sin querer– el más sincero de todos los cantantes era Carlos Puebla cuando canturreaba: «Se acabó la diversión: llegó el Comandante y mandó a parar».

A pesar de todo eso, la energía musical de la isla era tan grande que surgían nuevas sonoridades, de fugaz duración, como «Los Zafiros» con sus falsetes («¡Bellecitaaaa aaa aaa!») o gigantescas orquestas como la de Pello el Afrokán, que hacía un ruido de mil demonios. Con todo, Joaquín notaba que las canciones habían perdido ternura, como si empezara a caer en el olvido aquella sandunga tan simpática que nunca incurría en la vulgaridad y siempre conservaba un elegante equilibrio. Instrumentalmente, todo empezaba a sonar sucio, agresivo, al menos para sus oídos.

Como era un niño–viejo, él se había quedado anclado en Benny Moré o en letras tan afables como: «toma chocolate, paga lo que debes…». Para él, la música cubana acababa ahí. De ahí para acá, todo le parecía un ruido más o menos bailable. Echaba de menos, por ejemplo, el cencerro. ¿Qué tendría el socialismo contra el cencerro? Esa nota metálica, inconfundible, que tanto sabor le comunicaba al registro acústico insular, había desaparecido. Ya los bajistas no tamboreaban con sus dedos la caja de sus instrumentos, ni los hacían girar como si fueran mujeres de madera con las que estuvieran bailando. La alegría se había convertido en ruido grosero. Otros ecos telúricos –como el son, el tumbao y el montuno– apenas se oían ya. Sólo quedaba en televisión un programa de repentistas, bastante folclórico por cierto.

Todo esto tenía que ver con las transformaciones que estaban teniendo lugar en las costumbres campesinas. Aparte del gran desánimo que cundía entre los agricultores porque los auténticos dueños de la tierra no eran ellos –como se les prometió– sino el gobierno, se estaban produciendo una serie de trastornos. La mayoría de los campesinos –o sus hijos– emigraban a la Habana. Por eso los habitantes de la ciudad tenían que ir al campo a hacer trabajo voluntario, porque ya no había en las zonas rurales suficientes brazos para asumir esas tareas.

Los Reyes Magos –entre otras utopías– estaban empeñados en erradicar las diferencias entre la ciudad y el campo, igualando ambas dimensiones. La idea de igualdad –esencia de toda utopía– no sólo era demagógicamente enarbolada en alusión a blancos y negros, mujeres y hombres, sino que también pretendía unir a obreros y campesinos. Es decir, pretendía llevar a cabo un enroque entre la ciudad y el campo, favoreciendo a éste último, en detrimento de aquella. Era un poco como si el campo inmaculado estuviera vengándose de la ciudad pecaminosa. De resultas, la ciudad se ruralizaba cada vez más sin que por ello el campo llegara a urbanizarse realmente.

Los de la ciudad en los trabajos voluntarios pisoteando los cultivos en el campo, y los del campo destrozando las instalaciones de la ciudad. El mundo al revés, todo patas arriba. Todo revuelto. ¿No decía Coliseo que Revolución venía de Revolver?

Así, se iban extinguiendo ciertas costumbres típicamente rurales. Si los campesinos ya no hacían rondas de guitarreos de bautizo en bautizo, si no había serenatas de bohío en bohío o de balcón en balcón, si no había un buen lechón para asar… ¿qué montuno, ni qué guateque, ni qué tumbao iba a haber?

Pero Joaquín no sabía nada de todo eso, así que escogió una estúpida canción titulada «Historia de nuestro amor». Marcó las teclas y echó una moneda en la ranura. Salió a la calle para ver a la jeba de la jaba. Allí estaba asomada, pero ni lo miraba. Tal vez no lo reconocía ahora que estaba pelado.

Todas las noches Joaquín iba al Bar Petit para ponerle esa canción a la desdentada. El Cawy se burlaba. «Dile algo, compadre, dile cualquier cosa, tírale un beso, así: ¡muaaaaa!». El Cawy tenía más maña para ligar que él. Bailando casino no había quien le pusiera un pie delante. Siempre llevaba consigo una libretica repleta de nombres de mujeres con sus teléfonos. Según él, todas habían estado con él, en la cama, aunque Joaquín lo dudaba.

—Fuma —le aconsejó Salutaris—, si esa jebita te ve fumando enseguida la ligas.

Salutaris era otro de los pocos mataperros de verdad que todavía quedaban. Era el mejor amigo del Cawy. Lo que no impedía que se enredara a trompones con él también de vez en cuando.

Joaquín no fumaba, pero cuando tenía ocho o nueve años, Numancia le pedía que le encendiera los Partagás. El niño la obedecía y tosía echando humo por la boca como un dragón mientras la madre se reía desde su *Singer*. Ahora no había Partagás, ni Edén, ni Chesterfields, ni Camels. Sólo se expendían marcas cubanas y habían cambiado de nombre. Salutaris le alargó una cajetilla de Aromas. No era dura como las de antes y tampoco traía papel plateado por dentro. Confeccionada con un papel de un verde deplorable, era tan endeble que enseguida se dejaba traspasar por el sudor de la camisa.

Joaquín aspiró, sintió la patada en el pecho y empezó a toser. Salutaris le enseñó a echar el humo por la nariz. El Cawy le enseñó a hacer anillas de humo. Y mientras aprendía todo eso ponía en la victrola una y otra vez la canción de marras para conquistar a la guajira desdentada.

Ponía el disco, salía a la acera de enfrente, encendía un cigarrito y esperaba a ver sus reacciones. Ella se asomaba al balcón, sonreía con sus dos colmillos y volvía a meterse dentro de la casa. Un día la guajira bajó y él la sorprendió en la esquina del Petit. Le preguntó si no se acordaba de él. Aleja –que así se llamaba– le dijo que no. «El del pelo largo y los collares, allá en la Loma del Ángel…», explicó Joaquín. Pero ella seguía sin adivinarlo. Caminaron un trecho. De pronto ella dijo: «a ver, levanta el brazo». Sorprendido, él accedió. Ella miró a través de la manga corta de la camisa de guinga. «Todavía no te han salido pelos en los sobacos», dictaminó con desdén y siguió de largo. Joaquín observó que ella tenía en las axilas sendas matas de pelos. La vio alejarse contoneando su grupa de potranca primaveral: ding-dong, ding-dong.

Aquello sí que tenía cojones: primero tenía que cortarse el pelo para complacerla y ahora tenía que conseguir que le salieran pelos debajo de los brazos. Según Salutaris y Cawy tenía que afeitarse para que le salieran pronto los vellos. Joaquín empezó a rasurarse no sólo los sobacos, sino también la cara y el pecho. Pero ya no había cuchillas Gillette. Las pocas que quedaban en su casa eran de Coliseo quien las guardaba tan celosamente que nadie sabía dónde estaban. Las navajitas que se vendían ahora eran de fabricación nacional y se llamaban «Patria o Muerte». Más bien «muerte» porque eran tan malas que Joaquín terminaba ensangrentado, lleno de cortes en la cara, en el esternón, en los sobacos. Y el vello seguía sin salirle.

Pero él seguía poniendo el mismo disco en la victrola del Bar Petit. Ya se había olvidado casi por completo de Doris. Ahora en su mente sólo estaba Aleja. Un clavo saca a otro. Una de esas noches empezó a llover torrencialmente. Y en su comemierdería, Joaquín se quedó allí parado, en la acera de enfrente, empapándose con tal de verla. De pronto sintió que alguien lo agarraba por la oreja y de un tirón lo arrastraba Aguiar arriba, de vuelta a su casa. Era Coliseo, de muy mal genio. «Tendrías que estar estudiando para el examen de mañana», le gruñó. «Te pasas las noches parado en esa esquina como un guanajo». Aunque no lo decía, se veía que seguía sulfurado por lo de la beca de Miramar. «Tu madre está preocupada por ti, no sabe dónde te metes». «Ya tengo llave de la calle», replicó Joaquín. «No te encapriches con ningún culito. En este país lo que sobran son culitos», dijo Coliseo soltándole la oreja cuando ya estaban llegando al Solar de la Chancleta.

19.

SARCÓFAGOS DE PLOMO

Pasaron los meses y estalló la Crisis de Octubre. Decían que los americanos estaban a punto de tirar la bomba atómica en la isla y que luego los soviéticos responderían disparando su cohetería hacia ciudades norteamericanas, y que, a su vez, los americanos lanzarían su arsenal nuclear sobre territorio ruso en un progresivo dale al que no te dio que conduciría a la devastación del planeta.

Medio ajeno a todo eso, Joaquín se acostaba boca arriba a la sombra de la caseta del palomar vacío, no ya para ver pasar a los totíes, sino para ver pasar la superfortaleza volante que supuestamente iba a descargar un diluvio de fósforo vivo sobre la isla. Eso hubiera sido la insolación definitiva.

En otros tiempos, por aquel trozo de cielo él veía pasar hasta platillos voladores cuando en todas las radios sonaba el estribillo: «los marcianos llegaron ya, y llegaron bailando cha cha chá...» Pero ahora sólo veía pasar nubes. No pasaban por allí ni marcianos ni totíes ni bombarderos, sólo nubes.

Joaquín iba a cumplir catorce años y no leía la prensa, no oía radio, ni veía televisión... demasiado aburrido todo eso. Prefería seguir leyendo las novelas de Julio Verne que atesoraba su madre, o incluso los inextricables folletos de Lenin que le daba su padre. Pero cuando iba al inodoro leía los trozos de periódicos que colgaban allí del clavo oxidado. Así se enteró de que la tercera guerra mundial estaba a punto de estallar.

Bueno... él ya estaba preparado para la bomba atómica desde hacía dos años, cuando explotó *La Coubre* muy cerca de su casa, en los muelles. El barco francés cargado de armamentos y explosivos voló por los aires cuando Joaquín estaba en el Parque del Anfiteatro jugando a la quimbumbia con Nao Capitán. La quimbumbia era un trozo de palo de escoba afilado por las dos puntas que había que hacer saltar primero para batearlo cuando se elevaba en el aire. Quien más lejos lo mandara, ganaba.

Nao Capitana era la marca de un extinguido refresco de chocolate muy caro. Al amigo de Joaquín le llamaban así porque era más negro que un teléfono y porque aquel era su refresco favorito años atrás. Jugaban pues a la quimbumbia cuando de pronto el barrio entero se estremeció y los dos niños vieron elevarse una columna de humo, un hongo atómico, al fondo de la bahía.

La explosión los levantó en peso. Cuando vio aquella nube en forma de hongo dibujándose en el cielo Joaquín pensó inmediatamente en Hiroshima. Enseguida se llevó las manos a la cabeza y se haló los pelos. Si lograba arrancárselos fácilmente, aquello era una bomba atómica. Eso le había oído decir a su amigo Peróxido.

Nao se lo quedó mirando con los ojos blanquísimos, abiertos y saltones como huevos sancochados. Joaquín le explicó lo de la radioactividad y los pelos. «Jálate los pelos», le dijo. «¿Qué pelos?», exclamó Nao rascándose las pasas con los dedos. Joaquín se echó a reír en medio del susto. Más que nada se rió porque se acordó de sus problemas en el fondo de las pocetas. Cada vez que los turistas lanzaban una moneda, Joaquín se zambullía junto con los mataperros. Pero como la mayoría eran negritos, él casi nunca conseguía llegar al fondo arenoso donde brillaban los *quarters* y los *five cents*. Pocas veces lograba tocar aquellos búfalos, indios y águilas que temblaban bajo el agua, porque entre espirales de burbujas los negritos lo cogían por los pelos y lo jalaban hacia arriba, devolviéndolo a la superficie mientras que, cuando él intentaba hacerles lo mismo, sus dedos resbalaban sobre aquellos cabellos corticos y encaracolados como estropajo de alambre. En las broncas pasaba igual, tratar de coger a un negrito por los pelos era como arañar la superficie lisa de un coco seco.

Cien muertos más o menos hubo en la voladura de la *Coubre*. El ancla del buque sobrevoló la cúpula de la Lonja del Comercio y cayó en un solar en la cuadra de los mataperros perforando la azotea, donde dejó un enorme boquete. A partir de entonces el solar –que se llamaba «Titingó»– pasó a llamarse el «Solar del Ancla».

En esa cuartería vivía Peróxido, que no era exactamente un mataperros, sino un bitongo venido a menos, o sea mataperreado. Era el niño más brillante en muchos kilómetros a la redonda. A los trece años ya hablaba y leía inglés, era taquimeca de gran velocidad, ponía en apuros a los maestros de matemáticas. Donde todo el mundo veía un vaso, una piedra, una mesa, él veía estructuras de átomos y anillos de benceno. Vivía en un estado de encantamiento perpetuo. A los diez años había enseñado a Joaquín a mover las piezas de ajedrez. Después de los Reyes Magos, en Cuba casi todo el mundo se puso a jugar ajedrez. Una vez eliminados los garitos, los billares, el cubilete y los casinos, una epidemia ajedrecística –de origen soviético– se expandió por la nación. Ya nadie jugaba a las damas, ni al parchís.

Pero antes de que semejante furor petersburgués se adueñara de todos, Peróxido era el único en la barriada que sabía quién era Capablanca y qué cosa era una defensa siciliana. Una especie de niño prodigio viviendo en un solar apestoso. Sus padres eran los dueños de la farmacia donde Coliseo antaño había tenido su cuarto oscuro. Ambos habían muerto en un accidente automovilístico, a raíz de lo cual Peróxido tuvo que irse a vivir con una tía en la cuadra de los mataperros.

Después de ver pasar por la Avenida del Puerto los carros de bomberos, las ambulancias llevando heridos, los descapotables transportando restos humanos carbonizados y ensangrentados, Joaquín y Nao corrieron al Solar del Titingó. Iban a consultar con Peróxido, porque Joaquín seguía creyendo que habían tirado la bomba atómica y no dejaba de jalarse los pelos.

Cuando los dos niños llegaron al solar donde había caído el ancla se quedaron pasmados. Toda la parte de atrás del edificio estaba en ruinas, por suerte Peróxido vivía en la parte delantera. No hubo víctimas, porque el descomunal hierro cayó en una parte donde lo único que había era el almacén de una vieja hojalatería.

Peróxido apareció entre el gentío, tan excitado que los cristales de culo de botella de sus espejuelos estaban empañados. Gesticulaba sin parar. «No es ninguna bomba atómica. Han hundido un barco», les dijo. En esas circunstancias, solía apoderarse de él un extraño lenguaje. De pronto empezó a hablar de una cosa llamada «ciclotrón». Joaquín y Nao se miraron encogiéndose de hombros. Pero el otro seguía sin parar. «Si hubiera radioactividad ya estaríamos ciegos y calvos. La única forma de protegerse es metiéndose dentro de una caja de plomo».

Peróxido siguió hablando de extrañas deidades: del plutonio, del uranio 235… Como es natural en una barriada llena de ignorantes, algunos decían que estaba medio loco. Como no tenía con quien hablar de sus temas favoritos, cuando lo hacía se le hinchaban las venas del cuello, se ponía colorado, excitado con su propio monólogo.

Un par de días después, Peróxido fue a ver a Joaquín. Estaba enardecido. Tras el derrumbe, había descubierto entre los escombros un par de sarcófagos de plomo. Vacíos, con forma de tiburón, tenían ventanitas acristaladas para ver la cara del difunto. Peróxido los había escondido en su cuarto. Quería que Joaquín fuera a verlos. Los dos ataúdes eran del tamaño de niños de unos diez años. Ideales para él y para Joaquín, aunque tuvieran que encoger un poco las rodillas. «No se lo digas a nadie. Si algún día tiran de verdad la bomba atómica, nos metemos en estos ataúdes de plomo», dijo Peróxido.

¿De dónde habían salido esos insólitos féretros? Peróxido pensaba que pertenecían a los viejos dueños del palacio convertido en solar. Tal vez condes o marqueses. Los españoles de la época colonial eran breves de estatura. ¿Y cómo es que nadie los había visto antes de la caída del ancla? Peróxido suponía que llevaban muchos años enterrados en los muros. ¿Y por qué estaban vacíos? «¡Ah, chico, tanto ya no sé!».

Al final Numancia iba a tener razón. Los americanos iban a tirar la bomba atómica y la isla entera –como el Titanic– iba a hundirse en una tumba de coral. Pero nadie se tomaba en serio la amenaza. Clementina, una mulata salpicona que vivía en el Palacio de la Leche, salía al balcón de vez en cuando gritando a voz en cuello: «¡a singar, a singar, que el mundo se va a acabar!»

Joaquín estaba tranquilo en la azotea, oyéndola gritar. Él tenía garantizado su ataúd de plomo. Pero... ¿y Numancia? ¿Y Polenta, y Coliseo, su hermana...? Lo mejor era no pensar. Hacer como su madre, que no se enteraba de nada. En ese momento la oyó. Numancia lo llamaba desde los Jardines Colgantes de Babilonia. Seguro que ya había terminado el abrigo de astracán. Joaquín bajó por la escalera de caracol.

Allí estaba, impecable, colgando de un perchero, como la piel de un oso disecado. Negro y gris, un abrigo de lana para ir a la Unión Soviética, que era la última aventura que se le había ocurrido a Coliseo. Pensando en la nieve de Moscú, la modista empezó a coser en secreto, para Joaquín, un abrigo hecho retazos. Otro disfraz. La insolación, con tantos despellejamientos, le había preparado desde niño para esas constantes mutaciones de piel.

Después del tirón de orejas en la esquina del Bar Petit, su padre estuvo sin hablarle un par de días al cabo de los cuales su carácter volvió a cambiar. «¿Qué te parece si hacemos un viaje juntos a la Unión Soviética?», le soltó de sopetón. Coliseo había estado ahorrando dinero en los últimos cinco años. Ahora tenía suficiente para pagarse ese viaje con su hijo al otro lado del globo terráqueo. Al enterarse de esa noticia, Numancia enseguida se puso a hacerle un abrigo a su hijo. En cuanto a Coliseo, no le hizo ni una bufanda, ¡que se muriera de frío en Siberia!...

Lo del «astracán» era otra de las exageraciones de la modista que leía demasiadas novelas inspiradas en la aristocracia rusa. Le gustaba tanto hiperbolizar («Jardines Colgantes de Babilonia», «mi Luis xv», etcétera) que, más que gallega, parecía andaluza. En realidad, el cuello del abrigo estaba hecho de un tejido como de rizos, pero no era más que una falsificación de piel de cordero nonato.

¿De dónde habría sacado su madre esa imitación? ¿Del taller de la tienda «Fin de Siglo» donde ahora trabajaba? Allí también practicaba sus pequeñas sustracciones. Si ya no había quincallerías donde comprar ni un alfiler, ¿cómo iba a conseguir sus materiales la modista? Estaba obligada a realizar imperceptibles hurtos, igual que Polenta cortando bistecs...

De nuevo Joaquín volvía a ser «Retacitos», porque examinando de cerca aquel abrigo vio que se parecía a Frankenstein, por la cantidad de costuras que iban empatando aquí y allá los fragmentos de diversos tonos de tela en la espalda, en los hombros, en las solapas, en las bocamangas. Toda esa lana se la había sustraído a su clienta favorita, que era Adelita.

20.

LA ÚLTIMA PRUEBA

Un par de semanas atrás Adelita había aparecido en el Solar de la Chancleta sumamente agitada. Se iba para el Norte. «Para Nueva Yorkkk», dijo subrayando la «k» con un cloqueo de gallina culeca. Quería que Numancia le hiciera de corre corre la ropa con la que iba a viajar. Cuando bajara del avión quería que su tía la viera bien elegante para que no fuera a pensarse que ella era la parienta pobre, una muerta de hambre pidiendo limosna, ni nada por el estilo. Le encargó dos vestidos, uno negro, otro gris, chaquetas incluidas, de lana ambas, porque «chica, en la Yuma hace un frío del diablo».

Joaquín conocía minuciosamente la anatomía de Adelita. Desde chiquito la había visto mil veces semidesnuda probándose sus vestidos frente a la luna del escaparate rococó. Lo más excitante era ver cómo su madre la pinchaba con los alfileres mientras le probaba la ropa.

El día de la última prueba, Adelita llegó con el rostro descompuesto por la ira. Acababa de tener una discusión con la taxista que la había traído porque la trató de «compañera». Adelita se había sentado detrás, como una señora. La otra se lo recriminó, porque ahora —como parte de uno de los infinitos procesos de igualdad recién emprendidos— se estilaba que los clientes se sentaran al lado de los choferes para que éstos no se sintieran humillados. «¿Qué pasa? ¿Por qué no te sientas aquí alante conmigo?... ¿Somos compañeras, no?», dijo la taxista.

«¡Compañeros son los bueyes! Ptsss...», respondió Adelita sin moverse del asiento trasero.

La clienta de Numancia estaba muy alterada. Se sentó en una silla y siguió dando rienda suelta a su berrinche. «¿Cómo voy a ser compañera de una puta? Sí, porque esa prieta es una de esas TP, una de esas mujeres de la calle que ahora se han metido a taxistas populares o como se llamen...»

Numancia le trajo una tacita de café acabado de colar. Adelita sacó de su cartera un cartucho lleno de polvo de café y se lo dio a la modista. Era parte del pago en especie por adelantado.

—Es puro —aclaró la clienta—, no está mezclado con chícharos.

—¿Chi... qué? ¿Achicoria? —preguntó Numancia distraída.

—¡No, chícharos!

—¿Que me has traído chícharos? —se asombró la modista abriendo el cartucho. Inútil explicarle que últimamente el café que daban por la libreta venía mezclado con chícharos molidos. Inesperadamente Titán se enganchó en la rodilla de Adelita y empezó a jadear en su pierna izquierda. Con la lengua afuera, babeándose, el animal se estremecía de placer. Adelita sacudía la pierna espasmódicamente, casi presa de un ataque de epilepsia, pero Titán seguía aferrado a su pierna, como un íncubo bajo apariencia canina.

—¡Quita, Titán, fuera, fuera! —gritó Numancia y el perro se alejó mohíno.

Después de fumarse un «Dorado» (otra nueva marca de cigarro), Adelita se puso frente al espejo y empezó a quitarse la blusa. Tocó a Numancia en el hombro para que la mirara y le leyera los labios:

—¡Tenía que ser una prieta, la taxista esa! Hay que ver lo que están haciendo los niches. Les están dando demasiadas alas a los...

Numancia señaló con el pulgar hacia el escaparate Luis XV, porque detrás del mueble estaba la puerta condenada que daba al cuarto de la brujera Evangelina. Adelita terminó lo que iba a decir frotándose el antebrazo con un dedo, que era la gesticulación nacional para aludir a los que tienen la piel negra.

—¡Hay que ver lo que están haciendo en el Vedado y en Miramar! Esos barrios que antes eran tan elegantes... lo están destrozando todo. Y de los guajiros ni hablemos: lo rompen todo, las persianas para hacer hogueras en los jardines y en las piscinas crían puercos, como si estuvieran en la manigua todavía. Y los (volvió a frotarse con el índice la piel del antebrazo), de ésos ya ni te cuento, fíjate que ningún aire acondicionado de Miramar funciona, todos rotos. Los baños tupidos, desbordados de mierda que llega a las aceras. Siempre están tocando rumba en los jardines, todo lleno de pollos, tremenda peste. Los negros viviendo en Miramar (dijo entre dientes) ¿quién lo iba a decir, caballero? Y en los repartos nuevos que hizo la Pastorita ésa –sí, la de los espejuelos oscuros–, pues lo mismo, más destrozos.

–¡Qué barbaridad! –exclamó Numancia vigilándole los labios a su clienta por el espejo. La sorda era un lince leyendo los labios. Joaquín lo sabía por experiencia propia. Una vez, siendo él muy niño, quiso comprobar hasta qué punto era cierto. Su madre estaba de espaldas a él, pintándose los labios ante el espejo. Joaquín aprovechó para cagarse en Dios. Numancia se volvió en el acto, cogió una chancleta de palo y le partió el labio. Lo puso de rodillas ante la imagen del Sagrado Corazón de Jesús y lo obligó a rezar diez padrenuestros, con la boca sangrando, igual que el corazón de Cristo.

–En mi tienda –agregó la modista– también han cambiado mucho las cosas. La escalera mecánica casi siempre está rota, dicen que por falta de piezas de repuesto. Figúrate, las que trabajamos en el taller de alta costura tenemos que subir las escaleras a pie hasta el quinto piso. Y las dependientas ya no son tan bonitas como antes. Ahora ponen a cualquier gordinflona, cualquier flacuchenta o a cualquier feúcha detrás del mostrador. Eso es porque ahora, según dicen, todos somos iguales. A mí, después de todo, me conviene eso, porque yo soy fea (risas de la clienta y «no, chica, Numa no digas eso»), pero la verdad es que antes daba gusto ver a las empleadas de Fin de Siglo, tan bonitas, tan elegantemente vestidas, todas perfumadas y requetebién peinadas. Y ahora cualquier pelandruja está allí para atenderte… si es que te atiende…

–Igual que la taxista que me trajo, esa del Transporte Popular. Las de los carros morados. Seguro que era puta hace tres años. ¿Sabes lo que me dijo? Que ella era trabajadora ejemplar y me enseñó una banderita que le dieron. La llevaba colgada en el retrovisor. Dijo que nunca había chocado y por eso había ganado la emulación. Y yo le dije que ¡los mulos son los que emulan!

Joaquín lo oía todo desde los Jardines Colgantes mientras aguantaba a Titán ansioso por engancharse de nuevo en la pierna de la clienta. El verbo «emular» era otra novedad semántica de los Reyes Magos. Antes en la isla se decía «competir», pero ahora eso de «competir» sonaba como una mala palabra contrarrevolucionaria.

—Más o menos es lo mismo que pasa en la Company —continuó Adelita aludiendo a la Compañía de Teléfonos donde trabajaba—. Los ascensores se rompen cada dos por tres, el aire acondicionado suena que parece que tiene asma, nadie bruñe los pomos de las puertas ni las bisagras de bronce, el piso está empañado, mal trapeado, y de los cristales de las ventanas ni te hablo... a ver ¿qué más? ¡Ah! Los salarios han bajado, ahora todos ganamos casi lo mismo, lo mismo una secretaria ejecutiva como yo que un portero. Yo hablo inglés, y al portero le cuesta trabajo hablar castellano. Pero no importa, porque somos iguales, así que la diferencia entre lo que él y yo ganamos es tan mínima que a una le dan ganas de volverse estúpida. Encima no dan aguinaldo, y han metido un montón de incapaces en los puestos claves, porque son revolucionarios, hay mil problemas técnicos con las piezas de repuesto para los teléfonos y las pizarras centrales, pero yo de eso no entiendo mucho...

—¡Van a acabar con la quinta y con los mangos! —exclamó Numancia mientras sacaba un puñado de alfileres de una carterita de tela que llevaba colgando de la cintura a la que ella llamaba «faltriquera». Se puso unos cuantos alfileres en la boca. Había llegado la hora de los pinchazos. Se iba quitando los alfileres de los labios para clavarlos en la tela que cubría a la clienta. Los hincaba separadamente, como en un *pizzicato*, de modo que fueran bocetando la trayectoria de las futuras puntadas.

—Hay que coger un poco de aquí —añadió entallándole la cintura. La modista era como un pintor bosquejando al carboncillo el óleo que tiene en mente. Joaquín la miraba desde el primer peldaño de la escalera de caracol donde estaba sentado.

—¡Ay, coño, ten cuidao! —chilló Adelita.

Joaquín sonrió. Era el primer pinchazo. Numancia seguía clavando alfileres sin importarle si pinchaba o no a la clienta. Sonreía sutilmente como una niña traviesa.

—No hace mucho —siguió Adelita— un ministro o algo así viajó a Canadá para comprar barredoras automatizadas para limpiar las calles. Como no hay barrenderos, ahora quieren hacer ese trabajo con máquinas.

Numancia se sentó de medio lado en el suelo para examinar el dobladillo del vestido.

—¿Y sabes qué fue lo que compró el muy comemierda? ¡Barredoras de nieve! (un ataque de risa con tos). Ahí están, en el puerto, oxidándose. ¿A quién se le ocurre comprar quitanieves para traerlos a esta isla? Ese ministro tenía que ser un guajiro o un… (volvió a frotarse con el dedo la piel del brazo).

—Al paso que vamos no dejarán títere con cabeza —suspiró Numancia siguiendo con el rabito del ojo el movimiento de los labios de su clienta reflejados en la luna del escaparate Luis xv.

—¿Y tú, qué? ¿Ya te echaste novia? —dijo Adelita dirigiéndose a Joaquín.

Joaquín dijo que no con la cabeza y siguió hojeando el *Manual de Lengua Rusa*, de Nina Potapova. Ya estaba estudiando ruso por las noches en el Capitolio. Ya chapurreaba algo.«Tú serás mi intérpete y mi guía en el viaje», había dicho Coliseo. También le había dado unos folletos turísticos del remoto país de los soviets.

—¿Y qué es de la vida de tu hermana?— preguntó Numancia poniéndose de pie.

—La muy comecandela me ha retirado el saludo, el otro día me gritó «gusana» —comentó la rubia Adelita ladeando la cara para apreciar mejor la silueta que le devolvía el espejo. Estaba requetebuena, o eso pensaba Joaquín. Más buena todavía estaba vestida de miliciana, como la había visto no hacía ni seis meses, haciendo guardia con un *Garand* en la puerta de la Compañía Telefónica. El uniforme le sentaba de maravilla. La canana, al ceñirle la cintura, resaltaba sus caderas. Fervoroso disfraz que duraba poco, como en el caso de Perfumito, de Navarrete, de tantos y de tantas…

–¿Y tú qué le dijiste?

–¡Ay, concho, Numa, no me pinches!

–¿Cómo? ¿Chinches? ¿Qué chinches?

–Ningún chinche… me reprochó que yo había sido revolucionaria también. Y yo le respondí que sí, que yo también quería revolución, ¡pero no tanta, coño!

Mientras la modista, con el centímetro al cuello, le probaba el vestido a Adelita, Joaquín se imaginó a aquella familia dividida, partida en dos como por un hachazo. Desde que él tenía uso de razón, Adelita y su hermana Carolina eran inseparables, ahora un abismo de odio las alejaba. De pronto, sin saber por qué, se le ocurrió preguntarle si no le dolía abandonar la patria.

–¿La patria? –respondió la rubianca enderezando el busto frente al espejo–. ¡La patria es el lugar donde más cómodo se está!

Joaquín se preguntó si no le dolería dejar a su madre, a su padre, a su hermana en la isla… Numancia le había contado que una tía la había reclamado desde Nueva York. Estuvo a puntico de preguntárselo, pero prefirió callarse.

–¡Mira a tu tío! ¿Acaso no se fue también? … Esos orientales –siguió hablando sola– nacieron más cerca de Haití y de Santo Domingo que nosotros de Miami. Ellos son más de por allá que de por acá. Menos finos. Hablan cantando. Son torpes, y bastante bruticos. Analfacebollones. La culpa la tiene el casabe ése que comen…

Joaquín se tuvo que reír. Había comido casabe en El Veneno, y en verdad era una torta insípida.

–Eh, no te rías, lo digo en serio. Esas viandas, la yuca, todo eso… echa a perder el cerebro…

Numancia mordió la punta de una hebra, la ensalivó y tras meterla por el ojo de la aguja, comentó sin mucha convicción, más bien para provocarla:

–Bueno, Adelita, pero ahora el médico es gratis. Todo el mundo puede ir al dentista.

–¿Y para qué diablos quiero tener dientes sanos si no hay nada que masticar?

Numancia soltó una de sus vibrantes carcajadas.

–Y los deportes, Adelita. Ahora son gratis –siguió la modista sonriendo, sólo para jeringarla–. ¡Ah, y los entierros! También son gratis…

–¡El colmo sería que encima de que te matan de hambre también te quieran cobrar el funeral!

Joaquín empezaba a aburrirse. Lo de los entierros y el acceso a los espectáculos deportivos gratis eran dos beneficios de la revolución que no le interesaban. No pensaba morirse todavía y carecía de espíritu deportivo. Así que se despidió y subió la escalera de caracol para llevarse al perro y seguir estudiando a la Potapova en la azotea.

Allá abajo quedaba Adelita frente al espejo, ora levantando un brazo, ora el otro, para que Numancia pudiera clavar los alfileres en sus mangas ranglán. Parecía un policía de tráfico haciendo señales en medio de la calle, pero sin dejar de despotricar: «¡Cada vez que me acuerdo! ¿Sabes lo que me gritó la taxista ésa, la muy paragüera, cuando le pagué? ¡Me gritó «gusana de mierda» y con la misma arrancó! Eso no se lo aguanto ni a mi hermana… ¡Le zumba el mango, caballero, que una tenga que aguantar los insultos de una que hasta ayer fue una mujer de la vida! ¡Todas esas taxistas son unas perdularias y unas paragüeras! ¿Dónde se ha visto una cosa así?».

21.

Visita al padre

Así había transcurrido la última prueba de Adelita. Luego subió a un avión de lo más emperifollada y nunca más volvieron a verle el pelo. De eso hacía una semana y ahora Numancia estaba probándole a su hijo el abrigo de astracán que le había hecho con los retales de lana que le quitó subrepticiamente a su clienta más querida. Su madre hacía con los vestidos de las clientas lo mismo que Polenta con los bistecs de las negras. Joaquín se puso el gabán con el que iría a ver la momia de Lenin. Le quedaba bien, no había que retocarlo. Viajaría a Moscú con ese chaquetón hecho con fragmentos de los vestidos de una gusana que se había ido para Nueva York*kkk*, como decía Adelita enfatizando la «k» con un prolongado chasquido oclusivo.

Pero... ahora, mientras se probaba el chaquetón, se preguntaba si harían ese viaje. ¿No tirarían los americanos una bomba atómica en Moscú? Según Peróxido, no iban a tirar nada en Cuba, decía que si lo hacían, la nube de polvo radiactivo llegaría hasta las costas de Estados Unidos. Sería un suicidio para los americanos. Por si acaso, a pesar de la fuerza de sus propios argumentos, su amigo tenía los dos ataúdes de plomo listos para ser usados en caso de necesidad. Los había colocado a los pies de su cama, para desconcierto de su tía que no entendía nada de lo que hacía aquel sobrino tan extraño.

Joaquín quería que su padre lo viera con el abrigo de astracán. Coliseo una vez más se había largado dando un portazo después de un altercado con Numancia por culpa de una foto de Lenin. Tendría que ir a verlo a su guarida, a la casa de inquilinato que estaba frente a las pocetas. Coliseo siempre tenía un cuarto alquilado en ese edificio.

Cada vez que se disgustaba con la modista, se refugiaba allí. Era su retaguardia, situada a unas siete cuadras del Solar de la Chancleta, desde donde podía permanecer a la vez cerca de su hijo y lejos de Numancia.

–¿Vas a ir a ver a mi esposo?– preguntó Numancia subrayando la última palabra con un retintín irónico. Joaquín la miró de medio lado.

–¿Ehhhh? ¿Se puede saber por qué me miras así? Tu padre y yo no estamos divorciados. Aunque estemos separados, por los papeles seguimos casados.

A Joaquín le importaba tres pitos lo de los papeles. Para él –que era quien pagaba los platos rotos desde que nació– siempre habían estado divorciados.

–Bueno, llévale esto –dijo ella entregándole un cartucho–. Se le quedó encima del escaparate.

Joaquín miró dentro del cartucho. Allí había un montón de cuchillitas *Gillette*. Coliseo las escondía encima del armario, en el mismo lugar donde un par de años atrás Joaquín ocultaba las «novelitas de relajo» que le prestaban el Cawy y Salutaris. Eran unos libritos baratos, con fotografías de pésima calidad, muy oscuras, en las que apenas se veía nada. En primer plano siempre aparecían los calcetines negros de los tipos, de modo que más que pornografía las fotos parecían anuncios de medias Once Once. Y cuando no era eso, eran las vulvas peludas, igualmente lóbregas, de las rameras. La sordidez técnica de las imágenes superaba con creces la obscenidad de las escenas retratadas. Un día Numancia se encaramó en una silla para limpiar las telarañas del techo con un deshollinador y descubrió en el remate del mueble uno de esos tratados de educación sexual. Lo hizo trizas y regañó a su hijo.

Muerto de vergüenza, a partir de ese día Joaquín no volvió a quedarse con los libritos. Se limitaba a copiar en un papel algunas imágenes pornográficas y enseguida devolvía el folleto manoseado a sus amigos. Luego trataba de masturbarse con sus propios dibujos, pero ya no era lo mismo. Parece que el dibujo ennoblecía tanto esas escenas que la lascivia no alcanzaba el punto de ebullición.

Ahora descubría que Coliseo amontonaba navajitas americanas. ¿Sería su padre un acaparador? Coliseo sería muy comunista, pero le encantaban las *Gillettes*. El abrigo daba un calor del carajo, pero como era octubre –mes de ciclones– siempre soplaban rachas, sobre todo en el malecón, donde vivía Coliseo. Por el camino hacia la casa de su padre, Joaquín iba acariciando su cuello de «astracán» ilusionado con su próximo viaje a Moscú.

Él hubiera preferido un jacket de cuero con zíper, como el de los pilotos de las películas de guerra americanas, o como el de los motociclistas rocanrroleros. Pero cuando no hay pan, se come casabe. El casabe de Adelita, sonrió. Tenía que aprender a vivir renunciando, o de lo contrario, se pasaría el resto de su vida amargado, sufriendo por imposibles. Sin saberlo, poco a poco adoptaba una filosofía estoica para salvar su ecuanimidad.

Al llegar al Castillo de la Punta, las olas rompían rociando con sus pulverizaciones las ametralladoras cuatro bocas emplazadas a lo largo del malecón. El gigantesco letrero que ponía «Sarrá» en una de las caras de un edificio alto ya empezaba a desvanecerse. Antes ese «Sarrá» aparecía hasta en la sopa. Ahora se borraban esas publicidades, bien porque los milicianos las raspaban con espátulas, bien por la acción de los aguaceros. Joaquín ni siquiera sabía muy bien quién era aquel ubicuo Sarrá. Creía recordar vagamente que era el dueño de una cadena de droguerías. En el lugar donde antes figuraba ese nombre tan enigmático, había otro letrero pintarrajeado: «Patria o Muerte, Venceremos».

«Y si no… nos joderemos», murmuró Joaquín citando a su abuela. Aquí y allá, asomaban otros lemas en los edificios o en grandes vallas: «Primer Territorio Libre de Analfabetismo», «Cuba sí, Yanquis No», «Remember Playa Girón»…

En las azoteas de los edificios más altos había nidos de ametralladoras, sacos de arena amontonados. Escudriñó el horizonte tratando de distinguir la silueta de algún portaaviones yanqui. Decían que había veinticinco barcos americanos rodeando la isla en una cuarentena para interceptar la flota soviética. No vio nada.

Algunos dueños de prismáticos afirmaban haber visto a flor de agua el periscopio de un submarino ruso escoltando los cargueros soviéticos detenidos en alta mar. Joaquín no veía nada, ni submarinos soviéticos ni *destroyers* americanos, sólo alguna que otra lancha torpedera cubana patrullando el litoral. Unas lanchas pintadas de gris acero, como escualos. Sólo veía el estallido del oleaje en tiempo de ciclón. Las ametralladoras cuatro bocas, dentro de sus nidos de sacos de arena, giraban desesperadamente apuntando ora arriba, ora abajo, ora al sur, ora al norte, oteando con sus dos pares de cañones los cuatro puntos cardinales. *Impera la fuersa.*

Los artilleros que manejaban las antiaéreas eran casi tan niños como él, si acaso le llevarían un par de años. Jugaban a la guerra. En cierta forma Joaquín los admiraba, pero no los envidiaba. De alguna manera ya él sabía que ése no era su juego. Con todo lo que había pasado en la alfabetización ya tenía bastante. Estaba hasta la coronilla de tanta guerra.

Las baterías de los artilleros se extendían desde las pocetas, por todo el malecón, hasta perderse de vista allá por donde se levantaba el Hotel Nacional. Ya no había nadie bañándose en las pocetas. Seguramente estaba prohibido.

La sal pulverizada formaba fugaces remolinos en el aire. Las olas rompían en los arrecifes, saltando por encima del muro, lamiendo con sus saladas lenguas espumosas los emplazamientos antiaéreos. Tremenda salación.

Casi nadie se daba cuenta del peligro inminente. Todos seguían bailando, gritando consignas o –como en ese camión lleno de milicianos que le pasó por al lado– cantando: «¡Somos socialistas, pa'lante y pa'lante, y al que no le guste, que tome purgante!». Total, si la cosa se ponía muy fea, él siempre podía salir corriendo para meterse en el sarcófago de plomo de Peróxido.

Los milicianos iban orgullosos con sus boinas verdes, lo que significaba que acababan de recorrer 62 kilómetros con mochilas y armas encima. Antes de los Reyes Magos –pensó Joaquín– los únicos que usaban boinas eran los paisanos de Numancia, de Polenta y de

Máximo el carnicero. Cuando a él lo llevaban de niño a las fiestas de la Artística Gallega, al Centro Gallego, o a los Jardines de la Tropical, aquello era un océano de boinas. Pero de un tiempo a esta parte pareciera que todos en la isla se habían vuelto gallegos. Boinas en las Brigadas de alfabetizadores, boinas en los Cadetes Cívicos, boinas en las milicias, el Che con su boina…

¿Tendría eso algo que ver con la Guerra Civil Española? Algunos de los himnos coreados sonaban como reminiscencias llegadas de la Madre Patria: «somos los milicianos, somos los milicianos, somooooos los miiiiiilicianos, mamiiiita mía, frente al imperio, frente al imperio…». O bien entonaban otra copla de resonancia peninsular: «¡si los curas y frailes supieran/ la paliza que van a llevar/ subirían al coro cantando/ libertad, libertad, libertad!».

Los jóvenes artilleros llevaban en las mangas unas tiritas anaranjadas. Si él hubiera cogido la beca de Miramar ahora estaría allí con ellos. Si se hubiera becado, ahora estaría engrasando cañones o trasladando cajas de balas. Algunos de esos muchachos eran ex alfabetizadores como él. Pero en el fondo los compadecía, porque todos iban trasquilados, como corderos yendo al matadero. Formaban parte de una grey, estaban integrados en una nueva iglesia recién surgida de la nada, profesaban un nuevo catecismo, asistían a otra primera comunión, al fin y al cabo eran como monaguillos militarizados. Joaquín todavía no lo sabía, pero él era un individualista, casi un solipsista, su camino era otro. Todavía no sabía a ciencia cierta cuál era su camino, pero sí estaba seguro de que no era aquél.

Su padre vivía al lado del «rascacielos de los ataúdes» que había visto desde el mar al lado de Jupiña en su goma *Firestone*. La casa de inquilinato estaba a treinta metros del mar y todo estaba oxidado por el salitre: los pestillos, las fallebas, las bisagras, los picaportes, las llaves de las pilas. Todo criaba un óxido blanco pustuloso. Las paredes desconchadas sudaban grumos de sal cristalizada, se inflamaban aquí y allá, reventando como ampollas. El edificio entero estaba como curado en salmuera, estaba salado. Tenía insolación.

Joaquín subió la escalera que olía a gas y llegó ante la puerta de su padre donde vio un cartel pegado: «ni Fio, ni pReztO, ni piDo». El letrero exhibía la torpe caligrafía de cartulario frustrado de Coliseo. La puerta estaba entreabierta. Aquel tugurio era todavía más reducido que el de Numancia en el Solar de la Chancleta. La cama, un escaparate, una silla y una mesita que hacía las veces de escritorio, lo ocupaban todo. El armario no tenía nada que ver con el Luis xv de su esposa. De líneas sencillas, sin adornos, tenía sólo dos cuerpos y el salitre había dejado en las lunas unas pecas marrones, como si el azogue tuviera cáncer.

Por supuesto, en el cuarto no había baño, pero sí un lavamanos diseñado para enanos. Allí encontró a su padre afeitándose. Debido a sus constantes ausencias, pocas veces en su infancia Joaquín había visto a su padre rasurándose. Al que siempre veía afeitándose era a Mario, el marido de Evangelina. Ahora, al verlo con la barba de espuma blanca, descubría esa carencia fundamental, esa laguna irrellenable en su geografía interior. Coliseo se puso de lo más contento al verlo:

–¡Vayaaaaa, tremendo abrigón! La verdad es que tu madre tiene manos de oro. ¡Fíjate qué rápido lo hizo! A ver, déjame ver…

Joaquín daba vueltas sobre sí mismo para que su padre admirara la prenda.

–¡Retacitos, cará! –dijo el viejo enjugándose la cara. Luego se la secó con una toalla vieja, deshilachada. Se miró en el espejito rajado que colgaba de un clavo. Examinó el bigotico afilado al estilo de Jorge Negrete o de Pedro Infante que últimamente se partía al medio, más bien un poco a lo Clark Gable. Tenía heridas por todas partes. No tenía loción para después del afeitado: todo un lujo en tiempo de guerra. Sacó del escaparate un viejo frasco de Rhum quinquina ahora lleno de alcohol de reverbero. Derramó un chorrito en el cuenco de la mano, se abofeteó la cara haciendo muecas de escozor. Seguía sangrando. Cogió una servilleta de papel. Con una tijerita de uñas la cortó en pedacitos y se los pegó en las cortaduras. Su cara se pobló de mariposas blancas con punticos rojos.

Joaquín se sentó en la cama y le alargó el cartucho con las *Gillettes*. Coliseo parecía un niño en Día de Reyes examinando las cuchillitas. Cualquiera diría que constituían su único tesoro. Coleccionaba otras baratijas, que estaban allí, a la vista. Mondadientes, por ejemplo. Cuando estaba separado de su mujer e iba a recoger a su hijo para sacarlo a pasear, siempre se aparecía en el Solar de la Chancleta con un palito de dientes dándole vueltas en la boca, como si acabara de salir de un banquete en el Club Rotario.

Eso era para darle caricate a Numancia, como si le dijera: «ya que no me cocinas, yo como por ahí mucho mejor que aquí contigo». Él quería que ella le cocinara. Pero Numancia no sabía ni la forma que tenía una sartén. «¡El amor entra por la cocina!», se quejaba él. Pero como no hay peor sordo que el que no quiere oír, a ella ese refrán le entraba por un oído y le salía por el otro. «¡Barriga llena, corazón contento!», seguía gritando él, pero Numancia, como si con ella no fuera.

Para la modista lo de la comida no era ningún problema. Comía «como un pajarito», una panetela borracha por aquí, un flancito de calabaza por allá, un huevo sancochado por aquí, un pastelito de guayaba por allá... para Coliseo eso no era comer, él necesitaba sentir que algo sólido, abundante y caliente se instalaba en su estómago. Pero su esposa era ya, sin que él lo supiera, una anoréxica *avant la lettre*.

Por suerte Coliseo era camarero y mal que bien siempre comía algo en las fondas en las que trabajaba. Sin embargo, él quería comer de la mano de su esposa, como si yantar fuera una prolongación del sexo. Pero Numancia odiaba la cocina, sus manos tan finas, de modista «de alta costura», no iban a mancharse de grasa ni a estropearse fregando. ¡No pensaba ponerse un delantal, primero muerta y sepultada! «Yo soy genio y figura hasta la sepultura», afirmaba ella rotundamente.

Aparte del escarbadientes, Coliseo tenía otro simulacro para jeringar a su esposa. Eran las calcomanías turísticas de las provincias que salpicaban su maleta, aquella maleta que él cerraba de un golpe cuando se iba de la casa. Cada vez que el niño veía a su padre cerrando esa valija, era como si viera cerrarse de golpe la tapa de un ataúd. Sabía que estaría semanas, meses, sin verlo.

La mayoría de los *souvenirs* cromados pegados a la maleta en realidad los conseguía con sus amigos camareros en los hoteles de la Habana. Cuando él se reconciliaba con Numancia y ella lo veía desembarcar de nuevo con la maleta cada vez más tapizada con imágenes seductoras se creía que Coliseo había estado en Santiago de Cuba, en las Villas, en Camagüey….

De esa forma le daba a entender a su esposa que durante sus separaciones él se lo pasaba de maravilla paseándose por hoteles caros en el interior del país. Al menos eso parecían confirmar las imágenes adhesivas. Lo cual incrementaba los celos de Numancia. «Tu padre es muy andarín, siempre anda por las provincias, por ahí con sus pelandrujas», le decía a Joaquín. En realidad, la mayoría de las veces no había ido a ninguno de esos lugares, ni tenía dinero para alojarse en los hoteles lujosos que se anunciaban en las calcomanías. Unas veces andaba errante por hotelitos de mala muerte o vivía en casas de huéspedes de la Habana y otras, simplemente, estaba allí mismo, a pocas cuadras de distancia, en aquel cuartucho del malecón.

El viejo coleccionaba otras alhajas aparte de los mondadientes. En su escritorio, al lado del tintero, había un vaso repleto de removedores de plástico coronados por una bailarina estilizada con el rótulo de «Tropicana». Los tenía de todos los colores: rojos, azules, verdes… recuerdos de sus tiempos de camarero en el famoso cabaret.

A veces su padre lo llevaba al salón «Bajo las estrellas» para que hiciera de «mochila», que en el argot gastronómico era el que ponía los cubiertos y las servilletas en las mesas. Al final de la noche, los camareros le daban algunas monedas. Coliseo le había regalado una alcancía en forma de cerdito para enseñarlo a ahorrar. El niño metía allí todas las monedas que ganaba como mochila. Pero todas iban a parar a la cartera de Numancia. Después de meter un cuchillo por la ranura del lomo, la modista inclinaba el cerdito de yeso y las monedas iban resbalando por gravedad hacia su mano. Cuando Coliseo descubrió la usurpación, estallaron más broncas conyugales.

Al lado del vaso con los removedores de plástico, había otro lleno de mochos de lápices. El pomo de tinta Parker estaba vacío. Ya su padre no escribía con pluma fuente. En las gavetas del «escritorio» había muchos de esos palitos con algodón para limpiarse las orejas, todos amarillos de tanto usarlos una y otra vez, pero sin botarlos, porque ahora esos bastoncillos también habían devenido otro artículo de lujo en franco proceso de extinción.

Coliseo había sido siempre tan pobre que cultivaba ese fetichismo que consiste en acumular minucias como centavos, botones o cordones de zapatos… Era como si, al acopiar todo eso, se sintiera más seguro, como si disfrutara de un aliciente imaginario para mitigar la precariedad.

En cierta forma Numancia era idéntica, sólo que sus tesoros eran más finos: coleccionaba tacitas y jarras talaveranas en repisas, colgaba de las paredes platos de mayólica rajados, clavaba por doquier láminas que reproducían las obras de pintores famosos, y colocaba aquí y allá otros bibelots que según su marido sólo servían para atraer al polvo.

En cualquier momento su padre empezaría a contar las cuchillas, conjeturó Joaquín. Coliseo lo medía y lo calculaba todo. Era un maniático del ahorro y de la economía. Mucho antes de que los Reyes Magos inventaran la Libreta, él ya lo milimetraba todo: marcaba con lápiz rojo los litros de leche para que Numancia supiera las cantidades que debía consumir diariamente, también le hacía rayas al pomo del café en polvo. Incluso llegó a ponerles números a los huevos, como si fueran bolas de billar. Calculaba los rollos de papel higiénico según su volumen. Agotaba del todo los jabones, dejándolos tan delgados y transparentes como escamas. Cuando se gastaban las cerdas del cepillo, se limpiaba los dientes y las encías masajeándolos con el dedo índice. Solía enrollar minuciosamente el tubo de pasta dental a medida que lo iba consumiendo. Le pasaba el mango del cepillo por encima, aplastándolo de abajo hacia arriba, hasta dejarlo como una trompetilla de carnaval, para sacarle hasta la última gotica de dentífrico. Esas actitudes exasperaban a Numancia. «Eres un tacaño», le reprochaba. «Y tú eres una manirrota», replicaba él.

Ahora Coliseo ya no tenía que medir nada, porque el Estado lo hacía por él aplicando la pobreza planificada a toda la población. En teoría, los Reyes Magos daban por la Libreta un tubo de dentífrico al mes por persona que en la práctica se reducía a un tubo cada mes y medio o cada dos meses porque ese artículo (al igual que muchos otros) casi nunca llegaba puntualmente a las bodegas.

¿Contaría las cuchillas? Coliseo estaba tan emocionado que no contó las navajitas. Por suerte para Joaquín, pues se había quedado con un par por el camino. Prefería «robárselas» a tener que contarle que se afeitaba en secreto –y en vano– para complacer a la guajira desdentada por culpa de la cual él le había dado un tirón de orejas.

–Gracias, camarada – dijo Coliseo.

Paulatinamente su padre había ido dejando de llamarle «Comandante Veneno» para decirle «camarada». Ese sutil cambio respondía a otra reciente transformación insular. «Camarada» era más fuerte que «compañero». «Camarada» significaba «comunista» mientras que «compañero» sólo quería decir revolucionario. «Camarada» sonaba mucho más bolchevique, más sovietizante. «Camarada» era una voz desconcertante que venía de la remota nueva Madre Patria, directamente del gélido Moscú. Dentro de la retórica al uso «camarada» implicaba, pues, un ascenso con respecto a «compañero». Su padre acababa de ascenderlo, acaso por el abrigo de astracán.

Claro que este nuevo apodo Coliseo se lo decía en jarana. Era una jovialidad entre padre e hijo. Pero por ahí fuera, en la calle, algunos ya empezaban a usar estas fórmulas de tratamiento muy, pero que muy, en serio, y no faltaban adultos tocados con *chapkas* directamente traídas de la Unión Soviética, a pesar del calor que daban esos gorros de piel de conejo.

–Coño, pero si pareces un ruso. Mejor dicho, un soviético –añadió Coliseo.

A cada sobrenombre correspondía un disfraz. Fieles a una férrea tradición, sus padres seguían disfrazándolo. Ahora estaba disfrazado de ruso, de soviético o de camarada. Sin saberlo, Joaquín mudaba la piel como el majá o los jubos que había visto en la Sierra Maestra.

–¡Éstas son las mejores! ¡Las *Blue*! –exclamó Coliseo volviendo a admirar las etiquetas azules de las navajitas americanas. Las cuchillas

«Patria o Muerte» habían tenido una efímera existencia cualquiera sabe por qué. Lo que ahora daban por la libreta eran unas navajitas checoslovacas llamadas *Astra–Diu* que eran peores que las cubanas. Una de esas *Astra–Diu* acababa de masacrar el rostro de su padre. El viejo sacó la cuchillita checa de la máquina de afeitar («¡Ésta no sirve para nada!») y la botó por la ventana. La hoja voló arrastrada por el viento hasta caer en unos sacos terreros que estaban abajo.

–Entre tú y yo, las «Patria o Muerte» eran otra porquería...

–Pero, papá, «consumir lo que el país produce es hacer patria». Coliseo se rió.

–Sí, sí, ya lo decía el Bárbaro del Ritmo –y canturreó una canción de Benny Moré–: «que sólo las cubanas acaricien su cara, su cara, su cara»... Muy bonito. ¡Pero las cubanas me arañaban la cara!

El eslogan «consumir lo que el país produce... » remontaba a la euforia de algunos sectores de la burguesía al principio de la revolución, cuando ponían letreros en sus viviendas que decían: «Fidel, esta es tu casa». Otro de los dichos muy repetidos durante los dos primeros años de Reyes Magos era de José Martí: «nuestro vino es amargo, pero es nuestro vino». Se trataba de una invitación a la resignación, había que conformarse con la pésima calidad de los productos nacionales en aras de la patria. En aquellos albores se decía, por ejemplo, que «la sardina (Cuba) se había comido al tiburón (USA)». Se multiplicaban las rumbas y las caricaturas con ese tema, proliferaban las alusiones bíblicas a David derrotando a Goliat, etcétera. Y ahora todo aquel frenesí había desembocado en aquel malecón artillado que Joaquín contemplaba desde la ventanita del cuarto de su padre. Su padre se le acercó por detrás. Juntos vieron las antiaéreas, el mar encrespado...

–No va a pasar nada –dijo Coliseo–. Aquí la sangre nunca llega al río. ¿Sabes lo que decía el presidente Grau San Martín? Que esta isla nunca se hunde porque es de corcho.

Joaquín notó que su padre ya no usaba la gorra de pelotero. Se le había perdido o se había estropeado de tanto usarla. Revolviendo y curioseando en la mesa de Coliseo encontró una cajita de fósforos con una publicidad de Cubana de Aviación. Era antiquísima, de antes de la revolución. Mostraba la cara sonriente de una bonita azafata. Estaba vacía pero en su interior Joaquín descubrió su propia letra infantil trazada con un lápiz de punta roma. Allí decía «PAPAOTE». Así le decía él a su padre cuando era un fiñe. El viejo guardaba esa cajita de fósforos hacía por lo menos diez años, como una reliquia del amor filial.

Joaquín se emocionó, pero enseguida recuperó su presencia de ánimo. Devolvió la cajita a la gaveta de la mesa que cojeaba de una pata donde su padre garabateaba sus faltas de ortografía de novelista frustrado. En la habitación no había bombillo, sólo un *socket* oxidado colgando del techo.

–¿Qué tal te va en la secundaria?
–Bien.
–¿Y en las clases de ruso...?
–¡Ochien jarachó!
–¿Qué quiere decir eso?
–Quiere decir «muy bien».
–¿Cómo es? ¿Ochín jorocho?

Joaquín se reía. Su padre también.

Encima de la mesa se arrumbaba la raquítica biblioteca de Coliseo: *Estampas Cubanas*, de Eladio Secades, *El hombre mediocre, Hacia una moral sin dogmas*, de José Ingenieros; un par de libros de Martí, *El socialismo en Cuba*, de Blas Roca; algunos folletos de Lenin, cuya fotografía, con su barbita mefistofélica, adornaba la pared. Ese había sido el detonante de la última discusión y separación de sus padres. Coliseo había pegado esa foto de Lenin entre un retrato de María Antonieta y la imagen del Sagrado Corazón de Jesús. Numancia le preguntó:

–¿Ése no fue el que asesinó al zar, a la zarina, a las princesas y al zarevitz?

–¿De dónde sacas eso? –dijo él mirándola de frente para que le entendiera.

–Lo leí en *Selecciones* –dijo la modista señalando hacia su colección de revistas encuadernadas en cartoné. Los volúmenes se apretujaban en un nicho de medio punto practicado en la pared, reminiscencia de algún altar de cuando el edificio era convento. Además de los libros, por esa hornacina desfilaban las tacitas, las jarras de cerámica, un busto de Dante, dos láminas de Rembrandt, los personajes escuálidos del Greco, una tetona de Renoir...

Numancia se consideraba algo más que una simple costurera, ella era una artista y, por tanto, tenía que estar rodeada de «obras de arte» y objetos decorativos. Todo ese refinamiento circundándola la inspiraba en su costura, pues cada vestido que salía de sus manos era para ella un acto poético. No importaba que esas reproducciones de pintores famosos carecieran de marcos de madera y estuvieran orlados con cintas de colores a modo de paspartús, no importaba que a veces por falta de cristales se cubrieran de polvo, ni que la humedad o las telarañas invadieran rápidamente esas imágenes, lo importante era el acto de pegarlas en la pared, el hecho de tenerlas siempre a la vista.

—Esas revistas son pura bazofia.

—Ese Lenine tuyo tiene cara de mongólico. Tiene ojos de chino, diabólicos. Parece un Atila o un Gengis Khan.

—Diabólicos eran tus queridos zares que mataron a miles de rusos. Los deportaban a Siberia —argumentó Coliseo frustrado de antemano pues sabía perfectamente que cuando sus comentarios tenían más de tres palabras ya ella no lo oía, ni le hacía caso. Coliseo era locuaz mientras que Numancia era más bien lacónica. En eso, como en todo, eran antagónicos. ¿O complementarios?

—Pobrecito el zarevitz, que era hemofílico... No quiero fotos de asesinos en mi cuarto —sentenció Numancia sentándose a coser.

Lenin al lado de María Antonieta. ¿Qué tenía que ver aquel calvo de rasgos asiáticos con la austriaca de peluca empolvada? Esas dos imagenes colgando de la misma pared resumían la profunda contradicción, la incompatibilidad, de aquella pareja tan dispareja con la que Joaquín tenía que lidiar. Tenía que contemporizar con los dos y reconciliarlos, de manera inconsciente, en lo más recóndito de su alma. Todavía no se daba cuenta, pero él tenía en su propia casa la lucha de clases al rojo vivo desde que había nacido.

La discusión se reanudó al día siguiente. Al final Coliseo metió a Lenin en su maleta tapizada de calcomanías turísticas y se fue dando el consabido portazo. En el cuarto de Coliseo, al lado de la foto de la discordia, había otra página arrancada de una revista soviética que reproducía la imagen de un barco con tres largas chimeneas.

–Tenemos que ir a ver el «Aupopa» –dijo Coliseo señalando la fotografía.

–«Aurora», papá –corrigió Joaquín.

–Pero en la foto pone «Aupopa» en la proa del barco –comentó Coliseo examinando el papel satinado de la revista soviética donde aparecía el acorazado. Joaquín le explicó que en el alfabeto ruso la letra «P» sonaba como la «R». Su padre se rascó la cabeza:

–¿Estás seguro?

A Joaquín también le había costado trabajo acostumbrarse al abecedario cirílico tan erizado de palos, como corcheas, semicorcheas, fusas y semifusas de difícil pronunciación bailando en un pentagrama.

–Aurora –repitió su hijo.

–Es que como «aupopa» suena a popa... y es un barco... yo pensaba... Bueno... yo soy medio analfabeto. Ya yo no puedo ser tu maestro, ahora mi maestro eres tú.

***

A su padre le hubiera encantado que aceptara esa beca en Polonia. Para él, todo lo que venía de la URSS era maravilloso. Polonia no era la URSS, pero se le parecía porque ambos eran países socialistas. Coliseo se hubiera puesto de lo más contento si supiera que esa noche su hijo había estado cerquita de Gromiko. Pero... ¿sería capaz de contarle aquel encuentro en El Patio y luego añadir que había rechazado una beca en Polonia? Su padre no se lo iba a perdonar.

Eso rumiaba Joaquín, en la alta noche, después de la entrevista con el Rey Mago, mientras daba vueltas solitario por la plaza de la Catedral.

***

Joaquín todavía no le había contado a Coliseo lo de la carta del tío de Miami que le llegó a vuelta de correo. Cuando se lo contó, el viejo dijo:

—Me extraña, porque tu tío tendrá sus defectos, pero es una persona educada. Eso parece un fanatismo…

«Fanatismo», pensó Joaquín en voz alta evocando al alfabetizador bizco que quería obligarlo a participar en el acto de repudio contra el pecoso «traidor» en el Juicio de los Escupitajos de Media Luna.

—Sí —dijo Coliseo—, los extremos se tocan. Los extremistas de aquí y los de allá son el mismo perro con distinto collar. Fanáticos como el Maestro Voluntario Navarrete que ahora está allá enfrente (señaló al mar por la ventanita). Cuando llegamos a la estación de Manzanillo, ¿sabes qué quería hacer ese Navarrete con los brigadistas? Quería que ustedes fueran corriendo con las mochilas y los faroles, a paso doble, bajo el sol, hasta la ciudad. Después de un viaje en tren de más quinientos kilómetros, todos estaban cansados. Por suerte yo estaba allí y le dije que ustedes no eran komsomoles rusos, que eran niños cubanos. Tuvimos una discusión bastante fuerte. Y el tiempo me ha dado la razón, era un fanático, por eso luego se quedó con tus setenta pesos y se fue.Y también Perfumito era un fanático… ¿te acuerdas de cuando andaba por el barrio recolectando dinero?

De eso hacía tres años. Perfumito vendía de puerta en puerta unas calcomanías en colores que decían: «Para armas y aviones». Costaban un peso según Joaquín creía recordar.

—Pues, bien, luego yo me enteré —prosiguió Coliseo— de que se había quedado con todo, o gran parte, del dinero recaudado. Con esa plata no se compraron ni armas ni aviones, se compró él un automóvil. O dos, no sé…

Joaquín se quedó pensando.

—Mira —le dijo su padre. Toda revolución o golpe de estado en este país siempre ha sido un quítate tú, para ponerme yo. Al final los revolucionarios, una vez que están en el poder, acaban pareciéndose cada día más a sus antiguos enemigos.

Joaquín hizo una mueca de contrariedad.

—Por ejemplo, ¿no sabías que Batista encabezó una revolución que se llamó la «revolución de los sargentos» cuando tú aún no habías nacido? ¿Y eso para qué? Para luego convertirse en general. No lo olvides nunca, Cuba es una isla rodeada de hijos de puta por todas partes.

Joaquín se asomó a la ventana imaginándose una Suiza neutral en lontananza. No era la primera vez que oía a su padre hablar de la revolución frustrada contra la dictadura de Gerardo Machado. Suiza, Suiza, pensaba Joaquín, chocolates, relojes que siempre dan la hora y bancos herméticamente cerrados. En algún lugar había leído que durante la Segunda Guerra Mundial Suiza había permanecido neutral.

Sólo tenía catorce años y ya empezaba a estar harto de todo aquello. ¿Por qué su abuela en vez de emigrar desde Galicia a Cuba no habría ido a Suiza? ¡Ah, si su madre lo hubiera parido en un país de nieve! Si estaba ilusionado con viajar a la Unión Soviética no era para ver la momia de Lenin, ni el Crucero Aurora, sino para ver la nieve en todo su esplendor. Había visto muchas fotos de la nieve en la Plaza Roja contrastando con las cúpulas de la catedral de San Basilio, cúpulas de colores, cebollas acarameladas, como salidas de un cuento de hadas o de un bosque encantado traspasado por duendes traviesos, levemente alfombrado por la niebla plateada del humo de un samovar. Ese era su sueño de nieve. Una interminable alfombra de cristales de azúcar destellantes.

Joaquín vinculaba la noción de la nieve a una especie de neutralidad política. Quería ser suizo, porque le parecía que equivalía a ser apolítico. Pero pronto descubriría que en aquella isla no se podía ser apolítico.

—Mira —dijo su padre— el otro día llegó al «Banco Barroso» una empleada llorando. ¿Sabes qué le habían hecho? Una turba de alborotadores, gritando consignas contra la gusanera, le había rayado la pintura del auto con navajas. Claro, vieron el Chevrolet parqueado y pensaron: «una burguesita». ¡Esos tampoco son trigo limpio, aunque digan que son patriotas!

—¿Quién es?— preguntó Joaquín.

—Katy, ¿te acuerdas de Katy?

Katy tenía un cuerpo fabuloso. Cada vez que Joaquín la veía pensaba en Betty Boop. La última vez que la vio en el banco fue en el aparato del agua, un par de meses atrás. Ella estaba disgustada porque el aparato no estaba frío, estaba desconectado. «Ya no se puede ni tomar agua por botellón», comentó y se alejó taconeando hasta el ascensor. Joaquín siguió sus contoneos con la mirada.

—¿Y sabes cuál es el resultado? Que Katy se va para el Norte.

La botella al revés ya no funcionaba, Joaquín lo recordaba. Las burbujas que antes subían haciendo glup, glup, ya no subían. No había ya agua Lobatón ni la Cotorra. ¿Sería por eso que se iba Katy de Cuba? ¿O porque le habían rayado el carro? ¿O había más motivos ocultos?

Acodado en la ventana Joaquín contempló en silencio las cuatro bocas chinas. El fragor de las olas entraba por la ventana retumbando como un coro de plañideras. Coliseo seguía hablando sin parar, aunque Joaquín no lo estuviera mirando ya. Nunca paraba de hablar. Casado durante más de catorce años con una sorda, era lógico que siempre estuviera loco por hablar, sobre todo si era con su único hijo.

Otra que se va, pensaba Joaquín imaginando las tetas de Katy perdiéndose entre las nubes rosadas, posadas en el horizonte del mar, en ese Miami misterioso que estaba más allá, sólo un poco más allá, esa especie de ciudad de los muertos de la que nadie regresaba nunca jamás. Talla mediana, las tetas de Katy, esponjosas, globosas, claxonables, o sea, que se podían apretar como si fueran fotutos tocando el claxon: ¡pu, puuuuu! Y al mismo tiempo, Adelita con sus anchas caderas, también perdiéndose en ese más allá. Joaquín vio a Katy agitando en el aire sus esbeltas piernas, sobrevolando las ametralladoras chinas hasta perderse en el horizonte. Entonces se volvió a su padre:

—Papá, ¿tú sigues siendo revolucionario?

—Claro que sí, pero no estoy de acuerdo con la falta de urbanidad.

Le encantaba la palabra urbanidad, y la palabra jurisprudencia.

—Espérate, te voy a leer lo que escribí hace unos días.

Joaquín se preparó para lo peor. Aquello podía durar toda la tarde. Coliseo garabateaba hojas y más hojas día tras día. Las escribía por las dos caras, para ahorrar. Luego las iba metiendo en sus archivos: unas cajas amarillas que decían Kodak. No escribía novelas, ni poemas, ni ensayos, ni obras de teatro, ni nada que tuviera forma o definición, sino más bien relámpagos, frases sueltas, dicterios contra sus fantasmas, en fin, lo que él llamaba «pensamientos». Empezó a revolver en una caja amarilla. Luego en otra. Hasta que se cansó de buscar.

—Bueno, no lo encuentro... pero lo que quiero decir es que aquí hay muchos cabrones que le hacen la vida imposible a otros. ¿Sabes para qué? Para que se vayan y luego quedarse con sus casas, con sus carros, con sus empleos, con sus muebles... quítate tú, pa' ponerme yo.

Joaquín observó las quemaduras de cigarro en el borde de la mesita de noche, como huellas de dedos amarillentos, un teclado de nicotina carbonizada. ¿Por qué su padre no usaría cenicero? A Numancia jamás se le hubiera ocurrido dejar que un cigarro se le quemara en el borde de la mesita de noche.

Coliseo no era un comecandela, eso estaba más claro que el agua. Pero desde luego, tampoco era tan gusano como Numancia. A él no se le había ido ningún hermano para el Norte. Así que esa no podía ser la causa de las reservas que Coliseo expresaba sobre la revolución cuando estaba entre personas de confianza. Tenía un amigo sastre, que era muy lector de la revista «Bohemia» y de Martí. Días atrás, Joaquín había oído decir a su padre en la sastrería que «si Fidel es comunista, yo soy cosmonauta». A Joaquín le había asombrado esa afirmación tan rotunda.

Los recelos de Coliseo no eran emocionales como los de Numancia, sino más bien ideológicos. Joaquín tenía la sospecha de que la revolución le defraudaba porque era demasiado tropical, demasiado poco seria. Claro que delante de su esposa Coliseo no hacía ni la más mínima crítica, para no dar su brazo a torcer. Pero cuando estaba a solas con Joaquín se soltaba más.

—Claro que sigo siendo revolucionario —siguió Coliseo—, pero antes que nada soy una persona decente. Espérate , quiero enseñarte algo.

Coliseo andaba en chancletas y con medias. Los calcetines estaban agujereados en ambos calcañales. Antes Numancia le zurcía las medias metiéndoles adentro un bombillo fundido. Ahora no tenía quien se los remendara.

Joaquín advirtió que a su padre se le movían las orejas cuando hablaba, como si fuera un conejo. Al mismo tiempo reparó en la nariz de su padre, que se estaba alargando. ¿Envejecer sería eso? ¿Que a uno se le muevan las orejas y que se afile la nariz? Coliseo tenía puesta una camiseta agujereada marca Taka. Se asomó a la ventana y descolgó de la tendedera una camisa con el cuello empercudido y deshilachado que estaba afuera oreándose, más bien ondeando como una bandera pirata a punto de hacerse jirones. Volvió a mirarse en el espejito y se quitó de la cara unos cuantos papelitos ensangrentados. Se puso la camisa y salió al pasillo: «Ven conmigo», le dijo a su hijo.

Lo llevó a lo largo de un laberinto de corredores lleno de cubos de basura, corrales de niños, bicicletas atravesadas, tibores apestosos, hasta llegar al patio trasero de la casa donde había un tanque metálico casi lleno de agua de lluvia estancada.

—Imagínate que este tanque es Cuba —dijo en tono profesoral—. Bueno, de hecho Cuba es una cuba ¿no? (sonrisas); pues bien, ahora, imagínate que lo que tiene adentro el tanque, esa agua, es la población del país… ahora fíjate.

Entonces se agachó un poco, abrazó el bidón y lo sacudió enérgicamente. Joaquín se asomó y vio que la superficie se puso turbia, densa, verdosa. Larvas de mosquitos, renacuajos, gusarapos, guajacones, partículas de moho, detritos de toda clase empezaron a subir desde el fondo donde estaban sedimentados, invisibles a primera vista.

—¿Lo ves? —exclamó Coliseo—. Estoy revolviendo el agua, y la palabra revolución viene de revolver.

Joaquín sonrió para sus adentros. ¿Venía de «revolver» o de «revólver»? Pero no dijo nada. Dejó que su padre siguiera hablando.

—Pues bien, eso mismo es lo que pasa cuando hay una revolución. Todo se revuelve, y toda la morralla de la sociedad, toda esa suciedad que está abajo, calladita, esperando su oportunidad, de pronto sube para arriba… ¿Nunca has oído el refrán «río revuelto, ganancia de pescadores»? Pues esto es como un río revuelto, lleno de fango y renacuajos. Lo que estaba abajo está ahora arriba, es como virar una tortilla —y le daba la vuelta a la mano poniendo la palma hacia arriba, remedando el gesto de un cocinero que hace saltar una tortilla en la sartén.

Joaquín se quedó mirando su rostro reflejado en la turbia superficie del agua. Su padre seguía monologando. «Y mientras más agitas este tanque —agregó zarandeándolo otra vez–, más porquería sale a flote». Hizo una pausa y miró en torno suyo, como con desconfianza, como si algún vecino pudiera oírlo. Cuando comprobó que no había moros en la costa, añadió: «Pero con estos bueyes tenemos que arar. En esta agua nacimos, y en ella tenemos que nadar. Por eso nunca me cansaré de repetirte que hay que saber nadar y guardar la ropa. Fíjate bien, todo esto que te cuento no es para que se lo digas a nadie. Es un secreto entre tú y yo. Sólo entre tú y yo. Porque yo soy tu mejor amigo…».

Todas las metáforas, todas las imágenes, que rodeaban a Joaquín desde niño tenían que ver con un barco zozobrando o incluían inquietantes nociones acuáticas: el acorazado americano «Maine» en el siglo pasado y más recientemente la «Coubre», ambos hundidos en la bahía en la que había nacido; la «isla rodeada de hijos de puta», «la isla de corcho» del ex presidente Grau San Martín, «La Loma del Ángel escorada como el Titanic» de Numancia, «aprende a nadar y a guardar la ropa»… eso sin contar los relatos de Polenta de cuando llegó a la Habana y la sorprendió el ciclón del 26.

La famosa Crisis de Octubre se acabó al cabo de un par de semanas durante las cuales el mundo entero tembló, menos los cubanos, no porque fueran más valientes que nadie sino porque estaban menos informados. Nadie tuvo conocimiento en Cuba de las garantías que dio Kennedy a la Unión Soviética de no invadir la isla, un pacto que en lo sucesivo sería escrupulosamente respetado por parte de los yanquis, nadie se enteró de la instalación de sendos teléfonos rojos en la Casa Blanca y en el Kremlin, tampoco se dijo nada de la retirada de cohetes americanos de Turquía. Esas noticias no salían en los periódicos de la isla.

En cuanto a Joaquín, la sucesión de acontecimientos era tan vertiginosa y cambiante que no tenía tiempo para metabolizarlos. Tan pronto Fidel Castro renunciaba a su cargo de Primer Ministro como volvía a ocuparlo, tan pronto había un presidente de gafas oscuras llamado Urrutia Lleó como dejaba de serlo para abandonar la isla precipitadamente, tan pronto Nikita Kruschev era el mejor amigo del país como dejaba de serlo y ahora la gente desfilaba por las calles gritando en tiempo de conga: «¡Nikita, mariquita, lo que se da no se quita!».

Fidel estaba encabronado con los rusos porque le habían quitado los cohetes nucleares cediendo a las presiones de Kennedy. Estaba emberrenchinado, como un niño al que le hubieran quitado un juguete demasiado peligroso. También estaba empingado con un tal U Thant a quien no quería dejar entrar en la isla para que inspeccionara el desmantelamiento de los emplazamientos balísticos.

Joaquín se aburría.

Fidel seguía tronando en sus discursos. «¡No importa, tenemos cohetes morales!». Era su manera de decirles a los soviéticos que podían meterse los cohetes por el culo.

***

Tres años después al parecer aquel encojonamiento todavía no se le había quitado. Joaquín vio que Andréi Gromiko le decía algo en voz baja al piriboche. Inmediatamente el intérprete se acercó a Fidel por detrás. Se inclinó y le susurró algo al oído. El comandante se volvió como un basilisco: «¡Ahhh, dile que se vaya para casa del carajo! Si tiene sueño que se vaya a dormir. ¡Coño, ni siquiera me dejan expansionarme un rato con los muchachos!».

Presa de estupor, el piriboche parpadeó, se enderezó cuan largo era y secreteó al oído de Gromiko. Era casi la una de la madrugada. El ministro soviético estaba cansado de estar allí de pie. Sólo Fidel se había sentado a la mesa donde estaban Joaquín y sus amigos. El resto de su comitiva permanecía de pie, detrás de él. El ruso tenía cara de sueño y obviamente quería irse a dormir. Joaquín lo había visto bostezar más de una vez.

Pero Fidel tenía unos horarios especialmente diseñados para aturdir a sus invitados. Solía acostarse muy tarde, casi de madrugada, y se levantaba a mediodía. Luego concedía sus entrevistas o sus citas por la noche, a eso de las siete o las ocho. De ese modo, él estaba fresco como una lechuga mientras que su huésped ya empezaba a mostrar los primeros signos de cansancio. Mareaba a sus invitados hasta altas horas de la noche hablando siempre él, sin cesar, para no dar chance a que le formularan preguntas enojosas o se plantearan temas espinosos. Así los derrotaba en cualquier conversación delicada, los tenía a su merced, siempre medio dormidos, turulatos, y él mientras tanto, hablando y hablando sin cesar. Gromiko no sería la excepción.

Joaquín se preguntaba si el intérprete le había traducido fielmente a Gromiko lo que dijo Fidel. Aunque bastaba haber visto el gesto de enfado, el manotazo hacia atrás, la ira con que se revolvió en la silla, para comprender que su respuesta a la petición del ministro de irse todos a dormir no era precisamente amable. Joaquín se fijó en la cara de Gromiko cuando el traductor le dijo al oído lo que sea que le dijera. Impasible, el ministro no movió ni uno solo de sus cincuenta y cinco músculos faciales. Siguió allí de pie, esperando pacientemente, con su traje negro cerrado, como un empresario de pompas fúnebres.

El recluta no salía de su asombro. ¿Cómo Fidel trataba con ese exabrupto a un personaje tan importante en la escena internacional, al representante de la segunda potencia mundial? ¿Cómo podía tratar así a su invitado de honor? ¿Cómo era capaz de insultar al enviado de la nación que lo mantenía a flote con toneladas prácticamente gratuitas —o a precios de amistad— de armas, petróleo, tractores, fertilizantes, textiles, maquinaria agrícola, productos químicos, arrabio, trigo, víveres y otras materias primas?

Pero más asombrado aún estaba de sí mismo. ¿Cómo, después de haber sido testigo de semejante desplante, había incurrido en la osadía —o en la estupidez— de rechazar la beca que le ofrecía Fidel? El mismo Joaquín seguía sin entenderlo. ¿Cómo se había atrevido a exponerse a recibir un rapapolvo, o una buena mandada pa'l carajo? Más que «¿cómo?» la pregunta seguía siendo «¿por qué?».

22.

ALGO OLÍA A PODRIDO

Ya hacía tiempo que se había acabado la Crisis de los Cohetes y todavía acudían grupitos de curiosos al muro del malecón para atalayar el horizonte. El malecón ya se había convertido en el Muro de las Lamentaciones. Últimamente la gente –sobre todo niños– había adoptado la costumbre de ir hasta allí para echar flores al mar cada vez que se cumplía un aniversario de la desaparición del Comandante Camilo Cienfuegos. Otra desaparición.

Aunque Camilo no fue el primer desaparecido aéreo de la isla, su pérdida era tan enigmática como la de los totíes. Curiosamente, desde que Matías Pérez se extravió en el primer globo aerostático que se construyó en el país, allí todo el mundo desaparecía entre las nubes. O en el agua. Las autoridades decían haberlo buscado por todas partes, durante días estuvieron dando partes oficiales por la radio y la televisión. Cada quince minutos difundían un parte. El pueblo expectante, en vilo. Lo buscaron con aviones, helicópteros, lanchas patrulleras, barcos, buzos, o al menos eso aparecía en las imágenes de la televisión oficial, que era la única. El pueblo entero se lanzó en la búsqueda del mítico comandante. Hasta Joaquín lo buscó por los rincones más recónditos de su azotea. Pero jamás apareció ni un sólo centímetro del fuselaje del Cessna en el que realizó su último viaje.

Por entonces corrían muchas bolas. Pronto empezó a circular el rumor de que Camilo no había desaparecido, sino que lo habían desaparecido. Se decía que lo habían matado porque resultaba incómodo, por celos, rivalidades o algo así. Joaquín oyó vagamente ese rumor –dicho en voz muy baja–, pero no podía creerlo, en su cabeza no cabía que los Reyes Magos pudieran matar a otro Rey Mago.

Pero durante la Crisis mucha gente había adquirido la manía de ir al malecón también para otear el horizonte. Para escrutar el Norte buscando en secreto la silueta de un barco americano, el pericospio asomado de un submarino… algo esperaban ver llegar por allí. El norte es magnético, por eso todos miraban hacia allá enfrente, donde vivían ya no sólo «los rubios altos de ojos azules» sino también una parte cada vez mayor de cubanos. Aquel muro, previsto para defenderse de las aguas, actuaba ahora como un tenaz muro de separación de la familia cubana.

Cada tarde a las seis en punto Polenta iba al Parque del Anfiteatro. Se sentaba en un banco que daba al muro, a la sombra de un almendro, con la Putica en el regazo. De un tiempo a esta parte, cuando ella veía el mar, se ponía a llorar. Quizá estuviera pensando que del otro lado de la línea del horizonte estaba su hijo añorado. Y, como ella, ¿cuántas madres, hermanas, primos, tíos, nietos, abuelos, hijos, no mirarían con igual tristeza ese mar?

Semanas atrás, cuando visitó a su padre, Joaquín se había quedado con ganas de ir a las pocetas. Hacía como tres años que no se bañaba allí, aunque su intención no era tirarse al agua ni mucho menos. Simplemente quería caminar entre los dientes de perro. Pero un miliciano le impidió bajar a los arrecifes. Ahora habían quitado las ametralladoras antiaéreas del malecón y aprovechó para ir a echarle un vistazo a las pocetas.

Por el camino pasó cerca de una cola y oyó a sus espaldas: «¡Chica, aquí no hay quien marque turno, ni una pinga!». Era una prieta manoteándole la cara a Chencha la Gambá. «¡Aquí la que se fue pa'China, perdió la silla!», vociferó una blanca chancletera. «¡Y la que se fue pa'Japón, perdió el sillón!», agregó una mulata que tenía un peine encajado en los mechones, no se sabe si de adorno o para asegurarse las pasas.

Joaquín siguió hasta el castillo de la Punta y bajó por la escalera de piedra erosionada que conducía a las pocetas. Los peldaños carcomidos y esmaltados de algas parecían descender a un embarcadero. Cada poceta se abría como una fosa común cavada en un cementerio de exoesqueletos calcáreos. Vistas en perspectiva, a lo largo de la línea de costa, formaban una sucesión de nichos madrepóricos. Desde muy pequeño siempre había intuido que el mar se colaba por allí, por las pocetas, recorriendo su barrio por debajo del adoquinado.

Se sentó en el borde rocoso de «Los Pollitos», donde su padre le había enseñado a nadar. Antes Coliseo siempre andaba por allí con su trusa, luciendo músculos, como un Johnny Weissmüller tropical. Mientras tanto su madre soñaba con ser Esther Williams, aunque ella nunca iba a las pocetas, ni nadaba en la playa, ni le gustaba coger sol. Ambos estaban chiflados, ambos deliraban, soñaban cada uno a su manera.

Dejándose salpicar por las olas, Joaquín se acordó fugazmente de los turistas americanos de otros tiempos lanzando monedas al agua. De pronto descubrió a su lado una biajaiba muerta, flotando en un charco de aguamalas, entre coágulos de chapapote. ¿Dónde rayos se habrían metido las cucarachitas de mar que de pequeño él atrapaba para encerrarlas en pomos de cristal? Cuatro años atrás esas aguas eran tan cristalinas que desde las rocas, incluso desde el muro, se podían ver pececillos de colores entre los corales y hasta estrellas de mar arrastrándose por la arena del lecho marino cuando la mar estaba tranquila.

Tampoco se veían ya los erizos que tanto le torturaban los pies. Las gaviotas también se habían marchado abruptamente del malecón. Antes siempre estaban en la Punta, en las pocetas, en la bahía, inundando el aire con sus carcajadas costeras. En el muro había un viejo pescando, sedal en mano. En la acera tenía desplegados tres carretes de nailon y encima de cada hilo había una lata con una piedra adentro. El pescador le comentó a Joaquín que las aves marinas huyen cuando presienten un naufragio. Lógicamente él se acordó de la teoría de Numancia: el Titanic hundiéndose. Los petroleros rusos perdían mucho petróleo, dijo el pescador. Las tuberías de la refinería que estaba al fondo del puerto tenían fisuras, o se caían los tornillos de los remaches, en fin, que también estaban soltando combustible. Una mancha de petróleo avanzaba mar afuera desde la ensenada. La flora y la fauna marina se resentían. Si los peces flotaban muertos en las aguas litorales, ¿qué rayos iban a comer las gaviotas? Tanto la súbita extinción de los totíes como la de las gaviotas revelaba que una avería muy grave se había producido en la relojería ecológica de la ciudad.

Mirando entre los arrecifes, Joaquín descubrió más ausencias. ¿Dónde estaban los quitones, aquellas lapas de aspecto esquelético que se aferraban a las rocas como guerreros medievales acorazados? Él siempre se empeñaba en arrancar con los dedos esas conchas con sus ocho escudos imbricados. Nunca había podido despegar esos moluscos que eran como armadillos en miniatura. Sin embargo, ahora, esa fuerza misteriosa que se llaman «la historia» los había extirpado de allí. Tampoco vio a ningún cangrejo deambulando entre los dientes de perro. Esas rocas cortantes conferían a la morfología mineral del lugar un cariz agresivo, como de frontera infranqueable. Tanto la metáfora canina como la constitución geológica a la que aludía designaban ya una barrera hostil, un impedimento que separaba del mar, un obstáculo enemistado con el océano. Esa parte de la ciudad no tenía playas. En vez de suave arena, lo que había era esa estructura agresiva, como si el «diente de perro» fuera el anticipo de los muchos dientes de tiburón que esperaban a pocos metros de allí, mar afuera. Cada vez que las olas avanzaban o se retiraban, la espuma iba bordando en la costa un sudario de plata fugitiva. Por todo el litoral se extendía un tufillo a algas muertas. Algo olía a podrido en el muro del malecón.

Salió de las pocetas. Ya casi no se veían lanchitas de pesca. Joaquín aún recordaba el mar estrellado en las noches de junio durante las arribazones, cuando el horizonte se poblaba de candelitas coincidiendo con la corrida del pargo sanjuanero. Era como si las estrellas sedientas hubieran bajado a beberse el agua del océano. Eran las lámparas de los botes en alta mar, los pescadores haciéndoles trampas a los peces que subían atraídos por la luz de sus fanales creyendo que eran el reflejo de la luna.

¿Habrían incautado todas las lanchitas para que los pescadores no se fueran remando hasta Miami? No había ningún pescador en la explanada de La Punta abriendo en canal a un tiburón tan largo que sobre él podían sentarse hasta ocho niños. Joaquín recordaba haber visto tiburones de hasta cuatro metros. Una vez vio cómo sacaban un zapato del vientre a una tintorera. Su ojo yerto, como un nacarado botón de fantasía, lo miraba fijamente. Eran los basureros del mar, iban con la boca abierta recogiendo cuanto encontraban en la arena del fondo. ¿Se habrían envenenado los escualos con aquellos cuajarones de petróleo que acababa de ver flotando en las pocetas?

Caminó hasta el Parque de los Enamorados, en Prado y Malecón, donde antes de los Reyes Magos terminaba el territorio de su pandilla. Las fronteras de la pandilla del Ángel se extendían de un ángel a otro ángel abarcando desde la iglesia del Santo Ángel Custodio hasta el monumento fúnebre de los Estudiantes de Medicina, que era una glorieta, custodiada por un ángel de mármol.

La estatua cruzaba los brazos encogiendo las alas compungidas. En las inmediaciones de aquel macabro templete tenían lugar la mayoría de las broncas tumultuarias entre los mataperros del Ángel y la pandilla de Macao, que era la banda más feroz del Barrio de Colón. Peleaban con una saña inexplicable para Joaquín, exactamente como hacen los tropeles de monos cuando defienden sus territorios. Era una zona siempre en litigio, siempre en guerra. Joaquín no era de la pandilla propiamente, era demasiado pequeño, pero siempre andaba entre ellos. Él estaba «en», pero no era «de».

Aquel parque siempre le había resultado lúgubre. En parte por los estudiantes de medicina fusilados allí por las autoridades coloniales, y en parte porque allí había otro monumento tétrico: el calabozo de José Martí. Y en parte también, porque justo enfrente, donde terminaba el Paseo del Prado, se levantaba la estatua sedente de otro poeta del siglo XIX también fusilado en la Cabaña por los españoles. La Fortaleza de la Cabaña, cuyos funestos contornos se alzaban allí cerca, en la otra orilla de la bahía, había sido desde sus inicios una cárcel, y seguía siéndolo, con sus mazmorras impregnadas de muerte, dolor, crueldad. Allí fusilaban los españoles, allí se seguía fusilando según decían. Pero eso ya tampoco salía en los periódicos...

Todos esos símbolos luctuosos coincidían de alguna manera en aquel parque como si fuera un territorio dominado por la muerte. Sin embargo, a pesar de ser un lugar tan aciago, las parejas seguían yendo por la noche a besarse en los bancos del Parque los Enamorados haciéndole honor a su nombre. Era como si entre el amor y la muerte existiera un nexo misterioso, un vínculo telúrico, a partir de aquel parque. Como si hubiera una conexión subterránea entre el antiguo Barrio de Colón –que empezaba allí– y el Cementerio de Colón.

En ese momento pasó por allí «la China», una mulata esquelética que caminaba bailando incansablemente, siempre con un neceser en la mano. Decían que era una de las tres dueñas de la Casa de los Tres Quilos, un almacén de ropa barata que estaba en la calle Reina. Decían que cuando les quitaron esa tienda, dos hermanas se habían ido para Miami, pero ésta se había quedado, loca de remate. De la noche a la mañana una mujer rica se había convertido en un personaje popular que iba por la calle o en las guaguas tocándoles a los hombres las vergüenzas. La China se acercó con su neceser, taconeando nerviosamente, le sonrió a Joaquín y exclamó: «¡Aquí lo que hay es que morirse con ella adentro!».

«Morirse con ella adentro» era otra metáfora que vinculaba a la muerte con el amor porque ese «ella» aludía a la pinga o verga. «Morirse con ella adentro» significaba morirse singando, templando, o haciendo el amor. La muerte y el sexo entrelazando sus raíces bajo tierra, como si formaran parte de un ciclo vegetativo, en una especie de resurrección permanente.

La China avanzaba rumbeando y tirándole besos a Joaquín mientras cantaba otro de sus estribillos más recurrentes: «¿a ti qué te gusta... dar o que te den, dar o que te den...?». Joaquín le devolvió la sonrisa y se alejó discretamente de la loca para evitar situaciones engorrosas.

Al pasar por el calabozo de Martí sintió peste a mierda. De noche algunos abrían la reja y entraban a cagar allí. Era una falta de respeto. Se le rendía un culto excesivo a Martí –estatuas, bustos, versos por doquier– pero por otro lado no se le tomaba en serio. Martí había caído en combate en un lugar llamado «Dos Ríos», pero era como si lo hubieran matado en el País de los Dos Ríos, es decir, entre el Éufrates y el Tigris. Martí no era cubano, era un sumerio. Sus mejores poemas fueron escritos con cuneiformes en tablillas de arcilla. Era un sobreviviente del Diluvio Universal. Otro mago caldeo. No estaba enterrado en Santiago de Cuba, como todos creían, sino en las Tumbas Reales de Ur. Martí era más asirio o mesopotámico que cubano, y ser martiano en aquel paisitio de burla, choteo y relajo, era algo tan marciano como ser marxista, o marxiano. Marxista leninista, o marciano selenita, en el fondo ¿cuál era la diferencia?

Así que nada de raro tenía que algunos se cagaran allí, en ese calabozo devenido altar enmierdado. También había siempre mojones dentro del Templete de los Estudiantes de Medicina fusilados, al pie del ángel de mármol. En una esquina del Parque estaba la fuente donde antes nadaban los manjuaríes. De pequeño, él siempre se asomaba a ver esas joyas biológicas.

Más seca que la ubre de una vaca muerta, hacía tiempo que del surtidor no salía ni una gota de agua. Por alguna razón que él no alcanzaba a comprender el acueducto había decidido cerrar las cañerías que abastecían a las fuentes públicas de la ciudad.

Como quiera que fuere, esos peces prehistóricos que sólo se veían en Cuba ahora sí que se habían convertido en entelequias paleontológicas. De los manjuaríes no quedaba ni la sombra. Esos fósiles vivientes con más de 65 millones de años de antigüedad, que habían sobrevivido al impacto del asteroide que colisionó en la Península de Yucatán extinguiendo a los dinosaurios, no habían sido capaces de sobrevivir al impacto de la revolución, y eso que los yanquis no habían tirado la bomba atómica.

Joaquín se asomó al borde de la taza de piedra y allí lo único que había era mierda. Mojones como catedrales o pagodas apestando cien metros a la redonda. Habían convertido la bacía en bacín.

–¡Coñooooo, te cogiste el frío pa'ti solo! –oyó que le gritaban desde el Monumento de los Estudiantes de Medicina fusilados. Allí estaba

Salutaris, medio escondido detrás del ángel. ¿Qué estaría pescando Salutaris en el malecón? A él le encantaba «pescar». Cuando eran niños, Salutaris cogía un peso y lo pegaba con *scotch tape* a un nailon de pescar bien finito. Cuando veía acercarse a algún viejo, dejaba el peso en la acera y se escondía en la puerta de un solar sosteniendo la otra punta del nailon en la mano. El viejo veía el peso y se agachaba lastimosamente para cogerlo. Salutaris le daba un ligero tirón al nailon. El billete se alejaba del viejo como soplado por el viento. El anciano daba un par de pasos y volvía a agacharse. Salutaris volvía a jalar el nailon. El viejo se rascaba la cabeza, pero volvía a «picar», daba otros dos pasos, se agachaba de nuevo. Salutaris seguía tirando del «anzuelo», y así durante cincuenta metros o más mientras todos los mataperros se desternillaban de risa contemplando el espectáculo desde diversos lugares de la cuadra.

No hacía mucho había visto a Salutaris saltando de azotea en azotea con una caña de pescar, dedicado a lo que llamaba «pesca de altura». Era cuestión de dejar caer el anzuelo para capturar lo que estaba en los balcones: una camisa, un pantalón, un par de zapatos... Como ya no había palitos de tendedera, la gente se tenía que conformar con colgar la ropa en percheros. Ganancia para Salutaris, que podía pescar todo lo que se pusiera al alcance de su anzuelo. El mataperros insistía en que no era un ladrón, porque «lo mío no es robo con fuerza, lo mío es al descuido».

¿Qué andaría «pescando» ahora Salutaris en el malecón? Empezaba a anochecer y estaba pescando griegos, en compañía de Cawy, quien acababa de asomarse por detrás de la estatua del ángel compungido. Los tres amigos se saludaron con un viejo ritual que consistía en darse puñetazos en los hombros, cogerse por el cuello en amagos de estrangulamiento, darse patadas por el culo, empujarse, propinarse cocotazos, abracarse, despeinarse... esas brutalidades eran entrañables gestos de amistad barriobajera.

–¡Vayaaaaá, asere... tremendo abrigo te has echao! –dijo Salutaris palpando el astracán de la solapa.

–Hace un poco de frío –dijo Joaquín.

—¡Qué frío ni qué ocho cuartos! Esto es un inviernito cobarde —dijo el Cawy.

—Ahora sí que estás hecho un «tobarich»— añadió Salutaris.

Joaquín explicó que el abrigo era para ir a Moscú con su padre. Sus amigos ya sabían que estaba estudiando ruso, así que enseguida empezaron a corear a dúo: «¡Ruso, ruso, rusooooo!». Y ahí mismo se le quedó el nombrete.

—Y hablando de «inviernito cobarde» —dijo Salutaris—, ¡qué pendejos son los «bolos» esos!

—Sí —dijo Cawy—, tanto salpafuera y tanto aguaje ¿y total, para qué? Al final los rusos se apendejaron con los rubios de enfrente y se llevaron los cohetes.

—Yo creo que los rusos son medio maricones —escupió Salutaris.

—¿Por qué? —preguntó Joaquín.

—¿No te has fijado que los hombres se besan en la boca?

—Es una costumbre de ellos…

—¿Costumbre? ¡Eso es una mariconería, chico! Fíjate que el Caballo, cuando va al aeropuerto a recibir a algún tobarich, siempre lleva en la boca el tabaco encendido. ¿Para qué tú crees que lo hace? Para que no vayan a besarlo —soltó una carcajada.

—Con el hambre que hay aquí —comentó el Cawy—, lo único que tienen que hacer los yumas es bombardearnos con sandwiches de jamón.

Joaquín empezó a reírse.

—¿Te ríes? Si empezaran ahora mismo a tirar desde el aire cajitas llenas de bocaditos de jamón con queso, ganarían la guerra en un minuto —prosiguió Salutaris

—¡Jamás jamaré jamón! —exclamó el Cawy sacando un cigarro americano que llevaba escondido en el elástico de una media. El Cawy era el más dicharachero de los mataperros del Ángel. Los tres amigos avanzaron por la Avenida del Puerto hacia el embarcadero de Lanchita de Casablanca.

—Si hicieran eso, si tiraran perritos calientes en paracaídas, los milicianos soltarían las armas y correrían a comérselos, si…

—Si mi abuela tuviera ruedas, sería bicicleta —afirmó el Cawy cortando a su amigo en su larga enumeración de conjunciones condicionales.

—Oye, Ruso, ven acá, ¿dónde te metiste el domingo? Fuimos a buscarte y no estabas —dijo el Cawy sacando una cajita de fósforos de la manga de su «guapita».

—Estaba en la Farmacia de la Manzana de Gómez —explicó Joaquín.

Fue un trabajo voluntario organizado por varias Secundarias Básicas. Los estudiantes envasaban pastillas en papelitos doblados, porque ya no había ni cajitas ni recipientes donde meter los fármacos. En papel de estraza, con las manos sucias, toda esa muchachada envasaba diversos medicamentos confundiendo a veces el fenobarbital con el meprobramato, o la aspirina con la tetraciclina, porque también tenían que escribir por fuera de los sobrecitos el nombre de los medicamentos. Todo eso lo escribían a mano, a lápiz y con letras de molde, y lógicamente, en medio de las jaranas y el bonche propios de la edad, algunos se equivocaban.

—¿Desde cuándo eres boticario?

—Fue un trabajo voluntario.

—¿Volunqué? Voluntario como el chino, que lo llevaron al campo amarrado —se burló el Cawy encendiendo el Camel.

—No, caballero, fuera de bonche, estamos emulando con otra secundaria básica… con la «Sun Yat-sen» —comentó Joaquín.

—¿No te lo dije? ¡Voluntario como el chino ése Sun Yat-sen! —se carcajeó el Cawy—. ¿Emulación? Los mulos son los que emulan… (más risotadas y manotazos en la espalda de Cawy que se había atorado con la risa y el humo del cigarro).

El Ruso también se reía. En aquel país nadie se tomaba nada en serio, todo acababa en un relajo, en una rumbita o en una gesticulación festiva. Salutaris y el Cawy estaban en la secundaria de Joaquín, pero casi nunca asistían a clases y menos aún a los trabajos voluntarios que convocaban en la escuela casi todos los domingos.

Pasaron por la Lanchita de Casablanca, donde había una cola para coger la embarcación y cruzar la bahía. Parece que ahora la lancha había espaciado sus travesías para ahorrar gasolina. Allí había también una parada de guaguas, así que había otras colas, una para cada ruta. La cola de la lanchita se mezclaba con las de las diversas guaguas provocando molotes. Los tres amigos se desviaron para no verse inmersos en aquel guirigay.

Empezaron a internarse en el puerto. A lo lejos se veía un anuncio lumínico, pero allí donde antes decía *Texaco* ahora decía ICP. Con las nacionalizaciones, la ciudad había sucumbido bajo un diluvio de siglas, algunas tan raras como OFICODA o MIMBAS y otras hierbas que ni los chivos se comían. Todas las empresas norteamericanas habían sido confiscadas: la United Fruit Company, la Compañía de Teléfonos, la de Electricidad, la Esso, la Shell.

Joaquín no estaba muy al tanto de todos estos cambios, porque aún permanecía a medias sumergido en la dimensión infantil. De todo ello se iba percatando poco a poco y con cierto retraso. Todo lo que antes tenía un nombre propio –oficinas, fábricas, bodegas– había quedado reducido a una aglomeración de letras indescifrables. Los negocios privados que quedaban eran algunos timbiriches: guaraperías sin caña de azúcar, puestos de fritas deficientemente abastecidos, algún zapatero remendón y poco más…

–¿Qué quiere decir ICP? –preguntó Joaquín cuando vio el letrero lumínico.

–Creo que es Instituto Cubano del Petróleo –dijo Salutaris.

–¡Qué va! ICP quiere decir «Imposible Cagar Parado» –apostilló el Cawy. (Más risotadas).

–¡Claro! –dijo Salutaris atorándose con el humo de su cigarro– ¿Cómo coño van a encontrar petróleo aquí? Aquí lo único que hay es chapapote. ¡Es más fácil cagar de pie que encontrar petróleo en esta islita!

–¿Y a que no saben lo que quiere decir MICONS? –preguntó el Cawy.

–Ministerio de la Construcción –dijo Joaquín.

–No, chico, quiere decir que por «mis–cojones» voy a dar yo pico y pala…

–¿Y a que no sabes qué quiere decir ICAIC? –siguió el Cawy, entusiasmado con el éxito de sus trabalenguas.

–Eso tiene algo que ver con el cine, ¿no? –aventuró Joaquín.

–Sí… es un *Hollywood* de a tres por quilo –bromeó Salutaris.

–Industria del cine o algo así –siguió adivinando Joaquín..

–Déjate de eso, ICAIC quiere decir «Y–Caigo–aquí… Y–Caigo–allá» –dijo el Cawy saltando de un lado para otro, como un canguro.

Pero al ver que este chiste no funcionaba, tuvo que aclarar:

–Sí, chico, toda esa gente que trabaja allí, directores, camarógrafos, actores, siempre andan viajando por los países, en festivales y cosas así… se pasan la vida de aquí para allá, hoy haciendo una película aquí, mañana haciendo otra allá… y caigo aquí, y caigo allá… ¿Ya cogieron el chiste? ¿Ya se cayeron de la mata? ¡Manda pinga, compadre, mira que ustedes dos son ñames!

–Hasta tienen una Cinemateca allá por el Vedado.

–¿Y eso qué es? –preguntó Joaquín.

–¡Ná, un cine en el que ponen unas películas francesas, checas y búlgaras más aburridas que el carajo! –añadió Salutaris.

–Cinemateca no, Cinematraca –aclaró el Cawy.

–Así que te vas a Moscú, ¿no? –dijo Salutaris olfateándole los sobacos a Joaquín para ver si apestaba–. Menos mal que este Ruso no apesta a grajo. (Más risas y traspiés que se ponían unos a los otros)

–¡Pues yo me voy a Roma! ¡Chao, bambino! –dijo Salutaris enseñando sus calcetines italianos. El Ruso abrió los ojos. Tenía unas medias nuevecitas, de lo más bonitas, negras, elásticas, salpicadas como de perlitas que brillaban en la noche.

–¿De dónde sacaste esas medias tan bonitas? –preguntó Joaquín.

–Pescando griegos –comentó su amigo.

–Y mira esto –el Cawy levantó una rodilla y se sacó de la media una cajetilla de Camel–, esto también lo conseguimos con los griegos.

Escondían los cigarros en los calcetines en primer lugar para que nadie les pidiera, y en segundo lugar para evitar que las cajetillas americanas se transparentaran en los bolsillos y la policía las viera. Había

un barco soviético anclado en la bahía. En la proa decía «Gruzia».
Salutaris miró de reojo a Joaquín:

—Gggrrruso —le dijo arrastrando las erres como él. El Ruso le dio
un empujón que lo hizo trastabillar.

—Oye, mañana me toca a mí —le advirtió Cawy a Salutaris. Se
refería a las medias de perlitas. Eran de los dos. Un día se las ponía
uno, al siguiente día, el otro.

—Nosotros también hablamos idiomas extranjeros —dijo Salutaris
tirándole una pulla a Joaquín.

A veces, cuando Joaquín entraba en el aula, en vez de decir «buenos
días», soltaba un «*dobre utra*» o daba las gracias en ruso: «*espasiva*».
Pero sus amigos también se habían puesto cirílicos, porque para inter-
pelar a los marinos mercantes en el muelle, chapurreaban frases en
griego como ésta: «¿*Kanoume kamiá doulítsa mazi?*». O improvisaban
un inglés macarrónico, lleno de infinitivos al estilo de Tarzán: «*Guimi
guan cigarrette*».

Eran casi niños, rondaban los catorce, pero ya todos, cada uno a
su manera, estaban interpretando el papel de una fuga. A su forma,
todos tenían sus disfraces. Joaquín su abrigo de astracán, sus amigos, cigarritos americanos escondidos en medias italianas. Salutaris
se peinaba a lo «Accatone», ya soñaba con irse a Roma. A veces se
peinaba como Marcello Mastroianni en la película *Divorcio a la italiana*, aplastándose el pelo a la derecha, con mucha gomina, un raya
perfecta, sólo le faltaba el bigotico. El Cawy soñaba con conseguir
chicles y fumar Camels. Cuando no los podía conseguir, se consolaba
con un Aromas o un Dorados, hechos con tabaco rubio nacional.
Pero cuando no tenía ni eso, entonces convertía los cigarros fuertes en
suaves gracias a un invento suyo que consistía en mantener los pitillos
herméticamente cerrados, durante una semana, en un frasco medio
lleno de cristales de mentol comprados en la farmacia. Así adquirían
un sabor remotamente parecido al del Chesterfields aunque con cierta
acrimonia de desinfectante. Detrás de cada bocanada sobrevenía un
eructo de Vick Vapo-Rub, o una nube de Listerine. Pero aun así era
menos áspero al paladar que un rompepechos marca «Vegueros»,

por ejemplo. El frescor era a veces tan intenso que Joaquín tenía la impresión de que le hubieran pasado un hielo seco por la garganta.

«Chewing Gum», decía el Cawy cada vez que se cruzaban con algún marinero griego. Eran unos tipos de tez olivácea tirando a sucia, paticos, chabacanos, algunos contrahechos, con el pelo mugriento, ásperos en el trato. Nada que ver con las estatuas griegas que adornaban el Parque del Anfiteatro. ¿Qué había sido de los griegos antiguos? Algunos marineros se paraban a hablar con ellos, la mayoría seguía de largo. Lo único que andaban buscando eran fleteras.

A las «fleteras» les daba igual que los griegos no fueran helenos en el sentido clásico de la expresión, para ellas seguían siendo dioses del Olimpo por la pacotilla que traían: perfumes baratos, blumers, chancletas de plástico… Todos esos géneros los embarcaban por su cuenta, libres de flete. Por eso a ellas les llamaban «fleteras». Las meretrices fleteaban, buscaban flete. O bien se dejaban fletar, igual que los barcos en los que navegaban sus clientes.

El negocio de algunos mataperros consistía en servir de intermediarios entre griegos y fleteras. Concertaban la cita, el lugar, la hora, servían de guías a los marinos que sólo tenían veinticuatro horas de permiso para bajar a tierra y no conocían la ciudad ni el idioma.

En ese momento el Cawy y Salutaris se pusieron a hablar con los marineros por señas, como sordomudos. Joaquín se apartó un poco para dejarlos «bisnear», como decían ellos usando una corruptela de la palabra «*business*».

Allí todos jugaban a ser extranjeros. Ya todos querían escapar. Lo mismo daba fugarse a Creta que a Roma que a Siberia… La cuestión era huir a toda costa de aquella realidad tan chata, tan gris. Allí no se pensaba en otra cosa que en fugarse, a tal punto que cuando dos amigos se cruzaban un saludo en la calle («¡Hola!» «¿Qué tal?»), la respuesta invariable era: «Ahí, escapando…».

¿Escapando de qué y hacia dónde? Eso nadie lo confesaba jamás. Lo mismo daba huir de una ciudad de provincias hacia la capital que mudarse de la cuadra de los mataperros para lo más alto de la Loma del Ángel, o bien salir de la isla camino de alguna urbe más opulenta, ya fuera Miami o Moscú. Esa fuerza centrífuga que los proyectaba más allá de la insularidad, no siempre era un acto consciente, mucho menos entre los más jóvenes. Más bien era un acto reflejo, un instinto de conservación…

Cawy y Salutaris aseguraban que tenían muchas amiguitas fleteras, pero a Joaquín le parecía que exageraban. Había en todo aquello más palucha que otra cosa. Más bien lo que hacían era engañar a los griegos. Cawy sacaba su libretica de teléfonos, se ensalivaba el pulgar y empezaba a pasar las páginas llenas de nombre de mujeres ante los atónitos marineros. Estos, con la esperanza de una próxima cita, daban a sus alcahuetes algunos anticipos en especie: chiclets, medias con perlitas, cigarritos americanos…

Serían las siete. Ya oscurecía cuando pasaron por el Parque de los Mosquitos, junto a un antiguo convento. Joaquín se dio cuenta de la ausencia de los cocuyos. Junto con el perfume de las adelfas y la nota de color de los marpacíficos, también habían desaparecido los insectos. En los parques que jalonaban la Avenida del Puerto ya no había mariquitas o «cotorritas», esos escarabajos del tamaño de peonías que, según había oído decir, provocaban sordera si se introducían en el oído. Ya no zumbaban las abejas libando flores. No se veían mariposas, ni «caballitos del diablo», ni siquiera se veía una lagartija o un camaleón sacando y metiendo su corbata roja. ¿Dónde estaban los saltamontes tan verdes que la gente llamaba «esperanzas»?

De todos esos bichos que hasta hace poco pululaban en los parques, lo que más echaba de menos eran los cocuyos que garabateaban el aire de la noche con sus caligrafías fosforescentes. Cuando era chiquito, él pensaba que estos coleópteros eran hadas nocturnas de ojos verdes que vivían en los parques, volando de rama en rama entre el follaje de los árboles. Vaporosas hadas de menta que estaban allí para cumplir todos sus deseos.

Pero ahora ya ni siquiera se oía el canto de los grillos. Toda aquella poesía en estado puro, todo ese candor de la tierra, había sido arrancado de raíz. Mientras la gente se quejaba de que ya no había manteca o jamón, a él le afectaban más esas ínfimas desapariciones, esas inmensas minucias casi imperceptibles, quizá porque no era más que un niño que se resistía a crecer. Las bijiritas, los tomeguines, los colibríes, que eran como almas perdidas, ya no visitaban la ciudad. De todos esos pájaros, sólo quedaban esos eternos sobrevivientes que son los gorriones.

En el parque de los Mosquitos había una maestra organizando en fila india a un grupo de pioneros. Con sus pañoletas rojas los niños repetían balbuceantes las consignas que ella les gritaba. Joaquín se acordó de la nieta de Isolina asqueada con la compota rusa. Las mujeres habían tomado al pie de la letra un discurso de Fidel en el que éste las exhortaba «a producir más». De pronto se habían puesto a parir como curielas. Barrigonas por aquí, barrigonas por allá, era un desfile de globos a punto de estallar.

En la isla había una sola cosa que no estaba racionada por la Libreta: el sexo. Y a esa actividad se dedicaban todos. Si las principales formas de distracción (vida nocturna, cine, televisión, juegos de azar, restaurantes…) estaban prohibidas, o semiprohibidas, o reducidas a su mínima expresión, o empobrecidas, ¿en qué iba a entretenerse la gente? En el sexo.

La existencia planificada, programada desde la cúpula del poder, era cada vez más aburrida. Los cines no habían cerrado, pero las películas que ahora ponían en su mayoría eran bodrios chinos, rusos, búlgaros o checos. De vez en cuando, el gobierno incluía en la programación alguna cinta italiana o francesa para aliviar el hastío de las masas. Los cines se volvieron tan tediosos que la gente iba a las salas más bien a dormir aprovechando el aire acondicionado (cuando funcionaba). La televisión era monótonamente oficial y sólo había dos canales que prácticamente repetían lo mismo. Tampoco se podía salir de compras, ni siquiera se podía salir para ver las vidrieras, porque estaban vacías o llenas de maniquíes disfrazados de milicianos o de bustos de José Martí. La mayoría de los cabarets habían cerrado durante la Crisis de Octubre, y para entrar en los pocos *night–clubs* que poco a poco iban abriendo sus puertas, había que hacer colas o ser amigo del administrador. Por supuesto, no había bolita, ni charada, ni lotería, ni billares, ni bingo, ni cubilete… hasta el hipódromo estaba cerrado, todas esas actividades estaban proscritas y perseguidas.

Ni siquiera cocinar era ya un placer, por culpa del estricto racionamiento. La mayoría de las personas, la mayor parte del tiempo, comían en comedores obreros, escolares o infantiles. Al trabajar los dos cónyuges y estar el niño en el círculo o becado, la vida en la mayoría de los hogares se había reducido al mínimo. En las bodegas, ya no había bailongos, las victrolas no sonaban. Siempre quedaba la pelota, como narcótico de masas. Pero ya no era lo mismo. El béisbol había dejado de ser profesional. Los equipos habían cambiado de nombre, ahora tenían denominaciones más proletarizadas, como «Vegueros» o «Industriales». Los mejores peloteros se habían marchado de la isla. Los que quedaban eran medio aficionados.

Ciertamente ahora las playas eran gratis, pero al desprivatizarlas estaban siempre repletas y no daba gusto tenderse en la arena apretujado entre aquellas multitudes formadas en gran parte por gentuza que no sabía comportarse. La sed era insufrible, porque en los ahora llamados «Círculos Sociales» no había ni heladeros ni granizaderos, nadie recorría la orilla vendiendo refrescos. En la cafetería dormitaba una camarera con cara de aburrimiento porque allí ni siquiera había agua potable, ni fría, ni tibia, ni caliente. Las duchas parecían pocilgas. Trombas de bañistas entrando y saliendo con los pies llenos de arena. Si a la masa de arena acumulada en el suelo se sumaban los orines de los inodoros casi siempre rebosados –por lo general situados al lado de las duchas– el resultado era un pestilente patiñero en el que muchos resbalaban a punto de romperse la crisma y cualquiera podía coger una mazamorra en los pies. Por supuesto, en las playas ahora tampoco repartían jaboncitos ni toallas a los clientes, como sucedía antes de los Reyes Magos, cuando había que pagar por entrar en esos balnearios. ¿No decía Sergio el Truquero que «lo barato sale caro»? De más está decir que también se habían acabado las taquillas numeradas, individualizadas, con llave. Éso era un lujo pequeñoburgués ya superado por la clase obrera. La clase que estaba a la vanguardia de la Historia para construir una sociedad sin clases, no necesitaba taquillas en las playas.

A Joaquín le deprimían esos nuevos Círculos Sociales por muy gratuitos que fueran. De todas maneras él casi nunca iba a los Círculos Sociales, ya se sabe por qué… por la insolación.

Una vez suprimidas –o desmejoradas– todas estas fuentes de distracción, ¿qué otra forma de diversión quedaba? El sexo. Si no se podía ahorrar para comprar un carro, una casa, un yate, o para pagarse un viaje turístico al extranjero, ¿de qué servía trabajar? La gente trabajaba el mínimo. También les pagaban el mínimo. ¿Y qué hacían con todo ese tiempo libre, con todas esas toneladas de ocio? Dedicarse al sexo en cualquiera de sus mil variantes. La gente ligaba en los centros de trabajo, en las guardias de milicia, en las zafras del pueblo, en las asambleas, en todas partes, a todas horas…

La sexualidad, de suyo tan tropical, se había potenciado como una nueva forma de insolación que abrasaba a todos por igual. Así las cosas, parir niños se convirtió en la diversión más socorrida de la gente, el único acontecimiento más o menos feliz de sus vidas. La explosión demográfica amenazaba con duplicar la población de la isla a la vuelta de pocos años.

Los pioneros ya iban en fila india con esas pañoletas rojas que eran otro disfraz. La maestra era jovencita, seguramente una de las «Makarenkos» formadas en escuelas rurales de la Sierra Maestra. El Cawy se acercó a ella y empezó a emitir extraños sonidos con la boca. Se relamía de gusto y se mordía el labio inferior.

—Mamiiiiii, llévame contigo pa' la escuela –le decía.

La muchacha lo miró con cierto desprecio. Sin embargo, en más de una ocasión, Joaquín había sido testigo de cómo otras mujeres se congraciaban con él riéndole sus gracias.

—Anda, mamita, mira que todavía soy un lactante, me destetaron antes de tiempo –añadió poniendo cara de perdulario y jadeando como Titán cuando quería templarle una pierna a Adelita.

La maestra se alejó apresuradamente con los pioneros. El Cawy la persiguió un trecho bailando y cantándole una canción de Pacho

Alonso: «llévame contigo pa'la oscuridad, pa'la oscuridad, pa' la oscuridad, donde no se vea, no se vea ná, no se vea ná, no se vea ná…».

Cuando sus amigos empezaban a piropear a las mujeres, a Joaquín le daba un poco de vergüenza. En ocasiones –cuando andaba en grupo– Joaquín también lanzaba esos chiflidos de admiración al paso de alguna mujer. Si los piropos eran graciosos, él sonreía, pero ni siquiera en esos casos se atrevía a imitarlos. No tenía imaginación para concebir esos cumplidos tan rebuscados. Si los requiebros subían de tono, entonces él se abochornaba y miraba para otra parte. De alguna manera, él intuía que había unos límites. La forma en que lo habían educado le impedía importunar a una mujer con groserías o galanterías apremiantes. A lo sumo, trataba de conquistarlas con intercambios visuales, o bien persiguiéndolas durante cuadras y cuadras, yendo detrás de ellas a prudencial distancia. Pero era tan tímido que de ahí no pasaba.

Sin embargo, la mayoría de sus amigos ignoraba esos límites. Los mataperros, ya a partir de los doce y los trece años, se paraban en una esquina y empezaban a chiflar, y a relamerse, a chasquear la lengua de placer, o a rascarse los huevos cada vez que pasaba una tetona o una culona. No era que a él no le gustaran aquellas hembras despampanantes. Le gustaban tanto como a sus amigos, pero le daba vergüenza eso de silbar, o soltar frasecitas, y en cierto modo le parecía que era hacer el ridículo.

Los piropos en su barrio eran antológicos: «¡mamita, si cocinas como caminas, me como hasta la raspita!», decían unos. Otras veces decían: «mamiiii, te comería a besos». A él le llamaba la atención esa insistencia en vincular el acto de comer con el acto carnal. Cuando Coliseo discutía con Numancia –porque ésta no quería cocinar– siempre soltaba aquello de que «¡el amor entra por la cocina!». Los mataperros de más edad, cuando decían haber estado en la cama con alguna mujer, solían decir: «me la comí». Uno de los piropos más socorridos era: «está riquísima». Toda la voluptuosidad se traducía en eufemismos gastronómicos o en metáforas culinarias que enmascaraban una antropofagia erótica más o menos latente.

En otros casos, los piropos eran procaces y escatológicos como el de la caja de talco que provocaba carcajadas homéricas en el barrio. Pasaba un día una negra con tremendo par de nalgas y un hombre que estaba parado en la esquina le espetó: «mamita, si te tiras un peo en una caja de talco va a estar nevando todo el año».

Ese hombre era el Lagarto, a quien llamaban también el Rey del Piropo. Había otros, que competían con él. Todos siempre parados en las esquinas. Los mataperros imitaban a estos adultos. Era como una escuela del piropo. Estaba «Lengua Muerta», siempre inventando latinajos que de latín no tenían nada. «Niñaaa, quiero meter mi *lengüis* en tu *blumis*», susurraba al ver pasar una mujer. Algunas se ofendían, otras se reían. La mayoría fingía una súbita irritación que enseguida se trocaba en sonrisa. Estaba «Mentiolate», que soltaba requiebros más bien anatómicos, como aquel que decía «muchacha te voy a meter la lengua en la oreja como un tornillo», o bien: «mamita, te voy a dar un beso tan largo que te voy a sacar los empastes»...

–¡Pobres comedores de Pan duro! –dijo el Cawy señalando a los pioneros cuando dejó a la maestra en paz. Cerca de allí acababan de inaugurar una escuela de primaria que se llamaba «Forjadores del Futuro». Siempre buscando la rima, él la había bautizado «Comedores de Pan Duro».

–¡Esos fiñes sí que están fuera e'jama! –comentó Salutaris–. Nosotros por lo menos podemos decir que comimos matahambre y masarreal y guarapo, pero estos «croqueteros»...

Aludía a las croquetas que últimamente se vendían a granel por la libreta y en cafeterías. Eran tan malas que no crujían, ni sabían a nada. Y tan pastosas que se pegaban al paladar como lapas.

Cawy, Salutaris y Joaquín empezaron a enumerar las comidas y las golosinas desaparecidas. Todavía ninguno había cumplido los quince y ya parecían tres ancianos nostálgicos haciendo cuentos del siglo pasado.

–Esos pioneros nunca conocerán el sabor de la Salutaris, que era el mejor refresco que había –dijo Salutaris mientras seguían adentrándose en el puerto.

—Ni el del Cawy —añadió el Cawy alzándose la punta del cuello de la camisa a la altura de la nuca. Joaquín lo recordaba en La Flor Asturiana bebiendo Cawy, con la cabellera dorada revuelta, llena de bucles, y las piernecitas tan flaquitas, las canillas tan delgaditas y frágiles como palitroques. Pero a la hora de fajarse, el Cawy era una fiera, de pronto todos esos huesitos se ponían en marcha y era una locomotora repartiendo patadas, puñetazos, mordidas, escupitajos o dando jalones de huevos.

—Esos pioneros nunca van a conocer el sabor de la Materva —dijo Joaquín señalando a un mataperros que estaba inclinado sobre un banco de la Alameda de Paula.

Era Materva, por culpa del cual, años atrás, una puta le había tirado a Joaquín un tibor de orina en un bayú del Barrio de Colón. La «Materva» era una soda hecha con extracto de yerba mate, una especie de sidra efervescente que producía prolongados eructos carbonatados.

Materva, Cawy, Salutaris, Jupiña, Ironbeer, el Nao, Royal Crown, Orange Crush… en la cuadra de los mataperros ningún niño conocía a otro por su nombre de pila, sino por su nombrete. Y casi todos los apodos eran marcas de antiguos refrescos cubanos.

El corte que se produjo en enero de 1959 fue como un hachazo. A partir de entonces, la memoria de Joaquín —y la de su generación— estaría dividida para siempre en un antes y un después. Después de la Última Noche del Titanic, a partir de aquella mañana en que Coliseo apareció con la mandarria, su existencia —y la de millones como él— había quedado escindida como en el calendario gregoriano en un antes y un después de Cristo.

—¿Qué cojones está haciendo Matervita en ese banco? —exclamó Salutaris.

—Está en el facho, desplumando a un griego —conjeturó Cawy, y los tres corrieron hacia la Alameda de Paula que bordeaba los espigones del puerto.

Materva estaba quitándole los zapatos a un hombre tendido en el banco, un borracho con barba de náufrago y los pantalones meados que empezó a farfullar algo ininteligible.

–¡Picolinos, de verdad, éstos sí que son italianos! –exclamó Materva agitando en el aire unos botines de punteras afiladas, como estiletes.

–¡Coñoooo, y con tacones Hollywood! –agregó el Cawy admirando los botines.

Materva iba a quitarle la camisa, pero el griego soltó un hilillo de baba por la comisura de los labios que le caía en la solapa.

–Está toda babeada –hizo una mueca Joaquín.

–A mí no me da ningún asco –replicó Materva desabotonándole la camisa. Pero Salutaris vio acercarse una perseguidora:

–¡La fiana! ¡Hay que salir de aquí echando un pie!

Se mandaron a correr, pasaron como centellas por el embarcadero de la lanchita de Regla, y doblaron en un solo tacón por un pasaje abovedado perdiéndose luego en un laberinto de callejuelas. Mientras corría, Joaquín pensaba que sus amigos estaban locos de remate. A esa hora él debería estar repasando la última clase de lengua rusa, o en la azotea estudiando las estrellas, o bien poniéndole el disco de amor a la guajira desdentada en la victrola del Petit, o releyendo cualquier novela de Julio Verne. ¿Qué coño hacía él metido en este lío, corriendo delante de la policía? No pensaba volver con sus amigos a los muelles. Esas expediciones en busca de griegos eran demasiado arriesgadas.

Por primera vez advertía que él no tenía mucho que ver con sus amigos. Pero habían compartido mil aventuras en la infancia, y eso era sagrado. Eran los pocos mataperros que quedaban. Los sobrevivientes más jóvenes de la pandilla del Ángel. Al principio de la revolución, habían participado en las Patrullas Juveniles, pero cuando vieron que no se repartían pistolas, tal como habían prometido, dejaron de marchar y se fueron desligando de todo. No habían ido a alfabetizar porque ninguno tenía un padre tan obsesivo como Coliseo. Siempre estaban guillándose, haciéndose los enfermos, para no ir a los trabajos voluntarios de la escuela. Siempre habían sido mucho más callejeros que él. En cierta forma, eran admirables.

Los cuatro llegaron echando el bofe al Castillo de la Real Fuerza. A Joaquín le dolía el bazo. Después de comprobar que la perseguidora no los seguía, fueron caminando hasta la plaza de la Catedral. Se dejaron caer jadeantes en la acera del Palacio Arechabala que antes era un almacén de bocoyes de ron. La fábrica de ese ron Arechabala había sido nacionalizada. Sin embargo, los gruesos sillares aún rezumaban el buqué de los añejos. Incluso olía a aguardiente la palma real que crecía solitaria en el patio y cuyo penacho sobresalía por encima del tejado del palacio como el plumaje de un morrión.

***

Desde donde estaba sentado, Joaquín veía esa palma sobresaliendo altaneramente por encima del tejado del palacio Arechabala. El penacho asomaba justo por detrás de Fidel Castro, exactamente como si fuera un morrión, un plumero de pencas de guano coronando la gorra del Comandante en Jefe.

***

A la luz de la luna, las volutas de la fachada de la Catedral semejaban una sucesión de olas o caracolas fosilizadas. Tiempo petrificado. Era como si de pronto la iglesia emergiera de la marisma que burbujeaba debajo del adoquinado. Joaquín había oído decir que las piedras de ese templo habían sido sacadas de la costa, y que los huecos que quedaron en esa cantera eran las pocetas. En los sillares podían verse, aquí y allá, caracoles cortados transversalmente, reminiscencias madrepóricas, caligrafías espongiarias, moluscos calcáreos, estrellas de mar, erizos astillados, esqueletos de algas, tatuajes radiados… Era una catedral submarina y sus columnas se elevaban como las estalagmitas de una gruta insondable. Todo el templo era un exoesqueleto aljamiado de garabatos abisales. Si nunca hubieran construido esa catedral, no habría habido pocetas y él no hubiera cogido tantas insolaciones.

Sudado, sentado en el contén, se quitó el abrigo de astracán.

—Me engañaste —jadeó dándole un codazo a Salutaris que estaba a su lado, medio acostado en la acera.

—¿Por qué? —dijo el otro.

—Dijiste que ibas a hacer negocios con los griegos, no a robarles.

—¡Ehhhh! ¿Mira quién habla? Acuérdate que tú también te robaste un libro…

—Eso fue hace mucho tiempo… y no fui yo, fue Royal Crown.

Un dia de 1958 Royal Crown fue con Joaquín a la librería La Moderna Poesía. Curioseando en los estantes, Joaquín vio un libro de Julio Verne: *Aventuras de un niño irlandés*, editado en Argentina, Colección Cadete Juvenil, ilustrado con dibujos de un tal Fariñas. Joaquín conocía vagamente a Julio Verne por el cine. Había visto *20 000 leguas de viaje submarino* veinte mil veces con Numancia, a quien le encantaba todo lo que tuviera que ver con embarcaciones que se hundían ya fuera por fatalidad o por voluntad de su capitán.

Pero los libros eran caros. Su madre no podía comprarlos. Lo que más le gustaba de la novela que ahora acariciaba era la portada. A todo color, la carátula satinada reproducía la imagen de un niño saltando de un edificio en llamas.

«¿Qué… te gusta mucho ese libro?», comentó Royal. «¿Qué… hacemos un manigüiti un peo?», agregó Royal. Joaquín tenía ganas de meterse el libro dentro de la camisa y mandarse a correr. Pero… ¿y si lo cogían? ¿Qué le iba a decir a Numancia? Lo iban a encerrar en el Reformatorio de Torrens, como decía su madre. Imaginó a Numancia llorando la suerte de su hijo preso. Y eso lo paralizó. Por fin devolvió el libro al estante.

Salió de la librería y se paró a mirar las vidrieras de La Rusquella, la camisería de enfrente. Al poco rato Royal Crown se detuvo detrás de él. Joaquín lo vio riéndose a través del cristal de la vidriera. Rápidamente su amigo se sacó algo de la camisa y se lo metió a Joaquín bajo el brazo. Era el libro de Verne. Ya Joaquín iba a darse media vuelta para discutir con Royal cuando vio a un señor con corbata saliendo de La Moderna Poesía. Royal le dio un empujón a Joaquín y gritó: «¡la peste el último!». Joaquín, convertido en ladronzuelo sin querer, empezó a correr. Crown había arrancado antes. Le llevaba unos treinta metros de ventaja. Cuando Joaquín iba llegando a la esquina de Villegas, ya su amigo había doblado en la esquina de Aguacate. El librero gritaba a sus espaldas: «¡Ataja, ataja!». Joaquín aceleró. Corría tropezando con la gente que paseaba viendo las vidrieras o sorteando las máquinas entre el estruendo de los claxonazos, pero cuando iba a alcanzar la esquina de Compostela, un gracioso le salió al paso y lo agarró ciñéndolo entre sus brazos. A pesar de las patadas que le dio, el tipo –más grande que él– no quiso soltarlo. El libro cayó al suelo.

Lo llevaron a la jefatura que estaba en la esquina de Monserrate con Empedrado. Rodeado de policías, estaba asustado. De allí lo mandarían directamente a Torrens. Por suerte, uno de los vigilantes era cliente asiduo del Bar Palacio, donde trabajaba Coliseo. Conocía de vista a Joaquín. Mandó a buscar a su padre que llegó al poco rato porque el bar quedaba muy cerca de allí.

Coliseo apareció con su filipina blanca y la pajarita negra. De pronto se encaramó en una silla de tijera y empezó a soltar una de sus discursos de sindicalista. Joaquín recordaba haberlo visto más de una vez en el local del Sindicato Gastronómico arengando a los parados entre gritos, chiflidos, aplausos y malas palabras. Mientras él jugaba a las damas con algún gastronómico, su padre subía hasta el segundo tramo de la escalera de caracol que había en el patio y desde allí empezaba a arengar a los desocupados con su habitual locuacidad. Joaquín rondaba los ocho años. Oía palabras sueltas como «huelga», «destajo», «mujalistas», «vendidos a la patronal»... todo lo cual le sonaba a chino.

Ahora era casi igual, sólo que esta vez Coliseo se dirigía a los atónitos policías de la época de Batista, y al aún más atónito librero que estaba allí con su corbata desanudada y la camisa sudada de tanto correr detrás de Joaquín

«Como dice la placa que está clavada ahí fuera, en la puerta de esta estación de policía, aquí estuvo preso nuestro José Martí en tiempos de España...» Así empezó la perorata. En efecto, la estación parecía una mazmorra o un castillo colonial.

«Pues bien –prosiguió Coliseo– ¿no decía Martí que hay que 'ser cultos para ser libres'? ¿Y cómo vamos a ser cultos si los libros son tan caros? Si los libros son tan caros estamos condenados a ser incultos para siempre, si no podemos leerlos, seguiremos siendo analfabetos y nunca seremos libres».

Un murmullo de aprobación recorrió a los presentes. Varios policías uniformados de añil sonrieron. Uno de ellos se acercó a Joaquín y le dio una palmadita. El niño estaba azorado. Su padre alzó la voz: «¡Por eso Martí también dijo que robar un libro no es robar!». Las lágrimas asomaron a los ojos del sargento de guardia. Y así, con todo el poder de su labia, entreverando citas auténticas con otras inventadas, logró su padre sacarlo de la estación no sin antes pagarle al librero el importe del libro. El librero tenía los ojos aguados de la emoción, pero de todas maneras se metió el dinero en el bolsillo.

«Ser cultos para ser libres»… desde ese día, esa divisa de Martí se quedó grabada a fuego en la mente del niño. «Ser cultos para ser libres» sería el lema que tres años después su padre le repetiría hasta la saciedad para embullarlo a entrar en las brigadas que alfabetizarían a los guajiros que no sabían leer ni escribir. «Ser cultos para ser libres» sería la consigna oficial de la Campaña Nacional de Alfabetización durante el año 1961. Estaba en todas partes, en las cartillas y en los manuales de los brigadistas, en las vallas de las carreteras, en los lumínicos que parpadeaban en lo alto de los edificios, hasta en los sanitarios públicos podía encontrarse aquel lema: «ser cultos para ser libres»…

Cuando Numancia se enteró de lo ocurrido, tuvo otro altercado con Coliseo. «¡Eso le pasa por andar mataperreando con las malas compañías, eso le pasa por seguir tus consejos!». A partir de ese día ella ahorró para comprarle al niño casi todos los libros de Julio Verne. Joaquín no delató a Royal Crown en ningún momento. Ni siquiera lo usó para justificarse ante sus padres. Él no era un chivato.

–Sí, Crown es un cabrón, pero al que cogieron con las manos en la masa fue a ti –dijo Salutaris, cortándole el hilo de los recuerdos a Joaquín.

—Aparte —siguió Salutaris— no sé de qué te preocupas. Ladrón que roba a ladrón tiene mil años de perdón.

—Ese griego no ha robado nada.

—¿Qué tú dices? ¡Eso es lo que te crees tú! Vienen aquí a aprovecharse de lo jodíos que estamos… compran en Panamá unos blumercitos, unos trapitos, unos perfumitos baratos, y cuando desembarcan aquí, con toda esa pacotilla, se jaman a las mejores jebas. Vienen a tumbarnos las mujeres.

El mulato Materva le tiró una trompetilla a Salutaris.

—Y tú, Materva… a ver, a ver, ¿qué pinga le puedes tú regalar a Purita? ¿Puedes ir al Ten Cent de Obispo, o a Flogar, y comprarle un collar de perlas, un perfume, o un vestidito? ¿A qué no? Olvídate, que no hay ná que comprarles a las jebas. Entonces vienen estos marinos mercantes —estos maricones mercantes— con sus relojones, sus camisitas de nailon, sus mocasines y parecen millonarios comparados con nosotros. Por eso yo digo que sí que nos roban. Vienen aquí a coger mangos bajitos, porque saben que aquí hay escasez de todo…

—Pero ¿qué mujeres? —dijo Joaquín.

—Tú vives en el pueblo y no ves las casas. Te pasaste un año alfabetizando y ahora andas estudiando ruso y todavía no te has enterao de cómo es el picao.

—En el barrio de Colón ya no hay bayúes, el otro día pasé por allí…

—Sí, ¿y qué? Habrán cerrado el Barrio de Colón, Pajarito, La Victoria, la Casa de Marina y el Teatro Shanghai, pero… ¿y qué? Antes las putas estaban en esos lugares, ahora andan por ahí regadas por donde menos tú te lo piensas… Antes les llamaban putas, fleteras, ahora les dicen guaricandillas, guarisqueíns, carretillas.

Joaquín nunca había oido hablar de ese Pajarito, ni de La Victoria ni de la Casa de Marina… Salutaris tenía un amigo mayor que le instruía en todas esas sabicherías de lo que él llamaba «la universidad de la calle».

Salutaris le llevaba un año y pico a Joaquín, lo que constituye una gran diferencia de edad en la pubertad. Tenía la cara acribillada de espinillas, le asomaban pelos en los sobacos. Se jactaba de «mear dulce» cuando se masturbaba, lo cual durante un tiempo fue un misterio para Joaquín, porque él sólo conseguía arrancarse un intenso cosquilleo en los testículos, pero en seco, sin soltar ni una gota de nada.

Salutaris tenía el honor de ser el primer niño de la cuadra que leía novelitas de relajo haciéndose un montón de pajas al día. A los once años ya tenía clasificadas en diversas categorías las distintas formas de masturbación. Según él, estaba «la paja a la zurda», otra variante era con «la mano dormida» (después de tenerla durante un rato aplastada debajo de una nalga), otra era con un «cartucho lleno de moscas» (que se encasquetaba en el miembro), luego venía «la cafiroleta de capullito», etcétera. Así que Salutaris debía de saber de lo que estaba hablando. Joaquín guardó silencio.

—Ná, que Salutaris no roba. Cría fama y acuéstate a dormir –dijo el Cawy.

—¿Qué quieres decir? –protestó el aludido–.Yo no robo, caballero, lo mío es al descuido. Yo nunca he roto un candado, ni he usado una pata de cabra, ni he roto los cristales de una ventana.

Materva estaba probándose los zapatos del griego. Le quedaban un poco estrechos. Daba unos pasos para allá, otros para acá, tambaleándose encima de los coturnos como si fuera a participar en alguna tragedia griega. «¿Qué tal me quedan?», preguntó. Estaba fascinado con su nuevo disfraz. Se pavoneaba por el empedrado de la Plaza de la Catedral.

—Mira, chico –siguió Salutaris– los griegos estos son unos comemierdas. Bajan de los cargueros y no saben muy bien lo que pasa aquí. El verdadero bisne es que les compramos la ropa o los cartones de cigarros americanos, ofreciéndoles muchos pesos. Se vuelven locos con los chavitos, porque lo que no saben es que ese dinero ya casi no vale nada. ¿Qué coño van a comprar con los pesos cubanos si no tienen libreta de abastecimientos? Los muy comepingas se creen que son dólares o algo así… –empezó a reírse y su risa se transformó en un acceso de tos. Tenía los dedos amarillos de tanta nicotina.

—¿Y de dónde sacas el dinero? –inquirió Joaquín.

—De las latas de leche condensada de sus hermanitos que luego revende en la bolsa negra —espetó el Cawy.

—¡Oye, somaricón, me cago en el rebollolongo de tu madre!

—No, si tú no robas, sólo tienes pegamento en las manos, y mucho cemento en la cara —se burló Materva a punto de bailar una rumbita taconeando en el adoquinado. Estaba tan radiante con los botines nuevos que sus dientes afilados parecían brillar. Tenía más dientes de la cuenta, una especie de doble dentición de tiburón. Siendo un niño ya abría las botellas de Materva —su refresco favorito— haciendo palanca en la chapa con los colmillos.

—Un singao griego quiere jamarse a una de mis hermanas —comentó Materva con rabia y siguió haciendo payaserías, taconeando como un dandi con sus botines nuevos—. Si lo cojo lo voy a matar.

—De todas maneras, eso de robarle a un borracho… —resopló Joaquín volviendo a ponerse el abrigo de astracán.

—Es que este negro es muy ñame— dijo Salutaris señalando a Materva.

—Oye, cuidaooo, mira que yo no soy negro… yo soy mulato —protestó Materva poniéndose muy serio y luego siguió bailando una especie de claqué rumbeado sobre el adoquinado de la Plaza de la Catedral. Estaba encantado con sus zapatos italianos. Era el mayor de los cuatro. Tendría unos quince años, aunque por la ferocidad de su rostro parecía tener más. Sus ojos despedían un brillo de maldad medio gatuna. De sus rudas manos emanaba la violencia hasta cuando dormía. Todos se echaron a reír.

—¡El bárbaro de verdá verdá es el Comepelos!—dijo Cawy

Joaquín hacía tiempo que no lo veía, al Comepelos. Aparecía y se perdía. Desde la primaria tenía la costumbre de comerse los pelos. Como era un calvo prematuro parecía tener veinticinco años por ahí.

—Ése sí que habla griego y todo. Y controla a varias guaricandillas que están buenísimas y dicen que hasta tiene un revólver.

—Fíjate en estas medias, él me las consiguió —dijo Salutaris volviendo a subirse el bajo del pantalón para exhibir sus calcetines negros salpicados de perlitas plateadas.

–¡Nos consiguió! –matizó Cawy enfatizando el «nos».

–Oye, que yo te las preste de vez en cuando no quiere decir que sean tuyas. Acuérdate que fui yo el que le presentó a Teresa…

–¿Y quién cojones te presentó esa carretilla a ti? –rezongó el otro.

–Okey, okey, fuiste tú. Pero las medias son mías. No te creas que me las vas a fachar…

–¿Eh, y a tí qué te pasa?

–Me pasa saliva por la garganta y leche por la tranca. ¿Y a ti… qué pinga es la que te singa?

–¿Quieres ver cómo te las quito ahora mismo?– amenazó el Cawy poniéndose de pie.

–¡Atrévete si eres hombre!– gritó Salutaris manoteándole la cara al otro.

–¡Oye, caballero, tá bueno ya! –gritó Materva quien, lejos de reconciliarlos, de pronto se arrojó sobre Salutaris para quitarle las medias y recibió una patada en los huevos que lo hizo retroceder trastrabillando encima de altos tacones italianos. De pronto los tres se enzarzaron en una pelea como serpientes enroscadas. Unos a otros empezaron a quitarse cosas. «¡Mis cigarros!», gritaba el Cawy. «¡Mis chicles!», gritaba Salutaris. Los *Camels* del Cawy se desparramaron por el pavimento. Los *Adams* de Salutaris salpicaban el empedrado. Mientras Salutaris le retorcía una pierna al Cawy, Joaquín trataba de separarlos. En medio del forcejeo se encontró con un zapato del Cawy entre las manos: «¡fó, qué peste a chicote!», exclamó y lanzó el zapato al medio de la plaza. Tenía la suela agujereada.

«¡Maricón, singao po'l culo!», vociferó Materva lanzándose como Supermán por los aires para caer encima de aquel frenesí de puñetazos, codazos, rodillazos. Como el Cawy era más pequeño, estaba abajo, en desventaja, pero entonces empleó su recurso supremo: el salivazo. Tras una profunda expectoración, le disparó a Salutaris un gargajo tan poderoso en pleno rostro que éste tuvo que soltarlo. Sus esputos siempre eran amarillos tirando a verde, porque no salía de un catarro para entrar en otro. Carraspeaba como una locomotora con problemas de caldera, y disparaba. Y como era bastante buen pelotero, a veces sus flemas eran jonrones. Como un Camaleón de Jackson disparando su larga lengua pegajosa, donde ponía el ojo ponía la bala.

Así que Joaquín se apartó. Pero Materva también sacó a relucir su arma secreta: sus mordiscos de escuelo. Cuando abría la boca era como la tijera dentada de Numancia. Hacía poco, en una bronca en la puerta de la Secundaria, le había arrancado a un tipo un trozo de oreja de una dentellada. A todas estas, el Cawy seguía sorbiéndose los mocos y repartiendo gargajos a diestro y siniestro hasta que una señora mayor se asomó a un balcón del Callejón del Chorro del que colgaba un letrero del CDR. La vieja amenazó con llamar a la policía. Otros vecinos salieron a ver qué pasaba.

Los contendientes se separaron y cada uno se fue por su lado, aunque sin dejar de volver la cabeza para insultarse desde lejos. Siempre era así. Más que mataperros, eran como perros, perros feroces. Se miraban, se gruñían, se marcaban. Por cualquier nimiedad se arrojaban a la yugular del otro. Lo más desconcertante era que al cabo de unos días seguían siendo tan amigos como antes.

Últimamente esa violencia se desataba en las fiestas de quince. Esas fiestas empezaban siempre con una especie de baile de gala. Todas las muchachas soñaban con esa fecha tan especial que las hacía aparecer como flores dispuestas a ser polinizadas. Las que podían, alquilaban salones en hoteles o playas, y hacían su entrada solemne del brazo de sus padres, quienes las entregaban a los supuestos novios en una ceremonia que tenía algo de derecho de pernada. Entonces sonaba el vals. A un lado se disponía la hilera de varones y, al otro, la de las hembras, y empezaban a cruzarse tomándose las manos, girando en una coreografía de abejorros. Todos ellos muy bien trajeados, y ellas con diademas, como en un baile de máscaras. Era la presentación en sociedad, la entrada triunfal en el disfraz de la crisálida. Una premonición de la marcha nupcial.

Esas fiestas al principio eran de las pocas reminiscencias que quedaban de los góticos y los bitongos. Pero pronto fueron popularizándose, y no había quinceañera que renunciara a tener su fiesta. Así que en cualquier apartamentico o azotea podían tener lugar esos saraos, y allí estaban ellos, los mataperros, casi nunca formalmente invitados, casi siempre colados.

Las fiestas de quince eran terreno abonado para las broncas. En cualquier momento se armaba una trifulca, volaban sillas y botellas por ventanas y balcones… gente corriendo escaleras abajo como un tropel de reses desbocadas, algunos abracados, fajándose a mordidas, los chillidos de las pepillas que corrían a refugiarse en los baños… un desastre.

Joaquín se quedó solo en la Plaza de la Catedral. Había empezado a llover y se guareció en el soportal columnado de otro de los palacios coloniales que rodeaban las plaza. Era una mansión medio abandonada. El Palacio del Marqués de Aguas Claras. Del interior del palacete salieron unos milicianos discutiendo. Joaquín se arrimó a una de las columnas y escuchó el altercado. Un mulato muy flaco, que ya peinaba canas, discutía con los militares. El mulato tenía los dedos entintados.

–¡Es descabellado!¡Estas piedras son sagradas!– dijo señalando unos bloques de piedra muy lisos en los que hasta ahora Joaquín no había reparado. El portal estaba completamente rodeado por un muro de piedras litográficas.

–La defensa de la patria está primero –le contestó un miliciano.

–¡Esas piedras tienen más de cien años! ¡Son obras de arte! ¡Son piedras de Senefelder!

–¿Y quién coño es el Sifilítico ése, abuelo? –se rió otro miliciano con su metralleta checa en bandolera.

–Ustedes serán muy patriotas y muy revolucionarios, pero son unos incultos.

Durante la Crisis de Octubre el soportal había sido transformado en trinchera. En vez de usar sacos de arena, los milicianos habían sacado de una imprenta cercana un montón piedras litográficas para colocarlas entre las columnas. Todas estaban grabadas con viejos dibujos. Era un parapeto ilustrado con las vitolas, anillas y etiquetas que decoraban las cajas de tabaco, desde marcas como «La Corona» pasando por «Wiston Churchil» hasta «Romeo y Julieta» o «Partagás».

Aunque la Crisis se había acabado hacía meses, los milicianos insistían en mantener esa barricada de piedras calizas por si acaso.

El viejo de los dedos entintados era un impresor que quería rescatar esas piedras de las manos de los milicianos. Joaquín se agachó para ver las escenas plasmadas en un par de piedras. En una se veía a un negrito calesero con botas de montar y sombrero de copa enamorando a una criolla que se abanicaba asomada a una ventana enrejada. En otra se veía a una reina empenachada de plumas, una especie de amazona rodeada de leones y nimbada por un cielo constelado de moneditas de oro. Las imágenes dibujadas en las piedras incluían desde retratos de Shakespeare y de Simón Bolívar hasta un señor de barba afilada llamado «Fonseca» que aparecía entre la Estatua de la Libertad y la farola del Morro. Abajo decía «tabacos elaborados con las mejores vegas de vuelta–abajo».

El viejo cogió una de las piedras y se la echó al hombro para llevársela a su taller. Cuando un miliciano fue a quitársela, dijo:

—Fíjense si ustedes son unos incultos que estas piedras no sirven de parapeto, más bien son una amenaza.

El miliciano lo miró rascándose la cabeza, y el litógrafo explicó:

—Si una sola bala llegara a impactar contra cualquiera de estas piedras calcáreas, se astillaría como una granada de fragmentación y los mataría a todos en el acto. Eso es porque tienen una estructura cristalina pero ustedes son demasiado ignorantes para entenderlo…

«Ser cultos para ser libres», pensó Joaquín viendo que escampaba. Mañana era domingo y tenía que ir a un trabajo voluntario de la Secundaria Básica. En eso sonó el Cañonazo de las Nueve. El empedrado se estremeció ligeramente bajo sus pies. Ese cañonazo tirado desde la Cabaña cada noche era como si estuvieran anunciando que de nuevo llegaban los ingleses para tomar La Habana, como si avisara de un ataque de corsarios o piratas. En tiempos de la Colonia señalaba la hora del cierre de la muralla que ceñía la ciudad como un cinturón de castidad. Era la única costumbre antigua que los Reyes Magos no habían abolido… ¿acaso porque era una tradición militar que enlazaba perfectamente con la nueva mentalidad de plaza sitiada que se fomentaba en el país a raíz de la Crisis de Octubre?

23.

La lista de la flaca

Al otro día temprano acudió al trabajo voluntario. Los camiones llenos de estudiantes se alejaron de la ciudad entre cantos y alaridos, dejando atrás remolinos de polvo ferruginoso. Cantaban de todo: desde rumbas hasta boleros y un pegajoso estribillo: «¡ayyyyy, malembe, que los cubanos ni se rinden ni se venden, malembe!». No era que estuvieran contentos de ir a recoger papas, simplemente cantaban porque eran jóvenes y estaban llenos de energía. Y también porque entre bromas y veras, entre empujones y frenazos del camión, beneficiándose de las curvas cerradas, los varones aprovechaban para toquetear a las hembras, o para pegarse más a ellas, y las hembras aprovechaban para dejarse jamonear y repellar en medio de explosiones de risitas nerviosas e intercambios de miradas traviesas.

Para la mayoría de los estudiantes y de los profesores, el trabajo voluntario era una especie de picnic potencialmente erótico. Ya fuera por su edad o por su carácter, Joaquín se lo tomaba en serio. Más en serio este domingo, porque acababan de nombrarlo «Responsable de Trabajo Voluntario» de todas las aulas de su año.

Por la mañana, antes de subir a los camiones, La Flaca lo había designado en ese cargo. «Felicidades, compañero», dijo y le anunció que «ayer el Comité de Base de la Unión de Jóvenes Comunistas decidió nombrarte Responsable de Trabajo Voluntario de la UES». Graciela era una flacuchenta que militaba en la UJC, una versión tropical del Komsomol. La UES era la Unión de Estudiantes de Secundaria.

Joaquín estaba orgulloso, contento de que confiaran en él, encantado de que le encomendaran una responsabilidad.

En más de una ocasión él había sorprendido a la Flaca Graciela mirándolo con ojos de carnero degollado. Pero a él no le gustaba, tenía una gran nariz salpicada de espinillas negras. «¡Concho, qué mala suerte!», pensaba Joaquín. En él sólo se fijaban las feas. Joaquín se acordó de lo que decía su madre en son de burla: «tu padre siempre andaba por ahí de picaflor, y al final le tocó bailar con la más fea, que soy yo» y estallaba en una carcajada. ¿Sería un destino o una herencia paterna eso de que sólo las feas se fijaran en él?

Además, ¿por qué sería que daba la casualidad de que casi todas las militantes de la UJC eran feas, al menos en su secundaria? ¿Qué extraño vínculo secreto existiría entre la fealdad y la izquierda? Graciela no tenía curvas, se parecía a la novia de Popeye el Marino. Tal vez dedicaba mucho tiempo a las tareas de la UJC porque no podía ni mirarse en el espejo, todo ese tiempo de vanidad femenina lo consagraba a estudiar manuales de teóricos marxistas; ni un minuto invertía en maquillarse ni en pintarse las uñas ni en peinarse esmeradamente, así, todas esas horas eran para estudiar a Lenin, a Marx; dado que pocos se fijaban en ella, el tiempo que consume un idilio, un simple coqueteo, se lo pasaba metida en las reuniones de la Juventud Comunista, que eran interminables.

En verdad era una excelente estudiante, sobre todo sacaba las mejores notas de su curso en matemáticas, pero no estaba nada claro si eso era producto de un talento especial, o porque también todo el ocio que otras muchachas consumían en bailar o en acicalarse, ella lo empleaba en mecharse con los tomos de geometría y de álgebra. Lo peor de ella era su excesiva militancia, su mediocridad ideológica. Graciela era demasiado «cuadrada», como se decía en la jerga al uso. Más que un «cuadro», tenía el cerebro cuadrado o cuadriculado. Su devoción revolucionaria era tan grande que era una especie de novicia roja.

Cuando llegaron al campo de papas, la Flaca le dio a Joaquín un lápiz y un listado de los alumnos. Le dijo que tenía que pasar lista, como si estuvieran en clases.

–¿Para qué hay que pasar lista?

–La asistencia al trabajo voluntario es un mérito a tener en cuenta –explicó ella abanicándose con un libro en cuya carátula roja sobresalía el perfil de Mao a relieve dentro de un disco dorado. Fiel a su condición de «jefa», Graciela siempre llevaba ese librito bajo el brazo junto con una agenda donde tomaba notas en las reuniones a puertas cerradas del misterioso Comité de Base de la UJC.

–Entonces esto no es tan voluntario –se atrevió a decir Joaquín.

–Sí que es voluntario –dijo ella cambiándose la agenda de sobaco.

Lo de la agenda en el sobaco era la «Moda Llanusa». Llanusa era el presidente del INDER (Instituto Nacional de Deportes, Educación Física y Recreación), una especie de ministro plenipotenciario, casi el número dos después de Fidel Castro. Andaba siempre por ahí agitadamente de aquí para allá, como si estuviera muy ocupado, con una agenda bajo el brazo, despeinado, una barba de tres días, ojeroso, con los pantalones medio caídos hasta la mitad de las nalgas, la camisa de mangas cortas arrugada, o desabotonada, siempre medio salida por fuera, los sobacos manchados de sudor...

Todos los jóvenes comunistas lo imitaban. Tener una agenda bien voluminosa en el sobaco era un atributo de poder. No contentos con eso, los militantes solían llevar también bajo el brazo algún que otro libro cuyo título y autor reafirmara su condición de marxistas. La *Economía Política*, de Nikitín, o *Materialismo y empirocriticismo*, de Lenin. Lo más probable era que no pasaran de la página 5, pero lo importante no era eso, sino que el intenso intercambio de fluidos (la mezcla de sobaquina y tinta) realizara el milagro del profundo aprendizaje de un marxismo por ósmosis.

La cultura de sobaco se imponía por doquier prolongándose en más títulos bajo el ala: novelas como *Los hombres de Panfilov*, de Alexander Beck, *Chapáiev*, de Furmanov, *Un hombre de verdad*, de Boris Polevoi y sobre todo *Así se templó el acero*, de Ostrovski. Esta última provocaba carcajadas homéricas en la isla. «Templar» en cubano significa singar, pisar, copular o fornicar. Carente de tradición siderúrgica, la isla no conocía otra acepción para el verbo «templar» aparte de la meramente sexual. Y los criollos, tan dados al humor sicalíptico, hacían miles de chistes con aquel título de Ostrovski.

—A mí me parece que pasar la lista es una coacción —contestó Joaquín viendo un tractor que se detenía junto a los surcos donde unas chiquitas de su aula bebían agua en porrones. Las pepillas iban en *shorts*, otras llevaban minifaldas y ahora chachareaban con el tractorista. El tractorista era un guajiro con sombrero de yarey, mangas remangadas, brazos peludos y una mata de pelos saliéndole por la abertura de la camisa desabotonada. Parece que les contaba chistes, porque ellas no paraban de reírse. De pronto las muchachas se encaramaron en el tractor, todas chillando, piernas y muslos al aire mientras el guajiro movía las palancas de cambio rozándolas con sus brazos peludos.

—Sí que es voluntario. Es voluntario porque es voluntario —remachó La Flaca tautológicamente mientras el tractor se alejaba en medio de una nube de polvo rojo. El vehículo iba dando tumbos a campo traviesa, saltando entre los surcos, inclinándose en las cunetas a punto de volcarse, pues el tractorista ya no sabía dónde poner las manos, si en el timón o en una rodilla, si en la palanca de cambios o en uno de aquellos muslos palpitantes y sudorosos.

Joaquín experimentó una profunda desazón cuando supo que tenía que pasar la lista, porque eso le quitaba toda su belleza al concepto de voluntariedad convirtiéndolo justamente en su contrario, en obligatoriedad.

***

Dos años después, en el restaurante El Patio, Joaquín Iznaga se preguntaba si esa no sería una de las razones que le habían llevado a rechazar la beca que le ofreció Fidel Castro. ¿Sería por el asunto de la obligatoriedad? En Cuba ya no había nada realmente voluntario, todo era obligatorio. Cuatro años atrás, cuando él alfabetizó, lo había hecho voluntariamente. Las Patrullas Juveniles, los Cadetes Cívicos Nacionales, los Cinco Picos, los Maestros Voluntarios… todas esas «misiones» juveniles durante los dos primeros años de revolución habían respetado –hasta donde él sabía– el principio de voluntariedad.

Pero muy pronto la coacción se había ido imponiendo por todas partes. Esa compulsión empezaba con las arengas previas en las que se exhortaba a la gente a ir al trabajo voluntario. En esas soflamas siempre se invocaba a los mártires de la patria. En el fondo era un chantaje emocional por medio del cual muchos se sentían compelidos a asistir al trabajo «voluntario».

Evocar sistemáticamente el recuerdo de los muertos para movilizar a los vivos era el recurso más socorrido de esa súbita fiebre martirial devenida necrolatría política. Los incentivos materiales habían sido sustituidos por los estímulos morales, es decir, metafísicos o espirituales. La lista de mártires cubanos desenterrados y vueltos a sepultar cada día abarcaba desde mediados del siglo XIX (Céspedes, Martí, Maceo…) hasta los revolucionarios caídos en la década del cincuenta del siglo XX. ¡Todo un siglo de mártires aullaba en los oídos de la población cada vez que se convocaba un trabajo voluntario!

Dado que se recurría a los caídos una y otra vez, cada asamblea, cada concentración de masas, cada salmodia en los medios de comunicación era como una sesión espiritista. Gradualmente el conjuro de los muertos se iba convirtiendo en una variante ideológica del vudú. Los mártires estaban por doquier: en los cantos, en los discursos, en los nombres de las fábricas, de las escuelas, de los hospitales, de los balnearios, de las granjas, de las avenidas…¡los mártires estaban hasta en la sopa!

De hecho, la propaganda recordaba machaconamente que gracias a ellos el país había entrado en su época de mayor esplendor. Gracias a ellos estaban «edificando un futuro luminoso»… con trabajo voluntario. Si los cubanos se beneficiaban del martirologio, eso quería decir que en cierta forma vivían a costa de los mártires, eso significaba que simbólicamente se nutrían de sus mártires.

Las inmolaciones, los chivos expiatorios sacrificados, la sangre de los mártires, el canibalismo a lo divino son conceptos y prácticas que aparecen a lo largo de la historia en diversas religiones, pero… ¿en Cuba? En la isla toda esa mística parecía una contradicción. ¿No se decía que se había acabado con la religión para siempre, no afirmaba el gobierno que la religión era «el opio del pueblo», no estaban cerradas las iglesias, no habían desaparecido a todos los curas y monjas del paisaje?

Todo eso era cierto, pero al mismo tiempo, subrepticiamente, los Reyes Magos habían instaurado un nuevo tipo de religión, la religiosidad estatal, cuyo Dios era la Historia, la cual a su vez —mediante un curioso proceso de transubstantación— se había encarnado en Fidel Castro. Él era el médium de la nueva religiosidad, él era quien pronunciaba las largas oraciones fúnebres en la tribuna convertida en púlpito, él era el único capacitado para comunicarse con los espíritus.

De hecho le debía el poder a los espíritus. Porque toda aquella nigromancia venía de atrás. Concretamente había empezado en 1953, cuando Fidel Castro —tras asaltar el Cuartel Moncada— declaró en el juicio que el autor intelectual del ataque había sido José Martí, o sea que le echó la culpa a un muerto. Si gracias a esa estratagema luego había tomado el poder, eso quería decir que las langostas que acababa de zamparse en los altos del restaurante «El Patio» también se las debía a Martí, o sea, a un espíritu.

Joaquín se había fijado en un comandante de barba canosa que desde el primer momento permanecía justo detrás de Fidel. Era el único del séquito que no se separaba ni un milímetro de él. Los demás miraban para aquí, para allá, alzaban los ojos contemplando aburridos las vigas del techo, daban paseítos alrededor de la mesa, se rascaban o se movían impacientes, susurraban entre ellos. Pero el hombre de la barba blanca no.

Era el Comandante Vallejo, el médico de cabecera de Fidel Castro. Atento a la conversación que su paciente sostenía con los muchachos, se mantenía vigilante sin perderse ni un detalle. En un momento dado, las miradas de Vallejo y de Joaquín se cruzaron fugazmente, el recluta se sintió escrutado a fondo, y tuvo que mirar para otra parte.

Vallejo era el más guardaespaldas de todos los guardaespaldas. De él dependía algo más que la salud física del Sacerdote Supremo, porque Vallejo, aparte de médico, también era babalao, o espiritista, una especie de experto en Ciencias Ocultas. Tal vez por eso nunca salía en las fotos de los periódicos. Era el poder en la sombra. Acaso por eso mismo era el único al que se le había permitido conservar la barba, ese carisma vegetal que monopolizaba Fidel desde hacía tiempo.

Eso, sumado a su condición de santero o brujero, hacía pensar en una especie de «houngan» o bien un santón protector. De pie detrás de Fidel, con su piel tan blanca y su barba aún más blanca, de Vallejo emanaba algo así como la lactescencia de un aparecido.

El espectro que desde hacía un lustro recorría la isla no era exactamente el «fantasma del Comunismo» de que hablaba Marx sino más bien la sombra alargada de un golem incorpóreo, una delirante amalgama de magia negra con marxismo–leninismo que sólo podía darse en el Caribe. Raúl Castro –hermano de Fidel– había gritado en uno de sus escasos discursos que «la revolución es como una estaca que mientras más golpes recibe más hondo se clava en el corazón del pueblo». Ese símil de la estaca, ¿no recordaba en algo al conde Drácula?

«Voluntario» fue la primera palabra, la primera noción, que se pervirtió en Cuba. Muy pronto perdió su significado y quedó como una palabra hueca, un cascarón sin contenido. Se decía voluntario para indicar todo lo contrario. En realidad se había decretado la abolición de la volición.

Así, el «trabajo» se había ido robotizando a ojos vistas. La gente iba a realizar tareas agrícolas o barría las calles o hacían guardias de CDR como si fueran autómatas, sin verdadero entusiasmo, casi sin ninguna fe en lo que hacían. Al principio la gente iba cantando al campo, pero al cabo de un tiempo, todos iban silenciosos a los trabajos voluntarios, como sonámbulos amontonados en los camiones que atravesaban la madrugada, como zombis o robots.

Pero no sólo el trabajo voluntario se había vuelto obligatorio sino que además en diciembre de 1963 el gobierno se había sacado de la manga el Servicio Militar Obligatorio. Fidel Castro –el mismo que ahora estaba sentado al lado de Joaquín– era el culpable de que él llevara más de medio año padeciendo los sinsabores de la vida militar. ¿Sería por eso que le había dicho que no a la beca que le ofrecía tan dadivosamente?

¿Le habría dicho que no por roña? Si Fidel Castro había promulgado aquella ley, y luego lo había sometido –obligatoriamente– a él y a otros tantos a la vida de cuartel, ¿por qué ahora venía a ofrecerle una mer-

ced? Eso le recordaba la conducta contradictoria de Coliseo. Primero lo había embullado para que fuera a alfabetizar, casi lo había obligado a ir a las montañas a enseñar a leer y a escribir a los guajiros, y luego —en la ciudad de Manzanillo— le había ofrecido también un consuelo, algo así como una comodidad, cuando insistió para que se quedara a vivir holgadamente en la casa de un dentista. Primero lo exhortaba a hacer sacrificios y luego le ofrecía un lenitivo. ¿En qué quedamos?

Ahora, en el restaurante El Patio, Joaquín se enfrentaba a una situación muy similar. Y acaso por eso, —como en un acto reflejo— volvía a decir no. Era como si estuviera diciéndolo no otra vez a su padre. Pero Fidel Castro no era su padre. ¿O sí lo era en cierto sentido? ¿El jefe de un Estado paternalista no es hasta cierto punto el padre de toda la nación, sobre todo de la población juvenil?

Seis meses atrás, cuando Joaquín entró en el ejército, lo primero que los oficiales le dijeron una mil veces fue que: «La voz del jefe encarna el mandato de la patria». Esa voz podía ser la de un sargento, la de un capitán, pero sobre todo era la voz que acababa de ofrecerle una beca en Polonia.

*** *

Joaquín no iba a ponerse a gritar nombres y apellidos en medio del campo. Ya todos los estudiantes estaban correteando por los surcos. La Flaca chasqueó la lengua. «Bueno, está bien, echa un vistazo y apunta a todos los que veas», le ordenó.

Él no le hizo caso y puso un «sí» al lado de todos los nombres que aparecían en la lista, dando así como asistentes a muchos que no habían acudido, entre ellos el Cawy y Salutaris quienes —como de costumbre— se habían quedado pegados a las sábanas. Lo que él no podía adivinar era que más tarde la Flaca cotejaría su lista con otra copia mimeografiada que ella escondía dentro de su agenda de sobaco.

A Graciela le encantaba el mimeógrafo y se pasaba horas mecanografiando esténciles en la oficina de la UJC de la Secundaria Básica. Por eso siempre tenía los dedos manchados de azul, de tanto andar con los esténciles. El mimeógrafo era –junto con la agenda– otro símbolo de poder. De sus cilindros metálicos salía toda la propaganda de los Jóvenes Comunistas. Por supuesto, la Flaca no hizo la vista gorda como Joaquín. Ella sí que había pasado revista con la vista a todos en el campo tomando buena nota de los ausentistas, poniendo un «no» al lado de sus nombres.

Las chiquitas de segundo y de tercero, perseguidas por los muchachos, correteaban por los surcos de aquel y de otros campos aledaños estropeando todo lo sembrado mientras el campesino que estaba allí para asesorarlos meneaba la cabeza agobiado.

–Ustedes dan más pérdida que ganancia –se quejó el guajiro mirando a Joaquín con recelo, como si él fuera el responsable de tanto desorden.

Mientras tanto seguían llegando más camiones con más voluntarios que no eran estudiantes, sino empleados, oficinistas, obreros. Todos ellos se mezclaban con los colegiales, encendían radios portátiles a todo volumen, algunos hasta sacaban botellas de ron, pisoteaban los brotes de cebolla, de tomate…

–¿Cuándo va a regresar ese cabrón tractor?– preguntó el campesino–asesor desesperado. El problema era que toda aquella gente no podía empezar a trabajar hasta que no llegaran los sacos vacíos dentro de los cuales tenían que meter las papas. Pero el tractor que tenía que traerlos no llegaba, porque era el mismo que se había ido de paseo con las muchachas.

Joaquín se encogió de hombros.

–¡Va a llegar el sombrero cuando ya no haiga cabeza! –escupió impotente el guajiro. No era un guajiro de monte adentro como los que Joaquín había alfabetizado, sino un campesino semiurbanizado, con cierto grado de instrucción. Sacaba cuentas con los dedos y en voz alta consultando de vez en cuando su reloj. Ya hacía media hora que la gente tenía que haber empezado a recoger las papas. Si lo mismo estaba pasando en otros campos –y era muy probable– esa media hora de retraso multiplicada por un montón de campos de papa en toda la región daba ni se sabe cuántas horas de trabajo perdidas que a su vez multiplicadas por todos los campos de la provincia daban miles de horas de merma en la productividad, unas cifras que se disparaban si el cálculo se establecía a escala nacional. Eso sin contar los destrozos ocasionados en los cultivos por los trabajadores voluntarios, ya fuera por negligencia, desidia o impericia. A lo que había que sumar el gasto en gasolina –y en desgaste de equipo– para llevar en camiones a los habaneros hasta el campo y luego de vuelta a la ciudad… y así, cada domingo, en un goteo incesante de pérdidas. «¡Esto del trabajo voluntario es una vaina!», concluyó el campesino técnico asesor.

Al cabo de un cuarto de hora, por fin regresó el tractor con las pepillas y los sacos de yute. Joaquín repartió los sacos y empezó a recoger las papas que estaban a flor de tierra. Pero aquello seguía siendo un relajo. Risotadas, los varones tirándoles terrones a las hembras, quienes a su vez se ocultaban tras los matorrales agachándose para orinar cloqueando y riéndose. Había por un allí una manguera y un alumno la sostenía entre las piernas lanzándoles chorros a las pepillas que huían chillando. De vez en cuando, Joaquín se enderezaba para llamarles la atención. Pero no le hacían ningún caso. ¿Quién iba a hacerle caso a un loco que andaba con un abrigo de astracán a pleno sol?

Por fin tuvo que quitarse el abrigo, ya medio cubierto de polvo rojo. Volvió a doblar el lomo, sudando como un mulo. Él por lo menos pensaba cumplir con su meta, que era un surco entero de papas: unos seis o siete sacos.

La Flaca Graciela recogía papas en la otra punta del campo, al parecer ajena a todo. A su lado trabajaban sus dos compinches, los superjefes de los militantes que estaban en tercer año: Celestino era un enano cabezón y Arturo un flaco cuatro–ojos que tenía la cara picarazada con cráteres como baches. Los tres llevaban en los bolsillos los carnets rojos de la UJC que se transparentaban en las camisas y las blusas blancas del colegio, como señales de peligro de un semáforo en la niebla.

Joaquín se fue contagiando con la atmósfera revoltosa que lo rodeaba. Las tres pepillas del tractor eran de segundo año, vestían faldas muy cortas y medias blancas caladas casi hasta las rodillas.

Tejidas con agujetas, esas medias eran el último grito de la moda y, al ceñírles las pantorrillas, subrayaban la lascivia de sus carnes. Se pusieron a trabajar en un surco al lado de Joaquín. Habían regresado muy excitadas de su paseo en tractor. Lo miraban e intercambiaban sonrisas nerviosas entre ellas. En vez de papas, metían pedruscos en los sacos.

Joaquín se hizo el bobo, como si no las viera. Él no era un chivato. Además, con aquellas pantorrillas tan bien torneadas, qué más daba que hicieran trampas para cumplir la meta. «Calabacitas», las llamaba el Cawy porque según decía mientras más calabaza comía una mujer, más bonitas se le ponían las piernas. Lo más valorado en una pepilla no era su cara, ni sus caderas, ni sus nalgas, ni sus tetas, ni siquiera sus muslos… eran las pantorrillas. Las canilludas no tenían mucho éxito. Un par de buenas piernas bastaba para enloquecer a todo el alumnado. Por si fuera poco, cada vez que metían una piedra en el saco y se sentían descubiertas por Joaquín, le hacían unos guiños tan coquetos que le cortaban el aliento.

En ese momento pasó entre los pies de Joaquín un jubo dando fuetazos a diestro y siniestro. Él sabía que era una culebrita inofensiva, que lo más que hacía era dar latigazos con la cola cuando se sentía amenazada. En la Sierra Maestra le había perdido el miedo a esos reptiles, así que –para dárselas de valiente– cogió el jubo y se lo enseñó a las chiquitas. Cuando vieron la serpiente, chillaron emocionadas, como Evas tentadas en el Jardín del Edén. Joaquín les arrojó el jubo y las tres huyeron a campo traviesa, despavoridas, derribando algunos sacos de papas alineados en los surcos.

24.

Hotel Canadá

Unos días después la Flaca lo abordó en el patio del colegio y le encomendó otra misión gloriosa: comprar treinta pesos de panes de gloria. Graciela le entregó el dinero. Él nunca había visto tanto dinero junto. Ese cargamento de panes azucarados era para repartir entre el alumnado en una fiesta que tendría lugar próximamente en la secundaria.

Graciela no dijo «fiesta», dijo «una actividad político–cultural». Así era la jerga de los jóvenes comunistas. ¿Y cuál era el motivo de la fiesta? «Estamos ganándole la emulación a la secundaria Sun Yat-sen –explicó la Flaca–; y la UJC y la UES vamos a celebrarlo».

Joaquín encantado de que delegaran en él. Eso de sentirse responsable le estimulaba. Pero Graciela veía en él algo más que a un auxiliar, lo miraba con otros ojos, con ojos de carnero degollado y eso lo ponía nervioso. Él quería irse ya, pero ella lo retenía con mil excusas: «acuérdate, la panadería está en Monserrate, al doblar en la esquina del Floridita»... «no olvides poner el letrero del trabajo voluntario en el mural»...

El mural era el complemento directo del mimeógrafo y estaba situado en sitios estratégicos de la escuela (zaguán, patios, rellanos de escaleras), allí los jóvenes comunistas pegaban con tachuelas toda su propaganda: afiches patrióticos, fotos de mártires, avisos de futuras tareas políticas, de encuentros deportivos, amén de listados de alumnos con sus notas o los datos académicos de la escuela comparados con los de otros colegios que emulaban entre sí.

La plaga de los murales se había extendido por todo el país. Colgados de las paredes o montados en trípodes, aparecían en las fábricas, en los policlínicos, en las cooperativas agrícolas, en las unidades militares, en los edificios donde había Cedeerres y hasta en las «posadas», que eran las casas de cita ahora también propiedad del estado.

Como Responsable de Trabajo Voluntario de la UES, Joaquín tenía que mantener al día los diversos murales de la escuela colocando letreros que anunciaban las futuras movilizaciones al campo. Como sabía dibujar bastante bien, trazaba los textos con esmeradas caligrafías y combinaciones de colores, incluso añadía detalles pintorescos como un árbol frutal junto a un bohío con el sol saliendo entre las montañas al fondo. Detalles que fascinaban a Graciela y al resto de los militantes.

En eso pasó por allí una de las muchachas que formaba parte del trío del tractor. Era muy pecosa. Le decían «Batido de Trigo» porque tenía las tetas salpicadas de pecas como cascabillos morenos. Inabordable, siempre andaba coqueteando con los más bonitillos de tercer año, con los que mejor bailaban, con los mejor vestidos y peinados.

Joaquín dejó a la Flaca con la palabra en la boca y se fue detrás de las exuberancias de Batido de Trigo. No sabía para qué la perseguía si al final, en caso de tenerla frente a frente, no sería capaz de dirigirle la palabra.

Y mientras tanto, ¿qué había sido de la guajira desdentada? Después de ponerle quinientas mil veces la misma canción en la víctrola del Bar Petit, hasta rayar el disco, sin conseguir de ella ni siquiera un beso, Aleja se había alejado definitivamente del barrio. Seguían llegando guajiros a la ciudad. Entre ellos, los parientes de Aleja, que eran tantos que no sólo ya no cabían en el apartamento de la Loma del Ángel –el de Doris– sino que también abarrotaban el apartamento que estaba en los altos del Bar Petit.

Finalmente, no cupieron tantos, y Aleja tuvo que irse para otra casa que su interminable parentela había conseguido en Jaimanitas, una pequeña población situada al oeste de la Habana. Joaquín se enteró en el último minuto, trató de hablar con ella, pero no pudo.

Solamente consiguió verla subir a la guagua, y empezó a correr detrás del ómnibus. La guagua subió por la calle Chacón despidiendo humo negro por el tubo de escape, y Joaquín iba detrás, soltando el bofe, con la cara tiznada, como un fogonero, viendo cómo Aleja se alejaba más y más.

La guajira desdentada iba en la parte trasera del vehículo, sentada, pero con la cara vuelta, pegada al sucio cristal, asombrada de verlo correr por el medio de la calle. Joaquín corría pensando que el autobús frenaría en alguna parada, pero ya para entonces los guagüeros habían adoptado la mala costumbre de no detenerse en ninguna. Las guaguas iban tan repletas de pasajeros que los choferes pisaban el acelerador cuando llegaban a la parada y seguían de largo dejando atrás al gentío gritando injurias y agitando los puños en el aire. Sólo paraban unos cien metros más allá, obligando a la gente a emprender locas carreras para cogerlas. Pero cuando se estaban acercando, el autobús volvía a arrancar dejándolos a todos envueltos en una espesa nube de humo negro.

La guagua que Joaquín perseguía no era una excepción. Joaquín pensaba subirse de todos modos, aunque fuera a empujones y por la puerta de atrás. Pero la guagua no paraba, y cuando llegó a Neptuno, él sintió una punzada tenaz en el bazo y dejó de correr. Doblado de dolor, se quitó el abrigo, estaba empapado en sudor y vio alejarse la guagua hasta perderla de vista. Sería la primera –y la última– vez que Joaquín correría tanto detrás de una mujer.

Al otro día fue hasta Jaimanitas y recorrió a pie todo ese pueblo de pescadores sin encontrar a su guajira desdentada. Casas de madera desvencijadas, con hamacas y sillones en los portales, vecinos de tez quemada por el sol que lo miraban intrigados. Cansado, derrotado, triste, regresó a la ciudad.

Pero enseguida se le quitó la tristeza porque en la Secundaria Básica había tantas pepillas, tantos culitos parados, tetas esponjosas, piernas como bates y caras bonitas, que ya casi no tenía tiempo para suspirar por la Jeba de la Jaba. Estaba rodeado de tentadoras frutas ambulantes que pedían a gritos que las mordieran y las chuparan como mangos filipinos. De hecho, ellas también mordían y chupaban. Por eso Salutaris ya no mostraba con orgullo las cicatrices de las broncas con otros pandilleros, ya no exhibía los navajazos en los brazos ni las pedradas en la cabeza, ahora se jactaba de llevar en su cuerpo un nuevo tipo de condecoración: los chupones. Los chupones que le dejaban las «jebitas» en el cuello cuando se «mateaban» enroscando sus lenguas en los parques o en los cines.

Los chupones eran los cardenales que aquellas vampiresas dejaban en el cuello del novio de turno. Los hematomas subían desde las clavículas hasta el tronco de la oreja, a veces formando una sucesión perfectamente diseñada. «Se quitan con limón», decía Salutaris con voz de hombre experimentado. Siempre andaba poniéndose rodajitas de limón en los chupones para que desaparecieran cuanto antes. Si ligaba una nueva jebita no le convenía que ésta viera los chupones de la anterior. Así que también se subía el cuello de la camisa a lo Elvis Presley, para ocultarlos.

Así, Joaquín se fue olvidando de la guajira del rabo de mula que se había mudado a Jaimanitas, la fue suplantando con otras imágenes... por lo demás, ¿acaso no era ella también la sustitución de la imagen de Doris? Si había olvidado a la gótica, que era tan linda, ¿cómo no iba a olvidar a la desdentada Aleja?

Pero por mucho que solapara una imagen con otra, en el fondo, siempre latente debajo de esos palimpsestos, estaba el rostro radiante de aquella niña gótica. Hay bellezas que duelen. El amor es ante todo un destello que emana de un rostro hermoso. Todo lo demás –tetas, culos, etcétera– no son más que ramificaciones o subterfugios. Le dolía conservar de la cara de Doris un recuerdo borroso, que día tras día iba desdibujándose, apenas una reminiscencia fluctuante, como esas flores que sólo exhalan su perfume a ciertas horas de la noche.

Ya para siempre estaría condenado a buscar esa forma original, como el líquido contenido en una tinaja que al romperse y derramarse fluye recorriendo otras oquedades, empozándose en las depresiones del terreno, o resbalando por grietas y goteando en una cuneta, pero que siempre irá buscando –sin saberlo– la forma antigua de aquel primer recipiente roto en el que una vez estuvo contenido.

Ahora iba detrás de las tetas pecosas de Batido de Trigo como una sombra, o como Titán cuando descubría una perra en celo a la que perseguía jadeando de placer hasta los barrios más recónditos. El perro incluso cruzaba la bahía en lancha detrás del olor de una perra en celo que vivía en la otra orilla del canal.

Cuando Joaquín llegó a la puerta del colegio persiguiendo a Batido de Trigo pudo sentir en su espalda la mirada de la Flaca Graciela, clavándose como puñales en sus omóplatos. En la puerta había un remolino de estudiantes (unos entrando a clases, otros saliendo) y en medio del tumulto la pecosa se le perdió de vista. Detrás de él pudo oír claramente la voz de Graciela: «oye, compañera, bájate la saya hasta las rodillas antes de entrar en el aula». La Flaca se dedicaba a eso, a amonestar, como una monja roja.

En ese momento divisó a Peróxido. Últimamente se veían con bastante frecuencia porque habían improvisado un «laboratorio de química» en uno de los tres cuerpos del escaparate rococó de Numancia. Del laboratorio de la escuela se habían robado una probeta graduada, una retorta, dos matraces, algunos tubos de ensayo Pyrex, un erlermeyer, un mechero *Bunsen*.

Ahora el Luis XV de la modista olía a ácido acético. Allí realizaban experimentos como científicos locos. Entre sus muchos planes estaba lanzar al espacio un cohete de confección casera, tripulado por un guayabito. Si los soviéticos usaban perras, ellos emplearían ratones. Gracias al hojalatero vecino de Peróxido, ya casi tenían listo el fuselaje del artefacto. Su amigo había conseguido un surtido de sustancias químicas indispensables para provocar la ignición capaz de hacerlo volar.

«¡Necesitamos hidrógeno, hidrógeno!», exclamaba Peróxido excitado. Aquí y allá, robando y pidiendo en laboratorios, el niño sabio había conseguido un poco de alcohol etílico, combustible para el cohete. Joaquín no sabía ni qué era aquello, sólo conocía el alcohol de reverbero, pero su amigo estaba enterado de todo, conocía un montón de palabras técnicas, a cual más rara.

Tras muchas manipulaciones de alquimistas, lo único que consiguieron fue provocar una breve deflagración que quemó varios vestidos de las clientas de Numancia. Peróxido habló de algo así como «gas detonante». Fuera lo que fuera, aquello explotó rajando la luna del escaparate rococó. La grieta cruzaba el espejo formando una «ese» horizontal.

Sin embargo, la madre de Joaquín era tan artista, que en vez de enojarse, pegó flores de papel coloreado a lo largo de la fisura hasta convertir esa cicatriz de azogue en una guirnalda. Vivía en medio de la pobreza. Pero, como el rey Midas, convertía en belleza todo cuanto tocaba. Una cerámica talaverana rajada, un jarrón chino roto, una pieza de mayólica astillada, cualquier tiesto que cayera en sus manos adquiría un inusitado esplendor del mismo modo que había convertido a Nefertiti en una lámpara. Esos refinamientos los había aprendido de su hermano el anticuario. Vivía en una covacha sin baño, pero sus paredes siempre resplandecían con ese toque de distinción.

El cohete con el ratoncito nunca fue lanzado. Pero a Joaquín le había dado por la ciencia. Más que una vocación, lo hacía para no sufrir. La mejor manera de no sufrir es olvidar. Y al igual que las almas que, según los griegos, antes de encarnarse en otro cuerpo beben del río Leteo, en esta nueva existencia que se imponía en la isla él tenía que beber unas gotas de ese río del olvido, a fin de vivir más sosegadamente.

Olvidar le permitía vivir su vida, su juventud, como si nada de aquello sucediera, o como si no le concerniera demasiado directamente. Tenía que olvidarse de la Cuba de su niñez, de sus vecinos, amigos y familiares exiliados en Miami, de su abuela llorando la ausencia de su hijo, de su madre lamentando la pérdida de su hermano; tenía que reencarnarse en un nuevo cuerpo, convertirse en el «hombre nuevo», aunque sólo fuera epidérmicamente. Tenía que añadirse una piel, otro disfraz.

Por otra parte, recordar el pasado con nostalgia era una actitud reaccionaria, según habían decretado los Reyes Magos. Pensar en las cosas buenas del pasado (aunque fueran simplemente los chiclets «Adams» o los zapatos «Ingelmo») era casi un acto de sedición, porque equivalía a fomentar el derrotismo y debilitaba el espíritu revolucionario. Una razón más para olvidar.

El hombre nuevo, el comunista, el revolucionario auténtico, pensaba en el futuro luminoso, nunca en el pasado. Esas melancolías podían perdonársele si acaso a los mayores de treinta años, porque habían vivido en el capitalismo una parte importante de sus vidas y estaban contaminados, pero a los jóvenes como Joaquín, y a las generaciones que venían detrás de la suya —los croqueteros— se les exigía una pureza mental acrisolada.

Así que su mecanismo de defensa para no penar consistía, esencialmente, en olvidar. Pero paradójicamente ese olvidar, mientras más persistente parecía ser, más se convertía en un recordar, sólo que en un plano más recóndito, un recordar en potencia, no en acto. La estrategia que seguía era la de los tres monitos sabios de Numancia: no ver, no oír, no hablar. Su madre con su sordera era una larga lección de ensimismamiento.

El silencio de una sorda era la senda más directa para ejercitarse en la introspección y en la contemplación. Poco a poco su memoria se iba convirtiendo en un papel escrito con tinta simpática. Una escritura invisible que se manifestaba con sólo unas gotas de jugo de limón o de leche, o con un poco de calor. Un poco de insolación bastaba para que las reminiscencias volvieran a ser inteligibles.

No había borrado sus recuerdos, simplemente los había relegado a un pliegue secreto de la memoria, que era como el cofre del tesoro del pirata. Cada recuerdo de su infancia anterior a la llegada de los Reyes Magos era una gema que él había enterrado celosamente en lo más profundo de sí mismo. Él sería un hombre nuevo que llevaría oculto a un hombre viejo con un caudal de evocaciones. Él iba a olvidar sin olvidar.

Más que olvidar, lo que pretendía era anestesiar ciertos recuerdos. Y así, para olvidar, subía cada noche a la azotea a contemplar el cielo estrellado. Porque mirando hacia arriba le parecía que olvidaba lo que pasaba abajo. Concentraba su atención en las novelas de Julio Verne de su madre. Además, con todo el bombo que le habían dado a la perrita Laika, a los sputniks, a Gagarin, a la exposición soviética, y a la visita de la cosmonauta soviética Valentina Tereshkova –a quien el Cawy y otros llamaban «Valentina Tres Escobas»– era lógico que Joaquín sucumbiera a la pasión por la astronomía y los viajes espaciales, lo que en el fondo no era sino otra forma de evasión.

Al ver a Peróxido en medio del remolino de estudiantes de tercer año, corrió hacia él para hacerle una pregunta científica. Días atrás había comprado en la Librería «La Moderna Poesía» un libro de Einstein. En medio de la grisura predominante en las portadas de la ediciones venidas de la Unión Soviética destacaba un atractivo libro de cubiertas rojas. Al ver que en la portada del libraco aparecía lo que él creyó era el nombre de «EINSTEIN» en grandes letras blancas, lo compró sin siquiera abrirlo.

Pero en cuanto empezó a hojearlo detectó algo extraño. Esas páginas no hablaban de matemáticas, ni del espacio, ni del tiempo ni de la gravitación universal. El libro sólo hablaba de una cosa llamada «montaje de atracciones». Joaquín estaba desconcertado. Dejó de leer el libro que reproducía unas fotografías como de la época del cine mudo, en blanco y negro. Aquello no era de Einstein. ¿O sería que Albert Einstein era tan genial que aparte de físico también hacía películas?

Tenía que preguntarle a Peróxido, quien siempre estaba hablando de la teoría de la relatividad y del campo unificado. Él sabría explicarle. Su amigo estalló en una de sus potentes carcajadas cuando vio el libro que le mostraba Joaquín. Peróxido era un muchacho muy serio, pero cuando le daba por reír parecía un caballo relinchando.

–Coño, Ruso, no es Einstein, fíjate bien en la portada, aquí dice Eisenstein».

–¿Eisensqué?

—Es un cineasta ruso.

A Joaquín le había pasado con el libraco de Serguéi Eisenstein lo mismo que a un vecino llamado Bartolo que era un negro cenizo. Bartolo estuvo semanas devanándose los sesos con un libro titulado *Fenomenología del Espíritu*, de Hegel. Joaquín lo veía pasando las hojas con un dedo ensalivado. Bartolo era espiritista y había comprado esa obra porque el título le hizo pensar inmediatamente en espíritus, clarividentes, telepatías, golpes en las mesas, sillas que se arrastran solas, ectoplasmas saliendo por la boca de los médiums… pero a medida que avanzaba en su lectura se enredaba más y más en la densa madeja de la dialéctica hegeliana.

Joaquín tenía quince años, estaba en primer año de secundaria básica, pero seguía siendo un ignorante. Igual que Bartolo. La isla entera, con esos calores que derriten las neuronas, era un hervidero de ignorantes. Mientras Peróxido seguía carcajeándose, Joaquín recordaba la famosa frase de Martí – «Ser cultos para ser libres»– que le oyera a su padre .

Y hablando del Rey de Roma, sus narices asoma. En la esquina del colegio apareció Coliseo Iznaga. Después de saludar cariñosamente a Peróxido, invitó a Joaquín a dar un paseo. Se despidieron del científico en ciernes y empezaron a buscar un lugar donde comer juntos. Pasaron por la Bodeguita del Medio, donde sólo había chícharos, mucha cola y muchas moscas. Subieron por la calle Obispo en la que ya no se veían los indigentes que antes merodeaban por allí. De pequeño, a Joaquín le impresionaban los viejos pordioseros tirados en el suelo, envueltos en sucios periódicos, o los tullidos que se arrastraban por las aceras apoyándose en los muñones, pidiendo limosnas. ¿Adónde habrían ido a parar todos esos mendigos?

Los Reyes Magos habían hecho limpieza, ni un sólo limosnero en toda la ciudad. Era más agradable pasear por Obispo sin ver aquella corte de los milagros, pero al mismo tiempo seguía doliéndole que hubieran cerrado el mítico *Hobby Center*. Al pasar por allí descubrió que esa tienda la habían convertido en un Punto de Leche lleno de moscas. Más adelante, también comprobó que habían cerrado las librerías de viejo y las tiendas donde vendían artículos de escritorio. Los toldos de colores de todos esos establecimientos habían desaparecido. Los pocos que iban quedando empezaban a desteñirse y a deshilacharse. En tan sólo cuatro años el encanto de esa calle comercial siempre sombreada con diversos colores ofrecía un aspecto más bien desolador. En ambas aceras, había colas para comprar sandalias checoslovacas o frasquitos con esencia de rosas búlgaras.

Si los mendigos se habían esfumado, ahora en su lugar se prolongaban colas de personas malhumoradas, deprimidas, jaba en mano, esperando para comprar cualquier trapo en las pocas tiendas que aún abrían sus puertas. Pasear por Obispo se había convertido en una carrera de obstáculos, había que ir saltando de una acera a la otra, no sólo para esquivar los coágulos de coleros que se formaban aquí y allá, sino también para escapar del implacable sol. Sin el alivio de los toldos de colores, Obispo era la desolación convertida en insolación.

Padre e hijo se asomaron a las balaustradas de madera de «La Lluvia de Oro», pero allí no había nada de comer, sólo cuatro borrachos gritando en la barra. Bebían algo así como vermut con yemas de huevo. Los ostiones se habían acabado, y ahora se estilaba que los hombres tomaran huevos de carey con vino dulce, porque según decían eso favorecía la erección.

En la otra esquina, dentro del Ten Cent, sí que había bocaditos de salami y croquetas de cemento, pero la cola para entrar y sentarse era tan larga que casi le daba la vuelta a la manzana. Coliseo sólo tenía una hora para almorzar en la calle y regresar al banco donde trabajaba de ordenanza que, por cierto, ya no se llamaba «Banco Barroso», sino «Agencia Bancaria 0728». Otro cambio que en los últimos tiempos había sorprendido a Joaquín.

Todo era confiscado o nacionalizado. Todo menos, al parecer, las oficinas que estaban allí mismo, enfrente del *Ten Cent*. La sede de la *Western Union*, donde había una cola de parientes de exiliados aguardando su turno para enviar telegramas. «Es lo único que ha quedado aquí de los americanos», comentó Coliseo señalando el rótulo en inglés de la fachada.

Siguieron subiendo por Obispo, asomándose en bares en los que nunca había nada caliente para comer. Pasaron por una tienda cuya vidriera siempre estaba llena de maletas, bolsos, sombrereras, monturas, bastones… En lo alto colgaba un gran letrero transversal que decía «Artículos de viaje» en letras de neón que parpadeaban por la noche. Pero ahora en sus vidrieras sólo había polvo. Joaquín señaló esa vidriera y preguntó:

—Oye, papá, ¿dónde vamos a comprar las maletas?

—Las maletas…. ¿Qué maletas?

—Para el viaje a la Unión Soviética.

A Coliseo se le atragantaron las palabras.

—Bueno —dijo— creo que en la mía cabe toda nuestra ropa, no te preocupes.

A Joaquín no le gustaba aquella maleta decorada con calcomanías turísticas que cuando su padre la cerraba encabronado sonaba como un ataúd. Le traía malos recuerdos. La maleta de los divorcios, de las separaciones, de las broncas con Numancia, el sarcófago de sus desgarramientos infantiles.

—¿Y tu abrigo, papá? ¿Cuándo vas a comprarlo?

A Coliseo no le gustaba mentirle a su hijo. ¿Hasta cuándo iba a prolongar esa ficción? Él, que nunca había podido regalarle ni una bicicleta a su hijo, ahora tampoco podía obsequiarle ese viaje. Se le hizo un nudo en la garganta, pero por fin se lo dijo:

—Creo que no vamos a poder ir a la Unión Soviética, Joaquín.

Joaquín se quedó sin habla. Se lo había anunciado a todos sus amigos, estaba de lo más contento con la perspectiva de ese viaje, ¿cómo iba a decirle ahora al Cawy, a Materva, a Salutaris, a los vecinos, a sus condiscípulos, que no iba a ninguna parte, que no había viaje?

—¿Y eso por qué? —preguntó cuando se repuso de aquel jarro de agua fría.

—Todo es por culpa de la Crisis de Octubre… Eso me dijeron en las oficinas de Cubana de Aviación. He ido varias veces…Todo está cerrado, no venden pasajes, no hay vuelos, nada…

—Pero… papá… la Crisis de Octubre ya pasó hace tiempo —dijo el muchacho que no entendía por qué todo empeoraba en vez de volver a la normalidad.

—Sí, ya lo sé, pero eso fue lo que me dijeron.

Ya en la isla nadie tenía pasaporte. Solicitarlo, más que una pérdida de tiempo, era una necedad. Nadie podía coger la maleta, ir al aeropuerto, pagar un pasaje de avión e irse a darle la vuelta al mundo en ochenta días. Ni en ocho días ni en ocho horas tampoco. Los aeropuertos ya no eran para los cubanos, salvo en vuelos nacionales.

Para quien ha nacido en una isla, viajar es mucho más que desplazarse en el espacio, significa multiplicarse en el tiempo. Es como vivir más de una vida. Y eso es porque las islas aíslan, valga la redundancia. En ausencia de fronteras fácilmente franqueables por carreteras, toda isla es —por definición— una especie de cárcel. De hecho, la isla es ya un recinto amurallado por el mar, por los arrecifes, por los tiburones, por la mar picada, por la deshidratación y por las insolaciones.

Hay que nacer en una prisión rodeada de escollos para saber que no hay peor insolación que la insulación. La naturaleza ya ha puesto alrededor del insular un valladar de diente de perro, pero si encima viene el Estado y levanta otro muro invisible, esa barrera se torna doblemente impenetrable. Un argentino puede entrar a pie en Uruguay, un italiano cruza unos metros de tierra y se adentra en Austria, un mexicano puede llegar en bicicleta a Guatemala, un español cruza los Pirineos comiéndose un pan con chorizo y ya está en Francia. Un cubano no puede hacer nada de esto.

Para los demás, cuando cruzan sus fronteras, cambian los idiomas o los dejos, los modales, las comidas, la moneda, la música, los sellos de correos, el clima, el paisaje, la flora, la fauna… mientras que para el insular —aparte de todo eso— también cambia algo más profundo e indescifrable. Viajar es para él traspasar un misterio.

La frustración de Joaquín era total. Lo que más le seducía de aquel viaje no era entrar en el mausoleo donde reposaba la momia de ese faraón cirílico llamado Lenin, ni visitar los koljoses, ni asistir a un encuentro con los konsomoles como anunciaban los folletos de la embajada soviética… sino la posibilidad de ver la nieve. Sólo eso, la nieve, para escapar de la insolación.

***

¿Y entonces, si la beca en Polonia significaba viajar a un país de nieve, por qué rayos había dicho que no? Después de la invasión de Girón y de la Crisis de Octubre, el turismo más allá de las playas de la isla había quedado abolido para los indígenas. Las fronteras permanecían cerradas a cal y canto, la nación siempre abroquelada con el pretexto de una cada vez más dudosa invasión. Tampoco venían ya turistas americanos como apenas seis años atrás. Ni americanos, ni de ninguna otra parte… si acaso venían casi en secreto algunos puñados de rusos, polacos o checos: asesores militares, técnicos agropecuarios, inseminadores de vacas y cosas así…

La isla se había aislado elevando al cubo su insularidad. Viajar allí equivalía a morir, pues la única forma de viaje conocida era el destierro. Viajar era morir, como estaban muriéndose todos los que precisamente a esa hora de la noche hacían las maletas para irse por el puerto de Camarioca.

Vendrían yates y otros barcos de Norteamérica a recogerlos a orillas del mar. Pero eso no era viajar. Viajar sin derecho a regresar a la patria era como entrar en el Valle de las Sombras. Era un chantaje. «Si te vas de Cuba, a esta isla no vuelves nunca más». Era un chantaje como el que le hizo Numancia a Joaquín cuando él era un niñito: «si te vas al cuarto de tu padre a verlo, a mi casa no vuelvas nunca más».

Sin embargo, de buenas a primeras, por una de esas carambolas del destino, a Joaquín Iznaga se le ofrecía la increíble posibilidad de viajar con el regreso garantizado. Viajar en primera clase, como recomendado o protegido del Comandante. En aquel país sólo viajaban los deportistas, algunos artistas… y lo hacían en delegaciones oficiales, supervigiladas, siempre dejando atrás a la familia como rehén. De manera que el chance que Joaquín tenía ante sí era algo absolutamente inaudito, todo un lujo,

sobre todo para un insignificante recluta como él. Y a pesar de que viajar
al extranjero, tener un pasaporte y subirse a un avión era allí casi un
prodigio, él había dicho que no, cerrándose también esa puerta.

Joaquín se exprimía los sesos tratando de encontrar la explicación a
su actitud.

*** *

—No te preocupes, camarada —dijo Coliseo— el dinero del viaje
es para ti. Lo he puesto en una cuenta bancaria aparte, sólo para ti.

Joaquín no le contestó a su padre. ¿Para qué quería una cuenta bancaria si los Reyes Magos decían que iban a acabar con el dinero? Ese
dinero lo había ahorrado Coliseo trabajosamente, centavo a centavo,
durante años, privándose de mil placeres, renunciando a muchas cosas.
El destino original de esos «ahorritos» era comprarle a Numancia otras
dos máquinas de coser para que montara un pequeño taller.

La *Singer* de la sorda había sido un regalo de novios de Coliseo.
Pero luego él concibió la idea de comprar otras dos máquinas y que
Numancia «contratara» a tres aprendizas. Tres modistillas jóvenes que
quisieran convertirse en modistas de alta costura. A cambio de su trabajo, Numancia les pagaría una parte en metálico y otra enseñándoles
el oficio. Numancia sólo dirigiría, enseñaría a las costureras, captaría
nuevas clientas, pero no tendría que dar ni una puntada.

Coliseo se ocuparía de la administración económica del negocio.
Lo tenía todo planeado hasta en los más mínimos detalles. En poco
tiempo el taller crecería, en vez de tres máquinas ya serían cinco. En el
solar no habría espacio para tanto personal, por consiguiente, tendrían
que mudarse. ¿Y para dónde? Para un apartamento más amplio en la
cuadra de los bitongos.

Pero el taller seguiría creciendo, en vez de cinco, ya serían ocho o
diez modistillas en sus correspondientes *Singeres*. Entonces se muda-
rían, lógicamente, para un apartamento más grande en la cuadra de
los góticos. Esta parte del plan (salir del solar e instalarse en la región
gótica) era la que más ilusionaba a Numancia.

Pero esos sueños se fueron al carajo cuando la familia de la modista empezó a cizañear comentando que el propósito de Coliseo («ese guajiro lépero») era explotar a Numancia y vivir sin trabajar gracias a los beneficios que diera el taller. Polenta y los hermanos de la modista consiguieron meterle esas ideas en la cabeza a Numancia, y ahí surgieron las primeras broncas realmente serias entre los padres de Joaquín.

De todas maneras, el plan de Coliseo de convertirse junto con Numancia en pequeño propietario de un taller de alta costura hubiera sido tronchado con el triunfo de la revolución. Ahora el viejo se alegraba de que ese proyecto no hubiera prosperado, porque sabía mejor que nadie que al final la revolución habría terminado confiscándole el taller. Coliseo sería muy proletario, muy sindicalista, muy comunista o filocomunista, pero en el fondo también soñaba con convertirse en un pequeño burgués.

En resumen, que ese dinero mohoso en el banco, ganando bajos intereses, era el que Coliseo pensaba gastar en el viaje a la Unión Soviética. Ahora que los bancos privados habían sido nacionalizados ese dinero no ganaba intereses, y lo había puesto a nombre de Joaquín. Pero esa noticia no causó en el muchacho ningún consuelo ante el viaje frustrado a Moscú. A Joaquín el dinero le importaba tres pitos. Tenía los treinta pesos que le había dado la Flaca en el bolsillo de su abrigo de astracán y ni siquiera sabía con exactitud cuántos panes de gloria se podían comprar con esa suma. Sus peores notas las obtenía siempre en matemáticas.

Padre e hijo doblaron en la esquina de la Librería «La Moderna Poesía» y subieron por la calle Bernaza. Entonces Joaquín descubrió que la Casa de los Trucos estaba cerrada. Por el candado que se oxidaba en la puerta y por las telarañas que la cubrían, se veía que no abría desde hacía mucho tiempo, tal vez desde hacía un año o dos. De pequeño, Joaquín y sus amigos iban a la Casa de los Trucos a comprar los siquitraques y las bombitas de peste que luego les tiraban a los chinos del tren de lavado. Le fascinaba el esqueleto rumbero que colgaba del techo, al fondo de la tienda. Era de plástico y se movía cada vez que alguien pasaba por su lado, asustando a los que visitaban el establecimiento por primera vez. Pero lo que más le hechizaba era la misteriosa cortina negra que colgaba detrás del esqueleto.

¿Qué habría detrás de aquel telón? ¿Una puerta secreta, un armario lleno de huesos? ¿O uno de esos tambores batá que según contaban los santeros sonaban solos en la alta noche? Bartolo –el negro que leía a Hegel creyendo que era un espiritista alemán– guardaba uno de esos tambores en un cuartico que más bien era una especie de clóset al final de su vivienda. El clóset no tenía puerta, pero siempre estaba velado con una cortina negra. Según el santero, ése era «el cuarto Fambá».

A Joaquín le daba pánico incluso mirar hacia ese clóset donde de noche sonaba el tambor sin que nadie lo tocara. Se le había metido en la cabeza que el cuarto de Fambá comunicaba secretamente con la trastienda de la Casa de los Trucos. El cuarto de Bartolo estaba a novecientos metros de la tienda de artículos de broma. A Joaquín le parecía que esos novecientos metros de pasadizos subterráneos atravesaban la Habana Vieja, de una cortina a la otra.

Eso era porque en alguna ocasión había visto a Sergio el Truquero saliendo de detrás de la cortina de la Casa de los Trucos, y luego, ese mismo día, al cabo de una media hora, había vuelto a ver a Sergio en el cuarto de Bartolo, que era su vecino de al lado. De ese modo, el niño llegó a creer que su vecino podía comprimir el espacio y el tiempo pasando de una cortina a otra. En tal caso, ¿para qué iba a caminar casi un kilómetro en zig zag para ir a vender sus mojones de engrudo a la calle Bernaza si podía ir más recta y más brevemente por el pasadizo secreto de las dos cortinas negras?

Pero ya esa tienda no exhibía tinteros de falsa tinta derramada, máscaras de goma de Frankenstein, ni arañas peludas de mentira… ya Bartolo había quitado la cortina negra del cuarto de Fambá donde ahora tenía un gran retrato de Carlos Marx, ese otro espiritista alemán que siempre estaba hablando del «fantasma del comunismo». Con el paso del tiempo, y después de tanto hegelianismo mal digerido, Bartolo se había convertido en un cederista esmerado, el principal secuaz de las gárgolas de la Loma del Ángel.

En la calle Bernaza había tenido lugar el más abracadabrante de los trucos cuando la Casa de los Trucos desapareció para siempre. El truco era obra de los Reyes Magos, que para eso eran magos. El escamoteo lo ejecutó Fidel Castro quien, como Mandrake el Mago, todo lo hacía desaparecer.

Ahora empezaba a comprender por qué Sergio el Truquero se había ido del país. Al cerrar aquella tienda, se había quedado sin clientela para sus mojones de engrudo. Dentro de la gravedad casi funeraria que emanaba de los Reyes Magos propagándose por el país, no cabían chistes, ni jaranas, ni falsos mojones barnizados. En esas condiciones, una casa especializada en artículos de broma obviamente estaba condenada a la extinción.

**

La revolución no estaba para bromas. Por eso, junto con un montón de cantantes populares, también habían sido barridos por un viento huracanado hasta los payasos Gabi, Fofó y Miliki, el Viejito Chichí, y los cómicos Pepe Biondi, Cachucha y Ramón, Chicharito y Sopeira, Mamacusa Alambrito, Nananina y Tres Patines, Pototo y Filomeno, Garrido y Piñeiro... Todos volatilizados. Programas televisivos como «El palo ensebado» («¡Sube, Chicho, sube!») habían cesado. Era como si reír estuviera mal visto. Un par de imitadores que al principio de la revolución salían por televisión disfrazados como Fidel, habían sido borrados del mapa.

En Cuba todos estaban siempre riéndose. En realidad era un país tragicómico, la gente podía estarse muriendo de hambre, pero siempre riéndose. La carcajada y el choteo eran subterfugios para olvidar las penas. Pero cada vez menos era así, los programas más cómicos de la radio —como «la Tremenda Corte»— habían pasado a la historia. Así que ya no se oían las risotadas que ese programa arrancaba y que resonaban de cuarto en cuarto por todos los solares.¿Adónde habían ido a parar todos esos cómicos y payasos? Seguramente a Miami, pensaba Joaquín.

Esta falta de sentido del humor se notaba particularmente en el mundo de las caricaturas. Al principio de la revolución salían caricaturas de Fidel constantemente en los periódicos y revistas. Joaquín cogía un lápiz y las copiaba. Pero de la noche a la mañana habían dejado de salir. Estaban terminantemente prohibidas, aunque fueran favorables.

Parece que los ideólogos consideraron —no sin cierta dosis de razón— que toda caricatura —incluso la más halagüeña— implica una deformación del retratado, una exageración de sus rasgos faciales, lo cual a su vez entraña una parodia inevitablemente burlona. ¿Cómo iba a permitirse que algo tan serio, solemne y sagrado como el rostro de Fidel Castro —ícono viviente de la Revolución o Dios de la Historia encarnado— fuera motivo de burla o moviera a risa? Eso era un crimen de lesa majestad.

Joaquín había notado que habían dejado de salir caricaturas de Fidel, pero ignoraba que se trataba de una ley no escrita. Por eso, esta noche en el restaurante «El Patio», había cometido —sin quererlo ni saberlo— una irreverencia. Había dibujado una caricatura de Fidel en una servilleta de papel.

El recluta la había dibujado un cuarto de hora antes de que Fidel bajara del mezzanine del restaurante. Para su sorpresa, el gobernante sabía que alguien en aquella mesa llena de jóvenes lo había dibujado. Tras apremiarlos con sus preguntas, Joaquín se vio obligado a enseñarle la caricatura al comandante. Después de estudiarla, Fidel quiso quedarse con el dibujo y fue entonces cuando le ofreció la beca en Polonia.

¿Y eso por qué?, se preguntaba Joaquín más tarde. Después de todo no era más que una mediocre caricatura en una servilleta de papel. No era para tanto, eso no valía una beca en Polonia.

Además, ¿por qué Fidel había querido quedarse con esa servilleta garabateada? ¿Porque realmente le gustaba el dibujo o porque estaba protegiendo su imagen barbada como una forma mágica de eternizar el poder? Algunos pueblos no quieren que se reproduzcan las imágenes, por ejemplo, los haitianos que practican el vudú consideran que si alguien les saca una fotografía les ha robado el «petit ange», o sea el alma. Del mismo modo que el judaísmo y el islamismo prohiben reproducir imágenes antropomórficas, y menos aún la de Dios, así sucedía con la imagen de Fidel Castro en Cuba. Sólo podían verse por ahí las fotos oficiales suyas, previamente autorizadas por él en persona.

La pregunta que ahora obsesionaba a Joaquín era: ¿cómo Fidel Castro había sabido que alguien en aquella mesita del soportal le había hecho una caricatura? Más aún, ¿cómo sabía que el autor era él, Joaquín, y nadie más? Cuando el comandante preguntó «¿cuál de ustedes es el artista?», le miró directamente a los ojos. ¿Sería adivino aparte de Rey Mago? ¿Acaso lo veía, lo oía y lo sabía todo, como Dios?

Ninguna de las ventanas del mezzanine donde Fidel había cenado con sus invitados soviéticos daba al soportal, así que no él no podía haberse asomado para ver desde arriba lo que hacían los jóvenes en la mesita de abajo. Por supuesto, ninguno de los amigos de Joaquín había subido para informar sobre el dibujo. Nadie se movió de la mesa en todo ese tiempo y si alguno lo hubiera intentado la escolta del comandante no le hubiera dejado poner el pie ni siquiera en el primer peldaño de la escalera que conducía al entresuelo del restaurante.

Entonces... ¿cómo había adivinado que le habían hecho una caricatura? ¿Era un acto de magia, otro truco de Mandrake el Mago?

***

Por allí no había dónde comer. Padre e hijo volvieron sobre sus pasos y llegaron a la esquina del Floridita. Milagrosamente, el restaurante estaba abierto. En su puerta se había detenido la granada que lanzó aquel miliciano cojo... ¿hacía cuánto?... ¿tres, cuatro años atrás, una eternidad?

Pero el Floridita era un lugar caro para Coliseo, además, Joaquín era alérgico a los mariscos, y ése era el plato principal en ese establecimiento. Allí sólo se comía pescado. A Joaquín —como buen cubano— no le gustaba el pescado. En una isla donde todos intuitivamente odiaban al mar, casi nadie comía pescado. La gente prefería el cerdo, ese pescado de cuatro patas que anda por la tierra.

El Floridita estaba repleto de técnicos rusos –mejor dicho, soviéticos– con sus esposas: gordas, mofletudas, con dientes de oro y pelos en los sobacos y en las piernas. Coliseo quiso saludarlos y que su hijo le sirviera de intérprete, pero éste se negó argumentando que no hablaba suficiente ruso para enzarzarse en una charla camaraderil que amenazaba con ser interminable. De todas maneras su padre entró para saludar al barman, viejo colega suyo. Hacía calor. El aire acondicionado estaba medio averiado.

El barman y otros dependientes se pusieron a hablar con el padre de Joaquín animadamente. Coliseo había trabajado allí como camarero hacía años. Alguna vez llevó a Joaquín consigo. El niño se metía con su padre detrás de la barra y ayudaba a llevar y a traer cucharitas y tenedores. Su padre siempre lo llevaba a todos esos lugares cuando era gastronómico: a los Jardines de la Tropical, al cabaret Tropicana o al hotel Havana Hilton, que ahora se llamaba «Habana Libre».

Ahora el Floridita estaba lleno de rusos, pero hasta no hacía mucho la mayoría de los clientes eran americanos. En una ocasión, Coliseo estaba fregando vasos detrás de la barra y le dijo a su hijo: «¿Ves a ese hombre con la barba blanca que está sentado en la esquina del mostrador?» Joaquín vio a un viejo canoso sentado frente a una copa de daiquirí. Su padre le explicó que era un americano famoso y le dijo el nombre, pero Joaquín no lo entendió bien.

Cuando lo comentó con sus amigos los mataperros, descubrió que todos le conocían de vista, de verlo salir del Floridita dando tumbos y que le llamaban «el *heavyweight*» (pronunciado «jevigüey»). Como era un tipo alto y corpulento, decían que estaba «jevigüey», que era un boxeador retirado, que estaba «puchindrum», o más bien siempre medio ajumado. Otros decían que era pescador, o cazador de fieras africanas.

El viejo de la barba blanca no hablaba con nadie, estaba allí solo, en su rincón, con un daiquirí delante. Aquel pescador o boxeador quizá fuera un peso pesado, o un pez gordo. No tenía nada de raro que siendo cazador de leones, elefantes, y pescador de agujas, también fuera púgil. Joaquín sólo lo vio allí un par de veces: canoso y con unas gafas de sol tan oscuras que parecía un ciego.

Durante el primer año de revolución empezó a hablarse mucho de aquel ciego canoso borracho pescador y boxeador que se llamaba Hemingway. Y resultó que aquel que para Joaquín y sus amigos mataperros no era más que otro de los innumerables curdas del barrio, empezó a salir retratado en los periódicos junto con Fidel Castro, como viejos amigos, y se decía que tenía un yate y que salía a practicar la pesca de altura con los Reyes Magos.

Salieron del Floridita y llegaron al Parque Central, donde había tenido lugar aquel famoso tiroteo hacía cinco años. Joaquín miró de reojo la fachada occidental de la Manzana de Gómez donde aún se veían los impactos de las balas. No habían repellado ni un sólo agujero. El anuncio lumínico con el perrito de RCA Victor había desaparecido de la azotea. Ya no andaban por allí el hombre–rana, el hombre orquesta ni otros personajes extravagantes.

¿Dónde se habrían metido todos esos funámbulos callejeros? ¿Habrían ingresado en las milicias? Imaginó al hombre–rana, descoyuntado, marchando al revés, doblado hacia atrás y sacando la cabeza por entre las piernas, o con ambas piernas por encima del cuello y parado en las dos manos. Imaginó al hombre–orquesta disparando dos pepechás con los pies, con una pistola en cada mano, y en la boca colgando una granada, mordiendo la espoleta, abriendo fuego con todo ese arsenal al mismo tiempo como antes hacía con sus instrumentos musicales...

Padre e hijo cruzaron el Parque en diagonal, buscando el Paseo del Prado. De pronto Joaquín descubrió sorprendido otro cambio. La cafetería «Miami» había cambiado de nombre, ahora se llamaba «Caracas». ¡Hasta el mismísimo letrero que decía Miami parecía haberse ido para Miami! Era como si las rachas de un ciclón hubieran arrancado la marquesina llevándosela por los aires.

Eso de «Caracas» sonaba más bolivariano y más martiano que Miami. Obviamente el establecimiento había sido nacionalizado también. Adentro servían pizzas y espaguetis. Pero la cola era interminable. A Coliseo se le estaba acabando el tiempo, pronto tendría que volver a la agencia bancaria. Apretaron el paso. Bajaron por Prado rumbo al malecón. Dos cuadras más abajo se toparon con otra pizzería recién estrenada.

Lo de la comida italiana era otra epidemia que empezaba a propagarse por todo el país. Al gobierno le había dado por abrir pizzerías en casi todas partes. Al principio el menú era muy variado, al punto que incluía pizzas de langosta. Pero muy pronto la carta empezó a degenerar hasta quedar solamente en pizzas y espaguetis a la napolitana servidos apenas sin queso y con un puré de tomate cada vez más aguado.

Esa fruición gubernamental por las pastas coincidía con otro frenesí de origen italiano: las películas de Marcello Mastroianni, por ejemplo, inundaban las carteleras. Los dirigentes empezaban a rodar carros «Alfa Romeo», excepto Fidel Castro que seguía prefiriendo las máquinas americanas. Incluso llegaban al puerto tractores italianos muy pequeños llamados *piccolinos*. ¿Sería Italia también un país comunista?, se preguntaba vagamente Joaquín.

En Cuba nunca se habían comido tantas pastas. Por eso en las pizzerías se podía ver a la gente comiendo los espaguetis como si fueran bistecs, o sea, cortándolos con el tenedor y el cuchillo; eso de chuparlos no iba con el carácter criollo, sólo los muy finos –a quienes todos miraban de reojo– se atrevían a enrollarlos en el tenedor contra la cuchara y a sorberlos en público. La gente tenía tanta añoranza del bistec con papitas fritas que se comía las pastas como si fueran sólidos filetes amarillentos.

Siguieron bajando hacia la Punta, pero de pronto su padre dijo: «Vamos al Sloppy», que era una taberna muy cercana al Museo de Bellas Artes. Allí también había trabajado alguna vez Coliseo como lunchero. Joaquín conocía todos esos sitios, y todos los gastronómicos lo conocían a él. Recordaba la larga barra, larguísima, por donde los barmans lanzaban las cervezas chorreantes de espuma. Las jarras de cristal se deslizaban casi de una punta a la otra del mostrador. La boca se le hizo agua evocando los suculentos sandwiches que allí hacían con pan de agua y lascas de cerdo asado añadidas al jamón y al queso. Recordaba el humo de los tabacos formando una nube en el techo y las columnas cuadradas que sostenían ese techo, totalmente tapizadas de arriba a abajo con fotografías de boxeadores y de enanos cuidadosamente enmarcadas.

Pero cuando llegaron al «Sloppy Joes» se encontraron las puertas metálicas bajadas. «Cerrado también», resopló Coliseo limpiándose algo del hombro y mirando hacia arriba. Arriba las vigas estaban jaspeadas de manchas blancas que goteaban hacia abajo como lágrimas: eran las cagadas de las golondrinas que siempre anidaban allí entre las vigas de los soportales techados.

–Me cago en el pájaro que me cagó –exclamó Coliseo. Joaquín se rió. Su padre dijo: «vamos al Hotel Canadá». Atravesaron el Parque Zayas, pasaron por el Bar Palacio –donde sus padres se habían conocido– y entonces Joaquín advirtió con infinita tristeza que sus diversas puertas no es que estuvieran cerradas, sino que estaban tapiadas con ladrillos crudos.

Cansados de tanta caminata, llegaron a la esquina de Tejadillo y Villegas donde estaba el Hotel Canadá. «Aquí tengo un buen amigo», dijo Coliseo. En efecto, un camarero de la «vieja guardia» los dejó pasar sin esperar turno. En la cola hubo murmullos. Pero nada más.

El comedor del hotel estaba en la planta baja. Arriba estaban las habitaciones. Pero aquello ya no era un hotel propiamente dicho, se estaba convirtiendo en una especie de solar lleno de campesinos recién llegados que primero se alojaban por unos días y luego se iban quedando hasta transformar poco a poco el hospedaje en una cuartería más.

Eso se notaba sobre todo en las palanganas y bicicletas que ahora colgaban de los balcones, en las tendederas goteando a la calle, en la escalera sucia por la que subían y bajaban ráfagas de niños gritando. Menos mal que todavía quedaban las arecas y el mobiliario de cuero tachonado con clavos dorados en lo que antes era la recepción. Sin embargo, el pez vela disecado que decoraba una pared del comedor se había perdido, a lo mejor se lo habían comido con sus escamas de un azul iridiscente y todo. Por suerte la cocina y el comedor aún funcionaban.

Para compensar la mala noticia del viaje frustrado a la URSS, nada más sentarse a la mesa Coliseo le dijo: «tu madre y yo hemos vuelto». Joaquín no respondió, siguió comiendo el pan que ya estaba puesto en la mesa.

–¿No te alegra la noticia?

–Sí –dijo Joaquín y ¡glup!, se tragó otro cacho de pan. Apenas masticaba. Tenía tanta hambre que comía tan de prisa que ni tiempo tenía para masticar. Su hambre era vieja, muy vieja, requetevieja, porque su madre nunca le había hecho ni un huevo frito. Y su abuela lo «invitaba» a comer sólo de vez en cuando. Numancia era una emancipada *avant la lettre*. Y Polenta una interesada que sólo le daba de comer a su nieto cuando Coliseo o Numancia le pagaban una mensualidad, cosa que no siempre podían hacer.

Mientras digería la noticia, Joaquín se acordó de aquel medio novio con el que su madre estuvo coqueteando algunos años atrás, aquel relojero devorado por sus gatos. También se acordó, sin saber por qué, de las tetas de Batido de Trigo. Enormes, globosas, salpicadas de pecas. Y volvió a acordarse de la Casa de los Trucos. Tenía un batiburrillo en la cabeza. Su padre y su madre habían vuelto. Imaginó la maleta tapizada de calcomanías turísticas de nuevo en lo alto del escaparate rococó. Sí, habían vuelto... ¿y qué? Ya él sabía que eso iba a durar poco. Aquel par de locos que lo habían engendrado siempre estaban separándose, reconciliándose, separándose...

Donde estaba la recepción del hotel habían levantado una pared de cartón tabla y allí funcionaba ahora un seccional del CDR con su inevitable mural. A Joaquín siempre le había gustado mucho el nombre de ese hotel donde su padre también trabajó. Hotel Canadá. Él había practicado un par de meses la filatelia, hasta que se aburrió. Sabía que los sellos canadienses reproducían una hoja de arce como emblema nacional. ¡Qué maravilloso el país que tiene ese símbolo!, pensaba. Otros países tenían hoces y martillos, herramientas cortantes y contundentes, agresivas y violentas. O bien extraños instrumentos como el compás de la República Democrática Alemana que parecía un préstamo de la masonería internacional. En cuanto al escudo cubano, exhibía ese curioso gorro frigio que aludía a remotas batallas francesas que nada tenían que ver con la isla. El himno nacional hablaba de «combate», de «sangre» y de que «morir por la patria es vivir»... Sin embargo, la hojita de arce transmitía sentimientos de paz, tranquilidad, sosiego, contemplación. A él le hubiera gustado nacer en Canadá, un país de nieve, un país sin tanta salación, ni tanta insolación.

Por eso le encantaba que su padre lo llevara a ese hotel cuando él era más chiquitico. Porque para él era como aterrizar en Ottawa. Pero ahora todo eso había cambiado. En otros tiempos Coliseo solía comer en las fondas de los chinos de la calle Zanja, pero el horario que ahora cumplía en la agencia bancaria era muy estricto y no le daba tiempo para ir tan lejos. El padre de Joaquín casi siempre comía sopa de aleta de tiburón, que era un magma viscoso y humeante con sabor a algas que al niño le repugnaba. Lo que todavía Joaquín no sabía era que ese Barrio Chino también languidecía como un sauce llorón a orillas de un río seco. Los chinos ociosos, abúlicos, acuclillados en los contenes de las aceras, cogían el fresco con sus camisetas abotonadas hasta el cuello. Ya ni siquiera cultivaban hortalizas en las afueras de la ciudad, razón por la cual era imposible conseguir un quimbombó ni un rabanito en toda la Habana. Tampoco celebraban aquellos carnavales tan vistosos donde sacaban a bailar, entre ristras de cohetes, un impresionante dragón que mordía entre sus fauces una lechuga llena de monedas de oro. Su larga cola era como la de un ciempiés, pues por debajo se veían las piernas de los danzarines calzados con escarpines elásticos. Mientras la inmensa cabeza de tigre, con barbas y ojos incandescentes, saltaba al compás de la música, detrás de la cola venía un séquito de bailarines haciendo piruetas con sables, evocando milenarias batallas.

Joaquín se extasiaba en esas sombras chinescas cuando llegó «Caballo Loco» , el camarero que los dejó pasar.

—Coño, Coli, tu hijo ya está hecho un hombre— dijo dándole un manotazo en la espalda a Joaquín que casi lo tumba de la silla.

—Sí, la prole, cada día nos hace más viejos... ya hasta sabe hablar ruso ¿verdad, camarada?

Joaquín sonrió de medio lado. Había acabado con su pan y estaba a punto de coger el de su padre, que no lo había tocado.

–Tráeme un bistec de palomilla, término medio, con papas fritas –pidió Coliseo.

–Coño, Coli, ¿tú vives en la luna o qué? Hace semanas que aquí no hay bistec ni papas fritas.

–¿Y qué tienes entonces?

–Albóndigas na'má.

–Pues tráenos albóndigas.

El camarero ni siquiera apuntó el pedido, no tenía libretica, y el menú criaba telarañas en un rincón del salón. ¿Para qué quería bloc ni lápiz ni menú si sólo había un plato único desde hacía semanas? Caballo Loco se alejó arrastrando los pies y silbando.

–La sabucha se está poniendo cada día más difícil –comentó Coliseo con su hijo. Tenía la camisa de bancario pegada al pecho de tanto sudor. Numancia nunca sudaba, y eso que siempre andaba con cuello de encaje alzado hasta la garganta y abrochado con su camafeo, y eso que gastaba mangas hasta las muñecas, y usaba una saya bien ajustada hasta un poquito por debajo de la rodilla. Ella había nacido en Galicia, un país de nieve lleno de bosques y lobos y pescadores. Coliseo había nacido en Cuba y tenía el sol bajo la piel, por eso sudaba tanto, pensó Joaquín.

¡Qué dos padres más distintos! Ella tenía la piel muy delicada, y por eso nunca cogía sol. Prefería llevar a su hijo de noche al cine. Hasta en eso eran antitéticos sus padres. ¿Cómo iban a llevarse bien una gótica y un mataperros? Tanta diferencia de linaje hacía que aquello fuera casi un matrimonio morganático. Incluso sus ritmos vitales tenían que ver con esos ciclos astronómicos, pues si él era activo como el sol, ella era más bien contemplativa como el espejo de la luna.

«¿No te da calor el abrigo?», pensó preguntarle Coliseo, pero se calló para no suscitar el recuerdo del viaje frustrado a Moscú. A lo largo de la caminata habían sufrido un calor de crematorio, y sólo habían podido tomarse un vaso de agua en el Floridita. Ni un granizado, ni un duro frío en todo el recorrido. Antes de los Reyes Magos, los bodegueros ponían al pie de la barra, en el suelo de serrín, un plato de aluminio abollado pero hondo, lleno de agua. Lo ponían a cierta distancia de la escupidera. Estaba previsto para los perros callejeros sedientos. Ahora no había agua ni para las personas.

—¿Ves qué despacio camina? —dijo Coliseo señalando a Caballo Loco con un movimiento de mentón—. Eso es porque está haciendo una huelga de paso de jicotea.

—¿Una qué...?

—Habla bajito. Fíjate con disimulo en los dependientes. ¿No ves cómo caminan?

En efecto, no sólo Caballo Loco sino los otros dos cantineros demoraban una eternidad en llegar a las mesas. Otra eternidad en llenar los vasos con una jarra de agua. Otra eternidad en poner el mantel. Otra eternidad en recoger los cubiertos. Todo eso con la mayor lentitud. Se parecía a unas de esas ralentizaciones que sufría Joaquín a causa de las insolaciones, cuando percibía que todo a su alrededor se movía a cámara lenta.

En realidad, todo en el país se lentificaba, y no eran sólo las colas y los camareros. Los escolares recogían cinco papas en el tiempo que antes un campesino empleaba para recoger cuarenta, los macheteros dominicales cortaban un plantón de caña en lo que un cortador profesional llegaba a mitad del campo, los nuevos torneros recién egresados de los cursos de mínimo técnico fabricaban una tuerca en el tiempo antes necesario para producir treinta tuercas, y así sucesivamente. Era como si la isla entera y sus habitantes tuvieran insolación, como si se abismaran o se ensimismaran en el ritmo lento de la nación.

En el aire se respiraba una especie de molicie tropical similar a la del buey que Joaquín había visto una vez en el campo comiendo cogollos, regurgitándolos, con pastosos movimientos mandibulares. Los totíes le picoteaban el culo en busca de garrapatas, pero el buey seguía inmutable, derramando largas babas verdes por la boca, moviéndola perezosamente. La remolonería, la desidia, se adueñaban de todo y de todos. Las películas de los países socialistas que ahora estrenaban también eran lentísimas. Las mejorcitas, que eran francesas o italianas, también eran bastante soporíferas. Los libros eran plúmbeos y tediosos. Los muñequitos que ponían por la televisión, en vez de mostrar la agilidad del Pájaro Loco o del Pato Donald, transmitían ahora la rígida lentitud de los títeres de madera checos o búlgaros, eso sin contar que los argumentos de los dibujos animados eran aburridos, y más bien sonsos. Como el fin era educativo y edificante todo desembocaba en la ñoñería.

Antiguamente los padres asustaban a sus hijos para obligarlos a acostarse diciéndoles: «vamos, a la cama, que si no viene el coco y te lleva». Ahora el coco eran los muñequitos procedentes de los hermanos países socialistas. Los progenitores de los croqueteros bien podían decirles a sus hijos: «vamos, a dormir, que si no te acuestas temprano, enciendo el televisor y te pongo los muñequitos rusos».

Esa cachaza se notaba incluso en los nuevos carros soviéticos o checos, que no corrían tanto como los Chevrolets o los Cadillacs de antaño, y hasta las canciones –*Ojos Negros* o *Noches de Moscu*– que ahora tanto se oían, eran lentísimas, como si vinieran de una civilización congelada en el tiempo. Una especie de marasmo generalizado se apoderaba poco a poco del país.

Al cabo de un rato, Joaquín le preguntó a su padre:

–¿Por qué demoran tanto en traernos la comida?

–Porque están fumando en la cocina –dijo Coliseo consultando preocupado su reloj Poljot de 21 rubíes comprado en 1960 en la Exposición Soviética que había traido Mikoyán al Palacio de Bellas Artes. Chapado en oro, con una esfera algo abombada, el reloj parecía anticuado comparado con los que él había visto en las muñecas de los marineros griegos del puerto. Pero a su padre le encantaba, porque estaba hecho en el país de los soviets, porque era la prueba evidente de que los proletarios en el poder podían hacer lo mismo –o incluso más y mejor– que los burgueses. ¿Acaso no habían llegado los rusos al espacio antes que los americanos?

A Coliseo se le estaba haciendo tarde. En ese momento se entreabrió la puerta de la cocina al fondo, se asomó Caballo Loco y Coliseo aprovechó para hacerle una seña a su amigo golpeando con el índice la esfera de su Poljot. El camarero dijo sí con la cabeza y volvió a desaparecer.

Los camareros, tal como los recordaba Joaquín, siempre estaban presentes en el comedor, discretamente parados en una esquina, con las manos cruzadas delante, atentos al menor gesto, a la menor señal de un cliente, para acercarse a la mesa y preguntarle cortésmente qué deseaba. Incluso cuando algún cliente sacaba un cigarro, corrían con una fosforera o con una cajita de fósforos para encendérselo. Eso ya no era así, ahora los camareros evitaban mirar directamente a los clientes (o «usuarios»), huían de ellos, casi como de la peste, para que no los fastidiaran pidiéndoles un vaso de agua, o un pan, el menú o el vuelto. Habían desarrollado una curiosa manera de pasar entre las mesas sin mirar a los comensales, como si fueran invisibles. Miraban rectamente hacia el lugar al que se dirigían y hacían oídos sordos a las llamadas: «ptsss», «oye, tú», «por favor», «camarero», «oye, compañero»... de nada servía. Sordos y como ciegos seguían de largo sin atender, distraídos y concentrados en su huelga de paso de jicotea.

–¿Fumando? ¿Cómo lo sabes? –preguntó Joaquín mirando hacia la recepción convertida en CDR donde todavía quedaba un letrero medio descolgado que ponía: «Agua fría y caliente en todas las habitaciones».

–Conozco las manías de casi todos estos camareros desde hace veinte años. ¿Tú ves las diez mesas de este comedor? Antes las atendía un solo hombre, ahora son cuatro y no dan abasto, porque todos van lentos. Como son tantos, parece que tropiezan unos con otros. Antes de la revolución, por nada del mundo hubieran ido tan despacio. En mis tiempos ya los hubieran despedido a todos. Ya te lo dije: todos trabajan a paso de tortuga. Es como una huelga solapada.

–¿Y eso por qué?

–Bueno, me contaron los del Floridita que están encabronados porque han prohibido las propinas. Y también han quitado el aguinaldo.

De la cocina llegaron unas risotadas mezcladas con ruidos de cacerolas.

—Deben de tener una fiesta allá atrás —dijo Coliseo inquieto—. Están chachareando y vacilando con las muchachas que friegan en la cocina.

—Pero el gobierno les paga ¿no?

—Sí, pero ellos dicen que a «esta gente yo no les trabajo».

Eso último Joaquín no lo entendió bien. ¿Quién era «esta gente»? ¿Los Reyes Magos?

—Es una huelga disfrazada —prosiguió el viejo—, camuflajeada. Antes salíamos a la calle a protestar, y la policía nos disolvía a toletazos. Pero ahora es distinto. Como no hay derecho a huelga, la gente hace el paripé de que trabaja, pero en realidad no disparan ni un chícharo. En el banco sucede lo mismo. Lo veo todos los días. Los cajeros, los oficinistas, las secretarias, todos ponen cara de gran preocupación, como si estuvieran arreglando el mundo, pero no hacen nada, o muy poco. Van pasito a pasito, como las tortugas, por eso yo la llamo «huelga de paso de jicotea».

—Ujummm —dijo Joaquín con un pedazo de pan en la boca. El pan que por fin le había quitado a su padre.

—No lo olvides nunca, Joaquín, el giro gastronómico siempre fue el más corrompido de la clase trabajadora.

—¿Por qué?

—Porque el gastronómico no es campesino, no es obrero, no es estudiante, no es intelectual, no es profesional... no produce nada, brinda un servicio, sirve a otros, y por eso se codea con gente importante que siempre tiene más dinero o poder que él. Está todo el día viendo las joyas de los clientes, sus trajes, sus corbatas, sus máquinas, oliendo sus perfumes, admirando o envidiando a sus mujeres, que desde luego son más bonitas que las de los camareros (Joaquín no pudo dejar de pensar en Numancia con su labio partido y en aquello de que «a tu padre le tocó bailar con la más fea, que soy yo»)...

—Además, esos clientes les dan propinas a los camareros, es como si los compraran, y entonces es más fácil caer en la tentación.

—No entiendo muy bien.

–Sí, fíjate, los camareros –aunque esté feo el decirlo– son criados. Llevan la comida a la mesa del amo. Y los criados, por estar más cerca de los amos, quieren imitarlos. Un guajiro está en su conuco trabajando y no se entera de cómo vive el amo, si lo ve alguna vez, es de lejos; un obrero está en la fábrica y tampoco se entera mucho del tren de vida que llevan sus patronos, pero el camarero está obligado por su trabajo a estar día tras día, minuto a minuto, cerquita de los poderosos, o que lo parecen, y suspirando por ser como ellos. Por eso ahora están encabronados, porque los clientes son pobres como ellos. Ahora los clientes somos tú y yo. Los ricos se fueron. Y encima ahora el gobierno ni siquiera permite que reciban propinas.

En ese momento, salió «Caballo Loco» con dos platos de albóndigas en dirección a Coliseo y su hijo. Desde una mesa hacía rato que estaban llamando a cualquier camarero, pero como ninguno estaba a la vista, nadie les hacía caso. «Ptsss, ptsss, camarero»… pero Caballo Loco siguió como sin con él no fuera. «Ptsss, ptsss, oye, tú compañero»… gritó el cliente al que se le había acabado el agua…. «Oyeeee, ¿puedes venir a atender esta mesa, por favor?»… Caballo Loco tenía un tick nervioso, movía constantemente la cabeza como si le picara el cuello o algo así. El cliente, al ver ese gesto, pensó que le estaba indicando que hablara con otro camarero que en ese instante salía de la cocina.

Pero el que salía no era camarero sino el cocinero que se había quitado el gorro para salir a hacer una gestión personal fuera del establecimiento.

–Oye, ptsss…

–Yo no soy camarero –contestó el otro airado.

–Cojones, ¿quién es aquí el camarero entonces?

–Oye, espérate, mi'helmano –respondió iracundo Caballo Loco después de depositar los platos en la mesa de Coliseo–. Ahora aquí todos somos iguales, ya el tiempo de los esclavos se acabó –dijo y con la misma desapareció detrás de la puerta de vaivén de la cocina.

Coliseo y Joaquín bajaron la cabeza, concentrándose en sus albóndigas como si fueran insectos y ellos, entomólogos.

–¿No te lo dije? –susurró al cabo de un rato Coliseo–. Ahora con el cuento de la igualdad nadie en este país quiere trabajar. Si atendieran al público más de prisa no habría cola ahí afuera.

Coliseo le contó que en el pasado a él no siempre lo contrataban sino que muchas veces otro camarero –que sí estaba en la plantilla– lo usaba como «caballo». ¿Vendría de ahí el apodo de «Caballo Loco» o del tick nervioso en el cuello? Es decir, Coliseo hacía el trabajo del camarero en cuestión, y luego éste le daba una porción insignificante de su sueldo. Mientras Coliseo trabajaba en el bar, el otro camarero estaba en su casa echándose fresco en los cojones. De modo que no sólo el burgués explotaba al trabajador sino que también los trabajadores entre sí ejercían ese derecho al expolio. Cuando Coliseo llegó a la ciudad procedente del campo, como era un guajirito inexperto también había trabajado como «caballo» en los muelles reemplazando a un estibador que sí estaba en nómina.

–Oyeme bien, Joaquín, nunca seas criado de nadie –dijo Coliseo–. Acuérdate de Martí: «ser culto para ser libre». Nunca seas camarero, ni dependiente. Estudia mucho para no ser dependiente de nadie, nunca. Que no te pase lo que a mí, que sigo siendo un guajiro medio analfabeto. Estudia mucho para ser independiente…

***

¿Sería por eso que se había negado a aceptar la beca polaca? ¿Sería para no ser de por vida dependiente de Fidel Castro? ¿Para no deberle ningún favor, para mantener su independencia a capa y espada?

***

Al final Joaquín cogió varias servilletas de papel y envolvió dos albóndigas que no había probado.

–Tu madre no come carne –dijo Coliseo–. ¿Para quién son?

–Para Titán.

25.

Dos sustos

Al cabo de una semana, cuando Joaquín volvió a pasar por el Hotel Canadá, allí ya no quedaba ni rastro de las albóndigas. Las mesas se habían evaporado. La cocina, cerrada. El seccional del CDR ocupaba toda la planta baja con sus feos murales patrióticos. El hotel solarizado estaba barbacoizado. Es decir, convertido en un solar con barbacoas.

No era que humearan allí parrillas asando carne al aire libre… ¡ojalá! La «barbacoa» era la casita que construían en lo alto de los árboles los indios que habitaban la isla cuando llegaron los españoles. Era el invento de los campesinos que seguían poblando la ciudad y proliferando como curieles. Como la gente ya no cabía en las habitaciones, instalaban a la altura de la mitad de las paredes unos tablados con escaleras interiores. Se robaban los tablones y los clavos de las obras del estado, porque en las ferreterías no había ni puntillas. Por todas partes se oían martilleos incesantes a cualquier hora del día y de la noche. Con esos claveteos se estaba construyendo el futuro.

La primera barbacoa de la Habana Vieja la construyó Tomás en el antiguo cuarto del exiliado Sergio el Truquero. Tomás venía de una remota región de la provincia de Oriente llamada Baracoa, pero ya nadie le decía «el baracoense», ahora era Tomás «el barbacoense». No sólo había hecho su «dúplex», sino que enseñó a otros a construirlos. Y ésos, a otros…

En los últimos meses el barbacoense se había habanerizado bastante, incluso se esmeraba por demostrar «buen gusto». Adornó la escalera que subía a su barbacoa con sogas trenzadas a guisa de pasamanos, lo que le confería a su habitación el aspecto de un camarote de yate. Tapizó el falso techo con cajas de huevos pintadas de colores para dar la apariencia «moderna» de un cielo raso. En una repisa de tres anaqueles colocó botellas de diversas formas llenas de agua teñida con diferentes colorantes (mentiolate, violetas gencianas…) como si fuera un bar bien surtido de licores. No importaba que para entrar en su barbacoa un adulto tuviera que agachar la cabeza, ni que cuando sus hijos saltaban en las camas, se dieran cabezazos contra las vigas coloniales del techo original. Lo importante era crecer y multiplicarse… e instalarse en la urbe.

Tomás incluso se había excedido en su ímpetu constructivo adueñándose de una parte del patio donde improvisó una cocina al aire libre. Al llegar a la Habana tenía una mujer y tres «vejigos», como decía él. Dos años después, tenía cinco hijos en total y la mujer de nuevo embarazada sin contar un entenado que había venido a vivir con ellos.

Devorando cada vez más espacio, también había ocupado una parte del pasillo que daba a la escalera principal amontonando allí tarecos: velocípedos herrumbrosos, palanganas, antenas de televisión estropeadas, botellas, bastidores de camas… Esa tendencia a acumular cachivaches revelaba un caos mental, una indigencia intelectual que no se cura ni con mil diplomas académicos. No es más que pereza. En materia de acumulación de trastos, el Solar de la Chancleta no era la excepción.

Antiguamente la gente solariega también tenía esa irrefrenable propensión a convertir en muladar los espacios colectivos de los edificios, pero enseguida venía el encargado –el embajador del casero– y ponía orden. Ahora no había ningún encargado que impidiera esa aglomeración de tarecos y las broncas entre vecinos se incrementaban. Aquella tarequera obstaculizaba el paso por el corredor, obligando a los inquilinos a pasar de medio lado, egipcíacamente, para llegar a la escalera de la calle.

De más está decir que todos esos cachivaches, más los cubos de basura sin tapar y amontonados, no hacían más que atraer el polvo y fomentar el cucaracheo y el mosquerío. Cigarro en mano y contemplando ese espectáculo desde sus Jardines Colgantes de Babilonia, Numancia suspiraba: «¡qué barbaridad!».

En la esquina del Hotel Canadá una vez más Joaquín comprobó que todo el mundo conocido por él se caía a pedazos ante sus ojos. Esa era otra esquina por la que a partir de ahora evitaría pasar. Siguió su camino hacia la panadería de la calle Monserrate donde tenía que comprar los treinta pesos de panes de gloria que le había encargado la Flaca Graciela.

Iba pensando en los dos sustos que acababa de pasar. Numancia contaba que se había quedado sorda por culpa de dos sustos, pero esta vez él no tuvo tanta suerte. De haberse quedado sordo se hubiera ahorrado muchos sinsabores y habría alcanzado una profundidad. Siempre había sospechado que su madre estaba en contacto con otro mundo gracias a su silencio interior.

El primer susto tuvo lugar un par de noches atrás. Se habían acabado los carnavales y él estaba con el Cawy en el Parque de Luz y Caballero. Se subieron a la tarima donde tocaban las orquestas. El escenario de madera y el parque estaban desiertos. De puro aburrimiento, empezaron a cantar la canción política de moda: «la ORI, la ORI, la ORI es la candela… no le digan ORI, díganle candela».

Para poder bajar las croquetas de cemento que compraron, habían bebido un poco de menta en el Bar Cabaña y eso los achispó tanto que les dio por corretear a lo largo de la tarima cantando aquel pregón político de fama fugaz.

Las «ORI» eran las **O**rganizaciones **R**evolucionarias **I**ntegradas, otro truco del Rey Mago para monopolizar el poder de las diversas fuerzas políticas. Hacía poco, en otra vuelta de tuerca, acababan de liquidar las ORI creando el «PURS» o Partido Unido de la Revolución Socialista. ¿Cuál sería la próxima sigla? En aquellos días tenían lugar acontecimientos que Joaquín no entendía ni le interesaban: se hablaba de sectarismo, de microfracción, de un tal Aníbal Escalante que era del viejo Partido Comunista anterior a la revolución y que ahora era poco menos que un apestado político…

A pesar de su abrigo de astracán y de sus estudios de idioma ruso, él era tan apolítico que confundía vagamente la canción de las ORI con otra canción egipcia de la Orquesta Aragón dedicada al dios Osiris. «Osiris, Osiris»... Osiris, las ORI, la candela... todo aquello era para él un arroz con mango indescifrable.

La Avenida del Puerto estaba vacía a esa hora de la noche. La noche anterior Joaquín había estado carnavaleando con los dos superjefes de los militantes: Celestino y Arturo. Lo trataban de «cuadro» con cierto sonsonete, aunque trataban de ser simpáticos con él. «¿Qué tal, cuadro?» «¿Quihúbole, cuadro?». Después de todo, era «el responsable de Trabajo Voluntario de la UES». Pero a Joaquín le llamó la atención lo malvados que eran. Y eso que –por su formación y su fisonomía– se veía a la legua que eran góticos conversos. De esos que por hache o por be no se habían ido y se habían visto obligados a reciclarse. Cogían unos palitos con serpentinas pegadas en la punta y golpeaban en la cabeza a la gente, sobre todo a las mujeres, o bien empapaban con sus vasos de cerveza a quien les pasara por al lado, y luego salían corriendo perdiéndose en la multitud. Los dos eran voraces lectores de Lenin, se lo sabían de memoria, pero a Joaquín no le gustó el espectáculo que estaban dando y discretamente se separó de ellos en cuanto pudo.

El Cawy y Joaquín seguían cantando en la tarima: «¡candela, candela!» cuando de pronto sintieron que alguien los cogía por los brazos tenazmente. La noche era tan oscura que no vieron al policía vestido de civil que salió de detrás de un árbol. El tipo los amenazó con una pistola. Tenía cara de pocos amigos.

El policía los llevó a empujones hacia la calle Chacón. En ese momento pasó por allí una perseguidora y le hizo señas. «No estábamos haciendo nada malo, vigilante», dijo el Cawy, pero el tipo ni siquiera lo miró. La perseguidora se acercó a ellos. Al poco rato llegó otra.

¿Pasaban esos carros por allí por casualidad o estaban rondándolos desde hacía rato? Esa misma noche el Cawy le había contado a Joaquín que el Comepelos estaba preso. Había matado a un marino griego en los muelles. De un tiro o de un hachazo, circulaban dos versiones.

«La cosa está que arde, en candela. Materva también está en cana, lo cogieron bisneando», añadió su amigo.

Como esta clase de noticias no salía en los periódicos, faltaban detalles y la confusión era enorme. También se rumoreaba que el Comepelos se había batido a tiros con la policía en el Arco de Belén tras un intento fallido de meterse como polizón en un barco griego. Eran los últimos coletazos de los auténticos mataperros.

El resultado era que toda la barriada portuaria, desde el castillo de la Punta hasta los muelles, estaba ahora más vigilada. Quizá por eso había tantas perseguidoras dando vueltas por allí. Cawy y Joaquín entraron en la parte trasera del carro. Los condujeron a la estación de policía que hacía esquina en Empedrado y Monserrate, la misma adonde cinco años antes había estado Joaquín por «robarse» una novela de Julio Verne. Al ver los gruesos muros, la reja de barrotes al fondo, la recepción con el oficial de guardia, evocó a su padre encima de una silla de tijera proclamando que «robar un libro no es robar».

Lo único que había cambiado era el color de los uniformes de los policías (de azul a verdeolivo) y el nombre de la estación que ahora se llamaba DTI (Departamento Técnico de Investigaciones). En el parque, mientras los empujaban hacia la perseguidora, el Cawy había ido tirando disimuladamente chicles y cigarros americanos por el camino. Pero todavía le quedaban algunos de estos artículos tan comprometedores, así que pidió permiso para ir a orinar. Tiró al inodoro todo lo que le quedaba en los bolsillos y jaló la cadena. Joaquín lo vio salir del servicio con el semblante más aliviado.

En el vestíbulo del DTI había borrachos, mariguaneros, mujeres dormidas o vomitando en los bancos, y un tipo rarísimo que se acercó a Joaquín para pedirle un cigarro alargando los dedos y moviéndolos como tijeras. Se palpó el abrigo y dijo: «no tengo». Pero entonces se acordó de que llevaba encima un *Camel* que antes le había regalado el Cawy. Tenía que deshacerse de ese cigarro imperialista cuanto antes. ¡Cojones, tenía que ir al baño!

Demasiado tarde. El sargento que estaba de guardia los llamó en ese momento para tomarles los datos y levantar acta. Detrás de un mostrador de madera muy alto, parecía un juez o un magistrado. Rodeado de archivos metálicos, tecleaba con dos dedos una *Underwood* equivocándose cada dos por tres: «¡Me cago en dios y en la virgen putísima!».

Joaquín dio el teléfono de su hermana. Casada, divorciada y vuelta a casar, su hermana vivía lejos del centro de la ciudad, pero era la única de la familia que tenía teléfono. Socorro vendría a socorrerlo.

—¡Me cago en diez! —seguía el sargento tecleando.

El Cawy pensaba que los iban a acusar de traficar con los griegos, pero Joaquín no conseguía imaginar por qué estaban detenidos. Cuando el sargento dejó de aporrear la *Underwood* para preguntarle al policía de civil de qué los acusaba, éste engoló la voz como si fuera un alto magistrado:

—De presunto de incendio.

—¿Cómo dice? —bostezó el sargento con un dedo en alto, listo para dejarlo caer sobre el teclado.

—Querían darle candela al parque, a la tarima de la orquesta y a los equipos de sonido. Gritaban «candela, candela»… Un sabotaje contrarrevolucionario.

—Con su permiso, —argumentó el Cawy — nosotros na'má que estábamos cantando «la ORI es la candela».

—¡Cállate, mocoso! ¿O quieres ver cómo te doy un sopapo? —le espetó el policía que los había detenido, y el Cawy se calló.

—Mira a ver si llevan arriba material incendiario —ordenó el sargento sacando una hoja de papel carbón arrugada que se había enredado en el rodillo.

Joaquín estaba asustado, sabía que sólo por gritar «Abajo Fidel» en una esquina a cualquiera podían caerle veinticinco años de prisión, sin juicio, o con juicio simbólico, sin hábeas Corpus, ni prensa libre, ni Cruz Roja, ni Damas Católicas, ni nadie que lo defendiera a uno. Las penas eran desproporcionadas, de ahí nacía el terror en la población. El policía que los detuvo los registró a fondo. Cuando revisó los bolsillos interiores del abrigo de astracán, encontró el Camel.

—Este tiene dos cajas de fósforos, mi sargento –dijo señalando para el Cawy–. ¡Pero éste otro, mire lo que tenía! –exclamó triunfal mostrando el *Camel*.

—¡Hum! –dijo el aprendiz de mecanógrafo acercándose el cigarro americano a la nariz.

—¿Desde cuándo se dedican a contrabandear con los griegos? –preguntó el sargento guardándose el *Camel* en un bolsillo.

Joaquín miró al Cawy, quien a su vez lo interrogaba con ojos azorados. Parecía que temía que lo delatara.

—¡A ver, tú, quítate esos mocasines! –le ordenó el policía de civil al Cawy, quien obedeció sin rechistar.

—¿Lo ve, jefe? ¡Italianos! ¡Aquí dice «Made in Italy»! –dijo tras examinar las suelas de los zapatos.

Los mocasines estaban casi nuevos. Producto de los últimos «bisneos» de los mataperros en el muelle, se los iban pasando unos a otros cada fin de semana para ir a las fiestas de quince elegantemente calzados. Hacía cinco años en Cuba no se vendían zapatos fabricados en países capitalistas, sólo botas de trabajo rusas o feas sandalias checas. Por tanto, esos relucientes zapatos italianos devenían un dedo acusador.

—Entonces, ¿qué coño pongo aquí, chico? –dijo el sargento dirigiéndose a su subordinado–: ¿Presunto de incendio o contrabandeo en los muelles?

Al poco rato llegó la hermana uterina de Joaquín uniformada de miliciana, con cantimplora y todo, como si fuera a combatir en una guerrilla. Sus tetas casi reventaban el primer botón de la camisa de mezclilla azul, la canana enfatizaba sus caderas, sus curvas se dibujaban perfectamente debajo del verde olivo del pantalón con bolsillos de campaña; las botas de media caña, acordonadas hasta arriba, hacían más esbeltas sus pantorrillas…

El policía buscador de pirómanos se había ido y el sargento se olvidó de la Underwood para dedicarse por entero, de lo más acaramelado, a aquella trigueña que todavía paraba el tráfico cuando cruzaba la calle.

–Ese Camel es mío, sargento –mintió ella–. Los dejé de fumar en cuanto se acabaron. Ahora fumo Dorados, que son cubanos y saben mejor. Pero sin querer, se me quedó un paquete medio vacío olvidado en una gaveta de la coqueta. Nada, ya usted sabe, boberías que una tiene. Pero si quiere, puede quedarse con él...

A Joaquín le admiró la destreza de su hermana para hilvanar un cuento chino. El sargento estaba extasiado con Socorro. La llamó aparte, y le cuchicheó algo al oído a la miliciana. Con una sonrisa de oreja a oreja, luego dejó en libertad a los presuntos incendiarios que salieron del DTI escoltados por los suaves contoneos de Socorro. El sargento se quedó con el teléfono de Socorro apuntado en un papelito, y con el Camel, que luego se fumó escondido en el baño.

El segundo susto que recibió Joaquín veinticuatro horas después, ayer por la noche, también fue por culpa de la menta y de las croquetas de cemento del Bar Cabaña. Cawy, Salutaris y Joaquín salieron del establecimiento medio borrachos. Más bien fingían estar ajumados para aparentar virilidad. Subieron a media noche la Loma del Ángel, iban hipando, los tres abrazados, haciendo eses al andar, imitando inconscientemente a aquellos tres remotos marineros americanos que una vez les preguntaron en aquella misma esquina dónde podían encontrar «¿Fuckin, fuckin, señorina, one dólar?».

Se sentaron en el atrio de la iglesia. Enfrente había un nicho en la fachada de un edificio. Allí envejecía el busto de un señor con barba. Un escritor decimonónico. Cirilo Villaverde. Pero ninguno de los tres sabía quién era ese tipo.

Al lado se levantaba el edificio donde alguna vez, hacía mucho tiempo, había vivido la gótica Doris; el mismo donde ahora vivían las guajiras emparentadas con la Desdentada Aleja.

Ante la puerta por la que antes entraba y salía Doris, estaba parqueado un *Cádillac* con sus guardafangos cromados. Del coladepato se bajó una mujer. Elegantemente vestida de negro, se paró a fumar en la misma puerta del edificio de Doris. En cierta forma se parecía a ella, como si fuera su hermana mayor. Pero Doris se había ido con toda su familia para el norte, así que era imposible.

A Joaquín se le subió la menta a la cabeza. Empezó a mirarla fijamente, sonriendo, y a él le pareció que ella le devolvió la sonrisa.

–¡Oye, tú, esa jeba te está campaneando! –le cuchicheó el Cawy, dándole un codazo.

–¿Tú crees? –preguntó Joaquín, incrédulo. Los tres estaban sentados en la escalera de la iglesia, a sólo dos pasos de la fumadora que le sostenía la mirada a Joaquín sin dejar de coquetear con él. Tendría veintipico de años, llevaba un bolso al hombro y fumaba como una actriz de cine, no como la vecina de la azotea que siempre mojaba el cigarro de saliva. ¡Qué modales, qué pantorrillas, qué curvas!

Joaquín sintió la llamada del diablo. Se levantó y fue directamente hacia la trigueñona.

–Ten cuidado, Ruso, mira que eso es mucha mujer pa' tí –se burló Salutaris a sus espaldas.

La trigueñona tenía cara de descocada. Al ver que Joaquín se acercaba empezó a sonreír con más desparpajo.

«Buenas noches», le dijo el muchacho del abrigo de astracán a la fumadora. Pero cuando estuvo tan cerca que ya podía aspirar su perfume, vio salir a un hombre por la puerta que estaba detrás de ella. El tipo no le dio tiempo a reaccionar. Súbitamente sacó una Colt. 45 y la rastrilló con un chasquido metálico que se oyó en toda la Loma del Ángel. Salutaris y el Cawy se mandaron a correr.

El pistolero llevaba un traje blanco y gastaba un bigotico afilado a lo Errol Flynn. Le puso la pistola en la frente a Joaquín, oprimiéndole el occipital contra la pared de la fachada del edificio de Doris.

–¿Tú no te has visto la cara de mariconcito que tienes? –le dijo.

Joaquín tragó en seco, sintiendo entre las cejas el frío cañón al tiempo que descubría que aquel tipo –también entre las cejas– tenía una verruga de la que salían tres pelos negros

–¡Más maricón eres tú, abusador! ¿No ves que es un niño? –gritó la mujer dándole un manotazo a la pistola e interponiéndose entre su marido –o lo que fuera– y Joaquín.

El tipo de la verruga le tiró a la fumadora una patada de medio lado, sin dejar de encañonar a Joaquín. La trigueña empezó a pegarle con el bolso. Con la cara descompuesta, enrabiado, el hombre bajó la pistola, empujó a la trigueñona dentro del carro, se puso al timón, arrancó y dobló en la esquina rechinando gomas.

¡Fiuuu!, suspiró Joaquín sintiendo que se le aflojaban las piernas. Se sentó en la acera, como bajo la acción de un lenitivo, y miró hacia la oscuridad por donde había desaparecido el *Cádillac*.

Esos minutos con la boca de la pistola entre las cejas habían durado una hora. El tiempo es elástico, pensó Joaquín, como un chicle *double-bubble* cuando después de reventar el globo, lo estiras sacándotelo de la boca y lo vas alargando, a la manera de un puente colgante, hasta que estalla en una burbuja de saliva. El Cawy y Salutaris reaparecieron al ratico. Joaquín no les reprochó nada. Los comprendía. Una pistola rastrillada es un animal poderoso.

Esos fueron los dos sustos que acababa de pasar. Y evocándolos por fin llegó a la panadería de la calle Montserrate. Las estanterías vacías y no se veían panes de gloria por ninguna parte. Por si acaso, entró a preguntar.

El panadero sentado dormitaba con la cabeza apoyada en el mostrador. Reaccionó colérico: «¿Panes de gloria? ¡Aquí no hay ni dónde caerse muerto, chico!».

Joaquín salió de allí con los treinta pesos en el bolsillo. La Flaca debió de equivocarse. A lo mejor había hecho la gestión en otra panadería y le había dado a él una dirección errónea.

Le devolvió el dinero a Celestino, porque Graciela no estaba a la vista. Al día siguiente fue la fiesta. En vez de panes de gloria, se repartieron las abominables croquetas de cemento que venían en unas cajitas de cartón todavía más patéticas y una especie de refresco llamado «guachipupa de fresa» que sabía a rayos encendidos.

La música de los altoparlantes tronaba. Todos bailaban en el patio azulejeado de la escuela. Joaquín se puso a darle vueltas a una china muy mona de primer año. De pronto vio a Graciela, a lo lejos. Alzaba los treinta pesos enseñándoselos y poniendo una cara muy rara. Celestino ya se los había dado a ella. Pero él estaba demasiado arrobado con la Wong para darle importancia a la mirada incendiaria que le dirigió la Flaca. Estaría celosa otra vez.

—¿Por qué tienes los dedos así? —preguntó la china cubana.

—Nada, es un juego con el compás.

Joaquín tenía los dedos de la mano izquierda llenos de heridas, como cuchilladas. Desde que habían puesto en los cines *El cuchillo en el agua* a todos los jóvenes les dio por clavetear rápidamente una cuchilla entre los dedos de la mano. Unos usaban punzones de hielo, otros, cuchillos. Joaquín usaba la punta afilada de su compás y el tablero de su pupitre estaba acribillado de impactos.

—¿No te duele? —preguntó la china acariciándole un dedo.

26.

EL BITONGO REFORMADO

Héctor era un bitongo aspirante a gótico, de esos que hacían la primera comunión subiendo por la Loma del Ángel todo de blanco con un cirio en una mano y un catecismo de tapas nacaradas en la otra. Vivía en la que antes era la cuadra de los bitongos. Su padre había sido dueño de una tintorería o de una ferretería. Pocas veces le dirigía la palabra a Joaquín en la época anterior, cuando las tres cuadras de la Loma formaban compartimentos casi estancos.

Ahora estaba en la secundaria. En tercer año. Siempre había sido muy inteligente, un superdotado en matemáticas y en idiomas, igual que Peróxido, pero más arrogante. Rubio, de ojos azules, la gente decía que era descendiente de alemanes. Corría el rumor de que su padre era un nazi que se había escondido en Cuba después de la Segunda Guerra Mundial. Lo de nazi quedaba más o menos corroborado por su afición a la música de Wagner. Otros afirmaban todo lo contrario: que era un «polaco» –que así les decían a los «judíos»– también refugiado en la isla. Pero todo eso sonaba a habladurías.

Lo cierto es que Héctor siempre fue un niño de aspecto más bien delicado, algo fofo, incluso medio amanerado. Ahora fumaba tabaco, caminaba con la brusquedad de un estibador de los muelles, y hablaba con voz de trueno artificial. Estaba irreconocible.

¿Cómo era posible que gesticulara y escupiera de medio lado como si fuera el peor de los mataperros? ¿A santo de qué movía las manos imitando a los guapos del barrio, geométricamente, cual si fueran cuchillos? ¿Qué era lo que lo había obligado a adoptar aquella transfiguración tan drástica, esos modales tan ajenos a él, aquella manera tan rígida como falsa de caminar?

Héctor era un bitongo reformado. Estaba sobreviviendo. Estaba enmascarado. Estaba disfrazado. Como todo el mundo en la isla. Era de los pocos bitongos que habían sobrevivido a la revolución. Después de la fiesta en la secundaria coincidieron a la salida.

–¿Qué moña, asere? –le preguntó Héctor poniendo voz ronca.

– Aquí… –dijo Joaquín.

Empezaron a caminar juntos hacia la Loma del Ángel. Héctor iba por el camino arrancándose flemas sonoramente, escupiendo gargajos oblicuos, como para congraciarse con las clases humildes. A Joaquín le daba un poco de vergüenza ajena toda esa farsa.

En un banco de madera, a la sombra de una ceiba, había dos negros jugando al ajedrez con un tablero de cartón y piezas de plástico.

–¿Viste?– exclamó Héctor apuntando con el mentón para los ajedrecistas.

–Sí, ¿qué? –preguntó Joaquín extrañado porque esa era una escena habitual desde hacía dos años.

–Nada, que ahora somos iguales. Los blancos y los niches. Pero las blancas siguen saliendo– y sonrió enigmáticamente.

–Yo conozco a un negro que juega muy bien ajedrez –argumentó Joaquín.

–Vamos a ver si se convierte en un Capanegra –y aquí la voz, en un descuido, se le aflautó fugazmente.

A Héctor le gustaba mucho el ajedrez. Precisamente, la última vez que Joaquín había coincidido con él fue en un Campeonato Internacional de Ajedrez organizado en el Hotel Habana Libre, antes Hilton. Un torneo en memoria del gran maestro cubano José Raúl Capablanca. Mientras Joaquín observaba allí las jugadas de un sueco contra un ruso, a pocos pasos, el bitongo tomaba notas en un bloc.

Ajedrecistas de todo el mundo estaban en un gran salón acordonado, el silencio era majestuoso, digno de tantas cabezas pensantes, cuando de pronto todo se interrumpió con una salva de aplausos. Los jugadores se pusieron de pie, el público se arremolinó en la entrada del salón. Incluso la gran pizarra del fondo, donde se reflejaban los movimientos de las piezas para que pudieran verse a distancia, se paralizó. Hasta los relojes colocados en cada mesa, detuvieron su tictac. Alguien demasiado importante acababa de entrar allí. ¿Fidel? ¿Antonio Maceo salido de su tumba?

Era el Che Guevara con la guerrera sudada, por fuera, ceñida por una canana con cartuchera y pistola. La canana tenía una hebilla metálica dorada con una hoz y un martillo refulgentes. Los bolsillos rebosantes de papeles y bolígrafos, las botas enfangadas. Iba dejando huellas de fango por todo el suelo de mármol. Traía un perro atado con una cadena de gruesos eslabones niquelados. Las botas del Che parecían raquetas para andar por la nieve de tanto lodo endurecido que traían pegado, eran como tortas de barro resonando en el salón: plaf, plaf, plaf.

Todavía conservaba la escasa barba, pero ya no tenía la melena salvaje del principio. Ya no parecía un pirata, había perdido parte de su encanto. El comandante argentino se acercó a Joaquín y a Héctor, quienes se apartaron para dejarlo pasar al otro lado del cordón dorado, donde estaban los afamados ajedrecistas. Al darse la vuelta para saludar a los que seguían aplaudiendo, el Che vio sus pisadas de fango en el suelo reluciente y, quitándose el tabaco de la boca, sonrió:

—Oh, ustedes me van a perdonar, pero vengo de un trabajo voluntario en una granja y tenía tantas ganas de jugar una partida que ni siquiera tuve tiempo de cambiarme antes de venir para acá.

Todos rieron beatíficamente. El ruso y el sueco se disputaban el honor de cederle la silla con mucho más ardor del que antes ponían en darse jaque mate. Sellaron la partida para continuarla después, y enseguida apareció un ujier con otro tablero. El Che aceptó el asiento del soviético y salió con las blancas: peón cuatro rey. Pero tantos curiosos vinieron a verlo jugar, que en medio del empuja empuja, Joaquín y Héctor fueron desplazados hasta una esquina del salón.

—Me han dicho que vas a viajar a la Unión Soviética —le preguntaba ahora Héctor.

—Sí —mintió Joaquín.

Cuando llegaron a la casa de Héctor, éste le dijo:

—Espérame aquí abajo, te voy a bajar una cosa.

Joaquín esperó en la puerta. Se acordó del padre de Héctor. ¿Qué habría sido de él? Era un hombre muy serio. Rubio, atildado, ojizarco. Por fin ¿qué era? ¿Notario, ferretero? No lo recordaba. Pero sí sabía que le gustaba la música clásica. Por las tardes ponía discos de Chopin, de Mozart, sobre todo de Wagner. Vivía en la esquina de los bitongos con los mataperros. Así que cada vez que ponía esa música, la gente del solar que estaba al lado empezaba a gritarle: «¡Oye, tú, quita esa música de muertos!».

Como no apagaba el tocadiscos. Los solariegos subían el volumen de sus radios con sus guarachas, sus cha cha chás, sus merengues, sus boleros, sus rumbas. Era una competencia de ruidos. La guerra de Chopin contra Chapotín. El padre de Héctor acababa por cerrar las ventanas de su balcón. Como tenía aire acondicionado, podía permitirse ese lujo.

En su balcón tenía un telescopio con un trípode. A veces lo dirigía hacia las estrellas, a veces lo enfocaba hacia las ventanas de los alrededores para contemplar a las vecinas en paños menores. Joaquín suspiraba por tener un telescopio para estudiar el firmamento, para soñar con ser cosmonauta algún día como Yuri Gagarin. Pero de un tiempo a esta parte el telescopio ya no estaba en el balcón. Ni se oía música de Wagner. ¿El padre de Héctor se habría ido con su música a otra parte? ¿Se habría ido para Miami con telescopio y todo?

Oyó pasos en la escalera. Héctor apareció con un libro en la mano. Era un folleto de Lenin titulado *Sobre la juventud*, cosa que le extrañó mucho a Joaquín.

—Ya que te interesa tanto la Unión Soviética, te presto este libro. Pero no se lo digas a nadie. Es un secreto entre nosotros.

Joaquín hizo con los dedos el gesto de cerrarse la boca con un zípper.

—Cuando termines de leerlo, sabrás quiénes son tus rusos —dijo el otro y volvió a subir la escalera.

Al llegar a su casa, Joaquín descubrió que no se trataba de una obra de Lenin. Héctor había usado la carátula de un libro de Lenin como forro para ocultar otro libro: *La gran estafa*, de un tal Eudocio Ravines.

Joaquín dejó de leer el aburrido libro del cineasta ruso de nombre casi impronunciable (Eisenstein) y se enfrascó en la lectura de *La gran estafa*. Enseguida se dio cuenta de que era un texto anticomunista. Escondió el libro en el palomar vacío de la azotea y sólo lo leía allá arriba, metido dentro de esa jaula de tela metálica. El libro estaba muy manoseado, se veía que Héctor se lo había prestado a muchas personas antes que a él.

Una gran estafa muy manoseada.

27

EL PROCESO DE LOS PANES DE GLORIA

Un par de meses después los militantes de la secundaria básica anunciaron el proceso de crecimiento de la Juventud Comunista. Es decir, la asamblea general en la cual serían elegidos los nuevos jóvenes comunistas. Para su sorpresa, Joaquín aparecía en la lista de «aspirantes» clavada con tachuelas en el mural de la escuela. Él no había pedido «aspirar» a nada de eso, nadie le había pedido permiso para incluirlo en aquella lista. Pero se sintió entre halagado y amedrentado.

Era un poco como la beca de Miramar, incluso peor, porque si uno se negaba a aceptar semejante honor, quedaba señalado. Sin embargo, se consoló pensando que esa noticia podría contentar a su padre.

El plantel fue engalanado para esa ocasión tan trascendental con banderitas, flores, guirnaldas y cadenetas de papel coloreado. Todo lo cual tenía algo de infantil y, no obstante, aquel «proceso de crecimiento» era una cosa muy seria. Mucho más importante que un acto de promoción académica. Ningún alumno ni maestro podía faltar a la cita. Los padres de los «aspirantes» estaban formalmente invitados.

Desde luego, Numancia no asistió. Su alcurnia se lo impedía, esos actos masivos no eran de su gusto; pero Coliseo estaba en la primera fila de sillas de tijera, vestido de gala, es decir, con su único saco, ya bastante pasado, color cucaracha. Todos se pusieron de pie cuando sonaron las primeras notas del himno nacional, y sólo volvieron a sentarse cuando cesaron los clarines.

–Bien, compañeros –empezó el secretario general del Comité de Base de la UJC, micrófono en mano y engolando la voz–, nos hemos reunido aquí hoy para seleccionar a los mejores de la cantera de la UJC.

Lo de «cantera» era otra novedad de la jerga política al uso, como si los aspirantes fueran bloques de piedra a punto de convertirse en estatuas. En efecto, se suponía que de esa cantera saldrían los «hombres nuevos» de que tanto hablaba el Che.

Petrificados ante tanta solemnidad, todos los alumnos llenaban el patio de la escuela transformado en salón de actos. Frente a ellos se levantaba la tarima donde se sentaban los dirigentes de la Juventud Comunista, dominándolo todo desde lo alto. Celestino, de pie, jugueteando con el micrófono, disfrutaba de su pequeña cuota de poder pasajero.

Entonces empezaron a llamar a los que figuraban en la lista. Y uno tras otro iban subiendo al estrado, donde se sentaban para ser sometidos a un escrutinio casi bactereológico. La silla del aspirante a joven comunista estaba en una esquina de la plataforma, bien alejada de los militantes que ocupaban el fondo del escenario, como en la sillería de una sala capitular. Detrás de los dirigentes se desplegaban banderas cubanas, soviéticas y el emblema de la UJC donde aparecían los perfiles casi superpuestos de Mella y Camilo.

A la muchacha que acababa de bajar de la tarima, le habían recriminado agriamente que recibiera cuchillitas *Gillette* dentro de las cartas que le mandaba una prima desde Miami. De nada valió que dijera que eran para depilarse sus lindas piernas masacradas por las *Astra–Diu* checoslovacas. Cuando trató de defenderse, la Flaca Graciela le soltó una parrafada en la que la tildó de «pequeñoburguesa y blandengue.»

La chiquita bajó llorando del estrado. La habían humillado. Por supuesto que había sido rechazada por la UJC. Su principal defecto, según explicó a los presentes el supermilitante Arturo, era carecer de «espíritu autocrítico». O sea, que en vez de aceptar calladamente las críticas, había replicado. La chiquita había balbuceado apenas un par de palabras en su propia defensa y enseguida rompió a llorar.

Ya habían rechazado a otros dos aspirantes, a uno por ser católico y no renunciar a su fe en público, a otro por recibir de Estados Unidos un par de chicles dentro de una carta. Sólo un estudiante había sido aceptado en la organización, al parecer no tenía ninguna mácula.

Y así debía de ser, puesto que los militantes lo sabían todo sobre los aspirantes. ¿Cómo podían saber que en las cartas venían chiclets o cuchillas de afeitar? ¿Tenían algún espía en las oficinas de correo?

Poco a poco Joaquín fue entendiendo la naturaleza de aquel «proceso de crecimiento». La palabra «proceso» empezaba a adquirir toda su resonancia judicial. Cada aspirante a joven comunista era como un reo que tenía que probar su inocencia ante un tribunal. El análisis al que lo sometían era tan exhaustivo que no sólo incluía la conducta escolar, las calificaciones obtenidas, sino también la asistencia al trabajo voluntario y otros aspectos nada académicos, como cartearse con un familiar que viviera fuera de la isla, lo cual constituía una falta grave. «¡Menos mal que mi tío me pidió que no le escribiera más», pensaba Joaquín. De modo que a él no podrían acusarlo de cartearse con el extranjero.

En ese momento Joaquín oyó su nombre por los altavoces y subió entre aplausos a la tarima. Se sentó en el banquillo de los «procesados» con su abrigo de astracán. Coliseo le sonrió desde abajo. Su hijo tenía más de un punto a su favor. No sólo había sido uno de los brigadistas más jóvenes del país durante la alfabetización sino que, hasta ahora, no había faltado ni a un solo trabajo voluntario. De hecho, era el responsable de ese frente en la UES. Además, estudiaba ruso por las noches, y se sabía de memoria varias citas de Lenin que no dejaba de repetir cada vez que tenía ocasión. Coliseo estaba de lo más orgulloso cuando lo vió subir a la tribuna.

Pero Joaquín notó algo raro al pasar por al lado de Celestino. Cuando lo miró para saludarlo, el Secretario General rehuyó su mirada. Su segundo al mando, Arturo, hizo lo mismo. Siempre tan jaraneros con él, siempre llamándole «cuadro», y de buenas a primeras actuaban como si no lo conocieran. Graciela también se guilló mirando para el techo. ¡Qué extraño! Bueno, quizá toda esa frialdad formara parte de una puesta en escena. A lo mejor tenían que mostrarse imparciales ante el público, pensó Joaquín.

Por suerte, la lectura del informe académico estuvo a cargo de Migdalia, su profesora de gramática, que le tenía un gran afecto. Tanto que casi parecía algo más que afecto. A veces se sentaba en su pupitre, pegándose a él, rozando su codo manchado de tiza con el de Joaquín, para revisar alguna tarea en su libreta. Migdalia con sus grandes tetas y su escote de corazón frotaba disimuladamente sus carnes con la de su alumno favorito, erotizándolo a veces. Sus pantorrillas rozaban las piernas de Joaquín debajo del pupitre.

Joaquín había ponchado matemáticas, pero en el resto de las asignaturas estaba bien. De lo más risueño, Coliseo seguía con suma atención el informe de la maestra sobre su hijo. Pero entonces le tocó el turno a los militantes. Graciela acudió al micrófono. No podía negar que Joaquín Iznaga había cumplido con su deber como responsable de trabajo voluntario. Pero…

—Pero tenemos que hacerle una crítica al compañero —agregó—. Su falta de madurez durante una recogida de papas cuando asustó a unas compañeras con un majá.

Un murmullo se propagó por el patio, como un montón de hojas secas aventadas por un ciclón.

—Además, se negó a pasar la lista de la asistencia. Y luego apuntó en la lista a muchos ausentes como si estuvieran presentes.

—No fue un majá, fue un jubo —replicó Joaquín levantando la mano. Estaba asombrado de que al cabo de tantos meses aún la Flaca se acordara de semejante pequeñez. Aquella gente tomaba nota de todo.

—Eso da lo mismo, como si fue una cobra o una boa. El orden de los factores no altera el producto. El resultado es el mismo. Estabas majaseando. Y por tu culpa se armó tremendo alboroto entre las hembras que derrumbaron una tonga de sacos arruinando la cosecha, eso sin contar que una alumna se cayó hiriéndose una rodilla.

Joaquín no podía dar crédito a sus oídos. Él era Satanás lanzándoles serpientes a aquellas Evas que huían despavoridas y ruidosamente por los surcos empedrados de papas, derribándolo todo a su paso. Todo aquello no era más que una patraña. Las chiquitas estaban encantadas de correr dando chillidos y riéndose. Además, cinco sacos de papas derramados en los surcos no equivalían a «arruinar la cosecha». Por otra parte, los cinco sacos contenían más piedras que papas.

Aquello era desproporcionado. Estaban buscando defectos adrede. Joaquín quiso pedir la palabra pero Graciela le negó ese derecho con un gesto de su mano.

—Y ahí no para la cosa —añadió la flacuchenta con su nariz acribillada de espinillas negras—. También por culpa del compañero se echaron a perder varias cajas de panes de gloria que él tenía que comprar para la fiesta que hace poco organizamos con motivo de haber conseguido el primer lugar en la emulación provincial.

Aquello era demasiado. Acalorado, Joaquín se puso de pie.

—¡Siéntese, camarada! —ordenó Celestino anotando algo en su agenda de sobaco.

—Y, encima —prosiguió La Flaca asperjando el micrófono con su saliva—; el administrador de la panadería nos ha hecho saber que no entrará en más tratos con nosotros. Le habíamos dado treinta pesos de los fondos de la organización a Joaquín, y él los devolvió, pero sin cumplir con el encargo.

—El panadero me dijo que no había panes de gloria —exclamó Joaquín.

—¡Claro que no había panes de gloria! —refutó Graciela—. No los había para cualquier desconocido que pasara por allí, pero sí los había para nosotros, para la UJC de la Secundaria. Estaban guardados en la trastienda para que nadie los viera desde la calle y no se formara la cola...

—¿Y cómo iba a saber yo eso? No soy adivino...

—Tenías que haberle dicho al panadero que ibas de parte del Comité de Base de la UJC de la Secundaria Básica —aclaró Graciela—. Por tu culpa no pudimos dar los panes de gloria en la fiesta. Pero lo peor es que hemos tenido que pagar de nuestros fondos las pérdidas a la administración de la empresa panificadora del municipio...

—Pero a mí nadie me dijo que...

Una rechifla generalizada en el patio, un griterío espantoso lo interrumpieron. Allí ya no se podía razonar. No valía la pena discutir. A medida que los ataques de la Flaca arreciaban, el alumnado se excitaba más. Los estudiantes aplaudían o silbaban sin que se supiera a favor de quién estaban. Algunos alumnos abucheaban, otros saltaban encima de las sillas de tijeras como si fueran monos, otros pataleaban, otros emitían trompetillas que sonaban como prolongados peos, otros se retorcían entre carcajadas, doblados, aguantándose las costillas como si tuvieran cólicos. De una hilera de sillas a la otra se veían volar pelotas de papel arrugado, avioncitos, picuitas, libretas, libros, cartabones... Una de esas pelotas de papel rebotó en la peluca magenta de la Directora de la Secundaria que no decía ni pío.

Joaquín estaba a punto de caer en la trampa que le tendían. Lo estaban provocando a ver si se dejaba arrastrar hasta la sentina de la banalidad, del chanchullo, del brete y del dimequetediré –ese deporte tan cubano. Pero no pensaba darles ese gustazo.

Joaquín se acordó de los tres monitos sabios de Numancia. No decir nada, no oír nada, no ver nada. Guardó silencio en medio de aquella olla de grillos. Evitó mirar a su padre. Dirigió su mirada hacia un punto vacío en el espacio.

–A pesar de sus méritos, consideramos que es demasiado inmaduro para militar en nuestra gloriosa organización –seguía diciendo la Flaca–. Aquí hay más informes –dijo hojeando su agenda.

–No hace las guardias nocturnas en su CDR..

–Bueno, puntualicemos –intervino Celestino–, el año pasado, cuando pasó el ciclón Flora, el compañero participó con su CDR en la tarea de recoger colchas y ropa en su barrio para enviárselas a los damnificados del huracán que causó cuatro mil muertos. Es justo que recordemos eso también.

–Es cierto –prosiguió Graciela–, pero no va a las concentraciones en la Plaza de la Revolución, ni a las pruebas LPV en la Ciudad Deportiva.

«Todo eso es verdad», pensaba Joaquín en el banquillo de los acusados. No le gustaba pasarse parte de la noche como un comemierda con un brazalete puesto, parado en una esquina, vigilando no se sabe qué. Era verdad que no le gustaban las muchedumbres sudorosas y gritonas concentradas en la antigua Plaza Cívica, y los discursos de Fidel ya le aburrían … En cuanto a los deportes, nunca le habían interesado. Cosa grave porque últimamente las actividades deportivas habían alcanzado una importancia estatal de primera magnitud. Eso se expresaba oficialmente mediante la sigla que presidía todas las competencias: L.P.V. es decir, «Listos Para Vencer». Para todo se decía «L.P.V.». Incluso en los piropos: «Esa jeba está L.P.V.» «¿Carolina sigue ingresada?» «Qué va, ya salió del hospital y está L.P.V.»

La clave estaba en la «V» al final de la abreviatura. Ese «Vencer» era ambiguo. En principio parecía aludir al afán de ganar una competición atlética, pero soterradamente conectaba con la conclusión de la famosa disyuntiva con la que Fidel Castro remataba todos sus discursos: «Patria o Muerte, Venceremos». Aquel «vencer» deportivo apuntaba al «venceremos» guerrero de la consigna. Deporte y ejército quedaban así complementados. Esparta resucitada en el Mar Caribe. Esparta contra Atenas.

A tal punto había llegado la obsesión deportiva que ahora los trabajadores detenían su jornada laboral, cada día, durante diez o quince minutos, para hacer «fisminutos» que eran unas calistenias en las que todos al unísono levantaban los brazos, o los bajaban, se ponían en cuclillas y daban salticos al compás del silbato de un instructor. Hasta los ancianos hacían ejercicios gimnásticos en los parques… para «estar L.P.V.».

Coliseo estaba encantado, porque todas esas murumacas eran la versión marxista del «Método de Tensión Dinámica» de Charles Atlas que tanto le gustaba en otros tiempos y que tanto había obligado a practicar a su hijo… Cuando vivía con Numancia, todas las mañanas se paraba frente a la luna rococó del Luis XV y se ponía a hacer ejercicios: planchas, abdominales… Parecía una rana saltando agachado. Joaquín tenía que imitarlo a regañadientes. Mientras tanto, desde los Jardines Colgantes, Numancia miraba risueñamente a su marido. «Tanta calistenia y total ¿para qué, si de todas maneras te vas a morir primero que yo?», comentaba la modista entre carcajadas. «¿A ver si eres capaz de hacer esto?», lo desafiaba poniéndose de pie y remangándose la saya por encima de las rodillas. Entonces se doblaba hasta tocarse la punta de los pies con los dedos de las manos. Al igual que su esposa, Coliseo era cuarentón largo por entonces, pero no podía hacer esas flexiones. Su padre mascullaba «¡payasa!» cuando Numancia hacía esos ejercicios burlándose de él.

Así que ahora Coliseo debería sentirse como pez en el agua porque el deporte había alcanzado dimensiones mitológicas hasta convertirse en una superstición nacional. Ese énfasis en los deportes venía como anillo al dedo para la robotización de la población. Promoviendo el deporte, se mataban dos pájaros de un tiro. Por un lado se mantenía a la población disciplinada y muscularmente apta para el combate y, por otro, estaba entretenida en actividades que no entrañaban ningún esfuerzo intelectual de notable magnitud. ¿Para qué iban a dedicarse a pensar si ya el Rey Mago Principal pensaba por ellos?

Joaquín estaba cada vez más encabronado. ¿Para qué lo habían designado como «aspirante» –a él y a los demás procesados– si los organizadores de la asamblea ya sabían de antemano quiénes iban a ser elegidos y quiénes no? ¿Qué sentido tenía todo aquello? ¿Para qué los hacían pasar por ese calvario si ya tenían hasta por escrito –en sus agendas– todos los argumentos para obstaculizarles o negarles la entrada en la UJC? Como mínimo, era una falta de educación, como si a uno lo invitan formalmente a una fiesta y cuando llega le dan con la puerta en la cara, y encima le someten al escarnio.

Todo era un show prefabricado. Semejante procedimiento sólo podía tener una explicación. Los habían designado como aspirantes (a Joaquín y a los otros rechazados) única y exclusivamente para poderlos humillar en público. En realidad, ese «proceso de crecimiento» era como el Juicio de los Escupitajos que le hicieron en Media Luna al alfabetizador pecoso. Joaquín nunca olvidaría las palabras del brigadista bizco: «en el juicio lo vamos a escupir, y tenemos que gritarle "traidor", "maricón", "rajado"…». Joaquín sintió repugnancia ante semejante método en aquel entonces. Ahora empezaba a sospechar que aquello no había sido un hecho aislado, sino que formaba parte de una práctica sistemática a nivel gubernamental en todas las esferas de la vida del país. Aquel alfabetizador tan dispuesto a humillar a los demás seguramente que ahora sería militante de la UJC. Estos que lo estaban «procesando» a él en la secundaria eran sus iguales.

El proceso de los panes de gloria perseguía dos objetivos. El primero era incorporar nuevos miembros a la organización política juvenil. Pero el segundo –que tácitamente era el más importante– consistía en avasallar en público a algunos estudiantes para difundir el terror psicológico en el resto del alumnado, para apocarlos e intimidarlos. De esa forma la UJC daba una lección ejemplarizante, aparecía como una formidable aplanadora cuyo rodillo podía pulverizar hasta el más mínimo síntoma de singularidad. Así –con ese mecanismo maquiavélico– se domesticaba a los individuos justo a la edad en que empezaban a manifestar su personalidad. Así se construía al «Hombre Nuevo».

–Y ahí no acaba la cosa –dijo Arturo–, sabemos que el compañerito escribe cartas al extranjero.

¿Qué cartas?, se preguntó Joaquín y tardó casi un minuto en comprender que el cabezón aludía a las cartas que escribía al dictado de su abuela destinadas al anticuario que estaba en Miami. Polenta era analfabeta y si bien Joaquín no podía escribirle a su tío por prohibición expresa suya, eso no impedía que pudiera ayudar a su abuela.

Indudablemente aquella gente de la UJC tenían espías entre los carteros, ocultos en los buzones, diseminados por todo el servicio postal, desde el Ministerio de Comunicaciones hasta la oficina de correos del más insignificante pueblo de provincia. ¿O serían las cederistas? Claro, las gárgolas… Cuando su abuela le dictaba las cartas para el tío, se sentaban en el comedor, con la puerta abierta. Los vecinos pasaban sin cesar por el pasillo rumbo a los inodoros y fregaderos. Cualquiera podía oír aquellos dictados epistolares y tomar nota mentalmente de lo que oía.

Lo mismo le había pasado a la muchacha que bajó llorando de la tribuna. Habían abierto sus cartas, o bien las habían examinado al trasluz, para ver si contenían chiclets o cuchillitas *Gillette*. Joaquín estaba demudado.

La mayoría de los alumnos seguía rebuznando, contorsionándose en las sillas, alzando las rodillas y pateando –o más bien coceando– el suelo, retorciéndose de placer, más que riéndose haciendo muecas simiescas. Joaquín se quedó embelesado, tuvo una ralentización, una insolación interior. Se quedó ensimismado, oyendo sin oír todo aquello, ajeno al guirigay circense.

Decidió callarse, y no decir ni media palabra. Cuando la vulgaridad grita, las personas decentes se callan. Lo malo es que el vulgo enseguida interpreta erróneamente que «el que calla otorga». Lo cual no siempre es verdad. Porque también hay otro refrán árabe que dice: «cuando las palabras son de plata, el silencio es de oro». Y también hay otro que Numancia repetía mucho: «a palabras vanas, oídos sordos».

También se suele guardar silencio a veces simplemente por estupor, porque se experimenta un asco visceralmente insondable, no porque se otorgue nada, no porque se carezca de argumentos para defenderse, simplemente porque se ha llegado a la conclusión de que no vale la pena discutir con energúmenos.

Aquello era una prolongación de la vocinglería nacional que él conocía desde niño cuando en los solares oía a las niñas de siete y ocho años de edad gritándoles a sus madres «¡puta! ¡Mecagoenelcoñoetumadreee!», a voz en cuello, para que todo el vecindario las oyera. Joaquín sentía vergüenza ajena. Él no era un santo, él también decía palabrotas, pero entre sus amigos, no a su madre. Ni a su padre. ¡Eso por nada del mundo! Y sin embargo esas ofensas –de padres a hijos, de hijos a padres– eran la cosa más frecuente en el barrio, casi un mérito, prácticamente una virtud, una gracia que algunos incluso reían.

El verdadero deporte nacional no era la pelota, sino la injuria. La cultura del dicterio. Todo el mundo todo el tiempo llamándose unos a otros «maricón», «negro bembón», «negra gorila», «tortillera». De balcón a balcón, en los patios, en los pasillos, en las escaleras, en las bodegas, en medio de la calle, la gente se gritaba los improperios más soeces. Toda una genética de la zafiedad heredada de la confusión de las razas, toda una ciencia de la vulgaridad emanando de la pobreza material y espiritual. Vocinglería nacional. Insular. Insolación.

–¡Un poco de orden, por favor! –gritó la Directora que se teñía el pelo con papel carbón desde que escaseaba su tinte favorito en las peluquerías. Pero nadie le hizo caso.

Migdalia, en cambio, tuvo más suerte, quizá porque era más alta. Aunque el miedo se leía en sus ojos, tuvo el coraje de levantarse y gritar en medio del alboroto:

–Pero Joaquín fue alfabetizador… sólo tenía doce años cuando subió a la Sierra a enseñar a leer y a escribir a los guajiros…

Hasta ahora nadie había mencionado aquel antecedente, pero enseguida Graciela interrumpió a la profesora de gramática repitiendo otra de las consignas de moda:

–No me digas lo que hiciste, dime lo que estás haciendo…

A Joaquín le llamó la atención esa falta de respeto de que una alumna –por muy joven comunista que fuera– interrumpiera a una maestra. No sólo la había interrumpido, sino que ahora Graciela le dirigía a Migdalia una mirada aviesa.

¿Qué estaba pasando allí? Él nunca había visto a un alumno enfrentándose a un maestro, y menos en público. Eso era otra novedad. Antes, en las escuelas públicas podía darse el caso de que algunos mataperros muy mataperros se enfrentaran excepcionalmente a los maestros, pero eso era a título estrictamente privado. Lo que estaba ocurriendo ahora era un fenómeno totalmente distinto. La alumna se enfrentaba a la maestra no a título personal, sino en nombre de la revolución. Graciela encarnaba a la Historia, lo que convertía virtualmente a la maestra en poco menos que una gusana por atreverse a introducir en el debate un elemento favorable al procesado Joaquín Iznaga.

Migdalia se sintió desautorizada, acoquinada, y volvió a sentarse sin decir ni esta boca es mía. La Directora, que estaba a su lado, le dirigió una mirada de reconvención, como diciéndole: «tú te lo buscaste».

–A nosotros, a la UJC, lo que nos interesa no son los méritos pasados, sino los méritos presentes, actuales –concluyó la Flaca para que se entendiera mejor su posición oficial con respecto a la alfabetización que ya era considerada arqueología.

Celestino levantó una mano pidiendo silencio, y la masa se apaciguó. Era evidente que Celestino y sus secuaces tenían allí –al menos durante esa asamblea– mucho más poder que la directora y todo el profesorado junto. ¿Eso era la revolución?

Joaquín pensaba todavía ingenuamente que la revolución se había hecho para derrocar a un dictador. Aún no se daba cuenta de que una revolución no se hace para derrocar a un tirano sino para poner a otro en su lugar, que una revolución no se mueve por afán de exterminar una tiranía sino por la avidez de imitarla y superarla. No era la batalla del Bien contra el Mal, sino la de un Mal por conocer contra un Mal conocido. La Batalla de un Mal Peor contra un Mal que comparativamente, visto en la perspectiva de la historia, cada vez resultaba Menor.

–Además –dijo Celestino–, el compañero se negó a aceptar la beca que le ofrecieron por ser alfabetizador. Y si fue alfabetizador, entonces ¿por qué durante la Crisis de Octubre no se alistó en las milicias nacionales revolucionarias? Si lo analizamos desde un punto de vista dialéctico…

La «dialéctica»… esa era otra palabrita nueva en boca de los militantes. Joaquín ya había preguntado y nadie sabía qué diablos era aquello, había buscado la palabreja en el diccionario de Numancia, pero no venía. Nadie sabía a ciencia cierta lo que quería decir, pero todos usaban ese vocablo de moda. Era una de esas palabras que a fuerza de repetición adquirían una especie de significado simbólico, supersticioso, como una fuente de poder por incantación para hipnotizar a la tribu.

Los jóvenes comunistas eran insaciables exigiendo sacrificios. No bastaba con alfabetizar, ellos querían que además uno fuera artillero, que uno se comiera a un yanqui con papas fritas, que uno se comiera un tanque de guerra enemigo, que uno se lanzara por un balcón al vacío, que uno fuera un robot.

Celestino siguió soltando guanajerías a tutiplén. Joaquín no lo oía. Todos aplaudieron al Secretario General del Comité de Base mientras desarrollaba su «análisis dialéctico». Todos tenían miedo. Un miedo contagioso que se transformaba en aplausos. La militancia del miedo. Todos militaban por miedo.

—Pero hay algo más —dijo Celestino empuñando el micrófono como si fuera un cetro—: este compañero lee materiales ideológicamente negativos. Sabemos de buena tinta que lee a Eudocio Ravines, un renegado, como todo el mundo sabe, un traidor a la causa del comunismo internacional.

¿Cómo coño sabían aquello? Él guardaba *La gran estafa* en una de las casillas vacías del palomar de la azotea. Algunos amigos de confianza lo habían visto allí leyendo ese libro. Pero él no iba a desconfiar de ellos. Joaquín le había dicho al Cawy que no dijera nada a nadie sobre ese libro. «Recuerda que en boca cerrada no entran moscas», le aclaró. Y el Cawy replicó: «pero entra la mía, que tiene rosca» y soltó la risotada. No, el Cawy era incapaz. Salutaris tampoco iba a chivatearlo, era un mataperros de verdad y odiaba a los chivatos. Además era bastante gusanón, así que no se lo imaginaba confabulándose con los militantes. ¿Quién más podía haberlo delatado? Estaba Natilla, un muchacho del barrio cuyo defecto era que siempre estaba asustado, le tenía miedo a todo. Natilla era un pendejón. También lo había visto leyendo a Ravines a la sombra del palomar. Pero ¿cómo probar que Natilla lo había denunciado? Natilla estaba allí, sentado en el público. ¿Sería el cabrón de Natilla? No podía creerlo, entre otras razones, porque también las cederistas subían a la azotea. ¿Habrían registrado las gárgolas el palomar para ver qué leía Joaquín Iznaga? Coliseo también conocía la existencia del libro, pero como es natural de su padre no iba a dudar. La otra persona que quedaba era Héctor, el mismo que le había prestado ese libro. A Joaquín no le cabía en la cabeza que la misma persona que presta un libro prohibido luego vaya corriendo a delatar en secreto al lector. ¿Qué ganaba con eso? ¿Joder, sólo por joder? ¿Por pura maldad? Joaquín buscó a Héctor entre los congregados, pero no estaba allí. Últimamente faltaba mucho a clases.

Quienquiera que fuese el chivato, lo cierto era que en aquel país cundía la desconfianza por doquier, crecía y se multiplicaba como la yerba de Guinea. Uno ya no podía creer ni en su propia sombra. Lo peor de todo era que tampoco podía demostrarse que se tratara de una delación.

A lo mejor no era más que una indiscreción. Alguien que se había puesto a hablar más de la cuenta por ahí y el rumor corrió de boca en boca hasta llegar a oídos del Comité de Base de la UJC. En cuanto a las gárgolas, ninguna había leído en su vida nada que no fuera una novelita de Corin Tellado. Con lo mal que solían expresarse, lo más seguro era que fueran incapaces de pronunciar el nombre Eudocio Ravines sin que se les enredara la lengua como estropajo. Aunque quizá Bartolo… el ex–hegeliano… nunca se sabe.

De pronto tuvo ganas de pedir la palabra para citar la célebre frase de Martí que lo perseguía desde la niñez: «ser cultos para ser libres». Pero viendo las caras amenazantes de los militantes y las ganas de burlarse que se leía en los rostros de la mayoría de sus condiscípulos, Joaquín desistió. No tenía sentido seguir luchando, no le darían ni la más mínima posibilidad de defenderse con coherencia.

En aquel país sólo se podían leer ciertos libros. Verdad que ahora eran más baratos. Pero «lo barato sale caro», como decía el Truquero. Junto con la baratura había llegado la censura. Si no se podían elegir las lecturas, ¿de qué servía estar alfabetizado? A lo mejor Bejerano Aromas era un genio. El campesino que no quiso que Joaquín lo alfabetizara, que se negó rotundamente, rompía los lápices cada vez que los cogía entre sus manos encallecidas de trabajar en el campo. Solamente quiso aprender a firmar. Su nombre y su apellido, nada más. No le interesaba leer ni escribir. Joaquín respetó esa decisión. Quizá aquel guajiro, en el fondo, tenía razón. Tal vez toda su ignorancia no era más que una forma de sabiduría demasiado profunda para que Joaquín la entendiera. El derecho a la ignorancia, ¿no es un derecho también respetable?

Los militantes eran una reverenda mierda. Actuaban por detrás. Mientras acumulaban informes contra él lo invitaban a convertirse en aspirante a joven comunista para así poderlo trucidar mejor en público.

Joaquín sintió vergüenza, sobre todo por su padre. Coliseo estaba orgullo de que él estuviera entre los aspirantes, y ahora había tenido que ser testigo de esa humillación. Sintió que las orejas se le ponían coloradas, al rojo vivo, ardiendo como galletas recién sacadas del horno. Discretamente buscó con la mirada a su padre. Se había ido. La silla de tijera vacía fue como una bofetada.

–Resumiendo, compañeros –agregó Celestino–: indiscutiblemente, el compañero tiene algunos méritos. Pero aún es muy inmaduro para entrar en nuestras filas. Todavía tiene que superar ciertas debilidades ideológicas típicamente pequeñoburguesas…Aplausos, ovaciones, rechiflas.

La Flaca volvió a intervenir, pasando las hojas de su agenda con su dedo azul ensalivado:

–Tenemos informaciones de que el compañero Joaquín anda en malas compañías. Sabemos que anda por los muelles en busca de marinos mercantes griegos para hacer negocios con ellos.

Eso era mentira. Había ido al puerto solamente una vez con sus amigos. No había hecho ningún negocio. Joaquín iba a protestar, pero el Secretario General volvió a tomar la palabra:

–Estos deméritos le impiden aspirar a la militancia. Como ustedes han visto, ni siquiera ha sido capaz de hacerse una autocrítica y reconocer estas verdades ante sus compañeros. Cada vez que ha hecho uso de la palabra, ha sido para replicar. No es humilde. Es orgulloso. Eso también demuestra que no está a la altura de nuestras banderas. Confiamos sinceramente en que para el próximo proceso de crecimiento haya alcanzado la madurez necesaria para ser un digno aspirante a nuestra gloriosa organización.

Más aplausos. Era el final del espectáculo. El Proceso de los Panes de Gloria era como un suplicio medieval, se esperaba del reo una contrición pública, una palinodia con cilicio y todo, Ravines era Satanás y su obra era un libro *ipso iure prohibitus*.

Celestino le hizo una seña invitándolo a bajar de la tarima y Joaquín obedeció, pero en vez de ir a sentarse entre el público, hizo como que iba a los urinarios y salió a la calle por la puerta trasera. Iba tan embalado, tan encabronado, que en la esquina de Tejadillo y Aguiar por poco lo arrolla un carro.

Tenía la cabeza a punto de estallar. Era un hervidero de imágenes, ideas, una atropellada discusión consigo mismo. ¡Qué se metan el carnet rojo por el culo! ¿Quién coño se han creído que son estos militantes hijosdeputas?

Ahora empezaba a entender un poco mejor a Adelita, la clienta de Numancia que se fue para Miami. Y también a Jupiña, el mataperros que siempre flotaba en las pocetas dentro de una goma *Firestone*. Jupiña era un excelente nadador, y días atrás se había lanzado de cabeza al cristal de la bahía. Pero esta vez su propósito no era, como antaño, cruzar a nado el canal hasta llegar a la Playa de los Cocos, sino ser recogido por un barco griego con bandera panameña que en ese momento salía por la boca del puerto.

Joaquín no estaba entre los presentes, pero imaginaba el salto de ángel que ejecutó su amigo desde el muro del malecón. Jupiña se agarró de un cabo que iba a flor de agua, arrastrado por popa. Estaba muy cerca de las hélices del barco mercante y si lo atrapaban, lo hacían picadillo. Por suerte o por desgracia se acercó velozmente una lancha torpedera de la Marina de Guerra. Los militares de la patrullera lo sacaron del agua con un bichero, como si fuera un pulpo, lo cual en realidad parecía, pues cuando lo izaron le colgaban los brazos como tentáculos y estaba tan embarrado de petróleo que iba soltando más tinta negra que un calamar.

Jupiña llevaba unos días preso. El Comepelos también había intentado meterse en un barco para irse al extranjero. Cada vez más gente quería abandonar la isla. Al final Eudocio Ravines iba a tener razón. Aquello era una «gran estafa». Pero no se podía decir abiertamente.

«Cuba es una isla rodeada de hijos de puta por todas partes». ¿Todos eran realmente tan hijos de puta? Probablemente no, pero eran tan escasos los que no lo eran que se confundían en la multitud y descubrirlos era más difícil que encontrar una aguja en un pajar. «Hay que aprender a nadar y a guardar la ropa», resonaba la voz de Coliseo en su conciencia como un eco.

¿Por qué Graciela no le aclaró lo de la panadería el mismo día que él devolvió los treinta pesos? ¿Por qué no se lo aclaró Celestino? Todavía estaba a tiempo de volver a la panadería y comprar los dulces. Pero tanto ella como él callaron. Callaron pérfidamente, aguardando el momento oportuno para sacarle aquel trapo sucio y darle la puñalada trapera en público.

La Flaca se había dado gusto atacándolo. Acaso por celos de mujer despechada, arañazos de gata ruina. En cuanto a Celestino y a Arturo, ¿por qué se habían ensañado así con él? Misterio. Eran personas malas por naturaleza, que se regodeaban perjudicando a los demás. En los carnavales él vio cuánto disfrutaban golpeando a la gente y tirándoles jarros de cerveza. Y si esos eran los hombres y mujeres «nuevos», los que iban a construir la «sociedad nueva», ¡qué Dios nos coja confesados!

De pequeño, para poder pertenecer a los *boy scouts* los curas le habían exigido que hiciera la primera comunión. Ahora, para ser militante, la nueva iglesia de la UJC también le exigía que entrara por el aro, que rebajara su orgullo a fuerza de vergüenza pública. No le interesaban en lo absoluto ninguna de esas organizaciones. A él no le seducían las pandillas, ni las tribus, ni los rebaños. En el fondo, era un individualista incorregible. En eso se parecía más a la aristocrática Numancia que al proletarizado Coliseo. Y si alguna vez había mostrado algún interés en ser *boy scout*, o en pertenecer a la UJC, era única y exclusivamente para complacer a su padre quien sí que creía en todo eso del espíritu de colmena.

¿Autocrítica? ¿Qué cojones era eso? Antes los católicos iban a confesarse con el cura, embajador de Dios en la tierra. Ahora había que confesarse en público ante los nuevos curas, los jóvenes comunistas, representantes del Dios de la Historia en la tierra. O ante las masas, esa nueva forma de deidad con mil cabezas. En cierto modo nada había cambiado. Las transformaciones eran superficiales. En realidad se había salido de una catequesis para entrar en otra.

Joaquín iba pensando en todo esto, enfurecido, dándoles patadas a las paredes, a los guardacantones, a los automóviles parqueados. Gesticulaba hablando solo, casi en voz alta. Desde pequeño estaba acostumbrado a esos diálogos imaginarios consigo mismo o con sus dos amigos azogados que salían del espejo, Leonel y Lucio.

De pronto, sintió unas carreras y unos jadeos a su espalda. Salutaris y el Cawy venían pisándole los talones. Como era lógico, no habían asistido al acto, pero gracias a la potencia de los altavoces lo habían oído todo desde la calle. Así que hasta los vecinos se habían enterado de esa infamia.

–¡Mejor para ti, chico! ¡No sabes el peso que te has quitado de encima! –se rió el Cawy alcanzándolo y cogiéndolo por un hombro. Pero Joaquín lo esquivó con un gesto contrariado. No quería ver ni oír a nadie, prefería rumiar su rabia a solas.

–¡Oye, Ruso, ahora no la vayas a coger con nosotros! –protestó Salutaris.

–Alégrate, piensa que te han hecho un favor –añadió Cawy.

–Ahora no tendrás que ir a todas esas reuniones, todos esos círculos de estudio, ni tendrás que leerte todos esos mamotretos de marxismo–leninismo tan aburridos que estudian los militantes...

–¿Militantes? ¡Militontos es lo que son! –precisó el Cawy con una de sus ocurrencias verbales.

–¡Es más, el Celestino ése es un pinga frita, un cherna, un ganso, un pargo! –agregó Salutaris enumerando todos los sinónimos de maricón que existían en el lenguaje callejero–. Siempre fue un hijito de papá y mamá. Eso se le ve por encima de la ropa.

–Los tipos así –escupió el Cawy– son todos unos peste a culo, unos cundangos tapiñados. Ese tipo es un mariconcito de playa, un maricón con novia, de esos que apunta y banquea. ¡El comuñanga de pinga ése!

–Sí, es un pato, un pajarito, un singaopolculo –siguió Salutaris como si estuviera desplegando un abanico de sinónimos para deslumbrar a algún académico de la lengua.

–¿Quieres que lo cojamos en una esquina y le demos una mano de golpes?

–No – dijo Joaquín entrando en su casa.

∗∗∗

¿Sería por el Proceso de los Panes de Gloria que rechazó la beca de Polonia? Había pasado casi un año de aquello, pero él no lo había olvidado. Si los organizadores de aquel circo romano eran los cachorros favoritos de Fidel Castro, ¿no era éste culpable –directa o indirectamente– de la humillación que le habían hecho sufrir? Decirle que no en su misma cara, ¿no sería la manera que tenía Joaquín –inconscientemente– de vengar semejante afrenta? Era posible, porque la verdad era que aquel «no» tan rotundo le había salido de lo más profundo del alma…

∗∗∗

Subió de dos en dos la escalera de su solar. Allí estaba Titán caracoleando, casi enroscándose en sí mismo, riendo con media lengua afuera y agitando la cola como un plumero. Era una delicia encontrarse con su perro en aquellas circunstancias. Se agachó para soltarlo. Numancia lo dejaba amarrado en las balaustradas de la escalera de caracol. Sus padres no estaban en casa. Menos mal, no tenía ganas de enfrentarse con la mirada de Coliseo.

Joaquín abrió el candado y se sentó frente a la luna del escaparate rococó. «¡Qué se metan el carnet de la UJC por el culo!», murmuró acariciando a Titán cuyos ojos parecían aprobar su determinación. «Sí, es verdad, son unos militontos» y no pudo dejar de sonreír recordando el último juego de palabras del Cawy.

Si aquella gente lo había engañado, él también los iba a engañar. ¿No decía Salutaris que «ladrón que roba a ladrón tiene mil años de perdón»? Pues entonces, mentiroso que engaña a mentiroso también tiene mil años de perdón.

De pronto Joaquín descubrió una hoz y un martillo pintada en la pared. Los brochazos eran tan chapuceros que eso sólo podía ser obra de Coliseo. El símbolo estaba trazado con pintura roja de barco, de ésa que usan para que no se oxide la línea de flotación. Había quitado el cuadro de la tetona de Renoir y en su lugar había pintado el símbolo comunista. El cuadro del pintor francés representaba a una joven con la blusa abierta. Tal vez el retrato de una nana. Mostraba sin pudor sus opulentos pechos. «Una indecencia, ese cuadro es una indecencia», protestaba Coliseo desde que Joaquín tenía uso de razón.

¿Desde cuándo estaba ahí ese emblema rojo? Joaquín no lo había visto antes. Su padre tenía que haberlo pintado ayer o anteayer. Últimamente él llegaba tarde por las noches, se quedaba hablando con sus amigos en el parque o se iban a bailar al círculo social «Patricio Lumumba» o a alguna fiesta de quince. Cuando regresaba, para no despertar a sus padres, no encendía la luz. A oscuras no podía ver la hoz y el martillo. Pero durante el día tampoco había visto ese símbolo.

¿Realmente su padre era tan comunista como afirmaba, o simplemente pintaba esa hoz y ese martillo en la pared para jeringar a Numancia? No era un fanático, eso estaba claro. No era chivato, ni hacía guardias de CDR, tampoco era miliciano, hacía más de tres años que no iba a ningún trabajo voluntario. Se libraba de todas esas fatigas con la excusa de la edad. Decía que era ateo, pero en algunas cartas suyas fechadas antes de la revolución Joaquín había descubierto que mencionaba a Dios: «gracias a Dios», «Dios mediante»…

Si era tan comunista, ¿por qué no le habían dado ningún cargo importante? Ya la revolución llevaba seis años en el poder y Coliseo seguía siendo el bedel de una agencia bancaria. Manejaba el elevador, llevaba café a las oficinas, trasladaba bolsitas llenas de monedas de una ventanilla a otra, y de ahí a la caja fuerte, a veces barría por las noches la planta baja.

Después de tanto tiempo de revolución, Coliseo seguía viviendo en un solar, sin baño, sin teléfono. No lo habían ascendido como a tantos otros del vecindario a quienes Joaquín había visto salir del anonimato y la miseria disparados hacia cargos militares, policiales, ministeriales, administrativos… Y ninguno de ellos tenía un pasado de luchas sindicales como su padre, ni se habían leído la mitad de los libros que el viejo había devorado. ¿Sería Coliseo un comemierda o más bien era una persona discreta –decente– a la que no le gustaba entrar en trapisondas oportunistas?

En eso llegó Numancia, con un paquete bajo el brazo. Eran cortes de tela que ella traía del taller de costura para seguir cosiendo en la casa. Lo que a primera vista parecía una actitud de trabajadora de vanguardia –trabajar horas extras gratis en la casa– en realidad encubría otro propósito, el de darle algunos tijeretazos a esas telas para luego usar los recortes en sus encargos particulares. Eran las siete de la tarde y a veinte metros de allí, en el solar de enfrente, la abuela de Joaquín también usaba una tijera para hacer lo mismo con los bistecs de las vecinas.

Todas las tiendas mayoristas de los polacos –o judíos– de la calle Muralla habían cerrado. Numancia compraba antes allí las telas. Ahora no había donde comprar un zipper, ni un botón, ni un alfiler... así que no le quedaba más remedio que apelar a ese recurso para poder cumplir con su clientela privada y, de paso, redondear el exiguo salario que le pagaba el Estado.

Joaquín sonrió para sus adentros. «Ladrón que roba a ladrón...»

Cuando la modista entró en el cuarto, se encontró a su hijo mirando la hoz y el martillo pintarrajeada en la pared.

–Ya le he dicho a tu padre que quite esa porquería de ahí –dijo con desdén.

 Primero besó a Joaquín y luego, con un gesto de torero, se quitó la estola negra de flecos rojos arrojándola sobre el respaldo de una silla donde la prenda cayó tan elegantemente como si hubiera sido esculpida allí junto con el mueble.

Numancia se agachó y metió una mano por detrás del escaparate de donde sacó un cuadro acristalado. La tetona de Renoir. Volvió a colgarlo encima de la hoz y el martillo. Entonces Joaquín comprendió por qué no había visto ese símbolo rojo durante el día. Porque su madre le colgaba el cuadro de Renoir encima, y detrás venía su padre y volvía a descolgarlo, y luego ella volvía a colgarlo y lo más probable era que llevaran así –enfrascados en ese quitaipón– alrededor de una semana.

Numancia se sentó en la silla y cruzó las piernas. Encendió un «Populares», el cigarro que más se parecía al extinguido Partagás.

–Estos cigarros son una porquería– comentó haciendo una mueca de asco. Nunca decía «mierda», siempre decía «porquería».

–Sí –dijo Joaquín.

–Ehhhh, chico… ¿y ti qué te pasa? ¿Por qué estás tan triste? Joaquín no contestó.

–¿Alguna novia te ha dejado? No sufras por ninguna mujer, mi almita, no paga la pena –y soltó una carcajada.

Después de abrazarlo, se paró con los brazos en jarra, de espaldas a las tres lunas del Luis XV. La superficie de cristal le devolvía multiplicada por tres la imagen de sus nalgas poderosas. Empezó a alisarse con las manos la saya y de pronto, lenta y cadenciosamente, empezó a menear en redondo el fondillo frontando el aire en un intento por descongelar la nieve del espejo.

Joaquín sabía lo que venía a continuación. Cuando él era un niño ella hacía eso para alegrarlo. Cuando Coliseo se iba de casa, ella protagonizaba un *show* para su hijo, para hacerlo reír.

Sin detener las rotaciones de su fondillo frente al espejo, Numancia empezó a cantar: «Aaaaaa la loooma de Belén, de Belén, nos vamos, aehhh, eahhhh…» A veces cantaba romanzas de su país a todo galillo, pero esta vez le había dado por esa canción cubanísima.

De jovencita, Numancia había cantado y bailado en un teatro habanero. Al menos eso contaba con orgullo. Eso fue antes de quedarse sorda del todo. Allí conoció a su primer marido, un gallego que por el día era joyero y por las noches actuaba como cómico en ese teatro. Años más tarde, y a pesar de su defecto auditivo, se sabía de memoria un montón de canciones y era capaz de reproducir todos esos bailoteos. Incluso bailaba jotas, muñeiras y pasodobles con su madre Polenta y con otros gallegos en las fiestas de los Jardines de la Tropical. No necesitaba radio, ni tocadisco ni victrola ni orquesta. Le bastaba con su música interior.

La modista se apretó el cinturón de charol negro con hebilla dorada ciñendo más aún su cintura de avispa. Luego se remangó la saya hasta los muslos. Se detuvo ante el espejo y se sacó un buscanovios –un rizo de pelo como los que gastaba Imperio Argentina– que se pegó con saliva en la frente. Volvió a echarse la estola sobre los hombros y empezó a bailar para Joaquín un impetuoso charlestón que la devolvía a sus años mozos aunque a su hijo le pareciera un baile anticuado.

Siguió bailando ese ritmo sincopado, como de circo, doblando hacia adentro las rodillas y las puntas de los pies, moviendo las manos con amplitud de una rodilla a la otra, cruzando rápidamente las manos en el aire. A pesar de que ya rondaba los 54 años era elástica como una gata.

Numancia era una feliciana. ¡Ni siquiera sabía lo que era la UJC, ni los procesos de panes de gloria! Desde que había dejado de besar a Fidel en la pantalla del televisor, se había desentendido de todo. Para ella el tiempo se había detenido en una época sin fecha. Y dado que no podía escuchar los discursos, ni las consignas, ni las murmuraciones de la gente en las colas, ni la gritería del solar, vivía en una especie de limbo, siempre en la Luna de Valencia, siempre flotando en aquel paraíso acústico que era su única salvación.

Joaquín admiraba esa capacidad de su madre para evadirse de todo. Ahora se meneaba como si fuera una criolla, como si tuviera una caja de bolas en el ombligo. Joaquín se reía porque se notaba la imitación, se veía a todas luces que ella no conseguía la destreza sensual de las mulatas, era como si por ser española tuviera una especie de aparato ortopédico en la cadera. Pero aún así, aunque no conseguía del todo la cadencia de la voluptuosidad tropical, el resultado era tan divertido que Joaquín se desternillaba de la risa.

De pronto la modista cambió de ritmo y empezó a taconear al son de unas bulerías que sólo ella oía, luego volvió a cambiar de paso, y avanzó hacia su hijo como si fuera una rumbera, tratando de menear los hombros y haciendo temblar las tetas. En su delirante versatilidad, lo mismo podía bailar un chotis que un bugui—bugui o un cancán. Acompañaba cada una de estas danzas con un tarareo que a veces no era más que un chasquear de la lengua.

Se quitó los zapatos sin agacharse, lanzándolos por los aires, se puso unas chinelas y siguió con su rumbita acompasada, mientras cantaba: «Aeh, aéh, aéh la chambeeelona….».

En un alarde de destreza, se puso un vaso de agua en la cabeza mientras se contoneaba girando sobre sí misma, con las piernas abiertas, como un compás trazando una circunferencia. Lo del vaso en la cabeza dejaba a Joaquín boquiabierto. Según ella le contaba, de niña en Galicia tenía que subir desde el río de su aldea hasta su casa con una tinaja llena de agua a la cabeza, ascendiendo por caminos accidentados.

Súbitamente volvió al charlestón y, al verla entrechocar las rodillas, Joaquín recordó el baile que causaba furor por esos días, ese *twist* que era como una sucesión de ataques epilépticos. Un ritmo americano prohibido. No se oía por la radio ni en la televisión, pero los marinos mercantes traían discos del extranjero y clandestinamente los jóvenes hacían copias de platino que circulaban en las fiestas.

Hacía un par de semanas Joaquín y sus amigos se habían colado en una fiesta a la que no habían sido invitados. Allí se puso a bailar twist con una rubia que lo sonsacaba todo el tiempo con sus enérgicos movimientos de cadera y sus miradas sicalípticas. Como era de esperar, la danza terminó en bronca. El novio de la rubia no sabía bailar o no se atrevía, y no le gustó que ella bailara con otro. Cawy, Salutaris y Joaquín tuvieron que salir de allí enredados a trompadas con varios comemierdas.

Pero antes de que se armara la piñacera, Joaquín bailó *Fever* con la rubia. Al compás de esa cadencia diabólica, él se hincó de rodillas y se fue echando para atrás, doblándose y arqueándose hasta casi tocar el suelo con el cogote. De un salto la rubia cayó a horcajadas sobre él, abriendo las piernas, entonces empezó a menearse casi encima del rostro de Joaquín mientras se subía la minifalda con las manos al ritmo de la música. Cuando la tuvo encima, él le vio los vellos del pubis bajando por los muslos sudorosos, y en medio, vio la rajita apretada del blumer rosado. Desde entonces, esa visión lo perseguía traduciéndose en frenéticas masturbaciones que lo dejaban extenuado.

Ahora, muerto de risa, se levantó para bailar con su madre. Mientras ella seguía con su charlestón, él giraba envuelto en la cadencia imaginaria de un *twist*. Al poco rato estaba sudando la gota gorda y se quitó el abrigo de astracán arrojándolo lejos de sí, como hacía su madre con la estola. Se sintió más veloz, como si soltara lastre, y sólo entonces se preguntó cómo era posible que hasta ese momento no hubiera sentido el calor que daba aquel chaquetón.

«¡Que se lo metan todo por donde les quepa, el carnet rojo y el abrigo! ¡Total, si ya no hay viaje a Moscú!», pensaba mientras giraba describiendo un círculo alrededor de su madre.

Más nunca volvería a ponerse el abrigo de astracán. No volvería por las noches a la escuela de idiomas del Capitolio. No volvería a abrir el «Manual de Lengua Rusa» de Nina Potapova. Se había acabado para siempre eso de decir «*dobre utra, tovarich*» cuando entraba en el aula. Se terminaron los «*espasiva*», los «*ochien jarachó*». Se acabó, nunca más... *Dosvidanya*.

Toda la soberbia gótica y numantina heredada de su madre, se apoderó de él, y se regodeaba en ella con fruición. De ahí manaba la fuente de su energía secreta. Por suerte su sarampión de izquierdismo había sido tan breve como superficial. No había durado mucho. Y consistía más que nada en ir por ahí disfrazado con el abrigo de astracán, chapurreando un par de frases en ruso, dibujando hoces y martillos en las paredes, que era la herencia grafomaníaca de Coliseo. A Dios gracias, esa sarampión no había llegado a convertirse en insolación.

Al quitarse el disfraz de Ruso dejaba de ser como su padre para parecerse más a su madre. Mudaba otra vez de piel, como cuando cogía insolación en las pocetas, como las serpientes de la Sierra Maestra que iban dejando unos largos cilindros transparentes en los trillos. Salía de un mimetismo para... ¿entrar en otro? ¿Cuál sería el próximo? Sin saberlo, estaba saliendo de la etapa de mataperro para pasar a una fase más bien gótica. Bailando twist o charlestón con Numancia, se evadía de la política para entrar en la música de las esferas. Coliseo no sabía bailar, ni cantar. Tenía el oído cuadrado para la música. Bailando era patón. Los cubanos, cuando se politizan, lo primero que hacen es dejar de bailar.

Y así fue como Joaquín Iznaga mandó al carajo el abrigo de astracán mientras bailaba y bailaba con Numancia, recibiendo el triple reflejo de los espejos rococós, el reflejo de ellos dos envueltos en una nube de Fragonard.

28.

EL CHICLE PERMUTABLE

Después del Proceso de los Panes de Gloria, Joaquín sufrió una profunda metamorfosis. Ahora se vestía con unas «guapitas» que le hacía su madre –como siempre– con retazos. Los cuellos eran picudos, subidos hasta la nuca, al estilo Elvis Presley, el estampado de los tejidos a veces mostraba motivos y colores estridentes, rombos o figuras geométricas, flores estilizadas, como telas arrancadas de una cortina. Numancia estrechaba sus pantalones pistolita con pespuntes de hilo amarillo para que parecieran mecánicos americanos. También le hacía otro tipo de camisa, «de mangas ranglán», cuyos puños cerraban a mitad del antebrazo. «Es la moda francesa», precisaba. Estaba encantada de tener otra vez a su hijo como maniquí.

Aparte de ese nuevo disfraz, la transformación de Joaquín incluía el hecho de que cada vez iba menos a los trabajos voluntarios y por supuesto se desentendió de mantener al día la propaganda en el mural de la escuela. Muy pronto fue sustituido en su insignificante cargo en la Unión de Estudiantes Secundarios y se dedicó a despotricar de la UJC a los cuatro vientos. Fue más lejos aún y creó en secreto una organización rival a la UJC, que él bautizó UJM: «Unión de Jóvenes Martianos».

En su opinión, una institución juvenil que se llamara así era más cubana, más patriótica, que una que se autodenominaba «comunista», es decir, soviética. Pero esa «organización clandestina» que él había concebido tenía un problema. Contaba con un solo miembro: él. En cambio la UJC tenía miles de miembros, disfrutaba del respaldo total del estado y contaba con un poderoso aparato de propaganda bien engrasado. Joaquín ni siquiera tenía un mimeógrafo –como la Flaca–, así que escribía su propaganda a mano. Lo hacía con la mano izquierda, para que no lo detectaran por la caligrafía. Redactaba papelitos que decían «Abajo la UJC» o «Viva la UJM», y luego los pegaba en los urinarios del colegio.

Al poco tiempo comprendió que él solo no podía luchar contra molinos de viento. Así que fue confiando de nuevo en sus amigos más antiguos. Natilla incluido. Y entre varios ya eran más las proclamas que aparecían no sólo en los baños, sino también en las aulas. Pero seguían siendo cuatro gatos.

Joaquín buscó a Héctor para devolverle el libro de Ravines. No lo encontró. En la puerta de su apartamento encontró un sello de papel puesto por la policía. Preguntó en el edificio, en el vecindario, en la secundaria. «Está en un lugar de Cuba», le dijeron medio en broma, medio en serio. Esa era una fórmula para dar a entender –sin entrar en detalles– que estaba acuartelado en algún lugar secreto, pasando un curso de armas estratégicas o que era miembro del G–2, la temible seguridad del estado.

El padre de Héctor, según le dijeron, se había ido para Miami. Eso explicaba el precinto oficial en la puerta. Pero Héctor no lo había acompañado y se había quedado viviendo con un tío en el Vedado. Demasiado lejos para Joaquín, quien se cansó de buscarlo. Así que le prestó el libro al Cawy, quien se lo pasó a Salutaris, quien se lo dio a Orange, quien se lo dio a Ironbeer… y así fue pasando por las manos de todos los mataperros hasta que el volumen se deshojó como un almácigo azotado por un ciclón.

A todas estas, la Flaca Graciela se echó un novio. Un militar, por supuesto. Cadete o algo así. Menos mal, ahora ya no perseguía tanto a Joaquín. Aunque de vez en cuando le lanzaba miraditas rencorosas, de lejos. Joaquín se enamoró de la China Wong, porque al igual que la Desdentada tenía un ligero defecto: cojeaba un poquito de un pie. Sin saberlo estaba descubriendo que la mejor belleza es la que incluye alguna deficiencia para que, por contraste, realce el atractivo. Le encantaban las pantorrillas delgaditas, de ternera friolenta de la

Wong que siempre calzaba unos escarpines negros, con suelas de goma y elásticos a ambos lados que confeccionaba su padre en una zapatería del *Chinatown* de la calle Dragones. A él le recordaban las zapatillas de los danzarines que antes bailaban debajo del dragón en los carnavales chinos.

La Wong y Joaquín iban al cine Campoamor a matearse, enroscaban sus lenguas hasta casi asfixiarse en la última fila de butacas, la más oscura. Mientras tanto, en la pantalla, los enemigos del pueblo masacraban a balazos a un bolchevique. Ya le habían metido unos treinta tiros en el cuerpo, pero el tipo seguía caminando hacia sus enemigos de clase, gritándoles consignas edificantes. Era la versión proletaria de Supermán. La película era soviética y se titulaba *El Comunista*. Hacía como un año que permanecía en cartelera. Joaquín se la sabía de memoria.

Cuando él estudiaba ruso en el Capitolio, iba a verla solamente para recibir un baño lingüístico. Aprendió más ruso con esa película que con Nina Potapova. Pero ahora ya no veía ni oía la película, estaba demasiado entretenido mateándose con la China.

Los cines ya no eran ni la sombra de lo que eran tres años atrás. Ya no había vendedores de maní garapiñado, tampoco se podía fumar… ya casi nadie gritaba aquello de «¡Cojooooooo, suelta la botella!» cuando alguna escena se interrumpía bruscamente por culpa del proyeccionista. Joaquín recordaba con nostalgia la atmósfera delirante de los cines antes de la revolución. «¡Vayaaaaa, traigo caramelos, galleticas, peters, bombones, maní garapiñaoooooo… coooooca–cola, coocaína, mariguanaaaaaaaa!», exclamaba el vendedor de golosinas del Majestic cuando recorría la platea haciendo bocina con la mano, con una linterna bajo el brazo y un quepis verde puesto de medio lado. La gente estallaba en carcajadas con lo de «mariguanaaaaa». Ese risoteo se había acabado.

Desde la puerta del cine Campoamor, mientras esperaba a la China, contemplaba los jardines del Capitolio abandonados, enyerbados. En el frontispicio de mármol empezaban a crecer las hierbas y en algunos capiteles dóricos se advertían raíces aéreas. De seguir así, dentro de poco allí estarían pastando las vacas. Los cristales de los altos ventanales estaban polvorientos, o rotos a pedradas. Por dentro, las telarañas tapizaban las banquetas de los hemiciclos. Primero convirtieron el Capitolio en Escuela de Idiomas y, más recientemente, en Academia de Ciencias. A pesar de lo cual, el Capitolio –más grande que el de Washington– estaba cada vez más descuidado. Incluso las placas de oro de su cúpula habían desaparecido misteriosamente. Pareciera como si los guerrilleros –orientales en su mayoría– que habían tomado el poder cinco años atrás estuvieran castigando a la ciudad, humillando sus símbolos, privándola de sus encantos.

Joaquín nunca había dado un beso en la boca, pero entre Salutaris y el Cawy le habían llenado la cabeza de fantasías bucales donde pululaban las lenguas enroscadas como serpientes. Salutaris le había regalado una cajita de chicles Adams, producto de sus andanzas por los muelles. Antes de hacerle el obsequio le habló de la técnica del «chicle permutable».

La «permuta» era la última invención de los Reyes Magos en materia de gestión inmobiliaria. Ya no se alquilaban ni se vendían ni se compraban casas ni apartamentos ni cuartos. Ahora, si alguien quería mudarse, tenía que permutar a través de un organismo estatal. La gente cambiaba un apartamento por dos cuartos, o tres cuartos por un apartamento... las variantes eran infinitas tomando en cuenta ubicación, cantidad de metros habitables, acceso a medios de transporte, condiciones de la vivienda, etcétera.

Así que la técnica del «chicle permutable» también consistía en un intercambio. Había que masticarlo un poco nada más entrar en el cine. Cuando empezara a matearse con la China tenía que meterle por sorpresa el chicle en la boca empujándolo con la lengua. Lo ideal era que luego lo intercambiaran, como en una permuta bucal.

Tener un chicle era por entonces casi como poseer un crédito bancario, porque las pepillas adoraban el aliento perfumado de un beso «Adams», pero también era un arma de doble filo, porque si la policía te cogía masticándolo podías ir a parar a una granja donde había que trabajar de sol a sol.

Joaquín introdujo el chicle en la boca de la China y ella reaccionó como si conociera esa técnica de toda la vida. A veces ella escondía el chicle y Joaquín tenía que buscarlo con la punta de la lengua entre las muelas y en las encías. Antes él iba a ese cine a practicar idioma con el «Manual de Lengua Rusa» bajo el brazo, ahora iba a ejercitarse en lecciones de lenguas nada muertas.

Mientras al bolchevique seguían metiéndole tiros en la pantalla, el «chewing gum» –como decía Salutaris dándose aires de políglota– iba de una boca a la otra, ya sin sabor, pero creando una extraña sensación de unión entre los dos, como en el ritual de ciertos reyes africanos que suelen demostrarse afecto escupiendo uno dentro de la boca del otro.

Una tarde la China no asistió a la cita. Joaquín se fumó una cajetilla de Dorados esperándola en la puerta del Campoamor. Tampoco contestaba al teléfono, o bien salía una prima mentirosa que siempre inventaba alguna excusa: «no está», «salió a ver a su abuela»… La China lo había dejado. Tal vez se había buscado otro novio. Joaquín lloró un poco. «No sufras por ninguna mujer, mi almita. No paga la pena», volvió a decirle Numancia cuando lo vio tristón.

Enseguida le surgió otra novia: Batido de Trigo, la pecosa que tanto se asustó con la culebrita que Joaquín le tiró en el campo de papas. La misma que se mostraba tan esquiva hacía no mucho. Joaquín estaba asombrado de lo fácil que le resultaba ligar después del Proceso de los Panes de Gloria. La China, Batido de Trigo y otras se acercaban a él, insinuándose abiertamente. ¿Sería porque le tenían lástima después de lo sucedido en el Proceso aquel?

A Batido de Trigo se le metió en la cabeza que él pidiera su mano. A él le daba pena esa ceremonia: aparecerse en la casa de ella, los padres, hermanos y tías allí sentados, él pidiendo la mano de la muchacha, ellos preguntándole: «¿de qué piensas vivir el día de mañana, muchacho?», «¿qué carrera piensas estudiar, hijo?»… todo lo cual, aparte de ridículo, resultaba absurdo. Todo eso pertenecía al pasado. Carecía de sentido. En la isla todos tenían que vivir del Estado, todos tenían que estudiar las carreras que el gobierno disponía y además acababan de promulgar la ley del Servicio Militar Obligatorio (SMO). El año entrante seguro que lo llamarían a filas. En esas condiciones, ¿qué coño de carrera iba a estudiar? De todas maneras, Joaquín cumplió con esa formalidad, sólo por caballerosidad, para complacer a Batido de Trigo, cuyo nombre verdadero era Ofelia.

Hubo intercambio de anillos. Chapados en oro, baratos, sin nombres ni fechas grabados. Ya no había oro a la venta en la isla, apenas había joyerías. Pero el padre de Ofelia conocía a algún vendedor de bisuterías y, a regañadientes, se animó a conseguir las alianzas. El viejo era muy gusano, pero su esposa era comunista. Al revés que los padres de Joaquín. Eso era divertido. Coliseo conocía de vista a la madre de Batido de Trigo, y enseguida hicieron muy buenas migas. La señora administraba un puesto de viandas, y Coliseo casi siempre estaba allí hablando con ella, sonriente, amable. Se llevaban tan requetebién que Numancia se puso un poco celosa. A Joaquín le encantaba ver a su madre celosa.

El padre de Ofelia estaba tan encabronado con la revolución que nunca hablaba, más bien respondía con gruñidos, siempre tenía el ceño fruncido. Según parece alguna ley revolucionaria lo había perjudicado en algún negocio. Pero Joaquín no averiguó. Él sólo sabía que lo veía por la calle enrabiado, hablando solo, casi en voz alta. Como si para sus adentros estuviera polemizando con el amante de su mujer: Fidel Castro. «Hijo de puta, me quitaste el negocio, y encima también me has secuestrado a la mujer. Ahora ella nunca está en la casa, ya no me oye, sólo te oye a ti cuando pronuncias tus discursos. Ahora ella siempre está administrando el puesto de viandas, o en alguna reunión de la Federación de las Mujeres Cubanas, o en una asamblea del Partido o haciendo guardia de milicias, ya no me atiende, ya no está nunca en casa, ahora ya no es mi mujer, es tu mujer, singao, hijoeputa». Todo eso parecía estar hilvanando en su cabeza el viejo emberrenchinado mientras iba por la calle.

Joaquín seguía en sus fiestas de quince, bailando con Batido de Trigo, mateándose en los cines con Batido de Trigo. Pero Ofelia quería ir más lejos. Estaba loca por irse a la cama con él. Joaquín se resistía. Estaba chapado a la antigua: con la novia pedida no se hace el amor hasta después de haberla llevado al altar. Eso tenía metido en la cabeza. Batido de Trigo era más moderna que él. Quería hacerlo ¡ya! Ardiente de placer, sus tetas salpicadas de pecas vibraban cada vez que él la besaba y le metía la mano entre los muslos, los dos de pie, en el rellano de la escalera de la casa de ella. Pero de ahí no pasaba Joaquín: besos en la boca, masajeo de tetas pecosas, mano metida entre los muslos. Y poco más.

—¿Por qué no te la singas? —preguntaba Salutaris.

—A ella no. Todavía no. A otras sí —respondía Joaquín.

—Concho, a ese paso nunca vas a hincar...

A Joaquín le daba risa el verbo «hincar». Era como si el hombre fuera un tenedor y la mujer un bistec. ¡Clinck! Hincar...

Por lo visto nunca iba a «hincar». De momento se contentaba con bailar el *twist* en cuanta fiesta podía meterse. Ahora que no era responsable de Trabajo Voluntario tenía más tiempo libre, sobre todo los fines de semana. Aparte del *twist*, el Cawy le enseñó a bailar «casino», una forma estilizada de cha cha chá que se bailaba en parejas, pero también en las ruedas que se organizaban en los Círculos Sociales de las playas de Marianao. Veinte parejas bailaban formando un círculo a las órdenes de un casinero mayor mientras otras veinte parejas giraban en otro círculo al lado. Ambas ruedas competían entre sí, a ver cuál hacía las evoluciones más novedosas, los movimientos más intrincados y limpiamente ejecutados, los pasillos más atrevidos. Al principio Joaquín no podía ni soñar con entrar en ninguna de esas formaciones de diestros bailadores.

Por suerte, entre el Cawy y su hermana la miliciana le enseñaron un par de pasillos de chachachá, los básicos. Frente al espejo rococó, Socorro le enseñó los trucos del baile cubano. Bastó con que le dijera una frase muy sabia: «fíjate, mi hermano, esto se llama cha cha chá porque para bailarlo hay que arrastrar los pies, no hay que dar salticos, sólo arrastrar los pies para que las suelas de los zapatos suenen así: chaz, chaz, chaz».

Joaquín aprendió con esa metáfora. Luego el Cawy le enseñó algunas estilizaciones y tuvo el honor de ser admitido en una de esas ruedas. La rueda daba vueltas vertiginosamente, las parejas se iban intercambiando, marcando el compás con palmadas, girando como trompos, desenroscándose como tornillos. Todo eso sincronizadamente, siguiendo las voces en clave del mejor bailador, que dirigía la rueda: «¡Nos fuimos!» «¡Ábrete!» «¡Recógela!» «¡Hazle un torniquete!»…

La rueda se comprimía y se expandía, sucesivamente, como las sístoles y las diástoles de un corazón. Los movimientos eran desenvueltos, elegantes y casi geométricos, como si caminaran bailando, sintiendo una refinada voluptuosidad que les subía desde la planta de los pies hasta la cabeza. Un chachachá jazzeado.

Cada secundaria básica tenía su rueda, y a veces estallaban riñas tumultuarias, porque en su competencia los varones se disputaban a las mejores casineras, que tenían los tacones gastados de tanto guarachear. Se sabía que iba a haber bronca por los pañuelos blancos. Para que no se les empaparan de sudor los cuellos de las camisas, los varones solían ponerse pañuelos en el pescuezo. Pero cuando se los quitaban del cuello y se los ataban a guisa de muñequeras en las manos, era señal de que iba a haber reyerta, porque entonces el pañuelo se convertía en el distintivo para saber a quién había que golpear y a quién no en medio del molote y la oscuridad. Todo el que no llevara pañuelo atado a la muñeca era enemigo.

Las broncas se armaban sobre todo en el «Patricio Lumumba», adonde Joaquín iba a bailar con una orquesta tan mala que el Cawy la había bautizado «Su madre el que le coja el ritmo». El Círculo Social Obrero «Patricio Lumumba» era el antiguo Miramar Yatch Club expropiado por los Reyes Magos. Las reyertas de los casineros no eran tan reñidas como las de antes entre las bandas callejeras, porque ya no había cadenas, ni navajas, ni palos, ni botellas, ni ladrillos, ni cabillas, pero de todas maneras se repartían buenas mordidas en las orejas y muchas patadas en los testículos, incluso de vez en cuando algún bailador salía de allí con el brazo en cabestrillo.

En una de las tantas fiestas, Joaquín oyó una música todavía más excitante que el *twist* y lo que bailaban en las ruedas de casino. El dueño de la casa era un «privilegiado», porque era marino mercante, de los pocos que viajaban a países capitalistas. Aquella música sonaba distinta a todo lo que hasta entonces él había oído. El lobo de mar había traído varios discos de Islas Canarias. Joaquín se acercó al toca-discos para ver las carátulas. Vio una foto de cuatro peludos saltando sobre unas ruinas. Estaban oyendo *I Want To Hold Your Hand*. Los Beatles cautivaron inmediatamente a Joaquín y a sus amigos.

A los pocos días, en otra fiesta, apareció Batido de Trigo dando brincos como una yegua primaveral:

−¡Caballeros, los Beatles en el Duplex! −gritó.

29.

LOS DUPLEIX

Nadie quiso creerle a Batido de Trigo. Si todo lo que fuera americano o inglés, o anglosajón, estaba terminantemente prohibido, ¿cómo diablos iban a estar echando una película de los Beatles en el cine Duplex como afirmaba ella?

Ofelia insistió. La voz se extendió por la barriada como un reguero de pólvora y todos corrieron al Cine Duplex, en la calle San Rafael. Al llegar, se toparon con una cola de jóvenes que le daba la vuelta a la manzana. La turba en la que iba Joaquín marcó al final, pero él se acercó a la entrada del cine para ver lo que estaba anunciado en la cartelera.

El cine era doble, es decir, constaba de dos salas unidas en un mismo edificio. El Duplex y el Rex eran cines jimaguas, como tantos otros que en la ciudad formaban parejas, como el Majestic y el Verdún en la calle Consulado, o el Negrete y el Fausto en el Prado.

En el Rex estaba echando un lacrimógeno melodrama checo. Por supuesto, allí no había cola. La taquilla estaba vacía. Pero al lado, en el Duplex, estaba el amontonamiento de pepillos y pepillas alborotados nada más que por el hecho de estar a unos pasos de comprar el ticket y entrar.

Sin embargo, en la cartelera del Duplex lo que estaba anunciado era una película búlgara de guerra. Los Beatles no aparecían por ninguna parte, ni en la marquesina ni en los rótulos de las taquillas. Joaquín recorrió más de doscientos metros hasta el final de la cola.

—Es una película búlgara, caballero —dijo.

—Una vulgar búlgara —se rió el Cawy.

Batido de Trigo se quedó desconcertada. Todos empezaron a hacer muecas de frustración. Salutaris, Nao, Natilla, Ironbeer se apartaron en disposición de irse. Por suerte, alguien que estaba en la cola les aclaró: «no es una película sobre los Beatles, es un documental».

¿Un documental? Aquello era todavía más extraño. El documental lo proyectaban entre tandas y por regla general era totalmente político: imágenes de macheteros en el cañaveral, de obreros de la construcción, pioneros cantando himnos, trozos de discursos de Fidel… Cada vez que empezaba el Noticiero ICAIC la mayoría de los espectadores salían al vestíbulo a fumarse un par de cigarros haciendo tiempo para volver a entrar cuando se acabara.

Sin embargo allí estaba la cola de jóvenes dándole la razón a Batido de Trigo. Decidieron seguir en la fila que avanzaba a paso de jicotea. En efecto, el público entraba para ver el noticiero oficial (el único que había) y en cuanto empezaba la película búlgara, la mayoría de los jóvenes salían de la sala aunque muchos volvían a marcar en la cola para repetir las noticias. Aquello era tan asombroso que cuando estuvieron ya dentro del vestíbulo Joaquín oyó a la taquillera comentándole a la acomodadora:

–Chica, ¿tú has visto esto?

–¡Es por los Bitlis ésos!

–¿Qué Batles?

–¡Sí, chica, esos peludos que salen en el noticiero!

Salutaris también oyó la conversación, pues ya estaba al lado de la taquilla tratando de colarse en los primeros puestos, de donde lo sacaron a empujones. Dentro del cine se formaba otra cola de jóvenes ya con el ticket en mano para ir entrando en la sala a medida que se iban vaciando las lunetas.

Tras mucho esperar, por fin Joaquín y sus amigos lograron entrar en la última tanda y ocuparon media hilera de butacas. Allí dentro encontraron a otros muchachos del barrio, como el Bombillo y Panqueque. Hasta Jupiña estaba allí. Después de unas semanas en arresto, acabaron soltándolo porque le creyeron el cuento chino de que él sólo estaba intentando cruzar a nado la bahía y se tropezó con el barco panameño sin querer. Su versión era hasta cierto punto creíble porque desde niño tenía la costumbre tarzánica de cruzar nadando el canal, y era algo que muchos vecinos sabían, incluidos algunos de los policías que lo interrogaron.

La sala estaba repleta de jóvenes de ambos sexos que alborotaban todo lo que podían, porque la película búlgara les importaba un bledo. De pronto, cuando empezó el Noticiero, todos guardaron silencio. Pero el documental, como siempre, mostraba multitudes en la plaza de la revolución cantando *La Internacional*.

–¿Tú te crees de verdad que echen a los Beatles con el Noticiero? –le susurró Joaquín al Cawy, que estaba a su lado.

Su amigo se encogió de hombros:

–A lo mejor los del ICAIC pasaron por Londres y les hicieron una película.

Joaquín se echó a reír.

–Sí, no te rías. Los del ICAIC son como los del BNC, caen aquí, caen allá.

–¿El BNC no es el Banco Nacional de Cuba? –inquirió Joaquín seguro de haber acertado con la sigla correcta.

–No, chico, estoy hablándote del Ballet Nacional de Cuba, que también siempre están en la viajadera.

De pronto salieron sus dioses en la pantalla. Batido de Trigo soltó un gritico y le apretó el muslo a Joaquín. Allí estaban los Beatles, pero comparados con chimpancés. Mediante un burdo montaje, cada vez que los músicos aparecían fugazmente, inmediatamente venía otro plano con unos monos que daban brincos: un simio aporreaba el teclado de un piano mientras otro rompía las cuerdas de una guitarra y un tercero golpeaba el platillo de una batería.

Joaquín lo entendió todo en el acto. Era una burla de los Beatles. Ya le extrañaba a él... Lo que el noticiero venía a decir era que la música de los Beatles era una mierda tan grande que hasta los micos podían hacerla. Pero el ataque no funcionaba, los jóvenes que abarrotaban la sala saltaban frenéticamente en las lunetas, pataleaban, algunos hasta bailaban twist en los pasillos al compás del breve momento musical que ofrecía la banda sonora. Las muchachas se contorsionaban y soltaban unos chillidos tan agudos que pareciera que las estaban asesinando.

Desgraciadamente la sátira oficial contra los Beatles duraba unos minutos. El resto del noticiero repetía los mismos temas de siempre: logros agrícolas, maniobras militares, la industrialización acelerada del país, etc… La mayoría de los espectadores salieron enseguida para ponerse otra vez en la cola, pero como era la última tanda ya no vendieron más entradas.

Al día siguiente, Joaquín y Batido de Trigo volvieron al Duplex. La cola era esta vez más larga todavía. En otros cines de la ciudad se repetía el mismo fenónemo. Joaquín y sus amigos vieron ese documental como diez veces. Pero parece que las autoridades se dieron cuenta de que les había salido el tiro por la culata y no tardaron en sacarlo de circulación

No obstante, de esa experiencia había nacido una idea: crear un combo al estilo de los Beatles. Nao Capitán, el Monqui y otros muchachos que eran aficionados a la música empezaron a ensayar con un par de guitarras viejas y una batería prestada a la que le faltaba un platillo y tenía un parche en el bombo.

Nao era el director, porque aparte de excelente bajista, era descendiente de una familia de soneros, rumberos y cantantes de danzones. Llevaba más que ninguno la música en la sangre. Tenía los pies planos y cada vez que daba un zapatazo marcaba el compás. Un, dos, tres… tres zapatazos. A pesar de ser un mataperros, desde hacía algunos años asistía cada día a un conservatorio. Joaquín lo veía desde la azotea, cargando abnegadamente su instrumento, como el hombre del bacalao a cuestas, el de la asquerosa emulsión de *Scott* que hacía eructar a Joaquín nubes de aceite de hígado de bacalao.

El Monqui (por los *Monkees*, a quienes adoraba casi más que a los *Beatles*) era otro negrito que se peinaba con una raya casi al medio y manejaba las baquetas como un malabarista. A él no le gustaba tanto la rumba o el guaguancó como el jazz y el rock, quería ser como un negro americano, porque «tienen más *swing* que los prietos cubanos», decía sonriendo con sus dientones blanquísimos.

Luego estaban Manfredo y Cara de Bache, los dos guitarristas. Ése era el núcleo inicial del conjunto. Menos Nao, todos eran músicos de oído. En la Loma del Ángel el que más y el que menos había sido un niño musical. Todos crecieron entre toques de tumbadoras y viendo los guaguancós que se bailaban en las cuarterías. A cualquiera de ellos le bastaba un par de palitos, una caja de velas vacía o una lata para improvisar una rumba de cajón. Hasta Joaquín –a pesar de que Numancia le prohibía meterse en bailoteos de negros– sabía repiquetear con dos monedas de a níquel sobre el capó de los autos parqueados en la Loma del Ángel.

Ese repique metálico sobre la carrocería esmaltada de un *Dodge* podía prolongarse hasta convertirse en una conga arrolladora: «¡Abre que voy, cuidao con los callos!». A veces era el Cawy quien empezaba el tamborileo con dos monedas de a medio, luego se sumaba Materva tamboreando con las manos en el capó del carro, enseguida se arrimaba el Quimbo rascando un guayo con un tenedor, detrás venía Salutaris, que cogía la tapa de aluminio de un tanque de basura para hacerla sonar con un un palo o bien hacía sonar una botella vacía con una cuchara, atrás venía Jupiña golpeando una lata con un palo, y algunos, como el Chama, imitaban con la boca los lamentos de un bajo: «¡pu pum pum pum, pu pum pum pum!» Y así, poco a poco, cada vez había más niños encaramados encima del automóvil, y el escándalo crecía y crecía hasta adquirir sonoridades bailables. Algunos transeúntes se detenían, sonreían y se ponían a rumbear en medio de la calle. Todo eso lo aprendían viendo a los mayores calentando tambores sacramentados batá en días de carnaval. Lo respiraban desde que nacían. Incluso antes, pues ya en el útero escuchaban aquellas vibraciones de timbal que preñaban el aire de la Loma del Ángel. Con esas musicalidades callejeras el alma se iba como afinando.

Aparte de ir a gritar y a bailar al Duplex, aquel documental ofrecía una ocasión única e irrepetible para estudiar los movimientos de los

Beatles, la disposición de sus instrumentos, sus gestos, su manera de vestir… Joaquín había tomado nota de todo eso. Al igual que los simios que salían en el documental, él y su grupo querían imitarlos en todo. Hartos de ser lo que eran, no les bastaba con ser beatlerianos, ¡querían ser los Beatles en persona! Nadie sabía qué nombre ponerle al grupo. A Joaquín se le ocurrió que el combo debía llamarse «Los Dupleix».

–¿Y eso por qué? –preguntó Nao.

–Porque suena a Duplex… el cine donde descubrimos a los Beatles.

Todos aceptaron la sugerencia. Joaquín se ocupó de rotular ese nombre en el parche del *drum* de la batería. Empleó una caligrafía como de nubes, cuyas letras eran globosas y blandas, como si se estuvieran derritiendo. Junto al nombre dibujó un emblema –un lugar común de la heráldica del dandismo–: un bastón y un par de guantes encima de los cuales se posaba un sombrero de copa.

Ahora sólo faltaban los disfraces. Y para eso estaba Numancia, siempre lista. Hacía meses que su hijo se había quitado el abrigo de astracán, así que ya iba siendo hora de encontrarle otro disfraz al niño de los mil disfraces. Joaquín le enseñó los dibujos que había hecho en la sala oscura. Sin ser diseñador, había logrado captar en líneas generales la ropa que llevaban los Beatles en el documental. Unos sacos negros sin cuello ni solapas, pantalones muy ajustados, botines puntiagudos. Los sacos eran tan cortos que los puños blancos de sus camisas asomaban por las mangas.

Numancia tenía que hacer cinco disfraces bealterianos para Joaquín y sus amigos comberos. Movió cielo y tierra para conseguir los cortes de tela adecuados. Con retazos sacados de aquí y de allá, al cabo de un mes vistió a los cinco muchachos más o menos con cierta uniformidad. Ahora sólo faltaban las corbatas, que debían ser muy estrechas. Cogiendo varias de Coliseo, anchas como baberos, la modista las recortó con puntadas invisibles hasta dejarlas finas y alargadas.

Pero aquel nuevo disfraz no estaba completo sin el peinado de los Beatles. «Un peinado como de escarabajo», sentenció Cara de Bache, que era el combero que más inglés sabía. Según él, *beatle* significaba «escarabajo».

Joaquín se dejó crecer un flequillo sobre la frente. Se pasaba minutos y minutos con un peine frente al espejo rococó. Pero enseguida los pelos se levantaban produciendo unas ondas como de techo de guano que a él no le gustaban nada. Numancia se reía cada vez que lo veía en esos afanes. En la cuadra de los góticos había unos pepillos que hacían maravillas con sus cabellos. Con un poco de brillantina y un simple golpe de peine, se sacaban unos tupés, como viseras de pelo, de lo más bonitos. Pero su cabello no era así, era más bien ondeado, encrespado. Se echaba gomina, una y otra vez, para mantener el flequillo beatleriano, pero en cuanto salía a la calle y el sol le recalentaba la cabeza, el fijador se derretía resbalándole en lágrimas pegajosas por las sienes, y los pelos volvían a encresparse.

Mientras tanto, de vez en cuando, seguía escribiendo a la zurda sus proclamas contra la UJC hasta que un día la Flaca Graciela lo acorraló en un pasillo de la escuela.

—Ya no vas al trabajo voluntario —le dijo.

—Bueno… este… estuve medio enfermo…

—«Enfermito» es lo que estás tú —dijo la militonta recorriéndolo de arriba a abajo con una mirada furibunda.

«Enfermito» era un eufemismo del lenguaje oficial para decir «moderno», «decadente», «ideológicamente débil» e incluso —según el tono y el contexto— «medio maricón».

—¡Ah, Graciela, está bueno ya!

—¿Y tú eres el que dices ser muy cubano?

Joaquín no captó la indirecta. Quería seguir su camino hacia el laboratorio de química, pero Graciela se atravesó en el pasillo.

—¿Cómo puedes hablar de ser más cubano, si tú y toda esa banda de peludos lo único que hacen es imitar a unos cantantes extranjeros? ¡Ustedes no son más que unos extranjerizantes! Unos enfermitos.

Lo de «extranjerizante» le llamó poderosamente la atención. Era otra de las novedades lingüísticas de los militontos. En realidad muchas veces él se había sentido extranjero. Todo el árbol genealógico a partir de su madre remontaba a sus ancestros gallegos –quizá portugueses, quizá marranos conversos– hasta perderse en la noche de los siglos. Así que ya era medio extranjero nada más nacer. ¿No se colaba su abuela en las colas gritando «abran paso que soy extranjera»? ¿No bebía él vino del Ribeiro y comía pulpos a los ocho años inducido por Polenta? ¿Sus canciones de cuna no habían sido cantadas en gallego? De pequeño, ¿no lo obligaban a comer filloas y a decir palabras en galaicoportugués?

Estaba dispuesto a aceptar que era medio extranjero, pero… ¿extranjerizante? Eso era harina de otro costal. La desinencia «ante» era obviamente peyorativa, sobre todo en los labios hostiles de la Flaca que pronunció esa palabra con una mueca de asco.

–Sí, por ejemplo ese peinado es extranjerizante –añadió la Flaca señalando para su flequillo engominado–. ¿A quién te quieres parecer, a Ringo Starr?

–Es el peinado de los escarabajos –sonrió Joaquín.

Todos los Dupleix se peinaban ahora así, salvo Nao y el Monqui cuyas pasas indómitas eran tan rebeldes que lo más que podían hacerse era una raya a la izquierda excavada a golpe de peine y cepillo durante horas.

–Esos Beatles son unos mariguaneros, unos afeminados…

–Bueno…

–Ten cuidado –agregó la Flaca.

Ese «ten cuidado» podía significar en el mejor de los casos: «puedes ser expulsado de la escuela», y en el peor: «puedes ir a la cárcel». De todas maneras Joaquín replicó.

–¿Cuidado con qué?

–No somos bobos. Tarde o temprano nos enteramos de todo.

–¿De qué estás hablando?

–¿Crees que no sabemos que eres tú quien escribe los cartelitos que aparecen en los baños?

–¿Yo? ¿Qué carteles? –Joaquín puso cara de comemierda. En la isla a veces lo mejor es parecer comemierda.

—Sí, sí, tú mismo… esos cartelitos que hablan tanto de Martí y de Cuba… Unión de Jóvenes Martianos y todo eso. ¿Martiano y cubano, tú? ¿Con ese peinado de escarabajo? —sonrió sarcásticamente la Flaca y se apartó para dejarle pasar.

Era una amenaza directa. Con aquella gente no se podía, lo sabían todo, estaban en todas partes, tenían orejas y soplones y trompetas en todo el territorio nacional. ¿Quién coño lo había echado pa'lante esta vez? ¿»Natilla» de nuevo? No podía ser. Era tremendo gusano. Pero…¡cojones! ¡No podía pasarse el resto de su vida desconfiando de sus mejores amigos!

¿Qué iba a hacer?

No lo sabía, pero tenía dieciséis años y no pensaba arruinar su futuro con una larga condena en prisión o encerrado en una granja de castigo de las que tanto se hablaba.

¿Qué iba a hacer?

De entrada, dejar de escribir papelitos que en definitivas no iban a tumbar a un gobierno reconocido por todos los gobiernos del mundo menos el americano. Por lo demás, le resultaba fácil abandonar esa actividad, porque ahora otro frenesí ocupaba su espíritu: Los Dupleix y Batido de Trigo.

En rigor, la UJM había sido una fugaz pataleta que no duró ni un mes. Él no sabía guardar rencor, lo que no quiere decir que olvidara. El rencor era una sustancia ponzoñosa que se disolvía en su alma rápidamente sin dejar apenas rastro. Por otra parte, la estrategia de los cartelitos había fracasado. Él pensaba que iban a multiplicarse por mil, que otros alumnos, no vinculados a él, seguirían el ejemplo. Pero la realidad era que seguían siendo cuatro gatos. A nadie le importaba nada.

Tampoco tenía madera de mártir, ni se creía un héroe. Ya bastante comemierda había sido cuando se metió a jugar a los héroes subiendo a la Sierra Maestra sin haber cumplido los trece años. Y encima ni siquiera le habían reconocido ese mérito en el Proceso de los Panes de Gloria. Intentaría que los militontos se olvidaran de él. Haría como la inmensa mayoría: fingiría, se guillaría, tratando de no buscarse demasiados problemas. *Impera la fuerza.*

Tendría que adaptarse. No quedaba otro remedio. Tenía que sobrevivir en aquel ambiente, eso sí, sin hacerle daño a nadie, no al menos deliberadamente. Ése era el camino más practicable que se abría ante él. El único sensato. Amoldarse como los camaleones que se ponían del color de la corteza de los árboles en el parque. Por cierto... ¿dónde se habían metido esos lagartos que ya no se les veía? Los camaleones habían desaparecido porque ahora todo el mundo era camaleón. Adaptarse, sobrevivir, como las culebras que vio en la Sierra, que se ponían del color de las hojas secas para deslizarse mejor por la tierra sin ser vistas.

La Flaca le había metido los monos en el cuerpo. En la isla cundía la maledicencia, la envidia, el chanchullo, el brete, la calumnia, la cizaña... Tenía que ir con pies de plomo. Vivir su tiempo era cruzar un campo minado. Recordó que la isla tenía forma de cocodrilo, animal violento, taimado e hipócrita por antonomasia. Animal nefasto, embalsamado, el horror momificado, encarnación del mal, el diablo escamado del Nilo, –el terrorífico Seth o el espantoso Sobek de los antiguos egipcios– que emigró desde la patria de los faraones a África, de allí a Canarias, de allí a Cuba y la Florida... algo de eso le había contado en su infancia su vecina Evangelina. que conocía muchas fábulas y misterios contados por los negros viejos.

✳✳✳

¿Sería también por eso que no quiso la beca en Polonia? ¿Por todas las cabronadas que le hicieron los militontos hijos predilectos de Fidel Castro? ¿Sería por todas esas amenazas y vejaciones que le hicieron sufrir?, se preguntaba Joaquín sentado en el atrio de la Catedral, mojado por la luz de la luna.

30.

MUERTE DE MANFREDO

El Monqui consiguió los redoblantes que le faltaban para completar su batería. Pero ahora, con tantos instrumentos, no podían seguir ensayando en el cuarto del solar donde vivía Nao Capitán. Joaquín sugirió que usaran su refugio astronómico, su Monte Palomar: la azotea.

Ya tenían varios números montados cuando, de pronto, uno de los guitarristas empezó a faltar a los ensayos. «Manfredo está desesperado, caballero», les comunicó Nao. «Anda buscándose una pincha para que no lo coja el Servicio Militar Obligatorio».

—Se meó el SMO — dijo el Cawy estrenando un retruécano no muy feliz.

Los militares estaban a punto de comenzar a llamar a los reclutas del primer llamado. Manfredo estaba en esa lista negra. Ya iban a hacerle el chequeo médico. Hacía un par de años había dejado los estudios para dedicarse a tocar la guitarra, a ligar pepillas y a pasear a su pastor alemán por los parques. Cantaba muy bien y tenía fascinadas a las muchachas del barrio. Joaquín lo imitaba gorjeando bajo la ducha melifluas baladas de Paul Anka. Decían que quien consiguiera un trabajo a tiempo podría librarse del servicio. Por eso Manfredo había dejado el combo para buscarse «un curralo» urgentemente.

Joaquín casi se había olvidado, pero de pronto volvió a tomar conciencia de lo que significaba el SMO. Tres años como mínimo, vestido de verde, encerrado en una Unidad Militar quién sabe dónde. Lo que más le molestaba de todo eso era la palabra «obligatorio». ¿Qué derecho tenían el estado, el gobierno, la revolución, o los Reyes Magos a obligarlo a llevar un fúsil?

***

¿Sería por todo eso que había rechazado la beca de Polonia? ¿Para qué quería Fidel Castro un ejército cada vez más grande? Él quería tener un ejército tan grande como el de la URSS o el de EUA. ¿Complejo de inferioridad insular, o más bien insolación mental? Joaquín recordaba haberle oído decir al principio de la revolución: «¿armas para qué?». Pero muy pronto se había olvidado de su propia consigna, como de tantas otras promesas aurorales. Cada año reclutaban a miles y miles de jóvenes sin contar que al mismo tiempo se engrosaban las fuerzas de la reserva. Si al menos en Cuba hubiera una guerra de verdad, como en Viet Nam, eso justificaría la ley del Servicio Militar Obligatorio. Si Cuba estuviera siendo bombardeada por aviones norteamericanos, su sensación de frustración sería menor. Frustración por los estudios de bachillerato truncados, por las fiestas de quince que se estaba perdiendo, por las pepillas que estaba dejando de ligar… No había ninguna guerra en Cuba, no había absolutamente nada que justificara esa movilización de jóvenes como no fuera la imperiosa necesidad de paliar la situación calamitosa de la agricultura —enviando soldados al campo— conjugada con el otro gran designio estatal de disciplinar y meter en cintura a toda una generación de jóvenes que ya soñaban demasiado con los Beatles, con los hippies, con el amor libre, con dejarse el pelo largo, con bailar el twist…

A los reclutas les habían hablado tanto de la «inminente invasión imperialista» que algunas noches, estando de guardia, Joaquín fantaseaba con la irrupción del enemigo. Añoraba al adversario, ansiaba que apareciera algún americano armado en medio de la noche, para poder disparar aquel ocioso fusil belga que se oxidaba en sus manos. De hecho, una noche, oyó desde la garita un crujido de ramas secas. Encendió el reflector, pero no venía nadie por el camino. Dio el alto tres veces, no recibió respuesta, y empezó a disparar como un loco. Vació casi todo un peine contra la noche.

Cuando salió el sol, registraron los alrededores de la posta y lo único que descubrieron entre la hojarasca fueron unas arañas peludas destrozadas. Dos tarántulas (phormictopus cubensis) de esas que al avanzar saltando producen en las ramas secas crujidos como de pasos. Pero eso no sólo le pasaba a él, era raro el recluta que no disparaba de noche matando vacas, gallinas, cochinos... animales que pasaban a engrosar la lista de bajas enemigas en la guerra imaginaria que se libraba en el país.

Joaquín estaba vestido de civil en El Patio, pero por debajo vestía de militar. Los calzoncillos, las medias y la camiseta eran verdeolivos, y todas esas prendas interiores tenían bordado un número con hilo negro: 231. Su madre se lo había bordado en el forro de camisas y pantalones. El 231. A ella seguía gustándole eso de disfrazarlo, aunque fuera con ropa militar.

Ahora no era más que un número, un número obligatorio. Así que Joaquín estaba doblemente disfrazado. Para fugarse se había camuflado de civil por fuera mientras por dentro seguía enmascarado de militar. Y esa duplicidad indumentaria era perfectamente coherente con su circunstancia. Después de todo, en la Isla de los Camaleones, él seguía siendo el Niño de los Mil Disfraces.

¿Sería por eso que le había dicho no al Comandante? ¿Por haberlo obligado a estar vestido de verde olivo durante tres años? ¿Por haberlo convertido en un simple número?

***

A Joaquín le faltaba un año para que lo citaran. Confiaba en que no lo llamarían porque no había abandonado –ni pensaba hacerlo– sus estudios. Aunque intuía oscuramente que estaba en capilla ardiente. El SMO pendía sobre su cabeza como una Espada de Damocles. Si los del Comité Militar decidían que tenía que ir a cavar trincheras, de poco valdrían sus estudios ni que estuviera trabajando, ni nada de nada.

Pocos días después todos tuvieron que ir al entierro de Manfredo. Andaba por los muelles buscando trabajo de estibador enloquecidamente. Iba encaramado en la parrilla de un camión, de espigón en espigón, buscando ese empleo redentor. El vehículo iba acelerado, dobló en una esquina, una curva muy cerrada, la cabeza de Manfredo se estrelló contra un poste de la luz, su cerebro esparcido chorreó hasta el pavimento. Para Joaquín, aquel muchacho del barrio se convirtió en la primera víctima del SMO.

En el funeral, Nao le dijo que tenía que sustituir a Manfredo en la guitarra acompañante. Debía aprender a tocar guitarra. Hasta ese momento Joaquín no era oficialmente del combo, simplemente era una especie de animador. Nao le enseñaría a rasguear el instrumento. «Aparte, déjame decirte que no cantas nada mal», añadió el director del combo para satisfacción de Joaquín quien hasta entonces lo más que hacía era participar en algún coro repitiendo «One, zero, one, zero, one, pa–pá…», mientras casteñeteaba los dedos.

En la misma funeraria empezaron a componer entre Nao y Joaquín una canción dedicada a Manfredo. Con su instinto musical, Nao escogió *Till there was you* porque sonaba igualito que un bolero, parecía música cubana. Aparte, era una melodía lenta, casi elegíaca, apropiada para conmemorar la muerte de un amigo.

31.

DEDOS VERDES

Con paciencia asiática el director del combo le enseñó las posiciones de una canción que decía: «Agujetas de color de rosa, un sooombrero grande y feo, el sombrero lleeeva plumas, de color azul pastel...». Pero al ver que su aprendiz tenía dificultades, lo intentó con otra tonada no menos extravagante que decía: «No juegues con mi amooor, chiquilla loca, igual que una pelooota, una peloota, porque tú no sabeeees, que los materialeeees, son de vainilla y chocolate y se pueden romper, er, er, er...».

Las letras eran surrealistas y el ritmo transmitía una alegría casi infantil, aunque nadie sabía a ciencia cierta en qué consistían aquellos «materiales» ni el «sombrero grande y feo». Ni siquiera lo sabía Danny Puga –que era el rockanrolero que entonaba esas cantilenas en una carpa de circo instalada en la calle Infanta. A falta de Beatles, los Dupleix iban a ese pabellón improvisado en una esquina para oirlo cantar. Tendría unos treinta años, todo un ídolo para ellos.

Pero Danny Puga desapareció de la escena cuando una noche le quitaron la luz. Los bafles y el micrófono enmudecieron de pronto. Dany se quedó a oscuras en el escenario. Alguien había desenchufado el cable de la electricidad. ¿El administrador del circo, la policía, los militontos?... nadie lo sabía pero todos lo sospechaban. La carpa fue desmantelada y Danny Puga se esfumó. Y ahora los Dupleix seguían cantando esas absurdas coplas como un homenaje al desaparecido roquero treintañero.

Nao le dibujó las posiciones de los dedos en un papel, para que no se le olvidaran, y Joaquín se las aprendió de memoria. Con esa cantaleta de Puga estuvo en la azotea durante semanas –«y se pueden romper, er, er, errrrrr»– berreando como un chivo y rasgueando las cuerdas apasionadamente. Una de las gárgolas subió a protestar un par de veces. Quería dormir la siesta y él no la dejaba. Se cambiaba para una esquina más alejada de la terraza y seguía: «er, er, er, errrr-rrrrr». Mientras él tocaba la guitarra, Titán se rascaba la ijada con la pata trasera, como si en vez de rascarse las pulgas estuviera imitando a su dueño.

La guitarra era un viejo trasto sacado de sólo dios sabe dónde, y como no tenía cejilla –ni había dónde comprarla ni robarla ni conseguirla– Nao solía pisar las cuerdas con un dedo rígido, durísimo, como de palo. Enseñó a Joaquín a aferrar los dedos de la mano izquierda en el mástil y la mano se le quedaba allí, como una araña crispada, o artrítica. Así que pronto empezaron a dolerle los dedos, y al cabo de unos días notó que se le estaban poniendo verdes.

Por más que se restregaba los dedos con estropajo cada vez se ponían más aceitunados y llegó a pensar que tenía cáncer en las uñas, donde sentía punzadas. ¿Sería otra extraña forma de insolación? ¿No estaría sometido a un lento proceso de fotosíntesis? Volvió a mirarse las uñas verdosas. Estaba produciendo clorofila, como si de cada dedo fuera a brotarle una rama. ¿Se estaría poniendo cianótico? ¿Sería una gangrena? ¿Algún hongo infeccioso? Pensó en la muerte.

Al principio no le dijo nada a nadie. Pero un día no pudo más y le dijo a Nao que renunciaba a seguir aprendiendo, que se buscara a otro guitarrista. Le contó lo de los dedos. Nao se desternilló de la risa. Cuando se calmó, le contó que el origen de esas manchas en la yema de los dedos no era cáncer, ni micosis, sino óxido cúprico. Simplemente las cuerdas de cobre de la guitarra estaban tan oxidadas que le habían teñido de verde los dedos de tanto pisarlas.

Todo en Cuba es oxidación. Hay demasiado salitre. Se oxidan las neuronas, las ideas, las emociones, las fallebas, los picaportes, los espejos, las bisagras, los tornillos, los clavos, los techos de zinc, las pilas, las tuberías del agua, los canalones, la carrocería de los automóviles, las ruedas dentadas de las ingenios, todo se oxida, hasta la caña cuya sacarosa se convierte en vinagre. El alma también se oxida. Demasiada espuma de nitro flotando en el aire, demasiado nitrato potásico cristalizándose, aflorando por doquier, entrando por las fosas nasales y bajando hasta los pulmones, hasta el corazón, directo al alma. El alma misma es un suspiro siempre oxidándose.

Así que al saber que los dedos se le estaban oxidando dejó la guitarra y quedó como cantante del grupo. Le hubiera gustado más ser astrónomo, para alzarse hasta las galaxias, o «físico atómico», como decía Peróxido, para adentrarse en el microcosmos de las moléculas. Pero por suerte o por desgracia había nacido en un solar habanaviejero, lejos de telescopios y microscopios de verdad. Estaba condenado a esa azotea convertida en observatorio desde donde –en vez de escudriñar estrellas o átomos– sólo podía estudiar a la gente allá abajo. Del mismo modo que el destino está escrito en las estrellas, el suyo, sin saberlo, estaba ya cifrado en las muchedumbres que hacían cola y vociferaban en la calle.

Ya en la época del frustrado lanzamiento del ratón al espacio, su amigo Peróxido le había obsequiado un *Atlas de Anatomía*; y de un tiempo a esta parte, Joaquín mezclaba en su cabeza todas esas láminas de esqueletos con los viajes cósmicos. Su aspiración era llegar a ser una lumbrera en la astromedicina, sin saber siquiera si esa ciencia existía. Lo de sus dedos verdes –más aún a raíz de la muerte de Manfredo–, lo animó a seguir consultando obras de vulgarización científica. Para eso fue hasta el Solar del Ancla, para ver si Peróxido tenía algún libro que pudiera prestarle.

Desde hacía algún tiempo su amigo no asistía a clases. Ni falta que le hacía, pues sacaba sobresaliente en todas las asignaturas sin necesidad de oír a los maestros. Joaquín golpeó con los nudillos en la puerta de su cuarto. A través de una rendija en la ventana, pudo ver, sobre una mesa, el mechero Bunsen que se habían robado del laboratorio de la escuela y al lado, los dos sarcófagos de plomo, sus refugios antiatómicos de la crisis de octubre. Joaquín esbozó una sonrisa y meneó la cabeza.

Siguió llamando a la puerta sin obtener respuesta. La tía de Peróxido era tan taciturna que jamás le abría la puerta a nadie, y al oírlo llamar en vano, Nao se asomó al balcón corrido de la primera planta y lo llamó. El director de los Dupleix vivía allá arriba. Joaquín no podía verlo con tanta ropa que colgaba en las tendederas extendidas entre los balcones de los pisos superiores que daban al ojo de patio. Retrocedió hasta las casetas de los baños, donde estaba el fregadero, y sólo entonces, a través de dos sábanas que goteaban, pudo ver a Nao Capitán asomado a la barandilla. Había varios radios encendidos a todo volumen. Haciendo bocina con las manos, el bajista le informó que últimamente Peróxido apenas paraba en casa.

—Anda siempre por los hospitales —añadió moviendo un dedo alrededor de su oreja, como si marcara el disco de un teléfono invisible. Nao estaba cepillándose los dientes y como era tan negro y tenía los labios llenos de espuma, parecía un payaso.

Por casualidad, un par de días después, Joaquín y Peróxido coincidieron en el fragor de una guagua. Contento de ver a su amigo, trató de acercarse para saludarlo. El autobús iba tan repleto que no cabía un alfiler y tuvo que abrirse paso pidiendo permiso y pisoteando sin querer a más de un pasajero. «¡Oye, tú, cuidao con mis callos!», protestó uno con razón pues Joaquín llevaba puestos sus botines de suela de madera.

En su afán por parecer un Beatle, días atrás había visitado a un zapatero remendón que trabajaba clandestinamente para la bolsa negra. Como no había los materiales adecuados en abundancia, el zapatero había desarrollado al máximo la inventiva. Los botines que Joaquín le compró eran de piel de chivo y se cerraban con correas de hebillas doradas a los lados. Los tacones eran muy altos, los llamados «*Hollywood*», y resonaban con aplomo, sobre todo porque las suelas estaban hechas con una serie de láminas de madera claveteadas y articuladas entre sí mediante una pieza de caucho, flexible como un acordeón.

Los botines de chivo carmelita sonaban como las chancletas de palo de Evangelina cuando andaba por el patio del solar. ¡Clac, clac, clac!

La gente por la calle se lo quedaba mirando, pero a él no le importaba, él iba disfrazado de Beatle. Cuando caminaba sobre mojado, iba dejando un rastro como de cremalleras de tractor oruga. Clac, clac,clac…

Ir desde la alcancía del chofer hasta el fondo de la guagua, donde estaba sentado Peróxido, era una odisea. Tenía que avanzar muy despacio, pues en aquella aglomeración de pasajeros, sin querer iba rozando tetas y culos a diestro y siniestro. «¡Caballeros, tá bueno ya de tanto repello!», chilló una mulatona cuyos glúteos empinados le impedían pasar. Estirándose al máximo, Joaquín pasó entre dos fondillos aquejados de esteatopigia. Aguantando la respiración, se deslizó entre las nubes de peste a grajo que emanaban de los sobacos. También había peste a chicote, a tenis recalentado, a suela de zapato gastada y requemada.

Los que iban parados se aferraban a los tubos, sudorosos, crispados, aguardando la próxima curva o el siguiente frenazo. Los tubos con sus agarraderas estaban a punto de desprenderse del techo. Semejantes a monos enjaulados, los pasajeros iban con los brazos alzados, bamboleándose como si cantaran en silencio *La internacional*. Cada guagua era una Plaza de la Revolución en miniatura y ambulante, con todo su apretujamiento y su escándalo.

«Pasito alante varón», decía el chofer para que la gente amontonada en la puerta avanzara hacia atrás, pero el coágulo era casi irrompible. Los choferes, al igual que los camareros, también hacían su huelga solapada. Una de ellas consistía en frenar y decir que el vehículo tenía una avería. Todos los pasajeros tenían que bajar, y cuando ya estaban en la acera, encabronados, de pronto el chofer volvía a subir, se sentaba al timón, cerraba las puertas, y arrancaba raudo y veloz perdiéndose en lontananza. ¿Si estaba averiada la guagua cómo podía irse tan de prisa sin que se notara que tenía nada roto? El chofer se retiraba a su parqueo para no trabajar ese día, o frenaba tres paradas más allá para visitar a su novia o tomarse un café en casa de un amigo, con la guagua vacía, como si fuera su carro particular.

De pronto, Joaquín metió un pie en un hueco. Asombrado, comprobó que faltaba un trozo de la tapicería de caucho en el suelo del ómnibus. A través de la oquedad podía verse el asfalto pasando velozmente allá abajo. Por poco su suela de madera saca chispas del pavimento si no es que súbitamente sacó el pie del agujero y, en una pirueta de acróbata, se quedó en el aire, colgando del tubo. Entonces un tornillo le cayó en la cabeza y rebotó hasta caer en el periódico de un gordo sentado que estaba leyendo.

«¿Qué? ¿Se te perdió un tornillo?», le preguntó el obeso interrumpiendo su lectura. La primera plana decía: «otro golpe al imperialismo yanqui: sobrecumplidas las metas en el sector lácteo».

A bordo del autobús, la caballerosidad también estaba en crisis, y ahora los hombres, cuando iban sentados, desplegaban inmediatamente un periódico, fingiendo un vivo interés por sus páginas, para no darle el asiento a las mujeres que iban de pie.

En ese momento la guagua dio un bandazo y se aflojó otro tornillo del techo, y luego otro… El tubo de aluminio del que se agarraban los pasajeros se descolgó medio tramo haciendo que los viajeros se proyectaran hacia atrás cayendo unos encima de los otros. «¡Atrevido, descarado, imperfecto!», dijo una prieta dándole un manotazo a un hombre. «No es mi culpa, compañera…», se disculpó el hombre. «¡Compañeros son los bueyes, y que yo sepa, ni usted ni yo estamos enyugados!», replicó la ofendida. «¡Cállate, gusana!», gritaron desde la parte delantera del vehículo. «¡Esto es el colmo! ¡Negra, y encima gusana!», ladró el gordo del periódico.

Las guaguas habaneras siempre habían sido un lugar de jolgorio. Joaquín las recordaba como fiestas ambulantes donde de repente podían subir unos músicos para amenizar el viaje con una guaracha. Entre guitarreos y maraqueos, un compinche pasaba el cepillo extendiendo su sombrero de pajilla al revés: «¡Cooperen con el artista cubano!».

Pero eso también pertenecía al pasado. Ahora montarse en uno de esos cacharros llenos de bote en bote era un auténtico calvario.Un atroz chirrido de engranajes estremeció el destartalado autobús. Estaban montados en una caldera a punto de estallar. Un humo gris empezó a salir por el agujero donde Joaquín había resbalado perdiendo pie. Apestaba a lubricante quemado y a neumáticos derretidos.

En eso subió la China con su neceser de mimbre. A Joaquín le alegró esa aparición, hacía más de un año que no la veía. De lo más pintarrajeada, meneándose en lo alto de sus tacones de puya empezó a decirles a los pasajeros: «¿A ti qué te gusta? ¿Dar o que te den? ¿Dar o que te den? ¿Dar o que te den?...», repetía eso enloquecidamente, toqueteándoles ligeramente los testículos a los hombres. Caminaba muy ligerita, como recorrida por los temblores de un mambo. La gente se reía de su escuálida figura de sardina nerviosa. Llevaba un vestido rojo sin espalda, y se le veían las vértebras como en una radiografía. Extremadamente flaca, era la única que podía desplazarse dentro del vehículo apenas sin dificultad.

Ignorando a una esposa ceñuda, le acarició el lóbulo de la oreja a un hombre y diagnosticó: «¡chico, a ti ya no se te para!». Le tocó la nariz a otro, y dictaminó: «¡A ti todavía se te pone un poco sarazona!».

En eso la guagua cogió un bache, y todos saltaron encabritados. El tubo acabó de desprenderse por completo, a lo largo de diez ventanillas, en medio de una lluvia de tornillos. A uno de los pasajeros que seguía reguindado del tubo, jorobeteado como un signo de interrogación, se le cayó una jaba de la que salieron rodando docenas de mangos pintones. ¡Mangos en la Habana!. Hacía años que no se veían.

«Oye, tú, ¿de dónde sacaste esos mangos?», le preguntó un flaco sacando un carnet de policía. Ubicuos como dioses, pululaban por doquier. Salían de detrás de los árboles en un parque, se deslizaban en las azoteas, reptaban por debajo de los asientos de un autobús. Y lo mismo podían arrestar a cualquiera por tener un *Camel* que por tener un humilde producto de la tierra como un mango. Atónito, el frutero clandestino renunció a agacharse para recoger los mangos.

«¡Te he hecho una pregunta!», lo conminó el otro llevándose la mano a un bulto que sobresalía por debajo de su guayabera. El vendedor de mangos empezó a tartamudear y el agente secreto, tras ordenarle al chofer que frenara, lo bajó a empujones, llevándoselo preso.

—¡Acaparadores, contrarrevolucionarios! —gritó el gordo del periódico por la ventanilla mientras el autobús reanudaba la marcha.

A duras penas, Joaquín había rebasado el nudo gordiano que solía formarse en la puerta trasera, por donde en teoría debían bajar los pasajeros. Como era tan difícil transitar por el pasillo, la mayoría se amontonaba allí por miedo a perder su parada. Aparte de obstaculizar el paso hacia el fondo, ese coágulo se convertía en trombosis a la hora de apearse, pues había que hacerlo a contracorriente, dando codazos, rodillazos y hasta patadas para abrirse una brecha en el gentío que, al mismo tiempo, trataba de subir impetuosamente por la puerta de atrás.

Joaquín había logrado pasar entre Escila y Caribdis, y ya estaba a dos pasos de Peróxido. Pero cuál no sería su sorpresa al ver que éste fingió no reconocerlo a pesar de llamarlo por su nombre. ¿Estaría disgustado con él por lo del «gato cerebeloso»?

Después de hacer muchos experimentos juntos, casi todos fallidos, a Peróxido le había dado por hacer un experimento con un gato, que consistía en sacarle el cerebelo y, tras suturarle la nuca, ponerle un platico con leche, todo ello para comprobar cómo no atinaba a meter la lengua dentro del plato, porque había sido privado del centro nervioso que rige el equilibrio. Había leído algo sobre eso en alguna de las muchas revistas americanas que atesoraba y quería llevarlo a cabo.

Pero Joaquín se negó en redondo. Él había tenido varios gatos. Y nada le molestaba tanto como el abuso con los animales. Peróxido se enfurruñó y pospuso su experimento. Quizá por eso no quería saludarlo ahora.

Flaco y demacrado, parecía recién salido de alguna enfermedad. Pidiendo permiso y empujando un poco a una vieja, Joaquín pudo alargar el brazo hasta darle una palmada en el hombro. Silencio. Peróxido tenía que haberlo visto, pero seguía mirando a la calle por la ventanilla.

Volvió a llamarlo, esta vez por su apodo, y entonces su amigo se puso a hacer muecas y a bizquear, riéndose como el Pájaro Loco. «¡El campo unificado, el campo unificado!», gritó el genio precoz poniéndose de pie. La gente pensaría que se estaba refiriendo a la inquebrantable unión del campo socialista o algo así. Lo miraban extrañados. Con una energía de la que no parecía capaz, Peróxido se levantó del asiento, se precipitó hacia la puerta atropellando a la anciana y se apeó en la siguiente parada.

—¡A ese también se le cayó un tornillo! —exclamó el gordo del periódico arrancando una carcajada general.

Sintiendo vergüenza ajena, Joaquín se quedó boquiabierto, pero entonces, desde la calle, vio que Peróxido le hacía un guiño cómplice. ¡Se estaba haciendo el loco! Desde niño era un poco exaltado, tenía una mirada extática, como si siempre estuviera viendo hadas o duendes donde los demás sólo veían muebles o piedras. Sólo entonces reparó en que su amigo era un año mayor que él y, por tanto, ya debería de estar en el SMO. Lo comprendió todo de golpe. Peróxido se estaba haciendo el loco, consiguiendo certificados médicos, para eludir el servicio militar. ¡Y lo había conseguido! Con más suerte que Manfredo. ¡Genial!

 Se lo confirmó Cawy al día siguiente.

—¡Si ese cabrón consigue un certificado médico que diga que está loco puede que escape incluso a la UMAP!

—¿Y eso qué carajo es?

—¡Uhhh! ¡Algo peor que el Servicio Militar Obligatorio!

Desde hacía cinco años, cada dos semanas, el gobierno ponía en circulación una nueva sigla, a cual más indescifrable y abominable.

—UMAP quiere decir «Unidades Militares de Ayuda a la Producción» —le explicó el Cawy.

—¿Lo de los eucaliptos en Guanahacabibes? —preguntó Joaquín.

—No, chico, no, eso es pa' los mayimbes, pa' los jefazos que hacen fiestas de perchero y están en la dulcevida. Yo hablo de la UMAP, ahí llevan a los peludos, a los maricones, a los mariguaneros, a los Testigos de Jehová, a los enfermitos. Son como campamentos agrícolas, allá por Camagüey, dicen que están rodeados de alambradas y que te obligan a cortar caña a punta de bayoneta.

—¿Seguro?

—Oficial de Katanga —dijo el Cawy usando una expresión coloquial de moda que aludía al Congo Belga, a Lumumba y a todos esos líos africanos en los que la revolución se metía o quería meterse.

—¿Pero la UMAP ésa cita a la gente con telegramas como el SMO?

—¡Nooo, qué vaaa! De vez en cuando aparece la policía en la Rampa, hacen una redada y se llevan a todo el mundo en carros—jaulas. A los maricones, a los palmoliveros, a los vagos habituales y a los enfermitos rocanroleros, a la gente del jazz, y hasta a esos de la canción protesta.

—¿Protesta?

—Ah, sí… ¿tú no sabes que ésa es la última onda? Unos tipos más feos que el carajo, flacuchentos, desgarbados, unos mataos medio andrajosos, con los pies sucios, siempre con sandalias, que van con la guitarrita cantando canciones protesta que no se pueden bailar, son sólo para oír…

—¿Y contra qué protestan?

—Eso mismo quisiera saber yo. Pero a mí no me tupen. Hasta que no hagan una canción contra la libreta de abastecimientos no me voy a creer que sean canciones protesta ni un carajo la vela. Eso sí, ligan con cojones. Están super mataos, infumables, pero con el cuento de la guitarrita y los versitos ligan más jebas que yo, fíjate tú… ¡mira que la vida tiene cojones! Me voy a tener que meter a poeta… pero cuidaooo, asere, sin volverme maricón. ¡La cosa está de pinga, mi ambia! ¡Así que tú ten cuidado con tus Dupleix!

32.

LAS VITAMINAS DE POLENTA

Después de la canción en español dedicada a Manfredo, Joaquín hizo lo mismo con Batido de Trigo. Le compuso una letra con la música de *I Want To Hold Your Hand,* para tranquilizarla un poco. Días atrás, celosa de la pasión de su novio por la música, la muchacha había hecho añicos un disco de los Beatles. Según su versión, el motivo de la rabieta era que con tantos ensayos él nunca tenía tiempo para ella. Pero en realidad, estaba celosa de las pepillas que subían a la azotea a ver los ensayos, o de las que en las fiestas de quince donde tocaban los Dupleix se les tiraban encima a los músicos. Algunas se excedían en sus besuqueos y eso ponía a parir a Ofelia. Cada vez los invitaban más a esas fiestas, y hasta de vez en cuando les pagaban, cosa que ellos nunca pedían.

En un país donde los Beatles estaban radicalmente prohibidos, el éxito de los Dupleix en esas fiestas de quinceañeros estaba completamente justificado. No importaba que las guitarras estuvieran desafinadas, ni que a Joaquín se le escapara un gallo de vez en cuando, o que no supiera pronunciar bien el inglés, de todas maneras, tenían el éxito garantizado y la fama del grupo se iba expandiendo hasta más allá de las fronteras del Barrio del Ángel.

Aquella generación de quinceañeros se había quedado con ganas de disfrutar a Elvis Presley, apenas habían podido oír *Only You* de los Platters. Y toda esa frustración acumulada, toda esa sed de música extranjera, hacía que cualquier guitarra eléctrica les sonara a música celestial.

Así, en cada casa adonde llegaban, los Dupleix eran recibidos como dioses bajados del Olimpo. Lo que la juventud quería era enloquecer bailando twist. Querían perrera, un ruido para olvidar. Mientras más estridente, mejor. Y éso, al menos, ellos lo ofrecían a manos llenas.

Pero aparte de ese éxito –y de los celos que pudiera provocar–, Batido de Trigo tenía otro motivo de rabia acaso más inconfesable. Siempre estaba sonsacando a Joaquín, ora desabotonándole la portañuela, ora cogiéndole la mano y obligándolo a que se la metiera entre los muslos a ella. Lo acosaba en las escaleras, en la azotea, en los cines, en los balcones, en los inodoros de las casas adonde el combo iba a tocar. Batido de Trigo ya no se conformaba con los chupones y los besos de tornillo, ni siquiera con el jamoneo de tetas, nalgas y muslos. Fogosa y alebrestada como una potranca primaveral, quería más, mucho más.

A lo más que llegaba Joaquín era a tocarle las tetas. Entre sus piernas, apenas si se atrevía a hurgar; en cambio, ella era de una audacia intimidante, le metía la mano allí abajo y él tenía que contorsionarse como el hombre–rana para esquivarla. Pero ella le zafaba los botones, o le bajaba el zipper, a riesgo de pellizcarle el «aparato de pecar» como él decía en bonche, o «aparato de pescar», como decía ella también bromeando.

Joaquín era moderno pero al mismo tiempo medio anticuado. Su madre le había inculcado la idea de que la futura esposa de un hombre tenía que llegar virgen al matrimonio. Ofelia era su novia pedida, tenían anillos, no era una guaricandilla cualquiera. Él quería respetarla hasta el día crucial de la boda. No advertía que la otra no podía esperar más. Esa tirantez provocaba discusiones cada vez más borrascosas hasta que, en la última fiesta, en un ataque de histeria, ella rompió el disco.

Entonces Joaquín le dedicó una canción, pero el remedio fue peor que la enfermedad, porque al oírla, Ofelia se enterneció tanto con él, que ahora quería que le metiera mano hasta en medio de la calle a plena luz del día, o en el *night club* más oscuro de la ciudad, que era El

Turf, un bar repleto de fotos de caballos de carreras. Joaquín prefería ir a La Red, donde se podía bailar con la música de Felipe Dulzaides.

—No, en La Red hay mucha luz, vamos al *Turf*—decía Ofelia.

La Red y el *Turf* eran de los escasos *night clubs* que tras un período de veda volvían a abrir sus puertas en el lejano barrio llamado El Vedado. Pero precisamente, por ser tan pocos, en la puerta de estos locales siempre había molotera para entrar. Como Joaquín era de los Dupleix, lo dejaban pasar de vez en cuando por delante de los demás, porque aunque no constituían un grupo profesional, algunos miembros de la farándula ya los conocían.

—Hoy no puedo – dijo Joaquín–, hoy tengo que ir con mi abuela a Correos...

—¡Ay, papito, anda, llévame al *Turf*!

—Que te digo que no puedo.

—¿Y mañana? ¡Anda, papitico!

—Mañana tengo que copiar canciones.

Se refería a acostarse en el suelo por la noche, al lado del radio, con un vaso de agua, un lápiz y papel. Así oía las emisoras de radio americanas, sobre todo la WQAM, para ampliar el repertorio de los Dupleix. Pero esas estaciones apenas se oían por culpa de los malévolos chirridos de la estática. Para burlar todos esos ruidos parásitos o interferencias gubernamentales, había que coger el alambre de la antena del radio y meterlo dentro de un vaso de agua. El sonido de pronto se volvía un poco más inteligible, pero al rato volvían las fluctuaciones y las crepitaciones. Y así oía a los Beatles copiando sus letras sin saber inglés.

Desde que Daisy, su *teacher*, se había ido para Miami, no había vuelto a estudiar ese idioma. Lo poco que sabía se le había olvidado estudiando ruso. Así que se había quedado en *Tom is a boy* y *Mary is a girl* y por tanto se limitaba a transcribir al castellano la fonética de las canciones, por ejemplo: «tuis an chao» o «caman, caman, beibi, nao». En vez de «well shake it up baby now», él escribía: «güichéquirobeibinao»... Después Cara de Bache se encargaba de descifrar esas jergas precisando la pronunciación de algunos fonemas y tomando nota de los acordes.

Todo eso tenía que hacerlo Joaquín con el volumen bien bajito, pegando la oreja al aparato para que ningún cederista lo oyera y lo denunciara por oír «emisoras del enemigo». Mientras Numancia raspaba con una espátula la hoz y el martillo de la pared, con el rabito del ojo veía a su hijo pegado al radio, oyendo la onda corta. «Ven acá, chico, ¿tú también te has vuelto sordo?», le preguntaba.

¿Cómo explicarle a su madre que hasta las paredes tenían oídos?

Joaquín almorzaba todos los días con su abuela, porque su cuota estaba apuntada en la libreta de Polenta que de boba no tenía ni un pelo. Con tres cuotas podía bandearse, podía trapichear, dedicarse al canje. Además, la modista casi nunca iba a comer. Y cuando iba, apenas comía: «tu madre come como un pajarito, para mantener la cintura de avispa», decía la gallega burlándose de su hija estilizada.

Joaquín fue a comer con su abuela para luego llevarla a la oficina central de Correos. Polenta estaba lloriqueando cuando él entró. Enseguida se enjugó las lágrimas con el delantal y se puso a trajinar con los cacharros. Su nieto se sentó en el sillón, apesadumbrado. Polenta, antes tan cantadora y bailadora, ahora cada dos por tres estaba llorando a su hijo exiliado. Ya no cantaba como antes aquella gallegada que decía: «*¡Ay, miña nai! ¿Qué tes miña filla? Picoume una pulga, na berberichiña; todos a temos, e todas a damos, a berberichiña, por donde mexamos*».

La visita a Correos tenía que ver con su llanto. El anticuario le había mandado hacía meses un paquete con ropa, medicinas, vitaminas, y aún no le había llegado. Polenta era semianalfabeta, su nieto la ayudaría en la reclamación. Ella puso dos platos humeantes y una jarra de agua en la mesa. Joaquín se sentó a comer.

–¡Chicharos otra vez! –se quejó Joaquín, porque hacía dos semanas no daban otra cosa por la libreta.

–No te quejes, peor la están pasando los niños en Vietnam –dijo la abuela.

Últimamente, Vietnam estaba hasta en la sopa. La barba de Ho Chi Min llenaba las páginas de la prensa, el tema resonaba a todas horas en la radio, en la televisión, en las tribunas.

—Pero, abuela, este pan está más duro que una piedra.

—Da gracias a Dios que tienes algo que llevarte a la boca, peor están los vietnamitas.

Vietnam, Vietnam, Vietnam... siempre estaba con Vietnam cuando él lo único que tenía en la cabeza era el «*twist and shout*» que la noche anterior no había logrado copiar bien. Hacía más de un mes que no llegaba nada a la carnicería de la esquina –la que alguna vez fue de su abuelastro–, así que Polenta ni siquiera tenía una brizna de los recortes de carne que les tijereteaba a las vecinas. La gallega se resignó a abrir una lata de carne rusa. Le sirvió dos raquíticas postas a su nieto, el resto era grasa de foca siberiana hervida. Apestosa. Pero él se las tragó sin decir nada con tal de que no volviera a mencionarle a Vietnam.

Después de comer fueron a la Oficina Central de Correos, en los bajos del Centro Gallego, frente al Parque Central.

—No tenemos suficiente personal –dijo el funcionario medio calvo que finalmente los atendió–. Y hay retraso en las entregas.

Detrás de su ventanilla enrejada, el calvo parecía un condenado a muerte. Joaquín y su abuela habían tenido que hacer una cola de casi una hora para llegar a esa dichosa ventanilla. La oficina parecía una guagua. Los ventiladores no funcionaban. Un calor agobiante se pegaba a las ropas y la gente se apretujaba en varias filas frente a diversas ventanillas.

—¿Pero dónde está el paquete? –preguntó Joaquín.

—Para eso tiene que ir a la ventanilla número tres –dijo el calvo sudoroso detrás de los barrotes.

Pero en la número tres había una cola tan larga que llegaba a la calle dando la vuelta en la esquina. Volvieron a marcar al final. «¿Quién es el último?». Polenta estaba nerviosa. Pensaba que le habían robado el paquete. Le dolían los pies. Su nieto le consiguió un pedacito de banco para que se sentara. El banco estaba dentro de la oficina y había sido diseñado para tres personas, pero ahora eran cinco los que se apretaban allí. Joaquín volvió a la cola para conservar el turno. Otra media hora de calor y tedio interestelar.

Al final recuperaron el paquete, que llevaba más de dos meses almacenado allí. A Joaquín le fascinaron los sellos americanos –águilas, búfalos, viejos con barbas canosas– y los matasellos que decían USA. Cuando llegaron al Solar del Reverbero, Polenta abrió el envoltorio y rompió a llorar de nuevo. Joaquín no entendía qué le pasaba ahora. Se ahogaba, estaba lívida. «Cesárea –logró decir–, vamos al teléfono de Cesárea».

Doña Cesárea ya no era la única que tenía televisor en todo el solar como hacía cinco años. Porque los Reyes Magos habían empezado a vender por la libreta unos televisores rusos marca «Electrón» y ya algunos vecinos tenían esos aparatos de apariencia frágil y prehistórica. Sin embargo, la paisana de Polenta seguía siendo una privilegiada en la cuartería, ya que era la única que tenía un teléfono en todo el solar.

–Puerto Rico, quiero hablar con Puerto Rico –le dijo Polenta a su nieto cuando entraron en el cuarto de la vecina. Joaquín no sabía ni qué número había que marcar para hablar con la operadora de internacionales. Ni siquiera estaba muy seguro de dónde estaba esa isla para la que se había trasladado recientemente su tío. Cesárea le alargó una guía. Empezó a hojearla mientras preguntaba:

–Pero, ¿qué pasa abuela?

–¡Las vitaminas, faltan las vitaminas! Y en vez de cuatro sábanas, sólo hay dos. Y faltan unas pantuflas, sayuelas, una toalla, los escarpines…

Joaquín se quedó boquiabierto. Su abuela tenía en la mano una lista del contenido del paquete que su hijo le había enviado previamente en una carta aparte. En Correos habían abierto el paquete para saquearlo. Lo habían abierto y vuelto a cerrar con tanta destreza que había que fijarse muy bien para advertir el *scotch tape* despegado en una de las puntas del envoltorio.

«Le ronca el mango», pensó Joaquín. No sólo revisaban la correspondencia con el extranjero para sacárselo en cara a uno en los procesos de panes de gloria, sino que encima también robaban lo que podían. La sangre hervía en sus venas.

Polenta quería llamar a su hijo a San Juan para contárselo, pero eso era una pérdida de tiempo, y de dinero. El mal ya estaba hecho. ¿Qué podía hacer el anticuario desde tan lejos? ¿Reclamar? ¿A quién? Era fácil imaginar a una larga cadena de funcionarios encogiéndose de hombros y poniendo cara de yo no fui.

Al cabo de un rato, la vieja comprendió que esa llamada de larga distancia era absurda. Tenía sofocaciones. Cesárea le trajo un vaso de agua. Joaquín no salía de su asombro, parado al lado del teléfono, con la vista clavada en la mesa de Cesárea debajo de la cual había empezado toda aquella insolación seis años atrás.

Ensimismado, mirando la sombra debajo de la mesa, evocó fugazmente aquella madrugada lejana en la que él y su abuela gateaban por allí abajo mientras en la calle sonaban los tiros y empezaba la revolución. Esa sombra debajo del húmedo mantel ejercía sobre él una fuerza de atracción casi uterina. El mantel de hule era el mismo, sólo que mucho más gastado y desteñido, con algunos desgarrones aquí y allá. Recordó a su madre debajo de ese mantel a cuadros rojos exclamando: «¡ésta es la última noche del Titanic!».

–¡Las vitaminas, Cesárea! –se lamentaba Polenta–. Es lo que más me duele. Dicen que cada una de esas vitaminas es como un bistec.

33.

EL PEPINO BÚLGARO

Por fin fueron al dichoso «*Turf*». A la tenue luz de la barra se veían fotografías de caballos colgando de las paredes. Los había saltando obstáculos, con medallas al cuello, trotando o con blancos vendajes en las patas. Abrazadas como pulpos en los cómodos asientos las parejas se mateaban a media luz, y sus lenguas sólo se desenroscaban para beberse un trago de ron a la roca. Ellos y ellas jadeaban sudorosos, como caballos de carrera.

En cuanto se sentaron en el «*pullman*», y aprovechando la oscuridad, Batido de Trigo empezó a toquetear a Joaquín allí abajo. Joaquín la dejó hacer más o menos. Pero en una de las treguas, Batido de Trigo la emprendió con la pejiguera de los hijos.

–¡Cuánto me gustaría tener un Joaquinito aquí mismo! –exclamó palpándose el vientre–. Un Joaquinito como éste que escondes aquí– añadió tocándole la pinga que ya él tenía medio saraza y que de pronto se empinó convirtiendo la entrepierna de su pantalón en una carpa de circo.

De un tiempo a esta parte a ella le había dado por llamarle «Joaquinito» a su miembro viril, como si fuera su doble en miniatura, alguien capaz de pensar por sí solo, un pequeño ser adherido a un cuerpo mayor. Lo cual en cierta forma era cierto, pues ese homúnculo ahora se dilataba entre las piernas de Joaquín con un alarmante grado de independencia.

–¿Un hijo? –tragó en seco Joaquín apartando la mano de ella de la portañuela que ya estaba medio desabrochada. ¿Qué clase de fuego uterino precoz estaba amenazándolo?

–Sí, quiero un hijo tuyo –recalcó su novia.

Tenía dieciséis años y no cesaban de importunarlo con impertinencias. Estaba lleno de vida, con ganas de disfrutar de los pocos encantos que aún quedaban en la ciudad –bares como aquél, por ejemplo–; pero de todas partes surgían aguafiestas dispuestos a arruinar su precaria juventud. Primero fueron los telegramas para la beca de Miramar, que tantos disgustos le costaron con su padre, luego los militontos con sus críticas y sus exigencias de mayores sacrificios, muy pronto el servicio militar que planeaba como un aura tiñosa sobre su cabeza, y ahora venía Batido de Trigo con sus urgencias maternales. Siempre había alguien, o algo, tratando de aherrojarlo en algún compromiso.

–Un hijo no. Muchos… –lo arrulló su novia, de lo más embelesada–. ¡Son tan bonitos cuando son chiquiticos!

Muy bonitos, sí, pensaba Joaquín, son como bombas de tiempo, mientras van creciendo todos hacen tic, tac, tic, tac, y van creciendo y creciendo hasta que un día estallan. ¡Boom! ¿No podía ella esperar unos cuantos años hasta que él terminara el servicio? ¿A qué venía tanta impaciencia?

–Si estás a punto de entrar en el preuniversitario no te cogerá el servicio –dijo ella.

–¿Tú crees? Yo no estoy tan seguro –comentó Joaquín aunque en el fondo conservaba la leve esperanza de que respetaran sus estudios y no lo llamaran a filas.

–Ay, papito ¿no te gustan los niñitos?

–Prefiero los perros, son bonitos cuando son cachorros y siguen siendo leales hasta la muerte –dijo él.

–Pero no tiene nada que ver… ¡Cómo vas a comparar…!

–¡Más vale que te quites eso de la cabeza! –dijo Joaquín alarmado ante la perspectiva de tener un pelotón de hijos formando una fila de croqueteros con pañoletas, marchando y coreando consignas. La ciudad estaba llena de pioneros cantando himnos a coro, como castratis castristas. No pensaba contribuir con su esperma a incrementar el número de comedores de pan duro en aquel país. Menos si después, ya crecidos, los varones tenían que ir a engrasar fusiles en el Servicio Militar, o a cortar caña.

Desde luego, no le dijo nada de esto a Ofelia, entre otras razones porque ni siquiera él tenía esas ideas todavía del todo definidas, más bien eran como intuiciones o nociones en estado de gestación. Lo que sí le dijo fue que ella era su novia pedida, oficial, con anillo de compromiso y todo. Y que debía de llegar virgen al matrimonio.

Cada vez que él argumentaba eso, ella se enfurruñaba y se cruzaba de brazos haciendo pucheros. En el fondo de su mente, había otros motivos para evitar compromisos demasiado serios. El ejemplo de matrimonio que desde niño había visto en sus padres era más bien catastrófico. Le tenía miedo a establecer compromisos demasiado sólidos con una mujer antes de conocerla a fondo. Su padre le había dado ese consejo en más de una ocasión.

Por otra parte, tenía una visión de la infancia –de la suya al menos– bastante triste. Esa niñez llena de peleas entre Numancia y Coliseo, esas separaciones y reconciliaciones intermitentes, recurrentes, le habían inculcado una idea nefasta del hogar, de la familia, de la paternidad, del matrimonio y del divorcio.

Coliseo chiflando a escondidas en el hueco de la escalera para que él bajara sin ser visto por su madre a jugar con él en el parque. Luego los soplamocos que Numancia le daba cuando él regresaba desgreñado o arañado o sudado o con la ropa llena de fango y polvo. Él llorando cada vez que su padre cerraba la maleta y se iba. No quería traer a nadie al mundo para que pasara por ese calvario.

Había otra razón, acaso menos confesable: él temía que nunca podría llegar a ser tan buen padre como Coliseo. Su padre lo había dejado todo –incluso el Partido Comunista, según contaba– cuando él nació. Lo dejó todo para dedicarse por entero a su único hijo. Joaquín lo sabía por los cientos y cientos de fotografías que le tiró, por las cartas que le escribió siendo él un niño, y porque recordaba con cuánto afán le consagraba casi todo su tiempo libre. ¿Sería él capaz de un sacrificio semejante? Mucho se temía que no, porque Joaquín, a pesar de su juventud, ya tenía sueños ambiciosos. Quería ser astrofísico o cosmonauta. Sobre todo quería ser neurocirujano, y descubrir una pastilla o una inyección que venciera a la muerte.

Esa última idea la tenía en la cabeza desde que a los nueve años tuvo una pesadilla terrible. Soñó que Numancia estaba a su lado, en la cama, muerta. Con la boca abierta, los ojos hundidos, pálida como un cadáver. Él empezó a chillar y se despertó. Pero al despertar descubrió que su madre estaba a su lado, acostada boca arriba, con la boca abierta, y cuando él se percató de que ni con sus alaridos se despertaba, pensó que su madre realmente estaba muerta. Tuvo que venir la negra Evangelina a despertar a Numancia.

Pero al niño se le quedó para siempre grabada la imagen de su madre muerta, acostada, a su lado. Desde entonces le interesaba la ciencia. De ahí sus aventuras y sus experimentos con su amigo Peróxido. Así que Joaquín tenía un sueño, no un sueño cualquiera, sino el sueño de los sueños: vencer a la muerte. Si era tan ambicioso, tendría que dedicar muchos años al estudio, y en ese caso, ¿podría ser un padre tan insuperable como Coliseo?

—Bueno, entonces nos casamos este mismo año —dijo Ofelia.

—Pero, ¿cómo nos vamos a casar si estamos estudiando?… yo no gano ningún dinero.

—Con los Dupleix puedes ganar algo.

—Lo que nos dan en algunas fiestas no alcanza ni para fumar, Ofelia.

Ella le metió la mano de nuevo en la portañuela y él hizo quinientas acrobacias y murumacas riéndose. «Échate pa'llá, mami»… «¡Ay, papitico!».

A Joaquín le parecía menos grave abstenerse de tener hijos que tenerlos para luego jeringarles la niñez con mil cabronadas. Coliseo siempre le decía: «la culpa de los menores, la tienen los mayores». Esa idea le pasó fugazmente por la mente cuando Batido de Trigo le soltó:

—Hablas igualito que mi padre. Como si fueras un viejo. Casarse antes o después, ¿qué más da?

A Joaquín no le gustó que lo comparara con el viejo cascarrabias de su padre, así que hizo un esfuerzo de concentración. Se puso grave, solemne, como un empresario de pompas fúnebres.

—Pero si me coge el servicio militar sólo me van a pagar siete pesos al mes.

—No importa, puedes jurar bandera, reenganchar y ganar más, te vuelves militar profesional— dijo Ofelia tan campante. Qué facil le resultaba a ella meterlo de por vida en el ejército, pensó Joaquín.

—Pero hay otro problema…

—¿Sí… cuál?

—Que no soy de este planeta —le susurró Joaquín al oído para que no lo oyera el camarero que se acercaba linterna en mano. A ella le produjo un cosquilleo que él le susurrara al oído y se retorció en el *pullman* como la cola de una lagartija cuando se la cortan.

—¿Qué tú dices?

—Que soy marciano.

Desde luego, al principio ella no le creyó. Pero poco a poco empezó a mirarlo medio como que dudando, medio como que creyendo, pues Joaquín parecía muy convincente, en parte porque todavía padecía rezagos de la fiebre de marcianos que rodeó su infancia en los años cincuenta. Sin saberlo, él era un producto de la posguerra: había nacido a la larga sombra del hongo atómico, había crecido entre los ecos de la guerra de Corea, luego había empezado la manía de ver platillos voladores por todas partes —y él también los vio o creyó verlos— como parte del clima histérico de la Guerra Fría, luego empezaron los rusos a orbitar el planeta, primero con animales, luego con un ser humano, poco después vino la Crisis de Octubre, y todo ese ambiente de guerra, marcianos, rusos, bombas atómicas, espionaje, crisis de los cohetes, le daban más de un motivo para sentirse un marciano. No porque lo fuera exactamente, sino porque las circunstancias que lo habían rodeado desde pequeño no podían ser más marcianas, aunque algunos decían que eran martianas, y ahora decían que eran marxistas. Marciano, martiano, marxiano, en el fondo, ¿cuál era la diferencia?

Así, con tal de que Batido de Trigo lo dejara en paz, Joaquín había apelado a su última fantasía que consistía en creerse venido de otro planeta. Su afán de escapar de la isla, su sueño de vivir en un país de nieve, de ser cosmonauta, era tan intenso que había empezado a imaginar en serio que él era un marciano.

La muchacha cada vez se lo creía más. Como él había estado estudiando algunos libros de astronomía recientemente, y había leído tantas novelas de Julio Verne y varios atlas anatómicos, y había conversado tanto con Peróxido sobre química y física, le resultó relativamente fácil ir enredando poco a poco a Batido de Trigo con sus escasos conocimientos bien enhebrados. Ofelia empezó a apartarse lentamente, separándose tanto de él que ya estaba a punto de resbalar con su gran culo y caerse del *pullman*.

–Hace muchos años que estoy de incógnito entre ustedes –prosiguió el marciano–. ¿Te imaginas lo horrible que sería que una terrícola como tú tuviera un hijo con un tipo como yo?

–Dame una prueba –dijo ella, visiblemente nerviosa, a punto de llorar.

–¿Quieren otro trago? –gritó el camarero desde la mesa de al lado, para que pudieran oírlo en medio de la música que sacudía las paredes del bar.

–¿Una prueba? ¡Fíjate en mi frenillo! A todos los nuestros les pasa lo mismo, no podemos pronunciar la egrrrre... Grrrevolución, grrrevolución... .

Todavía recelosa, Batido de Trigo le dio un revirón de ojos y chasqueó la lengua haciendo que sonara como un huevo friéndose. Sin embargo, ya empezaba a asustarse.

–¿No me crees?¿Por qué piensas que siempre estoy en la azotea mirando a las estrellas? ¿No te has fijado que siempre estoy buscando a Sirio?

–¡Compañeros, si no van a repetir, tendrán que dejar libre la mesa, afuera hay gente esperando! –sentenció el cantinero, impaciente.

–Okey, trae dos jaiboles más, pero hazme el favor, préstame un momento tu linterna –dijo Joaquín dejando caer adrede unas monedas al suelo. Con tanta oscuridad, no podía encontrarlas. Le dijo al camarero que se le habían acabado los fósforos. El camarero le dejó la linterna para que buscara sus monedas debajo del asiento *pullman*. Cuando se alejó, Joaquín se iluminó con la linterna la mano izquierda y le enseñó los dedos verdes a su novia.

—Aquí tienes otra prueba. ¿Lo ves? Me estoy poniendo verde. Y debajo de la ropa estoy más verde todavía. Es hora de regresar a mi mundo. Con el tiempo, la atmósfera de este planeta se nos hace irrespirable, el exceso de oxígeno nos hace daño, y ahora estoy recuperando mi color original. ¿No te has fijado que en la playa nunca me quito la ropa y que siempre ando buscando la sombra? Es porque somos verdes y escamosos, como camaleones... y cambiamos de piel, como si tuviéramos insolación. Soy verde, por eso nunca dejo que me abras la portañuela...

—¡Alabao sea Dios! —se asqueó la muchacha abriendo los ojos mientras examinaba los dedos de la mano izquierda de su novio—. ¿Y tu Joaquinito... es... verde también?

—Verde como un pepino búlgaro en conserva.

Batido de Trigo ahogó un grito de horror y le dijo que iba al baño. Pero en realidad salió apresuradamente del bar. El camarero trajo dos jaiboles, el marciano le devolvió la linterna y se bebió los dos vasos casi seguidos. Qué curioso, había experimentado otra metamorfosis casi sin darse cuenta, de joven martiano había pasado a ser joven marciano. Hizo una ligera mueca de repugnancia. Desde que no había Coca-Cola, ni Ginger Ale, ni Canada Dry, hacían unas combinaciones de ron con no se sabe qué carajo que sabían a purgante. Empezó a reírse a solas. Lo mejor había sido lo del pepino búlgaro.

Acababa de hacer un descubrimiento trascendental. Podía meter cualquier paquete, contar la mentira más inaudita, que se la creerían a pie juntillas. La única condición era mentir con una absoluta convicción. El truco consistía en autosugestionarse hasta el punto de creerse uno su propio embuste. Si antes conseguía engañarse a sí mismo, luego engañar a los demás era coser y cantar.

***

¿Le habría mentido a Fidel Castro al decirle que no quería la beca polaca? A Joaquín en el fondo no le interesaba la pintura. Sabía dibujar desde niño. ¿Para qué iba a estudiar algo que era un don innato en él? ¿Sería que no quería ser pintor como su tío el anticuario porque su padre siempre decía que eso de la pintura y la decoración eran oficios poco viriles? Lo más bonito del caso era que no se arrepentía de haber rehusado la beca. Él quería ser médico, neurocirujano más exactamente. Llevaba un par de años acariciando ese sueño, incluso pensaba coleccionar huesos de verdad para armar un esqueleto.

¿Por qué entonces no aprovechó y le dijo: «mire, beca de pintura no, pero de medicina sí»?

En ese momento Fidel fumaba. Con los brazos cruzados, envuelto en el humo de su tabaco, parecía el genio de la lámpara de Aladino dispuesto a concederle cualquier deseo. De hecho, actuaba como un auténtico Rey Mago. O como el Tentador.

Además, como era bien sabido, a Fidel Castro le encantaba la medicina, las estadísticas de natalidad y mortalidad, todo eso... Así que lo hubiera complacido gustoso.

¿Por qué no le pidió entonces una beca para estudiar medicina?

34.

LA BRUJA Y LA PERLA

Cuando Joaquín salió del Turf no encontró ni rastro de Batido de Trigo, buscó por los alrededores, pensó que estaría escondida detrás de algún árbol, pero nada. La muchacha se asustó tanto que se había esfumado. Miró un mojón blanco en la esquina, en el cual estaba escrita la letra «O». Esa era una de las cosas que no le gustaban de ese barrio llamado el Vedado, que las calles en vez de nombres, tenían números o letras, de manera que cualquier dirección parecía un número de teléfono. A él le gustaban los nombres poéticos de las calles de su Habana Vieja: Lamparilla, Aguacate, Empedrado, Peña Pobre, Amargura, Teniente Rey, el Cuchillo de Espada...

Lo que tampoco le gustaba del Vedado era que sus calles −pensadas para los automóviles− eran demasiado anchas. De modo que cuando el sol caía a plomo él no tenía sombra en la que refugiarse. Sin embargo, en las calles de su barrio, por ser mucho más estrechas −pensadas para quitrines− siempre había alguna acera sombreada. En realidad, nada más salir de la Habana Vieja, Joaquín ya empezaba a sentirse cada vez más extranjero. Se sentía medio perdido, casi un turista. Todavía aceptaba como suyas las calles San Rafael y Galiano, incluso la sucia Neptuno siempre llena de guaguas y humo de tubos de escape, pero... ¿Belascoaín? Ya eso empezaba a sonarle a Caibarién o a Cacocún.

Para Joaquín La Habana era lo que él había visto de niño: tejas, callejuelas empedradas, malecón y mar, palmas reales, solares o casonas coloniales con paredes compactas de bloques de piedras, vitrales, campanarios, castillos, fuertes, almenas, fragmentos de murallas antiguas en ruinas… y todo lo que no fuera eso ya no era La Habana para él.

Pensando en esas boberías llegó a la recién estrenada heladería Copelia, una gigantesca estructura arquitectónica con ínfulas de estación interplanetaria donde trabajaba un hermano de su padre, su tío el mantecadero. Ahora que empezaba a disminuir la fiebre del ajedrez en la isla, empezaba otra fiebre también venida de la URSS, la manía de los ballets, por eso aquel lugar se llamaba Copelia, en vez de «Hatuey» o «Guarina», nombres de indios que tal vez hubieran sido más apropiados. Eso de ponerle «Copelia», ¿no sería una actitud extranjerizante también?

Con Copelia había pasado lo mismo que con las pizzerías y los Marinít (fondas donde sólo se comía pescado). Al principio funcionaron muy bien, pero enseguida se echaron a peder. Bajó la calidad de los productos y aumentaron las colas.

Allí para tomarse un helado había que hacer una cola de por lo menos una hora.

Frente a Copelia se alzaba el cine Radiocentro ocupando toda una esquina y gran parte de la manzana. Detrás de la marquesina se veía la alta antena de la primera emisora de televisión. Allí estaba antes la CMQ, llamada ahora ICR–T, otra sigla horrible –porque incluía la «erre»– que quería decir: Instituto Cubano de Radio y Televisión.

Por el camino, observó que incluso las fachadas de las casas del Vedado –que eran mucho más nuevas y modernas que los solares del casco antiguo– empezaban a desprender escamas, como peces en vías de putrefacción. Todas las fachadas pedían ya a gritos una mano de pintura.

En el Vedado vivían antes los góticos de verdad verdad. Su tío el anticuario, por ejemplo. Gente de dinero, o que decía tener mucho dinero. Porque en la isla gustaba mucho eso de darse lija. Como decía Salutaris, «aquí a mucha gente le gusta tirarse el peo más alto que el culo».

De pequeño, Numancia lo llevaba por aquella zona cuando iba a probarles a sus clientes de más alcurnia, las que nunca se atrevían a visitarla en su solar. Eran amistades del tío anticuario. Familias encopetadas, descendientes de la sacarocracia, o hijas de generales, incluso la esposa de algún expresidente, ésa gente sí que era mil veces más gótica que los que residían en la cumbre de la Loma del Ángel.

Mientras su madre le hacía la prueba a «la señora», él se sentaba en una silla de estilo y enseguida venía una criada con cofia y delantal que le ofrecía una bandeja de plata llena de caramelos. Los caramelos encima de una servilleta de encajes. Todo ese mundo que él llegó a entrever, había desaparecido de un plumazo.

Cuando llegó a Copelia, le entraron ganas de comerse un helado. Eran las once de la noche, pero hacía calor. Joaquín se había jurado que no haría colas. Así que buscó a su tío paterno, a ver si le alcanzaba un barquillo de chocolate por la puerta trasera, pero no lo encontró. Estaba enfermo y no había ido a trabajar.

Desconsolado, siguió de largo Rampa abajo, hacia el mar. En la puerta de cristal del antiguo Hotel *Havana Hilton* –ahora «Habana Libre»– ya no había ningún portero negro disfrazado de calesero con sombrero de copa emplumado. El friso de frutas de cerámica policromada que decoraba la fachada principal se había desprendido casi por entero dejando allí un borrón de áspero cemento. En la parte trasera del rascacielos, se insinuaba una grieta entre los balcones de los últimas plantas.

Joaquín se dirigió hacia una funeraria que hacía poco habían transformado en cafetería y en cuya entrada había varios jóvenes peludos, una muchacha muy pálida y desgarbada, vestida de negro, sentada con un gato en el regazo, también merodeaban por allí unos tipos muy raros, flacos, de uñas muy largas, como de mariguaneros. Había otros personajes, un poquito mayores, con barbitas de candado, fumando en cachimba o con libros bajo el brazo.

Él había oído hablar de esa cafetería, decían que allí se reunían los existencialistas, pero él no sabía qué quería decir esa palabra. Por la escalera de la entrada subían y bajaban muchachos con guitarras, en sandalias, largas patillas, medio peludos. ¿Serían los «cantantes protesta» de los que hablaba el Cawy? En efecto, en esa ex–funeraria ya entonaban los nacientes troveros sus primeras letanías mortuorias.

En eso pasó por su lado un melenudo corriendo como alma que se lleva el diablo. Parecía huir de la esquina de la antigua CMQ –ahora ICRT– donde radicaban los estudios de radio y televisión. Súbitamente se armó el correcorre. En menos de lo que canta un gallo la escalera y la cafetería quedaron vacías. Los pepillos, los existencialistas, los guitarristas, los intelectuales, los patilludos, las muchachas enlutadas… todos salieron disparados en todas direcciones. Todos menos Joaquín que se quedó allí parado sin saber qué coño pasaba.

De pronto, vio a una actriz de televisión, una española muy tetona, trotando hacia él. Decían que se había ido de España cuando la guerra civil, ahora estaba vestida de miliciana y enarbolaba unas tijeras. La Átropo, el símbolo de la muerte. La Átropo de Cuco el peluquero, la tijera de Numancia recortando la cabecita de Coliseo de una foto en el álbum, la tijera de Polenta recortando los bistecs de sus vecinas, todo eso pasó por su cabeza como una sucesión de relámpagos. La tijera, la muerte capilar. Su melena de alfabetizador cortada, su infancia abruptamente truncada de un tijeretazo.

Detrás de la miliciana tetona venían otras dos parcas. O arpías. Y un grupo de milicianos que acababa de salir apresuradamente de las oficinas del ICR–T. Toda esa gente, más policías uniformados y otros vestidos de civil, estaban persiguiendo a los jóvenes melenudos, o enfermitos, o juglares, o existencialistas. Querían cortarles las melenas, a juzgar por las tijeras que algunos empuñaban. Corrían pisándoles los talones a los pepillos que se dispersaban a la desbandada.

¿Sería una de esas redadas de la UMAP de las que le había hablado el Cawy? Por si las moscas, Joaquín empezó a correr junto con una turba de muchachos y muchachas. Una chiquita toda vestida de negro, con una herradura colgándole al esternón, tropezó con él. Sus cabellos grasientos y ralos, las ojeras sombreadas con rímel, le daban el aspecto de viuda desnutrida.

Ella iba en dirección contraria, hacia el mar. Joaquín desvió su rumbo describiendo una curva en medio de la Rampa y la siguió.

Sus botines de chivo con suela de madera sonaban que daba gusto: clac, clac, clac. Perdió de vista a la enlutada. Al llegar al *nightclub* La Zorra y el Cuervo, se le cayó un trozo de suela de madera. Se agachó a recogerla. Si seguían desclavándose las teclas de sus zapatos, pronto se quedaría descalzo en medio de la calle. Aquellos botines le habían costado veinte pesos. Y ya estaban rompiéndose. Cada vez había más milicianos y policías persiguiendo a los jóvenes en la calle, así que bajó por la escalerita entoldada que descendía al bar subterráneo.

Pero al llegar allá abajo descubrió que la puerta de La Zorra y el Cuervo estaba cerrada. Era una época extraña, a veces los locales nocturnos abrían, a veces no. No se sabía muy bien si los cabarets funcionaban o no. Hacía un mes había andado por allí con algunos amigos mataperros, viendo a las mujeres bailar, tratando de ligar con alguna, pero sin éxito. Lo único excitante que ocurrió fue una bronca, con mesas volcadas y todo.

Después de la piñacera, Ironbeer dijo que no pensaba pagar más que el consumo mínimo –que eran tres pesos y medio por mesa–, así que cogió la botella de ron añejo que habían vaciado entre cuatro, y se la llevó al baño, para mear dentro de ella rellenándola hasta un poco más arriba de la mitad. Salió del baño y volvió a poner la botella en medio de la mesa. El orine y el ron añejo se parecen tanto que era como si apenas hubieran bebido.

Por señas avisaron al cantinero de que se iban. Joaquín estaba boquiabierto, había estado en el baño viendo cómo su amigo llenaba de meado la botella. Un camarero se acercó, sacó del bolsillo una reglita de cartón estrujada y sucia, midió la cantidad de ron consumida, casi nada, y aunque le extrañó viendo la cara de borrachos que tenían los cuatro, no pudo cobrarles nada más que el consumo mínimo.

Joaquín y los mataperros se levantaron de la mesa y casi salieron corriendo de allí. Luego se reían imaginando la cara que pondría el próximo cliente cuando le dieran aquella botella y comprobara el extraño sabor de su contenido. «¡Qué se jodan, chico!, decía Ironbeer, ¿quién coño los manda a ser tan careros?».

Pero ahora el *night club* estaba cerrado. Joaquín se escondió en el último peldaño de abajo de la escalerita descendente. A pocos metros de él estaban cortando melenas a tijeretazos. Se agachó para revisar sus suelas. Se sintió levemente invisible. No hay nada como una persecución feroz para volverse invisible.

En ese momento se acercaron dos milicianos con unas tijeras tan grandes que parecían de jardinero, o cizallas. Sus siluetas siniestras se recortaron contra la noche contrastando con los contornos de La Zorra y el Cuervo representados en el letrero luminoso, también apagado, que estaba en la entrada. Parecía que iban a asomarse al hueco de la escalera. Joaquín se acurrucó allá abajo, de cuclillas en el umbral donde había un tinajón con una areca. El lumínico del *night club* con la zorra y el cuervo tenía esas formas redondeadas y blandas de los muñequitos americanos. Una reliquia que de milagro no habían quitado de allí.

Había incongruencias peores. Tres años antes, ser peludo era un mérito heroico, significaba ser como el Che o Camilo, como los alfabetizadores, los Cinco Picos... y ahora esas mismas melenas eran criticadas y perseguidas por el mismo gobierno de los exmelenudos. Los Reyes Magos persiguiendo a los Reyes Magos. Joaquín no entendía absolutamente nada. Los dos milicianos bajaron un peldaño. «Oye, tú, yo creo que ahí abajo hay uno escondido», dijo uno. En la Rampa se oían gritos coreados por grupitos: «¡Basta de zánganos, a cortar caña!» Sonó otro paso en la escalera, seguían bajando, tijeras en mano. Que le cortaran el flequillo engominado no le preocupaba tanto, lo que más le asustaba era que lo mandaran para los campos de concentración de la UMAP en la remota provincia de Camagüey.

Era una noche sin luna. Los tubos de luz fría de la escalera estaban apagados. La entrada permanecía oscura como la boca de una zorra, oscura como un cuervo. Uno de los tipos encendió un fósforo y se quemó el dedo. Soltó un «cojones». Joaquín se alegró. Últimamente las cabezas de los fósforos, al rasparlos, se quedaban pegadas en los dedos con breves chisporroteos de carne quemada. El miliciano encendió otro. Joaquín se encogió más detrás del tinajón con la mata de areca, pegando la espalda a la puerta cerrada del club. Los tipos, casi a tientas, con el fósforo en alto, bajaron otro peldaño…

Súbitamente se abrió la puerta de La Zorra y el Cuervo, salió una mano y cogió a Joaquín por el cuello de la camisa arrastrándolo hacia el interior del *night club*. Cuando estuvo dentro, alguien volvió a cerrar la puerta. Estaba a salvo, pero rodeado de sombras. Una sombra más negra que la misma oscuridad reinante se agachó a su lado. Era la misma persona que lo había arrastrado por el cuello, lo ayudó a levantarse. Era la chiquita vestida de luto con la que antes había chocado. «Parece una brujita», pensó Joaquín.

El local estaba lleno de jóvenes fugitivos. Las luces todas apagadas. Tropezando con sillas y con mesas, la Bruja lo llevó de la mano hasta una puerta que había al fondo por la que salieron a un patio un poco más iluminado. Ese patio daba a un edificio que conectaba por detrás con el bar. Entraron por una de las puertas de esa casa y subieron hasta el primer rellano de la escalera. Allí reinaba el silencio. Estaban al otro lado de la manzana. No se oían gritos ni carreras ni tijeretazos ni persecuciones ni el ruido de las perseguidoras y los camiones–jaula.

La Bruja se sentó en un peldaño y soltó un suspiro de agotamiento o de hastío: «yo a ti te conozco, ¿no eres de los Dupleix?». De pie, agarrándose del pasamanos, Joaquín la examinó más detenidamente. Era la rubia sicalíptica con la que había bailado *Fever* en una fiesta ya lejana. Pero se había teñido el pelo de negro y estaba más flaca y demacrada.

«Me salvaste», dijo Joaquín sentándose al lado de ella. La Bruja le contó lo que estaba pasando al otro lado de la manzana. Los milicianos y otros vestidos de civil que perseguían a los jóvenes eran «las huestes de Papito Serguera». Joaquín se encogió de hombros al oír ese nombre. «Es un comandante, jefe del ICRT, de la televisión y de todo eso».

De pronto la Bruja sacó de un bolsito un tubo de pasta de dientes «Perla», de fabricación nacional. Era la única marca que daban por la libreta. La checoslovaca Denti–Speciala era cada vez más difícil de encontrar. La «Perla» no tenía ni los colores tan bonitos, ni era tan suave al tacto de la lengua, ni contenía los sabores tan agradables de la pasta Colgate o de la Gravi, pero era lo único que había. Era blanca, hacía poca espuma, tenía un gustillo saponáceo y algo de mentol. La chiquita se llevó el tubo a la boca y lo apretó. ¡Chup! Se tragó una porción de crema y le enseñó la lengua blanca.

—¿Para qué haces eso? —preguntó Joaquín intrigado.

—Para esto —dijo ella y lo besó traspasándolo con su lengua hasta la campanilla. Cuando lo soltó, Joaquín sintió un sabor ligeramente mentolado en su boca. Aquello era mejor que la técnica del chicle permutable. Así que volvieron a repetir el experimento de la Perla. Mientras tanto, la Bruja iba abriéndole la portañuela y él no ofrecía resistencia, porque ésa no era su novia pedida.

La chiquita vestida de viuda lo fue excitando con la mano mientras se arrodillaba delante de él, un peldaño por debajo. Cuando vio que él la tenía bien parada, volvió a coger el tubo de Perla y lo apretó cubriéndole de dentífrico la cabeza de la pinga que ahora parecía un frozen montado con nata. Después de un par de lametones, se la metió en la boca casi entera.

—Meóqueloelaopelia —murmuró la chiquita con la boca llena.

—¿Qué dices? —preguntó Joaquín, nervioso.

—Mejor que los helados Copelia —dijo la Bruja sacándosela de la boca un instante y volviendo a tragársela con fruición.

Él se había hecho un montón de pajas evocando la imagen del blumer rosado de esa chiquita cuando bailaba *twist* encima de su cara, y ahora la tenía allí, a sus pies, haciéndole aquello para él absolutamente inédito. Para ella no, pues se veía que ya tenía cierta experiencia. Un burbujeo de espuma empezó a insinuarse en las comisuras de la boca de la muchacha. El frío de la crema dental combinado con el fuego de la mamada descendió hasta la raíz de Joaquín recorriéndole la rabadilla con sucesivos relámpagos. El glande se le puso más grande que nunca antes cuando él se masturbaba, todo allá abajo creció repentinamente, mientras la Bruja seguía y seguía chupando.

«¡Ummm, ujummm!», murmuraba atragantada. «Así, así…», suspiraba Joaquín. Lo que más le excitaba no era tanto el chupeteo en sí como los sonidos emitidos por esa extraña forma de lactancia. De vez en cuando ella hacía una pausa para echarle más pasta de diente al glande y volvía a la carga. Al final Joaquín se tuvo que poner de pie y eyaculó en el colmo de la victoria. ¡Agrrrr!

La Bruja sonrió pícaramente, secándose la boca. Se había tragado parte del semen, pero un latigazo de leche le había caído en un ojo desparramándole el rímel como si fuera una viuda de verdad tan enlutada que estuviera llorando lágrimas negras.

—Coño, me vas a dejar ciega —dijo la chiquita—, me pica el ojo.

Joaquín sacó un pañuelo para ayudarla a secarse. Le temblaban las piernas, sudaba de la cabeza a los pies. La Bruja escupió un espumarajo y se puso muy seria:

—Oye, tú… ¿no iré a tener hijos por la boca, verdad?

35.

Por una cuestión de orden

«¡Si siguen alternando el ornato público, voy a tener que llamar a la policía!», así hablaba Josefina, la jefa de las gárgolas. La ex peluquera, ex manicura y actual presidenta del CDR ya no se cubría la cabeza con la seda de camuflaje de un paracaídas, se le había deshecho de puro viejo, roto en mil pedazos, después de llevarlo puesto durante por lo menos tres años seguidos. Pero si algo no cambiaba en ella era su tendencia a decir disparates. «¿Hubo testigos presidenciales?», era otra de sus burradas.

Se había apoderado de ella una extraña retórica, decía por ejemplo, «convinción» en vez de convicción. Y también aquello de «icsofato», o bien «esos son gases del oficio». Confundía *omitir* con emitir. Después del triunfo de la revolución a mucha gente le había dado por leer atropelladamente mil libros al mismo tiempo, todos de diversas materias. El resultado era una especie de indigestión o empacho que se traducía las más de las veces en gentes necias, pero, eso sí, con un barniz culturoso que sólo podía convencer a los incautos o a los mequetrefes redomados. Eso se veía incluso en algunos líderes revolucionarios, o dirigentes de segunda línea, que decían en público necedades como «y nadie puede abrogarse ese derecho». Formaba parte del cumbancheo revolucionario, eso de hacerse culto de un día para otro, leyéndose a la carrera unos cuantos libracos, aprendiéndolos de carretilla, o pasando un curso de mínimo técnico.

Joaquín se divertía oyéndola por los altavoces durante las reuniones del CDR. La calle allá abajo llena de sillas de tijera con todos los vecinos sentados, el tráfico cortado, ella ante una mesa cubierta con un mantel rojo, empezando sus intervenciones siempre con la misma muletilla: «por una cuestión de orden...».

En vez de decir «ganas no le faltan», a veces soltaba un cómico «faltas no le ganan». O si algún cederista desaparecía de una reunión, decía que había hecho «foro por el mutis» adoptando un aire profesoral. Cuando alguien se atrevía a reírse de sus trabalenguas, se ponía aún más fina: «oiga, compañero, ¿se puede saber por qué se desatornilla tanto de la risa?». A pesar de todo ese ambiente medio festivo, los vecinos le tenían un miedo del carajo. Las malas lenguas decían que ya había mandado a más de uno para la granja, un bucólico eufemismo de prisión.

Joaquín se reía a escondidas de la cederista cuando soltaba esos desvaríos, incluso a veces le parecía enternecedor. Más crueles eran sus amigos del combo que no podían aguantar la risa cuando Josefina subía a la azotea a amenazarlos porque hacían demasiado ruido con sus guitarras, sus platillos y el bombo. Ahora tenían además un par de bafles conectados a dos guitarras eléctricas. Y eran tres guitarras, porque Nao había conseguido el sustituo ideal de Manfredo, un muchacho que no era del barrio, a quien le decían «Boca Chula», porque se parecía a Tony Curtis. Aunque no era tan bueno como Manfredo, tenía una ventaja: era zurdo como Paul McCartney, razón por la cual ahora las tres guitarras del combo no apuntaban en la misma dirección. En los minuciosos dibujos de los Beatles que Joaquín realizó viendo el documental en el Duplex, siempre se veía un mástil saliendo a la derecha y el otro a la izquierda. Gracias a Boca Chula ahora ellos también podían reproducir ese efecto de composición tan simétrica, con el bombo al fondo. El mimetismo con sus ídolos era casi total.

—¡Si siguen alternando el ornato público, voy a tener que llamar a la policía! —repitió la presidenta del CDR.

El Monqui dejó de pasar la escobilla por el platillo y le dijo algo en un inglés macarrónico a Cara de Bache quien le respondió en un francés chapurreado. La cederista se los quedó mirando: «por una cuestión de orden, ¿ustedes cuántos idiomas hablan?».

—Somos políglotas —dijo el Monqui.

—¡Así que son trogloditas! —comentó la vieja loca.

Josefina siempre tenía el pelo cardado, ahuecado, repleto de rulos y bigudíes, pero desde que esos implementos capilares se habían acabado, ahora llevaba la cabeza llena de tubos de cartón de rollos de papel higiénico. Tenía unas uñas larguísimas, quizá postizas, tan largas que se curvaban hacia abajo, pintadas de punzó. Sus pestañas eran tan largas que se doblaban hacia arriba.

Josefina era una flaca deshilachada y teñida. En la puerta de su cuarto antes colgaba un trozo de cartón garabateado a mano: «Se pasa peine caliente». Ella le alisaba las pasas a algunas negras de los solares circundantes. Entraban con las cabezas llenas de moñitos rematados en lazos de colores hechos con tela de mosquitero y salían de allí, al cabo de una hora, con el pelo estirado, flechudo, parado, endurecido, humeante, hirsuto, que más que conseguir la apariencia del pelo lacio parecía remedar cerdas de jabalí, crines de caballo, pencas de palmiche, gajos de retamas, o escobas desflecadas. En realidad, estaban mejor al entrar que al salir con su pelo natural africano artificialmente torturado y estirado.

Antes también confeccionaba pelucas, rabos de mula, trenzas, todo eso hecho con pelos de sus clientas blancas, pelucas que las negras compraban como pan caliente. Para no perder el caché, la peluquera se pasaba la vida oxigenándose y rizándose el pelo. Ni blanca ni negra, más bien mulata blanconaza, color cartucho, soñaba con parecerse a Marilyn Monroe. Llegaba a ser tan mimética que, no conforme con el lunar natural que tenía en la barbilla, solía pintarse otro muy negro en la comisura de la boca. Tenía la nariz un poco ñata, y las que la conocían bien decían que de niña se pasaba horas con un palito de tendedera puesto en la punta de la nariz a ver si se le afinaba. A golpe de cascarilla, mucho talco y *maybelline*, había conseguido una apariencia caucásica tan convincente que quien no la conociera de atrás, no sabría decir si era una blanca amulatada o una escandinava. Explotaba su éxito con las negras del barrio, que la admiraban públicamente y en secreto, incluso envidiándola.

Así que Josefina antes vivía explotando la obsesión de algunas vecinas por suprimir su glándula pituitaria, esa manía de aparentar ser blancas, declarándole la guerra a la silla turca y a la melanina que segrega, como si soñaran con contraer el vitíligo para siempre.

Pero desde que los Reyes Magos entraron en la Habana Josefina se convirtió en gárgola, ya no ejercía el oficio de peluquera ni de manicura, ahora se dedicaba en cuerpo y alma a vigilar a los vecinos de su cuadra, a conocer en detalles la vida y milagros de todos. De noche se encerraba en su cuarto a escribir largos informes seguramente plagados de faltas de ortografía. Joaquín la veía desde la azotea a través de una de las ventanas de la cederista que daba al ojo de patio de la cuartería de al lado. Esos informes iban directamente a la policía.

El año pasado Josefina se había casado con Bartolo, aquel negro espiritista que leía a Hegel pensando que era un médium alemán. Bartolo había dejado el espiritismo y otras supersticiones en cuanto contrajo nupcias con la gárgola Josefina, quien afirmaba que «la religión es el apio del pueblo». Ya no leía a Hegel, ahora leía a Engels, igualmente sin entenderlo. Bartolo había ascendido hasta convertirse en el segundo al mando del CDR, o de su mujer. Por eso también subía a la azotea, de vez en cuando, para pedirles a los Dupleix que no hicieran tanto ruido, por favor. Era menos agresivo que su esposa, pero no por eso menos temible.

Más ruido que los Dupleix hacía a todas horas Tomás el barbacoense. Y sin embargo, nadie le llamaba la atención. Sus martilleos, sus mandarriazos, eran incesantes. Después de construir su barbacoa, ahora había traspasado la pared que daba al solar contiguo y estaba demoliéndola para expandirse. Pensaba seguir teniendo hijos y necesitaba más espacio. Así que iba perforando muros como si fuera el Conde de Montecristo excavando un túnel para escaparse. Las malas lenguas decían que el verdadero objetivo de Tomás no era ampliarse, sino derrumbar el solar, o al menos contribuir a su deterioro acelerado para de esa forma conseguir que los mudaran (a él en primer lugar) para zonas más elegantes como el Vedado o el reparto de Alamar. Si todos los días daba un par de mandarriazos en la viga maestra, a lo mejor dentro de tres años su propia vivienda se desplomaría y entonces, en calidad de damnificado, podría obtener rápidamente un apartamento con baño y fregadero, mejor ventilado, en alguna zona residencial. Nadie tenía pruebas de que esos fueran sus planes, era simplemente una especulación, pero visto lo visto pareciera que en efecto estaba decidido a demoler el Solar de la Chancleta.

–Además, compañeritos, esa música que ustedes tocan no tiene nada que ver con nuestra indiosincrasia –sentenció Josefina antes de irse. «Indiosincrasia» que sonaba genial para un país donde los españoles no habían dejado vivo ni a un solo indio.

36.

La fiesta de los químicos

A pesar de las reconvenciones de los cederistas, los ensayos en la azotea siguieron viento en popa, sólo que evitaban hacerlos a la hora de la siesta, lo que a Joaquín le convenía porque justo después del almuerzo era cuando más fuerte pegaba el sol. Generalmente los Dupleix se ponían a la sombra del edificio donde vivía antes el bitongo Héctor, o bien se apeñuscaban debajo de algún alero que proyectaba una sombra bastante generosa a partir de las tres de la tarde. Pero aunque ensayaran hacia la caída de la tarde, de todas maneras siempre subía alguna gárgola o Bartolo a regañarlos. Quedaba claro que lo que molestaba no era la hora, sino la música en sí, sobre todo esa música en particular.

Los Dupleix optaron por no hacerles caso porque tenían que actuar muy pronto en una Empresa de la Química. Eso era importante, pues ya no se trataba de una actuación en una fiesta de quince. No era lo mismo tocar en una fiesta particular que en una empresa estatal, con la anuencia del todopoderoso administrador. La Empresa había solicitado sus servicios para que «amenizaran» el final de un acto de entrega de galardones con motivo del sobrecumplimiento de las metas del plan de emulación semestral. No iban a pagarles ni un centavo, pero desde el punto de vista de la trayectoria artística del combo, esa actuación podía significar mucho. Quizá sirviera para que profesionalizaran al grupo en un futuro no lejano, y si dejaban de ser aficionados, a lo mejor evitaban que los llamaran al SMO.

La Empresa de la Química quedaba a unas dos cuadras de la Secundaria Básica, en la calle Tejadillo, y Joaquín se preguntaba qué harían esos oficinistas en aquel edificio donde no se veía por ninguna parte ni laboratorios ni científicos con batas blancas. Allí sólo había burócratas fumando grandes tabacos con los pies cruzados encima de las mesas.

Según Peróxido, «en esta islita no se hace ciencia pura». Así que ¿qué rayos significaba esa empresa de la química? ¿Sería esa empresa la encargada de fabricar chancletas de plástico? ¿Y para eso hacía falta un edificio de tres plantas lleno de oficinas?

Frente a ese edificio aparecieron los Dupleix con sus instrumentos un sábado por la tarde. Numancia estaba allí con ellos. La modista era muy parejera y le encantaba todo esa recholata del combo. Incluso iba a veces al Club «La Red» con su hijo y sus amigos, se sentaba en la barra bebiendo sorbitos de una copita de menta y hasta bailaba con su hijo. Para Coliseo todo eso no eran más que «payasería y picuencias».

Después de todo, la asistencia de Numancia a la fiesta de los químicos estaba más que justificada porque ella era quien había confeccionado los disfraces beatlerianos de los Dupleix. Además, le gustaba ver a su hijo cantar. También estaban allí los mataperros que no tenían nada que ver con el combo, pero que casi siempre acompañaban al grupo a todas partes, ayudándolos a cargar los instrumentos o haciendo las instalaciones eléctricas en el escenario. El Cawy, Salutaris, Jupiña, Ironbeer y otros se sentaron en primera fila, junto con los cargos administrativos de la empresa, quienes los miraban de reojo, desconfiando, como si fueran bichos raros. Tampoco podían faltar las pepillas de la Secundaria, con Batido de Trigo a la cabeza a quien se le había quitado el susto de los extraterrestres. En realidad, en el salón de actos que estaba al final de la planta baja de la empresa, había más gente del entorno de los Dupleix que químicos galardonados en la emulación.

El único que faltaba era Coliseo. Joaquín había ido ese mismo día a visitarlo para invitarlo al acto. Numancia y él habían vuelto a separarse días atrás por culpa de la hoz y el martillo pintada en la pared. Ella la raspaba con una espátula y él volvía a pintarla, ella volvía a raspar la cal, él volvía a coger la brocha, y así hasta que estalló la bronca.

De manera que Coliseo estaba de vuelta en su guarida de la casa de inquilinato frente a las pocetas del malecón. Joaquín sonrió al ver el viejo letrero colgado de la puerta: «ni Fio, ni pReztO, ni piDo». Pero más abajo, su padre había añadido recientemente: «tamPocO regalO».

Cada vez que sus padres se separaban a Joaquín se le encogía el corazón. Cada vez que tenía que subir aquella escalera con peste a gas, lo hacía lúgubremente. Por eso, antes de llamar a esa puerta maldita, siempre leía ese letrero para entrar en el cuchitril de su padre con una expresión un poco menos triste en el rostro.

Pero esta vez, nada más entrar, Joaquín notó que Coliseo estaba muy serio. Por supuesto, ya no lo recibía con aquel jovial «¡qué tal, camarada!» como cuando él era «el Ruso». Ahora lo miraba de una manera extraña. Aunque no se lo dijera abiertamente, el joven sabía que al viejo no le hacía mucha gracia que cantara en un combo, ni que fumara cigarros mentolados o americanos, ni que se pusiera guapitas y calzara botines con suelas de madera y se peinara al estilo escarabajo. Todas esas extravagancias le parecían pura mariconería. O «cundanguerías», como decía él.

El nuevo disfraz beatleriano se inclinaba más hacia el estilo gótico de Numancia. A él le gustaba más el abrigo de astracán. Coliseo era un hombre de otro tiempo, se había quedado detenido en los años cuarenta, con su holgado pantalón de cuatro pliegues –dos a cada lado– que al caminar por el malecón parecía una banderola agitada por la brisa del mar.

A raíz del Proceso de los Panes de Gloria y de la conversión de Joaquín a la beatlemanía, su padre se había ido desentendiendo poco a poco de él. Era como si le dijera: «ya yo hice bastante, ahora arréglatelas tú solo». Joaquín no se lo reprochaba. Sin embargo, bien que hubiera podido censurar a su padre, porque si a Coliseo le molestaba que a él le gustaran los Beatles, ¿cómo era que a él le gustaban tanto las cuchillas *Gillete*? Aún recordaba la cara de felicidad que puso cuando durante la Crisis de Octubre él le llevó un cartucho lleno de esas navajitas americanas. Pero Joaquín prefería no entrar en polémicas con su padre, por un elemental sentido del respeto.

En su vieja batalla por reconquistar el amor de su hijo de las garras de la modista, Coliseo sentía que esta vez le había tocado perder. ¿Adónde había ido a parar su «Comandante Veneno»? ¿En qué se había convertido su camarada «El Ruso»? ¿En un enfermito?

«Así se viste Ringo Starr», le explicaba Joaquín. Pero Coliseo ni siquiera sabía quién era ese tal Ringo, ni le interesaba averiguarlo. Estaba a mil años luz de la música de los Beatles. Joaquín llevaba una medalla zodiacal colgándole por fuera de la solapa de la guapita.

–¿Qué es lo que llevas al cuello?

–Un escorpión –dijo su hijo.

La cara de Coliseo era un poema. Trágico.

Joaquín no quiso recordarle que él también tenía sus fetichismos simbólicos, como lo de pintar reiteradamente la hoz y el martillo en la pared. Si él había nacido en Octubre y su novia le había regalado ese escorpión, ¿qué derecho tenía su padre a ofenderse por eso? Pero de nuevo, por respeto, calló. ¿Para qué iba a rejoderlo más de lo que estaba? Ya bastante desgracia tenía el viejo con vivir solo en aquel tugurio sin baño y con un par de muebles desvencijados, y sin un plato de comida caliente servido por una mano amorosa. Sobre la mesita de noche había una foto enmarcada: Coliseo cargando y besando a un niño con rizos de oro. Los mismos rizos que la otra noche querían cortarle en la Rampa a Joaquín.

–Esta tarde vamos a tocar en una empresa de la química, ya nos consideran como artistas –le anunció alegremente su hijo.

–Sí, ahora en este país todo el mundo quiere ser «atista» y «depotista» –dijo Coliseo, remedando la prosodia de los negros.

–Bueno, estás invitado.

–Gracias al socialismo este –dijo Coliseo sonriendo ahora por vez primera– todos se han buscado su tumbao con tal de no disparar ni un chícharo. ¿No te has fijado cómo viajan los «atistas» y «depotistas», todos son rumberos y van a Moscú, a Alemania, a Francia, o todos son peloteros, boxeadores, corredores, y van a Canadá y a otras partes, y otros se meten a poetastros o a escritorzuelos o a actores de cine o a... ¿cómo dicen ahora? ¿cinequé...?

—Cineastas.

—Sí, eso mismo. Y van por ahí por el mundo como embajadores, o van a festivales, y a exposiciones, siempre andan por ahí, por los países, y luego traen automóviles, o ropas nuevas, o zapaticos nuevos, o neveras, o esos relojones que tienen la hora de varios países del mundo y hasta calendarios y cosas astronómicas... porque, vamos a ver, si yo vivo en Cuba y tengo un reloj, ¿para qué quiero saber la hora de Londres? Eso es una ridiculez, el asunto es salir con el relojón a la calle y exhibirlo para darle envidia a los vecinos, para que sepan que se trata de un «atista» o de un «depotista» que acaba de regresar del extranjero...

Joaquín se echó a reír mientras echaba un vistazo al cuarto disimuladamente. Había un ventilador nuevo, verde, encima de la mesa.

—¿Y eso?

—Ah, eso... me lo gané en la emulación en la agencia bancaria. Acumulé unas cuantas horas de trabajo voluntario y eso fue lo que me tocó.

—¿Te lo regalaron?

—¡No, qué va! De regalado nada. Lo que me dieron en la asamblea fue el derecho a comprarlo, un papelito para la tienda. Pero tuve que pagarlo.

Ya había empezado el inviernito habanero, así que el aparato estaba apagado.

—Es chino, mira qué bien funciona —Coliseo se levantó más animado y encendió el aparato. El flequillo de escarabajo de Joaquín empezó a levantarse con las ráfagas del ventilador. Así que se apartó lo más que pudo de la corriente de aire. Tenía que estar impecable para esta tarde.

—Tiene tres velocidades —seguía el viejo jugando con el botón del aparato como un niño con un juguete. Coliseo nunca había tenido ese lujo en toda su vida.

—Y mira esto —sacó del escaparate un radio rojo, soviético, ya usado—, me lo regaló Pancho, el que era policía en el Banco Barroso, ¿te acuerdas de él?

Coliseo encendió el radio, se oyó al locutor de Radio Reloj, pero aquello sonaba como si tuviera cucarachas dentro. Enseguida lo apagó, porque prefería hablar él y no siempre tenía ocasión de hacerlo con su hijo.

—Pues como te iba contando, el asunto es que aquí nadie quiere coger la mocha y tumbar caña, nadie quiere coger el pico y la pala y meterse en la construcción, todo el mundo quiere ser ingeniero, químico, médico, artista o deportista.

Joaquín sonreía sentado en la otra punta del cuarto, huyéndole al ventilador.

—Este país es una maravilla: nadie trabaja. La suerte es que la Unión Soviética mantiene a flote a esta isla.

Joaquín se asomó a la ventanita para contemplar el malecón. Ni turistas, ni pescadores, ni cañones, ni mataperros bañándose en las pocetas. El muro de las lamentaciones mostraba una dura imagen vacía; el malecón era un páramo de cemento bajo el sol con un mar indolente como telón de fondo. A pesar de ser noviembre, una luz despiadada quería derretirlo todo. A lo lejos, varios barcos con la insignia soviética en sus chimeneas rojas esperaban para entrar en el puerto. La mayoría venían cargados de tractores, hundidos hasta la línea de flotación. Siguiendo el ritmo de aquel camarero del Hotel Canadá que hacía la huelga de jicotea arrastrando los pies, siguiendo el mismo ritmo de las colas, también en los muelles se descargaba cada vez más despacio, y por eso los buques también tenían que hacer cola en alta mar para poder entrar en la bahía.

Su padre le había explicado todo lo relativo a esos barcos en otras ocasiones. Al menos en teoría, habría que pagarles estadía a esos buques que esperaban. Pero como se trataba de naves procedentes de los «países hermanos», aguardaban su turno con paciencia asiática, mientras seguían derramando petróleo a través de las filtraciones de sus aljibes. Y lo de la «estadía» era simbólico, por solidaridad con la isla. «Si no fuera por la Unión Soviética», repetía Coliseo burlón, «esta isla se hundía».

—¡Estos revolucionarios de pacotilla no saben ahorrar! —refunfuñó Coliseo enseñándole un almanaque del tamaño de una toalla que colgaba de la pared.

Como suele ocurrirle a la mayoría de los pobres, el ahorro era su eterna obsesión. Todo lo contrario de su esposa. Mientras él lo contabilizaba todo milimétricamente, ella iba gastándolo todo por otra parte. Desde que tenía uso de razón, Joaquín recordaba las disputas de Coliseo con Numancia a propósito de las propinas que desaparecían misteriosamente del bolsillo de su filipina mientras él dormía. «¡Guajiro tacaño!», gritaba ella. «¡Gallega soburra!»... respondía él. «Dame dinero para comprarle zapatos al niño»... «ya te lo di el mes pasado y sigue sin zapatos, ¿en qué lo gastaste?»... «no te oigo bien, pero no tiene zapatos para ir al colegio»... «cuando yo era niño andaba descalzo por el campo»... Todos esos insultos, todas esas recriminaciones, eran cuchilladas traspasándole la memoria a Joaquín.

El calendario tenía una hoja para cada mes y demasiados espacios en blanco, según Coliseo. Con todo el papel gastado en un solo calendario podían haberse hecho diez. Las doce láminas satinadas venían ilustradas con los logros del Ministerio de Industria. En la hoja de cada mes había fotografías a todo color. En una de las imágenes se veía a un guajiro risueño, alzando un machete, y al fondo, la chimenea de un central azucarero echando humo, las oleadas verdes de un cañaveral, vacas, hasta los bueyes sonreían en la foto. Había un breve texto que afirmaba que estaban sobrecumpliendo la producción de azúcar y ahorrando cada vez más energía en los ingenios.

—Pero, mira, papá, ahí dice que están ahorrando energía.

—¡Ja! El papel aguanta todo lo que le pongan —dijo Coliseo revolviendo entre sus papeles—. Tendrás que ayudarme a revisar esta carta —dijo extendiéndole una hoja garabateada por las dos caras—. Ya sabes que soy medio analfabeto...

Era el borrador de una carta dirigida a Fidel Castro protestando por el desperdicio de papel en ese almanaque. Todavía su padre conservaba esa costumbre, se asombró Joaquín. Desde los primeros meses del año 59 siempre escribía cartas a Fidel, a todos los ministros, viceministros, directores de empresa, secretarios de organizaciones de masas, jefes de milicia, Seccionales del CDR… quejándose de esto y de lo otro, de todo lo que a su juicio andaba mal, jamás escribía una sola carta pidiendo nada para él. Las denuncias eran anodinas, pedía que se arreglaran unos baches en una carretera o que mejoraran los servicios médicos en algún pueblo de campo, o que no desperdiciaran papel en almanaques como aquél.

Desde luego, Coliseo le había inculcado esa práctica a su hijo cuando él tenía diez años. Joaquín había mandado dos cartas. La primera recibió una respuesta brevemente diplomática del Palacio de la Revolución. En la segunda preguntaba: «¿por qué ya no pasaban los totíes por la bahía, a las seis en punto de la tarde?» Como le dieron la callada por respuesta, Joaquín dejó de escribirles cartas a los Reyes Magos hacía ya como tres años. Sin embargo, Coliseo seguía haciéndolo. Joaquín lo ayudaba a corregir las faltas ortográficas en los borradores.

***

—*Lo que sí me gustaría saber es.. ¿por qué usted no contestaba mis cartas?*

—*¿Qué cartas, qué decían las cartas?– preguntó Fidel Castro.*

—*Nada… quejas por los baches en las carreteras, por un dinero que dejaron de pagarme en la alfabetización…*

Pero no se atrevió a hablar de los totíes, no fuera cosa que se burlaran diciéndole que la culpa de todo la tenía el totí.

***

—Con toda esta cartulina malgastada –seguía Coliseo agitando el calendario en el aire– se podrían hacer más libretas y libros de texto para las escuelas. ¿No te parece? ¿Sabes por qué en este país se derrocha tanto? ¡Porque toda la materia prima viene regalada de los países socialistas! –dijo el viejo señalando por la ventana, hacia donde estaban los barcos soviéticos.

–Sí, papá –dijo Joaquín distraídamente, ya aburrido, y se puso a tararear *You're Gonna Loose That Girl*.

Unas horas más tarde los Dupleix y el resto de la muchachada se agrupaban frente a la puerta de la Empresa de la Química. Coliseo no asistió, como era de suponer. Los jóvenes esperaron en la calle a que se acabara el acto político de entrega de medallas y banderitas. Demasiado tedioso para ellos.

Cuando les llegó el turno, entraron en tromba en el edificio. Algunos empleados repartían vasitos de cartón encerado con un ponche que sabía a zambumbia y las consabidas croquetas de cemento. Los Dupleix instalaron sus equipos en un dos por tres, soplaron micrófonos («un, dos, tres, probando»); y después de dar sus tres zapatazos sobre las tablas del escenario, Nao entonó el *jingle* con el que siempre iniciaban sus actuaciones. Era un trocito de *Hard Day's Night*, la letra en español decía: «Los Dupleix llegaaan ya, con sus muchachooos y sus canciooones…».

Desde el escenario Joaquín vio a una muchacha que no era de la escuela. Al principio le costó trabajo identificarla. Era la Bruja, pero había cambiado de peinado y de indumentaria. Ahora con minifalda lucía más apetitosa que con la hopalanda enlutada de noches atrás. Seguía con el pelo teñido de negro, pero se lo había cortado a lo paje. Del cuello le colgaban un montón de gangarrias de cobre y llevaba unas gafas ahumadas muy modernas.

Él sólo pudo reconocerla cuando la vio sacar un tubo de un bolso. Lo apretó y le dio un lenguazo. Ella le sonrió desde el fondo del salón de actos mientras chupaba pasta dental «Perla». Se relamía de placer, se mordía los labios, le enseñaba la lengua blanca poniendo cara de depravada. Parece que Batido de Trigo captó algo en el rostro de Joaquín, porque se levantó un poquito de la silla y miró hacia atrás. Luego le destinó una mirada fulminante al cantante de los Dupleix.

Empezaron a tocar. Algunas mujeres de la empresa se movían en las butacas, marcando el ritmo con los pies en el suelo. El administrador fumaba un mocho de tabaco, cerca de Salutaris, inexpresivo como la máscara de un farón. De hecho en la puerta de su oficina Joaquín había visto el rótulo en letras grandes que ponía: «Admón». Eso le hizo pensar en Amón, el dios egipcio. «Admón» era la abreviatura de Administración y proliferaba ahora por todas partes, como larvas en un cadáver putrefacto. Joaquín no conocía ese acrónimo porque pertenecía al mundo laboral y no al estudiantil. Debajo de «Admón», en letras más pequeñas, decía: «prohibido el paso». Y esto último parecía confirmar esa noción de ultratumba, de mundo inferior, sonaba a interdicción subterránea, a tumba profundamente excavada en la roca.

Cerca del humeante dios egipcio estaba sentado un subalterno suyo que no paraba de reírse. En realidad se congraciaba con una secretaria despampanante que estaba a su derecha. Señalaba a los Dupleix –sus ropas, sus peinados, sus instrumentos– y se reía. Eso estaba poniendo nervioso a Joaquín.

De pronto, la guitarra de Boca Chula soltó un acorde desafinado y algo se le metió en el ojo al cantante. Como siempre, la quinta cuerda desafinaba y acababa de romperse. Al saltar, la cuerda le dio un pinchazo en el lagrimal a Joaquín quien se quedó sin voz por un momento. El administrativo allá abajo soltó una sonora carcajada. A dos sillas de distancia, Ironbeer lo miró de medio lado.

Joaquín se apartó un poco de Boca Chula y de su peligrosa guitarra y siguió cantando. En efecto, al poco rato se oyó «boinggg», y saltó otro entorchado enrollándose en el aire. Simplemente las cuerdas estaban podridas. Cuando acabaron la tercera canción, después de los aplausos, el gracioso de la primera fila se levantó y lanzó una moneda de cinco centavos al escenario. Irritado, Joaquín le devolvió la moneda de un puntapié. El Cawy saltó por encima de las sillas y se arrojó al pescuezo del chistoso. El amigo de Joaquín era pequeño, pero tenaz. Tuvieron que intervenir tres hombres para separarlos. Pero en un descuido, cuando ya estaban separados, Ironbeer cogió una silla de tijera y se la rompió en la cabeza al sangrón aquél. Un hilo de sangre bajó por su sien.

La gente salió corriendo del teatro. «¡Aquí no ha pasao ná, caballero!», gritaba el dios Admón con el tabaco en la mano como si fuera una batuta. Los Dupleix recogieron rápidamente sus instrumentos. Hubo un forcejeo en la entrada de la empresa. Ironbeer, el Cawy y otros mataperros lograron escapar del edificio a toda carrera. El gracioso se quedó sentado en una silla, sangrando, con la secretaria al lado poniéndole un pañuelo en la cabeza.

Disuelta la bronca, unas oficinistas empezaron a repartir más ponche tibio y, por supuesto, croquetas de cemento. Los Dupleix ya estaban en la calle, agrupándose en la esquina de la calle Aguiar. Pero en medio del molote Numancia se había quedado rezagada. Como era tan distraída, parece que ni se había dado cuenta de lo ocurrido. Así que la modista seguía en el pasillo de la empresa, cogió un par de croquetas de la bandejita que le ofrecían y se metió una en la boca. Salió masticando a la calle para reunirse con su hijo y sus amigos.

–¿Quieres un poquito? –le preguntó la Bruja a Joaquín enseñándole el tubo de pasta de dientes. Joaquín a su vez le enseñó el anillo en su dedo y susurró:

–Ten cuidao, mi novia pedida anda por ahí.

En ese momento Batido de Trigo venía hacia él, enfurruñada. Lo había visto hablando con la Bruja, quien se alejó discretamente. Salutaris le cayó atrás piropeándola, cotorreándole al oído quién sabe qué marrullerías.

–¿Quién era esa carretilla? –le preguntó Batido de Trigo al llegar a la esquina.

–¿Quién?

–No te hagas el bobo.

–¿Por casualidad alguno de ustedes sabe de qué están hechas estas croquetas? –preguntó Numancia metiéndose un dedo en la boca–. Se me ha quedado pegada en la dentadura postiza.

Nadie le prestó atención. Estaban comentando la bronca. Ironbeer había desaparecido, pero el Cawy seguía allí, mirando de vez en cuando hacia la Empresa de la Química, a unos sesenta metros, por si el chistoso ensangrentado salía de allí a buscar bronca.

—Dime quién era esa guaricandilla –seguía Ofelia.

Joaquín no le hacía caso, seguía hablando con Nao, con Boca Chula, con el Monqui. El Cawy estaba encabronado. El chistoso le había roto la guapita, un desgarrón en la manga.

—No te preocupes –le dijo Numancia que lo adoraba– yo te la remiendo con un zurcido francés invisible.

El Cawy la besó en la mejilla.

—Oye, chico, a ver si tú me puedes decir de qué están hechas estas croquetas –le preguntó la modista al Cawy.

—De ave –le gritó a la sorda.

—¿De qué?

—De a v e –deletreó el más jodedor de los mataperros poniéndose frente a ella.

—Ahhhhh… de ave…., ¿de qué ave?

—De averigua.

Todos en la esquina se morían de la risa.

A lo lejos apareció una perseguidora. En cuanto la vio, el Cawy dijo: «la fiana, voy echando», y desapareció. Pero el carro patrullero no venía por lo de la bronca, al parecer pasaba por allí en su ronda rutinaria. De todas maneras, pasó despacito por al lado del grupito de beatlerianos. El policía que iba en el asiento del copiloto, los miró de arriba a abajo desde la ventanilla. Torvamente.

«Nos van a coger y nos van a pelar», pensó Joaquín manteniendo el aplomo por fuera. Pero no pasó nada. Parece que cuando vieron a Numancia con su blusa de encajes y sus iniciales bordadas en el pecho y el camafeo de María Antonieta en el cuello, decidieron seguir de largo. Esa señora tan elegante imponía.

Detrás de la perseguidora, apareció de pronto el más inesperado de los personajes, Celestino, el secretario general de la UJC. Aquello le dio mala espina a Joaquín. Después del Proceso de los Panes de Gloria no habían vuelto a hablarse, cuando se cruzaban en el patio de la escuela, se evitaban mutuamente. Y ahora venía sonriendo, directamente hacia ellos.

Empezó a elogiarlos. Qué bien cantaron, qué bien vestidos iban, casi igual que los Beatles, qué pena lo de la bronca ¿no? Joaquín no lo había visto en el público, pero era evidente que había estado allí. En eso llegó la flacuchenta Graciela. ¿Qué trampa era aquella? Entonces Celestino soltó su bomba. Quería que los Dupleix representaran a la secundaria oficialmente en una actividad político–cultural muy importante que tendría lugar la semana próxima en el Paseo del Prado.

–Compañeros –empezó a soltarles un teque –, tenemos el frente cultural muy desatendido.

«El frente cultural». En aquel país casi todo el lenguaje se había militarizado. Poco a poco Joaquín se había ido dando cuenta de ese hecho tan sutil y significativo. Las palabras que dominan el ambiente también forman parte del paisaje, un paisaje invisible, pero no por ello menos penetrante e influyente. Por ejemplo se hablaba de *Campaña* de alfabetización, de *Brigada* Conrado Benítez, de *frente* cultural, de *batalla* contra la poliomielitis, etcétera…

El Secretario General del Comité de Base de la UJC, siguió con su habitual retórica:

–Por eso hemos venido hoy aquí, para verlos tocar. Menos mal que el administrador de la empresa, Darío, nos invitó, porque si no, nos lo hubiéramos perdido. Nos gustaría que ustedes nos representaran en ese festival, aunque no todos sean alumnos de nuestra escuela.

Boca Chula y Cara de Bache se sintieron aludidos. El primero ya en primer año de preuniversitario y el segundo nadie sabía muy bien a qué se dedicaba aparte de tocar la guitarra.

–Todas las secundarias de la ciudad estarán allí emulando con cantantes, músicos, titiriteros, obras de teatro… y nosotros no podemos faltar a esa cita– enfatizó Celestino.

A Joaquín de pronto le llamó la atención el uso del plural mayestático por parte de los dirigentes de la Juventud. No sólo ellos lo usaban, sino también las gárgolas del CDR. Ya casi nadie en aquel país hablaba en primera persona del singular. De un tiempo a esta parte, todos eran todos, o nadie era nadie, o todos eran ninguno, porque cualquiera era «nosotros». Por la televisión aparecían cortadores de caña diciendo: «Nosotros hemos cortado doscientas arrobas de caña ayer por la mañana», y a uno le daban ganas de preguntarle a ese machetero: «¿Qué nosotros? ¿Tú y quién más?» Por supuesto todo eso de hablar conjugando en primera pesona del plural, como lo haría el papa, o un monarca, era pura copia de la oratoria de Fidel Castro que siempre empleaba el «nosotros», al menos en sus discursos. Y los dirigentes de menor nivel –mono ve, mono hace– lo imitaban a todas horas y por cualquier motivo, incluso aunque no tuvieran un micrófono delante.

Así que Celestino siguió «nosotreando» a los Dupleix. Por supuesto, la actividad político–cultural, estaría organizada por los Jóvenes Comunistas. Después de lo que le había pasado con los panes de gloria, después de la amenazas veladas de la Flaca, Joaquín no tenía el menor deseo de colaborar con los militontos. Pero Nao enseguida mostró su conformidad. Y como era el director del combo, nadie le llevó la contraria, y menos delante de un extraño como Celestino.

La Flaca no podía dejar de meter la cuchareta, así que dijo: «Eso sí, compañeros, nada de canciones en inglés, sólo en español».

En el repertorio de Los Dupleix había canciones en inglés y en español, como ella bien sabía. Pero tanto Nao como los demás asintieron con la cabeza. Joaquín guardó silencio. A fin de cuentas, si representaba a la UJC cantando en un acto tan importante como decía Celestino, a lo mejor el año entrante no se lo llevaban para el SMO, pensó.

No quería estar tres años vestido de verde y metido en un cuartel. Y si cantando en español se los quitaba de encima, pues qué otra cosa mejor podía hacer. Así sus estudios no quedarían interrumpidos en el tercer año de secundaria y podría llegar al Instituto Pre–Universitario y luego estudiar la carrera de medicina.

De todas maneras no las tenía todas consigo. Miraba de reojo a la Flaca, esa descarada que después de haberles llamado «extranjerizantes» y «enfermitos» a él y a sus amigos, ahora venía tan campante a pedirles ayuda. Y encima poniendo condiciones.

–Vayaaa, estás hecho tremendo cantante –exclamó Celestino dándole una palmada en el hombro a Joaquín, quien sonrió de medio lado. Numancia seguía hurgándose el cielo de la boca con la uña pintada de rojo de su índice. «Esta croqueta no hay dios que la despegue», dijo haciendo muecas. Y siguió escarbando con tanta fuerza que, ¡plum!, sin querer se sacó la prótesis superior. La dentadura postiza salió disparada por el aire describiendo una parábola hasta ir a caer encima del techo de un taxi que pasaba en ese momento por allí.

Joaquín, Batido de Trigo y el Monqui corrieron detrás del carro con las letras «ANCHAR» pintadas en sus puertas. Ya no se veían las T.P (o Tristes Putas). Las antiguas prostitutas convertidas en taxistas habían chocado casi todos aquellos carros morados. Así que las sacaron de la circulación. Ahora lo que había eran esos taxis amarillos con esa otra sigla casi indescifrable (ANCHAR) que significaba «Asociación Nacional de Choferes de Alquiler Revolucionarios».

Joaquín siguió corriendo, gritándole al chofer revolucionario: «¡Oyeeee, para ahí!». La dentadura iba firmemente pegada en el techo de la máquina gracias a la masa compacta de la croqueta a la que estaba adherida. El chofer llevaba un cliente a bordo. El pasajero llevaba una capelina manchada de sangre, era el gracioso a quien Ironbeer le había roto la cabeza.

El taxista no oyó nada. Pisó a fondo el acelerador. El *Buick* del 58 dobló en la esquina rechinando gomas y subió por Empedrado en dirección al Paseo del Prado. Joaquín volvió desolado a donde estaba su madre. Sudaba, la gomina lagrimeaba por sus sienes. «No importa, mi almita, el lunes iré al dentista a que me hagan otra», dijo la modista.

37.

Barriendo la Loma del Ángel

Al otro día muy temprano una de las gárgolas entró en el Solar de la Chancleta buscando a Joaquín. Serían las siete cuando irrumpió en los Jardines Colgantes de Babilonia. Traía una lista en la mano. Siempre había una lista para todo en la isla.

La cederista iba casa por casa buscando a los remolones para el trabajo voluntario de ese domingo. Había que barrer toda la calle, desde la Loma del Ángel hasta el parque de las Tres Ceibas. Trescientos metros llenos de basura. Joaquín lo sabía. Guerra avisada no mata soldado, así que la víspera se había quedado a dormir en la azotea, dentro del palomar.

¿Por qué cojones los barrenderos no hacían su trabajo igual que antes? Porque ahora los barrenderos hacían el trabajo de los macheteros mientras que los macheteros se convertían en administradores o funcionarios. A su vez, los cirujanos tenían que suplantar a los agricultores y los sembradores de malangas se convertían en ingenieros, pero al mismo tiempo los ingenieros tenían que ir a cortar marabú o a sembrar eucaliptos en el campo mientras los pianistas cortaban caña… ¡era el mundo al revés!, ¡todo patas arriba!.

Razón tenía Coliseo, revolución viene de revolver. El país entero era una especie de manicomio. Si la Loma del Ángel estaba sucia, si los tanques y los cubos de basura permanecían semanas desbordados en las aceras, ése no era su problema. Su único problema era singarse a la Bruja y cantar el *Twist and Shout*. Y punto.

En la azotea, de noche, boca arriba, veía las estrellas. Buscaba a Sirio, a Marte. Soñaba con viajes espaciales, con experimentos científicos, y así se quedaba dormido. Y si se hacía una paja pensando en la Perla de la Bruja, se quedaba dormido más plácidamente.

En realidad contemplaba las estrellas para no mirar hacia abajo desde la azotea. Cada vez que bajaba a la calle se encontraba con alguna sorpresa desagradable. Se evadía. Su alma ascendía al firmamento cuando se quedaba dormido. Se evadía de tanta insularidad inventándose una isla interior. Se evadía de tanta insolación extraviándose en su sombra interior.

La próxima vez que las gárgolas lo citaran para un trabajo voluntario, les diría «ahora soy artista, canto en un combo, para la UJC». Allí había que destacarse para sobrevivir. Sólo si eras «atista» o «depotista» –como decía Coliseo– podías vivir más o menos en paz. La ley del SMO lo había cambiado todo, al menos para él. Sobresalir, saltar a un primer plano, como cantante de los Dupleix, era quizá la única manera de romper el cerco, de escapar de algo tan odioso como el ejército, la vida militar.

Desde niño Joaquín odiaba que lo exhibieran en los Concursos de Homicultura, o que lo pasearan disfrazado por ahí tirándole fotos. ¿Cómo era que tan de repente había perdido aquel miedo escénico y ahora se subía micrófono en mano a los escenarios? No lo sabía muy bien, pero a lo mejor secretamente se debía a un mecanismo de defensa, al más puro instinto de conservación. Cantar para no ir al SMO.

Se quedó a dormir en la azotea porque sabía que los cederistas eran peores que los Testigos de Jehová, que derrumban las puertas a golpes para que la gente asista a sus actividades, a cualquier hora del día o de la noche. Formaban una plaga capaz de sacar a los muertos de sus sepulcros con tal de aumentar los índices de asistencia a sus guardias nocturnas. A él no iban a estropearle la mañana del domingo con trabajitos voluntarios.

Sin embargo, se despertó temprano. El sol entró en el palomar desperezándolo con sus cuchilladas de luz. Hubiera querido dormir más. Dormir era autofagocitarse. El país entero mataba el hambre durmiendo más de la cuenta. En vez de ocho horas, diez, o doce.

Mientras se duerme, no se siente el hambre. La gente estaba desnutrida, mínimamente alimentada para reponer fuerzas y volver al trabajo al día siguiente. En las fiestas Joaquín se atracaba de dulces y bocaditos. Pero eso no alimentaba bastante. Así que dormía y dormía, como un lirón.

Las tripas le sonaron como si tuviera un gato enfurruñado en el estómago. Desayuno, pensó. La tacita de café con leche de Numancia. Iba a bajar cuando de pronto oyó en los Jardines Colgantes la voz gangosa de la gárgola, a quien llamaban La Tasajeada porque de joven había querido suicidarse más de una vez cortándose las venas y le quedaban las marcas de varios intentos en las muñecas.

Joaquín prefirió quedarse debajo del tanque del agua, asistiendo a la escena desde arriba. La Tasajeada le estaba preguntando a Numancia por él. Desde el último tramo de la escalera de caracol, la modista regaba sus plantas. Parada en puntas, parecía una bailarina del Bolshoi. Metía el jarro en un cubo de agua y ¡chas! lo tiraba sobre las enredaderas de malangas. La cederista estaba abajo, toda salpicada, huyendo de los jarros de agua que la sorda tiraba sin contemplación a diestro y siniestro. «¡Compañeraaaaa!», le gritó la Tasajeada, pero Numancia seguía tirando jarros de agua.

–¡Compañera, por favor! ¿Puede dejar de echar agua?

Joaquín empezó a reírse a la sombra del tanque de agua. Su madre era genial. Una marquesa fuera de serie. Desde que había dejado de besar a Fidel en la televisión, todo le daba lo mismo. Su sordera había devenido un pasaporte hacia la apatía. Pero no era una indiferencia preñada de odio, sino más bien impregnada de desinterés, una sublime arrogancia.

–¿Quiere una tacita de café? –le preguntó Numancia a la Tasajeada cuando por fin la descubrió allá abajo, toda empapada.

–No –contestó la otra secamente–. Sólo he venido para saber dónde está su hijo…

–¿Cómo dice? –preguntó Numancia bajando la escalera de hierro con elásticos pasos de bailarina. Tenía un agujero en una media y calzaba unas pantuflas gastadas a las que había añadido sendos lacitos rojos para enriquecerlas poéticamente.

–¡Su hijoooo! –gritó más fuerte la Tasajeada–. ¿Dónde está su hijo?

–¡Ah! ¿Que quiere hilo? ¿De qué color? –preguntó Numancia revisando dentro de las gavetas de la *Singer*. Sacó varios carreteles y se los mostró a la cederista.

Evangelina, asomada a la ventana de su cocina, medio muerta de risa, sacó más la cabeza y le dijo a la cederista:

–Si quieres que te entienda, tienes que hablarle de frente, para que te vea los labios.

La Taseajeada vivía en el solar de enfrente, conocía a Numancia sólo de vista, ignoraba que era tan sorda. Hizo lo que recomendaba Evangelina.

–¡Ah, pues, chica, no sé dónde está! –dijo Numancia pronunciando con dificultad por la falta de prótesis. Sostenía una tacita de café con el meñique levantado mientras con la otra mano enarbolaba su inevitable cigarrito humeante.

Haciendo de tripas corazón, Numancia bebió un sorbito de su café, que más que café era una mezcla detonante de chícharos tostados y molidos. Así que se bebía un café de chícharos, pero seguía con su meñique en lo alto, conservando ese ademán aristocrático. Era como si dijera: «bebo café de chícharos, pero sigo siendo una marquesa».

La Tasajeada no salía de su asombro. Era la primera vez que visitaba la casa de la modista. Estaba desconcertada, no tanto con los modales de aristócrata desterrada de aquella gallega extraviada en un solar como con la decoración de su cuarto. Más chismosa que la sarna, la Tasajeada se asomó a la puerta para curiosear.

A lo mejor lo hacía para ver si Joaquín estaba escondido en algún rincón, detrás del escaparate, debajo de la cama. Pero los ojos de la cederista se abrieron desmesuradamente cuando vio toda la vajilla que Numancia acumulaba en sus repisas. Jarros talaveranos, mayólicas, tacitas chinas… En la pared había un par de candelabros de aplique. Tenían velas de cartón para enroscar los bombillos y unas lágrimas de cristal que se reflejaban en las tres lunas del escaparate Luis xv…

La mayoría de estas lozas estaban rotas o cuarteadas, pero la modista siempre se las ingeniaba para pegarlas. Al final, esos objetos decorativos, de escaso valor, se potenciaban estéticamente con el arte que Numancia les agregaba cuando los reparaba. Cierto grado de imperfección añade más belleza a la belleza.

En aquel cuarto, a diferencia de los demás, no había esos indios de yeso con penachos de plumas policromadas, ni esas caravanas de elefanticos esmaltados, ni esos cuadros de cisnes discurriendo por lagos. A pesar de ser una obtusa, la Tasajeada intuía que estaba asomando su nariz en un mundo del que no tenía ni la más remota idea. Era como aterrizar en otro planeta, o en otro estilo. El estilo de la pobreza llevada con grandeza.

Los cojines artísticamente colocados sobre la cama, hechos con mil retazos de colores, resumían quizá mejor que nada esa especie de dignidad. En la pared había muchas reproducciones de cuadros. Obras maestras que la Tasajeada jamás había ni siquiera imaginado que existieran. Se fijó sobre todo en una lámina de Toulouse–Lautrec que embellecía un trozo de pared descascarada. La cederista vio mujeres de rostros verdosos y labios carmesíes en un ambiente de cabaret. Lujo, lujuria, esplendor... señores con sombreros de copa, mujeres pelirrojas, en poses provocadoras.

¿Qué era todo ese mujerío con las tetas al aire?, parecía preguntarse la intrusa. Había más láminas colgando de las paredes, una enmarcadas, otras no. Al verla tan supuestamente interesada, Numancia la invitó a pasar. ¿Quién era esa señora desnuda con las manos detrás de la cabeza?, se preguntaba la Tasajeada. «Es *La maja desnuda*, de Goya», le indicó la modista. La cederista se acercó a un carboncillo asalmonado. El dibujo representaba a una mujer desnuda, de espalda, de poderosas nalgas, secándose el pelo con una toalla. «¡Ah, esa es *La Toilette*, de Degas!», explicó Numancia.

Aquello parecía una visita guiada a un museo. ¿Y todos esos libracos? Biografías de María Antonieta, novelas de Dumas, de Julio Verne... ¿Qué hacía aquella mano de maniquí colgando del techo? ¿De quién era ese busto de bronce que no era Martí? Al pie del busto, leyó torpemente: Dante Alighieri. ¿Quién era ese Dante, tan narizón y con una corona de olivo, que la miraba desde la mesita de noche? Al llegar al último círculo del infierno, la Tasajeada sintió vértigos. Volvió a preguntar por Joaquín.

—Mi hijo andará por ahí de farra con sus amigos del combo. Anoche no durmió aquí —dijo Numancia mientras con la punta de sus dedos retiraba un hilito que colgaba de la saya de la Tasajeada. La modista no podía ver un hilo colgando en la prenda de nadie, menos de una mujer. Enseguida lo quitaba. Era ese tipo de incorrección que la sacaba de quicio. Un hilo colgando era una errata en la faz del mundo que había que corregir inmediatamente. Incluso en la guagua, cuando ella iba sentada, si alguna mujer iba de pie a su lado, y tenía un hilito colgando, ella alargaba sus dedos como pinzas y se lo quitaba. Eso le costó más de una bronca con Coliseo. Pero ella seguía con sus manías. Coliseo salía a la calle con los fondillos del pantalón remendados, y eso no le importaba. Numancia se los zurcía, igual que las medias, no tanto por amor a él como porque coser era algo que le encantaba hacer. Pero al cabo de varios remiendos, Numancia le decía que parecía un pordiosero, que no fuera tan chapucero, que botara ya ese pantalón. Y él no le hacía ningún caso.

Tan hipnotizada estaba la Tasajeada por la decoración interior de Numancia que ni siquiera se enteró de que la modista le había quitado el hilito.

—¿Y se puede saber para que lo busca?

—Es que hay trabajo voluntario.

—Ah, pues él no está.

Pero más tenaz que la caspa, la Tasajeada bufó:

—Muy bien. Y usted, compañera, ¿por qué no baja a barrer la calle con nosotros?

Numancia apuró el último sorbito de café con chícharos.

—Usted ni siquiera está apuntada en nuestro CDR. Ni tampoco en la Federación de Mujeres Cubanas…

—Yo soy española, ¿sabe? ¿Quiere ver mi pasaporte? —argumentó la madre de Joaquín.

—Bueno, pero eso no importa… el Che es argentino. Usted puede asistir a las reuniones, participar…

—Mire, señora —dijo la modista poniéndose categórica— yo tengo mi peculiaridad, soy sorda.

La palabra «peculiaridad» restalló como un obús en el tímpano de la cederista, pues nunca la había oído. ¿Quién sería ese enemigo de clase llamado «peculiaridad»?

—No oigo muy bien lo que hablan en esas asambleas. ¿Quiere una tacita de café? —insistió Numancia adoptando su pose favorita, a lo Coco Chanel, cogiendo el cigarro como si fuera un lápiz. Era como sin vez de un humilde cigarro tuviera en la mano una boquilla de plata o de oro con diamantes incrustados.

—Compañera, no importa que no oiga, lo importante es que haga acto de presencia…

—Mire, señora, yo tengo demasiado trabajo en el taller y aquí en mi casa. No tengo tiempo para trangalladas. Como dicen los andaluces, ca'uno es ca'uno —y soltó una de sus cristalinas carcajadas.

¿Trangalladas? ¿Y eso qué quería decir? ¿Y por qué le decía «señora» en vez de «compañera»? La Tasajeada frunció el ceño, pero se dio por vencida y se dirigió al cuarto de al lado, a darle un teque a Evangelina para que bajara a barrer la Loma del Ángel.

Escondido detrás del tanque del agua, Joaquín había seguido maravillado la mayor parte de ese diálogo. ¡Ah, si él fuera sordo como su madre, cuántas zozobras se ahorraría! ¡Si hubiera nacido en otra tierra, como ella, cuán feliz sería! ¿Por qué coño a su abuela Polenta se le habría ocurrido desembarcar en aquella isla treinta y pico de años atrás? ¿No podía haber cruzado los Pirineos y quedarse en Francia por ejemplo? Él no sabía cómo era la vida en otros países, pero si era un país de nieve siempre sería un país mejor porque allí, al menos, no padecería insolación.

Española y sorda. Poderosos argumentos para escapar al acoso. Desgraciadamente allí no todos tenían esos pretextos. Ni todos tenían ese mundo interior tan poético como el de Numancia para refugiarse de una realidad cada vez más opresiva. Así que la mayoría de la gente, si no quería vivir estigmatizada, tenía que simular. Y no otra cosa hizo Evangelina tras recibir un sermón. A regañadientes, tuvo que bajar a la calle en compañía de la Tasajeada. Le hubiera gustado más improvisar en el patio una de sus rumbas chancleteadas, pero ella no era gallega, ni sorda, ni tan aristocrática, a pesar de ser la nieta de Brindis de Salas, el famoso violinista negro.

Joaquín vio a su mamá negra bajar a la calle con una escoba. Luego la vio subir y bajar la Loma barriendo. Vieja, cansada, la pobre negra. ¿Qué era lo que cantaba Evangelina hace tantos años en el patio del solar, cuando Batista dio el golpe de estado? «Amalia Batista, Amalia Mayombe, ¿qué tiene esa negra que amarra a los hombres?». ¿Era eso, o más bien cantaba: «hay que amar a Batista»? Ya la negra Evangelina no cantaba ná.

Años atrás, cuando ella veía a Joaquín jugando solo en el patio, cuando sabía que Numancia estaba en la calle con sus pruebas y sus clientas, y que Coliseo estaba expulsado del hogar, se le acercaba chancleteando y canturreando: «Zun zun zun, zun zun dambaé, pájaro lindo de la madrugá». Siempre le cantaba esa canción de cuna, que era un embrujo, un encantamiento que envolvía al niño haciéndolo flotar. Él estaba solo en el patio cazando moscas o vigilando las caravanas de hormigas. La negra con sus ojos azules venía por detrás y le arrullaba esa misteriosa canción, alegrándole el día, y de pronto empezaba a bailar en medio del patio, bailaba una rumba o un guaguancó, exclusivamente para él. Ya Evangelina no guaracheaba, ni cantaba ná. Sus ojos estaban cada día más azules y sus pasas más blancas. Ya no bailaba, ya no cumbancheaba, ahora gastaba las pocas energías que le quedaban barriendo la Loma del Ángel.

38.

EL ÁLBUM

Ese domingo, en vez de barrer la Loma del Ángel, Joaquín ayudó a su madre a pintar el cuarto. Aunque ella la había raspado con espátula, aún quedaba en la pared la mancha tenuemente roja de la hoz y el martillo. Pese a tapar esa mancha con diversas reproducciones de obras maestras europeas, de todas maneras le molestaba saber que «esa cosa» estaba allí detrás, latente como un coágulo de sangre. Así que decidió darle lechada a todo el cuarto.

Lo más pesado de todo era separar de la pared el monumental escaparate rococó para poder pintar por atrás. Cuando estaban en eso, de arriba del armario cayeron varios objetos: juguetes rotos de Joaquín, sus prismáticos de *boy scout*, un guante de pelotero, avioncitos de *Hobby Center*, viejos libros y libretas de la primaria, alguna foto de relajo que él ocultó rápidamente para que Numancia no la viera y, lo más importante, el *Álbum de la Revolución* patrocinado por una marca de jugos de frutas en conserva.

Era un álbum de postalitas muy famoso entre los niños cuando los Reyes Magos entraron en La Habana. Todos coleccionaban esos cromos donde se veían las diversas etapas de la revolución, desde el asalto al cuartel Moncada hasta la guerrilla en la Sierra Maestra. Joaquín casi se había olvidado de la existencia de ese álbum. Lo sopló y una nube de polvo cubrió la luna del escaparate. Se sentó a hojearlo mientras su madre preparaba la lechada agitándola con un palo dentro de una gran lata.

Cuando los mataperros tenían alguna postalita repetida la intercambiaban por otra que no tuvieran para ir rellenando los huecos en las hojas apaisadas del álbum. El suyo estaba casi completo. Casi… porque de pronto descubrió que allí había unos agujeros. En las páginas dedicadas a los comandantes guerrilleros faltaban algunos Reyes Magos. En realidad esas postalitas que faltaban no habían sido distribuidas jamás, o habían circulado muy poco. Casi ningún niño había podido conseguirlas.

Al pie de uno de los rectángulos vacíos decía: «Comandante Huber Matos». El hueco estaba al final, donde aparecían todos los jefes barbudos enmarcados, como en una galería de honor. Cerca había otro recuadro en blanco, cuya inscripción decía: «William Morgan», un comandante americano. Dos nichos vacíos en la colección de héroes. Dos epitafios sin rostro. ¿Por qué no se habían impreso o eran tan arduas de conseguir las imágenes de esos comandantes?

Aquellas dos postalitas se convirtieron en las más cotizadas en los juegos de naipes que improvisaban los mataperros en las esquinas. Sobre todo la de Huber Matos, de la que sí llegaron a circular unos pocos ejemplares. Joaquín había llegado a ofrecer por la postalita del retrato del Comandante Matos hasta veinte bolones y diez postalitas del resto del álbum. Y ni siquiera así pudo conseguirla.

¿Qué había pasado con esos dos guerrilleros? Joaquín no podía recordarlo, era muy niño cuando esas postalitas fueron censuradas y recogidas de la circulación. Él no había entendido nada entonces y aún seguía sin comprenderlo del todo. Había oído decir que Huber Matos estaba preso, pero poco más sabía. Del americano sabía todavía menos. Parecía que esos comandantes se habían revirado, o habían opuesto resistencia cuando se enteraron de que la revolución se inclinaba hacia el comunismo, o algo así. Pero de esto no se hablaba en los periódicos, era un tema tabú, y él no disponía de suficiente información.

Sin embargo, algo siniestro se desprendía del hecho de que los Reyes Magos prohibieran las imágenes de otros Reyes Magos. Era un poco como cuando Numancia censuraba las fotos del álbum familiar donde aparecía Coliseo, recortándolo, dejando en el álbum una silueta mordisqueada por su tijera. Pero Numancia era una mujer, una particular, un ser humano, y podía tener sus despechos, sus reconcomios… sin embargo, ¿podían actuar igual los Reyes Magos siendo como eran Reyes y además Magos? Allí había gato encerrado, pensó cerrando el álbum.

39.

CANTANDO EN IDIOMA ENEMIGO

Una semana después tuvo lugar la fiesta en el Prado. Como les había anunciado Celestino, allí estaban todas las secundarias de la ciudad. Los Dupleix fueron, como siempre, escoltados por sus amigos mataperros que los ayudaban a cargar los redobles, los platillos, el bombo de la batería, los cables... Por el camino, Jupiña le preguntó a Joaquín si no le gustaría viajar. Después de su frustrado viaje a la URSS, Joaquín había decidido no pensar nunca más en ese tema. Ya le había dado la vuelta al mundo con Phileas Fogg, había navegado bajo el mar con el capitán Nemo, había ido a Suráfrica con los Hijos del Capitán Grant, incluso al centro de la Tierra, más aún, de la Tierra a la Luna, y todo eso sólo con leer a Julio Verne. ¿Para qué quería viajar más?

Pero Jupiña insistía hablándole de ciudades donde había ríos de automóviles, muchos rascacielos iluminados de colores parpadeantes en las noches, mujeres millonarias, enjoyadas, con abrigos de pieles... «¡Conocer el mundo, cambiar de aires!», exclamó su amigo y Joaquín se lo quedó mirando sin decir nada. Otras cosas le preocupaban. Aquella actuación en el Prado era decisiva. Nunca había cantado delante de tanto público. Habría allí más de mil personas.

Jupiña le había pedido unos días antes que le prestara sus prismáticos de *boy scout*. Joaquín le dio los binoculares, en versión miniatura, para niños. Nunca los había llegado a usar porque nunca llegó a ser *boy scout*. Pero cuando era lobato, Coliseo se los compró y desde entonces estaban acumulando polvo encima del Luis xv.

Joaquín le había preguntado para qué los quería. «Pa'ná, pa ver los pajaritos». A Jupiña nunca le habían interesado las aves, sino más bien los tiburones, pero ahora decía que iba a estudiar ornitología. Joaquín no quedó muy convencido. Estaban llegando al Prado, a pie, cargando con todos los instrumentos, cuando Joaquín le preguntó de nuevo para qué quería los binoculares. «¿No será para ver Miami desde el malecón, no?», le preguntó.

Jupiña le dio un piñazo blando en el hombro a su amigo y se echó a reír. «Ná, es pa ver a los pajaritos», repitió.

Llegaron al Paseo del Prado a eso de las 6 p.m. La alameda era un hervidero de jóvenes aunque más bien aburridos porque en el escenario había una chiquita de la Secundaria «Sun Yat-sen» tocando una triste balada rusa con un acordeón. Había pepillos encaramados en los bancos de mármol, a horcajadas en los leones de bronce, trepados en los laureles… La muchacha del acordeón estaba terminando. Luego le tocaba el turno a los Dupleix. Todo cronometrado, allí estaba Celestino, cerca de la tarima, consultado su reloj de pulsera. A su lado, su sombra, la Flaca Graciela.

Los Dupleix se informaron un poco de lo que había pasado hasta ese momento para medir el impacto que iban a tener. A juzgar por lo que dijo Celestino, todo había sido bastante aburrido: coros, algún titiritero, una bailarina, conjuntos folclóricos, puntos guajiros, zapateados… El éxito estaba garantizado. Cuando ellos hicieran vibrar sus acordes en el aire del Prado hasta los leones de bronce iban a bailar.

A Joaquín le dio pena con la acordeonista porque cuando terminó algunos la abuchearon. La chiquita bajó del escenario y los Dupleix subieron. En cuando los asistentes los vieron con sus peinados, sus saquitos sin solapas, sus botines de hebillas, empezaron a gritar, a chiflar, a chillar. Ni siquiera hizo falta que el maestro de ceremonia los presentara. Algunos ya sabían el nombre del combo, y empezaron a corearlo, eso sin contar la claque de los mataperros –Cawy, Salutaris, Jupiña y otros– que situados delante del escenario fueron los primeros en gritar «¡Dupleix, Dupleix!». Eso sí, Celestino se encargó de coger el micrófono y aclarar que ese combo representaba a la Secundaria

Básica. Él no podía dejar de hablar cada vez que veía un micrófono. Le encantaba eso de subirse a las tarimas para hacer uso de la palabra. Era como si experimentara una erección en presencia de los micrófonos y los altavoces.

Joaquín cantó primero la balada triste dedicada al difunto Manfredo, en español. Luego la canción dedicada a Ofelia, también en castellano. Batido de Trigo estaba allí cerquita, con los ojos aguados de emoción. Los pepillos y las pepillas se agitaban allá abajo, bailaban, se meneaban, lanzaban gritos tan agudos que rivalizaban con el sonido de los bafles. Los Dupleix siguieron con otras canciones de su repertorio, y todo iba sobre ruedas hasta que a Joaquín se le ocurrió cantar la canción de los Beatles que más le gustaba: *Twist and Shout*.

Lo consultó con Nao. «Acuérdate que aquí no podemos cantar en inglés», dijo el director señalando con el mástil de la guitarra a la Flaca Graciela que permanecía al pie del escenario, vigilante. Joaquín no había escrito ninguna versión en castellano de *Twist and Shout* por la sencilla razón de que sonaba muchísimo mejor siempre en inglés. «¿Y qué?», contestó Joaquín encogiéndose de hombros. Nao le dijo que sí con la cabeza, y arrancaron.

Desde que sonaron los primeros acordes aquello fue la locura, el «acabóse», como diría Numancia. «¡Ah, ahh, ahhh, guaaaaaaah! Güichéquirobeibinao, chéquirobeibi, tuis an shao, tuis an shao, caman, caman, caman beibi naooo»… cantaba Joaquín viendo a sus pies un oleaje de jóvenes arrebatados. Todos esos adolescentes, que para oír a los Beatles tenían que hacerlo a escondidas, oyéndolos a duras penas por la onda corta, luchando contra los ruidos parásitos y las interferencias radiales del gobierno, todos esos pepillos y pepillas que incluso en sus fiestas privadas tenían que poner los tocadiscos a bajo volumen por si acaso un cederista estaba oyendo en la puerta de al lado, toda esa juventud con ganas de ser feliz, al oír una canción de sus ídolos por fin cantada en inglés, y en medio de la calle, en un acto público, se sintió libre por primera vez en su vida y estalló de repente como un volcán, como un géiser.

La Flaca Graciela lanzaba miradas incendiarias a los Dupleix, en particular a Joaquín. Pero éste ya ni la veía, estaba tan enloquecido como el público, bailando *twist* allá arriba, con el cable del micrófono enredado en una pierna porque ya había tenido que levantarla bruscamente cuando una chiquita se subió a la tarima y lo cogió por un botín. Tenía que vigilar a la gente de la primera fila. Cada vez más, llevados por el frenesí, querían subirse al escenario. Sobre todo las pepillas que chillaban y agitaban las cabezas como si sufrieran ataques epilépticos.

El increíble remeneo de culos de los que bailaban muy cerca fue propagando su energía a todo lo largo del Paseo del Prado hasta llegar casi al Parque Central. Pero desgraciadamente entre las parejas que bailaban a los pies de Joaquín, parece que alguien le tocó la nalga a una muchacha, y sonó el primer galletazo. Enseguida las hembras empezaron a abofetear a los varones, y estos entre sí, y dos mujeres a tirarse de los pelos mutuamente, y en medio de esa molotera, las más audaces lograron trepar al escenario –a pesar de los esfuerzos de los mataperros por impedirlo. Subían por todas partes, como hormigas, no se sabía muy bien si para bailar con los Dupleix o para violarlos. Rubias, trigueñas, mulaticas, negritas, achinadas, pelirrojas… todas subían y subían, y Joaquín y los demás retrocediendo hacia el fondo del escenario, tratando de mantener la calma y el ritmo.

Una le agarró la pernera del pantalón a Nao, otra volvió a aferrarse a uno de los botines de Joaquín, otra se abalanzó sobre el Monqui haciendo que se le cayeran las baquetas, otra le estampó un beso en la cara a Boca Chula, y mientras tanto, entre el público, se iba armado tremenda fajazón. Una bronca tumultuaria se extendió en oleadas por la Alameda. Junto con los acordes del *Twist and Shout* y los gritos del coro sonaban allá abajo las bofetadas, los puñetazos, las patadas, los «mecagoenelcoñoetumadre», los «singao»…

Inmediatamente aparecieron dos perseguidoras. Frenaron junto a un león de bronce. El gentío se disolvió al instante, todos huían de la policía. Así que se llevaron detenidos a los únicos que estaban allí: a los Dupleix. El bombo de la batería no cabía dentro de la perseguidora.

Pero un policía sacó una soga del maletero y lo amarró en el techo. A Joaquín lo metieron a empujones en un carro. En ese momento, desde la ventanilla, vio pasar por su lado un Buick del 58, color amarillo pollito, con la palabra *ANCHAR* pintada en la puerta. En el techo del Buick iba pegada una dentadura postiza.

Las guitarras, los platillos, el redoble, todo eso entró en las perseguidoras, que ya eran cuatro. Monqui estaba preocupado por el bombo. «Seguro que han jodido el bombo», decía. El policía que había amarrado el tambor lo había lanzado con furia contra el techo. La perseguidora con el bombo encima abrió la comitiva hacia la estación de policía, parecía que estuviera anunciando la llegada de un circo, porque detrás iban otros tres carros con el resto del combo. Los llevaron al DTI, la sombría estación que estaba en la esquina de Monserrate y Empedrado.

«Concho, pensó Joaquín, siempre me traen al mismo lugar». Allí lo habían llevado cuando se «robó» el libro de Julio Verne, allí también lo llevaron cuando lo cogieron cantando «La ORI es la candela» y lo acusaron de pirómano, y ahora de nuevo estaba allí.

Pero esta vez no estaba allí Coliseo para defenderlo, ni apareció su hermana la miliciana de hermosas curvas para sacarlo libre de cargos. El sargento de guardia escrutaba con ojos de buho a los cinco muchachos estrafalariamente vestidos. Estudiaba detenidamente los instrumentos amontonados —más bien arrojados con violencia— en el vestíbulo de la estación.

—Usted —dijo señalando a Joaquín—. Venga acá.

Joaquín se acercó al mueble detrás del cual estaba sentado el sargento. El mueble era como la carpeta de un hotel, pero más alto, una especie de estrado de madera. El sargento lo miraba desde arriba, imponente detrás de una chirriante Underwood. Era un gordo con muchos pelos en los brazos. A Joaquín le resultó vagamente familiar. ¿No sería el gordo aquel que iba leyendo un periódico en la guagua el día que Peróxido se hizo el loco?

—¿Usted es el cantante, no?

—Sí— dijo Joaquín.

Le pidió su documentación. Tomó los datos. Y a continuación dijo, esta vez dirigiéndose a todos los del combo:

–Ustedes han estado alterando el orden público.

Joaquín recordó a la gárgola diciendo «alternando el ornato público». El Monqui seguía preocupado por su bombo. La caja de metal estaba abollada, pero a él le preocupaba que se hubiera roto el parche. Quiso acercarse al tambor para verlo de cerca, pero un policía con cara de crimen lo detuvo con un gesto. Se respiraba un ambiente hostil en aquella recepción policíaca.

–Y están acusados todos de cantar en idioma enemigo –prosiguió el gordinflón después de un eructo.

Joaquín se quedó de piedra. ¿Idioma enemigo? Esa definición del inglés sí que nunca la había oído. Se acordó de su *teacher*, de Daisy, allá en Miami, quizá a la sombra de un cocotero en ese preciso instante, y se preguntó qué diría ella si hubiera oído lo que el sargento pensaba de su idioma favorito. Pero esa imagen tan idílica se desvaneció enseguida dando paso a otras ideas más tenebrosas: la UMAP, el SMO, ahora sí que estaba jodido… su delito era por cantar el *Twist and Shout*.

–Pero, sargento –empezó a decir Nao.

–No hay peros que valgan –lo interrumpió el gordo y empezó a teclear. A teclear el destino de Joaquín y los demás. Ese informe que en ese momento salía lentamente del rodillo de la vieja *Underwood* iba a costarle caro, pensó Joaquín.

Desde el banco de piedra adonde le ordenaron sentarse Joaquín vió más allá de la puerta de la estación a Celestino, a la Flaca y a un grupo de militontos. Estaban a unos sesenta metros, en la esquina de enfrente. Discutían, agitando las manos, gesticulando como si no estuvieran de acuerdo en algo. Una pequeña reunión del Comité de Base en plena vía pública. Todos con sus agendas bajo el brazo. Discutían, pero ninguno cruzaba la calle, ninguno se atrevía a entrar en la estación para sacarlos de allí, para defenderlos, o algo así. Joaquín podía adivinar los argumentos a distancia, sin necesidad de oírlos, podía imaginar que la Flaca diría algo así como: «yo les avisé, que no cantaran en inglés, y el que avisa no es traidor»…

Al cabo de un rato Celestino cruzó la calle. Entró en el vestíbulo. Fue directamente a hablar con el sargento. Sacó el carnet rojo de la UJC. Lo pasaron a una oficina que estaba después de una reja colonial de gruesos barrotes negros. Cerraron la puerta de la oficina. Los Dupleix no sabían qué se estaría cocinando allí dentro. A los quince minutos Celestino salió, les pasó por delante, apenas sin mirarlos. Levantó los dedos de la mano derecha, como diciendo «hola», de guilletén, y siguió de largo, hacia la calle. Iba muy serio, como si le hubieran echado una descarga allá adentro.

Poco después soltaron a los Dupleix. Pero el informe ya estaba hecho. Les devolvieron los instrumentos. Pero ya el informe de la Underwood estaba recorriendo su laberíntico camino hacia quién sabe dónde.

***

¿Sería por eso, por prohibirles oír a los Beatles, por perseguirlos para pelarlos, por acusarlo de cantar en idioma enemigo, que Joaquín le dijo no a Fidel Castro?

40.

El dragón y la brújula

Lo de «cantar en idioma enemigo» parece que era una acusación muy grave porque a los pocos días de la fiesta del Prado le llegó a Joaquín el telegrama para ir a hacerse el chequeo médico, que era el paso previo para entrar en el Servicio Militar Obligatorio. De nada sirvió que su hermana Socorro fuera al Comité Militar a explicar que él estaba en tercer año de secundaria básica. La miliciana más bonita del barrio movió cielo y tierra, pero todo fue en vano. Joaquín tuvo que hacerse el chequeo médico, junto con cientos de jóvenes como él.

Desde que le habían mandado el telegrama para la beca de Miramar tres años antes, Joaquín le tenía tirria a los carteros. Ahora con su brazo dolorido, esperaba en la azotea. Le habían puesto una maldita vacuna militar casi a la altura del hombro izquierdo. La reacción fue virulenta. Tenía una llaga con pus y sangre. Todos los que iban a entrar en el ejército llevaban la manga remangada, y todos llevaban ahí una chapita de refresco perforada con diversos huequitos (para que entrara el aire) adherida a la piel con esparadrapo.

Con su chapita de refresco en el hombro izquierdo Joaquín esperaba cada día asomado en la azotea a ver bajar al odioso cartero por la Loma del Ángel. Antes le asustaba José Ramón el cobrador del alquiler, ahora le asustaba el cartero.

Pero el telegrama lo cogió de sorpresa. Porque no lo trajo ningún cartero, sino un enlace del Comité Militar. Desde hacía un año había Comités Militares en todos los barrios, igual que había CDRs en todas las cuadras, igual que había Círculos Infantiles en todas las manzanas, igual que había oficinas de la Federación de Mujeres

Cubanas en todos los distritos, igual que a través de la OFICODA había libretas de abastecimiento en todas las bodegas... el país se iba desplegando como una telaraña meticulosamente diseñada para ejercer un control total.

Así que, de hecho, lo que le llegó ni siquiera era un telegrama, sino una citación. El mensajero era un recluta del Primer Llamado, peladito al rape. Titán por poco se lo come a ladridos. Joaquín tuvo que firmarle un recibo. El joven lo saludó militarmente, dio una media vuelta marcialmente y se fue.

«Peladito al rape», pensó Joaquín mirándose en el espejo rococó. «Adiós peinado de escarabajo». Lo citaban para el día 27 de abril. Lo que más pavor infundía era la letra pequeña de la citación. Letricas muy negritas, amenazadoras, impresas al dorso del rectángulo de papel: «de acuerdo con la ley que establece el Servicio Militar Obligatorio se le comunica que de no asistir a esta citación incurre en un grave delito que se paga con privación de libertad».

Privación de libertad. O sea, la cárcel. O el ejército o la cárcel, no había otra opción.

Encabronado, Joaquín estrujó la citación y la tiró dentro de un jarrón de cerámica barata decorado con un dragón. Se lanzó en la cama, boca abajo. Saltó un muelle del viejo colchón –¡doinggg! –y se le clavó en una costilla. Era como un sacacorchos.

¿Quién le había hecho aquel número ocho? ¿Las gárgolas? Sabía que Josefina no podía verlo ni en pintura. Sabía que con tal de acabar con los ensayos de los Dupleix en la azotea era capaz de cualquier cosa. Estaba seguro de que ella o la Tasajeada habían contribuido a que lo llamaran para ir al SMO a pesar de estar en tercer año de secundaria básica. Si Socorro no había logrado hacer nada por él, eso quería decir que le habían preparado una trampa minuciosamente elaborada. Además, estaban los informes del CDR de que se escondía para no participar en el trabajo voluntario. Y seguramente también estaría el informe del Proceso de los Panes de Gloria. Y encima estaba el informe del sargento de policía por «cantar en idioma enemigo». Su expediente almacenado en alguna gaveta de quién sabe qué oficina secreta debía de ser tan abultado que no podría saltarlo ni un chivo en primavera. Lo habían jodido bien requetejodido. Pero qué le vamos a hacer, pensó. A lo hecho, pecho.

En todo eso estaba pensando cuando de pronto apareció la china Wong. Titán empezó a ladrarle a media distancia. Joaquín calmó al perro. Parada en medio de los Jardines Colgantes de Babilonia, la muchacha parecía una muñequita de porcelana. Joaquín la invitó a entrar en el cuarto. Se sentaron frente a frente. Hacía meses que no la veía. La china había dejado de ir a clases.

Después de intercambiar un par de frases circunstanciales, de pronto la Wong le cogió las manos. «Cásate conmigo», le dijo con voz temblorosa.

Si entraba en ese momento Batido de Trigo se iba a armar tremendo titingó. Joaquín se deshizo de sus delicadas manos. «¿Tú estás loca?», y le enseñó su anillo de compromiso.

—¡Bah! —se encogió de hombros la Wong.

Era verdad, eso no era importante, pensó Joaquín. El problema era otro. Ella volvió a cogerle las manos. Le explicó que estaba desesperada, que sus padres se iban dentro de una semana para Miami y ella no quería irse de Cuba. «¡Coño, pensó Joaquín, hasta los chinos quieren irse de este país!» La única forma de quedarse en la isla, siguió explicándole ella, era casándose cuanto antes. Tenía que ser ya, dentro de un par de días a más tardar.

Joaquín se la quedó mirando. Seguía gustándole a pesar de que lo había dejado plantado en el Cine Campoamor, a pesar de que luego andaba por ahí con un noviecito y ni siquiera lo miraba. Le gustaba su pelo negro azabache, tan lacio, le encantaba su rostro que tenía la tersura de una talla de marfil, le embrujaban sus ojos oblicuos, negros, preñados de milenario misterio. Le fascinaban sus rasgos ligeramente negroides, sus labios carnosos, sus piernas de ternera friolenta. En ese mismo momento la China cruzó las piernas y en cuanto Titán vio ese movimiento de pantorrillas empezó a jadear y se lanzó a singarle la pierna a la Wong.

«Coño, Titán, tá bueno ya, chico», gritó Joaquín apartando al perro de un manotazo. La Wong sonrió. Pero seguía angustiada. «Cásate conmigo, por favor», repitió.

Ella estaba de espaldas a la luna rococó del escaparate, ella no sabía cuántas veces él estuvo frente a ese espejo con una declaración de amor escrita en la mano, recitándola, ensayándola con gestos teatrales y frases picúas. Era la declaración de amor que él pensaba hacerle a ella. Ella no sabía que él era un tímido. No sabía que él la había estado esperando durante todo un mes en la esquina de la secundaria para hacerle esa declaración de amor tan ampulosa que se había aprendido de memoria. No sabía –no podía saber– que cada vez que ella se acercaba a la esquina de la secundaria, él se escondía detrás de una columna sin atreverse a abordarla. Y ahora, al cabo de tanto tiempo, venía a decirle tan campante: «cásate conmigo».

«¡Qué poco sentido de la oportunidad tienen las mujeres, caray!». Siempre llegan demasiado temprano o demasiado tarde. Cuando uno quiere, ellas no quieren. Y cuando uno ya ni se acuerda de ellas, entonces es cuando ellas quieren. Son como la luna, como las mareas, veleidosas, inconstantes… como Numancia. ¿Quién coño las entiende? Ellas y ellos son como trenes avanzando en direcciones contrarias que, más que encontrarse, de vez en cuando, chocan. Ahora, cuando ya él había logrado matarla en su corazón, cuando ya la había enterrado en el cementerio privado que tenía en su alma, ahora aparecía ella diciéndole «cásate conmigo».

Ya era demasiado tarde.

Joaquín le dijo que el telegrama del SMO estaba dentro del jarrón chino. Y que por eso no podía casarse con ella. El 27 de abril estaría rapado y vestido de verde olivo de arriba abajo. Su próximo disfraz.

Ella lo miró con esos ojos oscuros como la sombra de los cerezos reflejados en un lago sin fondo. Peinada hacia atrás, llevaba una diadema de plástico que impedía que la masa de pelo cayera sobre su frente despejada. Lo que más le gustaba de la china era su fragilidad. Ni Batido de Trigo, ni la Bruja, ni Aleja la Desdentada eran frágiles. Le gustaban, sí, pero no tanto. Era ese aspecto de porcelana quebradiza lo que más le hechizaba. Ella no sabía que él la había amado más que a Aleja, más que a Batido de Trigo, más que a la Bruja, más que a Doris quien, al fin y al cabo, no era más que un fantasma de su infancia. No sospechaba que seguía amándola más que a ninguna. Y que se hubiera casado allí mismo con ella si no fuera porque estaba entrampado. En ese momento odió más que nunca el Servicio Militar.

La Wong se levantó y fue hasta el jarrón que según Numancia – repitiendo la mentira de su hermano el anticuario– era de la dinastía Ming. Los ojos del dragón eran dos gotas de cinabrio encendido, como un par de peonías o dos lágrimas de laca. Echaba llamaradas por sus fauces mientras arañaba el cielo con las garras. La China metió la mano en la vasija y sacó el telegrama estrujado. Lo leyó desconcertada.

–Entonces no me queda más remedio que irme para Miami– sollozó.

Aquella delicada muñequita de Cantón empezó a llorar. Joaquín la abrazó («si Batido de Trigo entra ahora mismo, me mata»), la besó en las mejillas, sorbió sus lágrimas. Volvieron a sentarse. Titán con la lengua afuera le daba vueltas a la pareja sin saber qué hacer.

Al final la China se fue, desconsolada. Joaquín la acompañó hasta la puerta de la calle. La vio alejarse, subía la Loma del Ángel cojeando ligeramente. Llevaba, como de costumbre, sus zapatillas de goma negras, las que confeccionaba su padre, el zapatero cantonés que se iba para Miami.

En el talón de cada una de esas zapatillas había siempre escrito un pensamiento de Lao Tsé.

***

¿Sería por eso que le dijo que no a Fidel? ¿Sería porque al ver alejarse a la China supo que estaba perdiendo para siempre el amor de su vida? Durante muchas noches ellos dos oían Radio Enciclopedia Popular, la única emisora que trasmitía piezas de Glenn Miller y composiciones medio americanas, medio modernas. En particular, oían por separado,

cada uno en su casa, la que consideraban «su» canción: Las lavanderas de Portugal. Una melodía pegajosamente bucólica que los unía y que la estación ponía varias veces al día. Y ahora que ella se había ido para siempre, ahora que había sido desterrada al país de los muertos, él había dejado de oír esa emisora, para no volver a escuchar esa música instrumental que le estrujaba el alma.

¿Sería por eso que le dijo que no, porque había perdido a su novia más linda por culpa del maldito servicio militar que él, Fidel Castro, había inventado?

***

Al otro día apareció Jupiña. Venía a devolverle los prismáticos de *boy scout*. Joaquín notó que faltaba la brujula. Ese tipo de binoculares traían incrustada una brújula –del tamaño de un botón– para que el *boy scout* se orientara en el campo. Le preguntó por qué había arrancado la brujulita. Jupiña se puso nervioso. «Ven a mi casa», dijo.

Fueron hasta la Cueva de los Zombis, el solar donde vivía Jupiña, a treinta metros de la casa de Joaquín. Por el camino éste le preguntó qué tal le iba con el estudio de los pájaros. «Bien», dijo Jupiña, pero se notaba que tenía la cabeza en otra parte. Subieron una majestuosa escalera en ruinas con las baldosas gastadas por las pisadas fantasmales de tantos condes y marqueses… y esclavos… durante siglos. En el último piso estaba el cuarto de Jupiña.

Entraron. En ese momento no había nadie. Desembocaron en un desbarajuste tremendo. La cocina de luz brillante, toda llena de grasa, estaba dentro de la vivienda, pegada a un pequeño escaparate descascarado que daba grima. Los humos habían tiznado toda una pared, incluso parte del techo. Había restos de comida endurecida en un plato de peltre desconchado. Las moscas revoloteaban encima. Una cucaracha avanzaba hacia las moscas en busca de su cuota. Varios zapatos por el suelo. Encima de la cama, un cubo abollado lleno de ropa a medio lavar. Todo estaba regado. Sucio. Medio apestoso. Un auténtico cuarto de solar, no como el de Numancia.

En ese cuchitril vivían amontonados Jupiña, su padrastro y cuatro hermanos menores. Joaquín no sabía nada de la madre de su amigo. Esas cosas no se preguntaban en la cuadra de los mataperros. Como allí casi todos eran hogares destruidos, lo mejor era no hacer demasiadas preguntas, para no herir susceptibilidades.

Jupiña se agachó y empezó a sacar algo muy pesado de debajo de la cama. «No le digas nada de esto a nadie». Joaquín asintió.

–¿Lo juras?

–Lo juro, coño.

–¿Palabra de abakuá?

–Sí, palabra de abakuá.

Lo que sacó era una armazón de tablas entrecruzadas, claveteadas, atadas con cables. También sacó una goma *Firestone*. Joaquín se acordó de aquel día ya remoto en que lo conoció flotando en las pocetas dentro de una llanta de camión.

–En la azotea tengo otras cuatro gomas de carro. Nuevecitas.

–¿Y qué es todo esto, Jupiña?

–¿No te das cuenta? Es una balsa.

–¿Una balsa?

–Shhhh... habla bajito. Sí, con esa balsa llegaré a Miami.

A Joaquín le vino a la mente aquella escena de la película del Titanic en la que un hombre desesperado amarra unas sillas de tijera para construir a toda prisa una balsa, pero las sillas y él resbalan por el plano inclinado del buque hundiéndose, y él también resbala, y vuelve a amarrarlas, pero el ímpetu de las aguas no lo dejan maniobrar, y lo obligan a reanudar su tarea, una y otra vez, como un Sísifo naufragando en la oscuridad.

–Todavía tengo que conseguir la brea... para embadurnar la balsa.

–¿Brea?

–Sí, para alejar a los tiburones.

Joaquín comprendió entonces para qué Jupiña quería la brújula.

41.

GRANIZO EN LA AZOTEA

La víspera de su partida para el SMO, la noche del 26 de abril de 1965, los Dupleix le dieron una fiesta de despedida a Joaquín en la azotea de su casa. Allí estaba media secundaria básica, y ningún militonto, por supuesto. Estaban los amigos, la familia, el perro, los vecinos del Solar de la Chancleta y de otras cuarterías aledañas. El ambiente era de jolgorio aunque Joaquín estaba medio deprimido y en el fondo no entendía por qué toda aquella gente sonreía tanto. ¿De qué se ríen? ¿Qué están festejando? ¿Su funeral? Por mímesis y por educación, él también sonreía, pero ya le dolían las comisuras de tanto falso mohín.

De vez en cuando, en medio del rebumbio, venía Batido de Trigo y lo apretujaba, lo besuqueaba, le daba ánimos. «Yo te voy a esperar los tres años, aunque seas un marciano», prometía pasándole el brazo por la cintura. Ella sabía que estaba triste, incluso medio asustado. Él no sabía qué le esperaba en el ejército, pero sí sabía que no sería un paseo en coche. ¡Tres años! ¿No era demasiado tiempo?

Los reclutas del Primer Llamado, cuando salían de pase, hacían cuentos que ponían los pelos de punta a cualquiera. Abusos de oficiales, despotismos, maltratos de palabra e incluso físicos, cortes de caña quemada, trincheras, maniobras, disciplina férrea, pésima comida, ejercicios, guardias... y otros innumerables sinsabores propios de la vida de cuartel.

Así que Joaquín no estaba para fiestas, pero aquellos eran sus amigos, los mataperros, los Dupleix, allí estaba su madre, su hermana, su perro, hasta su abuela, todos menos Coliseo quien, por cierto, había vuelto a vivir con Numancia, pero esa noche dijo que se sentía indispuesto y no quiso subir a la azotea. En realidad, lo que no quería era oír la música de los Beatles ni ver a todos aquellos payasos disfrazados de no se sabe qué dando gritos y saltos como monos.

Joaquín se negó a cantar esa noche. Sólo bailó un poco con Ofelia y bebió un par de ponches con sabor a garapiña. Los Dupleix cantaron en su honor *Twist and Shout* varias veces. Ninguna de las gárgolas subió a protestar. Tampoco subieron a compartir, lo que confirmaba sus sospechas. Lo odiaban. Tomás el barbacoense sí que estaba allá arriba, sentado al lado de una antena, tomándose una cerveza tibia. Incluso Bartolo, el ex espiritista ex hegeliano, subió un ratico, se tomó un ponche y enseguida se fue. Polenta y otras vecinas habían preparado algo de picar, poca cosa, no había casi nada que ofrecer.

Por suerte allí estaba la Papallona, la hija del panadero catalán. La Catalana era una panadería ubicada en la zona de los bitongos. Ya no vendían allí la diversidad de dulces y panes de otros tiempos cuando había pan de Toyo, pan de molde, pan de bonete, pan de manteca y esas flautas de pan de agua vegetalmente adornadas con tiritas incrustadas de hojas de plátano. Ahora la panadería pertenecía a una Empresa Consolidada o algo así, y sólo se despachaba pan durante un par de horas al día. Siempre la misma clase de pan, un pan anodino, que se daba por cuotas.

Los dueños de la tahona era una pareja de catalanes, y a su hija la llamaban la «papallona» porque de pequeña, en el parque, siempre decía que iba «a cazar papallonas». O bien exclamaba «¡mira cuántas papallonas en el aire!»…

«Papallona» significa «mariposa» en catalán, y a la niña le pasaba lo mismo que a Joaquín por aquel entonces, ella oía hablar a sus padres catalán en su casa, Joaquín oía hablar gallego. Por añoranzas de su tierra, el panadero siempre tenía cerca de la caja registradora un libro titulado *La Papallona*, de un tal Narcís Oller.

Pero resulta que en Cuba existe una fruta que en la Habana denominan «fruta bomba» y en Oriente llaman «papaya». Sea por analogías morfológicas con esa fruta, sea por la textura babosa de su pulpa, sea por la cantidad de pepitas negras que contiene, en la isla le llaman «papaya» al órgano sexual femenino. «No me sale de la papaya» o «ésa mujer es una papayúa» son expresiones corrientes en el habla popular.

Así, cada vez que la hija del panadero gritaba «mira, qué lindas las papallonas», los mataperros se desternillaban de la risa, entre otras razones porque en Cuba todos pronuncian la «ll» igual que la «y». La niña lanzaba sus emocionados suspiros de cazadora de mariposas mientras Joaquín y sus amigos imaginaban muchos sexos femeninos volando por el parque, delicadas vulvas aéreas, eróticas mariposas flotantes, abriendo y cerrando unas alas que equivalían a los labios mayores y menores del aparato genital femenino.

Claro que muy pronto dejó de decir esa palabrota en público, pero ya para siempre, entre los más íntimos del barrio, se le quedó el mote de la Papallona. La Papallona era ya una papayúa con la cara llena de espinillas y el Cawy se la estaba singando antes de que se fuera para Miami. Sus padres ya habían cogido el avión, después de estar castigados casi un año en una granja, haciendo trabajos agrícolas, en las afueras de la Habana. Mientras esperaba a que la reclamaran, ella vivía con unos tíos.

Gracias a la Papallona hubo algo que ofrecer a los invitados, porque conocía a tanta gente en el ramo de sus padres, que se las ingenió para conseguir unas cajitas llenas de dulces: todo un tesoro que desapareció en un santiamén. Todo el mundo allí tenía un hambre del carajo.

De pronto la escobilla que Monqui frotaba sobre su platillo sonó de un modo raro, como un redoble o un cencerro. Más fuerte que la baqueta, como con un sonido más mineral. Joaquín vio unas piedras rebotando en el techo del palomar. Monqui sacó el platillo de la batería y se lo puso en la cabeza.

La Papallona empezó a gritar «¡una *calamarsada*, una *calamarsada*!», palabreja que a Joaquín le sonó a lluvia de calamares. «¡Es granizo!», exclamó Nao asombrado. «Granizo, sí, *calamarsada* en catalán!», chilló la hija del panadero saltando de alegría. Todos empezaron a saltar debajo de aquella lluvia de balas congeladas. Del tamaño de canicas, algunas incluso más grandes, rebotaban en los techos de zinc generando un ruido infernal.

«Pedrisco», dijo Numancia mirando al cielo y se persignó como si estuviera en una de esas aldeas gallegas cuyas cosechas de pronto se ven arruinadas por la granizada. «Piedras», añadió, articulando correctamente con su nueva prótesis.

¡Estaba cayendo granizo en la Habana! El inviernito había quedado atrás hacía rato, estaba bien entrada la primavera, o sea que hacía un calor de ampanga. Pero es que, además, ¡en Cuba nunca caía granizo! Joaquín estaba deslumbrado. ¿Su sueño de un país de nieve iba a cumplirse? Él siempre estaba viendo símbolos y señales por todas partes. ¿Qué presagiaba esa granizada en aquella ciudad tan tropical? ¿Una señal de mal augurio, o de buen augurio? Calamares cayendo del cielo. Esa noche era única en los anales meteorológicos de la isla. La gente salía a la calle a ver caer el granizo, aquello era poco menos que un milagro. Se agachaban, recogían esos garbanzos congelados y se los tiraban unos a otros. Algunos vecinos salieron a los balcones con cacerolas en la cabeza, como cascos. Clink, clink, clink. Bolitas de agua congelada rebotando y saltando por doquier. En la azotea, los Dupleix dejaron de tocar y empezaron a corretear buscando también cazuelas en casa de los vecinos. Aquello dolía cuando daba en la cabeza. Todos tocados con diversos cacharros empezaron a jugar en la azotea, como cuando eran niños y caía un aguacero y subían todos a saltar desnudos bajo el agua «¡que llueva, que llueva, la virgen de la cueva!». Jugaban a darles patadas a los granos de hielo más grandes. Algunos eran como limones.

Los Dupleix y los mataperros jugaban al balompié con el granizo en la azotea. Igual que hacían años atrás en los cumpleaños de Joaquín, cuando su tío el anticuario le mandaba al solar un cake de helado de chocolate dentro de una caja exquisitamente empaquetada. Era el regalo más caro, el más esperado por él. Lo importante no era el helado, sino que al abrir la caja adentro había piedras de hielo seco para conservar frío el pastel. Joaquín y sus amiguitos echaban esa nieve carbónica dentro de jarros de agua para que humearan como chimeneas de trenes. Un humo blanco, veloz, seco, picante, burbujeante, espeso. El agua dentro de los jarros parecía hervir. Al final todos terminaban dándoles patadas a los trozos de hielo seco en el patio del Solar de la Chancleta.

Y eso mismo era lo que hacían ahora sus amigos en la azotea con el granizo. Darle puntapiés. El Cawy con una palangana en la cabeza, la Papallona tocada con una jofaina, correteaban disputándose a patadas una pelotica de hielo que rodaba de aquí para allá sobre el embaldosado rojo.

Sentado en el muro que daba al vacío, Joaquín los veía jugar. Pero tuvo una visión menos halagüeña, un fatídico presentimiento. De nuevo se trataba de otra secuencia de *La última noche del Titanic.* Súbitamente lo vio clarísimo: el combo tocando con sus guitarrras, sus amigos jugando al balompié con el granizo: todo eso eran escenas de la película favorita de Numancia. Allí estaban los violinistas que tocan insistentemente a pesar del naufragio, allí estaban los trozos de hielo del témpano que caen a cubierta donde los pasajeros de tercera —ajenos al peligro inminente— los patean alegremente jugando también al balompié.

Joaquín empezó a descifrar poco a poco las señales que esa noche el cielo le enviaba. Calamares, animal marino. La nieve que añoraba desde niño, caía hielo de las nubes. La nieve, el hielo, el granizo, el antídoto contra tanta insolación.

En cierta forma ellos eran los pasajeros de tercera, en la cubierta de aquel solar, una azotea de repente convertida en la cubierta inclinada del Titanic. ¿No decía Numancia que la Loma del Ángel estaba escorada como el famoso barco? El granizo que caía del cielo eran los trozos del hielo del *iceberg.* Los Dupleix eran la orquesta del Titanic, ese sexteto de cuerdas que sigue tocando impertérrito mientras todos se ahogan.

Sus amigos estaban tocando allí una música alegre, sí, pero en el fondo era luctuosa. ¿Acaso los Beatles no eran de Liverpool? ¿No fue en esa ciudad donde habían matriculado al Titanic medio siglo atrás? El barco se había hundido hacia la medianoche, justo la hora en que caía aquel granizo. Aquel era un día sombrío para él, un 26 de abril. Ese terrible momento en que una lluvia de hielo cae sobre la cubierta de proa mientras el Titanic pasa rozando el *iceberg*.

«¡A jugar balompié!», gritó Boca Chula y el Monqui le dio una patada a un trocito de hielo que rodó por las baldosas rajadas y enseguida se derritió.

En eso se oyó la sirena de un buque saliendo a alta mar. Un lamento largo, melancólico. Sobrecogedor en medio de la noche. La acústica de la bahía con sus fortalezas hacía que resonara como los tubos de un órgano en un oficio de difuntos.

En la isla de Cuba, en aquel abril del 65, había movilizaciones por todas partes; las fuerzas armadas estaban, como de costumbre, en estado de alerta. Pronto los americanos iban a invadir. Eso decían las autoridades, un sonsonete que ya se estaba volviendo un poco como el cuento de la ovejita que siempre le gritaba al rebaño «¡que viene el lobo, que viene el lobo!». Por eso rápidamente hicieron el segundo llamado y esa noche llamaban a filas a miles de jóvenes, necesitaban con urgencia carne fresca, carne de cañón. Por si venía el lobo…

Dentro de muy pocas horas Joaquín estaría montado en un camión militar rumbo a un destino desconocido. En ese momento, Batido de Trigo resbaló con el granizo y se cayó dándose tremendo fondillazo. Todos reían, Joaquín también. Tan pronto estaba contento como apesadumbrado.

Sí, estaban en abril, el mes fatídico del Titanic. Tocaban canciones de los Beatles de Liverpool. Y en los astilleros de esa ciudad habían construido el famoso insumergible.Todas las piezas encajaban en su mente supersticiosa, como en un rompecabezas. ¿Meras coincidencias? ¿Realmente existen las coincidencias? ¿No será que el azar es la gramática secreta de Dios? ¿O del diablo? Joaquín estaba sufriendo una insolación nocturna a bordo del Titanic, o en la azotea del Solar de la Chancleta.

A esa hora de la noche, Cristina Wong ya estaría en Miami. Separada de él para siempre por noventa millas de mar y tiburones. A esa hora de la noche –Joaquín no lo sabía– un muchacho robusto entraba en el agua de la Playa del Chivo. Iba tan cubierto de petróleo que parecía un negro. En el bolsillo llevaba una diminuta brújula. Empujaba contra las olas una balsa completamente embreada. El mar volvía a arrastrarlo a él y a su balsa hacia la orilla. Pero él seguía en su empeño, empujando los maderos flotantes, hacia el infinito. Una y otra vez, incansablemente. Jupiña ya convertido en Sísifo.

42.

Te esperaré tres años

Numancia y Batido de Trigo lo despidieron al pie del camión que iba al infierno. Coliseo no acudió. «Si hubieras cogido la beca de Miramar ahora no tendrías que ir al servicio militar», le dijo secamente, a modo de despedida, la noche que cayó granizo en la Habana.

Cuando el camión cargado de muchachos arrancó, Joaquín vio cómo Ofelia se volvía más y más pequeñita. Agitaba un pañuelo que a lo lejos parecía una paloma. Gritaba: «¡Te esperaré tres años!».

Su primer pase se lo dieron al cabo de un mes, cuando terminó un curso intensivo de artillería. Fue un permiso de cuarenta y ocho horas. Cuando se bajó de la guagua en la esquina del Bar Petit, se encontró con una trigueña ancha de caderas que lo abrazó repentinamente. De golpe, no la conoció, porque tenía puesta una prótesis. Era Aleja, la guajira desdentada. «¡Muchaaacho, dichosos los ojos que te ven!». Aparte de la dentadura, parecía más mujer, y se había afinado un poco, sus modales ya no eran tan groseros. «¡Y mira qué casualidad, chico, estoy de visita en el barrio y nos encontramos! ¡El mundo es un pañuelo!». Joaquín sonreía sin dejar de admirar su cuerpazo. «Pero, muchaaacho, ¡qué bien te queda el uniforme! A ver, a ver, ¿ya tienes barba?». Y le acarició la cara. Los primeros cañones de Joaquín ya asomaban.

Después de todos los desaires que ella le había hecho, después de tantos discos que le puso, después de tanto correr detrás de la guagua sin que ella se dignara mirarlo siquiera, ahora la Guajira estaba fascinada con él. Lo que más parecía deslumbrarla era el uniforme militar, su nuevo disfraz obligatorio. «¡Qué bien te queda la gorra…

¿y ya tienes pelos en los sobacos?». Joaquín se abrió la guerrera y le mostró una axila. «Ahora sí eres todo un hombre».

La Desdentada ya no vivía en Jaimanitas, se había mudado para un apartamento en el Nuevo Vedado. Le dio la dirección y el teléfono. «Hoy estoy sola», añadió al despedirse. Eso era un disparo directo. Esa misma noche, Joaquín fue a verla. Nada más entrar, se metieron en la cama. La Desdentada tenía una colección de desodorantes que evidentemente venían del extranjero. Unos eran rosados, olían a fresa. Otros eran verdes, olían a menta. Se los frotaba en el bollo y le decía: «Huele, huele. ¿A que huele rico, verdad?». Mientras Joaquín hundía la cara entre sus muslos aspirando esas fragancias recordaba una de las máximas del Cawy: «Hay que bajar al pozo, porque el que no mama, no quiere a su madre».

El apartamento era grande, Joaquín trató de averiguar si estaba casada, si tenía hijos, cómo había conseguido esa vivienda. Pero la Guajira sólo quería templar. Lo más que le dijo fue que trabajaba de telefonista en una empresa. Joaquín vio en una tabla de planchar unos uniformes verdeolivo. «¿Y eso?» Ella dijo que era la ropa de uno de sus hermanos.

Fue una visita relámpago. Un par de palos, y ya. Joaquín tenía que entrar en su unidad militar al siguiente día temprano. Quedaron en seguirse viendo, previa llamada telefónica de él. «No dejes de llamar antes», insistió ella besándolo en la puerta del apartamento.

Pasó todo un mes y a Joaquín le quitaron el pase por regado y por mala conducta. No se afeitaba bien, no tendía correctamente la sábana de la litera, no se acordonaba hasta arriba las botas. Además tuvo una bronca en el río con un recluta del primer llamado. El tipo era militonto y chofer del jefe de la unidad. Se sobrepasó con Ofelia un domingo, durante una de las visitas de familiares.

Estuvo castigado un mes sin salir. Luego le dieron un permiso de sólo veinticuatro horas. Primero fue a casa de Aleja, otra vez disfrutó de la menta y de la fresa. La guajira era una potranca salvaje. Joaquín estaba estrenándose con una excelente maestra. Aunque sólo le llevaba tres años a él, Aleja parecía y actuaba como si tuviera veinticinco o treinta, porque sexualmente las campesinas suelen crecer mucho más de prisa que las muchachas de la ciudad. Empiezan a templar antes. Parece que el contacto con la naturaleza, el aire puro del campo, el espectáculo cotidiano de los caballos montando a las yeguas, los gallos pisando con las gallinas, los puercos con las puercas o la alimentación a base de almidón de yuca, acelera ciertas hormonas de la sensualidad, dispara el desarrollo. Sea lo que sea, lo cierto era que la Desdentada se comportaba en la cama como una erudita.

De casa de Aleja cogió una guagua y fue a su barrio. Los Dupleix seguían actuando en fiestas de quince y, de vez en cuando, en algunas empresas. Ya no se reunían en la azotea, ni en el Parque de los Cachalotes, ahora iban por las noches a un restaurante que acababan de inaugurar en la Plaza de la Catedral, el restaurante «El Patio». Se sentaban en la parte de afuera a tomar té en unas mesitas de mármol con sillas de madera negra que imitaban el estilo Tonet. Allí se enteró de que a Jupiña lo habían capturado en alta mar, a bordo de su balsa embreada, y que le echaron dos años de cárcel por intento de evasión del país. Sin saberlo, se había convertido en el primer balsero. A Peróxido lo habían ingresado en el manicomio de Mazorra.

Batido de Trigo se había teñido de rojo el pelo. Ahora parecía una auténtica pelirroja, cosa que no era, a pesar de sus muchas pecas. Seguía obsesionada con el sexo. Incluso metió a Joaquín en su cama, estando sus padres durmiendo en la habitación de al lado. Joaquín se resistió. «Con la Desdentada sí, con Ofelia no», pensaba él. Le puso una rodilla entre los muslos a la muchacha y empezó a frotarle ahí hasta que ella tuvo su orgasmo. O algo parecido.

Desde hacía algún tiempo él venía notando en Ofelia una extraña manera de hablar, tenía un dejo medio extranjero, latinoamericano más bien. De vez en cuando soltaba frases extrañas, empleaba giros nada cubanos. Pronunciaba las «ches» de un modo muy raro, como si las masticara, o como si la lengua no le cupiera en la boca. Pero Joaquín no le dio demasiada importancia a ese detalle.

Después de eso siguieron poniéndole reportes en la unidad militar y ya sabía que iba a estar más de un mes sin poder salir de pase.

Cada vez que llegaba el fin de semana él esperaba ilusionado que le dieran permiso y recibía una frustración, un disgusto, cuando no se lo daban. Se afeitaba, se echaba una loción búlgara y salía a la formación con su maletín. Entonces venía el cadete o el sargento o el capitán, y leía una lista en la que nunca figuraba su número. Sin pase. Y tenía que regresar a la barraca, arrastrando los pies, casi llorando. Tenía que quedarse en el cuartel sábado y domingo, mientras otros salían felizmente por la posta número uno.

Así que pensó que lo mejor sería no vivir de ilusiones, para no morir de desengaños. Se metió en la cabeza la idea de que nunca saldría de pase. «No esperes nada», se repetía a sí mismo. Así, paradójicamente, sin ser libre, era más libre. La mejor manera de no sufrir es no ambicionar. Si no aspiraba al pase, luego cuando se lo quitaban, no sufría. Y si por casualidad se lo daban, entonces la alegría sería doble porque ya no contaba con eso de antemano. Adoptó esa curiosa filosofía. Había que aprender a vivir renunciando. No era un acto de resignación, sino un ejercicio de supervivencia.

Pero seguían sin darle pase. Durante tres meses estuvo encerrado en el cuartel hasta que un día de septiembre recibió un mensaje telefónico. Estaba tendido en su litera de hierro, encabronado, leyendo por enésima vez la carta que había recibido días atrás. Una carta de ruptura firmada por Ofelia. En resumen le decía que lo quería mucho (bla, bla, bla), pero se iba a casar con un veterinario chileno que realizaba estudios superiores becado en Cuba. Ya sabía él que ese acentico extranjero en Batido de Trigo le sonaba sospechoso. ¿No decía Salutaris que los extranjeros venían a quitarnos las jebas? La carta terminaba con unos labios estampados en carmín. Unos labios achilenados que masticaban las «ches».

«Te esperaré tres años», gritaba ella agitando el pañuelo mientras el camión de Joaquín se alejaba hacia una trinchera cavada en una costa erizada de cañones. «Te esperaré tres años», le susurraba cuando venía a visitarlo al cuartel. «Te esperaré tres años», repetía en sus primeras cartas con la tinta desparramada por sus lágrimas. «Te esperaré tres años»...

¿Tres años? No lo esperó ni tres meses. Entonces acudió a su mente uno de los refranes que más le repetía Coliseo Iznaga: «el amor y el interés fueron a pasear un día, y pudo más el interés que el amor que te tenía». Era el único adagio de su padre que nunca había comprendido bien hasta ahora cuando por primera vez, y en carne propia, captaba toda su esencia.

Joaquín rompió la carta en trocitos y la foto de Ofelia clavada con tachuelas dentro de su taquilla. Fue hasta los baños, lo echó todo al inodoro y jaló la cadena. Pero no había agua. Y allí quedaron los confetis flotando. Regresó a la barraca, volvió a tumbarse en su litera, boca arriba, contemplando el techo de zinc ondulado. Claro, el chileno iba y venía, entraba y salía de Cuba libremente, podía traerle a Batido de Trigo perfumes, blusas, zapatos, joyas, relojes, todo lo que quisiera. El caso de Ofelia no era el único. Cartas como aquella llovían en los cuarteles. Muchas novias habían dejado a otros reclutas. Se cansaban de esperar. Y no eran pocas las que se ligaban con técnicos checoslovacos, o con guerrilleros brasileños o uruguayos o bolivianos que iban a la isla a campos de entrenamiento y luego andaban por los hoteles de la ciudad filosofando sobre el fin del capitalismo. Toda esa fauna gerrilleril impresionaba a las muchachas del país. Toda esa gente parecía mucho más interesante y prometedora que un simple recluta del SMO. Claro, el chileno podría además sacar a Ofelia de la isla una vez casados. Por supuesto, el chileno tenía más posibilidades que un miserable recluta siempre encerrado entre alambradas y ganando siete pesos al mes.

***

¿Sería también por eso que le dijo que no a Fidel Castro? ¿Porque de alguna manera también le había hecho perder a su segundo amor? ¿Le habría dicho que no porque ya le había dado una beca de tres años de duración en el ejército y porque al encerrarlo tanto tiempo en un cuartel él había quedado disminuido ante los ojos de la muchacha? ¿Le habría

dicho que no porque era él, Fidel Castro, quien propiciaba que cualquier comemierda, por el simple hecho de ser extranjero, tuviera más poder de seducción sobre las mujeres de la isla que los propios cubanos? ¿Le habría dicho que no a Castro por ese acto de castración que ejercía sobre toda la población masculina de la isla y que, a su vez, derivaba en una humillación para la población femenina?

***

En ese momento entró en la barraca el oficial de guardia, el teniente Madruga, que era tan gordo que sus pantorrillas se derramaban sobre las botas como si padeciera elefantiasis. Se acercó arrastrando pesadamente las botas hasta donde estaba Joaquín quien se tiró del segundo piso de la litera y se puso en atención. Derechito como una vela. El gordo le trasmitió un mensaje telefónico muy extraño. «Tita está muy grave, ¿puedes venir?». Su hermana había llamado por teléfono a la unidad militar, cosa que sólo se hacía en casos de urgencia.

¡Tita? ¿Quién era Tita? ¡Titán! Joaquín le pidió permiso al teniente para salir con un pase especial urgente por razones familiares. «Tita es una tía mía, teniente, le dicen Tita, parece que está muy enferma».

El Teniente se negó categóricamente.

–Teniente, por favor…

–Negativo –dijo el oficial y salió del barracón, adiposamente bamboleante, dejando atrás las nubes de su inseparable tabaco.

Su perro se estaba muriendo. Y él llevaba más de dos meses sin salir. Además, estaba loco por templar con la Desdentada. Su mejor amigo estaba enfermo. Y él no hacía más que soñar con el sabor a fresa del bollo de Aleja. Tenían un atraso de tres meses. En vez de semen, debía de tener yogur en los testículos.

Empezó a barajar la posibilidad de fugarse. Nunca lo había hecho porque hasta ahora no le había hecho falta y porque era realmente una misión difícil y peligrosa. Podía costar muy caro, meses y meses sin ver la calle. A los reclutas que cogían en el intento los metían en «perreras», unas jaulas de alambre muy bajas en las que tenían que estar todo el tiempo a cuatro patas, como perros.

Los reclutas hacían cosas increíbles para evadir el servicio militar. Para empezar estaba la búsqueda frenética de bajas médicas. Pero las autoridades militares no daban casi ninguna. En su unidad había un recluta que era patizambo y tenía escoliosis sin que por ello se librara de ninguna tarea física. Otros soldados fingían ataques epilépticos con tal de conseguir la baja, más de uno era epiléptico de verdad, pero ni los de verdad ni los de mentira conseguían la baja médica por mucho que se revolcaran en el suelo echando espuma por la boca y poniendo los ojos en blanco. Tampoco faltaban los que simulaban estar locos, ni los que –de tanto fingir– se volvían locos de verdad, sin conseguir salir del ejército. Había reclutas que se introducían unas goticas de leche condensada en la uretra con ayuda de una jeringuilla o un catéter para aparentar que tenían gonorrea, pero ni así conseguían un pase médico, en el mejor de los casos conseguían que les inyectaran cinco millones de penicilina rapilenta, o la cristalina china que era la más dolorosa de todas. Otros reclutas se provocaban fiebres poniéndose extrañas yerbas bajo los brazos. En el batallón de Joaquín había un tuerto. Su ojo derecho era de cristal. Y con todo y eso, a pesar de presentar certificados médicos, lo consideraron apto para servir en las «fuerzas armadas revolucionarias». Aunque nunca diera en el blanco lo llevaban a las prácticas de tiro. Delante de Joaquín, su amigo Pita cogió la subametralladora «She» checoslovaca y se metió un tiro en la pierna. Entre Joaquín y dos más lo llevaron corriendo al hospital. A los quince días Pita regresó al barracón, cojeando. El tribunal médico no sólo no le concedió la baja sino que encima lo castigaron a estar sin pase durante un interminable período de tiempo por atentar contra sí mismo, lo que equivalía a atentar contra la propiedad estatal. ¿Acaso había olvidado el recluta Pita que él era una propiedad del estado socialista? Otro recluta había ido más lejos. Se metió un balazo en la cabeza en la posta número uno. Oficialmente dijeron que se le había escapado el tiro. El mismo Joaquín –como buen hijo de sorda– había fingido sordera a causa del estallido de los cañones durante el curso de artillería. Pero eso de hacerse el sordo no le sirvió para nada, ningún médico militar le hizo caso.

El tuerto, el cojo, los locos, los epilépticos... no eran casos aislados. Joaquín conocía situaciones similares en otras divisiones del ejército. De aquel servicio militar obligatorio no había quien se librara.

Así las cosas, no era raro que algunos compañeros suyos se escaparan de vez en cuando por el río, nadando o flotando encima de tablones. El río pasaba por detrás de la Unidad describiendo una curva que iba a dar a una sala de fiestas llamada «Río Cristal», y ahí mismo estaba la carrretera que llevaba a la ciudad. Pero a Joaquín no le gustaba la idea de llegar a la carretera todo mojado o lleno de fango. Otros se escapaban cavando al pie de las cercas para pasar por debajo de ellas a rastras, o metiéndose entre los pelos de alambres de púas, que cortaban como navajas. Pero a Joaquín no le gustaba la idea de tener que arrastrarse y llegar a la ciudad lleno de arañazos, sangre, tierra, y yerbas en la cabeza. Él tenía un plan mejor. El camión de las pizzas.

Hacía tiempo lo tenía pensado, pero sólo como una fantasía. Necesitaba un compinche por si acaso los oficiales hacían alguna inspección a media noche. Las fugas no podían comentarse con cualquiera, entre los reclutas también había militontos y soplones. Le contó su plan a su mejor amigo en el Batallón, Romualdo, quien le estaba enseñando a pronunciar la doble erre indicándole que hiciera vibrar la punta de la lengua entre los incisivos. Si pasaban revista y descubrían su litera vacía, Romualdo diría que Joaquín tenía diarrea y estaba en el baño. De todas maneras, dejaría unas almohadas enrolladas debajo de la sábana de tal forma que de lejos pareciera que él estaba allí durmiendo.

Todas los días, a eso de las siete de la noche, un camión soviético Gaz 65 salía de la unidad hacia Santiago de las Vegas, un pueblo cercano donde había una pizzería. El chofer era el «sargento Fosforito», un negro de ojos verdes, muy flaco y cabezón, que visto de lejos parecía un fósforo apagado. El sargento compraba allí pizzas para los oficiales de guardia y regresaba a la unidad en un viaje de ida y vuelta de una media hora.

Joaquín conocía ese trayecto porque alguna vez había acompañado a Fosforito a la pizzería para ayudarlo a cargar los bidones de gasolina que también el sargento recogía en esa población. Cada mañana, a eso de las seis, el camión de Fosforito volvía a salir para Santiago de las Vegas donde se adquiría el pan del desayuno de la tropa y luego regresaba a la Unidad.

Joaquín tendría que meterse furtivamente en la cama del vehículo para salir a las siete. Luego tendría que estar de regreso en la entrada del terraplén a las seis y cuarto de la madrugada para abordar subrepticiamente el camión y volver a entrar en el cuartel. Eso le daba casi doce horas de libertad.

El soldado de guardia en la posta uno nunca registraba la cama del camión entoldado. El que sí solía asomarse a mirar antes de ponerse al timón era el chofer. Tendría que esconderse entre los bidones de gasolina. Joaquín sabía que Fosforito siempre frenaba en seco al salir del terraplén para entrar en la carretera de Boyeros que conducía a Santiago de las Vegas, cerca del aeropuerto. Ese frenazo tenía lugar justo en la esquina del manicomio de Mazorra, donde decían que estaba encerrado Peróxido. La unidad militar de Joaquín también era otro hospital para locos. El chofer estaba obligado a frenar en Mazorra para cruzar la carretera doblando en U hacia la izquierda. No había semáforo, así que tenía que esperar unos minutos hasta que el flujo de vehículos en ambas direcciones le diera un chance para pasar a la vía de enfrente. Fosforito hacía lo mismo al regreso, frenar en seco antes de doblar para entrar en el terraplén que conducía al cuartel. En esos dos frenazos estaba la clave de su fuga largamente meditada.

Él siempre tenía una muda de civil guardaba por si le daban un pase. Como no había servicio de tintorería ni lavandería a la vista en aquella zona semirrural, metía el pantalón debajo del colchón de su litera, para que se planchara solo con el peso de su propio cuerpo. El resultado era que el pantalón presentaba unas huellas como de rombos que era la marca que dejaba el bastidor de alambre. Pero no importaba, lo que contaba era salir esta vez de la unidad vestido de civil porque si salía uniformado se arriesgaba a que la Policía Militar lo detuviera y le pidiera el pase.

Joaquín se vistió de civil en la barraca. Romualdo vigilando en la puerta. Salió a las siete menos diez del dormitorio y fue hasta el camión, parqueado allí cerca. De un salto se metió en la parte trasera, y se agazapó entre unos bidones de gasolina. Al ratico el vehículo se estremeció. Fosforito echó a andar. Llegaron a la posta uno, bajaron la cadena, siguieron por todo el terraplén. Cuando el camión llegó a la esquina del manicomio, frenó en seco. Joaquín saltó a tierra evitando caer ni muy a la izquierda ni muy a la derecha para que el sargento no lo viera por los espejos retrovisores.

Fosforito volvió a arrancar, y Joaquín se ocultó en unos matorrales. Esperó a que el camión cruzara la carretera y enfilara hacia Santiago de las Vegas. Corrió a la parada de la guagua que estaba muy cerca. Si pasaba algún oficial y lo veía estaba perdido. Se metió detrás del gentío que esperaba. La guagua apareció a lo lejos. La gente se puso en guardia, como en una carrera con obstáculos, todos listos para correr detrás de ella. Todos «Listos para Vencer», LPV.

En efecto, la guagua siguió de largo y paró unos ochenta metros más allá de la parada. La gente se mandó a correr, Joaquín corrió dejando atrás el alma. Algunos subieron a empujones. Ya la guagua estaba arrancando cuando Joaquín logró colgarse de la puerta, casi pedaleando en el aire. El chofer cerró la portezuela, pero él metió un pie para impedirlo. La puerta empezó a darle golpetazos en el pie. El chofer abrió la puerta, y él pudo poner un pie en el primer peldaño empujando a un hombre, comprimiéndolo hacia arriba. Pero en ese momento sintió un tirón tremendo en el dedo anular. Se le había quedado enganchado el anillo de compromiso en la agarradera de aluminio de la puerta de la guagua. El tubo estaba rajado, con tan mala suerte que justo en la rajadura se le enganchó la sortija.

El guaguero no paraba, y él enganchado en aquel tubo, medio descolgado, con un pie dentro de la guagua y otro en el aire, a punto de caerse en medio de la carretera. Si jalaba muy fuerte podía perder el dedo. O una falange. «¡Me cago en el anillo de Ofelia!», pensaba.

Joaquín ya tenía sangre en el dedo. Le gritó al chofer. Varios pasajeros gritaron. El guagüero frenó. Joaquín pudo por fin poner los dos pies en el primer peldaño y zafar el dedo enganchado en el tubo de la puerta.

Dos paradas después ya había avanzado hacia el interior del autobús. Una parada más tarde estaba sentado junto a una ventanilla. Se metió la mano en un bolsillo y sintió allí el anillo de compromiso. Lo sacó. Estaba ligeramente manchado de sangre. Lo botó por la ventanilla. *Kinc, kinc...* rebotó el anillo en el asfalto y por encima le pasó un taxi amarillo del ANCHAR. En el techo de aquel Buick del 58 iba pegada una dentadura riéndose.

Un pasajero llevaba un radio portátil puesto a todo volumen. Fidel estaba echando un discurso. Decía que todo el que quisiera irse del país podía hacerlo por el puerto de Camarioca. Murmullos en la guagua. Camarioca... Joaquín nunca había oído ese nombre.

El planteamiento de Fidel le sonó dolorosamente familiar a Joaquín. Los desafectos podían irse a Estados Unidos, pero a Cuba no podrían volver jamás. Numancia lo había puesto a él en una disyuntiva similar: «si tantas ganas tienes de ver a tu padre, puedes ir a verlo a su cuarto, pero si vas a verlo, a mi casa no vuelves nunca más». Fidel era hijo de gallegos, Numancia era gallega.

Después de un cambio de guagua, por fin llegó al Cine Acapulco, a cien metros de donde vivía la Guajira Desdentada. Subió al segundo piso de un edificio de aspecto moderno. Subió excitado, oliendo ya las fresas uterinas de Aleja. Aquella era la habitación del placer, el solo hecho de subir esa escalera le provocaba erecciones. Tocó el timbre. Ella entreabrió la puerta muy despacio. «¡Ay, dios mío!», gritó.

Detrás de Aleja, Joaquín vio aparecer la cara enrabiada de un tipo con una verruga entre las cejas. De la verruga salían tres pelos negros. Esa verruga, esa cara, él la conocía. Era el mismo tipo que lo había encañonado en los bajos de la casa de Doris años atrás. «Llama antes de venir», le repetía siempre la guajira, pero con tantos líos en la cabeza él se había olvidado.

Joaquín estaba en el rellano, petrificado, sin saber qué hacer. El tipo desapareció. «Mi marido... es capitán... vete», exclamó Aleja y entonces Joaquín empezó a bajar la escalera, todavía perplejo, hasta que vio reaparecer al capitán en camiseta y calzoncillos con una pistola en la mano, ya no una Colt 45 como antaño, sino una Makarov estrella roja. *Impera la fuersa.*

Aleja trató de detener a su esposo, forcejearon, Joaquín aprovechó para precipitarse escalera abajo. ¡Bang!, sonó el primer tiro a sus espaldas. Salió corriendo a la calle, y entonces sonó el segundo disparo –¿o fue la goma ponchada de un carro?–. Joaquín se palpó la camisa para ver si era sangre o sudor lo que la empapaba.

Dobló en la esquina rechinando en un tacón y se metió en el Cine Acapulco sin pagar en la taquilla. Entró tan veloz que fue directo al servicio de caballeros. Se metió en un retrete y cerró la puerta. Se sentó en la taza. Al ratico alguien entró y entonces cerró los ojos, apretándolos, acordándose de su amigo imaginario Lucio que decía que se volvía invisible trancándose en los inodoros. Allí se quedó un rato, entre nubes de orine. Nadie jalaba la cadena porque no había agua en las cisternas.

El tipo que entró, meó y volvió a salir. Joaquín suspiró aliviado. La acomodadora andaría como loca buscándolo con la linterna. El capitán no, porque estaba en calzoncillos, así que no se atrevería a entrar en un cine en paños menores. Al cabo de un rato salió. Estaban poniendo una estúpida película checoslovaca, *Tigres en alta mar.* La taquillera no le dijo nada. Medio dormida, ni siquiera lo vio salir. No había capitanes en calzoncillos en la calle.

Cogió otra guagua para la Habana Vieja. Llegó al Solar de la Chancleta, pero ya en la escalera le llamó la atención ver tantas hojas de malangas, raíces y gajos secos en los peldaños. Cuando llegó a los Jardines Colgantes de Babilonia descubrió que ya no estaban allí. Las paredes del traspatio estaban completamente peladas. Ni una sola planta colgaba allí. La escalera de caracol, desprovista del entorno vegetal con que la había engalanado Numancia, se revelaba ahora en toda su férrea crueldad esquelética, igualita a la espiral de hierro que bajaba a la sala de calderas inundada del Titanic.

La puerta del cuarto estaba entreabierta. Se asomó, adentro su padre lloraba, practicamente sentado en el suelo, encima de un bastidor de alambre. Numancia lo había dejado. Esta vez había sido al revés, antes siempre se iba él, ahora se había ido ella. Joaquín no entendía nada. ¿Qué había pasado por el cuarto? ¿Un huracán? Hasta los clavos se había llevado Numancia. En las paredes se veían los huecos que ella dejó al arrancar con un martillo los clavos de donde colgaban los cuadros. Se había llevado incluso los cables de la luz, el *socket*, el bombillo, todo. La máquina de coser, el colchón, el escaparate Luis xv, las sillas, los adornos, las soperas, las vajillas ornamentales, los libros, los jarrones, los bustos, todo se lo había llevado. No le había dejado a Coliseo nada, ni siquiera el colador y el reverbero para hacerse un poquito de café. Sólo el bastidor encima del cual su padre ahora sollozaba.

El ventilador made in República Popular China y el radio rojo made in URSS estaban en una esquina del cuarto, como testigos mudos de tanto dolor, junto a la maleta tapizada de calcomanías, ya muy cuarteada, abierta de par en par mostrando un reguero de ropa arrugada, como una res abierta en canal derramando sus mondongos por el suelo.

A pesar de las tres manos de lechada que entre su madre y él le dieron a la pared, allí se insinuaba tenuemente la huella de la hoz con el martillo que Numancia había dejado raspando con la espátula. Su madre era gusana y su padre comunista. ¿Y él qué era? Un muchacho a punto de cumplir diecisiete años que a duras penas entendía lo que pasaba a su alrededor.

De pronto Coliseo advirtió la presencia de su hijo. Lo miró desconsolado: «¿Tú también me dejas?», le preguntó. Joaquín sintió una puñalada en el pecho. Hubiera preferido un balazo del Capitán Verruga en la espalda. Ese reproche de timbres cesarianos volvió a retrotraerlo al chantaje de Numancia: «si vas a verlo, a mi casa no vuelves nunca más».

Joaquín observó varias colillas aplastadas en el suelo, al lado del bastidor. No le habían dejado ni un cenicero. Se sacó un «Popular» de la media y se lo ofreció a su padre. En el ejército se había pasado para los fuertes, ya no fumaba Dorados ni Aromas. Guardaba la cajetilla en el elástico de la media para evitar que le pidieran en la calle. Había una gran escasez de tabaco en la ciudad. «¿Qué, hay muchos picadores por ahí, no?», preguntó el viejo cogiendo el cigarrito y volvió a sollozar.

Se sentó al lado de su padre. Lo abrazó. Le explicó que él no sabía nada de esa mudanza, que estaba de pase y todo esto lo cogía de sorpresa. Coliseo encendió un fósforo y la cabeza salió disparada hacia él quemándole un poco la camisa. Había empezado la era de los fósforos de cabezas voladoras. Para encender un cigarro había que gastar un promedio de cinco fósforos... con riesgo de incendio.

El viejo prendió el cigarro y lo sostuvo entre sus dedos amarillos. ¿Amarillos de nicotina o por los quimicales del revelador de cuando era fotógrafo lambión? Después de inhalar profundamente, explicó que entre Numancia y Socorro le habían tendido una trampa. Era una larga historia –muy enredada– de permutas que Joaquín no logró entender muy bien.

Parece que Socorro había ofrecido su cuarto, el de Coliseo y el de Numancia a cambio de un apartamento mejor, con baño privado, situado en la cuadra de los góticos, en lo alto de la Loma del Ángel. Eso creyó entender Joaquín entre los sollozos de su padre. Según Coliseo, de pronto, «sin avisarme, me dieron un golpe de estado y las dos se fueron para ese apartamento y me dejaron aquí tirado». Esa misma tarde, cuando regresó de trabajar en la agencia bancaria, se encontró el patio sin plantas y el cuarto vacío. Se habían mudado aprovechando su ausencia. Desde entonces estaba allí sentado, más bien hundido, en el bastidor.

Joaquín subió la Loma del Ángel, su padre le había dado el número de la casa. ¡Era el edificio de Doris! Entró por la misma puerta en la que el Capitán Verruga le había encañonado con la Colt 45, el mismo que acababa de dispararrarle con la Makarov. Y cuál no sería su sorpresa al descubrir que su madre y su hermana se habían mudado para el tercer piso, para el mismo departamento de Doris. Y allí estaban, de lo más risueñas, Numancia y Socorro abriéndole la puerta.

Al fin Numancia había conseguido su sueño de marquesa arruinada, vivir en la cumbre de la Loma, al lado de la iglesia y del Palacio Presidencial. Al fin había salido del solar y de esa cuadra llena de negros. Finalmente había escapado de las brujerías y del mal de ojo de su vecina Evangelina. Y por último, había logrado dejar atrás, allá abajo, en la última manzana, en la de los más pobres, al mataperros Coliseo Iznaga.

Por fin la gótica se separaba del mataperros. Desde luego, aquello no iba a tener un final tan feliz como *La Dama y el Vagabundo*. Desde niño, Joaquín veía esa cinta de dibujos animados esperando un resultado parecido entre sus padres. Pero la vida es esencialmente dolor, el alma se afina en el sufrimiento. Y Walt Disney es un sublime embaucador.

Joaquín tenía los ojos aguados. Estaba inquieto. Las enredaderas de malangas estaban en el balcón, pero regadas por el suelo. Los muebles aún sin colocar. Socorro le preguntó a Joaquín si le habían dado el pase. Dijo que sí por si acaso. Quería muchísimo a su hermana, pero ella acababa de casarse en segundas nupcias con un alferez de fragata y, por si las moscas, era mejor mentir. La más mínima indiscreción en aquel país podía traer consecuencias imprevisibles.

–¿Por qué cojones no me avisaron de esta mudanza?– protestó él.

–Se lo dije al oficial de guardia por teléfono, ¿no te lo dijo? Le di la nueva dirección– dijo Socorro.

«¡Me cago en el teniente Madruga!», pensó Joaquín. Ahora que por primera vez entraba allí, descubría que el apartamento de su novia platónica no eran tan lujoso como él había imaginado. En realidad sólo había dos cuartos y una salita. Una cocinita y un balcón en el tercer piso. Allí se asomaba Doris en tiempos que ya parecían remotos, allí vio por vez primera a Aleja. Allí, en ese balcón, concibió por primera vez la imagen del amor mientras se comía un pan con bistec allá abajo, en el puesto del fritero.

El baño del apartamento no podía ser más reducido. Los padres de Doris no eran tan ricos como él pensaba. Él había quizá magnificado a los góticos. El bidé estaba rajado, inservible. La bañera estaba sucísima, como si la hubieran usado para criar puercos. Por allí habían pasado tropeles de guajiros, empezando por Aleja, sus hermanas, sus primas y otros que vinieron después. El baño era rosado, pero había manchas tenaces en los azulejos. Abrió la pila, quería lavarse la herida del dedo. No salió ni una gota. Vio los cubos que Socorro ya había alineado en el pasillo de la casa. Vio la roldana instalada en el balcón, la soga colgando, como una horca. Allí tampoco había agua, ni siquiera allí, en la famosa cuadra de los góticos que se estaba mataperrizando a ojos vistas. Sí, el alquiler era gratis o se pagaba una suma simbólica. Sí, con laberínticas permutas se podía mejorar un poquito en materia de confort, pero no había agua. Y últimamente con frecuencia cortaban la luz. Lo barato sale caro… ¿no decía eso Sergio el Truquero?

Joaquín ni siquiera pudo concebir ninguna imagen sensual de Doris en ese baño. Estaba demasiado abrumado por los últimos acontecimientos y ahora no hacía más que mirar asombrado las gotas de sangre en el suelo, cuajarones, coágulos, todo un rastro que se extendía por la casa. Titán orinaba sangre desde hacía días.

«Titancito está muy malito», dijo Socorro pasándole a su hermano un brazo por el hombro. El perrito estaba en el cuarto del fondo, acostado en una colcha. En cuanto vio a su dueño empezó a mover la cola, pero no se levantó. Joaquín se derrumbó. Hasta ese momento había aguantado como un macho. «Los hombres machos no lloran», le decía Coliseo cuando él era niño. Pero si su mismo padre hacía un rato lloraba, eso lo autorizaba a llorar a él. Así que cuando vio a Titán tirado en el suelo se desplomó, cayó al lado del perro y empezó a llorar abrazando al animal. Titán le pasaba la lengua por los ojos. Era increíble que ese animal −todo amor− que se estaba muriendo tratara de consolarlo a él lamiéndole las lágrimas. Ya él no sabía ni por qué cojones estaba llorando… ¿por Titán, por Batido de Trigo, por la China Wong, por Coliseo, por él mismo?

Numancia coló café con la urgencia de un cirujano haciendo una traqueotomía. El café, remedio santo para todo. Afuera se oyeron unos gritos. «¡Qué se vayan, abajo la gusanera!». Socorro comentó que eran los cederistas, había un mitin relámpago o algo así con motivo del discurso de Fidel que acababa de concluir. El discurso sobre Camarioca que él oyó fragmentariamente en la guagua.

Joaquín no le prestó mucha atención a la escandalera en la calle ni a los comentarios de Socorro. Ahora estaba en el cuarto de atrás, con su perro, acariciándolo, mientras se tomaba una tacita de café con sabor a chícharos. Una tacita china rajada y restaurada por Numancia. Otra falsa antigualla.

Numancia no se acercaba mucho a su hijo. Permanecía en el balcón, mirando ensimismada las latas de malangas depositadas en el suelo, quizá estudiando ya la disposición en que las iba a colocar. De pronto cambiaba de posición y se quedaba alelada mirando la aguja gótica de la iglesia. El profuso encaje de su blusa blanca hacía juego con las crestorías del templo siempre encaladas con lechada. Repentinamente miró hacia abajo, a la chusma concentrada en la calle que bajaba por la Loma gritando «¡qué se vayan por Camarioca!».

«Oye, Soco, ¿qué gritan esos de abajo?», se volvió para preguntar, pero la hermana de Joaquín hizo un gesto que significaba «nada importante».

En cualquier caso, Numancia no se enteraba –o no quería enterarse– de nada, estaba en la Luna de Valencia, como siempre. Sorda o distraída, en el fondo hacía lo que le daba la reverenda gana. Cuando él entró en el nuevo apartamento, ella lo cubrió de besos, pero tras darle la inevitable tacita de café, se mantenía a distancia, dejando que fuera Socorro quien actuara como árbitro. Numancia sabía perfectamente que Joaquín estaba encabronado con ella por lo que le había hecho a su padre. Pero también sabía, perfectamente, que él nunca se lo diría. No al menos mientras estuviera viva.

A quien sí le echó Joaquín tremenda descarga fue a su hermana. Por supuesto, Socorro negó la versión de Coliseo y se explayó en otra todavía más larga y enrevesada, trufada de tecnicismos del lenguaje oficial de la reforma urbana y las permutas y toda esa mierda de la que Joaquín no sabía –ni quería saber– ni pitoche. Así que con un gesto de la mano la mandó a callar.

−No tenemos ni huevos para darte de comer −comentó Socorro registrando unas cajas en la cocina. Fidel había anunciado que ese año 1965 el país produciría sesenta millones de huevos cada mes, o sea, 720 millones de huevos al año. Eso para 6 millones de habitantes. Numancia se burlaba diciendo que habría que darles medallas de trabajadoras de vanguardia a las gallinas. «Las pobres, cómo tendrán eso de allá atrás, deben de tener el culo desflecado de tantos huevos que ponen», comentaba y se reía con su cigarrito humeante entre los dedos afilados.

La libreta había ido degenerando. Primero, durante meses dieron ancas de rana, luego frijoles negros, luego carne rusa, luego espaguetis, luego chícharos, luego huevos, y últimamente lo que más comía la gente era pescado. Ya no merluza, sino unos pescados apestosos y llenos de espinas llamados troncho, macarela…

En ese momento tocaron con insistencia un claxon en la calle. Acababa de llegar el taxi que Socorro había conseguido a través de un amigo para que llevaran a Titán a la perrera. Lo que su hermana quería era que Joaquín cargara con esa tarea tan ingrata de entregar al animalito a la muerte. Socorro le doraba la píldora «no lo van a matar, allí sólo lo cuidarán, pero comprende que aquí no puede estar, mira cómo está la casa llena de sangre, el veterinario dijo que no había nada que hacer aquí en la casa, que lo mejor era llevarlo a la perrera».

Joaquín se preguntaba por qué coño lo había llamado a la unidad militar si él no era veterinario. «¿Por qué no lo llevaste tú a la perrera?», le preguntó.

−Por la mudanza, por todo esto de la permuta− dijo su hermana.

Joaquín bajó a la calle con Titán envuelto en la colcha. Subió al taxi. Lo llevaron a la perrera. Joaquín no pudo entregar al perrito. No tenía valor para eso. Le pidió al taxista que lo hiciera. Todo el regreso en taxi vino llorando. El ANCHAR amarillo no lo dejó en lo alto de la loma, sino abajo, en la cuadra de los mataperros. Joaquín quería ver a su abuela.

Al bajarse del taxi, le echó un vistazo al techo. No, no había allí ninguna dentadura postiza. Entró en el Solar del Reverbero que se estremeció levemente bajo sus pies porque justo en ese momento sonó el Cañonazo de las Nueve. ¡Bummm! A esa hora Joaquín todavía no había comido nada. Sintió una fosforescencia estomacal. En casa de su abuela a lo mejor podía pegar la gorra.

Polenta tenía puesta la tranca detrás de la puerta. Él metió la mano por un ventanuco y agitó la cadena del candado. Ella miró por la rendija. Quitó la tranca, y lo dejó pasar sin abrir del todo la puerta. En la mesa estaba la tijera al lado de unas tiras de carne y varios paquetes ensangrentados con nombres garabateados a lápiz.

–Esto es para mañana –dijo la gallega señalando para la mesa–, hoy no tengo nada de comida.

Sin embargo, luego le dio un trozo de pan untado con mantequilla y un vaso de leche aguada. O «bautizada», como decía ella. Joaquín comió un poco y, cuando su abuela no lo estaba mirando, escondió casi todo el pan con mantequilla debajo de su camisa. Polenta comentó lo de Camarioca. Le preguntó por la comida en el ejército. Pero de la mudanza no decía ni jota. Sabía lo que había pasado, vivía frente al solar de Numancia, a menos de diez metros, tuvo que verlo todo, la bajada de los muebles, el camión… sabía que a su nieto todo eso lo tenía entristecido.

–Joaquiniño –dijo la vieja–, caraju, ahora que me acuerdo, aquí tengo una sorpresa.

Fue hasta su escaparate de donde sacó un frasco de colores muy bonitos. Eso no era un fármaco socialista. Ese envase con tantos colores tenía que ser capitalista.

–¡Las vitaminas! –proclamó la gallega, agitando el pomo como una maraca, con voz triunfal, como si estuviera anunciando un número de circo.

Por fin un mexicano de paso por la Habana le había traído un frasco de vitaminas que le enviaba su hijo el anticuario desde Puerto Rico. Polenta le dio una pastilla a su nieto. Joaquín la tragó con un poco de leche.

–Te acabas de comer un bistec –sonrió ella.

Joaquín quería ir a ver de nuevo a su padre. Se despidió dándole un beso a Polenta.

—Joaquiniño —dijo mientras cerraba la puerta, con la tijera en alto—, recuerda que esto es de Patria o Muerte, Venceremos… y si no, ¡nos joderemos!

Joaquín cruzó la cuadra y subió de dos en dos la escalera del Solar de la Chancleta. En el patio había una hilera de cubos, tanques, bidones, cacharros. Últimamente casi nunca había agua en las cuarterías, ya fuese porque los motores estaban rotos, ya fuese porque las cañerías del acueducto estaban averiadas. Los vecinos esperaban a que viniera una pipa para cargar agua hasta sus casas. Tomás el barbacoense ya había instalado un tanque en su entresuelo, muchos vecinos lo imitaban. Todos almacenaban agua. Cada vez había más gente en los solares y, por tanto, menos agua. Cada vez había más tuberías nuevas o «ladrones de agua» instalados en las cuarterías, todo un laberinto de caños que no hacía sino empeorar la situación. Para colmo, lo mismo pasaba con la electricidad. Muchos inquilinos se la robaban de empresas cercanas tendiendo cables aéreos, verdaderas telarañas negras que se extendían entre los edificios.

El trozo de pan con mantequilla que Joaquín escondía debajo de su camisa era para Coliseo. De niño, cuando su padre vivía con ellos, le preparaba tremendos desayunos. Le cortaba unas flautas de pan con mantequilla que luego partía en láminas alargadas, enseñándole a enchumbarlas en el café con leche. Le hacía jugos de tomate, de zanahoria, de naranja, combinados. Cuando el matrimonio se rompe, lo primero que entra en crisis es el desayuno de los hijos.

Numancia nunca tenía tiempo —ni ganas— para hacerle tan suculentos desayunos. A lo sumo, hacía un café con leche, que casi siempre se echaba a perder, porque ella se entretenía contemplando las matas o se ponía a coser y, mientras tanto, la leche hervía desbordándose por el jarro y cayendo encima del reverbero. La modista atesoraba una colección de cacharros con el culo completamente quemado. De milagro, nunca se había producido un incendio en el solar.

Cuando su padre se ausentaba, Joaquín echaba de menos sus desayunos, y ahora quería reciprocar llevándole ese pedazo de pan con mantequilla al viejo. El pobre, seguramente no habría comido nada. Coliseo siempre tenía hambre, un hambre vieja que se remontaba a las raíces de un cañaveral cincuenta años atrás. Él por lo menos tenía una pastilla americana que equivalía a un bistec burbujeando en su estómago. Pero cuando llegó al cuarto, Coliseo no estaba allí. El candado estaba puesto en la puerta. Y no era el falso candado de Sergio el Truquero. Ése hacía ya mucho tiempo que no se usaba.

Joaquín salió a buscar a su padre por la calle. Tenía una idea de por dónde podría encontrarlo.

***

¿Sería por toda esa rabia contenida, por todo ese dolor acumulado, por todo lo que le había pasado esa noche, que tres horas después le diría que no a Fidel Castro?

***

No fue a buscarlo a la casa de inquilinato de malecón, donde se refugiaba en tiempos de crisis matrimoniales, porque su padre le había contado que en el cambalache de cuartos por apartamentos perpetrado por Socorro él había perdido ese cuartico. Así que se dirigió hacia el Parque Central, a su padre le gustaba deambular por allí.

El recluta número 231 iba con un nuevo disfraz, mitad civil por fuera, mitad militar por dentro, pues con las prisas había olvidado cambiarse los calzoncillos, las medias y la camiseta, que eran del color reglamentario, verde olivo. Ahora no era más que un recluta, un número perdido en un ejército de trescientos mil hombres sobre las armas (la cifra era secreta) y cerca de un millón de reservistas que dormían en sus casas hasta que les dieran la contraseña para la movilización general. El ejército más grande de América Latina, no se sabía muy bien para qué…

Su padre no estaba en el Parque Central. Allí se levantaba la fachada acribillada a balazos de la Manzana de Gómez. Recordó aquel día ya lejano cuando Coliseo lo llevó disfrazado de rebelde a ver a la gente rompiendo las máquinas de juego del casino del Hotel Plaza, la hoguera, el tiroteo que él confudió con un juego de pelota, el miliciano cojo pitcheando una granada contra el Floridita. Allí había empezado todo aquello. La grrrevolución.

De pronto le sorprendió ver que la marquesina de la cafetería «Caracas» (antes «Miami») había cambiado otra vez. Allí decía ahora «Varsovia». El nombre de esa cafetería ubicada en la esquina de Prado y Neptuno era como un termómetro político de la nación. Cambiaba según soplaran los vientos, ora adoptaba un bolivariano «Caracas», ora el nombre de la capital de un país socialista. Varsovia, Varsovia… sin saber por qué aquello le sonó a premonición.

Oyó una gritería al pie de la estatua de José Martí. Unos hombres gesticulaban y discutían acaloradamente. Joaquín se acercó, ¿estarían hablando de política, de Camarioca, de la gente que se iba del país? ¡Qué va! Hablaban de pelota. Era la peña de la pelota. En aquel país de lo único que se podía hablar abiertamente en medio de la calle –sin temor a ir preso– era de pelota. Esparta, el INDER, estar LPV… el deporte como narcótico multitudinario.

Cansado de buscar a su padre, bajó hasta la calle Obispo. Entonces vio un letrero lumínico que parpadeaba en medio de la noche anunciando «Culos de viaje». Era el letrero de una tienda donde antes vendían «Artículos de Viaje», pero se le habían caído algunas letras de neón. Recordó que allí mismo él le había preguntado a su padre dónde iban a comprar las maletas para el fracasado viaje a Moscú.

«Culos de viaje»… le dieron ganas de reír, pero le salió una mueca. Sí, muchos culos se habían ido para Miami: el de Sergio el Truquero, el de su mujer y su hija, el de su tío el anticuario, el de Doris, el de las quincalleras, el de Adelita, el de Katy, el de la china Wong, el de la Papallona más recientemente… a los que se sumarían esa misma noche los de Camarioca.

La calle Obispo estaba desierta. Ya no quedaba ni un solo toldo. Las vidrieras vacías y apagadas, aquí y allá las fantasmagóricas siluetas de algún maniquí disfrazado de machetero con una mocha en la mano. De pronto tropezó con una sombra. Alguien estaba acostado en el suelo. Pidió disculpas. ¡Había varias personas, mucha gente, durmiendo en las aceras, como los pordioseros de su infancia! Pero no eran mendigos exactamente, sino personas normales que dormían en el piso marcando turno para tener el primer puesto en la cola a la mañana siguiente cuando abrieran las tiendas. Algunos artículos llegaban en cantidades tan pequeñas que si no se tenían los mejores puestos en la cola no se alcanzaba a comprar nada.

Hacía un rato Polenta, muerta de risa, le había contado una de sus últimas trastadas. El mexicano que le trajo las vitaminas de Puerto Rico también le había traído unas zapatillas americanas que eran «un primor». Azules, con un lacito, nuevecitas de paquete. La gallega salió inmediatamente a exhibirlas. «Galleeeega, mijita, ¿de dónde son esos zapatos tan bonitos?», le preguntaban las vecinas. «Son de Checoeslovaquia». Cada vez venían más vecinas a mirarle los pies. «¿Y dónde las están vendiendo, gallega?». «En una peletería de la calle Obispo», respondió ella y dice que las negras fueron todas corriendo en tropel para esa calle de vidrieras desangeladas, de filas de durmientes, por donde ahora él transitaba. Su abuela era del cará, pensó Joaquín meneando la cabeza.

Serían las once y pico de la noche cuando desembocó en la Plaza de la Catedral. Sabía que allí estarían los Dupleix y algún que otro mataperro tomando té en el restaurante «El Patio», que era aquel palacio donde tres años atrás un litógrafo protestaba porque los milicianos habían cogido sus piedras de Senefelder para improvisar con ellas una absurda trinchera.

La plaza estaba vacía. Sólo había, en el atrio de la Catedral, un tipo vestido con guayabera y hablando solo. Gesticulaba con una mano mientras con la otra se tapaba una oreja. ¿Sería uno de los tantos locos que deambulaban por el barrio? Pero aquel tipo no era ningún loco, lo que pasaba es que Joaquín nunca había visto un *walkie-talkie*. El hombre de la guayabera enseguida lo ubicó con la mirada. Ajeno a eso, Joaquín entró en el soportal del restaurante rodeado de columnas coloniales donde sólo estaban sus amigos. El resto de las mesitas, vacías. Los comberos lo saludaron con alegría.

–¿Saliste de pase?

Joaquín volvió a mentir diciendo que sí con la cabeza, no porque desconfiara de sus amigos sino porque había por allí dando vueltas un extraño camarero al que no conocía. Cosa rara, porque él los conocía a casi todos, mejor dicho, ellos lo conocían a él desde niño. Pidió té con limón. «Limón no está saliendo», dijo el camarero usando esa expresión tan curiosa, como si los limones salieran en fila india de la cocina. «Entonces tráeme bizcochos». El camarero se alejó con su bandeja.

Joaquín se sentó. El tipo del *walkie-talkie* bajó subrepticiamente del atrio del templo y se acercó a las altas arecas sembradas en maceteros de madera que rodeaban el soportal formando una especie de seto. Era un mulato atlético. Joaquín no lo vio esconderse detrás de las matas. Estaba demasiado abrumado: su padre llorando por ahí, Titán... ¿estaría vivo todavía Titán?

–¿Y Batido de Trigo, asere?– preguntó Boca Chula, que era el más despistado.

–El batido de trigo se acabó hace mucho tiempo –respondió él secamente.

El Cawy, que sí estaba al tanto de todo, le dio un pisotón por debajo de la mesa a Boca Chula y cambió de tema enseguida:

–¿Qué, ya estuviste en el nuevo departamento?

–¿Y cómo tú sabes eso? –se asombró Joaquín.

–Cojones, porque ayudé en la mudanza. Y Salutaris también.

–Tremenda pincha, mi ambia –comentó Salutaris retocándose con el peine su peinado a lo Mastroianni. Ahora entendía el reproche de Coliseo. Cuando se enteró de que los amigos de Joaquín habían estado cargando muebles, y luego vio llegar a su hijo vestido de civil, pensaría que éste estaba de pase y que había estado participando de aquel «golpe de estado».

–¿Qué tal te lleva el ejército? –preguntó Nao apoyando su guitarra contra una jardinera llena de arecas.

–¡De pinga! –levantó las cejas el recluta.

–Dicen que es casi como la cárcel –comentó el Cawy. Joaquín se acordó de Materva, de Jupiña, del Comepelos… No, la cárcel sin duda era mucho peor. Sus amigos le preguntaban por la vida militar porque sabían que al año siguiente los cogería el SMO a ellos también.

–Oye –le dijo el Monqui bajando la voz–, ¿a que tú no sabes quién está ahora mismo comiendo allá arriba?

Joaquín se encogió de hombros.

–¿Dónde?

–En el reservado del *mezzanine*, el comedor de protocolo.

Joaquín miró hacia el interior del restaurante. La fuente rodeada de helechos donde nadaban unas jicoteas murmuraba solitaria. Allí no había nadie. El Monqui estaría boncheando, así que se agachó para sacar un cigarrito del calcetín.

–En serio, adivina quién está ahí arriba.

–¿Quién cojones, chico?

–Fidel –dijo el Monqui.

–Mentira –dijo Joaquín chasqueando la lengua.

–Coño, si no me crees, mira pa'llá –el Monqui señaló una hilera de carros parqueados al otro lado de la plaza. Todos de lujo, unos negros, otros pintados de verde olivo. Él ni siquiera los había visto al pasar. Al lado de los autos había unos tipos vestidos de civil con metralletas. Hasta en las azoteas que circundaban la plaza había gente armada. Pero Joaquín venía tan abrumado por todo lo que acababa de sucederle que no se había percatado de nada.

De todas maneras, no quedó muy convencido. A Fidel sólo se le veía en las fotos de los periódicos y por televisión. Era inaccesible como un dios. Verlo en persona o tenerlo cerca, era algo tan milagroso como ver a la virgen flotando sobre una nube. Mecánicamente, cogió una servilleta y empezó a dibujar una caricatura de Fidel que de niño había aprendido a pergeñar bastante bien. La barba, el tabaco, las cejas caídas… Lo hacía para distraerse, casi como en un ejercicio de escritura automática.

El tipo del *walkie-talkie* lo espiaba asomado entre las arecas. El camarero trajo la taza de té sin limón acompañada de cuatro bizcochitos y regresó a la cocina. No había café en ningún establecimiento público y el té se había puesto de moda entre los seudointelectuales, los esnobs y los diletantes de toda laya que hacían sus tertulias en aquel restaurante. Decían que era astringente, adelgazaba y era más elegante que el vulgar café. Joaquín devoró los bizcochos, parecía que la pastillita mágica de Polenta no surtía mucho efecto.

Entonces apareció Fidel Castro en la puerta del restaurante. Era como si supiera que ellos estaban allí, porque sin echar un vistazo ni a izquierda ni a derecha, los miró directamente y en un par de zancadas llegó hasta donde estaban. Se plantó en actitud desafiante frente a los jóvenes, con las manos a la cintura, y les soltó: «¿Ustedes son de Camarioca, o qué?».

43

La última noche de Titán

Todos se quedaron boquiabiertos. Excepto Joaquín, nadie en la mesa sabía lo que era esa Camarioca. Nunca oían los discursos de Fidel. Ese día habían estado ensayando toda la tarde y parte de la noche. No sabían que Fidel con su barba a lo Demóstenes acababa de pronunciar una de sus tronantes fidelípicas. Sólo el recluta captó la imputación. Por eso se levantó: «No, comandante».

Frunciendo el ceño, Fidel consultó uno de sus dos lujosos relojes de pulsera: «¿Y entonces qué hacen en la calle a esta hora? Ya son casi las doce de la noche... ¿Ustedes no estudian ni trabajan?».

Era como un padre regañando a unos hijos descarriados. Un jefe de Estado preocupado porque un grupito de jóvenes está en la calle a medianoche. Era como un cederista, un auténtico policía, porque enseguida empezó a pedir carnets, empezando de derecha a izquierda por el Cawy. Detrás de Fidel había un montón de gente importante. Todos de pie, observando la escena. Inmediatamente un guardaespaldas le acercó una silla. El Comandante en Jefe se sentó a la mesa mientras examinaba minuciosamente los documentos de los muchachos.

Joaquín empezó a inquietarse. Fidel estaba de mal humor. Hacía unos instantes había mandado pa'l carajo a Gromiko, el representante de la segunda potencia atómica mundial. Ese tipo no se andaba con chiquitas. Había que hilar fino con él. Estaba encabronado con el Cawy, porque su carnet estudiantil no tenía sellitos, le había soltado tremendo rapapolvo. Tan pronto sonreía como se ponía serio. Como mínimo, estaba tenso. Siempre con su pistolón a la cintura. ¿Una

Makarov estrella roja? ¿No decía Coliseo que revolución viene de revólver y que impera la *fuersa*?

Cuando Fidel iba llegando a Joaquín en su pedidera de carnets, de pronto preguntó:

–Bueno, ¿y cuál de ustedes es aquí el artista?

–Aquí todos somos artistas, comandante –respondió Nao.

–Somos músicos –agregó Monqui enseñando su par de baquetas de las que nunca se separaba.

–Sí, eso ya lo sé, pero yo quiero decir pintor. ¿Quién es el pintor, el dibujante?

Joaquín se sintió directamente aludido. El único que sabía dibujar en la mesa era él. Levantó tímidamente el índice.

–Me han dicho que me has dibujado.

El recluta se quedó lívido. La servilleta con la caricatura estaba ahí en la mesa, boca abajo. ¿Sería adivino aquel hombre? ¿Cómo sabía eso? Joaquín ignoraba que el tipo del *walkie-talkie* había estado vigilando cada uno de sus movimientos e informando al *mezzanine* de todo.

–¿Y tú a qué te dedicas?– le preguntó Fidel.

–Soy recluta del SMO.

–¿De qué llamado?

–Del segundo.

–¡Ah, entonces eres de los nuestros! –dijo y le pasó la mano por la cabeza, como revolviéndole un pelo que no tenía pues estaba pelado al rape. Por más jovial que fuera, a Joaquín no le gustó ese comentario, porque implicaba un desprecio hacia sus amigos allí presentes.

Fidel quería ver el dibujo. El «artista» le dio la servilleta. Después de echarle un vistazo a la caricatura, Fidel dijo:

–¡Está muy bien! ¿Me lo firmas? Los artistas siempre firman sus obras, ¿no?

A Joaquín le parecía ridículo firmar aquello, pero puso un garabato al pie del dibujo.

–Gracias –dijo Fidel recuperando la servilleta. La dobló en cuatro y la metió en uno de los bolsillones repletos de papeles, tabacos y estilográficas.

–¿Te gustaría estudiar pintura con una beca en Polonia?

–No.

–Dicen que Polonia tiene un gran desarrollo en diseño, en artes gráficas, allí hacen muy buenos carteles de cine, ¿no es verdad? –y se volvió para mirar al piriboche rubio que asentía con su larga y pálida cabeza como en una reverencia. El recluta notó un tonillo burlón en la última frase del Máximo Líder, como si no se tomara muy en serio los supuestos progresos de los países socialistas.

Joaquín Iznaga volvió a decir que no moviendo suavemente la cabeza sin saber a ciencia cierta por qué cojones decía que no.

–¿Ah, no? –Fidel enarcó las cejas y se rascó la barba.

–Lo que sí me gustaría saber es...

Todos los presentes miraron asombrados a ese joven tan irrespetuoso que no sólo se atrevía a desairar al Comandante en Jefe, sino que encima tenía la frescura de dirigirle una pregunta a aquel Dios de carne y hueso.

–¿... por qué usted no contestaba mis cartas?

–¿Qué cartas, qué decían las cartas?

–Nada... quejas por los baches en las carreteras, por un dinero que dejaron de pagarme en la alfabetización...

Joaquín tuvo ganas de preguntarle por qué habían desaparecido los totíes que pasaban todos los días a las seis en punto de la tarde por encima de su azotea. Ese era el contenido de la única carta dirigida a Fidel Castro que realmente él le había escrito una vez. Las otras eran dictadas por Coliseo. Los baches y el dinero que se llevó el maestro Navarrete siempre le habían tenido sin cuidado. Pero no se atrevió a hablar de los totíes, no fuera cosa que se burlaran diciéndole que la culpa de todo la tenía el totí.

–¿Y no las contesté?–. Curiosamente aquel hombre que gritaba tanto en sus discursos que se ponía ronco y hasta perdía la voz, ahora hablaba en un tono suave, bajito, casi inaudible y se mostraba incluso obsequioso.

–Una sola vez, pero la carta venía firmada por una tal Celia.

—Celia Sánchez es mi secretaria. ¿Sabes lo que pasa, chico? Que yo soy un hombre muy ocupado. Casi nunca paro en el Palacio de la Revolución. Ven conmigo, te voy a enseñar cuál es mi verdadera oficina.

Sigilosamente, un largo *Oldsmobile* verde olivo ya se había parqueado frente al restaurante. Fidel se levantó. Joaquín lo siguió. Advirtió que Fidel no tenía nalgas, todo planchado por detrás. El séquito se apartó —como en una coreografía de ballet— para dejarlos pasar. Fidel abrió la puerta del copiloto. Se agachó ligeramente para mostrarle un teléfono allí instalado, el cable colgaba debajo de la guantera. El Rey Mago sacó un tablero deslizante de debajo del salpicadero. «Aquí escribo», le explicó. «Aquí recibo las llamadas»… Su séquito sonreía. Joaquín se había dado cuenta de la broma desde el primer momento. «Aquí leo», dijo Fidel abriendo unas puertecitas de madera que estaban también debajo de la guantera, donde había unos estantes con algunos libros, periódicos, revistas. «Esta es mi verdadera oficina, así que la próxima vez que me escribas, apunta el número de la chapa», señaló hacia el maletero del auto.

Los amigos de Joaquín no se movieron de la mesa, desde allí lo veían todo, sonrientes. «Pones en el sobre la marca del carro, el número de la chapa, mi nombre y seguro que la carta me llegará», Fidel sonreía, contento de su chiste. Todos sonreían, Gromiko, el piriboche, el médico de cabecera con su barba blanca, el tipo del *walkie-talkie*, la escolta, algunos camareros asomados a la puerta. El único que no sonreía era Joaquín. A esa hora debían de estar matando a su perro.

Fidel le dio la mano, se despidió de todos, se metió en el carro y salió de la plaza seguido por el resto de la comitiva. Todos se precipitaron a sus autos, incluso un par de camareros que, para sorpresa de Joaquín, se quitaron las chaquetas blancas mientras entraban en los carros. ¿De cuándo acá los camareros formaban parte del séquito del Primer Ministro? Eran guardaespaldas disfrazados de camareros. En Cuba todo es disfraz.

La caravana de lujosos autos se perdió en la Avenida del Puerto, adentrándose en aquella noche tan extraña. La última noche de Titán.

Sus amigos empezaron a decirle mil cosas. De comemierda pa'rriba. «Chico, ven acá, ¿tú eres bobo o comes de lo que pica el pollo? ¿Te imaginas las cantidad de rubias tetonas que te ibas a singar en Polonia?», le dijo el Cawy. Joaquín sonreía, los dejaba que se desahogaran. Poco a poco se fueron despidiendo hasta que él se quedó solo en la plaza de la Catedral.

«¿Por qué habré dicho que no?», se preguntaba dando vueltas por la plazoleta empedrada. La Catedral lo contemplaba en silencio, con sus cornisas ondulantes, sus volutas enroscadas como caracoles. Las hornacinas desiertas y sucias, impregnadas de un polvo milenario, semejaban valvas de almejas vacías. Visto de frente, el templo parecía una ola petrificada que se hubiera levantado allí mismo durante un temporal, brotando del mar con sus sillares de rocas conchíferas en las que podían verse secciones transversales de caracoles, madréporas… Todo en aquella isla había salido del mar, y al mar volvería, más tarde o más temprano.

Haciéndose esa pregunta sin cesar, el recluta subió por la calle Mercaderes, donde estaban los muñones de los parquímetros. Y así llegó a la cuadra de abajo de la Loma del Ángel. En lo alto de la Loma había dos pipas. La gente hacía cola con sus cubos para coger agua. Él tenía ganas de subir al cuarto de su padre, para acompañarlo un poco. Pero tenía que estar de regreso en la unidad militar a las seis de la madrugada si no quería perderse el camión de Fosforito, única manera de entrar en el cuartel sin ser detectado. Todavía tenía que coger dos guaguas para llegar a la zona de Río Cristal y a esa hora de la noche las guaguas casi no pasaban.

Se quedó allí parado, viendo la quincalla de las solteronas convertida en una vivienda llena de barbacoas. Los nuevos inquilinos, venidos del campo, habían borrado con aguarrás aquel letrero que decía «gusanas» en la puerta. La Flor Asturiana, la bodega de su niñez, también era un nido de barbacoas. La escuela «Ángel C. Godinez», cerrada. La guarapería de Cheo, cerrada, convertida en un seccional de CDR. Todo eso pertenecía al Carbonífero, al Cámbrico, al Pleistoceno, todos esos establecimientos, sus nombres tan poéticos, todo había sido fosilizado de la noche a la mañana por la revolución, y ahora no eran más que especies extinguidas, como trilobites o amonites cristalizados en los estratos más profundos, en las capas geológicas más recónditas de la memoria prematuramente mineralizada de Joaquín Iznaga. ¿Aquél era realmente su barrio, era ésa su calle natal?

En lo alto de la Loma el escándalo aumentó. Había bronca en la cola del agua. Algunos se colaban. Fajazón allá arriba, al pie de la iglesia. Entonces empezó a ver con mayor nitidez la metáfora de Numancia. La Loma era, en efecto, un barco que se hundía recortándose contra el cielo estrellado, igual que en la película, cuando el Titanic se está yendo a pique por la proa. El campanario blanco era una chimenea rodeada de pináculos como estalagmitas. Con su crestería llameante, parecía el castillo de popa de un buque, o la chimenea blanca de un barco en llamas. Lo único que le faltaba a la Loma del Ángel para parecerse al Titanic era un ancla, y ya la tenía, en el solar de Peróxido, donde había caído el ancla del vapor La Coubre.

De noche, la iglesia se parecía a su madre, con sus blancos encajes de guipure petrificados. Una novia de piedra que espera bajo la mórbida luz de la luna. Las tendederas en las azoteas eran como velas sopladas por las galernas. Con los vecinos despiertos para coger agua, todos los balcones y ventanas estaban encendidos, como claraboyas alineadas a estribor y a babor de la Loma.

El Titanic con sus trescientos metros de eslora medía lo mismo que la calle enlomada con sus tres cuadras. Si la isla no se hundía más pronto era porque –como decía Coliseo– había un buque nodriza sosteniéndola a flote, ese rompehielos atómico era la URSS. ¿O acaso no se hundía porque era de corcho, como decía Grau San Martín?

A su espalda, tres ceibas derramaban sus algodones, el césped alfombrado de nieve vegetal. ¿Por qué se habría negado a ir a Varsovia si él adoraba la nieve? Imaginó una estepa escarchada, trineos tirados por renos de cristal en el silencio de bosques nevados, un paisaje de polvo lunar con un fondo de cascabeles tintineando y un sinfín de estrellitas titilando en el cielo.

Arriba, los cederistas organizaban la cola del agua. La gárgola Josefina, acompañada de Bartolo y de la Tasajeada estaban allí. También se podía ver a Tomás el barbacoense cargando cubos de agua. Desde donde estaba, Joaquín podía distinguir a Evangelina Brindis de Salas, con las pasas paradas y un cubo en la mano, a Isolina con sus zapatos de ver la televisión, arrastrando sus dos cordelitos, a Doña Cesárea, cada vez menos gorda, allí estaba también Cuco el barbero, ya encanecido… todo el barrio estaba allí.

Aunque no podía verla, imaginó a su hermana Socorro en el balcón del nuevo apartamento jalando la soga de la roldana. Todos estaban despiertos menos Numancia, Polenta y Coliseo, demasiado viejos ya para esos trajines. Polenta debía de haberse quedado dormida llorando la pérdida de su hijo más querido. Coliseo igual, llorando la pérdida del hogar con el que tanto había soñado en vano. ¿Y Numancia? Numancia siempre reía para no llorar.

De las casas salían mujeres soñolientas, legañosas, desgreñadas, en bata de casa, en sayuelas, en chancletas, corriendo hacia la Loma, cargando cubos, palanganas, bidones de plástico, cazuelas, jarros. Formaban un ejército de sonámbulos, una procesión de sombras multiplicándose en la noche, cada una con dos cubos. Joaquín columbró la Santa Compaña, ese desfile de almas en pena que según su abuela salía por las noches en su aldea de Galicia. También recordó la película *Fantasía*, cuando Mickey Mouse, haciendo de aprendiz de brujo, comete una imprudencia y multiplica las escobas, cada una con dos baldes, acarreando agua y más agua, subiendo por una escalera hasta una fuente. Así mismo iba subiendo toda aquella gente por la Loma del Ángel, como zombis, cargando cubos, acaso sin saber que eran víctimas del experimento fallido de otro aprendiz de brujo, el Rey Mago al que Joaquín acababa de decirle que no.

En ese momento pasó por su lado un barrendero empujando el carrito de la basura, con el escobillón y la pala a cuestas. ¡Era Cheo, el guarapero, con su eterno cigarro detrás de la oreja! Todavía llevaba el sombrero de yarey que nunca se quitaba. Vestía una guayabana deshilachada. ¿Qué hacía un guajiro rellollo como aquél barriendo calles? ¿Por qué no le devolvió el saludo? Joaquín hizo ademán de saludarlo, pero el otro rehuyó su mirada, se bajó el sombrero de yarey desflecado sobre los ojos, y siguió empujando el carrito, de prisa. No sólo le habían cerrado la guarapería sino que le habían dado un empleo de barrendero. Como si quisieran humillarlo. ¿A dónde habían ido a parar los inolvidables guarapos, los batidos de trigo, las leches malteadas, los masarreales de Cheo?

Para Joaquín era todo un mundo, un universo, un cosmos lo que se desplomaba a sus pies. En el colmo de la impotencia, tenía la sensación de que todo se iba a pique. Sus padres definitivamente separados, él rechazando la beca polaca, Titán sacrificado en la perrera, Ofelia yéndose con un veterinario chileno, ahora Cheo convertido en basurero…

Varios aguateros subían y bajaban por la Loma arrastrando chivichanas cargadas con tanques de agua. Las chivichanas, que antes eran los «velocípedos» de los mataperros, que antes eran para divertirse, ahora sólo servían para transportar y vender agua. Por casi todos los balcones subían y bajaban cubos. Las roldanas no dejaban de chirriar, como pescantes. Y todas esas sogas subiendo y bajando cubos remitían al Titanic cuando arriaban los botes de salvamento.

A su mente acudían como *flashazos* las desgarradoras escenas de matrimonios separándose mientras bajaban los botes, los gritos de terror. «¡Primero las mujeres y los niños!» La gente luchando por hacerse un hueco en los botes salvavidas. Los que iban en un bote rechazando con los remos a los que nadaban: «vayase de aquí, aquí no hay sitio». «¡Abandonad el barco, sálvese quien pueda!», gritaba el capitán con un magnavoz como si aludiera a Camarioca. La chimenea desplomándose. Los pasajeros de tercera rompiendo con un hacha la puerta de reja plegable donde colgaba un rótulo: *«first class passengers only»*.

Pero ya en aquella Loma no había primera, ni segunda, ni tercera clase… los mamparos se habían venido abajo, ya no había compartimentos estancos. Ahora hasta los más pobres –como Jupiña– querían huir del país.

En realidad, la imagen del naufragio que obsesionaba a Numancia trascendía los límites de esa Loma, abarcando toda la isla. El país entero era un barco que empezaba a hacer agua.Toda la isla, como un buque fantasma, chocando con témpanos de hielo, se hundía lenta pero ineluctablemente. Y toda su población era potencialmente una estantigua de náufragos empapados en medio de la noche. Los que a esa misma hora se disponían a irse por Camarioca lo sabían mejor que nadie.

«¿Por qué coño habré dicho que no?» ¿Sería para no contraer una deuda de gratitud demasiado grande? ¿Sería por las enseñanzas de Numancia de que nunca aceptara limosnas de nadie, ni siquiera de la Primera Dama de la República?

De pronto, en lo alto de la Loma, con el empuja–empuja parece que se zafaron las mangueras de las pipas. Una describió una «ese» en el aire, como la trompa de un elefante enfurecido, flagelando a los coleros y el chorro de agua empapó a todo el mundo. Entonces el agua empezó a descender cuesta abajo, como si estuvieran regando la calle. Una chivichana también rodó por la Loma, los tanques se volcaron, más agua bajando por la calle. Era como si hubiera dos vías de agua abiertas en el casco de popa de la iglesia, fluyendo hacia proa, hacia donde estaba Joaquín.

Más de treinta mil litros de agua derramándose sin contar el contenido de bidones, palanganas y cubos volcados. Era como una cascada arrastrando baldes en medio de un palanganeo infernal, y toda esa agua, en pequeñas oleadas llegó hasta la alcantarilla de la esquina donde él estaba, lamiendo la punta de sus botines de piel de chivo con suelas de madera.

Y sólo entonces lo supo, en una especie de fulguración. Supo por qué había dicho que no. Supo que todo lo que hasta ahora había estado cavilando era cierto, todas esas razones para decirle no a Fidel eran válidas, pero faltaba algo. Faltaba una razón mucho más profunda, tan oculta que ni siquiera él mismo había reparado en ella hasta ahora.

Fidel Castro no le había pedido documentación como a los demás. Si lo hubiera hecho, ahora Joaquín Iznaga estaría preso. El recluta no llevaba encima el pase de alistado. No podía llevarlo porque estaba fugado de su Unidad Militar. Había estado en un tris de que lo cogiera preso nada menos que la máxima autoridad militar del país. Se había salvado en tablitas.

Ahora lo comprendía todo. Si él hubiera aceptado la beca polaca, ahora estaría becado no en Varsovia, sino en la cárcel. Si hubiera dicho que sí, inmediatamente el mismo Fidel o cualquiera de sus ayudantes le hubiera pedido sus datos en detalle: unidad militar, zona en que estaba ubicada, teléfonos, grado y nombre de su jefe inmediato superior, etcétera… todo lo cual hubiera traído consigo cierto papeleo, un intercambio de información que tarde o temprano, en algún momento, revelaría que esa noche Joaquín estaba escapado.

Por eso había soltado aquel «no» tan espontáneo, como un resorte, en un acto reflejo, como cuando nos llevamos rápidamente la mano a la cara para evitar un pelotazo.

¿Qué clase de mecanismo se había activado en su interior? Había aprendido a olvidar sin olvidar. Se había transformado en un experto en anestesiar la memoria, había sido capaz de sobrevivir a un cúmulo de abruptas transformaciones sin que eso —al menos en apariencia— hiciera mella en su espíritu. Y ese mecanismo se había disparado solo. Era un sobreviviente en toda regla. Era como una de esas bacterias que vistas por el microscopio se contraen o se alargan, instintivamente, sin pensarlo (porque ni siquiera tienen cerebro) cada vez que se acerca un agresor o un alimento. Seis años de revolución, seis años de socialismo, y seis meses de servicio militar obligatorio, le habían convertido en una ameba, en un paramecio, en un corpúsculo que reaccionaba sin pensar, maquinalmente, al medio que le rodeaba…

Primero detectó el peligro en la palabra «beca», porque lo remitió directamente al odioso recuerdo de la «beca en Miramar». Esa asociación produjo un rechazo inmediato, hizo que todas las alarmas se dispararan. Ese aviso a su vez despertó otras señales paralelas, y en lo más recóndito, activó la alarma principal: «Estoy fugado, no debo olvidarlo».

Había olvidado sin olvidar que era un recluta fugado. Su olvido en verdad era una tinta invisible que se reactivaba con el calor. Su facultad de olvidar estaba hecha de cloruro de cobalto, que se vuelve azul con el calor y se desvanece cuando se vuelve a enfriar. El calor… la insolación. Una especie de criptografía incrustada debajo de la topografía de la memoria. El olvido del olvido, como un agujero negro en el tejido de la memoria. Un agujero por el que se puede escapar. Escapar de la unidad militar aquella noche no era nada comparado con eso. Incluso escapar a Polonia no era nada. Aquello sí que era una evasión total. Joaquín había aprendido, sin saberlo, a fugarse de sí mismo dentro de sí mismo.

Había aprendido el viejo consejo de Coliseo: «Aprende a nadar y a guardar la ropa». Había aprendido a sobrevivir. Se le había escapado al diablo entre las piernas. Y además, se había dado el gustazo de decirle que no a Fidel en su cara. Decirle no en la cara al hombre que acababa de expulsar del país a miles de sus compatriotas sin que eso le quitara el sueño ni el apetito. Decirle no a ese hombre también podía haberle costado muy caro. Tanto si decía no, como si decía sí, se la estaba jugando al pegado. Fidel no era hombre al que se le pudiera decir no. Estaba acostumbrado a que un millón de personas siempre le dijeran sí a coro en la Plaza de la Revolución. Había dicho no al hombre que hipnotizaba a las masas, que dominaba con su palabra durante sus discursos de hasta seis horas de duración. Había dicho no al hombre que tan sólo tres años antes había apuntado con cohetes nucleares a Estados Unidos; había dicho no al hombre que había mandado a fusilar a Dios sabe cuántas personas, y Joaquín le había dicho no. ¿Le faltaría un tornillo?

Desde la entrada de la bahía lo iluminaba el faro del Morro. El haz de luz que enviaba ese cíclope de piedra lo acariciaba recurrentemente, zaz, zaz… con sus botines de chivo mojados, Joaquín permanecía en la esquina. La gente seguía escandalizando allá arriba, alrededor de los camiones cisterna. Pero él lo veía todo en cámara lenta. Los sonidos, los destellos de luz giratorios, le llegaban algodonados. Zaz, zaz…

De pronto, por detrás de él, pasó muy despacito un Buick del 58, tan churrioso que ya ni se notaba que alguna vez fue amarillo. En el techo del taxi viajaba una dentadura postiza pegada con una croqueta. Cada giro del fanal del Morro hacía resplandecer la sonrisa extraviada de su madre, la sonrisa invisible de Numancia Alcántara recorriendo la ciudad. Zaz, zaz...

Barcelona, junio 1998 – México DF, diciembre 2004

www.ingramcontent.com/pod-product-compliance
Lightning Source LLC
Chambersburg PA
CBHW030841030726
47495CB00005B/1317